海内昆仑之墟，在西北，帝之下都。昆仑之墟，方八百里，高万仞。上有木禾，长五寻，大五围。面有九井，以玉为槛。面有九门，门有开明兽守之，百神之所在。

——《山海经》

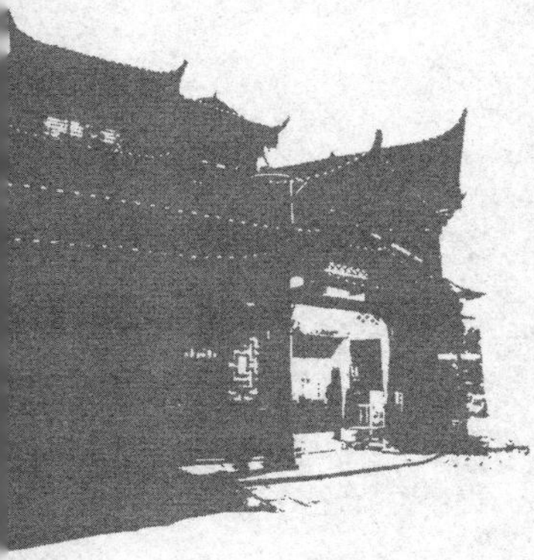

龙泉镇

梅俨　良田／著

中国文史出版社

┤ 前 篇 ├

公元 2008 年 8 月 8 日晚，正当北京奥运会开幕式上天空的大脚印向前迈进的时候，冀南昭关县龙泉村最有名望的 91 岁的革命老太太田希微仙逝了。她的亡讯通过手机、网络传播，整个龙泉村因中国首次举办奥运会而膨胀起来的热情，瞬间就平静下来，进入了回忆昭关县原龙泉镇历史的氛围之中。这样一来，革命老太太田希微仿佛又活了过来，她的"生命"在龙泉镇又会向后延续很长时间。因为从抗日战争、解放战争、抗美援朝到新中国成立，建设新中国，她和她的男人张万山这一对儿革命伴侣是卖过命、出过力的……

现在的龙泉村，是因为昭关县的城区扩大，撤了龙泉镇而改回来的。县城的主城区早已建到了原来龙泉镇滏水河的对面，原来河对面的河边村，也已成了繁华的新城区。这样一来，现在龙泉村的前街，已不能与"吃不够的龙泉饭，住不完的龙泉店"民国时的龙泉镇前街同日而语了。严格地来讲，前街已不是一条街了，只能称为半条街或半壁街。路北边的商铺和戏楼，已被 1963 年的特大洪水冲去大半，街上七零八落的老式房屋也被全部拆除了，原来能行走两辆马车的石板路，扩建成能并排行驶三辆汽车的龙泉路。近年来，在建设旅游一条街的倡议下，又将路南的旧商铺改建为一溜簇新的三层商店。现在只有旅游者参观龙泉观和神麎山脚下的龙泉、龙洞景点时来往于此。张家的一水儿的青砖到顶的四合院，就夹在贴着漂亮瓷砖、镶嵌着红色琉璃瓦的现代化小楼之中。它孤独地戳在那里，更显得落后与陈旧。

田老太太的家，其实是民国时期田家在龙泉镇前街的一套四合院商铺。在土改前田道然田老爷成了开明士绅后，看到孙女田希微与自卫队总队长石匠张志和的儿子张万山生米已做成了熟饭，就认了这门亲事。抗日战争胜利后，张万山领着龙泉营随大军南下，之后又参加了抗美援朝战争，一去就再也没有回来。田老爷看到孙女田希微带着两男一女三个孩子，也没有一个像样的住处，就做主把临街的商铺送给了她。土改时张家被确定为下中农，为了鼓励张万山在前线立功，政府就把这套院子和几亩地分给了他家，并颁发了土地证书。

今儿夜里田老太太仙逝后，由张家的族人和龙泉村的干部组成了治丧委员会。

治丧委员会第一次会议正要结束的时候，靠在沙发上养神、已90岁的老英雄谷满囤从旁边插话了："俺这师娘嫂子一走，在座的就数俺的岁数大了，俺说呀，这个事儿只能往大里办，不能给办小喽！要不然咱们对不起俺师父和两个师娘嫂子！"

这时候站在一旁的张学智说话了："满囤叔，俺娘走前交代了，'身后丧事要从简，不要麻烦政府和乡邻，要不心里会不安哩！'要我说还是尊重她老人家的意愿为好！"他是田老太太的亲生儿子，在丧事办理上最有发言权。谷满囤也是党员，也觉得应该尊重逝者的要求，于是点了点他那银光闪闪的头颅。

别看满囤老先生与田老太太只相差一岁，但猛地一瞧就和张万山家的老大张学明、老二张学智哥俩差不多。三人都是银发闪亮，可90岁的满囤老人家眼不花耳不聋，说话还声如洪钟，看来张万山没白教给他功夫。他见了田希微就叫师娘嫂子，一叫就叫了六十多年。

第三天，晴空万里，在烈日的灼烤下，一座宽大的灵棚，就搭建在前街张家大门对面的公路上。灵棚两侧的立柱上分别悬挂着白布条幅，上写着："忠烈满门共赴国难保家卫国迎来红遍万山；抗俪携手生死战友忠贞不贰世人敬仰希微。"棚头上挂一白布横幅，上写四个大字"英灵千古"。

忙客们冒着难耐的暑热，整整忙碌了两天一夜，当日后晌一大两小三口彩绘松木棺材，就摆放进了灵棚里，就等着田老太太尸体火化回来后，进行大殓。

请来的西洋铜管乐队，正在灵棚旁边的树荫下调试乐器，就有来看热闹的青年人聚集到了灵棚前。这时突然有人问正在协调三班乐队的谷有余："咋嘞？死了一个田老太太咋整了三口棺材？"

长得高高挑挑、文质彬彬的谷有余，是和张万山一同带领龙泉营南下的谷满仓的孙子、谷满囤老先生的侄孙。他把头一扭，瞪着双皮大眼，对着年轻人说道："不懂你就别瞎咧咧！你到街上看看贴在墙上的讣告，就知道是咋回事了。"

这时，一个站在旁边似乎知道点这里面故事的人围上来问谷有余："恁爷爷不是和张万山一块儿参加抗美援朝的吗？咋恁爷爷回来了，他没回来？"谷有余说："详细的情况俺也不太知道，只听爷爷说，当时他们的部队打到大西南后，万山爷爷就调到上级部门受训去了。抗美援朝开始后，他又回到了和爷爷一起的部队。往朝鲜开拔时，他还往家写信，让田奶奶带上孩子，于约定的日子在冀南市火车站前等候，一起随军到东北。那时候信送得慢，田奶奶接到信后就只剩下半天了，咱这儿到冀南市不通客车，就让万水爷爷赶着马车往那儿赶。那天正好下了雨，土路泥泞不好走，紧撵慢赶，到了火车站时，运送部队的火车已开走了，无奈田奶奶带着孩子只好又回到龙泉镇。部队到朝鲜战场后，他们俩一直在一个部队战斗。那一次也是他们俩最后一次在一起，第二天要打大仗了，当天晚上，万山爷爷找到俺爷爷，说这次战斗他要去执行特殊的任务，有可能就回不来了。如果回不来了让他给家里捎个信儿，让田奶奶把孩子照顾好，别让他们受了屈。这次战斗打得异常残酷，一直打了很长时间，战斗中俺爷爷的脚被打残了，回到后方治疗，之后就复员回家了，也不知道万山爷爷在朝鲜是死是活，后来也一直没有他的消息。家人到处托人去打听，也没有结果。直到1958年的一天，突然他家里来了政府的人慰问，送来一张烈士证，在门口挂上了一块烈属牌牌，并给全家拍了一张全家照，就走了。田希微奶奶以为万山爷机智勇敢，武功高强，不相信他会牺牲，一直带着三个孩子等着他，这不一等就等到了现在，也没有等回来。这次只好把万山爷爷，还有早已去世的桂英奶奶合葬入土为安了。"说着说着大眼睛里就涌出了晶莹的泪水。

这时周围已聚集了许多人，他们听着听着眼圈都发红了，不由地揉起眼睛，看看灵棚里的三口棺材，再扭头看看挂在灵棚两边的挽联，不约而同又向上望着湛蓝的天空，像是在那里找寻着什么。

突然，响起了令人伤心的哀乐，就听到有人喊："回来了！"人们不由地把目光转向了公路的东面。前边一辆客货两用车上，几个人撒着纸钱，放着鞭炮，引领着一辆面包车和十几辆轿车，缓缓地开过来。众人都默默地注视着从东面驶来的车队。看那鞭炮爆燃后腾起在空中浓重的彩色烟雾，就像飘浮在空中的仙云神雾一般，一片片一朵朵地游荡舒卷在车队的上方，承载着悠渺的灵魂和情思，久久地不肯腾飞散去。

入殓后吊唁守灵的第二天天黑后，满囤老爷子来吊唁守灵了，刚坐下就有几个年轻人围了过来，指着田老太太的遗照问道："满囤老爷爷，恁看田老奶奶年轻时多好看，细眉大眼，鹅蛋脸儿，又是大家闺秀，还在北京上过大学，恁说咱万山老爷爷多有福气呀！看人家的名字也好听，田希微，叫着多洋气。"

"万山是娶了个好媳妇，但没跟人家过几年就走了，留下他们孤儿寡母，还要伺候老人。名儿听着倒是不赖，那是老子《道德经》里的一句话：'听之不闻，名曰希。抟之不得，名曰微。'就是幽而不显的意思，也是'道'的原始状态。"满囤从小跟着他爹谷子贵学了不少文化，又跟师父张万山学了许多道家经典，在龙泉村是个有学问的人。

第二天下午3点多，满囤老先生看着新堆起来的土堆和跪在地上的男女后人们，注视着墓堆两旁摆满鲜花和墓堆前熊熊燃烧的火焰，心里唏嘘不已。坟前的空地上突然鞭炮齐鸣，告诉人们今天的葬礼圆满结束了。

田老太太走了这几天，满囤老先生觉得自己更孤独更寂寞了，只想找个能理解他的人说说话，聊聊天。毕竟年事已高，没有了精力，也没有了激情，就剩下默默地回忆了。随着年龄的增长，记忆却变得越来越清晰了。

他现在还不想离开师父和师娘嫂子的新坟，想留下来再和他们说说藏在心里的话，再不说出来，恐怕以后也没有机会说了。

张学明交代谷有余说："有余啊，你在这儿等着，给你们留一辆车，等会儿把你二爷送回家，千万别让他老人家中了暑。"

满囤老先生看人都走了，就在师父的坟前慢慢地跪下，嘴还没张开，两行老泪先流了下来。他抬起青筋暴起的手擦了擦，就打开了话匣子：

"师父唉！咱们从小一起长大，俺跟在恁和俺满仓哥的屁股后头跑来跑去，开心得很哩！后来跟恁学了十几年的武艺，虽然学艺不精，但也没给恁丢了人。民国年间闹土匪、闹老日的，俺又跟在恁后头横枪立马，黑里来夜里去，可没少捉了鬼打了魔。抗战胜利后，恁和俺满仓哥带着龙泉营南下后，恁就一去不回。俺们在家里等啊盼呀，等回了残废的满仓哥，盼回来恁个烈属牌牌儿。恁爹立马就病倒了，一直没有起来。俺师娘嫂子一下子就老了十几岁，40 岁的人一夜间头发就花白了，白生生的脸呀焦黄焦黄嘞，就像是 50 多岁的人。俺们都心疼的啊，没法儿嘞！多亏她是个经过风雨见过世面的女人，一门心思还想着恁。为了恁留下的遗言，她护着孩子守着寡，就是在公社担着领导职务，回到家里还替恁在老人跟前尽孝，没有一点儿大户人家闺女那个嫌弃，俺从心眼里佩服她。到了阴间恁可要好好感谢人家，对待人家啊！"

"二爷爷唉，走吧！别说了，他们都听不见，说来说去还不都是抗日、打老蒋、打老美的联合国军那点事儿吗？"站在满囤身后，给他打着伞的谷有余，被日头烤得有点儿受不住了，拉着老先生的胳膊说。

"就那点事儿？打败美帝野心狼，恁这俩爷爷可是丢掉一条命，失去半条腿嘞！咱中国只有有了像昆仑山神一样的共产党人，顺应了天道，赢得了民心，才会有中华民族的现在。"

这时的谷满囤老先生就像是一位传道者，苍老黑红的脸上淌着汗珠，深情凝重的双眼眺望着西天边烈日下巍巍耸立的神麇山，沉浸在了对如烟往事的回忆之中……

民国二十六年阴历七月二十二，接连下了四十天的雨终于停了。

　　龙泉镇里的农人们，满面愁容地从散发着霉味儿的屋里走出来，心急火燎地扛起农具三三两两地向镇外田里走去。

　　昭关县大名鼎鼎的石匠张志和与大儿子张万山、二儿子张万水扛着镢头，提着柳条编成的篮子，走出了龙泉镇的南门，猛然间好像走进了另一个世界。久违的已陌生了的老阳儿，炫耀似的挂在东方的天际，强烈的阳光扎得张家父子眼睛生疼。

　　向西望去，神麇山的主峰老槐顶，雾气蒸腾。绿茵茵的野草布满山石间；一簇簇灌木丛间，点缀着翠绿的松、柏、槐、榆和黄灿灿的山花；丝丝缕缕白色的云雾穿行在各种树木之间，带着几分羞涩，几分留恋，腻腻歪歪地不肯离开；皓皓如玉的岩石，在阳光照射下，也闪耀着神秘的光泽，给老槐顶增添了几分虚幻缥缈感。

　　山根起伏的土道，左右盘旋忽隐忽现。土道上零乱的车辙和坑洼里边清澈的雨水，在老阳儿的映射下闪耀着光亮。长得挺拔硬朗、豹头环眼的张志和，不管是车辙还是水坑，迈开大步，不管不顾地向前踏去，走了没几步，裤腿儿上就溅上了许多斑斑的泥点子。跟在身后，长得精壮干练、英武敦厚的大儿子张万山，又是一个样儿。只见他提起脚轻灵地跳着，或纵或横，专拣有草丛和石块儿的地方踩。走了很远，也看不见裤腿儿上有深色的泥迹。长得高大魁梧、威风凛凛的二小子张万水，跟在哥哥后头，专拣大哥踩过没有泥浆的地方踏。他们前前后后不紧不慢地走着，不一会儿，就消失在了山的弯处。

张志和挺着强健的胸膛，站在自家的山坡地头，手拄镢头，环视着既熟悉又有点儿陌生的山川水流，黑红刚毅的脸越来越阴沉了。他看见山梁沟壑之间，田地里的庄稼都被山水冲得像砍了脚的动物一样，横七竖八奄奄一息地躺在泥水里。

"唉！我活了50多岁，还没见过下这么长时间这么大的雨哩！哩哩啦啦地下了近四十天，真是活见鬼了啊！日本人要侵占咱中国，欺负咱们还不算，这老天也跟着捣乱，也想要咱们的命哩！"张志和用毛了边的白粗布衣襟，扇着青铜色的胸膛，叹着气说。

万山用镢头撅了撅地，一双深邃坚毅的大眼眺望着远处的天空说："爹！老话说大雨如线天下大乱，今年这雨下得真邪乎，对脸就看不见人，俺看这世道真要大变了！这秋庄稼也是没指望了，一直等到明年麦天才能接上哩！咋办？咱不能等死呀！"

张志和没接话，扭头对二儿子说："万水，把篮子里的两个纸包给我！"

万水把粘在鞋上的泥在草棵子上擦了擦，从篮子里拿出两个油纸包，递给了爹。

"看，这就是咱们全家人的吃食哩！"张志和掂了掂手中的纸包，把它交给了万山，无奈地说："咱这二亩地，赶紧种上一亩白菜一亩萝卜。中秋节前后，白菜、萝卜之间再种上麦子。这年前年后，就靠这菜过活哩。"回过头又对万水说："地里的活儿有俺和恁哥就行了，河里的水下去后，恁田东家的油坊又该上工了，回去后问一问，看啥时上工。咱不能在一棵树上吊死，还得再找找别的活路哩！"

万水还没来得及回答，突然听到山崖下传来呼救声。万山看了爹一眼，就飞快地跑了过去。

可了不得啦！崖根的一棵核桃树上吊着一个人，两个半大小子抱着那个人的腿在喊救命。

"大牛！二牛！抱着往起举，别乱动，等我过去啊！"又抬起头向上喊："爹，快来呀！老根叔上吊啦！"说完万山一个箭步就蹿到了树下。蹭蹭一纵，飞身伸手就抓住了吊着绳子的树枝，一个鹞子翻身，就骑到了横着的树枝上。他俯下身一边解绳子一边嘱咐大牛、二牛："抱紧喽！慢慢往下放。"这时他爹和万水也来到树下，帮着把李老根儿平放到了树下的草地上。

大牛、二牛哭喊着："爹呀！恁这是咋的了？呜——恁死了俺们咋办哩？呜——"

张志和看到李老根儿脸色黑紫，额头青筋暴凸，两只血红的眼睛瞪着，嘴大张着，就像是一个狰狞的恶鬼。他就对着大牛、二牛喊了声："别哭了！不要慌，听俺嘞！大牛快把毛巾蘸上水，把恁爹的嘴和鼻子捂住。"说完伸手把脖子上的毛巾拽下来，扔给了大牛。"万山，蹬住恁老根叔的肩膀，用手拽住他的头发使劲往上拽！万水，把恁地褂子一头缠在老根叔的脚上，另一头缠在恁地脚上，使劲往下蹬。"张志和一边下令，一边用手指捻正老根儿的喉咙，一下一下地用手掌按摩其瘦骨嶙峋的胸，又一张一曲地伸缩其干柴似的手和胳膊。反复数次后，趴到老根儿的脑袋旁，用左手堵住他的左耳，用烟袋杆向右耳孔中吹气。连吹数次后，老根儿的胸腔有了反应。张志和马上又喊："万水！用拇指使劲按摩他的涌泉穴。万山！使劲掐他的人中。"过了不大会儿，只听一连声"呵……咳……"老根儿终于缓过气儿来了。张志和一看人醒了，一边上下抚摸着老根儿的胸腔，一边对着老根儿说："恁先别动，来慢慢吸气到丹田。"

不一会儿，老根儿呼吸渐渐平稳了，面色也由黑紫恢复了以往的黑黄。

"老根叔啊，就是有天大的事，恁也不应该这样！老话说'好死不如赖活着'，恁这是咋着了吗？干这傻事！"万山瞪着老根儿，一边数落着，一边把他扶着坐了起来，同时从上往下轻轻地拍打着老根儿的后背。老根儿叹了口气："唉！恁都救我干啥？俺无能啊！连自己都养活不了，俺活着还有什么劲儿嘛。"

"恁说的啥话嘛，才50岁就活够了！到底是咋回子事儿？给俺说说，俺给你排解排解。"张志和边说边凑上前，用温和的语气问。

"哎！恁也知道，俺上下两块地，一共三亩半，是租团总马小辫的。这几年天旱少雨，收成不好，欠下了不少的债，光马家利滚利，俺就欠下35圆。再加上今年的人头捐、讨匪捐等杂七杂八的这费那税，俺实在是缴不起呀！原本说今年雨水大，这三亩半地，秋天能有个好收成。没想到，这雨一下就是40多天！你们看看这玉米、高粱，倒的倒、泡的泡，还有啥指望！这还不算，你们看大雨把这上下两块地冲出了两个大葫芦瓢，俺光给人家垒堰填土也填不起！"老根儿喘着粗气，指着两个孩子说："家里还有六口人要吃要喝。唉！这愁得俺呀！一想，死了拉倒，一了百了！”

“老弟呀！恁这样做错啦！恁想没想，恁死后你老娘和你老婆孩子咋办？那还不是等死吗？这又不是光恁家，这天底下跟恁一样的人家多了！下这么大的雨，住在东边平原滏水、漳河两岸几十个县的人，房子和地都被水淹了，现在还泡在水里没人管，他们该咋办？恁琢磨琢磨，咱比人家可强多了！恁说是不是？”张志和抓着老根儿的手说。

经张志和这么一说，老根儿脸上紧绷着的肌肉松弛了下来，沉闷了一会儿，又摇了摇头说：“话是那样说，现时家中缺粮，俺拿啥来填这六张嘴呀？”

张志和思忖了一下说：“要不这样吧！今黑个叫万水给你家送两升小米，先对付对付。恁看山上和地里有不少野菜和野果，掺上吃也能顶一阵子。咱村北河里有小鱼小虾，还有小螃蟹和水草，好歹也能抵挡一阵子。”

张万山接着爹的话头说：“老根叔，龙泉观后山有不少皂角树，每年结很多皂角，改天叫大牛、二牛去摘点儿，皂角豆能吃，皮还能洗衣洗头。俺每年就摘不少。”

经张家父子这么一说，老根儿不住地点头，孩子们也松了口气，笑了。

“哎呀！老弟呀，恁今天算是捡了条命。”张志和边说边站了起来。老根儿赶忙跪下要给张志和磕头。张志和赶忙扶起他说：“恁别谢我，要谢就谢恁那两个儿子吧！要不是他们发现得早，恁今个儿恐怕活不过来！”

张志和顿了顿又说：“老弟，这样吧，俺是石匠，改天俺帮恁把堰头垒起来，等地干了后找人再把土填上。恁也找找东家马小辫，看能不能给恁免了地租，这天灾任谁也挡不住，这地给冲坏了也不赖恁！”扭头对万水说：“把两包菜籽留给你老根叔，让他先种，咱们回头再说。”

老根儿接过两包菜籽，两行热泪流了下来，赶忙对大牛、二牛说：“快给恁大伯和两个哥哥磕头！”

话音刚落，突然从龙泉镇方向传来几声“枪”响，万山非常警觉：“爹！镇上出事了！咱们赶快回去吧！”

张志和对老根儿爷仨说：“恁都先歇歇，等会儿再走！俺们先回去看看咋回事儿！”三人收拾农具，匆忙向镇上赶去。

他们三人刚赶到镇南门外土地庙前的打谷场，就看到一群人围在看场人的门口张望，屋里传出一个女人的哭骂声。

"满囤，咋回事儿？"万山抢先来到前面，拉了拉正踮着脚向里瞄的一个小伙子。

小伙子扭头一看是张万山，面带惊恐地说："师父，不好了，咱村来老贼儿了！"

"在哪儿呢？"万山继续问。

"跑啦！"

"咋不追？"

"谁敢啊！骑着马拿着枪，谁敢追呀？就是追，咱也追不上！"满囤着急地说。

"他们有多少人？是哪个杆子的？"万山继续问。

"有二三十号人。"满囤摸了摸光头，想了想又说，"好像是户全占'一扫光'的人马。他们从东门进来，在后街抢了十几户，还打死两个人；在前街，团丁有枪，他们人来得少，就没敢去抢。老贼儿们出南门往东跑，在路上，看到二妮儿自己在地边挖野菜，就把她给那个了！连打再吓，二妮儿昏死过去了。"

"王八蛋！大雨刚停，这么快就出来做活！"张万山恨恨地说。正说着张志和也来到了跟前。他们把人群往两边一拨拉，就挤进了屋里。万山扭头对屋里的人说："都出去，都出去。"边说边把人向外推。

张志和到炕边一看，小妮子光着腿。下身盖着一件看不出颜色的破花褂子，炕边血糊糊一片。王老赶老婆满脸菜色，坐在炕边只是哭骂。张志和看着瘦小、带着稚气、脸已扭曲了的二妮儿，伸手摸了摸她的鼻孔，随后又给她号了号脉，扭头唤道："万山！赶快把二妮儿送到龙泉观你师父那儿，叫老神仙给禳治禳治。要快！越快越好！"随手就把自己肩上搭的褂子拽下，包住二妮儿的下半身，抱起二妮儿就递给了万山。

张万山抱起二妮儿，三晃两扭就走出了打谷场屋，向神麋山半山腰的龙泉观奔去。

太行山南北延衮千余里，纵深二百余里，横亘在华北平原的西部。这里百岭相连，万峰耸立，集雄、幽、峻、秀于一体，是晋中平原与华北平原之间的一道天然屏障。其间有八大断裂带形成的陉道，被称为太行八大陉，断在冀南之地的为滏口陉，陉间一条滏水河向东滔滔而去。

滏口陉南侧为神麇山，北侧为鼓山，中间为半里地宽的陉道。这是一重要的战略通道，历来为兵家必争之地，数千年历经大小战争数百次，久而久之关口两侧民众大都崇武，形成争强斗狠的风气，村村有拳房，镇镇有武社。清末民初土匪横行，民众为求自保，纷纷加入各种民间组织。

东出昭关不远处，路就分成两条官道。一条东出车骑关去京、津、鲁地；另一条出关过滏水桥往南，沿着神麇山腰开凿的山道，绕过山岭向东，可过鲁地泰山直达东海，向南过豫，可达江浙、南粤之地。

滏水河也顺着神麇山势，出陉口即向南甩去，一去四五里，便撞在神麇山向东延伸出的一条山岭，与岭根群泉喷涌而出的滚滚激流汇合，浩浩荡荡向东奔腾而去。

山岭20多丈高的悬崖台地上，有一座远近闻名的道观，以九脊重檐歇山顶式的空山明月阁为主，坐南朝北，面朝滏水。左为五脊歇山顶式两座宽各三间的殿堂庙院，山门朝西一条石砌台阶的山道直下到官道，再下到山根泉边；右侧为套院，是乾、坤道众的硬山顶式的住房。明月阁下有道长、监院的住室，中间一条石砌窄道连接左右两院。屋顶琉璃瓦虽已有些斑驳，但在阳光的映照下仍然光彩闪耀。这就是始建于唐代的龙泉观。

龙泉观以山下的山泉而得名。山根处有一深不可测的山洞，被称为龙洞；洞的两侧崖下大小泉眼无数，群泉翻滚，如汤如潆，这就是潆水河名的出处。洞前潭深，其色黛绿，粼粼清水从泉中喷涌而出，被誉为龙泉。

龙泉观有三宝：铜钟、铜壶、云老道。铜钟、铜壶均为唐建道观时的老物件。云清道长年已百岁，历经清道光、咸丰、同治、光绪、宣统、民国两朝六代。他身怀绝学绝技，武学、医学、道学、养身无不精通，尤其秘不外传的雪花太极拳更是了得。清代友人为道观题联曰："琴吞月海雷部总权三宝印，剑挂寒空威震中原四百州。"

观的东院有一棵虬曲如龙盘、树冠硕大的皂角树，枝叶密不透风，犹如葱葱绿云遮盖了大半个院子。只有在烈日当顶时，才像一个巨大的漏勺，洒下斑斓散乱的光点。树上结着数不清的皂角，微风轻摇，像千万把小刀左右晃动，令人胆战心惊。仔细观瞧，每个皂角籽粒饱满，青翠欲滴，又忍不住想伸手摘下几只尝尝。这就是千百年来道士日常之用的神物，它不但作为药材能治病救人，荒年还可果腹，而且能洗衣、洗碗、洗头、洗脸，功用相当可观。东侧开一小山门供道士们出入，并建有三间寝房。南边山崖下也建有一溜五间寝室，明月阁下东侧有一小跨院为坤道房和斋堂。因环境所限，道院只有乾、坤道20余人，多数是云清道长的徒子徒孙。

张万山一干人抱着二妮儿，匆匆来到道观院内，与师兄宗峰监院撞了个满怀。

宗峰监院吓了一跳："这是咋回事？"

宗峰监院话音刚落，远远看见一位五缕银髯飘飘，白发高束，顶系蓝色一字巾，上身穿白道褂，下身穿天蓝裤，蹬一双圆口十方鞋，手里摇着写有"道法自然"折扇的老者从门里飘然而出。再看那老者面容沉静，双目清澈深邃，身形潇洒飘逸，一派仙风道骨风范。这就是龙泉观方丈云清道长。

万山赶快急步上前向师父说明来意。云清道长领着他们迅速向后院走去。

在后院的一间寝室内，云清道长让女徒弟宗霞道姑给二妮儿查看伤情，一边听跟来的黄脸妇人讲事情的经过。

万山一干人紧张地聚在门外等候消息。

大约过了半个时辰，道长走出室门，将腋下医包交与宗峰监院，手持银髯对万山说："我祖慈悲，女居士体伤已无大碍，但心伤恐难医治。"

"您老慈悲，谢谢您了！"张万山一听二妮儿已没有生命之虞，双膝跪地向道长磕头。

"免礼免礼，起来回话。"

万山应声站了起来。

老道长用怆然忧悒的眼神扫了一眼周围的众人对万山说："二妮居士遭此劫难，心身俱碎，实难以愈合。我与其母相商，让其暂居观内，由你师姐宗霞开导，慢慢调养医治。只让其母留下，你等即可回去。万山你看如何？"

"您老慈悲！俺师姐向来与人为善，这样最好了。"张万山赶快应答。

"那你们就回去吧！"老道长说完挥了挥手中的折扇向众人示意。

"师父啊！俺还有事请教，不知您愿不愿意赐教？"张万山久跟道长学艺，也学了不少道家经典，处事有章有节，说话有条有理。

"那就到里边说吧。"老道长抬手指了指方丈室。

张万山紧随师父一行向昆山明月阁下的方丈室走去。

昆山明月阁上下两层。下层为更房，房内正中石台上摆有镇观之宝——唐建观时的青铜漏壶，用以计时。漏壶上下三层共四壶，上为蓄水壶，中为漏水壶，最下一为受水壶，紧挨着另一为接水壶。四壶均高一尺半，直径一尺。受水壶中有二尺半长一铜尺，铜尺外露铜盖一尺，上刻有十二横线，旁刻有十二时辰名字。每一时辰有十刻，共有一百二十刻。壶中有一浮箭，从壶盖孔中伸出，箭头用以指示时线和刻线。为保水压稳定，壶中间伸出一水管，将多余的水排出到接水壶中，每日午时与院中的日冕校时。值更道士坐在室内，每到更点，为各值殿道士提供何时开静、止静，何时给神供茶、供香，何时打坐练功的报时。门对面有一溜五间房，中间三间为方丈室。右为监院住室，左为有身份的挂单道友客房。

方丈室其中两间为会客室，另一间为道长寝室。一进门，就看到迎面墙上高处横挂一黑底金字横匾，上书"大道光明"。下挂一幅中堂山水画《神麋山秋色图》，落款"云清道人画"。两边挂一副对联"麋山西崿明月已从磐石去，滏水东流清风又送海涛来"。条几前一张桃木八仙桌，两边各一把太师椅。东山墙正中一块横匾，上题清云岩山人行书诗《滏水春帆》："一湾春水涨玻璃，片片悬帆映绿堤；细雨吹来风顺势，冲烟已到画桥西。"

靠墙摆有茶几，两边各有一把四角出头的官帽椅。南北窗下，各摆有茶几和一对罗圈椅。正中摆一长方形半尺厚枣木茶案。

师兄弟二人相对坐下后，师父就问："万山，你有什么事尽管说，只要师父我能办到的，一定帮你办。我办不下的，你师兄也可帮你办，有难处尽管说！"

张万山坐下来稳定了一下自己的情绪，看着师父的眼睛说："师父！恁老都看见了，咱中国内忧加上外患，天下又要大乱啦！恁老历经六个朝代，知事百通，给分析一下这都是咋回子事儿啊？"

云清道长看着心急如焚的徒弟，长长地叹了一口气，将了将雪白的五缕长须说："天下大势都是由弱到强，由盛又转衰，往复循环经久不息，这就是道家老祖说的'水满则溢，日中则移'的道理，这是任谁也改变不了的规律。每一个王朝的衰败之时，就是国之动乱之始，这些都是人间之道自然之理也。"

张万山往前探了一下身子，又问道："那这一切是怎么造成的呢？"

云清道长咳嗽了一声，一拍身前的枣木茶台说道："国已无魂无魄矣！大清就像是一个病入膏肓、没有意志的巨兽，臃肿而无脑，纷乱而无序，只剩下一副一戳就破、一推就倒的空皮囊。再到民国建政，军阀混战，争斗更甚。他们政以贿成，官以私进，如沙般难聚，而招致倭寇一国来侵犯。这一切都是民国当政者失魂落魄所致，非我族我辈无能矣！"

云清道长说完，面带羞忿之容，看了看坐在眼前的两个徒弟，摇了摇头，端起茶碗抿了一口茶水。

张万山又问道："咱这儿迟早都要沦陷，恁老给指一条明路，俺们该逃还是该留？咱不能伸出脖子等人家来宰啊！"

云清道长把手中的茶碗放回台上，瞪了一眼自己的徒弟说："我教授雪花太极拳时不是给你说过吗？太极打人圈中赢，这个圈就是阴阳圈和五行环，只要在圈环之内，不管是金和木，还是水火土，都有相生之理，也有相克之道。龙泉城乡，就是你们的转圜之环，制胜之圈。如果离开此地，就是失去了回旋之圆，丢掉了制人之环，你们必输无疑！你想想，一无钱粮，二无制胜之力，逃亡在生疏之地，你们将寸步难行。眼下当务之急，理应重举自卫队大旗，占据一方，内拒兵匪，外抗日贼，同心协力护卫民众。利用人和与地利之便，取阴阳之道，纵横捭阖与敌周旋，方有可胜之机会！"

道长说完叹了口气，扭过头对大徒弟宗峰说："我道观能经得起这场兵燹之灾吗？我看呀，也难善其身。愿我祖慈悲，护佑百姓，保我道门，早日国泰民安吧！福生无量天尊。"道长慢慢地睁开双眼，对万山说："你要把道祖'上善若水'的教诲铭记在心，水利万物而不争，柔弱者莫过于水了。但它柔之能克刚，弱之能胜强。百姓历来是弱者，你们要审时度势，顺势而为。不管是谁，终究会是'顺天者昌，逆天者亡'。切记！切记！"

万山赶忙跪倒在地："谢谢师父教诲！"

就在这时，小道童挑帘进来拱手禀报："师爷！龙泉镇民团团总、龙泉村村长田老爷来访，还送来两瓷供养油。"

"好！好！把油送库房，有请田居士。"随后满含深情地对万山说，"你先回去吧！希望你好自为之，有时间多来看看我，咱们相处的时日恐怕已不多矣。"

万山晶莹的泪水已浸满眼眶，俯身磕了三个头，起身离开了方丈室。

云清道长坐在方丈室静等田老爷的到来。不一会儿，就听门外有人喊："老神仙啊！老朽看您来了！"竹帘一挑，挤进一个银白头发后梳、鼻梁上架一副金丝边眼镜的老者。他脸庞瘦削，细细的皱纹密布眼角，黄白面皮刮得干干净净，薄薄的两片嘴唇，嘴角一挑满面笑容。他身形瘦长，穿一身雪白丝绸衣裤，手里还拿着一根镶有黄铜把的文明棍，来到道长面前，拱手施礼道："别来无恙啊老神仙！您老慈悲，我这给您见礼了！"

道长站起身，拱拱手说："彼此彼此，慈悲慈悲！宗峰，给田老爷看座！"

田老爷就是田道然，他现在是龙泉镇民团团总兼龙泉村村长。道长看了看他问道："田老爷好久没来敝观，今日光临，不知有何见教？"

"哎！我可不敢见教。只因近来全身常感不适，不知何因，今特来请教一二。"田道然说完，控制不住干咳了几声。

道长端详了一阵田道然后，对宗峰说："你忙去吧！我陪田老爷说会儿话。"

然后起身从台案上拿来一个小棉包，放在茶几上说："来，我给你号号脉。"

道长闭着眼睛号完脉后又看了看舌苔，笑了笑说："无大碍。你双手脉象均弱，且迟又细。观你舌象质淡且嫩，舌形胖，舌苔既白又厚，看你面色黄白无光。这都是肾阳虚的表征。肾主精，肺主气。凡纵欲思色者易伤肾，肾水一亏，火必旺盛，火盛就会克肺金，火盛痰升导致咳嗽。肾水衰还会导致腰膝酸痛，腰脊萎弱，极易疲劳。你夜多盗汗，四肢畏冷畏寒，日尿频且清长。时有头晕目眩、失眠健忘之状，是由于气血运行无力，不能上融于清窍所致。"

田道然听道长诊断，不住点头称是。

道长继续说："如果不马上调治，一旦肾器衰败，就会导致整个躯体的衰老加快，到时你悔之晚矣。"

云清道长拿起茶几上的毛巾擦了擦手，又放回茶几上。看了看田道然继续说："人有两肾。一曰内肾，一曰外肾。腰为内肾，主水；裆部为外肾，主精。年老体弱者、好色纵欲者，都会造成精水两亏。我说的话可能您不爱听，但作为医者必须告诫您，您已年近七旬，家有一妻二妾，是您延寿之大敌。房中之事，它既能生人，也能杀人。就如水火，知用者，可以养身；不知用者，可致命。仙经曰，'我命在我不在于天，但愚人不能知此道为生命之要。所以致百病风邪者，皆由恣意极情，不知自惜，故虚损生也。譬如枯朽之木，遇风即折。又如将溃之岸，值水先颓。'您看此言对否？"

田道然只听得连连称是，问道："那我怎样才能标本兼治呢？"

"凡求长寿，应先除病，除病当先用药，附以用气。人之肉身以气为主，气亏则病，气滞则病。欲治其身，先治其气。欲治其气，先养其性。我先给你开一药方，便可治愈你的病。但这只能治一时，不能治一世。长久之计，必学养身之道。"

说完就站起身走向八仙桌，铺开纸，手拿毛笔，写下了以拣参、嫩鹿茸、山茱萸、甘枸杞为主的共二十三味药的方子，交与田道然。并嘱咐将药研为细末，加炼蜜、熟枣肉，制为梧桐子大小的药丸，空腹用盐汤或酒送下。

田道然拿起药方看了看说："我定当遵嘱！"说完又回原位坐下，问道："我进山门看到张石匠大儿子领着一伙人，刚从庙门出去，不知因何事而来？"

"你不知道镇上来老贼儿了吗？"

田道然说："听说了，在后街抢了十几家，还杀了两个人就跑了。听说在镇南门外路边还糟蹋了一个小妮子。"

"对，万山他们送到我这儿给她治伤。这不，我把她留下给瓤治瓤治。"

田道然听后沉思了一下，扭头对道长说："往常年老贼儿大都是麦收和秋收后，或是年终才出来抢劫。这次提前了，是否与时局有关？昨日咱家善仁回来说省城难保，省部都已南迁，日本军很快就会南下到石门和邯郸，问我怎么办。我说听天由命吧！您老见多识广，给出个主意，看咱家未来怎么办为好？"

云清道长一听摆了摆手说："哎！你家善渊是县财政局长，善仁任职县警备团团长，接触的都是上层精英人物，办的是国之大事。我一山野之人，怎敢妄谈国家时事。不敢！不敢！"

"哎！您老说得差矣！我也是年近古稀之人，经见的世事也不少。但我本一俗人，务农经商还可以，观天象、预测未来我一窍不通。道家乃集大成者，天道、世道、人道、医道、武道无不精通。只请您给点拨一二。"田道然急切地说。

云清道长看情意难却，放下折扇，站了起来。边走边挽起衣袖来到桌前，铺开宣纸，挥笔写下龙飞凤舞的十六个字：功成身退，激流勇下，全身远害，顺应天道。落款：丁丑年秋月云清道长赠。

田道然站在桌子边，若有所思地一字一念。待道长写完后点了点头。又用文明棍撅了两下地砖说："对！对！对！是时候了，应该远离是非。不顺天意，必受其究。谢谢老神仙点醒，我这儿有礼了！"说完就拱手施礼告辞。

—— | 三 | ——

　　龙泉观下石券洞为风月关，官道穿过石券洞向东不远，山势逐渐下沉，官道也随之下降。下坡不远处，便是远近闻名的龙泉镇。

　　镇名原本不叫龙泉，而叫杏花村。唐初，建龙泉观后，才改名为龙泉村。龙泉村依山傍水，又居官道要冲。千余年来，商贾往返，旅人匆匆，官人赴任，文人赶考等，东去西往，络绎不绝。久而久之，官道两侧店铺林立，夹道而设。江湖上慢慢就有了"吃不够的龙泉饭，住不完的龙泉店"一说。商业繁荣，人口增多，龙泉镇也就应运而生，逐渐形成两条大街五座镇门。

　　店铺相夹的官道叫前街，街的东西两头各建有拱形大门进出，上建有歇山顶式的值更用房，昼夜有团丁把守，每日卯时至戌时可自由进出，其他时辰闭门，可绕镇而过。

　　官道北侧商铺墙后，就是滚滚东去的滏水河。官道南侧商铺后边，住的都是镇上有头有脸的富人。镇公所和民团部就在大街上，周围高墙大院比比皆是。最有名的当数田家、马家和胡家。田家的掌门人就是昭关县的首富田道然，他是远近闻名的大地主和大财主。上有90多岁的老母，膝下有四男一女，共三十余口人，五世同堂。大儿子田善地，掌管家族产业。二儿子田善渊，现在是昭关县财政局局长。三儿子田善仁，直隶警务学堂毕业，任县警备团团长，是二老婆所生。老四叫田善信，小妾所生，因受田道然宠爱，从小娇生惯养。长大后不学无术，吃喝嫖赌样样俱全，终日与一帮狐朋狗友吃喝玩乐潇洒过活。田道然本人任镇民团团总兼龙泉村村长，财有老大，文有老二，武有老三，在镇上势力最强，庄院最大，人称田老爷。马家指的是另一大地主老财马怀德。因其秃顶，只在脑后梳一小辫，被称为马小辫，是镇上民团副团总，实力仅次于田道然。胡家就是神秘的三合坛龙泉坛坛主胡汉章。此人能说会道，聪明过人，家财雄厚，道徒众多，也是镇上响当当的人物。

镇的南边还有一条街，因远离官道叫后街，住的大都是一般农人和闲杂人等。前后街有四条南北小街联通。越往南去，地势越高，离山越近，住户越是贫苦人家。后街东西两头，也有两座拱形大门供出入，门的规格较前街小。门上也建有值更房，只是戌时到卯时，才有更夫来关门值更，因进出的都是熟人，门把得也比较松。

龙泉镇除此四座门外，还有一个南门供出入。大都是本村人去山地务农或是到门外土地庙烧香上供，或到其他村走亲访友的。门上也有更房，夜间也有更夫值更，一经叫门，只要是村中人，便可随进随出。整个镇均被高一丈五、宽6尺的石砌高墙环围。墙外围有一条土道，把五个镇门相串联。虽然没有昭关县城墙高大宏伟，但好于其他镇的寨墙，这都是因为有了神麋山的山石之便利。

龙泉镇南门外，紧挨围墙就是土地神庙，方圆几十里的土地庙唯此最大。大门之内有宽大的庙院，宽阔的台阶上建有坐北朝南的五脊单檐歇山顶式五间大殿，殿的正门上方镶嵌一块黑底大匾，上书"福德正神殿"五个金色大字。两侧红色门柱上挂一副楹联："土生一金五行相生贵无私，地长万物四季往复颂繁荣。"两侧各有五间砖石硬山顶式民居房，供农人夏、秋两季在庙门外的打谷场忙时休息用。殿前方形台阶，是村民过年过节为求土地神护佑而唱大戏用的场地。庙门外，农忙时，呵牛催马，人来车往，热闹非凡；农闲时，只闻鸡鸣狗吠，冷冷清清。日常只有一个叫老范头的孤寡老人，住在庙里看门打扫。

庙的大门外是镇内人家的打谷场。门前最大的一块是公用的，由修不起谷场的小户人家共用。路两旁还有大小不一的八九块谷场，是田家、马家、胡家、赵家等几大地主家所独有。

民国二十六年阴历八月初一，天刚擦黑，土地庙里人头攒动，人们相互打着招呼，但没有一个人大声说话，好像生怕冒犯了谁。整个土地庙里外，全被一种神秘的氛围所笼罩。

幽幽的暮色里，还能看得清大多数人衣着破旧、面色黝黑，时近中秋，虽凉意渐浓，但有的还穿着无袖短汗褂，光着青筋暴露的臂膀。他们有的东张西望，寻摸着是否有相识的人；有的低头与人私语，数说着家长里短。

猛然间高昂的一声"龙泉镇自卫队复会礼开始！"把人们的目光一下子都拉聚到烛光闪烁的大殿堂里。庙里庙外一下子变得异常安静，只能听见周围人们粗重的呼吸声和不时的咳嗽声。

殿堂上的土地爷和土地婆在烛光的辉映下，笑容可掬地望着殿里殿外的信徒们。站在两旁的文武判官，赤眉瞪眼，凶神恶煞地望着众生。大殿两侧的水神、火神、窑神、财神，都面无表情地相互对视着。

紧接着又一声高喊："点灯！"只见火光一亮，一盏汽灯被点亮，发出耀眼的白光。随即，汽灯被挂在了殿前横梁的钩子上，台阶上下顿时被照得亮如白昼。农人们不由自主地纷纷揉着眼睛，来适应强光的照射，并悄悄议论着："还是这洋玩意儿好，能顶龟孙几百盏豆油灯。"

直到这时，人们才看见台阶左右摆有两门大炮。木制的炮架上，一管九尺长榆木制炮筒，昂首指向已黑暗的天幕。每门炮后，站有四位身穿黑衣黑裤、头戴白毛巾的壮汉。炮两侧还各站同样装束的八个人，每两人共扶一杆八九尺长的被称为抬枪的火药土枪，枪管冲上。每人交叉斜挎牛皮缝的火药包和铁沙包。他们后面紧挨大殿门左侧站有八位壮汉，四个肩挎大鼓，四个手拿大镲；右边也站有八位，四位手提大锣，四位手握五尺长的马号。这就是当地有名的仪仗"四大鼓、四大镲、四大锣、四大号"。被自卫队用来为作战壮声威、指挥进退的器物。这十六个人年龄均在40岁以上，也是黑裤黑衣，头箍白毛巾，每人都背有一口单刀，刀把上还系一条一尺长的红飘带。显得威风凛凛，气势非凡。

这时又一声喊，把人们的视线一下子拉到一位年近五旬的男子身上："各村分队队长和文武传师请到大殿中，由龙泉镇自卫队总队队长张志和向福德正神献祭！"喊话的男子五官端正，面容清瘦，身材高挑，上罩对襟白衫，下穿挽腰黑裤，头戴黑色瓜皮帽。他站在大殿门口，睁着一双满是智慧能解读人心的大眼，三绺及胸的黑须在胸前飘着，正对着台阶上下的人群喊话。

话音未落，人群中一个光头小伙子问身边的人："这个长得有点像诸葛亮的人是谁呀？"

另一个说："一看你就不是龙泉村人。这就是谷子贵，自卫队的文传师。"

"啊！这个就是能看相、会算卦，人称'鬼谷子'的谷老贵？"

"对！他不但懂鬼谷神算和神相，还会鬼谷谋术，料事很准。在村里还是和事佬，乡里乡亲谁家有事不明白，邻里有啥过结，都找他说和。谁家有红事白事，小孩做满月，老人做寿，都找他主事。人缘可好了！"

一阵忙乱后，大殿中挤满了人。待人声静下来后，一个高亢粗犷的声音响起："福德正神在上！我张志和带领龙泉镇十三村自卫队弟子禀告您老！现时国家大乱，外族入侵；军警盘剥，土匪横行；苛捐杂税，层出不穷；官不护佑，军不保民；只有重建龙泉自卫队！一保土地，二保民众；抗捐抗费，护民生存；从即日起，暂借庙院，训练民众。烽烟之厄，不背城镇；水旱之灾，不降乡村；望吾神护佑，勿怪我等不敬！民国二十六年农历八月初一敬上。"

张志和是个石匠。常年在各乡镇走动，结识了各色人物，人脉广，人缘好。从小拜昭关县洪拳大师刘景春名下，学三晃膀、六六架、鸡、狗、蛇、虎、猴形拳样样精通；铁砂掌、铁布衫练得也精湛，尤其是流星锤练得出神入化。他将流星锤终日缠在腰杆，只要空闲，就解下来舞动一番。虽认字不多，但脑筋好使，能过耳不忘。文传师谷子贵写的祝告词，他都一字不落地给背了下来。当地人都称他"流星神锤张志和"。

"向福德正神一叩首！""再叩首！""三叩首！"随着喊声，烛光影影的大殿内外，齐刷刷地跪倒一片。一声"礼毕"，人们纷纷站了起来。

接着是敬献供品，上香，众人行三跪九叩大礼。然后升龙泉镇自卫队会旗，奏奉神鼓乐。

人们还沉浸在鼓号的轰鸣中没回过神儿来，谷子贵清亮的声音又响起："下面由张队长讲话！"

队长张志和昂首走到台中，放开大嗓门对着周围会众说："今天我们自卫队重新成立，是为了保护我们自个儿。为啥呢？各位父老乡亲也都听到看到了，日军已打到保定府，省府官员都已外逃，很快就打到咱这儿了。今年咱又遭了水灾，秋粮已没啥指望。前段儿'一扫光'老贼儿抢了咱们后街，随后又抢了东槐树营、西槐树营等七八个村庄。杀了八个人，糟蹋了十几个女人，抢了好多粮食和物件。官府不问，军警不管，咱们怎么办？等死吗？不中！饿死吗？肯定也不行！俗话说得好，'靠人人会跑，靠山山会倒！'只能靠咱们自个儿！咱自卫队同心同德，替天行道。从今儿起免缴一切苛捐杂税，有仗就打，无仗耕作，当好队员，当好村民。只要听到'三眼铳'响，必须立即赶到集结地待命，违背者罚洋十圆。不许欺压百姓，不许毁坏田苗，违者罚洋十圆。不许糟害妇女……违者重罚！"张志和一口气说了二十二条规定。

张志和向前迈了两步继续说："下边向大家介绍龙泉镇自卫队总部成员。队长就是我，副队长兼文传师就是鼎鼎大名的'鬼谷子'谷子贵。"扭头就把站在身后的谷子贵拉到了自己的左侧。又继续介绍说："这是武传师兼武装大队大队长张万山，主持日常训练！"张万山向前一步站在了他爹的右侧。"总队下分四个中队：一中队长谷满仓；二中队长张万水；三中队长苗金虎；四中队长田万林。"四个威风凛凛的壮汉都向前跨一步站到了两边。

"一个中队下有六个小分队，各村都有分队。这样咱们镇光自卫队员，就有两千多人。只要都遵将令，什么'一扫光'户全占、河南的'一根把'郭老殿，都全来了咱也不怕。对不对？"

又一阵呼喊声响起："对！对！对！"

这时，二十六七岁、身高有五尺半的张万山，威风凛凛地走到台中间，向周围作了一圈揖，亮开嗓门喊道："各位老少爷们，我张万山当武装大队长，不会叫大家失望，一定好好教弟兄们练功，保护好咱们的一亩三分地！"

万山说完手一摆，只见众人向两边分开，台中闪出一块空地，谷满仓来到台中马步站定，双肩下垂，气沉丹田。这时从旁边走过来一位手执单刀、赤胸露背、英俊魁梧的白面汉子，他就是张志和的二儿子张万水。他上来摆起架势，大喊一声"嗨！"单刀横着就照谷满仓的腹部砍去，只听"嘭"的一声闷响，满仓的腹部留下了一道白印。再一刀，又有一道白印迹。看众们心潮起伏，激动万分。

正当会众看得起劲时，忽听大门方向有人大喊："停！停！谁让你们在这儿聚众闹事？"只见一光头带着两个歪戴黑瓜皮帽的人正在向前挤，不一会儿就站到了台中间。来的不是别人，是龙泉镇民团副团总马怀德的大少爷，龙泉镇民团第一队队长马继先。此人 30 多岁，一年四季都把肥硕的脑袋剃得锃光瓦亮。长满横肉的脸上，有一双恶狠狠的狼眼。一张吃四方的大嘴经常叼一根人称黑洋烟的雪茄，人送外号"马光蛋"。仗着马家财大势力大，才 30 多岁就娶了一妻二妾。这还不算，在镇里镇外欺男霸女无恶不作，是十里八乡最心狠手辣的一个人。每当谁家小孩哭闹不止，大人只要说马光蛋来了，小孩立马就哭声停止，非常灵验。此刻跟在马少爷身后的就是他的哼哈二将。长得五大三粗、横眉竖眼的叫刘二狗；跟在最后，与马继先长得有些相似，贼眉鼠眼的那位是他的堂弟马继祖，外号叫马三儿。

这时谷子贵赶忙走了过来，抱着双拳面带微笑对着马继先说："哎呀呀！原来是马公子驾到，欢迎欢迎！"

"谷老贵！谁让你们在这儿聚会闹腾？"马继先翻着眼珠问。

谷子贵赶忙回答："今天我们自卫队复会，前几天已告知田团总，他没跟你们说吗？"

"啥田团总，他不干了！现在是马团总马怀德，这是副团总马继先。田老头只是田村长了！你们不知道吗？"马三儿扬起脸大声地对着周围的人喊。

谷子贵心中一惊，心想这团总、副团总都给他爷俩当了，就要坏事儿。马家人代代都是好勇斗狠的角色，传到马小辫和马继先这两代，更是财大气粗。马小辫手下队员也有一二百号人，平日里横行乡里，现在又成了民团团总，这不更是无人敢惹了吗？谷子贵扫了一眼院内院外的会众，计上心来。

谷子贵给张万山使了个眼色，并狠狠地点了点头，万山领会了谷的意思。拍了两下巴掌，走到刘二狗面前，心平气和地对他说："二狗啊！你看咱们乡里乡亲的，低头不见抬头见，别动手伤了和气。我比你呢大两岁，俗话讲'要想好，大让小'。我出个主意，你看行，咱就来；你说不中，那你就出点子。是你说还是我说？"

刘二狗看了看张万山说："你大你先说！"

"好！够朋友！是这样啊，咱面对面，你先打我三掌，我挪动一步就算我输；我没移步，咱们就到此为止，你走你的阳关道，我们走我们的独木桥，你看行不行？"

刘二狗看了看比他瘦一号的张万山，心想：就你这体格，我光铁砂掌功就练了十年，一掌就能把你击出一丈开外。想到这儿看了看马少爷，马光蛋冲他点了点头，然后对张万山说："行，听你的，不兴后悔啊？"

"不后悔！说到做到。"

周围的人一听张万山提出的条件，心都凉了半截，平常的人给你一拳都得痛半天，何况一个身强力壮、练了十年铁砂掌又心狠手毒的家伙，一掌下去还不得骨断筋折。但张志和、谷子贵站在一边看，好像与己无关。众人一看他们两人的态度，也都不好说什么，会场渐渐静了下来。

这时万山已站好，面无表情，目不转睛地盯着对方。刘二狗把匣子枪交给马三儿，又把瓜皮帽摘下，晃了晃肥大的脑壳，使自己的头发松开，然后挽了挽袖口，转过身对张万山说："来吧？"

张万山站到刘二狗的对面，不慌不忙地说："好，来吧！"

刘二狗马步蹲下，双肩下垂，气沉丹田，然后运气直贯右掌，大喝一声："开！"铁掌直奔张万山的心窝而去。只见张万山微微向右侧了一下身，铁掌擦着万山的身体划过去了。眼看着刘站立不稳，张万山眼疾手快，双手将刘二狗托住，身体向后仰了一下，脚下纹丝没动。人们还没反应过来，这一掌已经打完了，二人还站在原位，什么事儿也没有。

刘二狗站稳，愣了一下神，气急败坏地说："你躲开了，这不算！"

张万山也不急，扭头对刘二狗说："这次我不闪，咋样儿？"

刘二狗说："那再来！"这一次不站马桩步，改弓箭步，用铁牛推山招，双掌直奔张万山而去。张万山见招急退半步，急收腹腔，左右一挫把掌劲卸掉，腹部一运气，就把刘二狗的双掌顶了回去。只见刘站立不稳，往后噔噔退了几步，扑通一声坐在了地下，张万山还是原地没动。

马继先感到脸面尽失，过来就踢了刘二狗一脚，骂了一声："笨蛋！练了十几年，连个人也打不倒，起来看我的。"马继先走到张万山跟前，边解胸前的布排纽扣边说："怎么，下面由我来，你看行不？"

张万山一看躲不过去了，心想刘二狗又憨又蛮，好对付，这马光蛋满脑袋坏水，得换换招，就说："谁来都行，但是人换了，咱规矩也要换！"

"你说换什么规矩，我都奉陪到底。"马光蛋满不在乎地说。

"事不过三，我让你三招，不还手，三招过后打不到我，你走你的，如果打到我，我们立马走人，永不进这个庙门！你看行不行？"张万山知道今天必须把马光蛋弄服，以后自卫队就在龙泉镇站住脚了，会众更会团结一致，同心同德地保护家园。他自信有这个实力。

马继先一双狼眼盯着张万山说："行，就照你说的办！"心想，要是打不到你，我这二十几年的功夫就算白练了。

马光蛋只知道他是张石匠的老大，给龙泉观种过地，不知道人家是云清道长的关门徒弟。他虽少时习武，但三天打鱼两天晒网，只学了几趟拳架，练了几年铁砂掌功，就是有把子力气。这不衣服一脱，露出白白胖胖一副暄皮囊，配上一个溜光锃亮的大脑袋，在张万山面前摆出老汉递水的招式，活脱脱一只站着的大白肥猪。与精壮干练、神采奕奕的张万山站在一起，众人一瞧，心中就更有了底。

张万山一看对方亮出了招式，也不敢怠慢，还是摆出无招无式、双肩下垂的姿态，目不转睛地盯着马继先。只见马继先眼珠一动，一招黑虎掏心，左右流星拳直奔万山的胸部而来。万山一看拳到，急向后侧身躲过。马继先一招没打着，赶忙换阴阳连环掌，要连击万山的心窝和肋下。万山灵活似游龙，疾如旋风，两转三转就躲开了马继先的第二招。马继先一看两招没打上，紧接着力斩残根，接双峰贯耳，先虚后实，双掌直奔万山的上盘而来。只见张万山运转随心，瞬间转到马继先身后，用钢爪似的右手一下子就掐住了马继先的咽喉，只掐得他张着大口说不出话来。马三儿看到堂哥被掐住咽喉不能动弹，顺手从枪匣里掏出盒子炮抵住了张万山的脑袋。众人瞬间都惊在那里，现场顿时变得鸦雀无声。僵持了三四秒后，只见张万山脑门一甩，左手折住了马三儿握枪的手，只听"哎呀呀！"一声叫唤，盒子炮就到了张万山的手里。被万山松开了的马继先咳嗽了几声，抬起头瞪了张万山一眼，扫了扫台下情绪激动、高声叫好的人群，无奈地对马三儿和刘二狗摆了摆手，恶狠狠地说："咱们走！"

一场较量就这样结束了。自卫队会员们盯着三人离开庙门，也都松了口气，纷纷议论："万山今天动如旋风，出手如闪电，这是练的啥功夫，咱可得好好学学。"

大家都在议论的时候，谷子贵来到台中间摆了摆手，大声喊道："大伙儿静静！今天咱自卫队已经复会，都记着，听到'三眼铳'响，除值勤的以外，都到指定地点集结，如有不到者要兴师问罪。各分队的头头留下议事，其他人都散了吧！"

待队员们陆陆续续走后，剩下的四十多个人聚到台上，围着张万山问长问短，这时就听见大门外有人喊："有喘气儿的没有！快来帮帮忙！"只见五个身穿黑衣黑裤的人，扛着东西走了进来。张万水一眼就认出领头的是田道然家护院头王保山，后面跟着的都是田家的家丁田金旺、李全有等。因为万水在田家油坊做工，和他们挺熟，赶紧招呼了几个人过去帮忙。

当把东西放到台上后，王保山边擦脑门上的汗边走到张志和面前说："张师傅，田老爷听说你们自卫队重新立队，为表恭贺，特让我代他送来银洋 500 圆，德国造驳克枪三把，汉阳造长枪十条，子弹三百颗。东西不多，请笑纳。"张志和赶忙拱手作揖："谢谢田掌柜，问田老爷好！改日到家中拜访！"

一干人走后，谷子贵对众人说："正困哩，给咱送来个枕头，好！好！好！把大家留下来，就是想说咱们的武器，现在与十年前大不相同，光靠土炮土枪、钢刀长矛已经不行了，得有这新家伙。"边说边指了指地上的武器，"我问了一下各村，十年前的武器还都在，就是弹药不知能不能打响。咱还是各用各的家伙，枪和子弹咱慢慢整。刚才我跟志和商量了一下，虽然咱会众都是穷人，吃饭都困难，会费大都缴不出，但咱队衣怎么也穿得一个样吧？今夜每个分队给大洋三十块，回去置办衣服和头巾，再买些刀枪、弹药备着，以防万一。今年雨水大，秋收晚了点儿，只要一收割，老贼儿准要来抢。咱也别指靠镇上的民团，他们保护的是有钱有势的地主老财，咱们只能靠自己，你们说是不是？"众人应和着："对！对！对！"

"以后土地庙就是咱们自卫队的总队部，谁攥也不给让！"伴着张志和的说话声，自卫队员一个个走出了庙门。

<h1 style="text-align: center">— ┤ 四 ├ —</h1>

　　隔天下午，张志和、谷子贵、张万山等人正在土地庙西厢房商量武装大队人员的编成和武器弹药的分发等事儿，忽然听到有人拍门环叫门。

　　满仓打开大门，一看是田道然家的人，就客气地问："有什么事？"

　　来人赶紧说："我家老爷请张会长去商量个事。"

　　"好的，知道了！"满仓没再多问，就把那人匆匆送走了。回来对张志和说："师父，田村长派人来，叫恁去相商个事儿。"

　　张志和扭头对谷子贵说："既然咱架子搭起来了，就不能倒了。以后凡有这种事儿，都由恁俩先出头！咱也留点心眼儿，别一下子顶到天，一点儿也不留回旋余地。能当面定的事你们就拿主意，不好说的或不能一口回绝的，就说回来跟我商量商量，这样就能缓一缓，恁都说是不是？"

　　谷子贵说："对！就该这么办。那俺和万山一起去，看田老爷有啥事儿。"

　　田道然的庄院在龙泉镇的东侧，紧挨着东围墙，在前后街第一条南北街正中间。从前后街口，都能看到两座过街石拱券大门，门正中朝外各镶嵌一块白色大理石横匾，上刻三个红字"田家庄"。拱券门内街道西侧，坐西朝东一大片高墙大宅院。三层青石条做基础，灰砖起墙，白灰抹缝，楼顶飞檐盖瓦。30多丈长的砖墙上开有一大两小三个门。中间虎廊出檐三开间大门，飞檐上盖瓦，廊下青砖铺地，两边带坡石的五层青石台阶，均用水打磨而成。高门槛、宽门框立在青石大门墩上，上挂一副阳刻木质隶书楹联，上联为：论道讲德师儒为表；下联为：出经入史制作之家。横批为：紫气东来。上还有一块红底金字大匾，上书：五世同堂。桐油红漆大门上镶嵌一对亮闪闪的黄铜吊环，开门关门叮当作响。一对大石狮子蹲在大门两边，口中含有石球，手一动咕噜噜响。门两边墙根，各有两块上马石，六块拴马石镶嵌在墙上，系缰绳的孔洞已被磨得溜光水滑。

大门的两边，还开有两座翘檐门楼，飞檐上覆灰瓦，下铺灰砖，三层青石台阶不带坡石。左为长子田善地的住宅，右为次子田善渊的住宅。不过田家没有分家，两边的门一般不开，均经大门出入。

张万山、谷子贵两人走过田家的祠堂，看到大门紧闭，无人值守。

二人在门前站定，欣赏对面雕刻精美的影壁墙。影壁墙高一丈八，宽三丈六，水磨方砖砌成的壁面，左面镂空雕有八仙过海图；右面刻有渔、樵、耕、读图；正中央刻着一个大大的"福"字，应了出门见福之意。整面影壁雕刻得极为精致，人物栩栩如生。

谷子贵拍了拍影壁墙，点着福字周围的几朵牡丹花说："恁知道这是啥吗？"

"那不是牡丹花吗？"

"啥牡丹花？这几个是枪眼！遇上老贼儿来攻门时，从里边可击毙他们。这是空心墙，有地道可通院儿里嘞！"

俩人正说着，就见从路东北侧的客位院走出来一个田家家丁，边走边喊："让恁久候了！来来，跟俺走，老爷在客厅等恁呢！"说完就领他们往大门口走。

万山一进大门，就看到前面硬木雕刻的仪门上，镶嵌着一个大大的善字。门楣上刻有"上善若水"四个字。绕过仪门，张万山就感到眼睛不够用了。

院里明柱檐廊环绕，窗台隔扇既透明又敞亮。西北角一株海棠树，结满了红艳艳的果实；东北角一块镂空石，后边栽数株青竹。再往前走，上了三层台阶走进过厅，家丁把他二人让进左边的客厅，然后说："咱们只能到这儿，里边是内宅，就是俺也不能进去。恁在这儿等，俺叫人去通报一声。"

家丁一出门就冲着对面的屋门喊了一声："三嫂！老爷的客人到了！"

"知道了，让他们等会儿，老爷马上就到！"清脆的女声从对面传来。

不一会儿那位叫三嫂的端着一把象牙白茶壶和四只茶碗进来，见了谷子贵脸上立马就挂上了笑："嗨！我还以为是哪门子神仙要来，原来是恁啊！谷老贵！要知道是恁，俺早就过来了，让恁给俺算算这两天左眼咋老是跳嘞？"

谷子贵抬头一看，原来这个三嫂就是田道然本家侄媳妇张桂兰。她男人田善喜和他同龄，比他大五个月，又是从小一块儿长大，所以见面就喊"嫂"，还经常要要嘴，逗逗乐，都快50岁了，习惯还没变。

张桂兰猛一看对面还坐着一个青年人，场面顿时安静了下来，"恁坐，俺去给通报一声。"说完扭动肥胖的屁股，摆出了门，向后院去了。

万山说："这谁呀？给恁满熟嘞！"

"恁从小待在龙泉观里与她不认得。这女人可不一般，能说会道，谁开玩笑也不给你恼，可是背后看人下菜。她身上故事可多了，以后慢慢就知道了。"谷子贵闪着一双诡秘的眼睛说。

万山转移了话头："老贵叔，今天到了田家这么一瞧，真开了眼！活了20多岁还没有见过这么气派的宅院。"

"里边还大着哩！"

张万山说："老贵叔，以前光听说田家是咱昭关县的首富，今天眼见为实了。从外看高阔方正，进来看别有洞天，真不白来！"

谷子贵说："这田家呀，道光十年昭关地震前只有一百多亩地，两座石灰窑，在咱村排不到前十。大地震后，家业越来越兴旺。你知道为啥？震后房倒屋塌，不管穷富你都得修房盖屋。穷的用石头、土坯，要用石灰；富的用青砖盖房，也要用石灰。他家的白灰窑从两座增加到五座，一斤白灰价钱翻了十几倍，那银钱来得哗哗的像水流。钱多后又把咱镇上震倒的水碾买了好几盘，又开煤窑，又开商铺、油坊，短短几年就盖了这大宅院。也就十几年吧！这田家就成了昭关县的首富。你没听过这样的顺口溜：'进龙泉往南瞧，田家的草堆比房高；进南门往北看，田家的庄院一大片。'这就是'田家庄'名字的来历。整个宅院就是一个大田字，最外一圈全是二层楼。每个套院都有名字。这个一进院叫海棠院。左跨院叫桃树院，由老大住。右跨院叫枣树院，由老二住。里边二进院叫葡萄院……三进院是田老爷住的，叫石榴院，九座院子都用果树命名。这么多院子，加上对面的客位院、田家祠堂和车马场院，共有三百来间房。你只要进了这院的大门，顺着回廊往里走，不管你上哪个院，进哪个门，晴天晒不着，雨天淋不到。你说说谁能比得上他们家？"

张万山刚要说话，就听见有硬物敲击地面的声音，伴着几声咳嗽，由远而近从窗外传来。他马上站起来对谷子贵说："老贵叔，这是田老爷来了！"

谷子贵赶忙离开座椅，三步两步跨到门口。

田道然走到门口问："咋？张志和没来？"

谷子贵把田道然让进了屋，急忙解释说："志和前天话喊得多，嗓子都喊哑了，说不出话了。这不让我来给您道歉，由我和万山来听您训导。"

田道然听了谷子贵的解释说："谁来都一样。来，来，快坐。"一边让座，一边慢腾腾地坐下，把锃亮的文明棍夹在双膝之间，腾出双手向后抿了抿银闪闪的白发。一看茶杯还空着就喊："老三媳妇，咋还没给沏上茶哩？"

老三媳妇也就是三嫂，赶忙拿着一个暖瓶从门外进来，给茶壶冲上水，迈着莲步出去了。

"前天夜里的事我听说了，也是怨我没给马团长交代你们的事儿，造成了误会。你们看我已近古稀之年，这些个世事也没有了精力去操劳，前几天我已向王镇长提出辞呈，不再当这团长、那村长。王镇长只让我辞掉民团团长职位，但龙泉村村长还让我来干。我也不好强辞，只好由他。"田道然一口气说了这么多，说完摘下金丝眼镜，往镜片上哈了两口气，又慢悠悠地从衣兜里掏出一条雪白的手绢，擦了擦镜片，戴上后继续说，"今天请你们来，就是想给你们自卫队协商，关于咱龙泉村的防守之事。昨日我家老三从县上回来说，近日南撤的省府机关就要到咱县，后撤军队随后就到，让准备钱粮迎接。现在县上、镇上、村里都在发愁哩！这全年的田赋丁税都已缴清了，就连各项杂费也都已缴足，再去征收谁给呀！这事儿一来二去还不都落在我头上？都愁死我了！钱粮最终还不是羊毛出在羊身上，这世道还不是乱上加乱吗？"田老爷喘着气咬着牙，好不容易把话说完。

谷子贵听完这一席话，大体上也就明白了田的言外之意。他看了看万山，又看了看透过金丝眼镜正盯着他的那双眼睛，摇了摇头叹了口气说："自古以来，官和军都是由民来养。但你们不能要多少我们就得给多少，老百姓也要养家糊口，也要活命是不？我自卫队成员大都是贫苦农人，比不得有钱有粮的富裕户。前朝皇家最不济时也没征收这么多的税种！都民国了，税负不但不减，还越征越多了！您说还让人活不？前几天后街李树根愁得都上了吊，差点儿就死了，这谁管过？"谷子贵用满含怨愤的口气说着，心想："前夜晚刚宣称只缴地丁税负，不缴苛捐杂费，今天说到天也不能答应他，不然回去咋给队员交代。"

田道然十年前领教过自卫队的厉害，也知道自卫队只缴田赋丁税，其余杂费一概不缴，怕把话说死了，今后不好打交道，赶快就转移话题："万山呀，听说前天你露了脸，把马继先给制服住了？都说你身手不一般，看来没白在观里待十几年，老神仙也没白教你。好！没给他丢脸！"田道然能当镇民团团长，一则是财大气粗，二来是仰仗他在县上管财政的老二田善渊和掌管枪把子的老三田善仁。马继先从心里讲看不上六七十岁的他，表面上对他恭恭敬敬，背地里老给他难看。田也看不惯马家飞扬跋扈的做派，有意不把自卫队复会之事说给马家人，知道这一来，他们肯定去找事儿，好叫自卫队给他们点颜色看看。所以一说到前天夜里土地庙里发生的事，他也感到格外的气顺，说话也轻松了许多。不等万山答话，他又急不可待地打开了另一个话题："你们看啊！日本人离咱这儿越来越近，时局越来越紧，城里和乡下会越来越乱。我和王镇长协商一致，镇上前街东西两个大门和河边，直到后街东西两个大门之间的围墙，昼夜都归镇民团守护，其他三个门和围墙都归自卫队守护。我想非常时期，人人守土有责，你们也不会不干吧？我手下也有二十几个人，人手不多，但家伙好，我家马棚料场边的那段围墙由他们来守。你们看这样行不？"

谷子贵听完田的一席话，看了看张万山，给他点了点头，扭头对田道然说："没啥行不行，只要不让缴粮款，多出点力怎么都行！"他还想感谢田老爷对自卫队的资助，话还没出口，就见院里有人边喊边跑进来："老爷，不好了。出事儿了！出事儿了！"

谷子贵和张万山腾地站了起来，田道然指着跑进来的人说："全有，慌什么？出啥事儿了？"

那人喘着粗气说："老爷，不好了，小少爷找不见了，可能叫人给抱走了。"

田道然一听宝贝重孙子被人绑架了，一下子从椅子上站了起来，两眼直直地盯着前方。谷子贵和张万山赶忙扶他坐下，靠在罗圈椅上，又问李全有咋回事儿，李全有把大小姐田希微领着小侄子到前街玩儿，一时没有注意，孩子被人抱走的来龙去脉简单说了说。

张万山边向外走边对李全有说："快叫家里人把前街两个大门和河边看好，不要放人出去！"又扭头对谷子贵说："你到后街东门，我到南门，咱们张网抓鱼。"

说完就和谷子贵一起跑了出去。

张万山跑到了南门，就看到大门已关闭，谷满仓带人把着门。他问满仓："有人出去没有？"

满仓说："枪响前后都没人出去！"

"好！快把大门打开！你和我再叫上两个人，带上家伙，咱到大门外等候。其他人赶快藏起来，不管谁来都不要出来！"说完与满仓他们跑了出去。

张万山领着满仓等人，跑到土地庙南边路西堰上打麦场看场人的小屋里，从小窗口盯着镇南门。这时万山才有时间把事情的原委向满仓叙说了一番，满仓听完问："是哪个杆子做的活儿？"

万山说："还不知道，不过敢做这活的只有户全占和郭老殿两股杆子，别的都没这个胆儿。"这时看见从南门里走出一位头戴草帽、肩扛锄头、前挑一个荆条篮子的人，再看篮子里好像装有白色衣物。

万山一看就感到有门儿，对着满仓说："你认识他不？"

满仓满脸疑惑地说："眼生得很，可能不是咱镇的人。"

"好，叫咱哥们撞上了，这家伙是踩盘子的，后面应该还有拉肥猪的。"万山一副稳操胜券的表情。

万山正想着下一步的谋划，满仓又突然说："你看又出来一个推小车的。啊！是河南那个卖十香菜的。那就是郭老殿杆子做的活儿！"

万山定睛一瞧说："哈哈！拉肥猪的出来了！小肥猪大概就藏在咸菜盒子下边的木箱子里。"

这两人一前一后相距有三十多丈远。

万山对着满仓说："你带人从麦场的堰根绕过去，到麦场的拐弯处拦住前边踩盘子的，小心前面篮子里可能有手枪，闹不好南面还有接应的老贼儿，抓住后赶快回来。我来抓推车的，别叫他给撕了票，今天咱都要抓活的！"说着拍了拍满仓腰间的镜面匣子枪，提醒他。

张万山让过前面的老贼儿。停了不大一会儿，就见推小车的快到小房旁了，万山突然从小房中钻出来说："卖十香菜的，我买点酱萝卜。"一边喊一边飞身跳到了路上，挡住了小车。

推车人愣了一下，一看有人从堰上跳下挡住了路，放下小推车就要从车上抽枪。万山一个猛虎扑食，就把推车人摁倒在地下，把他的手反背过来，膝盖压住了那人的腰眼儿。

就在此时，万山听见前面"叭！叭！"两声枪响。

他顾不得这些，问推车人："你们是干啥的？"

"卖十香菜的。"

"上哪卖？"

"到南山里。"

南山里有十几户人家，但不成一个村，历来归龙泉村代管，清代算是龙泉村的一个里，村里村外都叫它南山里，离镇南门很近。

藏在南门里的自卫队员听见枪响，都拿着刀枪跑了过来，帮着张万山把推车人绑了起来。

张万山拍了拍裤子上的土，来到小车旁，揭开小推车上层盖子，只见一溜盒子里全是各种咸菜。把盒子拿开，就看到一个四五岁的孩子一动不动地躺在长条木柜里。张万山用手摸了摸孩子稚嫩的小脸，还热乎乎的，试了试孩子的鼻孔，还微微地呼着气儿，这时悬着的心才放下，长长地出了一口气说："好了，没事了！"说完抱起小孩交给老成叔，"你们都在这儿等着，我去前面看看！"说完就向满仓那边跑了过去。

待到跟前一看，那个踩盘子的老贼儿胸部中了两枪，已嗝屁着凉了。万山急问满仓："咋打死了？"

满仓双手各掂着一把枪走到跟前回答："这个王八蛋，见我挡住了路，从篮子里掏枪就要打我，我抬手就给了他两枪，没想到这家伙这么不经打！"

"先把他抬到路边用草盖住，别吓着路人。走！咱快回去见田村长，别让他担心！"张万山说完带着一干人就回到了南门。他留下几人继续看门，随后和满仓几个人押着贼人，推着小车，抱着小孩向田家庄走去。

这个时候田家正乱作一团。大家正围在面色苍白、昏迷不醒、牙关紧闭、气息微弱的田老爷身旁，一位中年郎中正在给老爷子针灸抢救。大小姐田希微紧紧抓着爷爷的手，一刻也不离左右。

　　突然大门口有人喊："小少爷找回来了！小少爷找回来了！"听到喊声，田希微一激灵站了起来，猛地推开身旁的男女老少跑了出去。

　　猛然醒悟的众人，不顾昏迷中的田老爷，你挤我推地追了出去。

　　田希微跑到院中，迎头撞上抱着小少爷大踏步走进来的张万山。她不顾一切伸手就接过小侄子，一张鹅蛋形粉嫩的俊脸几乎蹭到了万山胸口上，弄得张万山顿时羞涩满脸，一下子也忘了要说什么，只是傻傻地看着眼前这个莽撞的大姑娘，一双纯净明亮的大眼，顾盼生情；一头齐肩学生发，柔顺飘逸，真是仙女下凡。

　　这时满仓在他的肩膀上拍了一下问："万山哥，门外那个老贼儿咋办？"

　　满仓这一拍，万山才回过神来，"等一会儿我去问问田老爷。"说完绕过人群进到了客厅。

　　走到近前，看到向后仰着的田道然嘴巴大张着吃力地喘着气，嘴唇已有些发紫，喉咙里传出呼噜呼噜的声响。他的面部、头部扎满银针，中年郎中正用手指捻着白亮亮的银针，万山认识他，是镇上前街慈仁堂陈有贤医生。

　　"咋回事儿？还缓不过来？"张万山急切地问道。

　　"已老大工夫了！再醒不过来就危险了。"陈医生站直了身体，看了看万山，从怀中抽出手绢，擦了擦脸颊上的汗珠说。

　　张万山弯下身子，摸了摸田老爷的额头，又给他号了号脉，扭头对管事儿的人说："快去弄三四分麝香、十几颗剥皮巴豆，再来点儿桐油、一张硬纸和几壮艾条，越快越好！"

　　管家派人分头找东西去了，张万山帮陈医生一根一根拔去田老爷身上的针。

　　"先生！我侄子不管用什么办法动他，怎么都不醒啊？"田希微着急地冲着张万山喊。

　　"他没事，是中了迷魂散，一个时辰就会醒。想早点醒，给灌点凉水或往脸上喷点水。"张万山只顾着拔针，头也没回地回答。

　　站在跟前的张桂兰扭头到对面房中取了一杯凉白开，交给了田希微身旁一位满眼噙着泪花的少妇。她给小孩连灌再喷，不一会儿小孩的眼睛就慢慢地睁开了。

"大嫂！宝贝儿苗苗醒了，宝贝儿苗苗醒了！"田希微高兴地说。

"真是苍天保佑！我儿醒过来了！"那位少妇泪流满面地说。

"是托这位先生的福，还不快谢谢人家！"田希微冲那位少妇说。

大嫂谢声还没出口就听见门外有人喊："药来了！快让开！"

张万山对着周围的女人说："怀孩子的赶快出去！其他人往后站！"说完把去壳的巴豆包住，用茶杯轻砸纸包，待豆碎后，攒起拳头捶纸包，豆油被捶出后，把碎渣倒出，将麝香捻成末倒在纸上，卷成条，滴了几滴豆油浸透，用火柴点着，再把田老爷的头扶起，用烟熏他的鼻孔。同时让陈医生点着艾条，灸他的足三里穴。工夫不大，就听见"啊……啊嚏！"田老爷打了一个响亮的喷嚏！口中呼噜噜一阵响，咯，咯！吐出一口浓浓的痰液。田老爷睁开了浑浊的双眼，大口喘着气，不一会儿呼吸就渐渐地平稳了，脸上也慢慢恢复了血色，周围的人都长长地出了一口气。

张万山又交代管家，让田老爷每日服两丸六味地黄丸，慢慢进行调治，会逐渐好起来。

陈医生看得不住地点头，拉住万山问："你这些医术是从哪里学的，能否告知一二？"

"这些都是瞎琢磨的，没师父教，中邪招就得用偏方治，不值当提。"说完就向外走去。

田希微看着那个男人往外走，回想起从他手中抱回孩子时好像碰到了他的双手，她当时心中悲喜交加，现在心情平静下来后，她想自己是不是太不矜持了。

就是眼前这个男人，救回了自己的小侄子，又一步步从死神那里夺回了爷爷的性命。他能从土匪手中解救出小侄子，有着粗大的手指和宽阔的手掌，像个武林高手；他又像是医生，神态安详，轻轻地一把脉，就诊断出病因，还能手到病除；他又像个教书先生，和蔼可亲，彬彬有礼。不知是出于什么样的心理，这时，她特别冲动，想去了解他、接触他。一看张万山要走出去，她顾不上女孩子的羞涩，走上前拦住了他。

"先生，谢谢您救了我爷爷和侄子！"说完冲着张万山深深地鞠了一躬。

张万山直到这时才弄清，眼前这个既美丽又开朗的姑娘是田老爷的大孙女，不免有点惊慌失措，摆了摆手说："咱都是一个村里的，有啥感谢的，不用！不用！"没等田希微再往下说，快步走出了客厅。

大门外已乱作一团。镇民团马三儿和镇警察所的人要带走被抓的老贼儿，交县警察局审查定罪。田家老大和家丁们要求带到家中审问，要找出幕后主使。田家老四田善信也不知从哪钻了出来，也吵着要把人带回家，闹得都快要动枪了。谷子贵从外面刚赶回来正要调解，突然，被抓的贼人挣脱绑绳，撒腿就跑。马三儿举起匣枪，"砰！砰！"两枪，就将贼人打倒在地。

张万山刚好出来看到这一切，走到谷子贵跟前说："贵叔，原来计划着不伤一个人，这可好，又撂倒一个。这怨可越结越大了，咱得要小心。"

"可不是吗？这事儿可闹大了，咱里外都要小心！回头商量商量以后咋办吧！"

隔天，在南门外的土地庙里，张志和正和张万山、谷子贵谈论着昨天河南那杆子偷抢田家小少爷的事，觉得其中一定有内鬼，就听见外面有人报告说田大掌柜田善地来了。

田善地带人到土地庙，当面向张志和、谷子贵表示谢意，特别对张万山千恩万谢。带来银圆300块，德国二十响镜面盒子炮3把，长枪10条，子弹一箱。

张志和他们坚辞不收。田善地万分恳切地说："你们救了老爷子和孩子，就是救了我们全家。为了我们又和土匪老贼儿结下了怨，担了这么大的风险，这些东西真算不了什么。你们自卫队刚复会，要保护咱乡里乡亲，用得着这些，再说以后还有用到你们的时候，自卫队壮大了，再遇见老贼儿，我们也心宽些。请收下吧！"

张志和看他是诚心诚意，也不好再驳面子，只好收下了。

临出门时，谷子贵拉住田善地的手叮咛："咱都不是外人，我得提醒你，不但要注意外人，更要小心镇里的人。这世道，三教九流，明里装笑脸，背后捅刀子，啥人都有。我只能点到为止，切记！切记！"

田大掌柜愣了一下赶忙说："好！好！好！我一定牢记。"

——| 五 |——

　　龙泉镇每月逢五有次大集。今儿云淡天蓝，艳阳斜照，是八月初五大集。

　　西门外，每年都是卖犁、耧、锄、耙、镢头等农具的集场，因今年水灾年馑，今天路北河边又成了一个卖特别物品的场地。这里没有叫卖声，只有嘤嘤的哭泣声，大人小孩都在抹着眼泪。坐在前边那些面黄肌瘦、衣衫褴褛的小男孩和小女孩，眼里噙着泪水，可怜巴巴地坐在同样是衣衫破烂、骨瘦如柴的大人身前，用乞求的眼神注视着路人。他们的身上或头上都插一根草棒，让买者一瞧，就一目了然。这些人大都是家中遭灾或遭难才来出卖自己的骨肉，一来解全家之困，二来给孩子找一个吃饭的地方，而不至于被饿死。人只有到了磨盘压住手，实在没办法了，才出此下策，但凡有一丝活路，谁肯将骨肉割舍他人。这就是那个特别的年代，人与菜、粮、牲口一样，可以买卖。

　　过路的人大都面露无奈，摇摇头快步离开这个令人心酸的市场。骑马坐轿的人，有的停下来扫视一通，看见没有中意的就悻悻而走；有的干脆捂着鼻子，快步扬长而去。

　　东门外路北河边的树林里是骡马市。等待出手的骡、马、牛、驴都拴在树上，牲口渴了，就牵到河边上饮个够，饿了可啃地上的杂草，或者主人爬到树上折些带叶的树枝来喂，方便得很。牲畜肚皮被喂得滚瓜溜圆，显得膘肥体壮，槽口好，就能卖个好价钱。

　　路南的草地上卖猪、羊、鸡、鸭，整条街上数这儿热闹。

37

今日赶集的人特别多，一来中秋节快到了，二来今夏连续下了 40 天的雨，有好几个集没开成，农人们都急着赶这趟集换回些粮油日用品过生活。

刚上任的镇民团副团总马继先，不时地抬起肥白胖嘟嘟的胳膊，眯着眼睛，盯一阵儿闪着金光的手表。然后拍拍挂在腰间的马牌撸子，摇着根毛没有光秃秃的脑袋瓢，看着满院子乌泱乌泱的团丁，喊了一声："马三儿！看看税警所的人咋还不到？"

马三儿在他身后答了一声："是！团总！"分开人群跑了出去。

不一会儿，马三儿领着四个身背匣枪的税警走了进来。

马继先一看人已到齐，集市上人也上得差不多了，就双手叉腰站在台阶上，扯着嗓门喊道："弟兄们！今天是我任副团总后的第一个大集，又是党国最困难的时候。你们都知道日本人快打到咱这儿了，共产党在县里征钱征粮，要组建抗日游击队。咱也不能闲着，咱也要扩大队伍抗日！昨天我和张所长都协商好了，今天咱们和税警所一块征收买卖税和抗日捐。有门面的商铺，一间十圆，散户一律一圆。如有不缴者按通匪论罪，先把门给关掉。如有抗拒者，绑了送到团部关起来，看他缴不缴？马队长、刘队长、田队长！"

"到！到！到！"马三儿他们三位应声站到前边。

马继先对着马三儿说："你带你的人马跟着张所长从西门外开始！"又指着刘二狗说："你带队从东门外开始，田虎带第三队把好往后街去的四条街和东西两个大门，不管啥人都只能进不能出！我已备好酒菜犒劳你们，听清了吗？"一听说有酒喝，团丁们都像打了鸡血一样狂喊："听清了！"

集市上的人们看到突然出来了三队身穿黑衣黑裤，头戴黑瓜皮帽，身扛快枪的队伍，都驻足观瞧，不知他们要干啥。经常赶集的商贩知道是要收税了，也都没在意，继续与人讨价还价。

马三儿和张所长带领二十几个团丁来到西门外，一字排开，只许往里走不能往外出。一开始他们就遇上问题，路南这一块全是小买卖，本小利薄，买卖人原以为收个一两毛钱，没想到一要就是一块大洋，给纸钱还不要；不给吧，一溜手持钢枪、虎视眈眈的团丁站在你身旁。胆小的就乖乖掏出银洋，当啷一声，扔进税警抱着的钱箱，税警也不用看，一听响声就知道真假。

一位叫黑牛的小伙子，是南山里的山民，就卖些荆条编的箩头篮子和大筐，胆子大，就顶了两句："咋？俺这么点儿东西，统共还卖不了一块大洋。俺没钱缴，要不东西给恁算了！"然后双手一抱脑袋，往地下一蹲，端出一副反正我没钱，愿咋办就咋办的样子。

马三儿一努嘴，上去两个团丁一脚就把黑牛踹倒在地，扭住胳膊绑了起来。一个用手拽着，另一个用枪顶着，把黑牛往民团团部拉。这下子把小商贩们给吓住了，都乖乖地把银洋拿了出来；实在拿不出银洋的，都被押送到团部关了起来。

路南虽然都是小本生意，好歹兜里还有个仨瓜俩枣，咬咬牙，就当赔本儿赚了个吃喝。这路北人市的卖主都是一贫如洗，别说一毛钱，就是一分钱兜里也没有，家里人都饿着肚子，就等卖了孩子拿钱买米回家下锅哩！这大人小孩都跪在地上连说带哭，向团丁求饶。马三儿过来一看他们实在也拿不出银钱，对张所长说："这咋办？"

所长说："这有买就有卖，有卖就该缴税，这人头税不能少。但这真抓起来咱还得管饭，划不来！"扭头看了看周围说："只能派人盯着，只要有买的，就把税和捐收上来。"

马三儿一看只能这样，就把一个叫李大宝的团丁叫过来："你在这儿给我盯着，只要有卖的就把钱收上来，一个也不能漏掉！"

人群中有一对父女愁眉紧锁地坐在地上。父亲叫宋福生，今年40多岁，家住正东四十里地临漳县宋家堡，正好在滏水与漳河之间的最窄处。今年雨水大，时间又长，周遭十几个县民众全被泡在洪水里，到现在一个多月了。平原地没有石头没有砖，房子全是土墙，地势高的还好一点儿，地点偏低的住户，房子经水这么一泡，墙倒屋塌。宋家只好在院中搭个架子，高粱秆上蒙个破苇席搭个顶，来遮风挡雨。下面扎上木棍，铺上高粱秆晚上睡在上面。这一天两天好凑合，几十天都这样可就要了命了。本来存了十几斤玉米，加上点儿瓜菜，五口人能凑合到收秋，这一下子全都泡汤了。好不容易熬到雨停日头出来，大人小孩已都饿得奄奄一息了。这到明年麦收还有八九个月哩！这也不能等死啊？思来想去只有一条道也许还是条活路，那就是卖一口人，来救活全家。卖谁，老娘不能卖，自己也不能卖，卖也没人要，也只有14岁的闺女小凤能卖。平汉线东遭了水灾，找人家也没人要，只有向西去，那里虽有水灾，但状况会好一点儿。西去第一个大镇就是龙泉镇。大人们一商量，以给闺女找婆家的借口，宋福生就带着闺女小凤来到龙泉镇。

来到龙泉镇镇外一瞧，到处都是来躲水灾的人，在镇里寻找了一天也没寻到买主。人家一看小凤瘦不拉几、面色蜡黄，像个病秧子，都怕进到家没几天给病死了，人财两空。

第二天正好赶上大集。宋福生听说西门外有人市，万般无奈领着小凤来到这儿。一看一大溜全是和他们一样的人，孩子的头上或身上都插着一根草棍，只看得他心里一阵阵发酸。犹豫了老半天，一狠心就抱着小凤坐在路边等候，但没给孩子头上插草棍。小凤一看就知道是咋回子事儿，含着两眼泪水，依偎在爹的身边，不时地抬头看看爹愁苦哀伤的脸，心中一阵阵悲伤。她心里知道自己可能永远回不到那个家了，再也见不到疼自己的奶奶和娘了。自己就要去到一个充满黑暗和孤独可怕的地方，也可能死在那个令人生畏的世界。想到这里不由地将头紧紧地靠在爹的胸前，享受着亲人带给她的最后的温暖。

快近晌午了，人市还没开张。团丁李大宝不耐烦地走来走去盯着他们。孩子们不时地用乞求的眼光可怜巴巴地看着大人，意思是咱们回家吧！

大人们大都搂紧自己的孩子，避开他们可怜的眼光。有的干脆拿一破碗，到河边舀一碗清凌凌的水，让孩子喝个够。因为这个不管喝多少也不用花钱。

忽然人群中起了骚动，人们都向西边坡上瞧，远远看到坡上下来两个道士，各提两个大提篮。走到人市的西头停了下来，给小孩子每人分一个白馍馍，给大人每人两个玉米面窝窝头。人们都默默地看着两个谦恭和善的道士一声不吭地分发食物。

待分发完后，两位道士对着大人小孩拱手口颂："无上太乙救苦天尊！"手拿着提篮缓缓而去。

宋福生接过窝头，望着远去的道士，眼里噙着泪水，扑通跪到了地上，浑身抽搐抖动着。当小凤用力地拽了拽他的衣襟，他才缓慢地站起身，把两个窝头藏到衣服里边的袋子里，使劲紧了紧腰间的草绳，生怕两个灵宝跑掉。转过身拉过小凤，把白面馍一块一块地掰开，送到孩子的口中，不时地将碗递给小凤喝几口水，看着孩子把食物咽下。当吃掉一半时，小凤说："爹，俺吃饱了，拿回去给奶奶吃吧！"

"不当事儿，两个窝头留着呢！恁把它吃完吧！"

"爹，俺真的吃饱了！要不恁吃了吧！"小凤看见爹的喉结不停地上下滑动着，吞咽着唾液。

"要不恁带在身上，饿了恁就吃一点，填填肚子。"说完宋福生就把半块馍塞到了孩子的衣服里，嘱咐着小凤："不要一次吃完，可不敢掉了啊！"

"爹，恁咋办？恁还没吃嘞？"

"俺没事儿，这不刚喝了碗水，还饱着哩，不饿！"说完摸着孩子的头，理了理她那蓬乱稀疏的头发，用已破败褴褛的衣袖，擦了擦孩子眼角的泪水。

忽然人群又骚动起来。宋福生抬头顺着人们眼神的方向望去，眼里顿时就闪出了亮光来。只见一位头戴宽边黑礼帽、身穿黑色锦缎长袍、外罩蓝缎马褂的男人走了过来。他矮矮的个子，肥胖的脑袋，看上去近50岁的年纪，脸上却没有一丝皱纹。肚腩蛮横地向前挺着，造成长袍马褂前摆短后摆长，看着有点不搭调。他倒背着双手，向前迈腿时，脚向外撇撇着。这就是龙泉镇有名的大财主胡汉章。他的身后还相跟着一位20多岁皮肤白皙、脸庞丰满、细眉大眼的女人。她的眉中有一颗醒目的黑痦子，随着眼睛的眨闪，不断地跳动着，人们瞧上一眼，就知道这个女人是个厉害的主。她身材高挑，足足比走在前边的胡汉章老爷高出了半个头。她就是本乡本土人，龙泉镇有名的刁女人许莲花。因为人长得白净，夏天爱穿一身白绸衣裤，加之胸大屁股肥，走路一扭一摆像只鹅，人都叫她大白鹅。"鬼谷子"谷老贵说："这面相叫双龙抢珠。既少子又克夫，穷人娶不起，一般男人又承受不住。"胡汉章老爷是镇上鼎鼎大名的人物，不但财大气粗，还有权有势，只有他才敢纳这个女人为妾。

他们走过来，挨个地仔细端详着每个头插草棍的男孩和女孩子。待来到小凤跟前时，戴礼帽的胡老爷看了一眼小凤，说了一句："这个有点大。"就走过去了。

这两个人挑到最后，只选了二男一女三个10岁大的孩子。虽然长得干巴瘦，穿得也破烂，但大都聪明伶俐，长得也还周正。许莲花就把三个孩子的大人领到河边无人处，对他们说："胡老爷看上你们的孩子，咱们算是有缘分！既然有缘，就不要计较钱多钱少，让他们学认字，给胡老爷当佣，也就是伺候老爷。你们也知道，这么小的孩子什么也干不了，只能白吃饭，是不是？"

三个大人不住地点头称："是！是！是！"

"老爷还要让他们吃得又饱，穿得又暖，多好的事儿呀！但是有一条，就是十年内你们不能来找，十年后孩子会找你们，但十年内孩子生死只能由命。每个孩子给你们十五块大洋。行，咱就写文书立字据；不行，你们还去路边等。你们自个儿思谋思谋，立马给回话！"

三个大人听女人一番言语，都觉得天下还有这种好事儿，吃得饱穿得暖，还让学认字，胡老爷又是龙泉镇有名的人物，有这好去处当然好了。就是给的钱太少，缴捐税后只剩十四块大洋。但一想孩子能有个好人家，不用挨饿能活命，家里也暂时能对付一阵子，都同意了。三家人一块儿相跟着胡老爷签卖身文书去了。

李老根儿领着瘸着腿的老婆从龙泉观烧香回来，路过人市看到这么多不幸之人，有了几分怜悯心。当看到宋福生和小凤时，突然对这个小闺女产生了爱怜之意。停住脚步对老婆说："咱大牛都18了，也该找门亲了，可不能像俺一样30多了才找到恁，从这儿找一个肯定用不了多少钱粮。"

"恁算了吧！满肚子野菜草籽，嘴都顾不住，还琢磨着这宗子事儿？走吧！以后慢慢再想辙吧！"瘸老婆拽着老根儿的衣襟，挤进嘈杂的人群走了。

谷子贵今天不当值，一早就带徒弟大牛来到前街，在田家老店门口西墙根，摆了个算卦的摊位。谷子贵坐在长条小桌正中，大牛坐在侧面的机凳上，桌腿上绑一根一丈长的木棍，上挂一幡，画阴阳八卦图，一面下写"鬼谷子神算"五个隶体大黑字；另一面下写"鬼谷子神相"。桌前挂一布帘，上写："试试便知。一断今生来世，二断谋事成败，三断经营进退，四断职业高低，五断婚姻好坏，六断交友仁义，七断前程明暗，八断家人贫富。童叟无欺。"谷子贵趁没生意的空闲，正在给大牛讲鬼谷子相经，讲解得正起劲，抬头看见李老根两口子正向这边走来，就对大牛说："去把恁爹娘叫过来，我有话说！"大牛赶快过去把爹娘拉了过来。

"李哥！李嫂！快来坐坐！"谷子贵把老两口让到板凳上坐下，又问："恁咋有工夫逛街哩？都买的啥东西？来我看看！"

瘸老婆快人快语说："还买东西，买西北风还差不多，吃的米还是借志和老哥家的，哪有钱买东买西！这不俺拉他到庙里给老君爷烧烧香，给咱家祈祈福消消灾。要不你看咱过的日子多凄惶，吃没吃嘞穿没穿嘞！要不是恁这几天给个零钱买点儿粮，真的快过不下去了！"

谷子贵赶忙说："咳！咱都街坊邻居，这都是应该的，谁家还不遇上被石头压住手的时候，没啥大不了的！只要有俺爷俩在，恁放心，保险饿不死！"

"俺得谢谢恁，有恁帮衬，俺两口子也放心了！不知道大牛在恁这儿行不行，能吃这碗饭不？"瘸老婆问。

"行！这孩子有悟性，一学就会，没问题！在家俺是他师傅，在自卫队里俺是他的传师，不管家里队里都是俺的接手人，恁都放心吧！错不了！"谷子贵顿了一下又说："俺叫恁都过来，是想跟恁说点事儿。这大牛既然跟俺学徒，也就是俺的孩子，他的事儿俺也该管管。他也十八九了，到说亲的年龄了。下县遭了灾，昨个儿有对父女，来给闺女找婆家的，不知恁见没见过？"

瘸老婆说："是不是西门外那对儿，这不刚刚路过看见了。"

"他们昨个儿转悠一天了，一来给孩子找个人家，二来得点儿钱粮。俺看那个小闺女，虽然瘦弱，但眉眼也还清秀，三停均等，骨骼周正，长得也算端庄，年龄也中，配大牛满可以。待两年一圆房，俺看是门好亲事，不知恁都咋看？"

"刚才俺俩还嘀咕这事儿。就像咱家这穷样儿，吃饭都顾不上，咋敢想这宗子事儿？"瘸腿老婆无可奈何地说。

"嫂子，只要恁点个头，剩下的都包在俺身上！恁都看咋样？"

李老根儿赶快接茬说："俺看行！俺当家，就由恁嘞！"

"恁当个屁家，这立马就得多少给点儿钱粮，咱上哪儿弄去？"这女人虽然腿有残疾，但五官端正，心灵手巧，说话也快言快语，在家是主事人。三个子女也都随她，尤其是大牛，不但眉眼周正，心眼灵醒，反应也快，识字写字，一教就会，习背经文，只需教两遍就能熟记，还能举一反三。谷子贵自己的两个孩子都喜欢舞刀弄棒，不愿意跟他学这个行当，好不容易找到一个属意的接班人，自然高兴得不得了。

"这恁都甭管，都交给俺。一来解除他们的忧愁；二来也解决大牛的后顾之忧，不是一举两得吗？还有一件事儿，等改天叫志和给恁说。"谷子贵满面微笑对着她说。

"行！那就这样儿。"瘸腿老婆赶忙答应，不花钱娶个媳妇进门，求之不得。

"大牛，去西门外把他们领过来，我给他俩说说。"大牛听师傅说完，就向西门外跑去。因为昨个儿师傅就以父女俩做样板，给他讲过相人要远看身形，近看七寸之面。他们父女二人虽然贫困，饿得面黄肌瘦，但从面相看善良敦厚，不是奸邪小人。小女眉清目秀，身形端正，走路脚步轻移不动尘土，是一副贵相。大牛正当青春少年情窦已开，一听师傅让去叫，心里美滋滋的很受用。

这宋福生等了一晌也没等到合适的主，正在惶恐不安时，昨个儿见过的算卦徒弟来叫他，他想可能有门儿，拉着小凤跟着就去了。

谷子贵看见宋福生耷拉着脑袋、神情惶惑地拉着小女孩走来，赶快站起来把板凳让出来，扶他坐下说："老弟呀，昨个儿恁说的事儿，俺给恁找了一家。这不大人孩子都在这儿，恁看咋样儿？"

宋福生听完，抬头看了看大牛和老根两口子，正想说什么，突然两眼一翻，扑通一声就趴到了桌子上。

吓得小凤连哭带喊："爹呀！恁可不能丢下俺们不管呀！俺奶奶俺娘都等恁回家哩啊！"扭过头来跪到谷子贵的面前，扬起满是泪水的黄瘦脸颊，瞪着一双惊骇绝望的大眼睛，失神落魄地哀求："大伯呀！救救俺爹吧，他要不在了，俺全家都得饿死呀！呜！呜！"

小凤这么一哭喊，立马招来围观的人群，都不知道发生了啥事儿。谷子贵摸了摸宋福生的脉搏，对大牛说："快去苗家粥铺买碗小米粥来！"说完从口袋里掏出一个铜子儿，递给了大牛。拉起小凤对着周围看热闹的人喊："都散了吧！没事儿，只是饿晕了。走吧！走吧！"人们丢下怜悯的眼神，散了开去。这年头，这种事儿都见得多了，个个都自顾不暇，难有人伸出援手，只剩下同情心了。

小凤听说爹爹是饿晕了，赶忙从怀里掏出那半块白馍，掰下一块儿就往爹的嘴里塞。谷子贵抱起宋福生，让他的头靠在自己的左肩上。接过一小块馍，在水碗里蘸了蘸，用左手的拇指和食指，掐住他的两腮让他张开口，把软糯的馍块儿塞进口中，喉咙一动一动咽了下去。这时小米粥也端过来了，他就用馍块儿蘸着热粥，就这样一块儿一块儿喂完，很快宋福生就清醒了。他缓慢地坐起来，眼含着泪水，双手端起粥碗喝了两口。看了看满脸泪痕的小凤，对谷子贵说："老哥！我把小凤交给你了，你看着办，咋样都行，我信得过你，你是个好人！"

谷子贵看了看李老根两口子说："既然如此我也不客气了！你们两家都在场，咱就当面说透。行呢，咱就办；不行！就当我没说。恁都说行不？"

三个大人忙不停地点头："行！行！行！恁就当家了！"

谷子贵知道，虽然双方都是老实巴交穷到底的人家，但穷人也有自尊心，也要面子，还得按规矩办。他就拍了一下桌子说："好！恁两家都信俺，俺也不推辞了。俺呢算个媒人，这兵荒马乱的世道，咱就去繁就简，孩子就留在老李家，也算童养媳妇，待16岁成年，咱再办婚事圆房。俩孩子的生辰八字我也算了算，是六合婚，都相配，是门好姻缘。"又对着宋福生说："恁家正在难处，走时给恁准备点米面和油，再给恁几块银圆，回去买点粮，先渡过难关。以后恁两家常来常往，有难处就来找俺，保准管到底。咱说好，这可不是卖孩子，是做亲家。"

宋福生喝完粥后，有了点儿精神头，赶忙说："钱粮俺不能要，龙泉镇这么大的镇店，孩子能落脚在这儿，也是她的福分，俺得感激恁，咋还能要这要那哩？"

"哎！老弟，恁说错了，谁还没有个不圪结的时候，恁在难处，俺们还不该帮帮忙？恁就不要客气了，都听俺嘞。恁看已下半晌了，还有四十里地，走夜路危险，恁就先住下，明早俺给恁找一拉煤的顺路车，赶回去也不晚。凑这工夫到亲家那里瞧瞧，恁也就放心了！"谷子贵诚恳地对宋福生说。

李老根儿的瘸脚老婆忙不迭地说："只要不嫌吃得孬，住几天都行！"说完拉着小凤就走了，老根儿也拽着宋福生回家去了。

谷子贵看他们走远了，从衣兜里掏出五块银圆交给大牛说："俺的钱也不多，先给这些。恁赶快学，学会俺这两下子，恁养家不成问题。把鬼谷子老祖的算经和相经学会，再把鬼谷谋学好，恁就可接俺的位了，咱自卫队还得靠你们后起之秀嘞！"看了看集市上已见稀疏的人影，拉着大牛的手说："走，到田家老铺赊点儿粮油和豆饼，赶快送回去，怎么也得给恁地小媳妇吃顿面，是不是？"

"师父！俺得好好谢谢恁，比爹娘对俺还好，俺永不忘恁地大恩大德！"聪慧机灵的大牛说完，就跪在地下给师父磕了个头。

谷子贵送走大牛后，继续坐在长凳上一边等活儿，一边揣摩着过往的各色行人。日头将落时，看到从东门处缓缓地走过来两个人，在金色日光的映照下，这二人显得与周边的人格调不同。时节虽然已近中秋，但天气在秋日的晒烤下，还温热。这两人都在 30 岁左右，相差不了几岁，都穿黑衣黑裤。别人戴草帽或光着头，他俩却头箍雪白的羊肚毛巾，肩搭一布褡裢，腰里鼓鼓囊囊的被褡裢盖着，不知是啥。走起路来摇头晃脑，眼睛左看右瞧，游移不定，既不像卖东西的，也不像买东西的。他们走到谷子贵跟前时，停住了脚步，抬头看起了卦幡，一个问另一个，这上边写的啥字儿。被问的回答："你都不知道，我咋能知道，这大概是算卦和相面的吧！"

谷子贵一听俩人说话带儿化音，就知这是漳河北临漳县人，一看他俩一个鼠目龅牙，另一个鹰鼻鹞眼，眉头上还有块疤。眼神里都带有冰凉的肃杀之光，满脸暴虐之气，一看就知道绝非善茬。谷子贵阅人无数，凭识人的本事，就知道不好了，今晚龙泉镇可能要出事儿！

漳河两边匪杆无数，最大两股：一是漳河北的"一扫光"户全占，另一股是漳河南的"一根把"郭老殿。其他小股杆匪最多一百号匪徒，少的只有几十个人，像龙泉镇这么大的镇子，他们一般不敢妄动，不但啃不动，闹不好还会把牙崩掉。只有户全占和郭老殿两股杆匪敢动，因为他们各自号称有近千人，声势浩大，而且他们一东一南，各距龙泉镇四十里左右，步行两三个时辰就到，骑快马不到一个时辰。活儿做完，立马就能蹽回去。因为都在两省交界处，不属一个地方管辖，昭关县警备团虽有二三百号人马，拿他们也没办法。

谷子贵看了他们一眼，随手拿起桌上的毛笔，蘸了墨汁，在草纸上写了八个字："道法自然，人道天赋。"因为他知道黑道规矩里有几种人一般不会动：办红白事儿的，邮差货郎，行医郎中，相面算卦的，鳏寡孤独之人，开棺材铺的，开大车店的等。对这些人他们不但不为难，有时还给予方便。

那个年龄稍大点儿的先开了口："先生，你能不能给咱算算卦相相面？"

谷子贵说："行啊！算卦相面不分高低贵贱，断过去未来，也断婚姻富贵。不知两位想问何事？"

"就给我断一下前程和婚姻。"年龄较大，长得精瘦，鹰鼻鹞眼像个杆子头儿的那位抢先说。

谷子贵看着他的脸说："这样吧，俺给恁相相面，再给恁测测字，说得好，恁有钱就多给些；说得不好，分文不取，恁扭头就走。恁看咋样？"

"行！"说完那个人把褡裢重重地放在桌子上，在凳子上大大咧咧地坐下了。

谷子贵一听有金属的声音，就猜到里边装有手枪，又一看鼓鼓囊囊的腰间好像还有一把，就知这家伙绝非等闲之辈，一定要小心谨慎。仔细端详他那窄窄的脑门，像鹰一样带钩的鼻子和眼睛，下陷的双腮和尖尖的下巴颏，活生生一副好杀的贼相。然后拿过纸放到他面前，把毛笔递给他。他掂了掂毛笔说："我不会写字咋办？"谷子贵说："这纸上有字，你随便选几个字，在选中的字上画个圈。"那个匪头拿笔在写好的八个字上圈了三个字，分别是笔画最少的"人"字和笔画最多的"道""赋"二字。

谷子贵看了看圈住的三个字点了点头，抬起右手捋了捋下巴的黑须髯，扬起脸对着他说："有道是命由己造，相由心生。心是貌之根，审心善恶自见。动者心之发，观行而知祸福。贫穷富贵，皆在神行。不知阁下想听真话，还是想听假话？"

"那肯定想听真话喽！谁没事花钱听假话，那不是有毛病吗？"你看土匪平日凶恶残暴，说话粗陋不堪，但那是看对谁。他们把算卦相面的都当作半个神仙，这类人也是江湖中人，与他们没有利害冲突，有时还利用他们给做做眼线，所以跟谷子贵说话客客气气，也不说浑话。

"好！那我就不客气了，有冒犯的地方请多担待。"说完谷子贵端起碗喝了口水，指了指东门方向看着对方说："家在东不在西，出门能见水，抬头就是天，至今还要单。对不？"

"咋讲？"

"也就是你现在还没婚配，单身一人。"

"对！"

"你家是不是住在东边临漳县？"

"是呀！"

"出门就能看到水。"

"是！村南就是漳河。"

"抬头就是天，是说你家就住在村边，没在村里住。"

"是啊！"

"祖坟坐南朝北，是不是？"

"对！对！你咋知道的？"对面的人瞪大眼睛等下文。

"天机不能泄露。"谷子贵给卖了个关子。其实对内行人来说很简单，但凡问婚姻的，说明你没成家。你说临漳话，那肯定是临漳人，地理位置在东部平原漳河北，因地势低，水道水渠多，只要在村边住，大都能看到。他主动说村南是漳河，平原最高的地势就是高大的河堤，风水先生选茔地，都要找有靠头的地方，那最好的靠头就是高高的河堤，那祖坟的朝向就固定下了。一旦说错了，也没有关系，就可改口说"俺说的是脚朝南头朝北"，一说一个准。

谷子贵继续说："你少时贫困，早早持家，稍大时遇上个坎，因事儿被人陷害，蹲了数年大狱。出来后不安现状，想出人头地，才做此买卖。"

谷子贵话还没说完，就被另一位给打断了，"哎，你咋看这么准呢？"

谷子贵看他上了道就继续说："你看你的天庭窄，就是受苦孩；眉上破了相，主定要遭殃。你圈的第一个字是啥？"对方用手指了指那个人字。"这念人，人被圈住知道叫啥字吗？"

"不知道！"那位摇了摇头说。

"人被圈住，那叫囚，也就是囚犯，住大狱的人！"谷子贵使劲点了点眼前的纸狠狠地说。有经验的先生，只要一搭眼，就能看出你富贵贫穷。你的脾气秉性、善良狠毒，全显在你的脸上。凡当土匪之人，大都是好勇斗狠之徒，多因贫困潦倒或争斗杀人犯了重案，不管咋样，都是被困之徒。谷子贵先审后敲，让他步步紧跟进入圈中，这样你怎么说他都相信。

这个时候站在身后的另一个问："你能算算他是吃哪碗饭的吗？"匪头扭头瞪了他一眼，嫌他多嘴。

谷子贵笑了笑说："这个不难！"然后用手指了指那个道字说，"你们说这是个啥字？"那两个人摇了摇头。

"这个字念道，上面是个人在路上走，你们是道中人！"又指了指走之底上的首说："这个念首，也就是人的头儿，在队众里他就是首领的意思。我只能说到此，剩下的你们自个儿琢磨吧！"谷子贵又卖了一个关子给他。

那个匪头听谷子贵说得挺对，就迫不及待地又问："那你看看我的婚配和以后是啥路数？"

土匪也是人，也有七情六欲，也都想安居乐业，出人头地。谷子贵看他不是个十恶不赦之人，想引导他走正道。但土匪之间关系也很复杂，就怕说完之后另一位多心，产生不必要的麻烦，就说："这都是天机，言不传六耳，能否让这位兄弟回避回避？"

土匪头目对另一位摆了摆手，那位知趣地走开了。

谷子贵这时神秘兮兮地说："现在就咱两人，我说话就直来直去，你看咋样？"

那位一看谷子贵神秘而且庄重的样子，紧张地点了点头，两只小眼直愣愣地盯着谷子贵，静等着自己命运的断言。

谷子贵唉了一声说："今年是你的流年，有个大坎还没过去。"

"啥坎？要命不？"

谷子贵说："有血光之灾！"

"能给破不？"

"能！咋不能破！你是木命，木主东，水主北，火在南，金在西。你的福地在东方和北方，西南两地对你不利。今年这个坎过不去，就没有来年了。要想过这个坎，你年三十前不能见血！从现在起，每个月十五这一天时，要给太上老君烧三炷香，磕三个头，此坎就能迈过去，不然你这个年过不好。只要过去这个年三十儿，你就会吉星高照，官运亨通，要钱有钱，要妻有妻，要子得子。你看你圈的第三个字，叫赋字，这是个贝字边，古时候是钱币，这寓意你有钱。右边是个武字，寓意你这辈子与行武分不开，一生要吃这碗饭。这两个字凑到一起就是给予的意思，这也就是上天要给你金钱和官位。有钱有权，那你还不洞房花烛夜吗？不过要想金榜题名，恐怕还得好好地念念书。"

谷子贵一席话，说得他心惊胆战又心花怒放，他伸手从褡裢袋中掏出 5 块现大洋放到谷子贵的手中，笑眯眯地说："只要你算得准，到时我定有重谢！"说完深深作了个揖，拿起褡裢甩到肩上，扭头招呼同伙扬长而去。

谷子贵攥着五块大洋，瞄着他们拐进南去的第三道街，微微地点了点头，赶忙收拾桌椅板凳，给张志和、张万山通报去了。

民团和税警们直忙到未时，才把税和捐收完。马继先坐在税务所张所长的办公桌后，看着成箱的银圆，心里那个美呀！两三个时辰就搞到这么多钱，五百亩地一年的收成也没有这么好，真过瘾！然后摸着溜光的大脑袋，站起来走到张所长的面前煞有介事地说："张兄呀！你看弟兄们都还饿着肚子，不如先吃饭，把你办公室的门锁上，你我各留两个人看住门，谁也不准进！等吃完饭后咱再点数分钱，你看行不？"

　　张所长本来想点完再吃饭，但看了看挤在门外饥肠辘辘的团丁，说："那就听你的，吃完再点！"

　　这一吃一喝不要紧，有一半都喝得东倒西歪，一直到日头西落才收场，张所长也喝得六亲不认了，被抬到所里床上呼呼大睡。其他两个税警也都喝得糊里糊涂，只有一个李姓税警还算清醒，一看还有那么多税银和捐银没清点上缴，就找到正在喝茶的马继先问咋办。

　　马继先咧开大嘴巴说："那还不好办，你们今黑个儿都别回家，我再派两个人拿枪帮你们看着，再给你们送点儿吃的喝的，明儿咱再一起清点，你看行不？"

　　李税警心想反正在镇里，镇围墙都由民团自卫队把着，所里还有几个人带枪守着，不会出啥大事儿。就说："那就明儿再说吧！"

　　"马三儿！你给老李派两个人，帮他们晚上盯着点儿，别丢了东西！"走路已跟跄的马三儿扭头叫来与他喝得差不多的两个团丁吩咐一番，两个年轻的团丁互相扶着，挎着枪跟着老李走了。

　　马继先眯着一双小眼睛，看着他们走出大门，心里美美地想："我要的就是这个状况。"

━┤ 六 ├━

第二天早晨，警税所昨夜遭老贼儿抢劫的信儿传遍了全镇。

谷子贵听说把新收的税银和捐银都抢了，人却没受伤，马上就明白了是咋回事儿。

那两个老贼儿和同伙，昨个儿潜进镇里，与镇外的老贼儿里应外合，趁税警和团丁酒后昏睡，把银钱给抢劫了。走时经过马家的水碾房，不忘给等在那里的马光蛋留下两箱银圆，就撤回临漳老巢去了。

谷子贵知道，昨夜听到的那两声枪响，是他们得手后给同伙报的信。没伤人没见血，那是相信了自己的卦词。唉！昨个儿咋就没想到这一出呢？昨天去找张志和汇报，光想着防备偷袭了，没想到奔着税银、捐银来了。现时秋收已开始，可不敢再有大意。谷子贵披上外衣，一大早就去土地庙找张志和去了。

张志和父子一听谷子贵的分析，都认为应把各村的分队长召集来，谋划中秋节前后秋粮收割后的保护问题。如果打下的粮食给抢喽，明年开春前就会饿死人。

张万山拿起桌上的草纸，撕成条，拿起毛笔写好后，就去发飞鸽传书。

接到信的各村队长，离得近的跑步，离得远的骑马，不到半个时辰，十三个村的分队长都到了土地庙。

张志和就让谷子贵把昨夜发生的事说了一遍，再对当下的形势作了分析。这个会开了一个半时辰，快结束时，在后街东门值勤的满囤来找万山说："我桂英嫂子让人给你捎信，说她爹腿摔断了，让她回去看看。她搭田家往岳城送货的马车走了。"

张万山一听心里咯噔一下，赶忙问："捎信人是谁啊？"

满囤说："不认识。"

张万山联想到最近发生的几件事，感到情况不妙，急忙拉住满囤的胳膊说："你赶快牵两匹马，叫万水一起追上去，看看是真是假，越快越好！都带上枪！"

"行。"满囤说完就飞跑了出去。

万山和一屋子人焦急地等到日头当空，万水和满囤骑马回来了。两人跳下马喘着粗气神情紧张地说："一路追过去，也没见个人影儿。到家里一问，谁也没受伤，都好好的。再赶到岳城一问，货也没送到。"

谷子贵听后心里有了底，知道这是对上次绑票未成的报复，这次恐怕凶多吉少，就把自己的想法和下一步的打算简单地说给了张志和。

"行！就照你说的办。你和万山把队伍组织好，把武器装备拾掇好，随时动身。"张志和边紧腰带边说。

谷子贵扭头拍了两下巴掌，让人们安静下来。他看了一眼眉头紧锁的万山说："这件事儿大概是这样的啊。杆匪为报复上次咱们解救田家孙子那件事儿，设套绑架万山媳妇，一并把田家的车夫和马车也绑架了。约莫着最晚明天'花舌子'就会送条子来，到时看情况咱再定下步动作，你们先回去准备好家伙，一有消息就通知你们。秋粮保护就按商量好的去办，有紧急匪情，三眼铳为号，如不能声张的就用飞鸽传书来联系。各位请回吧！"

众人走后，谷子贵忽然想到这个事应该通报一下田家，如果再把县警备团利用上，力量不是更大吗？就把想法说给了万山父子俩。

张志和满脸疑问地说："这动警备团能行吗？眼下兵荒马乱的，省府的警队和官员都撤到咱县了，县府会管咱这事吗？"

谷子贵笑笑说："这事儿的起因不是他家孙子吗？再一个这次被绑的还有他们家的人和马车，就我对田家的了解，他们不会坐视不管！我去田家给他们报信，也让他们有所准备。"

第二天天一亮，田家把门儿的田老五打开大门，抬头就看见大门上扎着一把匕首和字条。上写："民国二十六年阴历八月初十正午，西羊井草桥上交换人车，大洋五千圆。分两箱装，切记！"

田老五扔掉扫把就给田老爷报信去了。

田老爷正在院中打太极拳，忽然见田老五手拿明晃晃的匕首慌慌张张跑进来，赶忙收起架势，拿过纸条一看，很是吃惊："去叫善地和自卫队的谷子贵！越快越好啊！"

几乎是同一时间，张万山在家门上也收到同样的条子，又惊恐又担心，马上到庙里来找谷子贵。他俩一商量，同去田家见田老爷，在路上正好遇到了来叫他们的人。一听说田家也收到了条子，谷子贵就对万山说："真要小心了，事情不简单！咱镇里有他们的眼线。"

万山一脸沉闷地点了点头说："是！以前就有所察觉。"

到了田家客厅，田老爷阴沉着脸对谷子贵说："你昨天刚来给我说，正如你所料，这条子今天就来了。这王八蛋心还够狠的，口子开得挺大。老贵！数你点子多，你说说该咋办吧？"说着就把那张条子给谷子贵看。

"万山也收到了同样的条子。"谷子贵抬头扫了扫窗口和门外，低下身来说，"西羊井草桥，这是'一根把'郭老殿那杆子。这就坐实了上次偷你家孙子就是他们干的。不过田老爷！我们可拿不出来这么多大洋啊！"

"哎！这个您都放心，这点钱我们拿得出，关键是把人救出来，这是大事儿！"田家老大插话说。

谷子贵说："别着急，我给你们说说。这件事，我想有三种结果。第一种就是不费钱，不伤人，把人要回来或者抢回来。但既然他们敢绑票就有所图，白白要回，现在看不大可能。第二种就是按条子价码付赎金，把人和车换回来。按江湖规矩，应该是这个路子。第三种是既付了赎金，又被撕了票，这伙杆子也有可能这样做。为啥呢？一来'一根把'郭老殿是个杀人不眨眼的家伙，这几年被他的杆匪杀害的老百姓不下百人。二来呢，因政府腐败无能，警队涣散，剿匪无能为力，造成匪杆坐大，有恃无恐，胆大妄为。三来呢，上次他们做活不顺丢了俩人，这次他们目的很明白，就是报复。"

张万山急切地问："那咱咋办？难道就干等着挨刀？"

谷子贵摆了摆手说："咱也有人有枪有炮，当然不能坐以待毙。咱要争取前两种，最有可能争取第二种。如果非是第三种不可，咱也不能人财两空，得让他们付出代价，一下子打痛他，整怕他，叫他们以后再来找事前有所掂量。这样的话，咱就必须做到——"谷子贵停了下又继续说，"第一，全力保证赎人的过程不能出事儿，一切按江湖规矩来，咱就当破财免灾。赎完后各走各的，互不动家伙。第二，一旦他们坏了规矩，撕了票，咱就南北夹击，打痛他们！"然后扭头对万山说："你带满囤装扮一下，先到河两岸踩踩点儿，顺便摸一下对方的情况，做到知己知彼，但不能惊动他们，切记切记！"

田老爷听完谷子贵的计划，缓缓地说："就这样！咱也不能太软弱喽！要不然以后这样的事会越来越多，咱就按最坏的结果来计谋！"又对老大善地说："去叫王管家套车，我去县里找老三，让他的警队给出出力！自家的事，看他管不管？但要保密啊！有人要问我去哪儿了，就说我头痛，找西医看病去了。除了咱们四个人，其他任何人一律不能让知道，只让他们知道咱们准备银钱去赎人。"又对谷子贵说："待会儿你到镇门外等我，和我一起去！这事不是个简单事，你还得出面。"

龙泉镇往河南去，漳河上只有三座桥可过。最东边是官道桥，南来北往的车辆大都走此桥；西去十几里就是京汉铁路桥；离铁桥西五里地，就是当地人走的木头搭建的草桥，也是龙泉镇到彰德府最近的路。

草桥南岸有五六个村庄，"一根把"郭老殿的匪杆子占据着桥南的三个村子。这里因地处平原，均无险可守，这三个村子各有土围墙护卫，一个围子有事儿，其他两方可相互支援。郭老殿和小老婆住在叫马家庄的村子里，这是三个村子中最大的，也是这帮杆匪的总部；他老娘和老婆孩子住在最东面叫郭庄的村子里；二杆子牛魔头住在靠南点的崔家村。

这帮匪杆号称上千人，其实是徒有虚名。那个年代战乱不断，民不聊生，好多贫苦农人走投无路，只好加入匪杆，暂求平安，有事儿加入行动，无事儿务农为主，大都是半农半匪，队伍中拿红缨枪和大刀棍棒的就是这些人。以匪为职业的，也只有两三成。全部聚集起来也就五六百号人。抢东西还行，真要打起来，大多没有战斗力；有战斗力的，也就是那二三百号肩扛快枪和斜挎匣枪的人。

张万山与满囤化装后，就赶往郭老殿所在的地方，摸清匪杆子的情况后，当夜返回来向谷老贵进行了汇报，同时迅速研究制订了下一步的行动计划。

阴历八月初十这天前半晌，草桥南头已有众多匪徒在把守，郭老殿的匪杆子大队人马都布置到了桥头。草桥北头，自卫队也聚集了五六百人，队伍前站一个膀阔腰圆的大汉，手扶一丈八长的旗杆，旗杆上挂一面红边金穗大锦旗，上书"替天行道"四个大字。在旗杆旁，雄赳赳地还站有三人，正中是手拿令旗的龙泉镇自卫队总队长张志和，右手站着文传师谷子贵，左手站着武传师张万山，三人腰里别着手枪，神情威严。草桥两边是两门榆树大炮，炮口冲着河南岸。四杆大抬枪也架在岸边，后面一字排开站了近百名肩背长短不一各式快枪的队员，再往后两排是身背大刀的壮汉。最后两排队员手拄长长的红缨枪，每排都有一百多人，均身穿黑衣黑裤，头上都箍白毛巾。从南岸往北一看，黑压压的一片，既整齐又雄壮。

自卫队这么早就大张旗鼓，兴师动众，一来是震慑匪杆们不要胡来，二来是吸引匪徒们的注意力，保证埋伏在他们身后的谷满仓和县警备团的人不被发现。

其实，昨夜县警备团已派出了一百多号警员，由团长田善仁带队，从县城出发；自卫队由谷满仓领队，也有一百多号人。子时，神不知鬼不觉，偷偷从龙泉镇西南角翻墙出去，翻过了神麋山，之后两队在离草桥十五里的上游一个渡口集合，坐船渡过漳河，绕到了他们的身后，现在正藏在河对面的刘家村和土岗的庙里。如果到午时桥上没有大动静，就意味着交换成功；如果枪炮声响起，那就意味着交换失败。他们两队将出其不意从匪徒的后面进攻，与河北岸的自卫队南北夹击，完事后由县警备团再通知邻县警方。这是谷子贵计谋的第三种结果，也是最不想看到的结果。

"但愿不是第三种结果！"张万山想着。

昨夜里很晚了，张万山还到龙泉观向师父云清道长请教，临走前师父还告诫他："虽然以恶制恶理不悖，但还要诉求向善之道，切不可滥杀无辜。"

突然一阵躁动把他的思绪打断了，原来是田家护院头王保山，带着四个护院家丁，搬着两个小木箱过来了，里边装有五千块现大洋。来到桥头，这五个人负责交钱换人，人换回来了便罢；一旦人没换回来，两个枪法准的家丁会先把抬钱箱的匪徒干掉，自卫队再用火力压制住匪徒。一旦听到枪声，埋伏在对面庙里的和村里的队伍还有河北面的队伍就会向匪杆子发起两面进攻。

张志和、谷子贵、王保山、张万山四个人站在草桥北头，神态紧张地看着河对岸越聚越多的杆匪。

快近午时，"一根把"郭老殿骑着一匹枣红马站到了南岸桥头。在他身后，站满了身穿五颜六色衣衫的杆匪，他们肩扛着洋枪、土枪、大刀、长矛等各式各样的武器，足有五六百号人，黑压压一大片，气势不小。

这时，只见张志和把令旗一挥，四把叫阵号响起，激昂的号声在河面上回荡。顷刻，河对面也响起隆隆的应答鼓声，骑在马上的郭老殿，右手拉着马缰绳，举起了他那没有手掌的左胳膊。看到示意，人群往两边一分，一个匪徒牵着拉车的马走了出来，停在桥头。张万山的心一下子就提到了嗓子眼儿。

他和妻子是经媒人说合走到一起的，妻子桂英虽然长得不算俊，但朴实、贤惠、能干，而且通情达理，结婚第一年就给他生了个胖小子。她侍候老的，又照顾小的，万山经常忙着练武，家里的活全靠她干。家里生活穷，她也跟着忍饥挨饿。进张家的门五年了，不管遇到啥事，从没和谁红过脸，和万山更是相敬如宾。

张万山看着对面车厢里妻子的身影，心里好像有千万根针在扎："我一天都没让她享受过好日子，如果今天她遇到不幸，自己还咋面对孩子和家人？"

号声鼓声停下来了。对面人群中走出两个彪形大汉，举着双手向这头走来。

张志和向王保山一点头，两个家丁搬着两个钱箱放到桥头，也举着双手向桥南走去。

七八十丈长的桥面，两个彪形大汉没用多大工夫就来到了桥北头。两个匪徒蹲下，打开两个木箱，拆开两卷银洋，各拿起一块用嘴吹了一下，快速放到耳边听了听，又简单数了一下银洋的卷数后合上了箱盖，站起身回头对着河南岸郭老殿挥了三下手，抬起箱子往回走。这时两边的号声鼓声响起。来到桥南头的田家两个家丁检查了一遍马车，看着坐在车厢里被绑着的一男一女，一人接过了马缰往回走，另一人跟在马车后边，边走边给车上的人解开绑在身上的绳子。不一会儿，双方就在桥中间相遇。桥南头两个匪徒飞跑过来要帮着搬箱子，这时张万山也飞快地跑到桥上去接马车。就在这时，谁也没有想到的事情发生了！那个彪形大汉把钱箱交给了来接应的匪徒，从衣服里掏出了手枪，坐在车里的桂英和田家家丁都被击中。张万山"哎呀！"一声大叫，差点儿摔倒在桥上。这时，受惊的马拉着车跑了起来，张万山赶忙站稳，使出全身的力气快步上前拉住马车，停在了队伍前边。

醒过神来的张志和大叫一声："快开炮！卧倒，快开枪！"

当桥上的匪徒枪响后，自卫队的炮手就把引火绳点着了。炮声还没响，两个家丁的枪已对着往南跑的匪徒打了出去，那个打枪的悍匪应声倒在桥上。炮声响起时，剩下的那三个匪徒也倒在了桥头。双方的枪战开始了。自卫队用枪和火炮把整个桥面封住，对面的匪徒无法把两个木箱拖回去。

张万山抱起鲜血流淌的妻子，不顾命地向隐蔽的地方跑去，满囤和金虎牵着马紧跟在身后。背对着一堵墙，他把妻子放下查看伤情，一颗子弹击中了她的头部，早已没有了生命迹象。他把妻子的尸体放到地上，让跟过来的万水看着，强忍着泪水，向满囤和金虎一挥手，三个人飞身上马向东飞奔而去。

张万山知道"一根把"郭老殿是个凶狠残忍的匪徒，杀人、放火、强奸、贩毒无恶不作。这次郭老殿是报复绑架，就怕赎银给了，人换不回来。在带满囤踩盘子时，知道了郭老殿和他老婆孩子没在一个村里住，也打听到了他家在村里的位置，他有了一个先"掏心"再"守株待兔"的连环计策。但这个想法只和徒弟满囤和快枪手苗金虎交代了一下，让他们准备好三匹马，一旦发生最坏的结果，他们三个人趁匪窟空虚，快马直插郭家，杀他全家报仇雪恨。

二十多里路，只用了半个多小时，就到了郭庄村西的树林里。他让满囤把马藏到树林深处，他带着金虎向村子走去。

他们没走寨门，走到西围墙根看周围没人，就用猿猴搭梯先把金虎送到一丈高的土墙上。他后退几步，用走壁功蹿到了墙上，又飞身跃到地上。三转两拐就到了郭家的墙外，示意金虎在外望风，自己就向郭家的院墙走去。

这是一座青砖砌成的两进宅院，张万山走到第二进院子的墙根，一纵身手压墙顶飞身就跳到院里。径直走到上房门口，轻推门就进了堂屋。支耳一听，西里间有动静。挑帘就看到一老太正在炕上抽大烟，一位10岁左右的少年正坐在炕边玩弄一把银色小手枪。少年耳朵灵，一听有动静，扭头用眼瞪着张万山问："你是谁？找谁哩？"

张万山没答话，伸手就把小手枪夺了过来。就这一老一少，不费吹灰之力就能要了他们的命。街坊二妮儿被土匪糟蹋，妻子在自己的眼前被土匪打死，一想起这些他心如刀割，痛不欲生。在驱马飞奔的路上，他已下决心，杀死郭老殿全家，为妻子报仇雪恨。但眼前这没有缚鸡之力的一老一少，让他的心一下子软了下来。这时那个小孩蹦起来，要抢回他的小手枪。他马上反应过来，伸手拍向了小孩头顶的百会穴，也只用了五成的力，小男孩就软绵绵地仰卧在炕上。老太太一看有人把孙子给拍倒了，一翻身举起烟枪要打，张万山用闪电般的透骨锥子魔手，击中她的章门穴，虽然没下死手，但中"魔"的老太太一下子就翻倒在炕上。

百会和章门两穴，是人体三十六个死穴之二，手上有功夫的练家，一旦击中此穴位，人必死无疑。张万山只用了五成功力，给二位留下一线生机。击打穴位后从外表没有明显的伤痕，其实内部脏器已受到损坏，三天内如果能请到高手解开此"魔"，用药调治，就能生还，但也会留下残疾；如果没解此"魔"，那就用什么药也治不了了。

张万山扫了一遍屋内的陈设，墙角一个没有上锁的大柜子引起了他的注意，这个柜子好像是刚打开过。走过去打开柜门一看，里边有一把带皮套的左轮手枪，皮带上还插有一圈金闪闪的子弹，他迅速拿过来扎到了腰间。又翻出一个两寸大小的铁盒子，里边摆满了银光闪闪的小子弹。在上层一个罐子里发现一个绒布包，一摸是金属物，拿起来沉甸甸的，解开了一看是金条，马上又包好，这时就听见门外有脚步声，他马上把布包装进兜里。一个女人的声音和着脚步声传了进来："金锁儿！你在屋里翻啥哩？"

郭老殿的老婆刚一进门，就被张万山从后边掐住了脖子，双手一用力，就把她的脖子给扭断了。

办完事儿后张万山不敢停留，从原路跳出墙外，从地上找了几块破砖头扔进了前院，故意惊动郭家的护院家丁，让他们发现情况后，去报告他们的主子。随后张万山给金虎摆了摆手，二人回到了树林里，去实施第二个计划。

满囤看他俩回来了，就问了一句："事儿办了没？"

张万山黑着脸点了点头，一句话也没说。他从身上把子弹带和左轮手枪取下，递给了金虎。然后伸手就把满囤递来的绳子拿了过来，又急忙从衣兜里掏出布包交给了他："回去上交自卫队。"满囤接到手掂了掂，没顾上看就放进了兜里。

这时就听见村子方向有马蹄响，一个人骑着马从村子里窜了过来，一路向西去给郭老殿报信去了。张万山他们赶忙做好绊马索，并用草伪装好，然后伏在系绳子的树根，只等着"一根把"郭老殿回家。

这时草桥的枪战正进行，河的北岸自卫队的土炮、抬枪性能差，射距近，六十丈内一扫一大片，封锁桥还行，打到南岸时，因射程不够，就是打中，也只伤及皮毛。倒是手中的老套筒、汉阳造、中正式、毛瑟等步枪发挥了威力，直打得对方抬不起头来。

郭老殿和匪徒们都趴在河堤的土坡上，看到有箱赎银就在不远处。一位小个儿的匪徒拿着一根绳子爬过来，挽了个活套，一扬手就抛了过去，没套住。郭老殿伸手把绳子要了过来，把套圈拉大，没手的胳膊支住上身，用右手一抛，就把箱子套住了，并慢慢拖了过来。另一箱远，绳子够不着，就招手示意桥上受伤的人把钱箱推过来。正在这时，一个人爬到郭老殿跟前对他耳语了几句，郭老殿顾不得钱箱，往后退去。同一时刻，埋伏在河南边的自卫队和县警备团的官兵已运动到匪徒背后，快枪、机关枪一齐开火，匪徒们立马就死伤一大片，其余的丢下武器四散奔逃，二架杆子牛魔头也趁乱跑掉了。郭老殿一看有人断了后路，手下人都跑了，顾不上死伤的弟兄，也顾不得钱箱了，带着两名随从和家丁，骑马向东跑去。

张志和领着大队人马过了河，也没去追，与埋伏在河南边的队伍会合，指挥着一块打扫战场，收集丢弃的枪支弹药。看着死去的三十多个杆匪和众多受伤的匪徒，他让没来得及逃走的匪徒给抬走了。

张万山他们耐着性子等了有半个时辰，就看到西边路上跑过来四匹马。三人赶忙趴到地上，用手握住绳子，就等马到跟前实施绊索。

当第一匹马跑来时，张万山手一提绳，绳子腾起二尺高，人和马一下子就被绊翻在地；人在地上打了两个滚儿，背过气去了。紧跟在后边的那三匹马也都被满囤和金虎一提绳绊翻在地，摔得东倒西歪。满囤和金虎两人赶快跑上来，先把武器下掉，又三下五除二把他们绑了起来。

张万山走到跟前，一看郭老殿已昏死在地，就把他的勃朗宁手枪连皮带一块儿解下，系到自己腰间，又用脚踢了踢他的脑袋，仍然没有反应。

看着躺在地上的仇人，想到妻子被打得血肉模糊的样子，一腔仇恨运到了丹田，抬起右脚，使了一个"千斤坠"，照着郭老殿胸口踏了下去。只听见咯嘣一声响，"一根把"郭老殿的胸膛就瘪了下去，鲜血从七窍中冒了出来。

臭名远扬的杆子头郭老殿，为自己的罪恶付出了代价。

张万山走到被绑着的惊慌失措的匪人跟前厉声说："你们看见了没有，这就是害人的下场！作恶多端，必死无疑！今天饶你们不死，再祸害人，也是这个下场。不信咱走着瞧！"匪徒你看我，我看你，失魂落魄地跪在地上直磕头。

万山扭头对满囤他俩一摆手，到林子里骑上马，顺着来时的路飞驰而去。

┤ 七 ├

　　清晨，东边天际刚涂上一层淡淡的红晕，龙泉镇静静地仰卧在神麂山的脚下还没有醒来。胡汉章的两进双跨宅院依旧被灰幽幽的大幕笼罩着，凝重潮湿的空气，散发着阵阵寒意。

　　胡家大院与众不同，从前街一拐进南北街，就看到一座硬山顶式的大门楼，门前也有一对石雕大狮子，两旁的上马石和拴马石一应俱全。青砖砌成的又高又大的瓦房，墙上光溜溜的一个窗口也没有。宽大的红门框红门板，既厚实又光鲜，抱厦脊檐、砖雕木绘都很精致。大门两侧有十几间房，门房、餐厅和账房等都在一进院内。大门迎面墙是一块雕刻精美的影壁，影壁两侧是两座跨院的门楼。左边是胡汉章结发妻和子女的住院，右边是他和小妾大白鹅的住房。

　　胡老爷拖着沉甸甸的双腿，双拳敲打着腰眼儿，在前院的台阶上来回散步，还不时地来几下太极云手，蹬一蹬因久卧而僵硬的双脚，仰起脸打了个长长的哈欠。

　　这时听到有人喊："胡老爷！来贵客了！"胡汉章循声看见护院钱有录斜背着匣枪急急忙忙地走进来。

　　"老钱，慌啥哩？狼撵哩，虎追哩，办事儿不能稳当点儿？"胡汉章不满地喊道。

　　"胡老爷！有贵客拜访，赶着两辆车轿，有五六个人哩！"钱有录急赤白脸地说。

　　"到底是五个人还是六个人？你是个护院的，连来几个人都弄不清，咋能护好家院？不要急，慢慢说。"

老钱稳定了一下说："门外来了六个人，有三人穿得很光鲜，其他的像是跟班，说是京城来嘞，有事儿拜访您！"

胡汉章说："快去！给我请进来！"说完扭头对厢房喊了一声："翠妮儿！准备上茶！"

"是，老爷！"一个脆生生的声音从厢房里传了出来。

这时老钱领着三位身穿黑洋布长袍，上罩锦缎马褂，都戴有黑色礼帽的中年男士走了进来。胡怀德一看走在前面的人有点眼熟，但又马上想不起来是谁，而后边的两个人眼生得很，根本就不认识。他们三人单看装扮，与商人无异，但细看却不然，尤其是跟在后边的两个人，虽然手提礼盒面带笑容，眼中却闪着猜疑。看年龄40岁左右，举手投足矫健有力，一看就训练有素，绝没有生意人的那种随意和洒脱。这两人可非同一般！

正在他思考之际，走在前面的人发出爽朗的声音："哈哈！老胡，二十多年不见，这再见都不认识了！"

胡汉章细看眼前的人，猛地一愣，马上说："啊！王老板！王汉卿！都变样了，不细看还真认不出了。"

胡汉章边说边把三人迎进屋内，分宾主坐下。翠妮儿进来布好茶，站在客厅门口伺候着。

那王汉卿看了看站在门口的翠妮儿，向胡怀德使了个眼色，老胡一看就明白他们说的话不能让外人知道，就向翠妮儿摆了摆手，示意她出去。

王汉卿几句寒暄后就直奔主题："我从北平来到您地界，是有要事相求。"一口京腔。

"啊！王老板，有事您就尽管说，咱们谁跟谁啊！早年在北平的药材商行不是您提携我，哪有我今天这势力和家业。只等着有时机重谢您！"胡汉章说着就要起身施大礼，被王汉卿抬手拦住。

早年胡汉章在北平时，就在王汉卿的中药材商行谋事，王老板看他心眼活泛，对他委以重担。他也不负所望，把商行越做越大，王老板受益的同时，也让他挣了不少钱，掘得了人生的第一桶金。

"不敢当！不敢当！"王汉卿边说边用手指了指身旁的二位说，"这二位先生是我的朋友，这次到贵地考察，想托您的福、借您的势做生意，不知您意下如何？"

胡汉章赶忙说："哎！您的朋友就是我的朋友，不管在昭关县，还是在龙泉镇，全由您王老板说了算。您指东，我不敢往西；您打狗，我不敢撵鸡。门里遵您的，门外听您的，您说咋办就咋办！"只说得三位笑容可掬，点头说好。

"既然都不是外人，咱就长话短说。做生意嘛，就得了解当地的风土人情、地产地貌和各种势力，以便于利市布局。昨天我们在岭西和县城已找朋友作了了解，你看是否把岭东的详情给介绍一下，让我们听听。"王汉卿说完看了看身边的两位，只见他们点了点头。

胡汉章思忖了片刻说："好！既然各位想听，那我就说说看，不明白的或没讲到的地方，请各位尽管问。"

"行！行！"王汉卿又毕恭毕敬地看了看那二位后说。

胡汉章心想，那两位是干啥的？王老板对他们都恭恭敬敬，言听计从，可见来头不小。然后清了一下嗓子说："咱昭关县，踞太行东侧，西依群山，向东俯瞰千里平原，不但有地势之利，而且物产丰厚。当地人都说：昭关县有四宝，一红加一黑，两个穿白袍。一红呢？就是岭西北边的红铁矿，两千多年前咱这地界就开始冶铁，至今不衰。一黑，就是岭的两侧地下全是炼焦的炭。大煤矿有华立、中怡、六合三家，小煤窑不下八九十家，光我们龙泉镇就有田家、马家、赵家、刘家等三十多家小煤窑。昭关首富田道然就在龙泉镇，家里不但有煤窑，还有水碾、油坊、灰窑、商铺等十几宗买卖。咱县还是磁州窑所在地，这两个穿白袍的宝，一白是指用当地的陶土捏成器物，挂上龙泉镇的白釉，烧成的精致的瓷器；另一白就是满山的石头烧成的白灰……"胡汉章滔滔不绝地把昭关县从南到北，从古到今，从地上到地下说了个遍，一直说了有半个时辰。

正当他说得口干舌燥，端起茶杯喝水的间歇，王汉卿问："你看这地界有哪几股武装势力。谁的力量最强？"

胡汉章看了一眼用笔在本子上记录的两个人，思索了片刻继续说道："武装团伙吗？咱岭东的，除去县警备团的人不算，还有三四十股，近处最大的就数龙泉镇张志和的自卫队和马怀德的民团了。张志和的自卫队实力最强，是在老队伍上搭起来的，光镇上 13 个村，就有两三千人。他们大部分都是穷光蛋，这些光脚的都不怕死，只要听到信号就一哄而上，不要命地冲杀。现在他们是要枪有枪，要炮有炮，不过都是土炮。十年前与河南的自卫队一起，把奉军的正规军都给打败过。前几天又把河南'一根把'郭老殿他们全家都给杀了，把几百号老贼儿给打得落花流水，伤亡惨重。郭老殿这伙杆子可厉害了，多年来，就连国民政府拿他们都没有办法，叫这一帮子平日都吃不上饭、穿不上衣的穷光蛋给整了，你们看邪乎不？这一帮子，只缴赋税皇粮，其他税负一概不缴，逼急了刀枪相见，官府拿他们也没有办法。马怀德的人也不少，有二百号，镇上的民团大部分都是他们的人，力量也很强。现在镇里镇外的治安都由他们两家负责。警察所快没有人了，只管处理小案件。远处的也就是漳河南北的两大股子杆匪。一股是刚说的郭老殿杆匪，另一股是'一扫光'户全占杆匪。这两股都号称有上千人，经常来龙泉镇周围又杀又抢，官府民众都拿他们没辙。其他小股武装团伙，除三大煤矿的护矿队像个样儿，别的都是小股武装不在话下……"

王汉卿看了解得差不多了，就拦住了他的话头问道："胡先生，我们还要到河南去拜访朋友，从昭关往彰德府去，有几条路可走？请你给指点一二。"

"昭关地界有三条路，过漳河都有桥可行。"王汉卿从另一人手中接过一沓折纸，在桌上铺开后，胡汉章看到图的最上边标有几个黑体大字"昭关县见取图"，上面山水道路、城镇村庄都标记得清清楚楚。名称都是用中日文标注，他一下子就明白了另外两人的身份。他指着图上岳城边上的草桥说："这是最近的桥。"又指了指漳河下游的三座桥说："这一座是官道桥，这一座是平汉铁桥。这座就是草桥，张志和的自卫队与郭老殿杆匪就是在这座桥上打的仗。现在三座桥都能通行，不过平汉铁路桥有国军把守，民众不让通行。"

胡汉章直起身，摸了一下自己的大脑袋问道："王老板！我有两句话不知当不当说？"

王汉卿说："哎！既然都是自己人，有什么话你尽管说，没什么当不当的。"

"那我斗胆说了。现在兵荒马乱的世道，到处是溃兵游勇，土匪横行，烧杀掠夺。就你们几个，到处转来转去非常不安全。"胡汉章没敢说现在到处仇视日本人，一旦被发现很危险。

"唉！不用怕，那里有人接应！日本人与咱们都是同文同种，进咱中国，是为建立大东亚共荣圈而来。我们与大日本军战则必败，和则两全，有道是人不为己天诛地灭，咱也只能明哲保身了。"王汉卿说完向同来的二位点了点头。其中一人从随身包里拿出一沓纸来，递给了他，他转身就把纸递给了胡汉章，胡打开一看，是日本人丹广告画。

王汉卿指着广告画说："以后如有日军到来，你就把它贴在大门上，保你们平安无事。我们就不再打扰你了。"

"怎么也得吃顿饭再走，也来得及。"

"我们还要到漳河边看看，天黑前要赶到安阳，那里有朋友在等，咱们后会有期。"王汉卿向胡汉章拱手相辞，领着从进门到现在一句话没说过的那两位向外走去。

当那两人走到胡汉章面前时，走在最后的那位，用标准的国语说了一句："胡先生，你的顶好！"这让胡汉章很是惊讶。

——┃ 八 ┃——

往常年，到中秋时节麦子大都已种下。今年夏季雨水大，遭了灾，秋收晚了有半个月。

时序进入中秋后，山坡地种的谷子、玉米、高粱都陆陆续续开始收割，剩下还没长熟的扁豆、绿豆和红薯等作物，一束束一丛丛喜气洋洋漫不经心地长在地里，等待下个节气霜降到来再收回。镇南门外的打谷场上，迎来了一年中最长的忙季。

南门外的土地庙，平日里，白天只有自卫队的头头脑脑出来进去；晚上会员们集中训练，在庙前的打谷场上排兵布阵，刀枪铿锵，喊声震天。现时不论白天黑夜，打谷场里，都人喊马叫忙秋收。

逢灾年乱世，租种地主家地的佃农们不敢在地里脱粒晾晒，收割后不隔晌，就把庄稼运到主家的谷场上脱粒晾干，先缴完地租，后才将剩下的粮食扛回家。不够缴租的，就给主家打一张欠条，下季补齐，也可折成钱数，用银圆赎回欠条。自家有地的农户，地多的可将收回的庄稼在庙前公用的场上脱粒晾晒；地少的就直接拉回家，手工脱粒后，在自家房顶晾晒。

这几天收秋较集中，每天自卫队派人在谷场周围瞭哨，防止杆匪来抢粮。一旦发现杆匪，就朝天放炮发信号。农人们听到信号后，割下的庄稼不拿，空手就往家跑。他们知道，带杆的庄稼，杆匪们不会理睬，他们要的是脱了粒的粮食，最好是已装到了布袋里的，所以打谷场就成了杆匪们抢粮的主要地方。

收租子的主家不怕遭抢，他们有钱有枪，都雇有武装护院现场收租，收粮后立马运回。最害怕遭抢的是佃户，一旦被抢去，租子没缴上，全家还没了吃食，都得饿肚子，所以越穷的人越怕杆匪来抢，整天提心吊胆，自卫队就是保护这些人。

真是越怕啥，它就越来啥！

后半晌，张志和站在土地庙门前，指着谷场上忙忙碌碌的农人们对谷子贵说："你看这秋收再有几天就完了，大小几股杆匪们咋都没动静？是不是前一段打河南郭老殿，把他们吓住了？"

谷子贵回答说："我看不大可能！今年东边平原受了水灾，粮食大面积歉收绝收，当地都缺粮。咱村人多地多，粮食也多，谷场也集中，匪徒们多半会来。现在可是个关口，三天内不来，那就赶到年根儿了。'一扫光'户全占是个久在江湖混的人，不光心狠手黑，而且胆大心细。河南郭老殿就知道打打杀杀，城府浅好对付，这户全占可鬼精得很。镇上大集的那次，他只派了几个人，里应外合，不费吹灰之力，就把上万块银圆给劫走了。"

张志和接话说："那还不是靠内鬼帮忙，不然咋摸得那么准，活做得那么利索？"说完后他好像猛地想起了什么，急切地问："老贵弟，上次你说李老根儿的亲家，是漳河边的吗？他村子离户全占老窝不远，就在往山东去的官道边，你看咱这样行不？他们在咱这儿有眼线，咱也在他那儿安一个。他户全占的人马一有动静，就让他放飞鸽传信过来，咱们也好早做准备，抢占先机。"

谷子贵猛然醒悟说道："你咋不早说？这样一来那一伙的一举一动咱也都能知晓。平常让他们与咱们不要往来，只靠信鸽传书，咱每季给他们补贴点儿钱粮，好让他们放心干。这事儿由我来安排，你放心好了！"

突然，一阵阵的打骂声和女孩子的哭喊声惊动了他俩。张志和抬头一看，有不少人向马家的谷场跑去。又一细听，哭喊声很像是李老根儿和闺女李丽花。"走！去看看咋回事儿。"张志和对谷子贵说着，两人快步跟了过去。

到了马家谷场，一看谷场中间围着一群人，有缴租粮的，有看热闹的。张志和与谷子贵拨开人群，挤到里边，就看到马三儿和账房先生坐在一张方桌后，三个手拄中正步枪的团丁站在身后，一个团丁在前面正摁着跪在地上的李老根儿的头喊叫："你缴不缴？"

"不是我不缴，我实在是没钱呀！马老爷缓缓行不？"闺女丽花连哭带喊地拽着那个团丁喊："放开俺爹！放开俺爹！"

那个团丁不依不饶地喊："不行！现在就缴！不缴就绑走你这个穷鬼！"

张志和喊了一声："把手松开！"一步跨过去，把团丁的手一拧，往前一送，就把团丁给推开了。

"有事儿说事儿，咋能这样对待老实人？他比你爹的岁数还大呢！"张志和豹头一挺，虎眼一瞪，怒气冲冲地对坐在方桌后端着茶杯、跷着二郎腿的马三儿说。

马三儿一拍桌子站了起来，手摸着腰间的匣枪，恶狠狠地说："咋嘞？挡横？欠钱不还咋还有理哩？"

"不管欠钱也好，欠粮也好，有事儿说事儿，都乡里乡亲的，再咋你们也不能侮辱人呀？"张志和怒不可遏地说。

这时谷子贵已把李老根儿扶了起来，问道："咋回事儿？"

李老根儿擦了一把脸上的泪水，看了看站在身旁的丽花，惊魂未定地说："这不！租马老爷的三亩半地，今秋才收了十几斗粮，这都缴了还不够。以前欠的三十五块钱，今年加上年利钱，都到五十多块了。我、我实在是还不上呀！他们说如果还不上，就叫咱闺女给他家当四年使女来顶账！我不愿意，就非逼着我还，不还就打我！"

谷子贵还没听完，脸就变了颜色，怒容满面对着马三儿说："咋？有钱你也不能这个样儿欺负老实人啊？在场的老少爷们都知道，今年闹灾收成不好，人家把收成全缴给恁还不够，一年不但白干，全家人还得饿肚子。这老天造成的歉收，你不能全叫佃户承担，咋着也得各担一半吧？"

周围有的农人附和着说："对呀！就是牲口也得给留把料吃。逼着还钱，那还不是惦记人家闺女？他们就没安好心！"

马三儿一听也火了："咋？种人家的地，不给缴粮行吗？欠钱不还，应该吗？今天说到哪儿也得缴清欠钱，谁说也不中！要不咱就试试？"

张志和听他说完，火气更大了，撸起衣袖，露出椽子一般粗的胳膊说："咋着，叫板不是？老子掂着刀冲锋砍人时，你还在河边捞虾米呢！来！单挑还是一块上？"

马三儿看见张志和真急了眼，心里有点儿发怵，就没敢再搭腔。他知道，整治佃户和村民，他咋说咋是，后边有民团撑腰；但自卫队人多势众，张志和一招手，立马就能来几百人。他儿子张万山前阵子深入杆匪窝，杀了"一根把"郭老殿全家，都传遍了。

正僵持着，就听见人群后面传来喊声："都让开！都让开！"人群往两边一分，马光蛋走了进来："咋回事儿？咋我刚睡一会儿，就喊我有事儿了。"扭头看见怒气冲冲的张谷二人，马上装模作样地说："哎呀！二位也在，失敬！失敬！"回头对马三儿说："你咋惹二老生气，钱还不起，可以缓缓嘛！你着啥急？"又回头对张谷二人说："租粮缴不够就算了！钱嘛，咱延迟到年根儿，到时候如果还不了，你俩说咋办？"

谷子贵想，人啊都是软的欺硬的怕。就老根儿这个老实巴交的人，马家肯定跟他没完没了，丽花迟早是他盘中的菜。反正丽花和满囤的亲事儿都定下了，还不如挑明了，让马光蛋死了这份心。思索了一下说："这样吧马团长，丽花是我没过门的儿媳妇，很快就会办喜事儿，他家欠你家的钱，年根儿一定还你。如果还不了，你说咋办就咋办！你看这样行不？"

马继先盯着亭亭玉立的丽花，听谷子贵这么一说，心里说不上什么滋味。今儿到谷场一看见她，心就开始迷乱了。没想到李老根儿这个干巴瘦的穷光蛋，还有这么个如花似玉的闺女，真招人喜欢。这小妮子，红红的脸蛋，高高的鼻梁，那个双皮儿大眼，那张俊俏的脸，光想上去亲一口；再看胸前那一根又黑又亮的大辫子，往后那么一甩，别有一股韵味。

李丽花和田家的大小姐田希微，是镇上的两个大美人。这一个红，一个白；一个土，一个洋；一个贫穷，一个富贵，成了他心中的两朵花。一想到她俩，马继先心里就痒痒得慌。田家那朵咱就别想，今天看来老李家这朵，也采不到了。

想到这儿，看着谷子贵和张志和，马光蛋悻悻地说："好嘞！那就这样。二位，咱就这样定了，就等他年前把钱还上，咱们两不找账！"

事情总算摆平了。张志和谷子贵正要走，就听见西南方向传来"嗵！嗵！嗵！"三声铳响。谷场上的气氛立马紧张了起来，农人们面面相觑，不知如何是好。谷子贵赶忙对周围的农人喊："老贼儿要来了！赶快收拾收拾回镇里去吧！"然后又轻声对李老根儿说："赶紧和丽花一起回家吧。"说完就招呼张志和回土地庙了。

他们俩回到土地庙前，张万山和谷满仓也赶到了。

"万山，快集合队伍，找事儿的来了！"谷子贵一说完就有点儿疑惑，对张志和说："信号是西南方向的南刘村和北留村发来的，应该是河南牛魔头的人！难道今儿他们来报复咱？看来上次还没有把他们打怕。"

张万山说："刚才我在墙上观瞧，看见山坡上、路上和沟沟坎坎里的人和车都比昨个儿多，正纳闷呢，铳就响了。"

不大会儿，谷满仓和张万水的两支二百多人的队伍，就集合到土地庙前。张万山看了看身背快枪和土枪的队列，放开嗓门儿喊道："今天出征一定要听指挥，不管遇到啥事儿，都不要慌乱。先要保护好自己，再互相照顾。叫你上，你就上！叫你下来，你就下来！都要听指挥，不要乱来！都听见了吗？"

二百多青壮汉一起高喊："听见了！"张万山举起手，正要喊出发。

老范头儿从庙里跑了出来："志和，有信儿！"说完把一纸条递给了张志和。

张志和一看是南刘村飞鸽传来的信儿。上写："临漳户全占人马，有五十号人。"落款一个"五"字，是南刘村的编号。看完就把纸条交给了谷子贵。

谷子贵看完纸条就对万山喊："等一会儿，先不要走！"

万山赶忙走到跟前，看了一眼纸条说："不对呀！只五十号人就敢去抢粮？不从东边来，绕了个远，跑到南边去抢，这户全占是咋想的？"

谷子贵一拍脑门喊了一声："这是在声南击北，想把咱人马都调过去，然后他来个一锅端。"

谷子贵思索了一会儿说："那咱就来个将计就计，然后杀它个回马枪。不光是保护粮食，也让他们领教一下咱们的厉害，好震住他们，以后不敢再轻易来犯。"

张万山信心满满地说："我看中！"

谷子贵又说："他们既然这样做，肯定有人盯着咱，只要咱一走，他们可能就来抢。那咱队伍就先走，把他们引过来，当他们过来后，咱再杀回来，里应外合，打他个措手不及。"

张志和瞪着一双虎眼说："那就赶快给各个村发飞鸽传书，让镇南的村子到南边去救南刘村。东边村子留人守好自家的村庄，让东西槐树营的人集中到柳条沟两边埋伏好，做好截击他们的准备！"

"这回他们人少不了，咱们一定要小心，最好不要有伤亡！另外派人通报田村长，让镇民团和他的人马给予配合，一起出去撵！叫金虎和万林两队人做好准备，年老的守好围墙，其他人里应外合，一鼓作气打跑老贼儿！"谷子贵一口气布置完，扭身返回庙里发飞鸽传书去了。

张志和看着万山急急忙忙带着队伍向东南方奔去，派人赶快去找田村长报告匪情，又非常麻利地从腰里掏出两根起火，交给身边的满囤说："快点起火！"不大会儿就听到呲呲两声响，起火就蹿上了天空，紧跟着嗵嗵两声爆响，起火在空中炸开了，传信给还在地里和场上劳作的村民，赶快回到镇里来。

刚才三声火铳响的时候，远处地里的农人都知道老贼儿要来了，赶紧背起已收割的庄稼往回跑，只有近处胆子大的看到有自卫队保护，心里没那么紧张，继续在田里收割。空中又两声炸响，像两声催阵雷，不但惊飞了田野觅食的鸟雀，也惊醒了忙忙碌碌的农人们，老贼儿就要到了，不能再撑下去了。他们放下割下的庄稼，急三火四地往回跑。

南门外的打谷场上，正在扬晒的男女老少也赶忙收起场地上的粮食，背起已装好的布袋，扔下没脱完粒的庄稼，陆陆续续往镇里跑去。

不大会儿，站在镇南门楼上的张志和，就看到谷场上的人们都跑得不见了人影，只剩马家和几个大户人家的谷场上还在忙碌着。张志和一看就急了，对着还没进门的人喊："张得虎！他们咋还不收场？等着挨枪呀？"

一位扛着布袋、满脸是汗的人向上喊："人家说有枪，不怕老贼儿！"

站在身旁的谷子贵，拉了一下张志和的衣角，意思说别管他们。就在这时，远处山沟里突然响起三声长枪响。枪声刚落，就看到山坡上、丘陵的沟壑里突然冒出数百号人。有扛枪的，有赶车的，有牵牲口的，有背布袋的。工夫不大，龙泉镇的南面和东面就被武装土匪包围了，少部分隐蔽在土坎下、土沟里、土墙后向镇里放枪，大多数匪徒跑到各个谷场上，抢装剩下的粮食。几个大财主家的谷场最热闹，匪徒们一个冲锋，就把他们的护院团丁给撵跑了。南门已被围，团丁们就只好往西门跑去，收的租粮还没全部运回去，就被匪徒们跑过去抢着往袋子里装。

张志和趴在墙垛后，指挥着用榆树炮往外轰，用土枪往外打，还一边给万山他们发信号。他对趴在墙垛后的谷子贵说："你看到没有，抢粮的匪徒也没真想进攻，只是围着咱们打，不让咱们出去，他们好抢粮！这样吧，你在这儿指挥，牵制他们，我带金虎、万林他们从西门绕过去，待万山、满仓他们杀回马枪时，我们从西边山坡往下打，追着屁股把他们撵出咱们的地界。要不他们回撤的时候，还不把其他村也一扫而过，那别的村损失就大了！"

谷子贵放大了声音说："行！注意安全，别硬拼！"

"好！"张志和答应一声，翻身从墙上跳了下去。

匪徒们也不怕墙上的土炮土枪，知道这些土枪土炮都打不远。他们都不敢往近处靠，双方光听着枪炮声很激烈，那是在互相吓唬。

张万山领着队伍没走多远，就听见空中两声炸响。他们急匆匆地绕过两里外的黄土岭，就下到野狐沟，一下到沟底，又听到三声信号枪响起，他就带着队伍一溜小跑，顺着沟底就拐进镇南一里远的水泉沟。

这时候南门外的打谷场上一片忙乱，匪徒们抢粮已接近尾声。之前虽然发出了警报，但匪徒们来得有点儿突然，农人们有些打好的粮食还没运走，只把装好的粮袋自己背了回去。那些大户人家收回的租粮，虽运回一部分，但因人手不足，大部分都还留在现场。尤其是马家，佃农多，租粮也多，可恨的是他们不但收得仔细，而且要求还非常严。凡是缴的租粮，都必须用风扇把粮食中的细末碎粒吹扫干净，不能有一点杂物。装到斗里再压实，然后再用上弧刮板刮起，粮食面向上隆起，这也叫一平斗。别家不管是借粮，还是收粮，也用刮板，但都是用平板，就他家用的是带弧的刮板。往外借，用下弧板；往回收，用上弧板，里里外外能差五分之一。佃户们都恨他，背后给他家编了个顺口溜："马家踢斗往上鼓，东家吃肉佃户苦。一年辛苦半年粮，寒冬腊月去逃荒。"这不？马家佃户本来都在排队缴租粮，一听到报警信号，赶快把没缴的粮食扛起就往回跑。几个民团团丁赶紧喊："不要跑！不要跑！咱家有人有枪，他们不敢抢咱家的粮！"这个时候谁还顾得上他们，一门心思是保住自家的粮食，只片刻工夫，大部分就跑得人影不见了，只剩下马光蛋十几个人和正在缴租的佃农张老大。马光蛋他们心狠手辣，胆大妄为，但听到枪声响起也心慌，又看见几十个匪徒冲上来，也顾不得地上的粮食了，拔腿就往回跑。他家谷场又在路旁，粮又多，装车也方便，就数他家谷场被土匪抢得最热闹。

张志和带着金虎和万林一干人，埋伏在山沟口。看到匪徒们粮食都装满车马上要撤走了。他想光凭自己跟前这伙人和几杆破枪，不是人家的对手，夺不回粮食。但是再不打人家都跑了，一跑追都来不及，咋万山他们还不回来？他心里急得直跺脚。

张万山他们二百多人，听到信号枪响就往回跑，个个跑得满头大汗。匪徒快要撤时，他们才赶回来，并迅速摆开阵势，一边打枪，一边向匪徒们冲去。

镇楼上的谷子贵看到张万山领队伍杀回来了，就大喊一声："快！擂鼓吹号！"刹那间镇楼内外鼓号齐鸣，响声震天，一下子把噼里啪啦的枪声给盖住了，墙上墙下自卫队的会众一听到进攻的信号，都一齐向谷场开火。看见万山的队伍杀回来了，张志和他们也发起了冲锋。

镇楼上、镇西面、南面三面火力一夹击，把匪徒们给吓住了。匪徒们一开始围着谷场和镇墙打，看见也没有几个人还击，胆子非常大，这一下被三面围住，又见自己人倒下好几个，就乱了阵脚。带枪的匪徒吆喝着抢粮的人赶快牵上牲口，赶上车向东撤。匪徒们保护着粮车，边阻击边没命地顺路往东跑，粮食掉得满地都是。自卫队边打边追。张万山也不想真打死他们，只要抢回粮食，吓唬吓唬目的就达到了。一路上都有掉落的成袋粮食，匪徒们来不及捡，一直被撵到村东路旁的一块儿岗坡地，在这儿他们还埋伏了几十号人，对着后边追赶的人群就开火，立马就把冲在前面的几个人打倒了。张万山一看有人接应，有队员被打伤，就招呼赶快趴下，安排人把受伤的队员送回去。并与满仓等人商议，今天抢的咱老百姓的粮不多，就别死追了，所以就拉开了距离，在后边一边放枪一边撵。

这前边几百人的土匪，一窝蜂似的跑。后边四五百人，连喊带放枪在后面不远不近地追，乌突狼烟一口气跑出去五六里，就来到了柳条沟。沟底中间是官道，路旁是一条小溪，两边都是被水冲坏的土地。东西槐树营两个村的人，就埋伏在两边的台地上。匪徒们来到沟里后，他们没往死里打。一来武器不好，二来呢也怕打急了，过后匪徒们来报复，他们的目的就是夺回粮食。匪徒们一看这儿有埋伏，后边还有追兵，怕被包了圆，不敢停留，丢掉大部分粮食，不顾一切地向前跑了。张万山领着人马，向前又追了几里地，一看已追出龙泉镇的地界，就停止了追击。

张万山领着几百号人回到柳条沟，把东西槐树营两个村自卫队的领头人叫到一起，指着掉在路上的粮袋说："写有马字的布袋，你们带回去，作为公用。剩下的我们扛回去，送还粮主一半，另一半分给受伤的会员，让他们养好伤，恁都看行不行？"

"哎！都是恁村的粮食，俺咋能要哩！丢粮的还不知道急成啥了，再说俺们也没有几个受伤的，恁都扛回去吧！"

谷满仓接过话头说："恁不知道，这写马字的是马光蛋家的粮袋。恁都看到了吧？这么大的事儿，兵强马壮的镇民团都不出来帮忙！他家有的是粮，不缺这点儿，要不他们咋不出来追？回去后把粮倒出来，把布袋给他烧了！恁都也不能白辛苦一场，回去给弟兄们熬碗粥喝。俺回去把前边掉下的还给他们就行了！"

两村的领头人说："行！就听恁地！"

两个村带着人枪，扛着三十多袋粮食回村去了。

张万山领着龙泉村的几百号人，一路上收拾掉在地上的粮袋和散落的粮食。他们回到土地庙前的谷场后，将抢回来的粮袋摆到庙门前，让丢粮的来认。大部分布袋上都写有自家的姓氏，非常好认。凡是认下的，留下一半粮食，分给二十多个受伤的会员。没字的是匪徒们的袋子，分不清粮食是谁的，就由自卫队先保管起来，弄清后再分，在场的谁也没有怨言，还夸奖自卫队办事公道。

┤ 九 ├

晚饭口上，田家的饭厅雪白的汽灯闪亮，三十多个穿得五颜六色溜光水滑的男女老少，围着五张方桌，在等待开饭。左边的上桌，坐着以田道然为首的男人们。右边也是上桌，坐的是以90岁的田老太太为首的女眷。下首三桌坐的是孙子辈儿，也是男左女右地分开坐。田家历代都是遵从长幼有序，男女不同席，又按辈分分座的传统。每个人都稳稳当当地坐在自己的座位上，从不乱走动，就连全家的宝贝疙瘩5岁的小少爷田贵苗也是这样。他贪婪的小眼儿盯着桌上薄如蝉翼的五香酱牛肉片和香味扑鼻的凉拌海蜇头，却不敢动筷子。靠墙一圈丫鬟婆子，垂手站在主人身后。这时全家都在等在县城做事的二爷和三爷，田老爷今天特意叫他俩回来有要事相商。

坐在上席的田老爷扫视了一下眼前养尊处优无忧无虑的家人，默默地闭上混浊的眼睛，在汽灯的咝咝声中陷入了沉思：日本人已打到石门了，时局的变化越来越让人担忧。十几年前直奉大战他亲历过，战争的残酷，至今历历在目，日军的残忍凶狠也早有耳闻。这几天这一大家子的生死存亡压得他喘不过气儿来。他不愿意看到骨肉分离之苦；也不愿意看到这几十年积攒下的万贯家财，在自己手中败落下去。下一步如何行事？是当前急需商量的大事，他等着老二老三今晚回来，作出决定。

田希微坐在座位上，看着庄重威严又满面愁容的爷爷，又瞧了瞧家里个个正襟危坐的男女老少，突然感觉到爷爷在家中和在外边，是两种完全不同的态度。

在家里，爷爷不管对谁，既严厉又说一不二，嘴经常噘撅着，嘴角下弯，生起气来，金丝眼镜片后的两只眼睛一瞪，"嗯"的一声，不管是主人还是仆人都不敢吭声。而在外边，爷爷又总是另一副面孔。双眼眯着，嘴角上挑，笑容满面，温和豁达，但透过他游移的眼神，能看出他的机智和老谋深算。田希微看着靠在椅背上微闭着眼睛的爷爷，突然说："爷爷！我问您一个问题行吗？"她那动听的带有京味儿的声音惊动了饭厅内的众人。坐在身边的嫂子使劲拽了拽她的衣角，让她不要问，但她一点也不理会。

孙女突兀的问话，把田老爷从苦思冥想中拉了回来。他看了看自己心爱的孙女，收起脸上的愁容，神情严肃地说："你问吧，如果我知道都回答你。"这个孙女儿是家族女性中最具现代文明和最有知识的人，他一向拿她作为家族的骄傲和荣耀，同时也有几分偏爱。

"爷爷，您在家里对我们说话从不带笑容，男女老少都怕您。但是您对外人，说话办事儿总是笑容满面、一团和气，为什么会这样？"田希微依仗着爷爷对她的宠爱，口无遮拦，这样的问题搁别人谁敢说，还不把老爷惹急了。但听到这个问题，田老爷不但没生气，脸上还露出了久违的笑容。周围的人一看老爷笑了，紧张的心情也放松了。

"好！趁你二叔三叔还没回来，我就回答一下你这个问题！"田老爷向后捋了捋银亮的白发，从衣兜里摸出一枚铜钱。思索了片刻，举起铜钱对着田希微和面前的家人说："你们知道为啥铜钱内里是方孔，外边是圆形的吗？"

田希微没有吭声，周围的男女应答道："不知道。不知道。"

"好！我来给你们说说，你们就知道我为啥在家严厉，在外和善了。古代人认为天是圆的，地是方的，铜钱代表的是天圆地方。在社会上，内方为规矩和律法，有度量制衡，外圆为流通四海。在家庭里，内方指五伦常：一是父子有亲；二是夫妻有别；三是长幼有序；四是兄弟相和；五是朋友有信，此是家内之规矩。外圆是，对外人要礼让圆融，善意对人。这也叫内刚外柔、刚柔相济，只有这样，别人才能给你大开方便之门。相反，你把它换换位置，变为内圆外方就大不相同。圆在内，家里没有了伦常，没有了家规，那还叫家吗？那方在外，对外人棱角分明，横眉冷对，就会与人摩擦不断，别人也会对你垒墙挖沟，那你办事就会处处碰壁，寸步难行！只有做到内守规矩和家训，外现善意和圆融，才能在世间左右逢源，称心称意。"田老爷的一通说教，厅内人听得津津有味，连连点头。这时田希微也发出慨叹："小小的铜钱还有这么多道理！我原来怎么就不知道呢？"

正在这时，王管家一声喊："二爷三爷回来了！"

只见身穿西服的老二田善渊和一身黑警服的老三田善仁，各掂着一个礼盒相跟着走了进来。老二已有些发福，白胖的脸上戴一副比他老爹厚得多的金框近视眼镜，走起路来四平八稳，一副规规矩矩的样子，一看就知道是一位沉稳正派的人士。老三久在警营，表情严肃，警服笔挺，走起路来坚定有力，让人一看就顿生敬畏之感。可能是家族遗传的原因，田家男人个个都是浓眉大眼，皮肤白净，身高都在一米七八上下。女子都长得细眉大眼，皮肤细嫩，身形既高挑又丰满。娶进门儿的媳妇和纳的妾们，也个个都是美貌骄人。平日里田家的女眷都不让出大门，免得到外边招蜂引蝶，惹出是非。只有到庙里上香或者回娘家探亲时，才在丫鬟婆子的跟随下，坐上车轿，在保镖的护卫下方可出门。身逢乱世，土匪横行，国事衰微，恶人当道，眼下日本人就要打到昭关县，这么一大家子人，能不让田老爷担心吗？

田老爷接过两个儿子双手送给他的礼盒，看了看，点了点头，转手递给了站在身后的王管家，吩咐了一声："开饭！"刚才还站在周围的丫鬟婆子都忙碌起来。不大会儿，八个热菜和主食上来，再加上先前上的四个凉菜，就全上齐了。田老爷看到老二老三都已坐好，先端起高脚玻璃酒杯，吱溜一声，红玛瑙似的酒喝下去小半杯。这是田老爷为长寿自制的枸杞酒，自称"一天三杯枸杞酒，一直活到九十九"。放下酒杯后，用左手往上拽了拽右胳膊衣袖，夹起一条小酥鱼放到嘴里嚼了起来。这一下，全家像接到命令似的，拿起自己跟前的筷子，左夹右拿地吃起来。这是全家一日三餐的规矩，程式乱不得。

饭厅里只听见碗筷响和喃喃的细语声，偶尔能听到田老爷沧桑低沉的咳嗽声和不谙世事幼童的叫唤声。这也是田家的规矩，吃饭就是吃饭，谁也不准大声说笑。

晚饭后，四个儿子和长孙田希贤来到石榴院上房。

上房又高又阔，是整座庄院的最高点。平时只在此接待至亲好友和接受晚辈早晚请安，以及商讨家内大事。三开间的中堂，布置得雅致精美。迎面墙上挂一幅云清道长画的《神麋山樵猎图》，上悬一黑底金字横匾，上刻隽永敦厚的三个大字"五善堂"。两边悬一副对联曰："春风大雅能容物，秋水文章不染尘。"条几上摆有磁州窑缠枝牡丹掸瓶一对儿，瓶里各插有金红色的鸡毛掸子，条几前搁有一张黄梨木八仙桌和两把太师椅，厅堂居中两侧分别还摆有八把官帽椅。两侧是桃木雕刻的精致的隔扇，以此隔开两套卧房。左为田老爷90岁的母亲田老太太的卧房，右侧是田道然的住房。他的大老婆和两个小妾，都住在左边的苹果院里。田老爷的老四田善信一家，住在右侧的梨树院。田道然对年近70岁的大老婆已没多大兴趣，平时都是两个小妾轮流陪他。现在天气虽然还不冷，但隔扇的门上已挂上厚厚的绣花棉门帘。

田道然坐在太师椅上喝茶。老二老三从奶奶的房里请安出来，按规矩依次坐到各自的椅子上。只有孙子田希贤还没入座，正仰脸欣赏墙上"五善堂"牌匾，田道然突然想起了什么，把端起的茶杯又放回八仙桌上，对孙子说："你去把希微叫来！她在北京上了两年大学，事变时她就在北平，也是见过大世面、接触过大人物的人。听听她有啥想法，也好给咱们参谋参谋。"

田希贤二话没说，赶忙去叫妹妹田希微。

家里人都知道老爷子特别喜欢这个大孙女，但这次叫她来参加这个只有男人而从来没有过女人参加的会议，田老爷的的确确是想听听她的意见。

田希微过去每次从北京休假回来，都会给他讲京城现在和过去发生的事情。比如奉系和直系之间的恩怨；"九一八"后蒋介石"攘外必先安内"的政策；民国二十二年冯玉祥和吉鸿昌等人的同盟军，如何在日本人和国军的夹击下差点全军覆没；一二九运动的原因以及西安事变的经过；等等。听了之后，觉着孙女的思想有点儿激进，对有些事情他也半信半疑，但随着时局的变化，他慢慢地觉得她的观点还有些道理，感觉在外见过世面和在小地方待着的人，看问题还是有很大的不同，在这紧要关口，听听她的看法会有好处。

田希微进门后，就看到神情严肃的大人们，都毕恭毕敬地坐在那里等自己，心里又开始不自在。她小心谨慎地坐在右边最下首的椅子上，半个臀部悬着，双手按在左膝盖上，静等着爷爷问话。

"今天把你们叫来，和眼下的时局有关，咱家有件大事要定下来。"田老爷开门见山就说实情，"你们也都听说石门快保不住了吧？日本军很快就会打到邯郸，离咱这儿也就不远了。这国已破，咱这家该咋办，这和你们都有关联！是生呀，还是死呀？是走啊，还是留下？今天咱就说说这个事儿！"

田希微与她哥哥，还有她父亲及三个叔叔听后，你看看我，我看看你，谁也没答话。

老爷子又说话了："咱不像小户人家，卷卷铺盖抬腿就能走，咱这么大的家业，想带也带不走。咱家男女老少几十口子人，该往哪儿去？你们都琢磨琢磨。"

老大田善地看着神情沮丧的爹，对坐在身边的老三田善仁说："三弟，你在警界素来与军队有往来，依你看，国军能否顶得住日军的进攻，能否保咱地界不受侵犯？"弟兄二人虽然不是一母所生，但老大心宽仁厚，持家有道，对三个弟弟不偏不向，所以都相处得和和睦睦。尤其是老二老三都在外地上过学，又一起在县里任职，平日金钱物品资助一视同仁，没薄没厚，深得他们拥护和尊敬。

老三善仁听大哥问话，胸脯习惯性地一挺，回答道："咱们都是自家爷们，咱有啥说啥，不客气地说，这国军挡不住！为什么呢？国军主力都驻防在黄河南边和西边，北方只有部分地方国军在抵抗，力不从心。我判断年底不到，咱这地界就会被占，日军就会打过漳河，所以早做打算为好！"老三不愧是在警营锻炼过，说话简明扼要，直奔主题。

老大又对坐在对面的一母同胞善渊说："你说说你掌握的情况，现在形势咋样儿？咱该咋办？"

老二是昭关县的财政局局长，一向中规中矩，说话办事稳稳当当，但现时形势已火烧眉毛，又是在自己家里，说话也就有点儿胆大了。他习惯性地清了清嗓子，扶正了已下滑的金框眼镜说："别的我不再重复了，事情都在那儿摆着呢！我给你们透露点内幕消息，你们出去不要说，以免上峰怪罪！"大家一听有内幕消息，都向前探出上半身洗耳恭听。"现时县财政已抽空，已不能保证县府运作。根据此情况，一是最近南撤的军队和政府机关要下到乡镇来征收钱粮，以备军政人员需要；二是县府要员也要随他们西撤。咱们也要早做打算为好，以免到时措手不及。"

田老爷一下子就愣住了，眼睛直直地盯着他的儿孙们，没想到形势这么严峻，怎么这么快就要撤走，难道留下平民不管了吗？

田希微年轻气盛，刚听完就站了起来，按捺不住激动的心情，慷慨激昂地大声说道："这就是民国政府的一贯做法！东三省二十多万军队不抵抗，就退到关内，把数千万养他们的老百姓留到火坑里被火烧烤，一点儿良心和脸面都不要，世上哪有这样的政府？不仅这样，过后还与日本签订了《秦土协定》《何梅协定》等卖国条款。在侵略者面前只知退让，现在河北就要丢掉了，老百姓就要遭殃，他们现在在哪里？都在干什么？"田希微越说越气愤，完全忘记了大家闺秀的含蓄内敛，好像又回到两年前游行抗议的时候，挥舞着双臂在诉说着、控告着。

坐在厅堂里的大人们都大吃一惊，这是平时温柔含蓄、高雅文静的那个女孩子吗？怎么上了两年学变成一个恨天怨地的斗士了？她三叔首先坐不住了，大声打断了她的话："希微！你这样说很危险的，完全是共产党的论调。现在国共都联合抗日了，以后不要在外边乱说，县党部的人知道后，会把你给抓起来的。"

田希微刚要张口反驳，就被她爹田善地给喝住了："希微！不要再说了，别没大没小的，就你懂得多吗？叔叔说你是对你好。"

田老爷也激动起来，拿起小茶杯重重地敲打着桌面，面带怒容地喊："好了！好了！别再说了！都听我说！"因说话声大，气息跟不上来，坐在椅子上喘了半天才缓和下来。儿孙们一看老爷子动了怒，都不敢搭话了。

田老爷咳嗽了两声清了清嗓子，忧心忡忡地说："咱们的小贵苗拜师傅的那天，我向云清道长请教了半天，从远古谈到今，得出一个结论，认为民国已快走到头了，离改朝换代不远了。为啥这么说呢？因为天下大事，有一个规律是千古不变的，那就是'得民心者得天下，失民心者失天下'。你们都学过历史，尤其是你们三位。"老爷子指着老二老三和孙女，又说："你们说说，从夏桀始，到清宣统帝止，有哪个朝代不是因民心丧失而灭亡的？刚才咱希微说得也对，老百姓缴税、缴粮、缴捐，养着政府和军队。有道是养兵千日，用兵一时，当敌国来侵犯，急需用兵时，他们却丢下百姓不管，自顾自地跑了！留下百姓受罪挨枪，叫天天不应，叫地地不灵。这人心已尽失，老百姓还会拥护你吗？咱昭关是啥地界？是兵家必争之地，从古到今莫不如此！地下的煤和铁矿是战略物资，地界上商贾交易频繁，征收的钱税又丰厚，这国军一跑，日本人必来强占此地，而且必有重兵镇守，到时咱还不是刀下的一块肉，任人宰割。到那时咱们还能去找谁？"田老爷晃着苍白的手，把银白色的头发往后捋了捋，又说道："再说了，为啥一个小小的日本国敢侵占咱一个泱泱大国？那还不是因为内部不和吗？民国二十年，日本只两万人就占了东三省，堂堂中华有几百万部队不去打日本军，不去解救东三省百姓，而在打内战。我问问你们，如果你们四弟兄正在吵架和打架，有老贼儿来咱家烧杀抢掠，你们是先打跑老贼儿，还是等你们分出胜败后，再去打老贼儿？"

老大田善地抢先说："那当然先同心打外贼，然后再解内部纠纷喽！要不然家都没了，咱们还争个屁！这是原则问题。"田老爷子重重地拍了一下手掌说："对！老大说得对！没有家了，哪儿还有咱们？唉！这国家的事儿，咱想管也管不了。但是你们弟兄四个，以后一定要互相帮衬。俗话说得好，'兄弟同心，其利断金'！不管到啥时候你们都不能胡来，永远不能做有违天理的事儿！你们都给我记住喽！"老爷子用手狠狠地拍了一下桌子，停下话语，慢慢从口袋里抽出雪白的手绢，擦了擦嘴角的口水，长长地发出了一声"咳——"，无可奈何地又说："事已至此，咱家三四十口子人该咋办？我和你奶奶都已老喽！也没啥奔头了，活一天算一天，但你们时间还长。前一段，自卫队成立时我为啥给他们送去枪和银钱，还不是老三快指望不上了，镇上的民团也不归咱管了吗！以后咱家遇事能靠上谁？咱不能遇上事儿自己拿枪往上冲吧！把枪给他们，钱也给他们，叫他们给咱往前冲！你们想想咱小贵苗遭绑和粮食被抢这两件事，是不是得到了好报？我思来想去，这国已破，咱的家恐怕也难全，不如趁日本军现在还没有打到咱这地界儿，先把家分了。道祖说过，'财多必遭灾，多藏必厚亡。金玉满堂，莫之能守。'这些话不无道理。分了家你们在外边该干啥就干啥，能远走高飞的，你就飞出去找活路；飞不走的，咱就在一起靠着。由我和你们大哥一块儿来维持这个家，你们在外混不下去了，就回来，房还是你们的房，家还是你们的家。咱按老祖宗留下的家法规矩，留下的老家底儿，由你们大哥来掌管。他不在后，由他儿子掌管，一代一代传下去。如在外遇上啥难处了，就给你哥张嘴，这是咱家的根基了，他必须得守住！"田老爷说着说着就哽咽起来，他双手哆哆嗦嗦地掏出白手绢，用力擦干了脸上的泪水，对大儿子说："去屋里把木匣搬出来，给他们分一下吧。"

老大善地把木匣放到桌子上，打开锁头，从匣子里掂出三个沉甸甸的小木头盒子，摆到桌子上。

田老爷看着低头不语的三个儿子，又伤感地说道："你们三个每人金条十根，共一百两；再加两张各一万元的银行取款凭据。这都是我几十年的积蓄，你们也别嫌少。"

这时，老四田善信腾地站了起来，满脸不高兴地说："爹！分家我没意见，但是你们看二哥三哥都有公事做，每月有银钱可拿。我呢，只有出钱的地儿，没有来钱的方儿，这坐吃山空，钱花完了后，你叫我咋办？"说完两手一摊，瞪着一对细长的眼睛，一副无可奈何的样子。

田老爷就对这个老四不放心。他娘是他宠爱的小妾，18岁纳进房，19岁生的他，那时田老爷已快40岁，这水灵灵的小媳妇给他生了个大胖小子，别提有多高兴了。田老爷也是爱屋及乌，对他从小娇生惯养，要啥给啥，想吃河南水冶镇的肉包子，马上叫护院骑马去河南买；这小子从小爱看西洋镜，想看了，镇上没有，就派人到县里请，把拉洋片儿的叫到家里，什么时候看烦了不想看了，才给打发走。老四仗着田老爷的宠爱，从小饭来张口衣来伸手，天不怕地不怕。5岁进田家私塾启蒙班，笨头笨脑的他，《三字经》背了三个月也没背会，更别说其他的了，反正只要是学识字背课文就喊头疼，但是一说玩耍，比谁都精明。斗个狠，要个小钱，捉弄个人，机灵得很，镇上的人给他起了个外号叫"鬼四儿"。就这样一天天长大，成了个吃、喝、嫖、赌、抽五毒俱全的"大坏人"。现在他提出来的这个问题，田老爷不是没想过。干脆把家里的五座石灰窑给他，现成的客户，工艺简单也好管；就是管不好，损失也不大。想到此就对老大田善地说："这样吧！把咱家西山的白灰窑给他，他自个儿也好有个来钱的地方。你们看行不行？"

老大赶忙说："家事儿您说了算，您说咋办就咋办吧！"他也知道，如果不分给他点儿产业，他迟早会找家里的麻烦。

"那就这样定了，以后你们有啥事了互相帮忙，没啥事，你们各干各的互不干涉！"田老爷一言九鼎，没人敢说个不字儿。

老二正了正金框眼镜，拽了拽皱了的衣服，站起来说："爹！我从小上学，光花家里的钱了，也没给家出过力，家业都是您和大哥经管，这钱我不能要。再者我有事儿做，薪水不少，能养自己的家，不用爹给操心。"

田老爷激动地说："哎！你说啥呢？家业不管有多大，不管你出过多大的力，只要是我的儿孙，那就都有一份。现时世道很乱，人心不古，以后你们好自为之，不要做对不起祖宗的事儿，我就心满意足了。今儿分钱这个事儿，谁也不要往外说。你们把东西都拿回去，媳妇孩子都在等你们嘞，早早回去歇息吧！"田老爷说完站起身，看了看想要走的孙女，就说了声等等，对着老大田善地说："你闺女岁数也不小了，学也上不成了，这兵荒马乱的不如给她找个婆家嫁出去！闺女大了留不住，这是早晚的事。"

"爷爷！我年龄还小，我不嫁人！要嫁也得由我自己来找！"

田老爷沉下脸说："这由不得你！"用手指着田善地说，"赶快给她张罗张罗，越快越好！"

田希微带着郁闷的情绪，也没心思去上房给娘道晚安，就径直上二楼回自己的卧室睡觉去了。躺在床上的她，翻来覆去没有一丝儿睡意，满脑子尽是刚才自己义正词严陈述的场景。现在静下心来一想，自己慷慨激昂的表现与家庭的气氛是有些不搭调，本来是一次商量家事的严肃会议，自己却拿它当成了一场控诉会，难免引起家人，特别是爷爷的不快。这不，爷爷就催着父亲给自己找婆家了。不过，想来自己也 20 岁了，在村里像她这么大的女孩子，大多都结婚生子了，心中不免感到有点儿怅惘。

一个多月前她回到家中，这沉闷的庄院，就像一张无形的网，禁锢着自己那颗热血沸腾、永不安分的心。从战火纷飞的北平回来后，感觉这高墙深院里的安逸闲适，与外边的现实局势有点格格不入，心绪越发沉闷了。小侄子被绑架又获救，惊恐和欣慰，给家族带来了些许动荡，但动荡之后又恢复到原有的沉闷和死寂。她对分家能分多少财产丝毫不感兴趣。她反感为了财物争来抢去，更反感为了得到财物，不惜使用各种卑鄙手段。她认为自己有责任尽其所能去参与拯救处在危险境地的中华民族，而不应陷入烦琐的家事而碌碌无为。

她躺在被窝里胡乱想着，思绪像桑蚕吐丝一样，在脑海里不断地扯来拽去。西迁的学校现在到达何地？随往的同学们怎样了？是否一路平安？日本军马上就要占领邯郸，河北眼看就要失陷了，组织上怎么一点信儿也没有？现在该怎么做？就这样天天在家里坐吃等死吗？躺在锦缎缝制的暄暖被窝里，她并没感到温馨和舒适，反而越发地感到孤寂和不安了。她的身子在被窝里不停翻转着，久久不能入眠。这是她记事儿以来第二次失眠。第一次是去北平上学的第一个晚上，刚刚离开家乡到遥远京城的新鲜感，使她既兴奋又激动，同宿舍的同学不约而同都睡不着。后来一位同学说要想睡着觉就数羊，果然有效，从一还没数到六十，就迷迷瞪瞪进入了梦乡。今天她又开始数羊了，从一数到一百，一遍又一遍，不知数了多少遍，困倦才慢慢向她袭来。在墙外更夫三更的报声中，她缓缓进入梦境。

梦境中，她飘飘忽忽地来到一处似曾相识的去处，迎面好像是云雾中巍峨的神麋山，但细看却是飘动在仙境中的龙泉观。她踩着像棉花一样的台阶，软绵绵地一步一步吃力地向上走，进到观里一看，又不是龙泉观，而是精致的田家大院。院里有许多身穿五颜六色衣裳的男男女女飘来飘去，她向她们打招呼，但都没人理睬。正迷惑中，一位身穿白衣白裤英俊潇洒的白面青年，挺胸抬头地向自己走来。远远地，也看不清是谁，等走到跟前一看，发现是救了自己小侄子的张万山。他就那样静静地看着自己，一句话也不说，直看得自己脸热心跳。想和他说话，却发不出声。此时一阵阵压低的女人的叫喊声，把她从梦中唤醒。这声音就像是被人用手指掐痛后想喊，却又被人用什么东西蒙住了嘴，听起来既沉闷又肆无忌惮。窗外就是三叔的二姨太春花的卧房，与她的房间窗户相距不到一丈远。白天那边喊使女拿东西的声音，透过两层窗纸听得一清二楚。夜深人静时，春花放屁打呼噜的声音，也能听得真真切切。她的脑子一激灵就明白咋回事儿了。想到这儿，她的心跳逐渐加快，血液不停地往上涌，呼吸也越来越急促了。静听窗外，已恢复了夜晚的静默，只剩下自己粗重的气息声了。

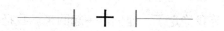

第二天，田希微吃过早饭就到二楼的走廊里看书去了。她躺在走廊的摇椅上，腹部搭着一条花毛毯，忘我地沉浸在书的世界里。晚秋暖融融的阳光洒在她鲜嫩洁白的脸上，微风徐来撩动她柔软的发丝，她脸上不时地露出会心的微笑。悠然娴静的她就像置身于世外桃源，外边战火纷飞的世界好像离她很远很远⋯⋯

"大小姐！老爷让你到客厅去！"娘屋里的使女杏花清脆的喊声，惊动了正沉浸在故事中的她。田希微心中一震，急忙站起来整理了一下衣服，用手梳了梳黑亮飘散的头发，向楼梯口走去。

田希微径直来到客厅，就看到父亲坐在左侧的沙发椅子上，右侧坐着一个30多岁的陌生男人，旁边还站着哥哥田希贤。聪明的她一看就知道肯定不是昨天的事了。

田希微正想着，父亲就说话了："我来给你俩介绍一下，这位是我的一位特别要好朋友的孩子，名叫牛海龙，以后你们就喊他海龙哥。"田善地指着旁边的陌生人对他们兄妹俩说。那个叫牛海龙的人马上站了起来，他们兄妹俩几乎同时说："海龙哥好！"牛海龙也急忙还礼说："好！好！"待牛海龙坐下，田善地又接着说："海龙老家是离咱这儿不远的观台镇。说来话长，海龙那时也就有十来岁吧，我与他父亲一起在保定做布匹生意，那时我还年轻，自己闯荡在外，很是孤单，在保定没少吃他家的饭，他父母非常照顾我。在保定干了几年，刚有了起色，你爷爷非要让回来，说家里的生意忙不过来，我就回来了。这一回来都20多年了，如果我没记错的话，海龙今年也三十六七了吧？"

"是！田叔，我今年 36 了。"牛海龙笑着回答。

"啊？我都忘问了，你父母现在身体怎样？"

"都还好——"牛海龙说着沉下脸来。停了一会儿又继续说："这年头外面世道乱得很，生意也不好做，这不，日本人占领了保定，实在待不下去了，父母让我先带着孩子回来，等我稳定了，他们再一起回来。我把老婆孩子都安排在老家住下了，今天来找您，是按照父母的意思一来是看看田叔，二来就是想麻烦田叔给找份活干，也好养家糊口。"一口说不上是哪里的口音。

"嗨！到了我这儿就像到自己家一样，有啥要求尽管说，可别客气嘞！在咱家，有我的饭吃就有你的饭吃。要不你先到咱家的窑上管点儿事？暂住到我们家客位院，你看行吗？"

"行！行！那就谢谢田叔了！"听了田善地的安排，牛海龙激动地说。

"老爷！老爷！前街商铺有急事让你去。油坊有货到了也让你去看看。"他们正说着话，就听见家里的管家喊。

"希贤、希微，你们俩给海龙哥好好安排安排，我去去就回。海龙，以后有啥事找你弟和妹办就是了。"田善地有些过意不去地走出了屋门。

这时田希贤的儿子田贵苗跑过来拉住他父亲的手嚷嚷着说，今天该去龙泉观里练功了，都快晚了。儿子左拉右拽，他只好跟他去，去道观的事，别人还真代替不了。临出门再三叮嘱希微："一定给咱哥照顾好啊！"

田希微毕竟见过大世面，她大大方方地对牛海龙说："他们都比我忙，就我没事！以后有啥事尽管找我就是了。走！我先领你去看看住处。"

"行！"牛海龙答应着，声音里有种抑制不住的兴奋。他没想到第一次会面是如此的顺利。

他们俩一起走出大门。出于女孩子的敏感，田希微不时打量这个以前从来没见过的人。这个男人中等身材，体格健壮，留着寸头；红红的脸庞，浓黑的眉毛下一双明亮的大眼睛；身穿中式黑衣黑裤，脚穿方口黑布鞋。他走路娑娑带风、矫健有力，走出院外不时左顾右盼，给人以一种特别的神秘感。

田希微领着牛海龙来到客位院的客房，他一进屋就好奇地巡视起了客房墙上的字画来。田希微跟在身后问道："海龙哥喜欢字画？"

牛海龙从墙上收回了眼神，看着田希微说："郭姐让我来找你借点儿盘缠，她要到北平去。"这是田希微离校时组织给定的接头暗语。她一下子没转过弯儿来，海龙哥是组织上派来联系她的人？只一刹那，她就醒过神儿来，掩饰不住兴奋，立马伸出手来要握牛海龙的手。但对方没伸手，而且抬起双手给她作了个揖，给她闹了个大红脸。这时她反倒拘谨起来，不好意思地说："那咱就坐下说吧！"

牛海龙看了看窗外，压低声音说："别见怪呀！咱们的身份任何时候都不允许出一点儿差错，不管是在家里和在外边，都要养成一种习惯，不能让人看出与你身份不相称的举止，不然就会危害到自己和组织。"他又向外看了一下说："今天我代表特委来通知你，你的组织关系已转到昭关县委，我是你今后唯一的联系人。根据今后形势发展的需要，咱们大部分同志要转入地下活动。如果情况有变，有人会以'郭姐'的名义来找你，暗语不变，其他的都不要相信。你长相太出众，容易引起别人注意，不适合公开活动。考虑到你家庭的特殊关系，组织上让你利用家人的特别渠道搜集情报，为将来的斗争服务，这样做更有价值。现在八路军的先遣队已来到咱县，一来招兵买马扩大队伍，二来配合地方组织抗日游击队，与正规军一道共同抵抗日军的进攻。咱县很快就要沦陷，各村的游杂武装也面临着选择，你们镇上的自卫队是乡间最大的武装势力，组织派我打进去，争取他们成为抗日的主要力量。你家不是与他们都有关系吗？你说说我用什么身份打进去为好呢？"

田希微认真听完牛海龙的一席话，心里就有了底，明白了自己今后的任务，接着话茬说："镇民团全由马怀德说了算，这马家在镇上横行霸道，不但欺压良善，还与周围两大匪杆勾结残害百姓，这伙人不太好对付。自卫队尽是穷苦人组成，首领虽然也是镇上有头有脸的人物，但他们都是普通老百姓，他们讲的是替天行道，抗苛捐杂税，抗匪保家，乡土观念强，队伍组织得也较好。在咱镇上就数他们人多，前一段还与河南河北两大匪杆子打了两仗。他们的理念与我们最接近，所以比较好争取。我家也支援了他们不少钱和枪，他们与我家关系不错，经常有来往。我可以把你介绍给他们，就以你现在在我家的身份，至于以后如何发展就看你自己了。需要我配合的事情，我义不容辞。你看怎么样？"

牛海龙听后笑了笑说："中！比我想得还周全。那咱就先找自卫队，你只要把我介绍给他们，其他事儿你就别管了，由我来处理。以后咱俩少接触，有事儿我找你，你万一有啥紧急情报要告诉我，你就派个人来找我，就说老爷找我有事儿。你盯住你的二叔和三叔就行，多和他们联系，注意他们的行踪，只要了解他俩在干啥，就掌握了县里的基本情况。注意镇里其他团伙的动向，尽量不与他们正面接触。你还年轻，没有地下工作经验，平日活动要小心，你的身份就是本来的你，不要做与你身份不相符的事情。"

田希微突然想到昨天两个叔叔说的话，就赶忙说："昨夜我二叔和三叔回家，说这两天县政府和军队要下来征钱和粮草，并且很快都要撤到山里去。"

牛海龙一听愣了一下说："这倒是个新情况！以后这样的情报多搜集，并及时通知我。"停了片刻又说："如果明天没啥事儿，还是这个时间，你安排我去会会自卫队的人咋样？这些工作都得抓紧做，越快越能赢得主动。"

"好的，听你的安排。"田希微答应着。随后她叫护院田老五带着牛海龙上自家的窑上去了。

第二天，按照头天说的时间，一身淑女打扮的田希微在前，牛海龙在后，走出了田家的大门。南门外的土地庙田希微很少来，只是去北平上学时和回来后，多领她来烧过两次香，所以她还有印象。

田希微刚刚站到庙前土场上，就感觉到了莫名的不自在。她定睛一瞧，发现周围谷场上刚才还忙忙碌碌的农人，都拿着手中的农具停下来，往她这个方向张望。她扭头看了看，身后也没有啥人，才明白人们都在看她，顿时脸就有点儿热，同时心脏也开始怦怦跳，不知如何是好。

牛海龙看她一动不动地怔在那里，就喊了一声："愣啥哩？走呀！"

这一声喊，把她从懵懂中惊醒。她伸出白皙的双手摸了摸有点儿烫的脸颊，意识到自己有点儿走神。这是怎么了？在北平千人集会上激情的演讲，自己从来也没脸红过，心里从来也没有过惊慌，今天在自己的家乡反倒有点儿紧张。其实在她的潜意识里，还有一种别人不知道的心思，就是前天夜里梦到张万山的事。她想，怎么就梦到他了？人们常说日有所思，夜有所梦，她是真的想他了吗？是的，就是这样！她欺骗不了自己。她想知道这个人平常都在干什么，他到底是个什么样的人，但今天她是受党组织安排，带着重要任务来的，可不能暴露了自己心里的小秘密。她醒过神儿来后，走到庙门口，坦然地对站在两边手持长枪、身穿黑衣的两位年轻队员说："张队长在不在？"

两个站岗的小伙子目不转睛地看着田希微，戳在那里接不上话了。他们也被眼前的姑娘惊住了，从来没有见过这么好看、说话又好听的洋闺女。

站在后边的牛海龙对田希微笑着说："你看你把人家给吓着了！"扬头对站岗的小伙子说："问你们队长在不在？"

"找队长啊，在，在，在！"两个小伙子愣怔了一下赶忙说。

待两人进去后，一个小伙儿嘬嘬嘴儿说："这闺女长得真好看，以后不知道便宜了哪个龟孙子。"

另一个回答："你吃饭都吃不饱，还想这事儿？反正不是你，也不是俺，咱们也只能看看。"

田希微两人走进红漆庙门，看到院里空无一人，就往里走。到了左手第一个门口，就看到屋里一伙人围在一起，有一人背对着门口给躺在木床上的人换药，病人歪着脑袋咧着嘴不敢看自己受伤的腿。田希微从背影看出给人换药的就是张万山，她和牛海龙就站在门外默默地看。

张万山换完药缠好绷带后，扭头一瞧，是田老爷的孙女儿领着一个男人站在门外。他眼角向上微微挑了挑，英俊刚毅的脸上挂满了笑容，说道："是你呀，今天哪阵风把你给吹来了，稀客稀客！"看她带来个生人，就知道肯定有事，就赶紧对身边一个年纪大的人说："老奎叔，你给他们把咱现有的药抓好，缺的那一味药到镇里药房去配，我有点事儿，这儿你多操心。"说完就走了出来，径直把田希微二人引到最里头那个房门口。

房间里有两个人，坐在冲门口的方桌两边聊天。张万山对着他们说："爹、老贵叔，有人找。"边说边领着他俩进到屋里。

谷子贵时常在田家老店旁边摆摊给人算卦相面，认识田希微。一见田小姐亲自领人来到这土地庙，就觉着可能有重要的事，赶快站起来笑脸相迎。张志和不知道她是谁，就坐在那里没动弹，黑着脸瞪着一双虎眼寻摸着，谁家的闺女这么大胆，领着男人来这个地方转，不知道这儿女人不能随随便便来吗？

田希微看到谷子贵的笑脸和张志和阴沉着的脸，马上就想到爷爷对外和对内的两种不同的脸色，心里突然有了种无法形容的压力，来时那种非常自信的心情，也一下子变得忐忑不安了。心里思忖这就是大名鼎鼎的自卫队队长张志和——张万山的爹吗？父子二人的外表怎么完全不同，老子虎视眈眈，豹头团脸，铁面冷峻，给人以威严；儿子黑睛深邃、面静如水、阳光俊朗的外表令人赏心悦目。但他俩都有一个共同之处，一脸正气，耿直善良。

"志和，这是田老爷的孙女儿，田大掌柜的闺女田希微。"

谷子贵的话把思索中的田希微拉了回来，她接着话头赶忙说："我也不知道该怎么称呼您二位？晚辈礼节不到之处请二老原谅。"说话既有礼貌又落落大方。

谷子贵笑眯眯地说："啥礼节不礼节，我们都不讲究。"用手指了指张志和说："他比你爹大两岁，我比你爹小两岁，年岁都差不多，叫啥都行。"

"那可不行，大就是大，小就是小，该叫什么就叫什么。"田希微对着张志和鞠了一躬，叫了声："大爷好！"扭头又对谷子贵也鞠了一躬，叫了声："叔叔好！"农家子弟一般见到长辈称呼一声就罢了，讲究点儿的见面双手抱拳作个揖，田希微行的这学校学生见老师的礼节，一下子整得二位都哈哈大笑起来，不住声地说："免了，免了。来，来，都坐下，都坐下！"

现场的气氛活跃了，相互之间的距离一下子拉近了不少，张志和脸上也漾起了笑容。

谷子贵看五个人围着方桌都坐稳后，就问田小姐："二位今天来，是不是有啥事儿？我们自卫队与田家一向关系不错，你们尽管说，不要客气！"

田希微看了看坐在桌子正中的张志和，又把眼光瞥向坐在对面的张万山，看到对方双眼直愣愣地盯着自己，脸上顿时就浮起了一层红晕，赶快扭过头指着牛海龙对谷子贵说："这位是我家的亲戚，叫牛海龙，在我家窑上管事儿，他看到你们自卫队挺红火，近来不但保护了龙泉镇，而且为周围村民还做了不少好事儿，所以想加入自卫队，不知道你们接收不接收？"

牛海龙微微地点点头，对正用审视的眼神观察自己的三位说："其实咱们都不是外人，我家是观台镇的。你们可能听说过二十多年前观台镇有个叫神刀牛的人，后来他们全家都搬到外地做生意去了，我就是他的儿子。父母现在都还在保定，准备过段时间搬回来。"

张志和一拍桌案就站了起来，把其他人都吓了一跳，他两眼炯炯有神地说："是不是那个出刀八面风，收刀也不走空的神刀牛啊？"

"是呀，那就是我爹！"

"哎呀呀！我和你爹还切磋过呢！可他后来就突然消失得杳无音讯了。嗨！今天总算又有信了，咱啥也别说了，都是自己人，正好咱的力量需要壮大。那就来吧，我欢迎。"张志和激动的情绪使眼角的沟沟壑壑栗栗地抖动着。

谷子贵不管从哪方面观察，都猜不出他是哪种人，一看城府深得很，接过话头略带疑问地说："看你的身板强壮，是不是你爹把神刀功夫也传给了你？"

"只是略知一二，和父亲比还差得远。"

"看你不像个做生意的人，那么这些年都干啥哩？"

牛海龙想，这老谷还真鬼，能看出点儿门道，以后对他可要下点儿功夫。想到这儿他清了清嗓子放缓了口气说："这几年兵荒马乱的，生意也不好做。这不——"说着伸出双手扳着指头数着，"在学校当过先生；在矿上当过矿警；还跟着矿医学了几天治骨伤；在店铺当过几个月伙计；从保定回来又在田家窑上主点事儿。"

他这么一说，谷子贵就明白了这是个见过大世面的人，脑子的活泛劲在自己之上，可不能小看喽！就进一步问道："现在到处打仗，躲还躲躲不及嘞，你咋还往枪口上撞？在自卫队可是危险得很，说不上啥时候就把命丢了。你看看现在两大匪杆子和龙泉镇马家三大势力，对我自卫队恨得咬牙切齿，随时都会动刀动枪来给我们找麻烦，你难道不怕吗？"

"哎！这年头人的生死都不由自己，你想当个老实人躲开灾祸，但灾难面前想躲你也躲不开。你想种地吧，天不是旱就是涝，好不容易遇个好年景吧，这收租的、收税的、收捐的没完没了。这还不算，穷苦人剩下点儿粗粮烂糠，土匪老贼儿又来找事。不但烧杀抢劫，还强奸妻女。这，有事儿了找官府吧，他们说管不了！现如今又要来日本人，到处杀光、抢光、烧光，凶暴至极。不管咋整都是个生不如死了，那还不如加入自卫队，跟他们能拼就拼一下子，好歹也是个依靠不是？"牛海龙一口气儿表达完参加自卫队的原因，真实意图一点儿没露。

张万山听牛海龙说完就坐不住了，站起来问道："你老兄说的倒是实情。如果日本军占了咱昭关县，依你的看法俺自卫队该咋办？是走还是留？是打还是投？

这可关系到几千名自卫队成员和家人的生死存亡，你给拿个主意咱瞧瞧？"

与两股匪杆交战之后，张万山已摸清如何对付他们，每天思考最多的已不是那两股杆匪，而是日本军来后该咋办。师父云清道长叫他审时度势顺势而为，他心里很清楚，这"时"和"势"是最难把握的，一步走错，就会全盘皆输。开始，他一听牛海龙是田家的亲戚，又是田希微领来的，他就非常信任他。后来越听越觉得这个人很有头脑，就想从他那里淘点儿主意。

"这个嘛，还不好说。"牛海龙想，这刚认识就出主意不太好，先摸摸他们的底再说也不迟，就若有所思地说："现时最难料的是将来的时局，现在只能握好枪杆以静待动，别无他法。至于是走还是留，这个好下结论。咱们会众都是穷困潦倒之人，都拖家带口，守着家好歹还有个遮风挡雨的地儿，有两把麸糠可吃，出门没钱没粮寸步难行，可见走是没地儿去！留下咋办？我还没想好，还是听听张老前辈有啥看法儿？"

张志和一向快人快语，一听叫他说说，他就挺起了胸膛，眼角上挑大声说道："这还不好办，兵来将挡，水来土掩！咱自卫队是干啥哩？不就是抗捐抗匪，保村卫家吗？谁来祸害咱，咱就给他干。"

谷子贵也按捺不住激动的心情，一改平日老成持重的神态，红着脸手一挥说："话是那样说，但咱不能那么蛮干。凡事不能一概而论，只能以人以事来决断，咱们当从'谋人、谋交、谋兵、谋政'上下功夫。咱们毕竟是小老百姓，如果不知强弱轻重之分而盲干，那既保不了村，又护不了民，只能被置于死地。咱只有用鬼谷老祖的'捭阖'之术和'阴道阳取'的谋略，才能达到目的。"

"老贵叔，你说啥叫'阴道阳取'的谋略？"张万山急切地提出了疑问。

谷子贵不慌不忙地说："'阴道'就是谋事在于暗地，神不知鬼不觉之时就谋划好，这也叫作'神'；'阳取'就是成事之时在于阳，以不争不费之战或少争少费之战而取胜。既能纵横开阖，又不失其节度。这才是咱们应对任何事情的法宝哩！"

牛海龙听完谷子贵的话后，不住地点头，心想这个谷老贵可不是个一般人，自卫队与匪杆子的两次交锋均能立于不败之地，此人的作用应该很大。

田希微在一旁听得一头雾水，一会儿看看说话中的谷子贵，一会儿又羞涩地瞄一眼英气逼人的张万山。对他们讲的有些似懂非懂，自己上过大学，好赖也是见过世面的人，但是这一套论调从来也没听说过。看来老祖先的东西就是不一般，自己的学识还有限，需要更加努力研读。以前总以为这自卫队都是些穷苦的农人，没文化，就知道打打杀杀，现在看来真不能小瞧人家。爷爷与他们好好相处，又资助他们是有道理的，也是明智之举。

田希微又扭过头对牛海龙说："海龙哥，咱们都说了半天了，我还没给你介绍他们三位的身份。"然后指着张志和说："这是大名鼎鼎的龙泉镇自卫队总队长张志和。这位是多智善断、能掐会算的自卫队文传师谷子贵！"她刚要张口介绍张万山，牛海龙拦住了她说："这个不用介绍，我有耳闻，他就是武功高强、敢作敢为的武传师张万山！"其实来之前他就作了调查，最近所发生的一系列事件他也都知道，所以进门一看，就明白了谁是谁。

张万山有个毛病，不能当面说他好，一听夸奖他的话，浑身就不自在，脸面发红，就像个羞涩的女人。有人当面说他的不是，他反倒非常的冷静。这不牛海龙还没说完，他的脸上就挂了色，连忙说："不敢！不敢！老兄过奖了！"

牛海龙继续说："你不知道，其实咱俩还真是有缘分。"

张万山不明就里，问道："咋讲？"

"就在前几天，我的小儿子突然得了急病，浑身抽搐发热，牙关紧咬，双眼上翻，找了中医找西医，跑了一天哪家都看不了，急得我满嘴长泡。后来碰到你们镇上有个叫田贵生的人，他说你还不赶快去找龙泉观的老神仙云清道长，他准有办法！我连夜赶到龙泉观，老道长把孩子的眼翻开瞧瞧，又号了号脉就说：'别着急，孩子得的急惊风，是内有郁热，外挟风邪，又受惊吓所致。'用针扎了几个穴位，当场给配了一服药，熬好后给灌下，不一会儿就有了好转。临走时还给开了个药方，当时给他钱，他老人家咋着也不收。回家后又服了两剂药，病就好了。你是老道长的徒弟，你敢说咱俩没缘分吗？"这一通话就把与万山的关系给拉近了。

张万山笑眯着眼说："是有缘分！不过这对师父来说不算啥，他为人治病是有原则的，不是谁来都给治。穷苦的人找他治病，有急症的来找，一般来说他是分文不取。外人都不知道他还有五不治：一是贪赃枉法者不治；二是骄横跋扈者不治；三是不忠不孝者不治；四是暴饮暴食者不治；五是贩毒吸毒者不治。其他人来治病，有钱拿点本钱，没拿钱你就改天送来，反正是从不讨要。他常给我们说，天雨虽广，不救无根之草；大道无垠，难度不善之人。这就是他为人诊治病的底线。他教我也必须这样做。"

牛海龙边听边频频点头称是。

田希微听完，坐在那里陷入了沉思。同样生存在这片土地上，自己锦衣玉食，不但不用做活，身旁还有使女伺候；贫穷人家虽终日劳作，还是吃不饱穿不暖。穷困的人为了生存，就要掀掉压在身上的大山，找到一条能活下去的路，这不就是社会革命的动力吗？就现在的中国而论，只有共产党才能把这些散落在各地的反抗力量凝聚起来，形成滚滚洪流来冲垮这个旧世界，建立起一个自由、平等、民主、富有的全新社会。不过这一切都被日本军野蛮的侵略给打乱了。现在民族的生死存亡摆在了第一位，谁能力挽狂澜？只能靠咱共产党。这不我党领导的八路军先遣队已经到了太行山，来建立抗日根据地了。这一退一进，人心向背，立马显现。想到这儿，她漂亮的脸上不由自主地生出了一抹淡淡的笑容。

田大小姐的微笑，被正在侃侃而谈的张万山捕捉到。他想逗她一逗，于是提高了声音说："大小姐你说我们这样儿做中不中？"

田希微一激灵从思考中回到了现实，没头没脑地用土语回答："中！中！"这一句从一身淑女装扮、刚才还用京味儿腔调说话的田大小姐口中说出，立马引来一阵笑声。

笑声还没落尽，就听见院里传来问话声："大本儿，你找谁哩？"

"找头头，他们在不在？"

"你慌里慌张的啥事？"

"出大事儿了！快说他们在哪个屋里？"

"东边最里头那个屋。"

万山反应快，走到门口说："大本儿，在这儿哩。咋了？"

"不好了！"

叫大本儿的是一个十八九岁的男青年，本名叫赵书生，是老成叔的二儿子。中等个，精瘦的身材，窄窄的脸上两条细细的眉毛下边长着一双女人般的凤眼，尖尖的鼻子下边是两片薄薄的嘴唇。虽然是男孩子，却长着一副女相，上眼一看就是一个既聪明能干，又能说会道的人，特别的招人喜欢。

万山把他拉到自己身边坐下说："来，来，来。别着急，慢慢说，咋回事儿？"

大本儿看了看在座的各位，急不可耐地说："咱镇上来了好多国军来征粮，田村长叫你们过去哩！"

张万山一愣，急忙问："来了多少？"

"开来有十几辆大汽车，差不多有二百多号军人，都扛着枪，还有机关枪哩！把大门和镇公所都给围住了，说是来要钱和粮食供军需用。"

"咱不是刚缴了赋税和粮食吗？"万山不解地问。

"不行！嫌少，让再缴！这次按人头、按地亩数缴，不缴他们不走了。各村村长都给他们在那儿吵吵开了，田老爷叫你们也过去哩！"

张万山一听就急了，忘记了田大小姐坐在对面，一反往日的冷静，一拍桌子站了起来，恨恨地说："放着日本人不去打，光知道要钱要粮，不知道今年遭了灾吗？老百姓缴了租，又缴了赋税，再缴各种捐费，剩下的没有几粒粮了，眼看冬季来了要挨饿，再缴不是往死路上逼咱吗？不给他们缴，看他们能咋着！"

谷子贵拍了拍张万山的后背说："别急！坐下咱慢慢说。"随后问大本儿："镇上的都咋说？"

"都不想缴。"

谷子贵说："正好，都不缴就好办。假如有缴的、有不缴的那就不好整了。"说完站起身对张志和说："老哥，你在家陪牛先生，我和万山去瞅瞅。"又对大本儿说："你去把三眼铳扛过来，咱一块儿去。"

牛海龙也站了起来说："我跟你们一块儿去吧！多一个人就多一分力量。"紧跟着田希微也站了起来，牛海龙小声对她说："你先回去，有事儿我再找你，别忘了我说的话。"

田希微点了点头跟着他们走了出去。

龙泉镇的前大街，已被停在那里的大小车辆占得满满当当。车上站着手持快枪的士兵，警惕地注视着站在房檐下看热闹的民众。路两旁的店铺都已关闭，店老板们也混在店门前的人堆里来回张望，生怕有人进店抢货品。东西两个镇门楼和围墙上，都已换上着装整齐、肩扛快枪的军人，镇门楼的平台上，趴在地上的士兵已架起四挺机关枪，黑洞洞的枪口对着街上的人群。原来镇上那些执勤团丁，现在都有气无力地散落在人群中，与周围的人嬉笑着，一副若无其事的样子。

牛海龙一看这阵势就知道不妙，赶紧拉住走在前边的张万山，叫住身旁的谷子贵，领着他们拐进一条小胡同，对他们说："你们看这排场，国军他们是'给也得给，不给也得给'，不达目的誓不罢休的架势。照这样下去，恐怕镇上的这一拨人坚持不住。"

张万山问谷子贵："老贵叔你看咋办？只要他们一吐口，咱们还能扛得住吗？"

谷子贵思索了片刻，对张、牛二人说："咱只有这样了！给十三村发信号，召集会员围住龙泉镇，用气势压住他们，使他们不敢动武，把他们撵出龙泉镇。缴与不缴，也关系到咱会员们今年的生存。"

牛海龙兴奋地说："我看这样行。我了解国军，他们软的欺，硬的怕，这一招儿准灵。"

谷子贵拉过站在身后手提着三眼铳的大本儿说："你赶快到后街点铳发信号，然后回去告诉总队长，把我们的意思汇报给他，光围打，不到万不得已不要动武，快去办。"

大本儿掂着"三眼铳"顺着胡同一溜烟地跑了。他们三人扭头又回到大街上，往镇公所方向去了。

站在镇公所门前的军人，横枪就把他们三人给拦住了。一位肩挎匣枪、军官模样的军人大喝一声："干啥哩？不准进！"话音刚落就听见南边传来"嗵！嗵！嗵！"三声贯通天地的炸响，大街上顿时被震得寂静无声，只有被惊吓的鸟雀扑扑啦啦的振翅声，在房顶上和树梢间传响。

三个人一看信号已经发出，也不想进去了，就往后退了退，站在人群中，静观事态发展。

坐在镇公所大厅长桌周围的镇里和村里的头头脑脑们也被"三眼铳"声响给镇住了，面面相觑。片刻工夫，他们似乎意识到什么，就见有的人脸上露出了喜色。

坐在会议桌尽头主位军装笔挺、面带凶相的军官，回头对着站在身后的护兵命令道："去看看哪里在打炮？"

不一会儿护兵就跑进来报告："报告长官！牛副官说可能镇上有人在放炮仗！"

听了这个护兵的报告，坐在桌两边的当地人都忍不住发出了笑声。

军官用手一拍桌子大声喝道："都不要笑，继续说。啥时候把 5 万块钱和 20 万斤军粮给缴齐嘞？"

坐在身旁的刘镇长抬起右手，向后捋了捋油光锃亮的大背头，扶正了黑框近视眼镜，满面笑容地说："你们看，咱朱团长来了已有一个时辰了，这次征钱征粮的意义也说了一大堆。咱就长话短说，这当兵的吃粮是天经地义的事情，历朝历代都是如此，军人们吃饱肚子为的是去打仗保家卫国，何况还是去打日本兵。咱都老这么干坐着解决不了问题，那我就出个主意，大家商议商议看行不行。"说完略微低下头，扫视着坐在两边的下属们。

坐在他下首的民团团长人称"马小辫"的马怀德，抬起油亮亮的头颅，看了看坐在对面闭目静思的田道然。又左右看了看，见没人应答，一时凉了场，就咳嗽一声，对着刘镇长说："那你就说说嘛，咱都听听是啥主意。"

刘镇长重新坐直了身子提高嗓门说："这次征收与往常不同，数额是大了些，但是非常时期可以理解嘛！刚才大家也都说过今年遭了灾，收成不好，商户因战事影响了交易，货物流通受阻，业绩很差。这些都是客观原因。但是大敌当前，容不得考虑这些！你们在座的都已经商多年，积蓄还是有的。粮食呢，这不刚收完秋，虽然歉收，偌大的镇乡挤出二十万斤粮还是可能的嘛！依我看，这五万元钱由镇商会负责收取，按每户的经营面积征收。粮食按人头和地亩各半征收，由各村村长负责，明日缴齐，不容延误！"

他刚一说完，现场就炸了锅。

朱团长一看乱了套，拔出腰间的勃朗宁手枪，"啪"的一声就拍到了桌子上，喊道："吵什么吵！我看就照刘镇长定的办！"

现场一下子又没人吭声了。大家你看看我，我看看你，不知如何是好。

就在沉闷的等待中，田老爷睁开了双眼，慢慢地摘下金丝边眼镜，掏出雪白的手绢擦起镜片。周围的人一看田老爷要发话，都直愣愣地盯着他。

田道然胸有成竹地笑了笑，重新戴上眼镜，缓缓地说："刘镇长啊！你是县府派下来嘞，没有给村民们打过交道，不知道实情！今年粮食歉收，这你也知道，如果让在座的明天把自己该拿的都拿出来，这都没有问题。关键是，前几天刚对商户和村民连打再骂、连唬再吓，才把赋税杂捐缴上来，这已经征的是明年的赋税了。再张口要这么多的钱和粮食，那村民们能答应吗？咱咋着也得再等个仨月俩月地再张口要，才说得过去嘛！你们这么急着征收，老百姓那还不反了天！他们也都是拖大带小的，也需要养家糊口的不是？依我看，咱们等一段再征为好，以免闹出大乱子……"

田道然还没有说完，朱团长就不干了，腾地一下站了起来，急赤白脸地喊道："不行！明天必须缴上来，军情紧急，不能再等！"

朱团长越急，田道然越沉得住气，他将了将雪白的头发，心平气和地说道："朱团长别着急嘛。日本军还在石门，离咱这儿还有三四百里呢。娘子关、平型关、到太原那一线正打得不可开交哩！打到咱这儿还早着哩！也不差这一两个月。刘镇长，你说是不是这个事儿？"田老爷不软不硬地顶了两句。

在座的除朱团长和刘镇长外，其他人都不住地点头。

"咋着？你们想违抗军令不成？"朱团长说完抓起桌子上的手枪，一下子就把子弹顶上了膛。

"别，别介！朱团长，咱们再商量嘛！"刘镇长赶忙站起身，伸手拦住朱团长。刘镇长也知道，这两边他谁都惹不起。现在他只能在双方之间和稀泥，以免发生什么意外。他满脸赔笑地对朱团长说："团长您看这样行不行？今天先把库存的钱粮拉走，我和在座的尽快给您征收，十五天后再来拉剩下的……"

话还没说完，朱团长说："不行！军队马上就要开拔，明天必须缴齐！"话刚说完，朱团长就意识到说漏了嘴，不应该把队伍撤走的消息说出来。

田老爷一听来了气，也顾不得害怕，文明棍狠狠地往地上撅了一下，站起来说："你们拿了钱粮就要走，那我们咋办？那还不如把钱和粮留给在北边打日本军的部队。养兵不是为了用兵吗？你们都走了，我们去用谁呀？你们说是这个理儿不？"坐在身边的刘镇长急得直拽他的衣襟。

朱团长刚要举枪发作，大门外站岗的那个军人急急忙忙地跑进来说："报告团长，有好几千民众带着武器，把镇子给包围了！"

朱团长刚才还红着的脸立马就起了绿色，用枪指着在座的众人大叫："这是谁招来的？快说！"

喊了好几声没人应答，又挥舞着手中的勃朗宁说："不说，谁也别想出这个屋！"说完"啪"的一声又把手枪拍到了桌子上。

半天没有说话的马怀德说："我看可能是自卫队搞的鬼，不信把张志和叫来一问就知道咋回事儿！"

田道然站在原地盯着不怀好意的马小辫说："这么大的阵仗还用说吗？还用搞鬼吗？"

朱团长坐了下来，他明白围镇的三千人，再加上镇里的民众足有一两万人。自己带来的一个连，如有冲突，那简直是白给。今天这个阵势，不动枪还罢，只要一开火，一个也出不去。思索了一会儿后，对刘镇长说："镇长，我看这样吧！今天我们不能白来，先把库里的钱和粮拉走，你们赶快给我征收，十天后我们再来拉！"

刘镇长一听改了口，就用询问的眼光看着下属们。好大会儿没有一个人回答，刘镇长只好说："行！行！行！"

朱团长一挥手，招来了站在身后的副官说："你跟着镇长去装东西，我陪各位在这儿等，装完后咱们一块儿出城！"

刘镇长只好带着军人们去装车，剩下本镇的头头脑脑们只好坐在原位耐心地等待……

三天后，这伙国军的队伍带着库里仅剩的一万块钱和数万斤粮食就退到西南山里去了，再也没有回来要钱要粮。

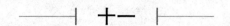

　　镇公所的隔壁，就是龙泉镇民团团长马怀德的大宅院，重檐硬山顶式门楼，朱红大门面朝前大街，号称九门相照的四进大院随地势渐渐增高，取步步高升之意。大门两边各有三间门面房，左边是马家的当铺，右为马家洋货绸缎庄，街对面就是马家开的龙泉车马店和米面铺。

　　马家有钱有势，家大业大，吃穿不愁，唯一不足之处就是人丁不旺。马怀德三代都是单传，虽然有一妻二妾，生得不少，不知咋回事儿，却养不活，最后只剩下大老婆生的马继先一男丁和小妾生的小女马继英。人们议论说是因为马家历代作恶多、行善少，心眼儿坏、下手毒造成的。背后都说他怀德没德，都叫他马坏蛋，是龙泉镇四大名"蛋"之首。其他三大名"蛋"是他的儿子"臭蛋"马继先，也叫马光蛋，再就是"鬼蛋"田老四，还有"软蛋"李老根儿。

　　马怀德出去办事去了，老爹不在家，马继先便有些肆无忌惮。他戴着墨镜，舒服地躺在自己客厅中间的逍遥椅上，口里衔着根黑雪茄，惬意地上下摇动着。秋日温暖的斜阳，透过宽大明亮的玻璃窗，照射在他肥胖的躯体上，刺眼的光线里，丝丝缕缕的蓝色烟雾起伏翻卷着，宽大的厅堂里充斥着刺鼻的洋烟味道。为顶欠账刚来七八天只有 16 岁的使女春叶儿被浓烈的烟草味呛得不停地咳嗽，她一边用左手捂住鼻子，一边用另一只手擦抹着桌面和椅背。马少爷躺着的逍遥椅不知道啥时候移动到了她的身后，突然间一只有力的手从后边伸进了她的大腿根间，她本能地喊了一声"哎呀！"一扭身就转到了旁边，一脸的惊慌失措。

马少爷咬着黑雪茄，"哈哈——"淫荡地笑着说："咋了？不高兴？你爹把你卖给了我，我想咋着就咋着！"

春叶儿听马光蛋这么说，两眼露着胆怯讷讷地说："俺爹没有把俺卖给你，做完五年活儿，顶完账俺还回去嘞！"

马继先从嘴中拔出粗长的雪茄烟，两眼一瞪说："你要不听话，账永远也还不清。老老实实听我嘞，干几年我给你找个'好人家'一嫁，有吃有穿，不比回你那个破家强？整天糠窝头就着个老咸菜，吃了还拉不出来，那不活受罪吗？你过来叫我再瞧瞧！昨夜个儿蜡烛不亮，我没看清是黑还是白。"说完嘿嘿地又笑了起来。

春叶儿两眼含着泪水，低着头红着脸，胸脯一起一伏，想着昨夜个儿被折腾的情景，觉得很是委屈。

"咋着！不服劲儿？你是我买进家的一匹马，就得任我骑来任我打！别不知好歹！给我过来！"马继先恶狠狠地说。

春叶儿两腿哆哆嗦嗦，慢慢地移步到已坐起来的马光蛋跟前，一把就被马光蛋抱住，按倒在他的腿上。他那只不安分的肥手伸进春叶儿的衣服里，不容置疑地抓住她还没完全发育成熟的乳房揉搓了起来。

不一会儿，马少爷又双手解开了春叶儿的裤子，右手刚要伸进裤裆，他那肥胖的大老婆不合时宜地闪身走了进来，撞了个正着。她嫁进马家已十几年了，了解自己男人的品行，也就见怪不怪。她使劲瞪了他两眼，扯开嗓子说："你就作吧，作到头你就不作了！"

马光蛋把老婆的话当耳旁风，对春叶儿丝毫没有放手的意思，他一只胳膊仍然死死地抱着春叶儿不放。春叶儿红着脖子黑着脸，咧着嘴挣扎了几下也没脱开身，自己的阴部已被那肮脏的手抠摸得疼起来。马光蛋手里的动作不停，还理直气壮地冲着大老婆吼道："你咋说话的？啥叫作到头了？你肥鸡不下蛋，还不让我多找几个？咋着！你不服劲给我生几个瞧瞧！"

马少爷这一损，大老婆立马软了下来。自进马家后，多年来，费了好大劲，想了多少法儿，肚子也没鼓过，在家里的地位也日渐低下。要不是娘家是昭关县城有财有势的大户，恐怕早就被马继先一纸休书给打发走了，所以对男人的胡作非为，就睁一只眼闭一只眼，家里一连纳了两个妾，她也不敢多管。"后天是昭关俺爹的寿辰，你别整天光顾着瞎鼓捣给忘喽！"大老婆又说了这么一句，就转身一扭一摆地回自个儿的房里去了。

大老婆走后，马继先继续陶醉在自己的淫乐享受之中。小春叶儿想脱身又不能，正在这时，透过玻璃窗看到了马老爷从外面走了进来，边挣扎边急促地低声说："老爷回来了！老爷回来了！"

"慌啥嘞！不要动！"马少爷的情欲上来了，也不管老爷回来不回来，一下子就把春叶儿的裤子褪了下来。

马怀德出门办事忘了带东西，返回家来取，走到院中间，无意间听到屋里的动静，就走了过来。

"你小子整天没时没晌地干这个事儿，这个能当饭吃？叫你妹妹和外人看见了你不嫌害臊吗？你知不知道日本人把邢台都给包围了，立马三刻就到咱这儿了，你也不想想咱该咋办，还他娘的有闲心搞这些。赶快到团部去，给我把团部盯好喽！"马怀德看到30多岁的儿子光天化日下玩弄小闺女，把儿子数落了一通。

马继先赶快抽出手，把春叶儿推了开去，看着走进门的爹说："谁来不来也影响不了咱，谁来到咱地界，还不是靠咱爷们儿给撑着！"

"你尽说胡话嘞！日本军能跟国军比吗？日本人来了咱还能说了算吗？别做梦了，醒醒吧！"马怀德的一席话，说得马继先愣在了那里。

"那爹你说咱该咋办？"

"该咋办？这不我到县城去找你舅舅讨个主意，他是县商会会长，知道该咋办，回来咱再商量。"马怀德说完瞪了马继先一眼，右手提起大褂的前襟，左手拿着黑丝绒礼帽，晃着花白的小辫子，挺着肚腩迈出了屋门。

马继先一直看着他爹出了仪门，扭回头自言自语地说："管他谁来，先把我的事干完再说。"抬脚就走进了里屋。

片刻屋里就传出小春叶儿的喊叫声和马继先的叫骂声……

正当马继先的淫威大发的时候，马三儿连喊带跑地进来了："大哥！大哥！好事儿来了！"

"老三你就不能稳当点儿？有啥好事也用不着没头没脑地乱跑乱撞。咋嘞？后边有狗在撵你嘞？"马继先喘着粗气从里屋走了出来，拽了拽揉乱的衣服，又躺到了逍遥椅上摇动起来。"说吧。啥好事儿？"马继先闭着眼，一摇一晃地说。

马三儿略显神秘地看了看门外，扭回头趴在马继先的耳边说："刚才我看见你喜欢的那个美妞上西山去了。"

"哪个美妞？"

"就是后街李老根儿的大闺女李丽花。"

"她自己去了？"

"还有她爹李老根儿。"

"去——去吧！长得红不拉几的没啥看头。"马继先想到那个闺女虽然脸皮儿有点儿红，但是脸庞和身材长得那可是没啥挑头，一想到她已成为自卫队谷子贵未过门的儿媳妇，心里就凉了半截子。谷子贵是自卫队的文传师，大儿子是队长的徒弟，二儿子是张万山的徒弟，武功都不一般。尤其是一想到张万山，就记起那天夜里交手的情形，只要他稍一用力，自己的小命儿就交代了。只要一想到这些，心里就有点儿发怵。唉！还是算了吧。

马继先扭过头对着马三儿说："我是不去的，你也不要去。现在天下大乱，别在外边给我惹事儿。"

"是，是。"马三儿一看大哥对丽花没了兴趣，就没再多说啥，正了正头顶上的瓜皮帽，就失望地走了。走到大街上，抬头向西望了望灰黄氤氲中的神麓山，不安分的心油然升起一股冲动。他对李丽花美貌的向往比马继先有过之而无不及，因为大哥一直想着她，他只能把这份心思隐藏着，从来也不敢有任何非分的举动。现在既然大哥不要了，那可不能便宜了别人。

马三儿拍了拍腰间的匣枪，认为自己有能力、有胆量对付软弱的贫家父女。想到这儿，他迈开大步向西门外走去，一定要在今天满足自己的念想。

马三儿连蹿再爬，踩着放羊人上山的小道，喘着粗气上到了龙泉观后山岭的阳坡，一屁股就坐到一块平石板上，靠在一棵松树上歇息。忽然，一阵隐隐约约女人的说话声，随着徐徐的山风从坡上飘了下来，马三儿听出来是李丽花的声音。他就像鸦片烟鬼闻到鸦片烟的味道一样，精神一振，扶着树干站了起来，一步两喘地向上爬去。

循着说话声，不大工夫，马三儿就来到了一片槐树和皂角树混杂的林中。透过树枝的空隙，看见李老根儿手举长杆，从叶子稀疏的树枝上打已成熟了的皂角，他女儿丽花正弯下那优美的身段，撅起浑圆的屁股，不时从草丛中捡起打下来的皂角放进篮子里。当看到梦中的美人就在离自己不远的地方，马三儿全身的血脉又一次膨胀起来。

他不假思索，挺起胸，装着若无其事的样子走过去大声喊："喂！谁让你们在这儿打皂角的？有王法没有！"

李老根儿听到喊声，就站在树下不敢动了。但丽花毕竟年轻，又与满囤定了亲，经常和自卫队的人接触，胆子也大些了。不像以前见人就脸红，与人说话都胆怯。她大着胆扭回头去瞧，见马三儿斜背匣枪，摇头晃脑地向自己走过来。

马三儿心里美滋滋地想着好事儿，脸上却装出很严肃的样子冲着李丽花喊："这是恁家的树吗？"

"不是啊！"丽花惶惶地回答。

"不是恁家的树，恁咋就来摘皂角？"

李丽花早听张万山说过，这里的树林都是龙泉观的庙产，她就大着胆子反问："那，这是恁家的树？"

"不是啊！"

"不是恁家的树，俺咋就不能来摘？"

马三儿一听就拉长了脸说："你这个闺女小嘴儿还挺硬。这山这地都是镇上的，你敢说这树不是镇上的？只要是镇上的，俺们镇民团就该管，俺要不管，那还不把树都给砍光喽！"

马三儿一席话，把李丽花给说住了，低下头老半天没回答。

马三儿一看丽花被问住了，心中一阵暗喜，好！有门儿。回过头来问李老根儿："老根儿，恁说偷摘镇上的物什该咋办？是认打呀还是认罚？说说看。"

李老根儿老实一辈子，从来也没偷过人家的一针一线，今天一听偷摘了镇上的物什，心里就有些发毛，赶忙跑过来抓住马三的手低声下气地说："马家少爷恁行行好。咱都是一个镇上的乡亲，恁高抬贵手，要不俺跟恁走，恁说咋办就咋办。"

马三儿扭转身抬起枪，枪口就顶在了李老根儿的脑门上："乡里乡亲也得照着规矩办。赶快回去拿十块银圆，要不今儿个恁俩谁都走不了！敢反抗就打死恁俩，不信试试看？"

李老根儿第一次被人用枪顶住脑袋，他哪遇到过这场合。这一惊吓，整个人就软绵绵地瘫倒在草地上昏了过去。

丽花一看爹昏死过去，就哭喊了起来，晃着她爹的身子，"爹呀！爹呀！"地喊叫着。

马三儿看着哭喊着的丽花那胸前褪了色的蓝底儿衣服里突突乱动的一对儿丰乳，下身的命根就更壮了起来，他用枪顶住丽花的胸口，另一只手就去解丽花的裤带。手一抠，往下一拉，裤子就被褪到脚脖子。丽花雪白的腹部和丰腴的大腿，一下子就展现在马三儿的眼前。

丽花本能地捂住自己的身体往下蹲，马三儿顺势就把丽花摁倒在草地上，开始解自己的皮带。这时就听山坡上传来一个女人的喊声："给我住手！"紧接着一个30岁左右的道姑从坡上蹿下来，一脚就把马三儿踹了个仰八叉。马三儿也是练过功夫的人，一个鲤鱼打挺就站了起来。伸手就把腰间的匣枪抽了出来，对准了那位道姑，气急败坏地喝道："你找死啊？"

道姑杏眼一瞪，柳眉上挑，迎着枪口往前走了几步，站到了马三儿的跟前，毫不示弱地说："咋着？你以为拿把破枪就能吓倒我？"说完用手指了指已坐起来，满身是草和土的丽花对着马三儿说："你看看你作的孽！青天白日下你就糟蹋人家大闺女，禽兽不如的东西，白披了张人皮。"

正在这个时候，从山坡上又跑下来一位十五六岁的女孩儿，一看道姑被人用枪顶着，就惊叫了一声："师父！"就直愣愣地站在原地不敢动了。

"不用管我，快帮她穿上衣服！"道姑说。

这个小女孩儿不是别人，就是一个多月前，被张万山送到龙泉观治伤的王二妮儿；道姑是张万山的师姐，云清道长的徒弟，龙泉观斋堂总管宗霞。

二妮儿过去一看，坐在地上还发着呆的女孩儿是村里邻居丽花姐，赶忙蹲下来帮着她把裤子兜起来，拍着身上的土说："丽花姐！没事吧？"

惊魂未定的丽花怔了一下，看到站在眼前的是王二妮儿，红着脸赶忙说："没事儿！没事儿！"

宗霞道姑一看此人办了坏事儿不知悔改，还不服劲，心中的怒气就往上冲，身子往外一闪，脑袋躲开枪口，左手一翻，就卡住了马三儿右手腕的"内外关穴"，一使劲就听马三儿"哎呀！哎呀！"地叫了起来。宗霞上去就把马三儿的匣枪夺了过来。

马三儿一看枪被夺走了，手腕一翻挣脱出来，一招怪蟒翻身，紧接着一记霹雳旋风腿，直奔宗霞道姑的脑袋而来。这一连环招式，对没有一定武术功底的人来说一般是防不住的，但对宗霞道姑来说却不在话下。二十多年前，她沿街要饭，病倒在路边，被云清道长带回龙泉观。病治好后，就终日跟师父刻苦练功，功底虽然不及张万山，但是雪花太极拳练得也是炉火纯青。

只见她一侧身躲过致命的一脚，身体一扭抬起右腿，来了个顺风摆柳，一脚尖就点到马三儿后背的"白虎穴"。只见马三儿踉踉跄跄跑出去几步，顺势抱住了一棵大槐树，疼得他张着大嘴直喘粗气儿。

宗霞道姑走过去，照着马三儿的后背拍了一掌说："咋着，服劲儿不？"

马三儿"哎呀！"一声，痛得大喊："我嘞个娘啊！疼死我了！服劲了！服劲了！"

宗霞道姑瞪了他一眼说："服劲了就赶快滚！如果再办坏事儿，看我咋收拾你！这世道都让你们这些魔障给祸祸坏了。快滚！"

马三儿痛得咧着嘴刚想扭头走，突然看到匣枪还在人家手中，就站住了说："恁把枪还给我吧，要不回去没法给团总交代。"

宗霞道姑打开保险销，拔下弹夹，把子弹给退了出来，然后又把空弹夹推上，把空枪扔给了马三儿。

马三儿在一旁给看愣了，咋着庙里的女人还会玩枪？他哪里知道，这使枪的本事，都是张万山空闲到观里教给他们的。这兵荒马乱的世道，让师哥师姐多掌握几手本领，以应对乱世之需。

宗霞道姑看着马三儿跌跌撞撞地下了山，扭回头看见西边的树下还躺着一个人，丽花跪在身边哭。宗霞道姑蹲到地上就掐他的人中，片刻后再用双手拇指和食指从印堂开始向两边分推到"耳门穴"，然后再掐"人中穴"。循环数次，李老根儿长出了一口气，眼睛慢慢地睁开了。

道姑搓了搓自己的双手，看着满眼含泪的丽花说："你个大姑娘家不在家待着，跑到这荒沟野岭来干啥？你看多危险！快带你爹回去吧！"

丽花哽咽地说："俺万山哥说这儿有皂角，我和爹就来摘点儿回去过冬吃，没想到王八蛋跟到了这儿，要不是遇到了师傅恁，俺今儿就回不去了。"

李老根儿一听闺女没被糟蹋，就翻身跪在宗霞道姑面前，边磕头边喊着："谢谢师傅！谢谢师傅！"

"快起来，快起来，不用谢！"宗霞道姑赶忙拉起满眼泪水的李老根儿，摘去粘在他肩膀上的草叶子说："你看现在是啥年月了，还带着这么好看的大闺女到处跑，你这不是没事儿找事儿吗？再来摘皂角，带上男孩子。要不是我俩在上边找蘑菇听见呼喊声赶紧跑过来，还不知道你们会出啥事儿？"

李老根儿叹了口气说道："唉！要不是家里缺粮，咋能到这里来遭这个难！"

"二妮儿，去把咱摘的蘑菇拿过来给他们，咱们送他们下山！"

王二妮儿答应了声就跑上山坡去了，不大会儿就掂着两个荆条篮子飞跑了下来，把篮子里的蘑菇倒进了丽花带来的布袋里，边倒边小声给丽花说："回去给俺娘说一声，我在庙里很好，待我有空就回去看她。"

丽花看着二妮儿已见丰润成熟的脸庞，若有所思地点了点头。

突然丽花放下布袋，扭过身对着宗霞道姑说："师傅！我也想到庙里跟恁学艺，不知道恁收不收？"

宗霞道姑拍了拍丽花的肩膀说："傻孩子，我们都是没办法的人才到了庙里，你有父母，有兄弟，不用来庙里讨生活。走吧！我把你们送到山下去。"

说完四个人整理好东西，相跟着就下了山。

回到家里，晌午吃饭时，丽花就把前晌在山上遇到的事儿说给了大牛和二牛。弟兄俩人一听就火了，但他俩也知道单凭自个儿，不是人家的对手。

饭后哥俩就来到土地庙向师父讨对策。大牛给师父描述了事情的来龙去脉，谷子贵听完眉头就锁到了一起，还有这么欺负人的吗？我已经给他们说过了丽花是我的儿媳妇，他们不看僧面也得看佛面，这不是给我找难看吗？

正在这个时候，张志和爷仁和满囤兄弟俩说说笑笑地走了进来。因为丽花是满囤未过门的媳妇，满囤一听就急了，黑红的脸上立马青筋暴起，从腰里拔出匣枪要去拼命。张万山一见徒弟动了火，怕他做出格的事儿，上去一把就拽住满囤的手腕，把他拉住摁到凳子上说："着啥急嘛，先商量商量再说！"

张志和虎眼一瞪就发火了，粗大的铁掌一拍桌子说："这王八蛋真不是个东西，敢在咱的头上找事，我找机会收拾他！"

谷子贵接着话说："话是这样说，但这毕竟不是啥好事儿，咱先压住再说，别火急火燎地去打打杀杀的，外人知道了好说不好听！"

"爹！咱就这个样儿算了？恁都不用去，我一个人就把他给办了！"满囤生气地说。

张万山瞪了一眼满囤说："给我好好坐着别说话！"说着，他看了看站在厅堂间的几个怒火中烧的人，用双手往下压了压，示意都坐下听他说。

众人一看万山胸有成竹的样子，等着听有啥主意。

"恁都看呀，这个事没给咱造成啥大的损失，马三儿办这个见不得人的事儿，他也不会往外说。但是，他已经被我师姐给打着了。恁都不知道，这雪花太极拳有个特点，对方出手越狠，那他挨的打就越重。我师姐练打'魔'，也就是点穴，练得最精，啥菜刀手、梅花手、锥子拳、阴阳脚等用得又准又狠。人身上有三十八道死穴，只要被打中，轻者受伤，重者死亡。我想马三儿这次挨打挨得不轻，只要被师姐打中穴道，把'魔'打进去，那任谁也解不开这个'魔'。他又不敢到龙泉观找我师父，只能来找我。咱就装作啥也不知道，等他来求咱，到时候咱叫他受几天罪，再让他出点儿血，把老根儿叔欠马怀德的账给他平喽。恁都看这样做不更好吗？"张万山一口气就把自己的判断和想法说了出来，然后用询问的眼神看着大家。

大伙儿都盯着谷子贵，都想先听听他的想法，因为在这个事上，他最有资格表态。

谷子贵只好把他的顾虑说了出来："万山呀！你的想法是不错，但如果那个'魔'没打进去，马三儿不来找你看病，那咱不白等了吗？"

"老贵叔，一般来讲打进去的'魔'那不光是吃点儿药就能治好的，还须解除奇经八脉上其他穴位的封闭，才能把打进去的'魔'彻底除掉，身体机能才能慢慢恢复。如果他不来找咱，他将非残即伤，那就活该他要遭到报应。我想，不出三天他就会找过来，咱们耐心等两天看看再说。"

听完张万山又一通解释后，谷子贵才点了头，认可了他的说法。

这时半天没吭声儿的张志和说："老贵弟啊，前几天我就提醒过你，赶快把满囤和丽花的喜事儿给办了！这年头兵荒马乱的还不知道会出啥事儿？日本军立时三刻就打到咱这儿了，你可不能再拖了！老根儿也给我提过，啥彩礼也不要，婚礼也不要啥排场，把人接走就行！"

谷子贵摇了摇头说："我发愁的是李家欠马怀德的五十块钱，这到年底就必须要还，这办完事儿，哪儿还有钱帮他还账！这笔账还不了，这两家年都过不好。"

张万山一拍桌子发了话："老贵叔，你放心！这钱包在我身上，从马三儿这儿如果找不来，夜黑里找机会我上他家去一趟，啥都有了。就满囤、二牛和我这师徒关系，我也不能放过他，咱缺钱，就叫他用钱来还。实在不行咱自卫队凑凑也能凑出几十元钱，再不中就从会费中暂借点儿，咋着也能让老根儿叔过去这个关。"

谷子贵笑了笑说："大侄子！咱反正咋说都不是外人，那俺两家就全靠你了啊！"

张万山一拍手说："改天找几个弟兄，抬顶轿子，把丽花接到恁家，喝杯喜酒就成了！席面就别摆了，留着钱给老根儿叔还账。"

马三儿回到镇里，没到民团部就直接回到家里。一白天没觉得有啥很痛的感觉，只感到无来由的心悸，后背有股子气儿来回乱窜。到了夜黑卧床睡觉时，胸腔内隐隐作痛。侧着身睡不行，趴着睡也不中，翻来覆去难受得睡不着觉。好不容易挨到大天亮，实在是受不住了，哈着腰找到慈仁堂的坐堂医生陈有贤给诊治。陈医生号完脉，撩开衣衫检查后背没发现有严重的表象，只是痛的部位有些微微的红肿。又针灸又抹药，最后给了一盒治跌打损伤的中药丸，说没多大事儿，回家静心休养即可。

回家后马三儿感觉到有好转，但是没过两个时辰，整个胸腔和后背痛感更严重，痛点沿着脉络神经乱窜，只好又去慈仁堂找陈医生。

陈医生抬头一看马三儿佝偻着腰，脸庞蜡黄，口唇发紫，步履蹒跚地走进来，心里一惊，知道此病不好治，如给人家耽搁了，那后果他可负担不起。

陈医生一说此伤治不了，马三儿心里咯噔一下子就明白了。他是练武之人，江湖上的事儿多多少少也懂得一些，知道自己被人点中了穴道。痛苦中他忽然想起那夜土地庙里的一幕，堂哥马继先和刘二狗与张万山交手的情形，没看到咋回事儿，二位老兄就被张万山制服了。他坐在慈仁堂的椅子上想，谁能治我这个伤呢？龙泉观云老道脾气大、不好说话，那只有找他的徒弟张万山了。忍气吞声地咽下这口气儿，先过了当下的难关再说。又一想，光自个儿去不行，万一找到他们那儿，他们报复咋办；又不能带人去，如果双方闹顶了，伤还是治不了。

正在发愁之时，看见田善地从慈仁堂门前走过。马三儿心想：田家与自卫队关系不错，让他和自己一块儿去找张万山。一来看他田家的面子，自卫队的人不会给自己下不来台；二来只要他出头，张万山不好驳他的面子，肯定会给好好治。想到这儿，他捂着胸口，忍着痛移步到门口喊："田老板！田老板！"

田大掌柜回头见马三儿哈着腰、捂着胸口站在慈仁堂门前，在向他招手。他平时对马家人印象不太好，嫌他们整日里咋咋呼呼、横行霸道、蛮不讲理。但他们田家人处事大都中庸圆滑，加上他们家田老四与马继先来往较频繁，所以两家表面上还算是平和相安。看到马三儿向他招手，就扭回身迎了过去。

"马少爷！脸色咋这么难看？咋，病了？"田掌柜抄着双手问。

"哎！别提了！昨个儿不小心被马车杆给撞了一下，夜里疼得我睡不着觉，这不来找陈医生给瞧瞧，人家说治不了，让我找张万山去。您看我平时没给万山交往过，不知道人家给治不，想求您给引荐引荐，给咱说说好话，您面子大，一准能成！"马三儿咧着嘴"嘶啊，嘶啊——"地说完，眼睛盯着田掌柜红润的脸，焦急地等待下文。

田掌柜略一思索说："嗨！这还不好办？都在一个镇上住着，不管咋着也应该给瞧瞧，你啥时去喊我一声就行！"

"我这疼得实在受不了！现在就去，您看咋样儿？"

"行啊！走！到土地庙找他去，咱快去快回！"田掌柜爽快地答应了。

张万山坐在土地庙西厢房的桌子后面，正在给一位50多岁的农妇号脉，看见田掌柜和马三儿走了进来，左手摆了一下，示意他俩坐到了方桌的侧面。

张万山问站在农妇身后的一青年男子："黑蛋，恁娘这几天都吃的啥饭？"

那个叫黑蛋的说："就吃的糠窝头和一个软柿子，还有就是吃了从地里挖的灰灰菜和猪毛芽，别的也没啥吃呀！"

张万山说："恁娘这病是吃饭不当引起的，她脉搏微弱，手足冰凉，面色蜡黄，眼泡周圈黑灰，这是肠胃失调、脾虚肝盛所致。"

"那该咋办？"黑蛋面色紧张地问。

"除每天必喝三顿粥饭，还得赶快吃药，不然这病会越来越重。"

"万山哥，恁就给开个方子呗。"

"咱这儿的药不全，你得到镇上药房买几味药去。恁带着多少钱？"

"两块钱。"

"两块钱？那光买人参的钱就得十块钱。家里还有钱吗？"

"哪有钱？这两块钱还是借别人家的。"

黑蛋娘说："黑蛋，算了吧。俺都50多了，不治了吧！"

张万山想了一下说："这样吧！给换一味药，用党参替代人参，两块钱就够了。剩下的从俺这儿抓，以后有钱就送来，没钱就算了。去吧！"说完就递过去一张药方。

母子俩接过药方千恩万谢，走出庙门抓药去了。这时张万山才装作啥也不知道的样子问田掌柜和马三儿："二位老板大驾光临有啥事儿吗？"

田大掌柜说："万山，找你看病的人还不少，看来你还真有两把刷子。"

张万山听着田善地的恭维，赶忙说："田大叔，我这是瞎胡闹哩！你看来瞧病的都是些穷人，没钱去看医生，只能找我对付对付。咋嘞？恁也找我瞧病不成？"

"哎！你的能耐我见识过，要不是你救我家老爷子，我家现在还不知咋样儿嘞！这不？又给你带来个病人，请你给瞧瞧！"田掌柜用既感激又讨好的口气说。

"要是头疼脑热的俺还行，要是大病恁趁早另请高明，咱别耽误了病情，对病人不好。"张万山来了个先推后敲，好让他进入自己设的圈子里。

"哎！看你说嘞！没啥大事儿，就是马少爷被车杆给撞了一下，想让你给瞧瞧。"田大掌柜不明就里地接着说。

"恁老都出面了，我还能咋说，那我就给看看呗。"

马三儿疼得咧着嘴说："谢谢老哥！谢谢老哥！"说完就撩起内衣让张万山看。

张万山一看到伤处，就知道师姐打中了"白虎穴"。师姐还是脚下留情的，没下死脚，要不然再加把劲，就把他打得当场闭过气去了。万山毕竟是良善之人，看到马三儿的痛苦劲，不免起了些怜悯之心。但转念又一想，马三儿也是咎由自取，于是带着复杂的心情对马三儿说："你这伤得不轻，伤的部位也不好，往里就是心脏，还是很危险的。所以说不大好治，吃一般活血化瘀的药不顶用，得用秘制三宝金丹，还得配以针灸、推拿才能见好。"

"哪有秘制三宝金丹？"田掌柜问。

"既然是秘制三宝金丹，市面上是没有的。"

马三儿一听说市面上没有，心里一惊，胸口和后背痛得更厉害了，咧着大嘴问："那该咋办？"

"我说市面上没有，并不是说别的地儿没有。"说完扭头走到墙角的黑色柜子前，掏出一把黄铜钥匙，打开柜门，捧出一个青花瓷小罐子，放到了桌子上。

青花瓷小罐像茶壶一样大小，盖子用石蜡封着，显得既神秘又很娇贵。

"这金丹很贵重，不管谁，他走遍全省也配不齐。三宝是啥，就是一麝二黄三狗宝，其他的配药就保密了，不能给您都说了。这是师父留给我的，让遇到伤重不治的人才能用，是救命药。前段时间与匪杆子交战，有好多人受了伤，我都没给他们用！"张万山一通唬，那二人更是听得面露惊讶之色。其实这是张万山配的专治跌打损伤的药丸，虽然不是特别贵重的药，但是有特效，也算是云清道长传给他的治伤秘方。所说的"三宝"那是用来唬马三儿的。

张万山看二人都没言声，就放缓了口气说："要不这样吧，你们去买来麝香、牛黄和狗宝这三味药，然后我给您配其他的药，您看咋样儿？"

马三儿也知道，这牛黄、麝香有银钱还能买到，这狗宝光听说过都没见过，你拿钱也买不到。就是牛黄和麝香两味药，那也是稀缺贵重药品，没有一百二百的银圆，人家也不会卖给你。不管咋着先把伤治好再说，其他的以后咱慢慢来。

想好后，马三儿咬着牙说："我也不到别处去配药了，那多耽误事儿？就用你的药吧！"

"咱都在一个镇上住，都不是外人，我这里有二十丸药，但不能都给你，我得留几丸救急。你的病用十丸就够，一日两丸，五天就好。成本价给你，一丸 8 块大洋，共八十块钱，你看咋样儿？"张万山好像有点儿不舍地说。

马三儿不假思索地从衣兜里掏出一张银票说："这是一百块，不用找，咋样儿？"

张万山心里一惊，坏了！要少了！接过来钱票，轻轻地抖了抖说："那就不好意思了马少爷，改天我买药再重新配制。"

张万山说完就拿了一把割脚刀，把青花瓷罐子的封蜡给刮掉，揭开盖子，铺开一张草纸，从罐子里倒出十颗用蜂蜡裹好的药丸。拿起一丸递给了马三儿，又从窗台上拿过竹编的暖瓶，给他倒了一杯水。马三儿剥掉蜡皮，露出一个黑红色的药丸，顿时房厅里就飘散出来一股浓浓的从来也没有闻过的沁人心脾的异香。马三儿迫不及待地把药塞入嘴里嚼了起来，那股香味儿直冲脑门儿，满嘴都是甜酸涩苦的感觉。他鼓着腮帮子嚼了十几下，端起水杯喝了一大口，一扬脖子，连水带药都吞了下去。

田掌柜看着马三儿吞下了药，心想，闻这个药味儿，就知道药效错不了。我家窑上经常有人受伤，如果把那剩下的十丸买走，留着自家用该多好。想到这儿就说："万山呀，我家窑上经常有受伤的人，你把剩下的药卖给我咋样儿？"

张万山心里暗自高兴，这事儿更像真的了，但是脸上并没有表现出来，有点儿犹豫不决地说："田掌柜，剩着的几丸药我们自卫队还要用。这样吧！等我买回来药后慢慢地再给你配！你啥时候想要，就来找我，我给你留着，你看咋样儿？"

"行！行！"田善地也是善解人意之人，不好强人所难，只有作罢。就抄着双手，瞪着双眼，看张万山用粗大厚重的手，给趴在桌子上的马三儿扎针和推拿。没用一袋烟工夫，就看见马三儿胖脸上的痛苦消散了，慢慢地换上了淡淡的喜色。心里想：万山这小子还确实有点真本事，别人束手无策的病，到他手里就能见好，看来龙泉观老神仙神医的美名还真是名不虚传。

做完针灸和推拿的马三儿，拿着张万山给的药，跟着田老板走出庙门，还不忘回头一再地感谢张万山。

滏水河过龙泉镇不到一里的地方又分出了三道引水渠。这三道引水渠，分别穿过滏水岸边五六百亩河水灌溉的田地，最长的一道足有四里多地，最短的也有二里地远。依从地势水流的落差，三道人工开挖的水渠上，分别建造了二十多盘水力驱动的水碾水磨。谁也不知道这些水渠水碾，是啥人啥时候开挖和建造的。听老人们说是从唐宋时就开始有了，与修建龙泉观年代不相上下。大的水磨水碾，是为磁州窑制作烧造瓷器用的白釉浆原料；规模较小的水磨水碾，是为村民们碾磨粉碎粮食用。靠近官道的水渠最长，四里多长的水渠上，依次修建了四座建筑，有田道然家的九盘水碾、水磨和油坊等。水渠两边还有三百多亩的水浇地，也大都归田家所有。其他两条渠上的水碾，分别归马、刘、张三家所有。

就在引水渠上游横跨水渠砖石混合的第一座建筑里，一排修造了两盘水碾和一盘石磨，这里就是田家烧制瓷器用的白釉浆原料、油、米面加工坊；路边还有座大院子，是田家的仓房和账房，这里昼夜都有田家武装值更人员看守。

张万水穿着短裤，光着强健的脊背，在油坊里的炉灶前，翻炒大铁锅里的棉花籽。因为是最后一锅了，不需要用大火来烧，拉风箱的赵大本儿丢下拉杆，就去水渠里洗大铁盆去了。不大会儿，就听见大本儿在外喊："万水哥，万水哥！你快来看！快来看啊！"

张万水不知道发生了啥事儿，又不能停下翻动着的铁铲，不然锅里的棉籽就会被炒煳。待他把灶火用湿煤渣封住，放下工具，拿起架子上的毛巾，才快步走了出去。

"咋回事儿？"张万水不停地擦着胸肌上的汗水，来到了水渠边。

"万水哥！你看河那边马路上咋起大风了？"万水惊奇地问。

"啥起大风了，那是过汽车扬起的土。"

"那得多少辆汽车，咋弄得给刮大风一样。"

"那是在过军队嘞！"

此时，夕阳斜照。河对面的田地、村庄、丘陵和树木全被灰黄的尘土笼罩着，一片昏暗。

汽车大队好不容易过完了，被遮住的景象也渐渐地显露了出来，地面翻滚的尘埃里，一队队士兵扛着枪、背着行囊急匆匆地赶路。行军的队列里，不时地还有骑兵和拉着辎重的马车，穿插在队伍中在向西行进。

"这队伍是在向后撤嘞？"张万水疑惑不解地说。

"这几天零零星星的多了，都没有今儿的动静大！"

"大本儿，看来老日的离咱这儿不远了！"张万水叹了口气说，年轻俊朗的脸上挂满了愁容，扭头就回到油坊里，往榨籽坊里送炒好的棉籽去了。

红彤彤的夕阳，即将躲进神麋山的后头，只剩下半边脸朝着东方的天空恋恋不舍地张望着，天空猩红的晚霞，把整个大地浸染上一层浓浓的血色。张万水刚走出榨子房的大门，就被眼前如血染的世界惊呆了，好像是来到了刀光剑影被鲜血染红了的战场。他原本强健的心房被惊骇得阵阵发慌，这不就是上天的神秘暗示吗？看来灾难就要降临了。

赵大本儿用簸箕顶了顶堵在门口张万水的后腰，说："二哥让开！你在那儿看啥嘞？傻了吗？"

张万水被从背后一戳，惊醒了，赶快躲到了一旁，惶恐中看着大本儿走到渠边，把簸箕中的脏物倒进了水渠中。

"二哥！快来看！"

"恁又咋着嘞？"万水刚从惊惶中恢复了平静，又被大本儿意外的喊叫给吓了一跳。

"快点儿！快点儿！恁看河那边的堰头下，有俩人在打架！"

万水不情愿地走到水渠边，向大本儿手指的方向望去。河对面土堰的树下暗红色的光影里，是有一灰一紫、一高一矮的俩人在搏斗，透过"哗哗哗"水流的声音，隐隐约约还传来了女人的哭喊声。

"不好！快拿家伙！有人在欺负女人哩！"万水从两人的身形上，看出是一男一女在搏斗，女人已被摁倒在地下。他顺手抄起一根顶门棍，喊了一声就往河对岸跑去。大本儿从墙根儿拿起一把铁锨也跟着跑过去了。

滏水河主河道里的水很浅，因为水都被截到人工渠里去了。所以不大会儿，二人就蹚过浅浅的水流，跑到了河对面堰头根儿的树下。一个妇女衣衫不整地坐在地上，一个穿军装的人在整理着歪到一边的武装带。男军人一看有两个人拿着棍棒跑了过来，不慌不忙地从腰间枪套拔出一把手枪，指着万水和大本儿："都给我站那儿别动！动一动我就要你们的小命儿！"一口关外口音。

"恁吓唬谁嘞？老子也有枪，就是没带来！大本儿！去把大嫂扶起来！"万水想叫大本儿躲开枪口，自己逮住机会好下手。

大本儿领悟了二哥的意思，喊叫着向那个妇女走去。

万水经常玩弄手枪，知道对方子弹没顶上膛，趁大本儿转身喊叫着离开的一瞬间，往前一蹿，棍子就向那个军人的手腕扫去。待军人反应过来时，"哎呀"一声，手枪就飞出有一丈远，大本儿一纵身就把手枪捡了起来，哗啦一声就把子弹顶上了膛。

"妈拉个巴子，真倒霉！"军人捂着被打中的手说。

万水看了看已站起来拍打着裤子的女人，关心地问："大嫂恁是河边村的吧！天快黑了，又过军队，恁咋还来地里干活啊？"

女人回答："前晌军人到俺村抢粮食，还把两个不给粮食的人扔进了井筒子，吓得俺都不敢出门。俺看军队过完了，这不才来地里拔些红萝卜回家吃，咋着也没想到他下来要弄俺，俺不干，这不……"

"天快黑了，没啥恁就赶快回家吧！别在外再有啥事儿？"

"喂！伙计，咱这儿是昭关，不是在恁军队里头想干啥就干啥！多亏恁没干成事儿，要干成了，今个恁就别想走，俺昭关人眼里一般都容不得沙子！"万水看见走远了的女人，用调侃的口气问那个军人。

"老子离家已快六年了，早就不知道女人是啥味了，这一搂女人就紧张，弄不成很正常。"军人看着身强力壮、满身虎气的张万水，心里有些慌张。

张万水看着军人一脸痛苦和无奈的表情，一扬手说："算了吧！快赶队伍去吧！"

"唉！"军人叹了口气，揉着受伤的手腕说："拉货的马车坏到上边路旁了，一时半会儿也修不好，不着急！再说了，越往西走，离家就越远！"说完军人抬起手擦了擦眼角流出的泪水，哽咽着继续说道："我家乡被日本军占领已有六年了，家里人是死是活也不知道，你说说咱当兵的为的是啥？不就是保家卫国吗？六年前我们从关外撤到关内，从河北又撤到冀南，下一步还不知道撤到哪儿去？你说我们军人连自己的家人都不能保护，我当这个兵还有啥奔头？一想到这些，真是死的心都有！现在不但不往回打，还一个劲儿地往后撤，这撤到哪儿才是个头？唉！我早就想过不穿这身军服了，回家去看看老爹老娘和老婆孩子，最起码也该知道他们是死是活呀！"说着就向张万水摊了摊双手。稍停了一会儿又说："咱们是第一次见面，我看你肌肉发达，身体强健，身手不凡，不是个普通的农人，咱商量个事怎么样？"

万水答应说："行！恁说吧！"

军人诚恳地对万水说："我押着一辆马车，现在坏在上面，正在修，也是在石门征用的车。车上装有五十杆枪、四箱子弹和五箱手榴弹，都是没拆箱的，另外还有几大件行李。你看我回东北去也没有盘缠，你能不能给找个买主买下，一来我做盘缠，二来我得把征用的马车给打发走。"

张万水一听心中暗喜。咱自卫队正缺这些家伙，要能弄到手，那太好了。但又不知道老爹他们肯买下不，这么多的枪、子弹和手榴弹得用多少钱呀！要不先叫大本儿把哥和老贵叔叫来，让他们协商。

想好后对等着回话的军人说："找人可以，但是你不能要高价，你也知道，现时兵荒马乱的世道，谁能有钱买这没用的东西，政府抓住要杀头嘞！要不我把人找来，恁两家自个谈，咋样儿？"

军人抬头看了看天快要黑下来就说："那你快点儿，我在这里等信儿！"

万水把大本儿拉到一边说："恁都听清了吧！赶快回去叫我哥他们商量商量，带钱来。我在这儿等恁回来！快去快回！哎！把枪留下！"

大本儿把手枪交给万水，撒腿就往河道中间跑去。

万水扭转身，把手枪里的子弹夹退下，把手枪扔给了军人说："咱也别麻秆打狼两头害怕，子弹我拿着，枪还给恁。"他看着军人接过手枪把它插入枪套，随后又说："事儿不成便罢，如果成交，那你就趁夜晚带上钱，往东二十多里地就是京汉铁路，有个车站叫马头站，南来北往的客车货车都有，赶上哪趟是哪趟，到北平倒个车，用不了几天就回到恁老家了。哎！现时正在打仗，不知道有车没有。要不趁日本军还没打到咱这儿，恁就连夜赶着车到济南，再坐火车往北走。"

军人听着张万水热情和气的介绍，心里有了温暖的感觉，他带着欣慰的口气说："老弟！你放心！我在军旅也有十年了，经验还是有的。顺着这道山脉东侧往北有条路，能到石门。我们都是从石门撤出的军队，日本军占据的是京汉线上的城里，山根儿这条路日本人还顾不到，赶马车的人和车都是石门的，我给他们些钱，路上快点走，一夜就能走过邯郸。只要到了石门就有办法了，往北平的车有得是，只要有银钱啥事儿都好办！"

俩人聊了有一顿饭的工夫，万水就看到河道里蹚水过来了十几个人，来到跟前一瞧，是老贵叔和万山哥他们。

经过讨价还价，万山他们给了一根金条外加六十块大洋，就把五十杆快枪、四箱子弹、五箱手榴弹还有两大件行李买到了手里。尤其是手榴弹，他们从来也没拥有过这么多，这要是打起仗来，甩出去一颗，就会炸倒一大片，真是好东西！

谷子贵和张万山领着人，趁着夜幕的掩护，从镇东把武器扛到了土地庙。

满仓迫不及待地打开箱子，从里边拿起一杆崭新的步枪，"哗啦！"一声拉开了枪栓，又"哗啦！"一声把枪栓推回去了。"啧！啧！真是好家伙。俺一百多号人才有五六十杆枪，有一多半还是土枪，一打仗光听见响声，不见对过儿有人倒，今儿个咋着也得给弄十几杆？"

张万山看着两眼放光的满仓笑了笑说："俺也不当家，给恁多少还得听老爷子的。"

现在已被任命为自卫队参谋长的牛海龙从打开的手榴弹箱子里拿出一颗手榴弹，掂了掂说："近战还是这玩意儿管用，不吭不声地说炸就炸，一炸就是好几个。这可不能随便给，咱得练习练习再发下去，不然就会出事儿！要不把投弹训练的活儿交给我吧，咱有经验。"

谷子贵连忙接住话说："俺看行！咱们都是拿镢头扶耧的手，大部分都没用过这玩意儿，只有几十个老会员用过。那恁就带领他们挨个儿给教，越快越好！"停了一下又对张志和说："老哥哥！俺给恁建个议，五十杆步枪平分给四个中队，子弹留两箱给其他村，剩下的都分到底下去。手榴弹今儿先不发，等海龙参谋长训练完后再发下去，恁看咋样儿？"

"行。德才哥，过来！"张志和说。应声走过来一个50多岁的人，叫王德才，掌管着自卫队的仓库和钱柜。"恁把东西给造好册，发给谁了，发了多少，都得登记清楚。这可是要命的家伙，大意不得！""各中队队长，平日里得管好自个儿的队员，可不能拿着家伙在外惹事儿。这日本军已到了邯郸，立马就能到咱昭关，咱可不能胡乱来！是死嘞！是活嘞！咱到时再说！"

张志和咳嗽一声，清了清嗓子又说："现时咱县地界下来好多军队和有枪有势的人，县里成立了几股游击队，西边山里又来了八路军。这么多的队伍凑到一起，那可不是来要的，要吃的，要喝的，要穿的，这都得找咱老百姓。今个前晌河边村，就是没给他们粮食，就把俩人扔进了井筒子。咱从今儿开始，都把眼睛瞪大点儿，各队把好自家的门儿，说不清啥时候灾难就会降临。"回头又对谷子贵说："万山把从马三儿那儿换回的大洋给恁了吧？满囤的婚事可不能再耽搁了。俺看啊，恁两家越简单越好，只通知至亲好友，来吃顿饭就得。虽然不大办，但毕竟是个喜事儿，现时这个乱劲，咱可不能出事儿。赶早不赶晚，俺当这个家了，满囤的事儿明个儿就办。老贵恁就坐在家里啥也别管，就等着当老公公吧！婚礼俺来主办。明儿海龙负责各镇门镇墙的保卫；满仓负责接亲；万山领几个人负责家里家外的保护，防止有人趁乱来捣蛋。老贵恁看咋样儿？"

谷子贵一拍大腿说："那就听恁嘞！这也叫有备无患嘛。好！那俺就听人劝，吃饱饭喽！家里的事俺张罗，剩下的俺就不管了，全靠在座的各位费心了！"

在座的人都说："没事儿！恁就把心放到肚子里去吧！"

十三

第二天一早，张志和就安排了四个年轻人，到田家借来一顶四人抬小轿。回来后挂上红绸，扎了两朵大牡丹花，轿里铺上红褥子。鞭炮也免了，巳时一到，满仓领着一干年轻人就把新媳妇接到了谷家。

村里人家娶媳妇的当天，有两个阶段最热闹。一是婚礼仪式；二是夜黑后闹洞房。原本想日本军就要打到昭关县了，有钱有势的人家，有的已随政府、军队撤往河南和山西，人们都在不安和惶恐中煎熬，天黑后不会再有人来闹洞房了。没想到的是年轻人乱新媳妇的热情，丝毫没有被压城的乌云给湮灭。

张万水带着大本儿，又串通了铁蛋、金贵和金堂等十几个没有值班的年轻人，天一擦黑，刚掌上灯，就到了满囤家，来乱新媳妇。

一进大门刚拐进院里，就被满仓媳妇李秀英看见了，她站在自己西屋的门口，笑着数落万水："哎呀！这不是张老二吗？这当大伯子哥嘞！也想要要怎弟妹哩！出手的时候脸不红吗？"一边数说着，一边用手指挠着自己的脸皮儿。

"哎！大嫂，俗话讲'三天里不分大小'，老祖宗给定的这个规矩嘞！咱还得照办不是吗？再说了，俺娶媳妇儿时，满仓哥和满囤不是也乱过俺媳妇吗？"

张万水一席话，把满仓媳妇说得满脸通红。不由得想起了自己成亲那天闹洞房，也是万水带着一帮小伙子，他们花样儿多得很，一直闹到天快亮了才离去。

一听万水提起过去，李秀英就不敢再往下逗了，急忙说："行了！行了！别贫嘴了，快去吧！"说完朝对面新房努了努嘴儿。

"万水！恁都给俺过来！"张万水领着闹洞房的队伍，刚要往新房里冲，就被从堂屋里出来的谷子贵叫住了。

"咋嘞老贵叔？恁有事儿吗？"

"俺给恁都说啊！现时天下不太平，少乱会儿就行了，要文乱，不要武乱，乱会儿就回家睡觉，明个还有事儿哩！"谷子贵怕这帮生瓜蛋子一兴奋会做出出格的事儿，提前给他们下了个砟子。

张万水给同伴们眨了眨眼睛，笑了笑说："中！中！俺乱会儿就走！"然后领着众人走进了新房。

满囤和丽花隔着被撕光窗纸的窗扇，早就看见万水一伙人来了，心里一直忐忑不安。这帮人整天和满囤在一起练功和值班，脾气秉性都了如指掌，年龄也差不了几岁，平日里虽在一起也打打闹闹，但是关系还非常好，见面就哥长哥短地叫，尤其是二哥万水，是这帮小兄弟的主心骨。一来他在田家油坊上工，终日抡着十八磅的大铁锤，砸老垛尖榨油，力气非常大。又从小练武功，功夫还练得精，除他哥张万山外，谁都不如他。二来终日在室内干活不见日光，活虽重，但油坊内吃饭不但管饱，而且油水又大，一来二去不但肌肉发达练了个好身板，皮肤还白皙光滑。长相不像他爹，却像他娘，是一个少见的美男子，很吸引小姑娘小媳妇的注意。

今天是自己成亲的第一天，看着人见人爱的漂亮媳妇，满囤生怕他们今个儿乱得过分，让自己下不来台。听了爹对万水的嘱咐后，惴惴不安的心才稳定下来。

万水一伙人，一挑棉帘你挤俺抗地进到了新房的里屋，一间房半间炕，人一多就显得有点儿挤，有坐在炕沿边的，有坐在窗户边的椅子上的。满囤不敢怠慢，赶忙嬉笑着脸又递烟，又给糖块儿。张万水拨拉开满囤伸出的手说："今个恁不能给俺点烟，得让新娘子来点，是不是弟兄们？"

"对！对！得让新媳妇来点！"众人七嘴八舌地附和着。

满囤无奈地把火柴递给了丽花，丽花接过火柴，红着脸走到万水跟前说："二哥！俺先给恁点。"

丽花划着洋火后，就对着万水嘴里叼着的烟卷点，但火苗飘来飘去的就是点不着，把火柴棒往前递，火苗就往回飘烧自己的手，疼得丽花一咧嘴儿，就把火柴棒扔到了地上。连续好几次也没点着，丽花干瞪眼没办法，一旁围着看热闹的人哈哈乱笑。

满囤趴到丽花的耳旁嘀咕了几句，她才明白咋回事儿。又重新划着洋火，左手夹住万水嘴上的烟卷，挡住吹出的气流，右手去点烟卷，还是点不着。只见丽花把火柴往下一移，放到了万水的下巴颏，火一烧万水就往里吸气儿，火柴趁机往上一移，烟卷就被点着了。原来满囤闹别人的洞房时，新娘子就是这样给点着的。

小伙子们一看这招儿不灵，闹不好还会被烧着，都喊着："换个样儿！换个招儿！"

万水也觉得这花样没啥意思，就对满囤说："咱这样儿吧，俺答应老贵叔不武乱，咱就来文的，恁看咋样儿？"

"文的咋说！恁先给说说看？"满囤问。

"文的嘛！就是让丽花猜谜，猜中三次咱就散！一次猜不中，俺们叫恁俩干啥就干啥！咋样？中不中？"万水一脸坏笑地看着丽花问。

丽花一想，俺就爱猜谜，这难不倒俺，还没等满囤说话嘞，她就一口答应了："中！"

万水说："那咱就开始了啊！上边有毛，下边有毛，中间一颗黑葡萄！是啥？"

"这还不好猜？是人的眼！"丽花张口就回答了出来。

一边看热闹的小伙子们，都叹了口气说："二哥！恁出的也太好猜了吧！"

"别着急嘛！听下边的啊！"张万水刚要开口，谷子贵披着一件黑夹袄边走边说地走进门来："年轻人，天不早了，该回去睡觉了！"站到门后给万水和满囤招了招手，示意他俩过来，又示意其他人别说话，该干啥还干啥。这伙年轻人一看闪烁的烛光下老贵叔的表情，就明白有情况，但都保持原有的神态，没显露出惊慌的样子来。

万水两人来到跟前后，谷子贵问："带着家伙没有？"

万水拍了拍腰部，满囤往炕角方向努了努嘴儿。

"有人来找事儿，煤棚里藏着一个人，房顶上还有人。万水恁领着人假装天晚了不乱了，明个儿再来，慢慢相跟着出大门去，让大本去叫恁多带人来，恁都偷偷地围住院子，不要放跑坏人，最好不要动武器以防打伤自个儿人。满囤待人走后插好门，把灯吹灭装睡觉，外边事不完千万不要出来。今儿个是喜事咱尽量别伤人！"交代完后大声说道："天不早了，明儿再来乱吧！"

从接亲开始，万山和满仓就分了工。万山因为媳妇刚去世，不便于出头露面，他早早地就上了堂屋的房顶，占据了制高点。四合院的四片房顶上，只要一有人上来，就能看得一清二楚的，上来三四个人也不是他的对手。从上面还可俯视院内，有人来捣乱，也便于支援。敢跟自卫队来作对的，两大匪杆和马家一霸最有可能。他们也不会派大批人马来，那样容易露馅，派少量人来的必是高手，半把刀来后也干不成事，所以一合计还是张万山最合适。满仓负责下边的保护，白天人多问题不大，天黑后光自家就有好几个人，再加上万水他们，对方来他七八个人也不怕。谷子贵知道自卫队与这两匪一霸结怨较深，镇里有两匪的眼线，自卫队的一举一动，他们都了如指掌，只要有一家使坏，那可不是小事儿。

满仓吃完晚饭天已黑，他坐在西屋自己的炕上，黑着灯透过玻璃窗注视着大门和院里的情况。孩子跟着他奶奶在堂屋，外边的事儿有爹和媳妇秀英操持着，自己就盯着进进出出的人，仔细地看着他们的举动，他不时地抽出匣枪玩弄几下，但双眼一刻也没离开大门口进出的人。过道内挂着一盏马灯，只要有人一走进过道，他就能看清。

正当对面屋里万水他们大呼小叫地笑闹着的时候，满仓突然看到一个黑色的人影闪进了院里，此人身形轻灵，训练有素，因速度快自己没认出他是谁来。那个人没有往堂屋和东屋去，直接就进了南侧紧挨茅厕的煤房，满仓心中一惊感到不好，赶快翻身下炕把匣枪插到腰间，从桌子上拿起一只碗，把门带上，装作到堂屋去舀水的样子，就把事情告诉了谷子贵。

"恁来得正好，万山也传下信儿来，东屋顶上也来了一个人。恁先回屋里等着，只要他们一动手，恁就断他的后路，恁四叔、万林哥和俺一起动手抓他。不要开枪，别打着自个儿人，他们很可能还有接应，俺让万水他们到外边包围抓人。恁快回去以免被察觉！"谷子贵给满仓交代好就催他快回去。

张万山靠在房顶的柴垛上，望着布满阴霾黑黢黢的夜空，耳边听着万水他们闹腾，心里就想起了自己死去的媳妇，感悟到人生的短暂和瞬间的生死是多么残酷。看到满囤娶亲的喜笑颜开，自己的心情就像此时阴云密布的夜空，既阴冷又沉重。每当夜深人静难以入眠的时候，贤惠善良的妻子惨死的情景就会在眼前晃动。他总觉得妻子的死是自己的过错，一个男人不能保护处在危难中的妻子，那就不该娶她。

他环视着黑沉沉如墨染的天空，思绪一下子就被拉回到十几年前，师父在龙泉旁的山根儿那个叫龙洞的天然山洞里，教练狸猫功的情景。每天五更一到，师父就带着他下到山根儿的山洞里，摸着黑爬到洞的深处一个两间阔的洞厅内。师父在厅中间的石台上点上一炷香，他在离香的远处坐下，双眼一眨不眨地凝视香头，直至燃够三炷香为止。香熄灭后就在黑暗中相互巡视对方，直到能看见身旁的岩壁和隐隐约约的周围环境。在这个与外界隔绝、没有任何生命痕迹、静寂无声的洞窟里，两个人的呼吸和一举一动均能听得一清二楚，放屁和咳嗽的声音就像打雷一样。然后静听师父用手指向他弹射豆子，弹一个，就要他循声把它找回，一直到他能准确快速找回为止，这是练习眼力、听力的第一步。然后用同样的方法，分几步向洞口移动，一直移到洞口大厅为止，洞口大厅离河边已经很近了，哗哗的流水声已传进洞内，要想从水流的嘈杂声中分辨出豆子落地的声响，简直比登天还难，这时必须静下心来，排除一切杂念，全神贯注才能找到豆子。

天亮后，他开始坐在水边，眼睛一眨不眨地凝视翻滚的泉水，然后用手捧泉水击打自己的眼球，直到双眼不感觉到发胀为止。清晨日头快出来之时，双眼直视日出的方向，直到日出圆满为止。连续十几年这样一步一步地训练，像狸猫一样敏锐的眼力和听力才算练成。这样的功夫，既能做到眼观六路，又能达到耳听八方，黑夜出行如同白天一般，借着微弱的月光，就能把周围的景物看得一清二楚。与人交手能做到拳到眼前不眨眼，瞬间就能摆脱击来之拳，眨眼间就能把对手制服。白天就到山上树林里的练功场，除练习雪花太极拳外，还练喂树功、练跑板、练跳坑、练八步浑元桩等功夫，寒冬暑夏从不间断。那时候在庙里练功虽然苦点儿累点儿，但心无杂七杂八的念头，过得既无忧又快乐。自出徒回到家，回到社会的现实中以后，一切都改变了不少。先是娶妻成家生子，后又赶上日本人全面侵华，一下子这个世界全乱了套。匪徒们闹得越来越凶，官家的税捐也越来越重，不得已重建了自卫队，又因管田家的事，造成了妻子的死亡。这是谁之过，是匪徒，是田家，还是自己？想来想去，还是赖这个不平等的万恶社会。

他正靠在柴堆上胡思乱想之时，突然听见东屋的房檐边有动静。用眼往过一扫，就看到一个人扒着房檐边翻身上了房。心中一惊，感到上房的人的身形动作非常精干麻利，身手不一般。他一下子就想到是匪徒来砸窑了，可能是冲着新媳妇来的。但从他上房的动静来看，还不是个顶尖高手，想到这儿心里就有了底气，他对付这样的匪人不在话下。他靠在柴垛上，盯着趴在院侧房檐边往下瞧的匪徒的一举一动，用手一下一下地拉着一根绑在木杆上的细绳，告诉堂屋里的谷子贵上边来了一个人。底下也拉了一下绳子，回应说知道了。

谷子贵给新房里的万水、满囤交代完，刚走到院子里，就听见大门外有人喊："着火了！着火了！快来救火呀！"他抬头往上一瞧，就看到东屋房后有火光，拉过闻声跑出来的张万水悄声说："别慌，这是声东击西，恁都去对付外边的，里边不用管，快点去！"

墙外的火一着起来，人们七手八脚地拿家伙往外跑去救火，这个当口就是匪徒动手之时，只要时机拿捏得好，在很短的时间内，匪徒就会得手，只要一出大门进入黑幕掩盖下的大街小巷里，就不好追了，因为他们是有备而来，转眼之间就会消失得无影无踪。

多亏谷子贵他们有准备，房上房下提前做了安排，匪徒一露头就被发现了。

火一点着时，房顶上的匪徒就从东屋和堂屋之间的夹道往下爬，手扒在房檐下身刚顺下去，就感到后腰带被什么东西给挂住了，往后看又看不到是啥东西，双手扒在房檐上又不敢腾出手去摘，就想松手往下跳，后腰上的钩子就往上提，他双手使劲往上扒，想翻身回到房顶上，那钩子就往下松，连着几次都上又上不去，下又下不来，双腿扑腾了几下也没用。藏在煤房的另一个匪徒，看到新房里的人们大都出来呼喊着去救火，趁没人之际，几个箭步就蹿到了新房门口，用手刚把门推开，就被满囤用枪顶住胸口。他猛地抬起左手，把一块儿白布捂在了满囤的嘴上，就在满囤身体软软地往下秃噜的时候，有两只大而有力的手从后面掐住了匪徒的脖子。又有两个人一左一右抓住了他的双手，一翻他的手腕，就把左手拿的白布和右手抓着的匣枪给夺了过去，反过来把白布捂到了他的嘴上。

这个时候就听房上有人喊："快来人！这儿还有一个！"

满仓在新房把瘫软在地的匪徒放下，扭身就来到夹道，在窗户透出的烛光下，看见了从墙上垂下的两条晃动着的腿，上去抓住一只脚，往外一拧，就听见上边"哎呀！哎呀！"一阵喊叫，顺着喊叫声往上瞧，微弱的烛光里，张万山趴在房檐边，用一根带钩的木棍钩着那人的腰带。他赶快松开手，从窗台上拽下一根麻绳，麻利地把匪徒的两条腿给捆住，抱住他的两条腿就喊："松手吧！"只听扑通一声响，匪徒就被扔到了地上。满仓上前用膝盖顶住匪徒的后腰，把匪徒的两只胳膊往后一拧，也给绑了。把匪徒腰间的两把匣枪抽了出来，插入自己的腰带，又伸手把匪徒的身上搜了一遍，搜出了一把短刀，用这把短刀指着匪徒说："干什么的？"

张万山从房上纵身跳了下来，拍了拍手说："把他交给我。"伸手抓住匪徒的腰带把他提溜起来，拖到了堂屋扔到地上。

这时房后救火的喊叫声也停了。工夫不大，张万水他们拖着一个人走了进来。

谷子贵喊了一声："把他们带到堂屋来！"

谷子贵和张万山坐在方桌的两边。谷子贵看着围在三个匪徒周围的人群，对儿子满仓和万水使了个眼色向外摆了摆头，示意让他们派人出去警戒，以防匪徒再来捣乱。

在明晃晃的烛光下，三个匪徒都坐在地下，谷子贵看着他们，就觉着有两个匪徒有点儿眼熟，细细再一端详，认出年岁较大些一身是水刚被浇醒的和从房上抓住的这两个人，是上个月集上让他给相面测字的那俩人。他一下子就明白了，这是马光蛋找来砸窑的"一扫光"的匪人。

他抬起手对围在周围的人摆了摆手说："恁都往后靠靠！"又对三个匪徒说："恁抬头看看俺是谁？"

那个小杆子头仰起刀条一样的瘦脸，一双三角贼眼看了看谷子贵，用浓重的临漳口音说："哎呀！先生是恁呀！咋砸到恁地头上了！该死！该死！"说着就要起身下跪，两条腿因为被绑着，动了两下没起来。

谷子贵给大本儿使了个眼色，大本儿上前就把绳子给解开了。

小杆子头翻身就给谷子贵磕头，边磕头边说："哎呀！大水冲了龙王庙，都是道上的并肩子熟脉人，咋就砸到恁这活窑上了！"

"哎！算了！俺来问恁，是谁给恁指的道，说给俺听听？"

"俺也是受了腥了，恁就甭问了！"

谷子贵想了想说："俺知道恁都是'一扫光'的人，恁不说，俺还知道是镇里有人指的道吧？上次俺给恁指了条明路，恁地福地在东不在西，恁咋一个劲地往西来找祸呢？今儿个俺家办喜事儿，一来不想见血招灾；二来恁今年是流年也不能见血。要是放到平时，从野地里挖个坑，把恁三人往里一埋，谁能找到恁？这不是白白送命吗？何况咱们平时既无冤又无仇嘞，恁说对不对？"

"对！对！对！"

谷子贵看了看跪在眼前的三个匪人说："今儿个俺就放恁一马，以后咱各走各的阳关大道。老话说得好，没有不下雨的天，没有用不着的人。说不定啥时候咱们还得见面，还得打交道，希望咱们再见面时，要像朋友一样，不要像今儿个动刀动枪的！"

"行！行！行！"三个人听着谷子贵的训话，连声不住地点着头说。

谷子贵说完后觉着光说一通规劝的话还不够，应该恩威并用，才能叫匪徒们不敢再来捣乱。又继续说道："俺再问问恁，是'一根把'郭老殿杆子厉害还是恁'一扫光'厉害？"

"当然'一根把'比俺厉害。"小杆子头抬起了脑袋抢着回答。

"他那么厉害，防守那么严，还不是被干掉了吗？做掉他的英雄就在他们中间！"谷子贵抬起手指了指围在身边的众人，又接着说："今儿个咱们算全都认识了，恁要是再来龙泉镇祸害俺们，这个英雄就会找到恁家去，俺就不信恁家比'一根把'郭老殿的窑还硬。这一次俺不给恁计较，但是有再一，不能有再二再三！咱丑话说到前头，到时恁都别说俺没提醒恁？"

三个匪人跪在地上不住地点头称是。

谷子贵说完一挥手对着身边的人说："给他们解开，放他们走吧！"

满仓和万水四只眼睛一瞪，咯嘣一声把子弹顶上膛大喊道："咋？就这样放过他们嘞？"

谷子贵装出一副大慈大悲的模样，声音缓缓地说："哎！他们也是有家有地有老有小的人，都是爹娘养的，爹娘都在家记挂着他们哩！算了吧！把枪里的子弹卸掉，把匪枪还给他们，放他们走吧！"

三个匪人不住地给谷子贵磕头，嘴里还喊着："谢谢先生！谢谢先生！"

满仓给解开绳子，把枪还给他们，在后面盯着，把三个匪人送出大门，看着他们融进了浓浓的黑幕里。

回到了堂屋里，青年人都有些愤愤不平，大好的新婚闹洞房欢乐之夜，就这样儿给搅了，个个都无精打采地坐在凳子上低着头不说话。

谷子贵看着失去了闹洞房兴趣的小伙子们，也感到对不起大家的一片好意，怀着满满的歉意说："咋着，恁都再去闹一会儿再走？"

张万水打了个长长的哈欠说："还闹啥？刚烧红的炉子叫狗日哩给浇了桶凉水，真扫兴！"扭头对坐在椅子上的万山说："哥！恁盯了一天了，要不恁回去吧！明儿个油坊亏料了，俺和大本儿不用去！俺俩今夜在房顶上看着，以防后半夜再有什么幺蛾子！"

"老贵叔！天也不早了，俺看就这个样儿吧！万水和大本儿留下，俺们都回去，明儿再来，恁看咋样儿？"万山说。

"行。满仓！把馍馍端过来，叫大伙儿垫补垫补，都忙了一天了。"谷子贵满怀歉意地说。

满仓到西墙边的桌子上，端过来一簸箕白馍让大伙拿，小伙子们拿着白馍边吃边说着话回家去了。

人们刚走，满仓媳妇就端着酒壶和酒杯走了进来问："爹！看热闹的人都走了，这交杯酒和炕还没扫哩？恁看还整不整？"

"该咋整就咋整！别的事恁都甭管，满囤事儿上的礼一个也甭少！这不万水他俩还在吗？有他俩就中！"

"恁俩甭发愣了？走吧！"听到喊声，万水、大本儿就跟着秀英嫂子到新房里去了。

满囤已早被凉水给浇醒了，正坐在炕沿边手里拿着把匣枪，神情紧张地盯着光影里进来的三个人。新媳妇也蜷缩着双腿，靠在墙角的被子上发呆，看来还没从刚才的惊恐中回过神儿来。一看见有人进来了，才慢慢地坐起来灰糗着脸说："咋？还闹嘞？"

"恁俩咋回事儿？还没钻被窝哩就蔫儿了？恁俩都下来，该喝交杯酒了！"秀英强露着笑容说。

张万水走到满囤身边一把就把匣枪夺了过来，调侃地说："拿这个到被窝里能办事儿吗？里边的子弹能下种吗？恁这不是拿着铁棒上山——想硬干呀！"说完就把匣枪给压到了炕席的下面。

万水一席玩笑话，把几个人都给逗乐了，秀英嫂子笑着对万水说："恁真是茶壶打掉把儿——光剩一个嘴儿了！"

满囤苦笑了一下说："刚才俺差一点就搂了火，想想有点害怕。"

张万水接着话说："恁没见过杀人啊？俺哥踩死'一根把'时恁没看见吗？怕啥嘞？这个世道，这种人打死一个少一个！咱不打死他，他就打死咱，谁手狠谁就是爷！来吧！高兴一会儿是一会儿！"说完一把就把满囤拽了起来，把他推到刚蹭下炕的丽花跟前。

秀英嫂子端起来两杯酒分别递给俩新人说："教给恁俩的话记着嘞没有？"

"记着嘞！"

"好，每人喝半杯。"秀英看喝下后，又把酒杯接过来，把两个杯中的剩酒倒到一个杯里，然后再把酒倒开，又递给两个人说："这叫恁中有俺，俺中有恁。从今儿个后，恁俩就成了一家人哩！来对面站好喽！按教给恁俩的说，满囤先说。"

两人平日见面都哥长妹短哩说话脸不红口不吃，到了洞房里了反倒没了话说，他看她笑笑，她看他笑笑，都找不到话头。

"快点儿唉！恁要不中那俺就替恁来！"万水看着腻腻歪歪的满囤有点儿发急，就要用手去夺酒杯。

万水用话一激，满囤壮着胆子说道："恁一杯，俺一杯，今儿个咱俩配成对儿！"

新媳妇丽花满面羞怯扭捏着说："恁一口，俺一口，咱俩儿喝个交杯酒。"

"这一杯是恁嘞，叫恁生儿育女嘞！"

"这一杯是恁嘞，叫恁当家做主嘞！"

"这一杯是恁嘞，刷锅洗碗是恁嘞！"

"这一杯是恁嘞，犁耧锄耙靠恁嘞！"

"……"

俩人勾着胳膊喝完交杯酒，在嫂子的指挥下同时把酒杯扔到炕上，满囤扔的酒杯口朝上，新媳妇扔的口朝下。

万水一拍大腿说："满囤恁小子就等着受气吧！恁看啊，口朝上是在炕上躺着哩！口朝下是在恁身上压着哩！恁老被媳妇压着，还有恁地好？丽花哎！黑天白日只要不听话就使劲弄他，看他老实不老实！"

"算了吧万水！时候不早了，只剩恁个光杆司令了，没啥闹头了，想乱明儿个再来！咱该给新媳妇扫炕了！"秀英看万水还想闹，就下了逐客令，说完就拉着新媳妇丽花往炕边去了。

张万水一看确实四个人里就自己是个外人，立马就失去了闹新媳妇的兴趣，向屋门外喊了一声："大本儿！给俺进来！"

大本儿一听到喊他进去，只好笑嘻嘻地闪身进到里屋。万水挨近他的耳旁悄声说："恁想不想听房？"大本儿点了点头。万水又说："恁就藏到外间的桌子下，俺等会儿到房顶上去值守，咱又值更又听房两不耽误，行不？"大本儿一听说能在屋里听房，便急不可耐地重重点了点头。得到回应后，万水就把他往门外推，边推边大声说："恁先上房顶等俺，随后俺就上去！"到了外间，他撩起围在桌子上的红布帘，把大本儿推到了桌子底下，扭头又回到了里屋。

"恁咋叫大本儿走嘞？咱还没有扫炕哩！"秀英嫂子手里拿着一把绑着红绸带的笤帚疑惑地问万水。

"他还要上房顶上值更哩！有咱俩就行嘞！"万水笑了笑，说完就眯着眼睛站在一旁看热闹。

就见秀英嫂子爬到炕上，撅着肥大的屁股，在炕的中间忽左忽右地扫着铺在炕上的苇席，嘴里还大声地唱道："喝罢酒，吃罢糖，俺给新人儿来扫炕。一扫鸳鸯枕同床，二扫夫妻恩爱长，三扫早早生贵子……"

秀英嫂子这一通嘻唱，直臊得新媳妇丽花站在炕边捂着脸偷笑，丰满的胸脯随着笑声不停地抖动着，就像两只受到惊吓的兔子。

秀英嫂子扫完炕没有下来，指着万水说："恁去把外间南墙根的毛毡给扛过来。"

万水蹭蹭地走过去把卷成卷的毛毡抱过来，扔到清理干净的炕席上，三下两下就把黑色的毛毡给铺开了。

秀英嫂子又爬上炕，把炕头大红木柜上的褥子拿下铺开，再在上面铺上一面大红的炕单。又拿下来一床大红绸面上绣着百子图的被子叠成一个被筒子，在被头放上一个红洋布面的枕头，从衣兜里掏出一块叠好的白洋布巾塞到了枕头底下。

做完这一切她挪下炕，拍了拍沾在衣襟上的棉花毛，又唱念道："扫完炕，铺好被，就等小两口钻里睡。先钻为主先钻为贵，后钻就得吃苦受累……"

嫂子还没念唱完，就见新媳妇丽花两脚把红绣鞋一蹬，抢先上炕钻进了被筒。满囤也不示弱，脱掉鞋，蹿上炕撩开被筒也钻了进去，两人在里边恁拉俺拽地乱作了一团。

万水和秀英嫂子在一旁笑得弯着腰直拍大腿，万水上前一步，一拍满囤的脑袋笑着说："恁就亮亮本事儿，看谁厉害！"

待秀英嫂子把红布窗帘拉上，万水就相跟着秀英嫂子走出了屋门。

满囤一看人都出去了，搂着丽花就要亲嘴儿，丽花一推他说："着啥急嘞？快去把门插上哎！"

满囤翻身下炕，趿拉着鞋就去把屋门插上了，顺便还拿起桌上燃着的红蜡烛，把外间巡视了个遍，就是没有撩起桌上的红围布往桌子底下看看。

回到炕上一看，丽花在被筒里把头给蒙住了，他轻轻地掀了两下被头都没有掀开，干脆就要揭被筒子，就听丽花在被子里喊："脱了衣裳再进来！脱了衣裳再进来！"闷声闷气的喊声提醒了满囤，他三下五除二就把身上的衣服全脱光了，只剩下一件红兜肚还穿在上身，满是腱子肉的身板在摇曳的烛光下闪着油亮的光。这时，他完全忘却了匪徒光临带来的惊惶和不快，胸脯剧烈地起伏着，激动兴奋使他欲火中烧。他两眼放光，盯着大红被子，深深地喘了一口气，一伸手就把大红被子从下面掀开了，一下子丽花那雪白丰腴的胴体就展现在眼前。这是自己的新媳妇丽花吗？他战战兢兢地伸出粗大的双手，去抚摸丽花丰满性感的肉体，刚触摸到滑嫩的肉皮儿，双手就好像被电击一样弹了回来，被筒里传来颤抖的声音："快——快进来呀！盖——盖上被子！"这一喊，好像是给他火上浇了油，他狂热的心越烧越旺，身体一翻就压在了丽花的躯体上，一伸手就把红被子盖上了。

满囤压着丽花细腻滚烫的肉体，就闻到一股沁人心脾带有甜甜乳香和淡淡丁香花的味道，他不由地张开鼻孔深深地吸着醉人的少女体香，不停地在丽花柔软的胸部贪恋地嗅着。此时的丽花伸开四肢，一动不动地躺在满囤的身下，丰满的乳房伴随着粗重的呼吸起伏着，胸贴着胸，感觉到满囤的心急促有力的跳动。满囤高高的鼻子在自己的皮肤上划来划去，自己的身体唰唰唰地放散出一阵一阵从没有体会过的既舒服又酥麻的电波。当满囤湿润的嘴唇接近自己的乳头时，她突然抬起双手勾住他的脖子，使劲儿地亲住了他的嘴巴。这时满囤下身早已硬挺的家伙开始向目的地胡乱地进攻。他和丽花从小一起长大，彼此之间非常熟悉，因此二人没有一般生人的陌生感和隔阂，虽然是新婚第一夜难免有些不自然，但都还能相互配合。丽花双腿往上抬了抬，提醒他："往下一点儿！"满囤往下一使劲儿，就听见丽花咬着牙喊了声："哎呀！疼——"

这一声喊，龙泉镇少了一个少女叫丽花，也多了一个小媳妇叫丽花。

这一声喊，听得藏在外间桌子底下的大本儿忍受不住了，也"啊！啊！"发出了声响。

炕上的满囤停下了动作喊了声："大本儿！恁听够了没有？还不赶快走！"

大本儿知道被人家发现了，只好钻出桌子，把裤腰往裤带里塞了塞，回了一句儿："得劲儿死恁俩！"拉开门闩出去了。

大本儿出来后，来到西屋北头夹道的梯子旁，刚要往上爬，就听见西屋窗口里秀英嫂子压低了声音叫他，他离开梯子走了过去。

"大本儿！恁听得咋样儿？俩人好不？"秀英嫂子轻声地问。

"好着哩！弄嘞光喊疼！"大本儿捂着嘴小声地回答。

"恁咋不听了？咋出来了？"

"叫满囤发现了！不让听了！"

"好！好！恁就上房顶去吧！饿了厨房里有馍啊！"秀英嫂子叮嘱大本儿。

大本儿上到堂屋房顶，来到柴垛旁，掀起棉大氅的一角盖到身上，与万水靠在了一起。

"恁身上咋有股子狗骚味儿？听房听出好了吧？"万水抽出手拍了拍他的脑袋。

"以后再也不干这宗子事儿了，听嘞不得劲儿光难受，不如练功夫来劲！"大本儿不好意思，想岔开尴尬的话题。说完他猛地坐了起来对万水说："师傅？恁再教俺几招呗？叫俺整天练'上劈咽喉下撩阴，实在不行踹当胸，踹不着了打章门'，多没劲呀？"

"恁别喊师傅，喊哥就行！咱俩差不了几岁，叫别人听见了难听得很哩！"停顿了一下万水又说："恁别小看这个四招紧连环，里边还套着好多个小招嘞！用好了就能招招要命，只要做到招招出手如电，腿脚踢出如风，就是神仙也要挨打。但是现在世道不同了，光靠练武功也不灵了，得多练练打枪，要不咱还没到人家跟前嘞，人家一搂火就先把咱干倒了，武功再高也不沾闲，恁说是不是？"

"可不是哩！"

黑咕隆咚的天空笼罩着的龙泉镇，周遭万籁俱寂，没有丁点儿的亮光和声响。二人一边睁大了眼睛盯着黑幕掩盖下四周的房顶，一边小声地天南海北地胡扯了一通，不知不觉中听到了五更的报更声。更夫苍老的报更声远去后，两人的睡意上来了，不一会儿棉大氅下就传来了轻微的鼾声。

"啪！啪！啪！"

拍打门环的声响，把熟睡中的大本儿给惊醒了。他揉了揉惺忪的睡眼，问已醒坐起来的张万水："谁这么早就来敲门？"

"大概是二牛来讨喜钱哩！"

"讨啥喜钱？天明了不能来吗！非夜里来讨，还让不让人睡觉？"大本儿烦躁地抱怨着说。

"恁懂啥。二牛讨不到喜钱拿不回喜布，老根叔两口子就吃不好饭睡不着觉！到恁娶媳妇时就懂得咋回子事儿了！"万水又抬手拍了一下大本儿还没有完全清醒的脑袋说。

"娶个媳妇道道还真不少。"

二人正说着，院子里就有女人问话："谁呀？"

"俺！二牛！俺娘让俺来讨喜钱哩！"

"好嘞！二牛稍等会儿，俺立马就来啊！"

秀英嫂子来到东屋的窗台上，拿下放在窗台上的白洋布巾看了看又叠好，从衣兜里掏出一块银洋放到洋布巾上。来到大门口，打开大门，把白洋布巾和钱，递到了站在门口的新媳妇丽花弟弟二牛的手里。

万水趴在房檐边儿，对着东屋的窗户喊道："满囤哎！得劲了吧？改天请俺和大本儿喝喜酒啊！不请放不过恁俩！"

┤ 十四 ├

重阳节后一个无风的清晨，一场突然而至的寒霜，把龙泉镇周围的田地、山岭和植被都染上了一层斑驳陆离的浅色调。没有褪尽绿色的野草和悬在树枝上没有落下的叶片，都无精打采地卷曲着，被白霜包裹着，忍受着寒冷的侵袭。耐寒的松柏树一改往日的傲慢，松针、柏枝被白色的霜挂遮住了四季不变的翠绿，树枝向下弯着，针叶杂乱地垂着，一副失魂落魄的样子。时令不情愿地离开已见凋败的晚秋，而过早地走进寒意阵阵的初冬。

卯时刚过，龙泉镇东大门一打开，就陆陆续续涌进许多血垢满面、破衣蓬头、惊慌失措的逃难者，有的失声痛哭，有的低声饮泣，有的惊恐地喊着："快走吧，日军屠城了！快走吧，日军屠城了！"

喊声和哭声惊动了晨起的镇民，都围着难民问："咋嘞？咋嘞？"

从难民们断断续续的哭诉中，镇民们了解了原委。平汉路东的成安县城昨儿个被日本军屠城了，整个一座县城，变成了尸横遍野的鬼蜮之城。

恐怖的阴霾瞬间就把龙泉镇给笼罩了。

镇民们相互交流传递着成安县城居民被屠杀、奸杀的惨状，恐惧和愤怒的情绪交织在一起。看到难民们经过一夜死里逃生的疾走，精疲力竭地倒在地上、靠在墙上痛苦地呻吟，有的受伤者的伤口还在往外渗着鲜红色的血水。镇上善良的人们扭头回家，不一会儿就端来冒着热气的水和拿来用布包着的食物；有的赶紧跑去把镇上慈仁堂的陈医生找来，并帮着给受伤的难民清理创面、包扎伤口。

值班的镇民团中队长刘二狗看到这些情况也不敢怠慢，飞跑着到镇警所找所长冯金城汇报。刘二狗拍了半天门也不见有人来开，刚要扭头走，就听见门里有人问话："谁呀？这么早就来敲门，还让人睡觉不？"

随着门闩声响，一位披着警服的人拉开大门，刚要发火，一看是刘二狗，口气就缓和了下来："咋嘞二狗？啥事这么慌张？"

刘二狗一看开门的是周警员，急忙问道："周哥，冯所长在不在？"

"咋嘞？出啥事儿了？"

"哎！老哥，出大事了！东边成安县城被日本军给占了！杀了好几千人哩！今儿早逃来好多难民到了咱镇里，快占满半条街了，你问问冯所长该咋办呀！"刘二狗摘下黑礼帽急切地说。

"你问冯所长？他昨夜个儿就带着东西回老家了，这个时候正搂着老婆得劲嘞！他还管这个事儿嘞！要不恁去找刘镇长问问，看看该咋办好。"周警员有点儿不耐烦地向外挥了挥手。

刘二狗一听冯所长不在，小警员又管不了事，摇了摇大脑袋只好去找刘镇长。

龙泉镇镇公所是两进大院子，外院是镇属各机构办公用房，镇长是县府委派，家不在本镇，所以办公住宿都在里边的院子里。刘二狗急急忙忙来到门口时两扇门已大开着，门房老张正在清扫院子。

"老张头！刘镇长起来了没有？"

"二狗咋嘞？有事儿？"门房老张停止扫地，抬起花白的脑袋问。

"日本军攻破成安县城嘞！杀了好多人嘞！恁看看街上乱成啥嘞？俺问恁刘镇长起来了吗？"刘二狗进到门里，用礼帽扇着眼前飞扬的尘土厌烦地说道。

"恁才知道啊？成安县城已打了两天了！镇长昨个儿早就走嘞！恁就别找了，该干啥就干啥去吧！找也白找！俺要是能拿到工钱，俺也早走嘞！谁稀罕扫这个地？"门房老张今天气有点不顺。

刘二狗一听就傻了眼，他自言自语道："这些吃皇粮的人，平日里呼风唤雨，能发财的事儿都抢着干，没有利的事儿推来推去！这遇上生死攸关的大事了，比兔子都跑得快，一个都靠不住！"扭回头找马继先讨主意去了。

刘二狗走进马家第二进院子，就看见几个使女在伺候马老爷子一家人吃早餐。

他不等人通告就直接闯进去喊道："团长老爷，出大事儿了！"

"咋嘞？出啥大事儿嘞？"马继先放下筷子，问慌里慌张的刘二狗。

二狗就把刚才发生的事一五一十说了一遍。

马继先一拍桌子说："都走了才好嘞！龙泉镇那还不咱说了算？"

马怀德放下拿在手里咬了一口的肉包子，瞪了一眼马继先，不满意地对着儿子说道："啥叫咱说了算？国民政府的人跑了，日本人马上要来了，咱还能说了算吗？恁小子不管啥时候都要记住枪打出头鸟这个理儿，不要光想着出风头，端日本人的饭碗吃饭，是不好咽下去嘞！"

"那咱该咋办？"

"咋办？咱走一步看一步，反正咱这个架子不能倒下去！"马怀德老爷用右手手指点动着桌子对马继先说。

马老爷思考了一会儿，又对马继先和站在门口的刘二狗说："恁都看啊！这政府的人都走了，街面上的事儿咱还得维持，恁都得多操操心，把咱的人给拢住，别散喽！没有了人和枪，就没有人拿咱当回子事儿，说话办事儿也都不灵了。去给自卫队的人通通气儿，就说俺说嘞，两家都加强巡逻值勤，不能出啥大事儿！另外，来的难民们能撵走的尽量往外撵，实在撵不走的都集中到镇戏楼那块儿，让他们缴治安保护捐，不缴者把他们扔出镇外不管！那些个没有关门和已关门的商户都要向他们继续收捐税，咱的人拿着枪玩着命地在保护他们，他们不出点血咋能行？咱们的人也都是要吃饭穿衣养家糊口的嘛！"

"是！是！老爷！"刘二狗忙不迭地说。

马继先咧着大嘴不停地嚼着口中的食物，点着溜光的脑袋慢慢地说："爹！俺听恁嘞，咱不能在一棵树上吊死。"然后把筷子往桌子上一拍站了起来，喊道："春叶儿？去把俺的衣裳和家伙拿来！二狗咱一起去，看谁敢不听咱嘞！"

马继先领着刘二狗来到了前街，看到难民已坐满了大街的两边，就附在刘二狗的耳边说了几句话，刘二狗就快步向东大门走去。马继先看着二狗走远了，就溜溜达达地来到了民团团部，站在大门口宽大的台阶上，从衣服兜里掏出一根粗大的雪茄烟点着，狠狠地吸了一大口，噘起厚嘴唇，吐出一连串蓝色的烟圈。他眯着眼看着烟圈窜动着，惬意地站在那里等着看热闹。

雪茄烟还没有抽去五分之一，就听见东边有很多人在喊："日本人打过来了！恁都赶紧跑吧！枪炮可是不认人啊！快跑吧！"

从魔鬼的屠刀下逃出来的难民们一听说日本人又打过来了，就像惊飞了的麻雀，一哄而起，拿起放在地上的东西，拉起身旁的亲人，就向西门外县城方向奔去，只有那些重伤者和病弱的人，因为实在是没有精力再去逃命，而躺在原地没有动弹。

陈有贤医生刚解开一位腹部受重伤的男人被血浸染已板结了的衣衫，就听见身后的呼喊声，他没理会，继续蹲在地上检查。跪在受伤人身边一个十五六岁的女孩，用颤抖的声音对旁边的妇人说："娘！咱也快跑吧！日本人打来咱也没命了！"

"还往哪儿跑嘞？看恁爹成啥样儿了？好不容易遇上个医生，先救救恁爹的命再说吧！"妇人抱着喘着粗气、脸色煞白的男人，眼里含着泪无可奈何地说。

陈医生检查完，对母女俩说："伤得太重！咱这儿治不了，恁得赶快把他送到县城西医外科诊所开刀做手术，把里边的子弹头取出来，要不然命都保不住了！"说完他抬头看了看周围，就看到西侧张万山正和谷满囤几个人蹲在地上帮人包扎伤口，赶忙喊道："万山快过来给瞧瞧，这儿有个重伤号。"

陈医生这么一喊，就招来好多人围过来。

张万山和谷满囤拨开人群走进来，万山一听伤者的情况，就摇着头说："这俺可做不来！赶快找人给送县里，可不敢给耽搁了！"扭头对站在身后的满囤说："恁赶快回去找几个人带一副担架来，帮着把他给送到县城，快去快回！"

这个时候，人群里传来带有京味的女声："不用去了，我去叫一辆马车来！"

张万山一听声音就知道是田家大小姐，心里一阵高兴，她一出头就能叫来马车，既快又省劲儿。他又推了一下站在原地没动的满囤说："快去帮帮忙！"

田希微和满囤一走，围在现场的人就陆续散开了。陈医生一瞧伤者脸色已经灰白，眼皮耷拉了下来，脑袋歪到了一边，就赶快蹲下来号脉，用手放到他的鼻下试呼吸，又翻开眼皮儿看。

"别找车了，人已走了。"陈医生摇了摇头站了起来，对张万山说。

声音虽然不大，但母女俩就像听到了震耳欲聋的霹雳，摇晃着男人撕心裂肺地哭起来。

突遭劫难再加上连夜的逃亡，当田大小姐和满囤把马车找来时，母女俩已哭得没了气力，只有一声声的抽泣了。那小姑娘蓬乱的头发遮掩下干黄的小脸上泪痕道道，看得人好生可怜。

张万山看着哭泣的母女俩，心里也没了主意，一抬头看到田大小姐站在马车旁盯着他看。他向田大小姐招了招手，示意她过来。没想到田大小姐摆了摆手不愿意过来，他一下子就怔在了那里。

其实，田大小姐不是不愿意帮忙，而是害怕躺在他身边的死人，因为她一看到大片的血就犯晕。她一大早就听家人说成安被日军屠杀了好多人，有很多逃难的涌进了龙泉镇。对日本人的愤怒和共产党员的责任感，让她不顾一切来到街上帮助那些难民，为他们送水送饭，为老弱者找地方休息。陈医生和张万山为人治伤，她早已看到，但她又不敢靠前，只用佩服欣赏的目光在不远处注视着。

张万山想，人家毕竟是个只有 20 岁的大家闺秀，不像自己是个整天舞枪弄棒的粗人。他对旁边的陈医生说："这儿有俺，恁去看看还有谁需要治伤嘞，咱分头弄吧！"

"行！这儿就靠你了。"

张万山径直来到马车旁，站在了田大小姐的眼前说："大小姐，俺看恁是个有文化有爱心的人儿，恁看看咱该咋帮帮她们？"

与张万山单独站在一起说话还是第一次，田希微洁白的脸上泛起羞涩的红晕，但她马上装着很自然的样子说："你说吧！我能干啥你只管吩咐！"

"恁看！人家遭了难，逃到了咱地界，孩子爹又去了，咱不能眼睁睁地看着人死了躺在街上没人管。如果需要人手，用多少俺有多少，就是缺钱又没地方里。借助一下恁家的势力，恁给想想办法？"

万山话音刚落，就听见苍老的呵斥声："黑老怪！谁让恁把车赶到这儿嘞？"

张万山扭头一瞧，是田老爷来了，后面还跟着他的保镖王保山。

田小姐急步迎上去说："爷爷，是我让赶过来的！"

"你个大闺女家在这儿做啥嘞？这都是男人的事儿，赶快给我回去！"田老爷带着嗔怒的口气说。

田希微拉住爷爷的手乞求道："爷爷！我知道您是个大慈大悲的人，你看这么多受难的人，咱应该帮帮他们。这母女俩失去了亲人，我不能看着不管呀！"

田道然用疼爱的眼神看着她说："你这个闺女，我真拿你没办法。给我站一边儿去，叫我看看咋回事？"

田老爷只在现场扫视了一下，就知道了咋回事。他把目光从还在抽泣的母女俩身上收回，扬起手示意站在不远处的张万山过来。

"万山呀！哪儿有事儿总能看到你，你真是个热心人儿。咋着？遇到难处了？说吧！要我做啥？"田老爷郑重其事地说。

看田老爷一片诚心，张万山就把刚才说给田希微的话又说了一遍。

"你也为的是救助难民，咱这样吧，我出钱，你出力！让保山拿上钱，你派几个人跟着马车，到胡记棺材铺拉口棺材，我家灰窑有白灰和青砖，你用多少拉多少，先把他丘在南门外狐狸沟的土坡上，待时局稳定后再让他们迁回老家去。另外再给你 10 块钱，你帮着她们把后事儿办好，你看咋样儿？"田老爷双手拄着文明棍一一交代着。

张万山赶忙转身对母女俩说："快去谢谢田老爷！"

正在抹眼泪的母女俩踉踉跄跄地来到田老爷跟前，跪到地上给田老爷磕头："谢谢老爷！谢谢大善人！恁地大恩俺当牛做马也报答不完。"

田道然看了看跪在地上的母女俩，发现这娘俩表面虽然蓬头垢面，但细看那妇女掂着个蓝洋布包袱，文文弱弱的闺女斜挎一个布书包，俩人的手白皙纤巧，看着像是出自知书达理的人家。田老爷挥了挥手说："行了！别谢喽！赶快把人抬到南门外搭个席棚安下，不能老在路上晾着！"又回头对张万山说："等你把事儿办完后，就把她俩交给保山来安置，你看行不？"

"那太好喽！"张万山拉起还趴在地上的母女俩，叫满囤回去喊人，又张罗着王保山、黑老怪赶着车去拉棺材。

田老爷看着不停忙碌的张万山，心中由衷地感慨，贫家不光出孝子，还出人才，看这小子的一举一动将来必定是位不俗之人！

回过神儿来后，田老爷拉着宝贝孙女儿的手说："我今天本来要去龙泉观，看时间耽误得也不少了，不去啦！走，回家去！"他为今天做了一件善事而心满意足。

当天母女俩就暂时住在土地庙的东厢房，棺材就放到打谷场边上临时搭成的席棚里，方便母女俩早晚守灵添香和烧纸。本应该第三天就下葬，没想到第二天淅淅沥沥下起了小雨，这墓丘就没法子垒了，一直拖到第七天才下了葬。

通过几天的交往，张万山了解到他们遭难的来龙去脉。男人是县中学的老师，名叫冯轩海；妻子是家庭妇女，名叫周金凤；冯淑英是他们的独女，在县中学上学。因战事吃紧，学校放假后，县城仅有的守军和民团把民众都组织起来修筑工事，保卫县城。日军进攻的头一天不但没有攻破城墙，反倒在城外被打死了人。第二天驻邯郸的日军纠集了一千多人，在大炮的掩护下，轰开了城墙，杀入城里。凶暴的日军见人就杀，见东西就抢。这还不算，他们强奸妇女，放火烧房，直杀得尸横遍野，血流成河。他们一家三口跟随着逃命的人群好不容易跑出了县城，孩子她爹却被日军的子弹给打中了，她们娘俩就搀着他跟着逃亡的人一直向西，直到第二天凌晨才赶到了龙泉镇。

以前光听说日本军像魔鬼一样残暴，杀人放火无恶不作，都以为离咱这儿还远哩！这一下子残酷的事实就摆在了眼前，自卫队的头目们心情都很沉重，下一步该怎么做才能让老百姓免遭苦难？

张志和双手撑着桌子，瞪着一双虎眼说："民国政府的军队，县、镇的大官僚、小老爷都跑喽！就剩下咱老百姓成了没娘的孩子，咱们今后该靠谁？该咋办？"

谷子贵叹了口气说："靠谁？靠山山倒，靠人人跑！只能靠咱自个儿呗！"

"哎！老哥们别担心，怹都不是常说'兵来将挡水来土掩吗？'咋着？日本小鬼子还没来呢就害怕了？怹都别灰心，俺听说西边山里来了共产党八路军，在石壁村成立了抗日民主政府，还组建了几个抗日游击队，咱们可以跟着他们一块儿打日本人。有了共产党八路军做咱们的坚强后盾，咱还怕啥？你们说呢？"牛海龙看着周围垂头丧气的众人，试探性地把自己的想法说了出来。

"啥政府军和八路军？别管靠谁，只要能把日本人赶出去，叫咱老百姓平平安安地生活，吃上饭睡好觉不受罪，那才是正儿八经嘞！"张志和几句话就把牛海龙给噎了回去。

张万山看了一眼牛海龙，对着他爹和谷子贵说："我看海龙哥说的对咱还是有用的。不管咋说，总算给咱指了条路。光靠咱自个儿单打独斗，再有能耐也不中！现在的时局不能与以前比了，咱现在面对的是蓄谋已久、凶狠残暴的日本人，咱中国人必须联合起来壮大自己的力量，才能抵御强大的敌人。不知你们听说了没有，就在9月底八路军在平型关与日军交火，打了个大胜仗，这太让人振奋了。我看就照海龙哥说的，跟着共产党八路军干，肯定行！这就是咱的靠头！"张万山一口气说完，用征询的眼光在屋内扫视了一圈，看大家都低着头沉思，没有人回他的话，他想这也不是件小事，让大家好好思谋思谋然后再作定夺，就转移了话题："要不恁都在这儿聊着？俺去把她娘俩送到'田家庄'交给王保山，把这个事了喽！"

张万山领着周金凤母女俩来到了"田家庄"。母女俩一看庄院的气势就停住了脚步，站在照壁前踌躇。张万山跳上台阶对着更房的窗口喊道："有人在吗？开开门儿！"

"哗哒！"一声响，小窗口打开了，有人往外看了看。不一会儿一扇大门被拉开了，里边走出了一位斜挎匣枪的家丁。问道："万山！咋？有事哩？"

"俺找恁家王保山有点事儿！麻烦给传一声！"万山一看是同村的田有旺就笑着对他说。

"那恁等着，俺去说一声！"

工夫不大，上下一身黑的王保山，腰扎武装板带，戴着黑礼帽，挎着匣枪走了出来。双手一抱拳喊道："张老弟来了！往里请！"

"不进去了！俺把那母女俩给领来了，恁给安置安置吧！"

张万山刚要走，就听到从龙泉镇的东北方向传来嗡嗡的声响，由远而近，声音越来越大。

母女俩听到这声音，立刻面露惊恐之色，大喊道："日本飞机来了！快躲吧！"

张万山和王保山向东北方望去，就看见十余架涂着红色膏药标志的绿色飞机，像一群老鹰急哄哄地向昭关方向飞去。片刻工夫，神麤山西侧昭关县城就传来了"轰隆轰隆"的爆炸声。工夫不大，又听见嗡嗡的轰鸣声从神麤山顶上传过来了，眼瞅着飞机擦着山顶飞过来，转眼就到了龙泉镇的上空，丢下十几颗黑乎乎的炸弹就扬长而去。没等人们反应过来，炸弹就在龙泉镇里炸响了……

一阵阵震耳欲聋的爆炸声过后，龙泉镇上空一股股黑灰色的烟柱翻转窜动，整个龙泉古镇陷入了一片火海和混乱之中，随即街上传来哭爹喊娘的号叫声。最后一颗炸弹划过田家庄，在路东侧田家客位院后边的田家马棚炸响了。飞起来的砖石杂物，掺和着破碎了的血肉肢体劈里啪啦落在了房顶和路面。一颗血糊糊残缺不全的马头，冲着张万山站的地方砸了下来，要不是他躲闪及时，躺在地上的就不光是马头，还有他了。一块青砖飞过来时王保山没来得及躲闪，青砖重重地砸在了他的肩胛骨上，他一下子就被打翻在地。炸弹炸响时，周金凤母女俩捂着耳朵闭上眼蹲在地下瑟瑟发抖。当她俩睁开眼时，看到眼前的景象，好像是又回到了残酷血腥的成安县城。看到这些，周金凤刚才的惊恐一下子转化成了一种愤慨。不知哪来的勇气，当看到躺在地上的王保山时，赶忙过去要扶他起来，王保山咬着牙喊道："别动！俺胳膊受伤了！"

"来脱掉上衣，赶紧让俺瞧瞧！"张万山扒开他的衣衫，看到肩胛青紫一片，又轻轻地按他的受伤处，帮他把衣衫重新穿上说："没事儿！只是皮外伤，抹点药十天半个月就消肿了。"

话音刚落就听见女孩冯淑英一声尖叫："哎呀！娘！你快看！"

三个人朝着女孩手指的方向看去，就看到田家客位院门口，一棵树叶已落尽的老槐树上晃动着一条人的胳膊，那胳膊还在滴血。

王保山一跺脚喊了声："俺的娘嘞！死人嘞！"说完就捂着肩膀往田家马棚走。这时，田大掌柜从大门里走了出来喊道："保山！你上哪儿去？"

王保山急促地说道："老爷！咱家的马棚被炸了，你看还炸了人哩！"说完抬手指了指那棵老槐树。

田大掌柜瞄了一眼就赶忙把视线移开了，使劲地拍了一下大腿，心有余悸地对王保山说："赶快去看看咋回事儿，回来告诉我！"

田大掌柜对站在身旁的田有旺和田老五说："你俩赶快去把树上的东西弄下来，看着怪瘆人嘞！"又对走出大门向街上张望的田希微和田家三嫂张桂兰说："你们女人家看啥嘞？还不赶快回去，叫人把掉在院子里的东西清理清理！"

田有旺和田老五站在原地，相互瞅着谁也没有要去弄的意思。

张万山看了一眼站在门外的田希微，对田大掌柜说："别让他们为难了，俺去吧！去给俺拿块布来！"

田大掌柜对着田老五喊道："还不快去拿！养了你们一帮子废物！"

张万山把布单子叠了叠，向前急走几步来到树下，双脚一拧就地蹿起了五六尺高，他用右手一拽向下垂着的那根槐树枝，一松手树枝向上一弹，挂在上边的残肢就滑落了下来。张万山赶快用左手拿着布单子一接，就把残肢抓在了手中，又把布单子四个角一系，随手就把布包放到了树根下。

"老五叔，这俩人交给王保山啊！田大叔，告辞了。"说完他急着去后街查看敌机轰炸后的情况了。

刚才，张万山这一连串的动作仅用了不到几秒钟，只看得田大掌柜和在场的人目瞪口呆。

田希微也看在眼里，佩服得五体投地。

这时，王保山阴沉着脸快步走过来。刚走上台阶，周围的人都围了过来，田有旺急着问道："保山哥！咋样儿？"

"唉！正在槽头喂马的老栓柱给炸死嘞！三间马棚也给炸塌嘞！炸死了三匹马、一头骡子，飞起的房梁又把两辆车给砸坏嘞！把黑老怪的腿也给砸断了！"他说完就往家里走，边走边骂日本人。家丁和周金凤娘俩也跟着他进了田家。

张万山离开田家庄没走多远，就看见大牛从后街跑过来，一边跑一边喊："万山哥！恁二叔家被炸嘞！"

"炸伤人没？"

"二叔二婶俩人够呛！叫恁赶快回去给瞧瞧嘞！"

万山二叔家在后街西头坡底下，儿子张万金到自卫队值勤没在家，躲过了这场灾难。二叔因为腰疼趴在西里间炕上，二婶正在给他拔火罐，炸弹从东里间的房顶钻进来。五间正房全被炸塌了。炸弹爆炸时，二叔反应快，"哎呀！"一声，顺势往墙边一滚，一根落下的檩条正好砸在了小腿上；二婶子正跪在炕上，反应慢了点儿，檩条和屋顶的渣块儿就砸在了身上，喊都没来得及喊一声，就被埋在了下边。看到他家被炸了，街坊邻居们都跑过来，七手八脚从炸塌的废墟中往外挖人，费了好大的劲才把血肉模糊的两口子给抬出来了。二婶已经昏迷不醒，只有点儿微弱的呼吸。

当张万山来到时，二婶已没了气儿，只见张万金跪在地上和几位邻家妇人围着尸体哭泣。二叔躺在地上，满脸土灰，淌着泪水，给围在身边的邻人诉说着灾难发生的经过。张万山走过去弯下腰撩开蒙在二婶头上的被单子看了一眼又盖上，拍了拍堂弟的肩膀，又抹了抹眼角的泪水，来到了二叔跟前。张得虎见万山来了赶忙给让开，急火火地说："可算把恁给找来了！快给二叔瞧瞧吧！大概是砸坏了腿！"

"来！让俺看看！"边说边把袖口往上挽了挽，蹲在二叔受伤的左腿前，用手往上抿了抿裤腿儿，一抿二叔就直喊疼，就让张得虎找了把剪子，"嚓！嚓！嚓！"就把裤腿儿剪到了膝盖，只见干瘦的小腿肿起，腿骨已被砸折，伤口还在往外沁着血。他站起身拍了拍手说："虎哥，恁去土地庙把俺的药箱拿来！快去快回！"又对着一旁只顾着哭泣的本家兄弟喊道："万金弟！先别哭了！快去找几小块薄木板和白布来！"

正在这个时候，张志和披着黑夹袄背着手急匆匆地走了进来，后边还跟着几个人，一见万山就问："咋样儿？"

张万山摇了摇头，眼圈红红的："二婶不在了，二叔的左小腿被砸折了。"随后又问："爹！后街炸了几家，死人了没有？"

"算上恁二叔家，咱后街一共有4家挨炸，3家是咱自卫队的人，加上恁二婶总共有7个人被炸死，有5个是咱自卫队的家人，另有一颗炸弹在东门里大街上炸了一个大坑，另外还有十来个人受伤。前街比咱受害更重嘞！俺和恁老贵叔合计了一下，每户派几个人去帮忙归置归置家，先用会里的钱买5副木棺，把死人给入殓喽！等办完事后，咱们再琢磨琢磨今后咋办。"张志和心情沉重地说着，泪水在眼里直打转转，却没有流出来。

张万金从没倒塌的厢房里拿来了一块已发黄的白粗布，从墙根的架子上拽出一块两拃宽、三尺长的木板，又钻到低矮的厨房拿来一把菜刀，一块儿交给了张万山。

张万山把木板削成了四块整齐的木条，又把白布撕成条状，绑在四块木条上。

这个时候，张得虎也把药箱拿来了。他打开药箱拿出一个瓶子，把药水淋在二叔的伤口上，冲掉伤口上的血和脏物，又往伤口上撒了些灰黄色的药面儿，然后把搭在肩上的白布条拽下一根，把伤口轻轻地包扎好。

做好这一切后，张万山说："虎哥！恁坐到二叔身后搂住他的腰。爹，恁地劲大，拽住俺二叔的脚。俺喊'使劲'恁俩就使劲往后拽，劲越大越好，二叔喊的声音再大，也别松手，俺叫松手时再松开，听清楚嘞没有？"

"听清楚嘞！"俩人附和道。

"万金，恁摁住二叔的大腿，别让他动弹，俺来给他接骨头！"

都就位后，他跪在二叔的小腿边说："二叔！恁忍着点儿，一下子就好啊！"

"恁就看着弄吧！俺挺得住！"二叔声音颤抖地说。

他先把一块木条缠上三条布条，把它塞到受伤的腿骨下面，然后用双手从膝盖和脚跟两头往受伤的部位轻轻地捏，同时注视着二叔脸上的表情，当捏到受伤变形的部位时喊了一声："都给俺使劲儿拉！"

就听见二叔凄厉的一声惨叫："哎呀！疼死俺嘞啊！"

张万山不顾二叔的喊叫，双手往中间一拧、一捏，就把砸折的腿骨给接上了。随后赶快拿起其他三块木条放到受伤腿骨的两侧和上边，用布条依次绑牢，最后把木板正了正说："好嘞！放开吧！"大家一起慢慢地把二叔抬到没被炸塌的厢房里。

万山掂着药箱出门往东，去另一户被炸的人家查看伤情。路上他被一群羊挡住了，赶羊的是田老爷的本家侄子田老六，"老六！刚从山上放羊回来呀？"

赶羊的田老六扭回头一看是张万山，就赶快回道："嗨！俺在山上看见了那飞机就跟黑老鸦一样，从俺头顶上呼呼地飞过去嘞！到咱镇上扔下好多黑蛋蛋，咕咚！咕咚！一个劲儿嘞炸，我看半个镇都快给炸没了！造孽啊！"说完摇着光秃秃的脑袋赶着羊群往东走，刚走了几步就停了下来，用鞭子指了指烟雾弥漫的天空说："万山啊！俺在山上看见飞机厢完蛋都往东北飞走嘞，有一架不知道咋回子事儿，摇摇晃晃地落在了贺兰山岭下的平地里不动了！"

"真嘞？"张万山问。

"可不是嘞？"

"老六恁先走吧！俺到金堂家看看去！"张万山给田老六摆了一下手说。

张万山拐进通向南门的小胡同，边走边想：俺这憋的火正找不到发泄的地儿嘞！这下好了，飞机落在不远的贺兰山岭下，咱得找它出出火去。想到这里就转移了方向。

张万山来到了土地庙，看到牛海龙和谷满仓正在西厢房撕白粗布条，为被炸死的会员家眷准备丧事用的物品，就将一架日本飞机落在贺兰岭下的事儿说给了他们。

"咋样儿？咱去把龟孙子给它灭喽？"张万山试探着问。

谷满仓把手中的白布往桌子上一甩，两眼一瞪："走！俺跟恁去！"

牛海龙双眼闭着，十个指头向后捋着头发，脑袋晃了两晃，睁开眼说："去是可以去，但不能让外人知道。日本轰炸一是来示威，二是来震慑，因为他们知道西部山区来了八路军，县城有了抗日游击队，所以进攻之前先把咱给吓唬住！咱就先把他们的飞机和飞行员干喽！来个下马威！还得快去，要不然日本人的救兵到喽就干不成嘞！满仓带上几颗手榴弹，准备炸飞机！"

"不要紧，这两天下雨路滑，汽车没有咱快，恁俩骑马，俺从小路跑着插过去，一会儿就到！"张万山说完就紧了紧腰带，摸了摸插在衣衫里的手枪，飞身出门向东跑去。

十几里路原本用不了多大会儿就能到。因为前两天下了雨，路上有些湿滑，张万山跑步慢了些，骑马不受影响，牛海龙他们先到了贺兰岭下。

老远就看到路边的一块麦子地里停着一架绿色的飞机，路旁还有不少村民在远远地围观。机舱里有个戴绿色飞行帽和防风眼镜的日本飞行员在向远处张望，等着救援的到来。

牛海龙他们把马拴到路旁的一棵树上，到人群后面观察着周围的环境，盘算着如何才能接近飞机。

不大会儿满头大汗的张万山就从岭上飞奔下来了，他在路边干枯的草地上擦了擦布鞋上的泥，对牛海龙悄声说："动手吧！慢了就来不及了！"说完就从满仓背的褡裢里掏出一颗手榴弹塞进了自己的衣衫里。

牛海龙拍了拍站在前边挑着篮子看热闹的农人说："大哥！借恁地篮子用用，给他们送点儿东西。"

农人回头瞪了一眼牛海龙说："不借！还给老日的送东西嘞！你还是人不？"

牛海龙从满仓褡裢里掏出一颗手榴弹在那人脸前晃了晃说："俺是西山八路军

146

游击队！等会儿枪一响恁都赶快跑。听到了没有？"

农人一见这颗黑疙瘩，知道是个能炸死人的东西，哆哆嗦嗦地把挑在镢头上的篮子递给了牛海龙，转眼就不见影儿了。

牛海龙把篮子递给了张万山。张万山把掖在衣衫里的手榴弹掏出来，把保险盖都拧开露出拉环后放到篮子里，从腰带上抽出一条白毛巾蒙到上面，就往地里走去。

飞机离小路有三十多丈远，张万山走进地里没有两丈远，就被飞机上的鬼子发现了，鬼子拉开玻璃盖子挥舞着手枪，"哇啦哇啦"地大声叫喊，不让走近。张万山没停脚继续往前走，一只手举起篮子，另一只手做出吃东西的样子，示意给你送吃的来了。鬼子看他是个农人，又只有一个人，并没有太在意，挥了几下手就不喊了。当走到离飞机有五六丈远的时候，那个鬼子又叫起来，用手枪指着地下，意思把篮子放到地上，人走开。

张万山就把篮子放到冲着机头的地方。说时迟，那时快，他从篮子里摸出手榴弹，飞跑几步，就蹿到了飞机的肚子下，脚尖一踮就扒住了飞机的翅膀，右腿一摆就爬上了飞机。那个日本飞行员反应过来，站起身来对着张万山就打了两枪，张万山一歪身子躲过，随即从腰里拔出手枪，瞄准他的脑袋，一扣扳机，"砰！砰！"两枪，那个鬼子的脑袋就耷拉下来了。张万山站起身来，走到驾驶舱里看了看，尽是些看不懂的仪表，没啥可拿的东西，只把机舱前面挂着的一架望远镜、一个照相机和鬼子飞行帽上一副防风镜摘了下来，回过身就跳下了飞机。看见牛海龙和满仓跑了过来，就把插在腰里的手榴弹拔出来，这时满仓从裆裢里也掏出手榴弹。牛海龙一摆手，两人拉开拉环一齐把手榴弹甩进了驾驶舱，刚跑出十几步，就听到了爆炸声，飞机顿时浓烟滚滚，火光闪耀。

三个人不敢停留，扭转身飞跑而去。路边看热闹的人们也一哄而散，只剩下被炸毁的飞机，在平坦的麦子地里轰轰爆裂燃烧着。冲天而起的浓黑烟柱，在低垂的云层下飘散翻卷着，恰似一朵正在怒放着的黑色喇叭花，它越开越大，越来越浓烈，渐渐地融进了一大片灰暗的云层之中……

——┤ 十五 ├——

日军的轰炸，使龙泉镇损失惨重。日军共投炸弹十七颗，炸死村民三十一人，炸伤五十余人，炸毁民房四十五间、戏楼一座，炸坏马车四辆，炸死炸伤牲口二十余头。

阴历十月十五是三元节，龙泉镇自卫队和龙泉村村公所要在龙泉观为成安县惨案和龙泉镇大轰炸的死难者举办超度道场和祈福法会。

后响，天地灰蒙蒙的。远处鼓山山脉和身后的神麋山主峰老槐山被浓浓的大雾遮盖得严严实实，平日的庄严与巍峨都消逝了，只有近处的元宝山和龙泉观错落有致的飞檐斗拱，在云雾的环绕中若隐若现。

太极殿前小广场上，满当当地站着前来参加法会的人群。他们是成安县部分逃难者和龙泉镇大轰炸被炸死的三十一人的亲属。他们披麻戴孝，悲伤无助地戳在那里，就好像是失去了灵魂的僵硬的木头人。星星点点的雨滴无声地打在他们的脸上，雨水与泪水混合在一起，人群里不时有人抬起粗糙的手，擦拭着流到嘴角的液体；有的人双肩耸动着，不停地抽泣，整个现场都被失去亲人的痛苦和恐惧的海洋淹没了。

申时一到，太极殿内传来了招集鼓声。"咚！咚！咚咚咚！咚！嗑！……"三通殿鼓响后，殿前左侧的铜钟猛然被敲响了。震耳欲聋的钟声令人心灵一震，人们纷纷抬起头来，瞪大悲哀愁苦的双眼，望着钟亭里的大钟和敲钟的蓝袍道士，好像他就是为亲人招魂引路的仙人。洪亮的钟声敲了十三下后节奏慢了下来，悠扬的声响穿越天地间，更加显得悠远绵长……

这时，人群中闪开了一条路，从昆山明月阁下走过来一队人。白须白眉、面沉似水的云清老道长，身穿紫色双龙描金道袍，头戴上清芙蓉金冠，脚纳双耳云纹布鞋，手执拂尘，和着悠扬的钟声，迈着云中仙步走在前头；错后半步的是身穿红色八卦道袍、头戴五老莲花冠的大徒弟宗峰道长，他双手捧一尺余的朝板紧跟其后。田道然和张志和与众士绅们并行跟随其后，张万山与身穿蓝色道袍的师兄师姐簇拥在队列的后边。身穿孝服、双手捧着亡灵牌位的孝子孝女们，默默地跟在后面进了太极殿。

大殿内锦帐高挂，彩屏闪闪，香烛辉煌。司礼道士从孝子孝女手中接过亡灵牌位，恭恭敬敬地依次摆放到供桌后巨大的条案上。正中的一块牌位上黑底白字又高又大，右上书"民国二十六年十月"，中间书"成安县受难者之位"，左下书"丁丑年辛亥月戊申日立"。其他都是小一号的牌位，把条案摆得满满当当。牌位前，香炉居中，左右各点燃一支大红蜡烛，烛光闪烁，飘忽不定。排列的三十二块灵牌，在影影绰绰的光亮中，如魂之影，又似亡人之形。前面的供桌上四色果蔬、四味糕点、四种菽豆均摆设齐整，静等着神灵、亡魂尚飨。

高高在上的太清道德皇帝太上老君，头戴太极莲花金冠，身穿红色描金八卦龙袍，端坐在雕龙宝座上。他面相威严，白须飘然，双目炯炯俯视着站在殿内殿外的信众。

殿外洪亮的钟声余音还未消失，殿内法鼓又响了起来，二十四通后，司礼道士高声祝颂："上香！迎驾！"

清亮的钟板响过，殿内两侧的金、鼓、笙、管、丝、弦齐鸣，奏响了如梦如幻的《太极韵》。

在场信众们的思绪刚从震撼人心的钟声中恢复过来，又被叮叮咚咚、丝丝缕缕的神韵所感染，朦胧中就看见云清老道长把拂尘递与司礼道士，又从他手里接过燃着的三炷檀香，走到供桌前，虔诚地插入香炉之中，然后用手一撩道袍，转身就回到了跪垫后边。

"跪拜！迎太上无极祖混元皇帝道德大天尊！"

在动人心魄的仙韵中，殿内殿外数百信众和着司礼道士高昂的颂祝声，跟随着老道长跪伏在地，一起一伏地叩着头。

"献酒！上表文！"

老道长接过司礼道士递过来的摆着酒壶酒盅的条盘，举过额头，一步一挪地来到供桌前，慢慢地放到供桌上。

《太极韵》的余音，这个时候消失了。

老道长从司礼道士手里接过一张黄色的纸表，昂起头，凝视着高高在上的太上老祖神像，用浑厚低沉的声音念道："臣李云清，昭关龙泉观观主。今，谨奉为醮主，正尔烧香，修斋设醮，具载青词，禀告太清无极道德上圣御前。自道光始，国事渐微。内不相扶，外寇相侵。先有英法，后有联军。东瀛倭鬼，炮火连城。奸淫掳掠，枪杀民众。成安小县，被杀数千，男女老幼，鲜血湮城。龙泉古镇，炸死卅人。一为张志顺，二为王栓柱，三为田道民，四为刘德全，五为……飞机轰炸，枪炮加身。哀叫呼号，无有应声。民堕地狱，国耻权倾。叩问老祖，民怨谁诉？禀告上苍，谁张民恨？呜呼怨民，泣泪祈告！魂兮归来！优惟尚飨！"

云清道长初时声音抑扬顿挫、节奏舒缓，当念到文末时，悲愤之情油然而生。当念到最后，激愤而哀怨的情绪已无法抑制，双手微微地抖动着，声音哽咽，两行热泪在满是细纹清瘦的苍白脸颊流淌，双膝软软地跪伏在了坐垫上。大殿内的信众也都跪在地上声泪俱下，一时间嗡嗡的哭声在大殿内飘荡回响。

情绪初定的云清道长慢慢地站起身来，举起黄表文在蜡烛旁引燃，走回供桌前，把它投进焚炉里。又从司礼道士手中接过引幡，在灵位上来回摆动着，超度亡者灵魂升天。他口中唱念道：

"巍峨昆仑，万山之宗。龙脉之地，天帝之宫。翘首企盼，龙泉百姓。西望昆仑，其光熊熊。开坛济度演金科，天尊接引出洪波。乘此白云归去好，普度亡灵上仙界……"

声音未落，清脆的金铃声响起来，袅袅的《返魂香韵》缓缓奏响了，人们慢慢从地上爬起来，擦拭着流在脸颊嘴角的泪水，耳旁响起了道士们舒展的唱经声：

"一炷啊——一炷返魂香，径通三界路……"

唱经声刚停下来，双手捧着白玉朝板的宗峰道长走到供桌前，面对神像将手中朝板上下翻转，就像戏台上的人物来回走动着，边咏边诵道："臣，龙泉观道长宗峰，祈告大圣大慈太乙救苦天尊……"

宗峰道长的咏诵祈告，再加上掐诀、踏罡步斗仪式化的演绎，改变了大殿内悲哀的氛围。

不知不觉中，铿铿锵锵节奏明快，行腔圆润的《跑马韵》唱响：

"稽首皈依天上道，回谢太乙救苦尊……"

"礼成！"

顿时道乐齐奏，气势磅礴。一番神圣庄严的沐浴洗礼，冲淡了孝子孝女们悲痛的情绪。

今天的超度法场和祈福法会虽然用时不长，但却使乡民们忐忑不安的心暂时有了些许的安宁和慰藉。也许在冥冥之中真的会有这么个昆仑之神来护佑他们，给他们扶危解困，给他们智慧、勇气和力量。他们憧憬着，期盼着……

做完道场，张万山从龙泉观回到家，刚要端起饭碗吃饭，就听见院里有人喊："师叔在家吗？"

张万水出门一看是龙泉观的小道士，就对着堂屋喊道："哥！找恁嘞！"

张万山出来一瞧是师父跟前的小道士登奇，就明白庙里有事儿，师父叫他过去。扭回头到自己屋里拿了件衣服两人就相跟着往外走了。

工夫不大就来到了龙泉观，走到方丈室门口，万山一挑帘子就进了屋，看见师兄师姐都沉默不语地坐在椅子上，师父仰着头躺靠在太师椅上，双目紧闭。

一听帘子响，师父睁开了眼，摆了摆头示意他把门关上。师兄师姐们也都重新坐直了身体，等着师父问话。

云清道长看了看自己的四个徒弟，深深地叹了一口气，问张万山："是你说西部山里来了抗日的八路军？你师兄和师姐不想在观里待了，想回老家从军去，为死去的亡灵报仇哩！你说说咋回子事儿？"

张万山一听吃了一惊，自己只是给他俩透露了一点儿，没想到引来了这个事儿。他看了看白发苍苍的师父，心里一阵阵自责，只好把原委说给师父听："前几日自卫队牛海龙说陕北的八路军有3个师3万多人的部队，为了抗日，一个师占吕梁山，另两个师以石门为界，一南一北割据太行山脉一方天地。前段咱这儿也来过八路军的先遣队，在县城宣传扩军。恁都听说没有，彰德府都被日本军给占了，杀了一千多人嘞！"说完就盯着师父看。

"你前几天打死个日本兵又炸飞机是咋回事儿？你知道不知道这样做很危险？"大师兄嗔怒地问。

"哎！日本飞机炸死了那么多人，俺一听有架飞机落在了贺兰岭下，一生气就和牛海龙、满仓过去把飞机给炸了，把日本飞行员给打死了。就这回事儿。"张万山两手一摊，平静地说完。

宗峰道长一改平时温和的表情，俩眼一瞪狠狠地说道："就这回事儿？你知道不知道这件事如果让日本人知道了，不但你的小命不保，还要连累你的家人和自卫队人的性命，闹不好还会影响龙泉观！可不能再干这样的事儿了！"

云清道长一看大徒弟动了火，就咳嗽了一声说："事已至此，多说也无济于事。但是万山呀，你可不能不把你师兄的话当回事儿！"

"知道！"

"知道就好，以后再也不要干这些弄不好就要掉脑袋的事了！你看日本人把彰德府都攻占下了，那很快就会打到咱昭关县，如果日本人来喽知道你打死了他们的人，那还有你的好？"云清道长将了将雪白的胡须，恳切地对万山说。

云清老道长看了看天色渐暗的窗外，长长地叹了一口气，明亮睿智的眼光又落在了宗明和宗霞身上。他挺了挺腰，用深沉的音调说："你们赶上了个多事之秋，这也是没办法的事儿，任谁也不能置之度外。我已垂暮之年，来日无多，你们大可不必为我操心，有你们大师兄在我身边就行了。实在有大事了还有万山呢。"

张万山连声说道："是！是！随叫随到，不叫也到！"又问道："师父！怎看这八路军咋样？能成事儿不？"

云清老道长思谋了片刻，慢慢地说道："世事难料！不过这共产党一出手就不同凡响，国军上百万军队都早已往南往西撤退，他们反倒出奇兵东进敌后，占据吕梁和太行，形成三角之势，既能互为支撑，进可攻，退可守，这可是大手笔呀！"

"但是他们兵少将寡，恐怕难能有所作为！"宗峰道长插话道。

"哎！《道德经》中不是有'以正治国，以奇用兵'嘛！就是治理国家要以正理、正中、正当、正道，要坦诚无欺；而用兵反之，要或实或虚，或真或假，出

152

奇制胜。制胜者，兵不在多而在精，将不在勇而在谋。你们看八路军一出动，就占尽了天时、地利、人和。天时，就是国之将亡之关键时刻出手；地利，就是占据敌后两大山系，取进可攻、退可守之利；人和，即民众向往之心。民国政府民心尽失，百姓就像久旱之盼云霓，这时共产党八路军来了，不用多说高下立见。别看现时八路军兵少，只有区区三万多人，撒到广袤的太行山和吕梁山之中，确实难见气候。但是这三万人就像豆种，几个月后就会结出几十万颗豆子，再有一季呢？那还了得！这不就是撒豆成兵吗？这可是大谋略、大智慧呀！"云清老道长对时局已深思熟虑，说完脸不红气不喘。

张万山一听师父的观点与自己不谋而合，好像捡了个宝贝似的，激动得两眼放光。

半天没说话的三徒弟宗明挺直了腰杆，开口说道："师父，俺就要回家找八路军打老日的！他们来咱这儿杀人放火，糟蹋妇女，俺咽不下这口气！"

三徒弟宗明，家住西部山里石壁村，本名叫柴合明。从小身体多病，山里又苦旱，终年也吃不饱穿不暖。他爹常带他来龙泉观找云清道长瞧病，也看龙泉观有山有水，是个好地界，干脆就让孩子拜老道长为师。一来能吃饱饭，能活命；二来练练武功，能强身健体。云清道长看这孩子虽然身体瘦弱了些，但也还聪明伶俐，就是脾气有点儿急躁，没多想就收下了。宗霞比他大三岁，也比他早来三年，每天带着他吃饭、练功、玩耍，他整日里跟在后面"师姐！师姐！"地喊个不停，与师姐感情很好。宗霞从小没了爹娘，就随了道长的姓，俗名叫李春霞，除了老道长，她最关心的就是这个小师弟了。这一晃二十多年，二人都已30岁左右，虽然有时萌发出淡淡的爱意，但观里规矩不得谈情说爱，因此他们只以师姐师弟相待，从不敢越雷池一步。

今天的法会刺激了他俩，宗明一提出要回山里老家参加八路军，她就决心要一起去参军，练武为了啥，不就是除暴安良替天行道吗？但师父就像亲爹一样把自己养大，还教给她功夫，说走就走是不是有点不近人情？又怕师父和师兄认为自己是为情而去，她就一直低着头，不敢看师兄和师父。

老道长是什么人？历经六朝，知事识人百通，一眼就看明白了这其中的所以然，他深深地叹了口气说："现时国家有难，咱们都责无旁贷。你俩也不必多想，该去就去！但是我给你俩提三点，一者，偷偷地走，不要让其他道友知晓你俩的去向。出了观门就用回原名姓，不让外人知道与龙泉观的关系，以免给道观带来灾难。二者，不得干有违道德、道义之事，留得清白人格不被世人唾骂。三者，你宗霞师姐是个孤女，出去举目无亲，我不放心。非常世道咱就来非常人之礼仪，你俩现在就在我面前跪拜结为夫妻，把二妮儿也带上，组成一个家庭，以便于生存和遮人耳目。如果宗明你不愿意，可自己走，宗霞留下，这样我才心安。"老道长眼圈红红的看着宗明，等他接话。

"师父！俺愿意！"宗明扑通一声跪倒在地上。

宗霞道姑坐在原地没有动弹，早已感动得泪如雨下……

"咋？不愿意？都不是小孩子了，看师父为你们考虑得多周全，还不快点儿给师父跪下！"大师兄宗峰在一旁督促道。

"爹！我会回来看您哩！"宗霞抹着眼泪，扑通一声就跪在云清道长的面前。

第二天一早，宗明、宗霞跟师父和师兄道了别，带上王二妮就往西山里找八路军去了。

── ┤ 十六 ├ ──

又是一个阴冷多雾的早晨，沉甸甸的夜幕恋恋不舍地不愿退去。灰褐色的雾气迷迷蒙蒙，与低垂的云层搅为一团。平时常见的悬在东方天空晶莹明亮的启明星也消失得无影无踪；往日一早就叽叽喳喳吵闹不停的麻雀，都无声无息地不知道藏到哪儿去了。龙泉镇自入冬以来，每个清晨几乎都是处在这样的静谧中。

天真的是变了！空气里除了寒意阵阵，还飘散着令人惊悸的硝烟味道。

日本军八天前两面夹击攻占了昭关县城。在昭关的三支抗日游击队共计五六百号人，还没开打呢，国军的第六独立游击队二百号人就溜了，剩下共产党的第三和第四两支游击队伍，打了一个时辰的巷战，毙伤敌人四十多人，但终难敌日军猛烈炮火的攻击，只好撤走。昭关县城就这样落入了敌手。

昭关县城离龙泉镇只有五六里地。日军攻占了昭关县城后，在神麠山顶上架起小钢炮，虎视眈眈地盯着山脚下的龙泉镇，密切监视着村民的一举一动，龙泉民众们终日处于惊恐不安、忧心忡忡之中。

这几天，自卫队的头目们整日里也都提心吊胆的。前些时候，小日本的飞机往镇里扔了十几颗炸弹，眨眼间就炸死炸伤了八十多口子，炸毁了四五十间房。他们就算人多，对付土匪老贼儿还行，要是与武器精良、训练有素的日本军相抗衡，无疑是用鸡蛋碰石头。他们正规部队都不沾闲，更何况这临时拼凑起来的队伍。这让张志和他们心里头直打鼓。

接连几天日军都没有动静。黑天白日的警戒，熬得自卫队上下人等都已疲惫不堪，失去了往日的警觉。一到后半夜，值更守夜的抱着武器都相继进入了梦乡，就连在土地庙自卫队总部值班的张志和与牛海龙两人，在今日阴冷的早晨也迷糊了过去，全然没有料到日军会在大雾的掩护下兵临龙泉镇，他们在蒙眬中听到土狗们不住的吠叫声才醒过神儿来，但一切已经晚了……

他们俩来到院子里，把靠在门道还昏睡的青年人叫醒，拉开了大门往外瞧。

天已快破晓，透过丝丝缕缕的雾气，看见近处的谷场上，站着一排头戴钢盔、身穿土黄军服、手持长枪的日本军人，正虎视眈眈地盯着土地庙和背后的镇墙镇门。抬眼再往上一瞧，路西台地上也隐隐约约有端着枪的士兵，台地边摆着一溜钢炮，地上还蹲着手执炮弹的炮手。扭回头再看，镇墙上一律换成了日本兵，镇门上还飘动着白底红圆的膏药旗。这一切来得太突然了！

他俩赶快回到屋里坐了下来，心里惊骇不小，拧着眉头的张志和对牛海龙说："这日本军给咱来了个出其不意！不放一枪一炮就把龙泉镇给占了。咱可得好好思谋思谋，万万大意不得！"又问牛海龙，"恁看他们把咱包围了，咋还不动手？"

"围着不动手，一般来讲是人家已胸有成竹，静观其变，待机而动呗！"牛海龙停了一下说，"日本人在县里设立了司令部，成立了县维持会，组建了县政府，还有宪兵队、特务队、警备大队等，看来人家是想做长久打算嘞！"牛海龙见多识广，又是共产党的人，信息灵通，分析得还是有道理的。

"俺看没那么简单。恁看呀，咱和镇里民团夜里值更的少说也有两三百人吧，日本军来了咋就没有动静哩？"张志和拍了一下脑门儿，不解地问。

"哎！我琢磨着他们能人不知鬼不觉地进到镇里，把武器给咱下喽，咱镇里肯定有他们的内应。"

俩人说着说着，天就大亮了。

张志和靠在椅子上闭着双眼思虑着，忽然听到有人在拍打门环，他一激灵就站了起来。

牛海龙也站起来说："你别动！我去看看！"

他拉开一扇门一瞧，是镇民团队长刘二狗。

"咋嘞？有事儿？"牛海龙警觉地问。

刘二狗与牛海龙不熟，一看不是张志和就问道："队长张志和在不在？"

"啥事儿？"

"皇军让他到镇公所开会问话哩！"刘二狗指了指谷场上的日本兵说。

"我去行不？"

"皇军说了，必须是他自个儿去，别人不行！"刘二狗说话惶惶的。

"叫去训话的还有谁？"

"都是镇上的头头脑脑，还有各村的村长。"

"知道了，你先走吧！马上就去！"

"哥，不行！皇军让我和他一起去嘞！"

"那好吧！等会儿啊！"说完牛海龙一扭头回院里去了。

牛海龙回屋对张志和说："张叔！咋办？日本人点名儿让你去哩！"

"去就去！能咋？"说完就拿起搭在椅背上的黑夹袄披在身上，刚要转身，牛海龙拦住他说："等等！你到那儿说啥哩？"

"该说啥就说啥！"

"不对！张叔，叫你表态当汉奸你也答应？"

"那咋能？恁快给指点指点该说些啥？"

在与牛海龙相处的这一段时日，张志和觉得他脑子灵，处事稳妥，所以在自卫队里给他安置了一个参谋长的位子。

"依我看，你就来个徐庶进曹营——一言不发！咱也给他来个以不变应万变！"

"这不说话，行吗？"

牛海龙搓着手思考着，猛然间看见墙上挂着一串干红辣椒，一拍手说："有了！你不是不能吃辣椒吗？你就吃三四个辣椒，保准辣得你说不出话来！"说完就摘了四个红辣椒递给了张志和。

张志和接过红辣椒一下子全都塞进嘴里嚼了起来。这一嚼不要紧，直辣得他龇牙咧嘴，就好像把一块烧红的炭火扔进了嘴里，辣得眼泪哗哗地往外流。

牛海龙把手一拍说："就这个样儿，问啥咱也不开口，看他们咋办！

"行！俺看情况再说吧！"

张志和跟着刘二狗叫开镇的南大门进到镇里，一边走一边找夜里执勤的自卫队成员。见他们都蹲坐在墙根儿，手里空空的，边上还有日本兵端着枪看着。他给他们做了个手势，让他们都别动，在原地等着。张志和看到他们现在起码都还没事儿，心里安稳了不少。

一会儿到了往他家走的路口，他猛然想到，该给万山他们报个信儿，要不然互相都不知道现时都是啥状况。想到这儿他就停住了脚，对刘二狗说："二狗啊，咱走西街也不远，一会儿路过俺家门口，俺给家里说一声，恁看咋样儿？"他声音哑哑的。

刘二狗心里明白张家人也都不好惹，趁这个时候做个顺水人情算了。就摆了摆头说："行！"

还没到家门口，老远就看见一二十个日本兵，手持上了刺刀的三八大盖枪，盯着自家大门，不用说谷子贵家也一样，都被日本兵给控制住了。今儿日本军围镇，主要是针对自卫队。

来到家门口门一敲就开了。万山就在门后往外观察着嘞，一看爹回来了，边往里让边说："不让出去，一出去就给挡回来了！"

张志和没往里迈脚，用沙哑的声音给万山说："日本军把全镇都包围了！这不，让俺去开会，不会有啥大事儿，夜黑执勤的其他人都没事儿！恁在家等俺的信儿！可别随便动手，记住啊！俺先去了！"

他看万山点了点头，扭回头就招呼二狗往北去了。

走了一路果然如他所料，胡同和小街道里都没有日本兵，只是到了主街道才有，每个路口都被封锁了，不让人走动。一路上家家大门紧闭，走了一路也没看见一个村民，就连往常到处游荡的鸡也都不见了踪影，镇里死气沉沉的，静得可怕。

来到了前街，街两侧的店铺门都没有打开，但每个店铺的门上都给插上了日本国旗。绿色的汽车和电驴子排满了大街，车上、房上全是端着枪的日本兵，居高临下地注视着街面上的动静。

顺着墙根往东走，看到镇公所和民团团部门前有身穿黑色衣服的人在走动，这些人的胳膊上都套有一个日本国旗袖标。猛然间想起来了，他一路走来日本兵没有阻拦，原来是因为刘二狗的胳膊上也套有这样一个袖标。

刘二狗看见张志和停下来往他的胳膊上看，肥胖的脸立马就红了，哼哼唧唧地说："团长让戴的，不戴不行哩！"刘二狗知道戴上这个意味着什么，日本人说走就走，西山里不但有了抗日游击队，还有了八路军，如果他们过来喽，跟着日本人混的人哪儿还有好果子吃？这个理儿他还拎得清。从第一次与张万山交手的时候起，他就明白了自卫队惹不起，也不能得罪。所以一见到自卫队的头头，只要马家父子不在跟前，就总是恭恭敬敬地面带微笑。

张志和盯着刘二狗，心里就有了主意，说："俺看恁啊！还没忘祖宗是谁，良心也没坏！今儿给我办点事儿，咋样儿？"

"您老说啥事？只要我能办到的一定给您办！"二狗用眼瞄了瞄站在高处的日本兵，往东又看了看没有马家的人，放低了声音说道。

张志和低声说："如果俺到里边有了大事儿，恁就到俺家的房后敲窗户，告诉俺家里人就行，别的恁就别管了！往后俺也就不把恁当外人了！"

刘二狗一听事儿不大，也好办，就满口答应说："行！行！"

张志和走到镇公所大门口，刚踏上台阶，就被站在门口的两个日本兵给拦住了，走过来两个武装警察要搜身。他瞪眼看了看他们，没办法只好叉开双腿、抬起胳膊让人家搜，从上摸到下，没有发现武器，一摆手就让进去了。

走进大门，就看见院子里站着不少人，从穿衣上一眼就能分得清谁是日本人，谁是中国人。日本人一水儿黄绿色的军服，军官身扎武装带，腰间挂有被称为王八盒子的手枪和东洋大刀。穿深色衣着的人大都认得，有些不认得的也眼熟得很，都是龙泉镇里有头有脸的人物。尤其是站在人群中间的村长田道然，不像其他人都戴黑色的瓜皮帽或礼帽，他一头如雪的白发，在人群里很是显眼。他大儿子田善地恭恭敬敬地陪在身边。

人群里还有来回走动、东张西望的，他们的胳膊上都套有日本国旗袖标。戴黑色大檐帽镶一圈白边的都是原县警察所的警员；凡是头戴瓜皮帽的都是镇民团的人。张志和点头与熟悉的人打着招呼。

原本心神不定的人们，一看大名鼎鼎的张志和出现在了他们中间，心里好像有了依靠，都不约而同地看着他。他一身铮铮铁骨，一双虎目咄咄逼人，完全没有一点怯意。

大门口传来一声喊叫："快点儿！皇军就等你们嘞！"

人们的视线一下子都转移到了大门口。工夫不大就慌慌张张地走进来十几个人，张志和一眼就看出这些人是各村的村长，东槐树营自卫队的李根茂和南刘村的刘保田都在里边。当他二人走过来时，他对他们轻声说道："有事儿到土地庙告一声！"二人微微点了一下头，站在了离他不远的地方。

这个时候，里院二道门的仪门后走出来了一个人，身穿一身民团服，大板牛皮带扎腰，身上斜披一匣枪。一顶黑礼帽扣在肥胖的脑袋上，胳膊上也套有个白箍，他就是龙泉镇民团人称马三儿的马继祖。他一手叉腰，另一只手挥动着，盛气凌人地站在二道门口喊道："各位！都进来！"

人们听到喊声，都让着、躲着不愿意带头往里走，片刻间人群中闪开了一条通道，前头站着的就是张志和。

张志和心里明白，他们都不愿意先进去，想让自己打头，他没再多想抬脚就往前走。刚走了几步，就看见田老爷戴着金光闪闪的眼镜，挂着黄铜把的文明棍站在一旁，人家咋说也是龙泉镇的头面人物，理应在先，所以他就停下来，伸出一只手让田老爷前边走。田老爷点了点头，扶了扶眼镜，挂着文明棍就往里走。张志和错后半步，其他人都跟在后面默默地往里走。

原本镇公所的里院也和外院一样大小，但里院回廊的四个角分别栽了一棵海棠树，取四海安定之意。院子正中又修建了一个圆形的小花坛，寓意万事皆在规矩里。这么一整，院子就显得有点儿小了。

人们一进来，就看到花坛周围面向上房摆满了椅子和条凳。正房两廊柱正中摆了一溜蒙着白布的桌子，端端正正地坐着五个人，正中间是胸挂绶带、双手拄一把日本军刀的日本军官。他有40多岁，浓黑的眉毛下，一双猎犬一样的眼睛直挺挺地注视着走进来的每一个人。

紧挨着他一左一右坐着一胖一瘦的两个人，凡是进来的人大都认得。左边油光满面、挺胸抬头，身穿灰色中山装、头戴黑绸礼帽的是马怀德的大舅子昭关县商会会长陈旺泉；右边腰板坚挺、身形瘦削、头戴礼帽、鼻梁上架一副黑框眼镜的是昭关原县府秘书长范文轩。再往外是见人就带笑，实则心狠手辣杀人于无形的县警察局局长秦焕巨。另一边坐着的是身材矮壮、满脸横肉的日本军官——县宪兵队队长山本。靠墙还有两个全副武装的日本军官，面容僵硬、一动不动地站在那里。

　　人们都在马三儿的督促下各找椅子坐下了，张志和、田道然被领到第一排，马怀德父子二人和胡汉章已坐在了那里，财税所所长张长生和警察所原所长冯金城也在。

　　坐在中间的日本军官扭头对坐在右边的商会会长陈旺全点头示意了一下，陈会长猛地站起身来，迅速摘下礼帽，往胸膛一捂，面对着日本军官点了点头，说了声"哈依"这一连串的动作，令在场的人们暂时忘却了周围的刺刀和枪口，发出了一阵有节制的哄笑声。

　　陈会长清了清嗓子，用昭关腔喊道："各位乡亲！各位同人！今天是民国二十六年 12 月 26 日，是昭关县龙泉镇新的政权建立之日！大日本皇军驻昭关县司令部长官松田少佐莅临指导，让咱们用掌声来表示隆重的欢迎！"

　　松田少佐傲慢地坐在原位没起身，只是点头示意了一下。

　　陈旺泉举起肥厚白皙的双手带头啪啪地拍了起来，现场响起了稀稀落落的掌声。

　　陈会长继续喊道："你们都知道大日本皇军占领了南京！国民政府跑了！中华民国临时政府 12 月 14 日在北平成立了！现在嘞暂时辖有河北、山西、河南、山东四个省和北平、天津两市！"当说到这里似乎是忘了词儿，就低下头把放在桌子上的稿纸拿起来，继续大声念了下去。

　　"新的民国政府，以合乎东亚道义的民族协和精神为基础，以建立大东亚新秩序为己任！让我辈们为建立大东亚共荣新秩序而努力奋斗！"他一字一句地把这几句话念完，又把稿子放到了桌子上，从裤兜里掏出一条白手绢擦了擦嘴接着说：

　　"前几天啊，咱昭关县也召开了县署成立大会，咱们原县秘书长范文轩被皇军任命为县知事，也就是县长！你们在座的有的参加了大会。今天哩！皇军和我们来到龙泉镇，就是为了镇民们的福祉而来！几十年来，原本富庶的龙泉镇城乡三四万民众饱受欺凌和盘剥，现在又群龙无首，乱象丛生，急需建立新的镇政府机构来维持秩序！下面就恭请范文轩先生宣布龙泉镇机构名单，请乡亲们欢迎！"说完又带头鼓起掌来。

　　这次的掌声较前一次热烈了不少，张志和扭头看了看大都是胳膊上戴白袖标的人在鼓掌。

昭关县新的县知事站了起来，拽了拽衣襟，摘下礼帽向坐在身旁的松田少佐鞠躬致意。站直身后，把礼帽扣在了桌子上，又正了正因为鞠躬下滑的眼镜，慢条斯理地拿起桌子上的稿纸，抬起头用一双金鱼眼溜了一遍坐在下边的人，说：

"龙泉镇的乡亲们、同人们！刚才陈会长讲了组建龙泉镇政府的意义，我就不多讲了！下面我宣布龙泉镇各部门组成名单：大日本皇军驻龙泉镇宪兵队队长小野太郎；昭关县驻龙泉镇特务队队长付有田；龙泉镇治安维持会会长胡汉章，副会长赵天祥；龙泉镇镇长马怀德，副镇长田道然！"范知事刚宣读到这儿，坐在底下的人就小声地议论开了，胡胖子平时不显山不露水的，这次弄了个啥治安维持会会长？还在镇长的前边。可见这个人不能小瞧喽！

田道然低声嘟囔了一句："这事儿我咋不知道哩？"

范知事一看现场的人走了神儿，赶忙喊道："请各位静一静！请各位静一静！"等人声平静下来后继续念道："龙泉镇警察所所长兼警备队队长冯金城；龙泉镇财税所所长张长生；龙泉镇自卫团团长马继先；龙泉乡自卫团团长张志和！具体细则随后下发！希望以上被任命的各位同人，在县府的领导下，在皇军的督导下，尽职尽责，极尽所能配合皇军作战的需要，防共匪于未然！咱们的乡镇建设也刻不容缓，急需搞好治安的维护和教化民众的工作！希望我们共勉之，携起手来为建设大东亚共存共荣，为建设世界新秩序而奋勇当先！"

当张志和听到龙泉镇自卫团里没有自己的名字，心里暗自高兴，这下子可算是躲过去了，但听着又出来个龙泉乡自卫团，开始不明白，后一琢磨镇自卫团可能是维护城里的治安，把他们自卫队改为乡自卫团，去维护乡下十三个村的治安嘞。唉！管它是啥自卫团、民团，名号不同而已，咱该干啥还干啥！

刚才还胡思乱想嘞，一听到让正职表态发言，张志和心里咯噔一下，这轮到自己该咋说嘞？想着想着不由自主地捏了几下还在发着热的咽喉部位。

他支起耳朵听发言，听到胡汉章说："日本人进攻中国是天理使然，是来拯救国人的，中日同文同种，理应相互提携，一定要在县府和县治安维持会的督导下，保家防共匪，为建设大东亚新秩序而努力。"他心里头一阵阵地发紧，这王八蛋说的啥话？真想走过去扇他两巴掌。

当范知事说请副镇长田道然表态发言时，口气与叫前三位发言时有点儿不一样，比别人多加了个"请"字。再一看他的脸上好像写上了"恭敬"二字，满眼的祈望和敬慕。

松田少佐把东洋刀靠在了胸前，双手撑在了桌子的边沿，紧绷着的嘴巴松弛了，嘴角一咧，充满了希冀的神色，默默地等待着田老爷的表态。

田老爷用文明棍使劲拄着地，慢腾腾地站起身来，佯装年老体弱的样子，不痛不痒地说了几句话："咳！我已年老多病，活一天算一天喽！咱呢！一不问政治，二不参与军务。只知道在商言商，经农务农，咱家能干多少是多少吧！"说完老先生又晃晃悠悠地坐下去了。

张志和听完后心想，这老先生真圆滑，这不疼不痒、不咸不淡的几句话还真让人没有办法。

正在胡思乱想时，听见范知事点到了自己的名字，他赶快装作猛然警醒的样子站了起来，对着范知事指了指自己张开的嘴巴，啊啊了几声，意思是自己嗓子有病不能说话。

这下可了不得了，刚才还温和的现场，气氛立马紧张了起来。坐在张志和对面的日本军官山本喊道："你的良心大大地坏了！"说着腾地站了起来，从枪套里掏出手枪，对着张志和的脑袋"砰"的一枪，子弹擦着他的头顶飞了出去，击中了对面二门顶上的瓦片，碎瓦片哗啦一下子落下，正砸中了站在门口的马三儿和刘二狗。

现场立刻响起了一片惊呼，反应快的，唰的一下把头低下了，大部分人都被惊呆在那里，瞪大眼睛看着站在那里的张志和，只见他不慌不忙地坐了下去。

田老爷没有注意到日本军官的动作，直到枪响时，他才大惊失色，本能地向后倒去，金框眼镜滑落到了地上，文明棍闪着一道金光就被甩了出去，飞到了同是坐在前排的马怀德眼前。马怀德一伸手就把文明棍给抓住了，站起身来走过去，把文明棍递到了脸色煞白、靠在椅子背上喘着粗气的田道然手里。

坐在中间的松田少佐一拍桌子站了起来，对着还掂着手枪的那个日本军官喊道："八嘎！……"嘟噜嘟噜说了一堆日本话，那个日本军官"哈依！哈依！"地连声回答，看样子是训斥他不应该这样做的意思。

松田少佐转过身来，对着现场的人鞠了一躬就开了口，一嘴别别扭扭但还算流利的中国话："各位！你们好！今天的会开得大大地好，体验了日中之间相互信任、相互提携的精神。但是有些在座的人，还不太理解我日本人来中国大陆的伟大意义！我大和民族的文化是东方文化的代表，是王道的化身，实现'王道乐土'是大日本民族的使命！我大和民族最欣赏你们民族所提倡的'和'字，它代表了和平、讲和、求和、议和、和谐等含义。我希望在座的各位都要遵从'礼之用、和为贵'的原则，合作共勉，为实现日中两国和衷共济、共存共荣而努力奋斗！"松田大佐滔滔不绝地讲完话后，两腿一并，又深深地鞠了一个躬，在稀稀落落的掌声中坐在了位子上。

这个中国通的一套新鲜的话语，把在座的一些人说得五迷三道的。坐在前排的胡汉章和马怀德他们听得津津有味，还不时地点点头，很是受用。田老爷还是一脸的静默，不知是喜还是忧。张志和开始听得一头雾水，往下越听心里越不是滋味儿！眉头锁得越来越紧了，一对虎眼瞪得越来越圆了，还不时地转头眺望西方的天际，好像在寻找着什么。坐在对面的日本军官山本，一直用鹞鹰一样的眼睛盯着他。

松田少佐讲完话后，范文轩站起身宣布："新上任的镇各部门的头头和各村村长留下，其他的人都散了吧！"

留下来的人还坐在原位，新上任的龙泉镇镇长马怀德把捻在手里的辫梢甩到脑后，肥胖的脸上堆着笑。他看了看坐在对面的松田和县维持会会长陈旺泉，得到默许后就站起来转过身对着属下说："今儿咱镇的新政权算是有了，俺这个新镇长，今儿只给恁都说两件事儿！"他伸出两个指头在脸前晃了几晃，继续说道："第一哩！希望恁都好好干，皇军不会叫咱们吃亏的！如果有谁胆敢明里暗里与共产党勾结，与皇军和咱们对着干，那他就不会有好果子吃，俺希望恁都要看清时务。第二哩！缴粮纳捐是咱们镇民的本分，维护地方的治安和保证税捐的收缴，是咱们在座的二十多位头头脑脑的本职所在！民国二十七年马上就到了，各位回去后做好准备，明年的征收数额很快就会下达。能按时完成嘞，不但给恁奖励，还要给恁升职；完不成嘞，恁就到宪兵队找山本队长报到，去说明原委。"

台阶上坐着的人听后脸上都挂满了微笑，尤其是松田少佐，侧着身支着耳朵，边听还边点着头，嘴角一咧，两个大门牙露得更彻底了。

马怀德说完坐下后，龙泉镇治安维持会会长胡汉章站了起来，从衣兜里掏出一张纸，把两个自卫团维护治安的区域和职责要求念了一遍，在征得松田同意后，宣布散会，并告诫诸位要各负其责，以观后效，论功行赏。

二十多个人站起身来准备离去，坐在桌子后面的县宪兵队长山本腾地站了起来，举起戴着雪白手套的右手，向站在廊檐下的日本兵一招手，对着已站起身的张志和喊道："你的不能走地干活！"

张志和一愣，扭头一看，已有十几个持枪的日本兵把他围在了正中间。他原本就想过日本人不会这么简单地把自个儿放过去，现在该来的不还是来了吗？既然如此，不如先稳住阵脚，看看再说。想到这儿他反倒平静了下来，慢慢地坐回了原处。

田道然老爷心想人家自卫队好歹也为田家出过力，做过好事，自己理应留下来，看能不能给人家帮帮腔，说两句好话，也算尽了人情。想到这儿他就又坐回到了原来的椅子上。

待了好大一会儿田老爷终于忍不住了，就站起来往外瞧，看到马继先站在不远处，就喊道："继先！你去给问问咋回事！人家张志和嗓子疼不能说话，咋就不让走嘞？"

"您老就甭问了！是皇军下的令，先让等会儿，里边正在写文书，写好后签上字才让走！"马继先走过来放低了声音说完就离开了。

工夫不大就听见后街那边发出了三声火铳响，张志和心里清楚，这一定是刘二狗把信儿报过去了，万山给全乡自卫队发出了包围龙泉镇准备战斗的信号。

刚想到这儿，从土地庙方向又传来了三声火铳声响。这可是战斗召集的最高信号，要求凡是能动的自卫队成员和家属，不管老少都必须以最快的速度集合起来，拿起武器准备作战。

张志和瞄了瞄日本军人，发现人家毫不惊慌，还是纹丝不动地站在原地盯着自己。

张志和心里明白，这是龙泉镇自卫队第一次发出最高等级的信号，不到万不得已不会使用。今天为了自己的安危兴师动众，是不是有点自私和得不偿失？但是转念一想，他是代表自卫队数千会员和家人来的，如果表态支持日本人烧、杀、奸中国人，那不是承认日本人占领中国是合法的吗？咱虽然都是些穷苦百姓，武器简陋，但咱人多势众，又是在咱自己的地界，动起手来不一定输给他们。既然信号已发出，那就只好横下心来赌一把喽！

不大一会儿，龙泉镇治安维持会会长胡汉章拿着一张纸走了过来，身后还跟着端着墨盒、拿着毛笔的副会长赵天祥。胡汉章把写好的纸条递给他。张志和连看都不看，对胡汉章指了指自己的眼睛，摆了摆手，意思是说俺不识字。只好虎着脸站在原地。

山本从腰里拔出手枪，拨开赵天祥，把手枪顶到了张志和的脑门上，大声地喊道："你的！签了地干活！"

田道然毕竟是见过大世面的人，一看事已僵到了这里，再顶下去恐怕要出事儿。只好打起精神，鼓起勇气站了起来，推开顶在张志和头上的枪，不敢给日本人说，就对着胡汉章说道："你们看看人家张石匠的嘴都肿了，嗓子也肿了，不能说话，这是实情。他是个石匠，整日里给石头打交道不认字儿，更不会写字儿！你们这样做是不是有点儿太过了？"

田道然一席话说得在情也在理，就连山本听后也没了话说。胡汉章虽然和张志和一个镇上住着，但平日里没打过什么交道，对他认不认字儿根本就不了解，田道然这么一说，他就问："田老爷，叫他说他不说，叫他签字他又不签，这皇军又不干！您老说该咋着办？"

田道然笑了笑说道："你咋恁糊涂嘞？自卫队里能写会画嘞只有俩人，一个是谷子贵，另一个就是志和的老大张万山！他不会写字，你就不能把谷老贵叫来吗？"

胡汉章一拍脑袋，对站在身旁的赵天祥说道："对呀！你赶快叫人去把谷子贵叫来！"

田老爷的心算是放下了。他扭头看了一眼张志和，还是眉头紧锁，一脸无所谓的样子。

震天的六声火铳响后，墙上的日军指挥官就提高了警惕。日军仗着武器精良，现在周边又没有正规部队，就没有把发信号太当回事儿。当听到镇里镇外传来一阵阵"放出张志和！放出张志和！"的呼喊声，日本军才醒过神儿来，发现数千民众拿着各种武器把龙泉镇给包围了。

尤其是在南半部的日本兵，看到街道两边的房顶上站满了手拿土枪、大刀、长矛、砖头瓦块的中国民众。这还不算，眼前的土地庙大门突然洞开，从里面推出两门木制大炮，黑洞洞的炮口正对着谷场上的日本兵。只听哗啦啦一阵声响，谷场上的日本兵全都趴到了地上，机枪和三八大盖一起对准了土地庙的大门。

谷子贵在家里也急得够呛。当有人来叫他时，他就急忙出发了，在路上他就把实情问明白了，所以到了镇公所就直接从胡汉章的手里拿过来那张纸，仔细地看了起来。

上面写了必须遵守的几个条件，看完后他心里想，维护十三村的平和，实际上也是在保护自卫队会员和其他百姓的安危，具体到杜绝和肃清共党活动这一条，只要控制了龙泉镇乡下的地盘，那还不是咱说了算吗？现在自卫队里就有共产党员，咱不吭声谁能知道，隐藏好就是了。

谷子贵想好后就附在张志和的耳边小声地把自己的意见说了说。张志和听后点头同意，谷子贵就走到胡汉章的跟前说道："只要再加两条我们就同意签字。"

胡汉章想，只要能过日本人的眼，再加十条也行啊！"说吧，哪两条？"

"既然让我们自卫队负责十三村的治安，就需要保持一定数量的武装队伍，养队伍的经费由我们自卫队会员承担，会员们除缴地、丁两赋外，不再缴纳其他的捐费。第二条，既然让我们负责，那就要对我们信任，所以不需要日本宪兵队对我等指手画脚，这样不利于治安的维护，希望日本宪兵队尽快撤走！只此两条，答应就行！"谷子贵面带微笑口气坚定地说完，等胡汉章回话。

胡汉章自己当不了家，只好回正厅里给松田少佐汇报去了。

张志和与谷子贵正琢磨着下一步咋办的时候，胡汉章回来了，说两条皇军都同意了。

为啥日本人同意宪兵队撤出龙泉镇，谷子贵猜测日本人现在处于不利的态势，军力补给不足，也发怵自卫队人多势众，所以才暂时同意了自卫队的要求。

日本军撤回昭关县城的第二天，龙泉镇商会会长的帽子戴在了田家大掌柜田善地的头上。田大掌柜原本不愿意出头露面当这个出力不落好的商会会长，但挡不住商户们的吵嚷，就你家的实力和势力你不当谁能当？

其实，商户们从心眼儿里是怕马家人来当这个会长，所以都一致选正直仁厚的田善地，最起码人家不给找事儿，就是有事儿也能给你商量着来。

今儿田大掌柜就把镇上各个行业的社首和会首召集到了龙泉镇商会会馆，听镇财税所所长张长生来宣读新的税捐条款。

做生意的人最在意的就是缴纳税捐的多寡。原本从民国始起，到七七事变时，税捐的数目就多达一百余种，税捐额度也是越来越高，早已压得商户们怨声载道了。

现时张所长宣读的税捐条款不多，只有短短的三条：一是，税捐一律按往年的数量征收。二是，提高筵席税、烟酒牌照税和房铺税的额度。三是，增加皇军慰劳金和国防献金。先别说以往征收的一百多种税捐，就单单增加的三种税款和两种献金，在座的十几个行业的代表心里头都清楚这意味着啥。事变前虽然社会动荡，但商路还是比较畅通，商品交易也还频繁。事变后战事频仍，东西南北商路隔断，物品不能流通交易，商铺大都在惨淡经营，不但没有了利润，就连成本也难维持。龙泉镇上也只有殡葬行业生意不错，棺材铺、纸马店、架子行大都日夜劳作赶工，利润还能够满足税捐的缴纳。其他的行业都在为保本而伤脑筋。更不能提的是旅馆和车马店业，一天天也没有个外地人来住，房间整月都空着，别说缴捐税了，就是连伙计的工钱都开不出来了。这不？前街的六合旅馆和钱记车马店就关了门，老板李合盛和钱有录带着家眷不知去向。

这一举动不但造成了街面上商家的震动，就连新上任的龙泉镇马镇长听说后也大吃一惊。心想这要是引起了连锁反应可了不得，都关了门找谁要捐税，征不上来捐税，日本皇军怪罪下来，不光张所长吃不了兜着走，就是他这个镇长恐怕也担罪不起。他赶快问下人："大少爷哪儿去了，咋不见他回来吃饭？"

"在团部打麻将哩！"

马怀德两眼一瞪，一拍桌子说道："都啥时候了，还有心思打麻将？快去把他给我叫回来！"马怀德索性饭也不吃了，溜溜达达来到前院的客厅，等着儿子回来。

工夫不大，马继先晃着大脑袋，哼着小曲儿进了大门。

"给我过来！"马怀德一看儿子一副漫不经心的样子，心里就有了气。

马继先进了客厅就问："爹！你咋了？生谁的气了？"

马怀德狠狠地瞪了他一眼，气呼呼地说道："你说我生谁的气了？火都快把房子给燎着了，你还有心唱？"

马继先看爹真着了急，就赶快回道："爹！不就是关了两家店铺吗？你着啥急嘞？"

"咋？等着都把门关喽，咱就高兴了？"

"爹！我不是那个意思！我是说这是件小事，您老就不用操心了！我和宪兵队长小野太君、特务队长付有田商量好喽！布告以他们的名头发出，宣布李钱二人私通共匪，没收他们的房产，挂牌出售，谁出的钱多就卖给谁。这样一下狠手，谁还敢不听咱嘞？"

马怀德的眉头舒展开了，又变成了一脸的疑惑，问道："这个整法行吗？别把矛头都对准了咱们。"

马继先放低了声音说："您老就把心放到肚子里去吧！咱镇上这次不出头，全由宪兵队和特务队一手来办，反正他们也不是咱镇上的人，不怕得罪商户们。老钱这个王八蛋以前不是老给咱抢生意吗？这回我和田家鬼四儿协商好了，咱两家一家买一铺，他买旅店咱买车马店，背后给俩队长点儿好处，让他们把价位压得低点儿。到时候咱找几个人再去凑凑人数，没人买喽咱再出手，那还不是一举两得吗？"

马继先眉飞色舞地一口气儿把话说完，老马在一旁听得不住地点头，笑了笑说："就这样办吧！这几天我就不去镇公所了，就装作啥也不知道，你们自个儿弄去。"

就这样，马三儿和田家鬼四儿每家只出了二百块银洋，就把两处大商铺买到了手。

几天后两家新的店铺同时放炮开了张。因为现时外来客商少，两家都把原来的生意给变更了，换上了新的招牌。马家仗着有枪有势，把"钱家车马店"改成了"时新烟酒铺"，由原来的车马停靠住宿改为铺面卖烟酒，里头房间内实际上卖的是鸦片，也就是抽大烟的地方。田家鬼四儿则直接开了一间一本万利的花楼，叫"怡情楼"。他从昭关县城怡红院里请来了老相好杨翠娥来打理，给她派了两个看场子的，带来了几个姑娘就开了张。他怕老爹田道然反对，就连开张时他也没敢出头。名义上是租给了杨翠娥，实际上是他在幕后主持一切事务。

可能是今夏雨水过多的缘故，自进入冬季以来，昭关县城乡大多时日被雾气笼罩。一直挨到了腊月的第一天，才下起了今冬的第一场大雪。飘飘扬扬的雪片就像拇指肚大小的鹅绒，不到一个时辰，整个大地、山峦和城镇都被晶莹的雪花掩盖得严严实实了。只有蜿蜒曲幽青黛色的滏水，披着一层粼光闪动的薄薄雾纱，一如既往地向东流淌……

龙泉镇的老人们都说这么大的雪，四十多年前下过一次。上次那场雪过后，冻死了好多的人和数不清的牲畜，人们流了好多眼泪，但过了一个有肉饺子吃的年。

田家鬼四儿一觉醒来天已大亮，他揉着惺忪的双眼，披上貂皮大氅，拉开屋门看见满院子厚厚的白雪，很是惊奇地说道："雪下嘞真大哩！说不下就不下，一下就下哩个铺天盖地嘞！"他又回头看了看屋里，里面没有丁点儿声响，就对着院里喊道："宝珍！你大早起上哪儿浪去了？"

刚喊完，就听见房夹道里有女声回答："四爷！姨太太跟着大太太带孩子到饭厅吃饭去了！"声音还没有落尽，从夹道里急急忙忙走出一个穿着红底儿白花棉衣棉裤的女孩。

"香云，赶快去端盆热水来，我要洗脸，吃完饭我还要打牌去嘞！"鬼四儿一副散漫的样子靠在门框上，用猥亵的眼神盯着二姨太的使女香云说。

"是！四爷！"香云脸面红红地走进屋里，端起铜脸盆刚走到门口，就被鬼四儿伸出的大手在高耸的胸部抓了一把。"嘿嘿！越长越有女人味了！"

这一幕正好被刚走进院子的大老婆汪美霞和小老婆王宝珍看到了。伶牙俐齿的王宝珍不干了，放开嗓门儿说道："咋嘞爷们？你咋吃着碗里还想着锅里嘞！夜黑里你折腾了半夜还没折腾够？实在不中俺姐俩一块儿伺候你！"王宝珍边走边说来到了房门口，拉住鬼四儿的手就往屋里拖。

"就是哩！今天不把他摊平，咱还叫女人？"大老婆汪美霞也跟着较上了劲儿。

田老四一把就搂住了王宝珍，嘴对着嘴就亲了一口。然后对站在门外的大老婆笑了笑说："今儿是不是老阳儿要从西边出来，你俩啥时候尿到一个罐子里啦？开始联起手来对付我嘞！这样儿好！你们不吃醋了，可给咱家省下醋钱了，我还省心喽！可得奖赏奖赏你俩！"说完就大笑起来。

田老四的大老婆出生在昭关县城的汪家，也是个书香门第、名门望族，家里人有许多在南北二京、湖广、西安上学和讨生活，大都见多识广。美霞她爹在县女中任过校长，她从小受的是儒家的教诲，知书达理，是一个传统的有知识的女人。刚开始嫁到田家还温婉贤淑，自从田老四娶了小妾王宝珍，她就一改以前贤淑温和的本性，与她争风吃醋，说哭就哭，说闹就闹，终日里为失去男人的宠爱而烦恼不堪。但田家上下的男人们都是妻妾成双，她也不敢闹得太过分失了体统。王宝珍年轻有活力，出生在市井街巷，男女之间的风情懂得又多，久而久之她也只好认命了。几年下来虽然与王宝珍磕磕碰碰不断，但不打不相识，现在两人却黏合到一块去了。

自从田老四买了六合旅店租给杨翠娥后，王宝珍就感觉到了里面的猫腻。她以前听说过田老四在昭关县城的怡红院有个相好，但不知道叫啥，当一听说把旅店租给了杨翠娥开花楼后，立马就想到田老四的老相好就是杨翠娥，是他给杨翠娥赎了身，背后的老板肯定就是田老四。再加上近日里他老往外跑，一待就是大半天。昨儿个田老四又出去后，王宝珍实在是忍不住了，就到汪美霞屋里把她知道的实情说了出来。

汪美霞听后，一开始心里还暗自高兴，平日里你仗着年轻好看拿我不当回事儿，这下可算是有人给我出这口恶气了。但静下来后一想还是王宝珍说得对，以前田老四去县城找杨翠娥毕竟不方便，十天半个月去一次，那身体还经受得住。这下子可好，不但他的老相好住在了跟前，而且把花楼也开在了跟前，这一来二去哪个男人能承受得住这么多女人的折腾？

想到这里，汪美霞深深地叹了一口气，用乞求的眼神盯着王宝珍，缓缓地问道："妹子！你说咱该咋办哩？"

一声妹子，叫得王宝珍心里暖融融的，数年的积怨在大敌当前冰雪消融了。

"美霞姐！我比你小，不懂事儿，以前有对不住您的地儿请您原谅！"王宝珍拉住汪美霞的手动情地说。

"妹子快别说了！以前我也有对不住你的地方，咱还是商量商量眼前该咋办才好。"汪美霞迫不及待地回答。

"行！姐，那俺就先说说俺的想法啊！他这件事儿还瞒着咱爹哩！不敢让他老人家知道。对外说嘞是租给了杨翠娥，实际上他还派了张宝才和田有顺到店里给看着，一来怕有砸场子的；二来盯着每天的收支。杨翠娥只是个老鸨子，主管店里的接待经营，老四每三天去店里收次账，收来的钱就锁在他床下的柜子里，谁也不让动。老四平日里没事就往那里去，你看看怡情楼那个骚货对他的诱惑有多大！别闹不好再把杨翠娥给收了房，那咱俩的日子可就过到头喽！"

汪美霞听完，沉思了一会儿就问："妹子！那咱该咋办嘞？"

王宝珍白里透红的脸上，一双忽闪忽闪的大眼睛突然停止了眨动，直愣愣地盯着汪美霞俊俏甜美的脸庞，笑眯眯地说道："就你我这模样儿，不比那个婊子杨翠娥强十倍！为啥咱爷们放着甜梨不吃，偏喜欢吃那根酸萝卜嘞？"

"我不知道！你说嘞？"

"是嫌咱太平淡、太没味道了！所以换上别的味儿的女人，一下子就把他给吸引住了。人就是老吃山珍海味也有吃腻的时候，一旦吃上几顿红薯和窝窝头也很好吃嘞！你说是不是这个理儿？他不就是想换换口味儿吗？咱就照着他喜欢的做不就行了。"王宝珍说完往前凑了一步，挽住了汪美霞的胳膊。

"你能来你就来，我也做不出啥花样来！他爱咋就咋吧！实在不行了咱就找爹说，看他咋办？"汪美霞横下心来对王宝珍说。

"那我就试试！咋着咱也是名正言顺嘞，难不成还输给那个婊子不成？"王宝珍大眼睛一瞪，信心满满地说。

吃完晌午饭，雪还在下，院子里的雪足有半尺深了。田老四穿上貂皮大氅，蹬上一双长筒皮靴，扣上一顶貂皮帽子，走出了院门。等在过道的田有顺撑开一把油布大伞，罩着田四掌柜走到了街上，踏着厚厚的积雪，来到了怡情楼。

一进接待厅就看见坐在椅子上的张宝才，问道："人来了吗？"

张宝才赶紧起身走过来回道："四爷！杨老板在楼上候着哩！"说完接过脱下来的貂皮大氅和帽子，挂在了大衣柜里。

田老四上得楼来，推门进了杨翠娥的住房。就见老相好正坐在八仙桌旁的靠背椅上，训斥两位身穿肥大旧棉衣棉裤的闺女，大的有十七八岁，小的也有十五六岁，俩人都把双手揣到袖口里，低着头，浓黑的大辫子甩在胸前。

杨翠娥一看田老四进了屋，就赶快停住了嘴，走过去拉住他的胳膊说了声："四爷来了！请坐这儿！"

田老四在另一侧的靠背椅上坐下后，把油亮的头发往后捋了捋，用不太满意的眼神看了看杨翠娥，摇了摇头说道："你咋买了俩干柴货，看这夠样儿！脏不拉几，瘦不拉几，看着烦心，用着恶心！谁能喜欢？"

杨翠娥一看四爷不高兴，就摇着细腰走到了田老四的身旁，搂住他的脖子说："当年我被卖到怡红院的时候，和她俩一个样儿！你信不信？"杨翠娥用地道的山里话，贴着田老四的脸说。

"是吗？要是那个样儿，你就得给俺留着，俺要尝尝这俩鲜瓜甜不甜？"

杨翠娥在田老四的脸上拧了一下，狠狠地说道："你想好事哩！不中！"双手一推他的肩膀扭搭扭搭又坐回了椅子上，对着两个女孩说："你俩回屋里去吧！待会儿洗洗身子，换上新衣裳，就在屋里待着，哪儿也不能去！听见了没有？"平时杨翠娥与人说话，都是用城里人的官话，只有和田老四撒娇调情时，才用山里的家乡话，这是两人五年交往达成的默契。

"听见嘞！"俩女孩儿声不大，却带着一股浓浓的土腥味儿。

杨翠娥看俩女孩出了门，对田老四说："四爷！这俩女孩儿你不能打主意，我也要像当年一样，摆个局，让人赌一赌，让他们出个好价钱，半个月后你就看好儿吧！不过到时候还需要你来坐庄，你看行不？"

田老四一听就明白了她的意思，一拍桌子一晃脑袋说："好吧！我听你嘞！你说咋干就咋干！但是你放心，刚才这俩土妞我可看不上眼，与你差远喽！"

"好！到时你可别反悔啊！"说完走到田老四的跟前，搂住他的脖子亲上了。

刘二狗的爹叫刘瑞祥，是龙泉村新上任的村长。原村长田道然被任命为副镇长后，镇长马怀德提议他当新村长，他开始还犹豫了半天，后来架不住马家父子的劝说，再加上儿子又是自卫队的中队长，他脚一跺、牙一咬就答应了。可是新上任遇到的第一件事就是征缴税捐，催办了好几天，成效不大，这样一来可把他给难住了。

刘瑞祥一大早踏着雪来到镇公所，给维持会胡会长和马镇长汇报征收税款的情况，不大会儿就挨了两顿训斥。最后胡汉章送给他两句话："需要人手，就找自卫团马团长和特务队长付有田。完不成征缴任务，就去找宪兵队长小野太君。"这两句话就像兜头两盆冰水泼到了他的头上，从头顶一直凉到了脚底。

刘村长出了镇公所的红漆大门，小心翼翼地踩着厚厚的积雪来到街上，肥胖的身体前弓着保持平衡生怕摔倒。他看着行人稀疏的街道，心里想，这大雪的天又近年关，到谁家催要税捐和献金人家都不会高兴。再说了，这也不是我一人的事儿，何苦要自已来受这熬煎呢？这时的他对当上这个出力不讨好的村长有点儿后悔。他站在那儿又思索了片刻，摇了摇戴着羊羔皮帽子的大脑袋，忧心忡忡地到自卫团部和特务队驻地找他们去了。

当天后晌，刘瑞祥信心十足地走在前面，马三儿领着两队人马跟在后边，浩浩荡荡地到还没有缴税捐和献金的人家催要去了。

在路上他又想出了一个绝招，遇到不缴或没缴够的人家，就留下三个人，一个是自卫团团丁，一个是特务队员，让村公所的干事领着，带着枪在家里等，啥时缴了啥时候再撤，不缴就在你家里候着。到吃饭时你得管饭吃，吃得赖了还不行。

老刘的这一招还真管用。自卫团的人因为都是在一个镇上住着，抬头不见低头见哩，对人还算客气。这特务队都是吃喝嫖赌抽、坑蒙拐骗偷十毒俱全的人。

他们在你家里待着，你想想有啥结果？所以大部分人家隐忍着到亲朋好友那儿借，凑齐了缴给他们，就像送瘟神一样赶快打发走了事。但是也有穷得吃了上顿没下顿的人家，只有把家里的东西变卖了后，来缴税费和献金。

这收缴税费一直收了七八天，就收到了龙泉镇后街大坡头上的一家。主人有40岁，却黑头土脸的看上去像有50多岁，叫罗有林，是个外来户，单门独户在龙泉镇讨生活。因为家里穷成家迟，家里有两个未成年的小孩子和一个多病的妻子，家境和原来的李老根儿家差不多。

这不？罗有林家里正为咋着过年发愁哩！刘瑞祥就带人来到了家门口，敲着两扇破门板喊着让缴费。罗有林把门一打开，心里一哆嗦，差点儿没昏过去。刘村长领着一伙子人，都拿着长短家伙，横眉竖眼地堵在大门口。罗有林心里明白这一次是躲不过去了。眼见着春节快要到了，外欠账不但还不上，再向别人家去借钱，谁能给填这个无底洞啊！

罗有林把愁苦不堪的黑脸换成了乞求谄媚的笑脸，颤颤巍巍地趴到地上，向刘瑞祥又磕头又作揖。完后站起身，拿出半块儿糠窝窝头说："刘老爷！恁看咱家过的啥日子。一没吃哩，二没喝哩！就是这个糠窝头也还吃不饱嘞！恁看能给缓缓不？"

刘村长俩眼珠子一瞪，说道："我给你缓缓，谁给我缓缓？今儿不缴，这些个人都吃住在你家了！"

"咱今年的税捐不是都缴清了吗？咋又要收缴？"罗有林小心地问道。

"我看你是个榆木疙瘩脑袋不开窍啊！以前是蒋委员长的国民政府征！现时是日本人主持的临时政府征！你过年要吃要喝，皇军和现政府也要花钱是不？"刘村长领着人，边走边说来到院子中间就不肯往前走了。他指了指站在屋门口瘦弱病态的女人和她搂着的两个黑瘦黑瘦满眼惊恐的小孩子说道："这是你的家人吗？"

"是！老爷！"

"你家四口人种了三亩地，咋着不该过成这个光景啊？"

"唉！"罗有林叹了一口气，愁眉苦脸地回道，"恁老人家不知情哩！俺种了三亩地不假，但俺是给胡老爷家种的！缴完租子又缴各种税捐，就剩下不多了！夏季留下点儿麦子不够吃，都换成了红薯干和米糠掺着吃，才凑合到了秋季。没想到今年遭了灾，连着下了四十多天的雨呀！地里收的粮食勉勉强强够给胡老爷缴地租，再缴各种税捐，恁老想想咱这日子该咋过？要不是地头边角种了些杂七杂八的菜豆、萝卜、南瓜，四口人咋着也熬不到当下！"

这时候，站在刘村长身后的马三儿沉不住气了，大声地说道："刘叔！别给他费唾沫星子了，把他弄到宪兵队算了，把他吊起来啥都有了！"

刘村长大头一歪，问道："老罗！你说咋着？"

罗有林看央求了半天也不管用，站在院子里左右看了看，最后只好扛起了家里的唯一值钱物——翻地用的破犁，走了出去。

不大会儿，找邻家换回了十几斤米。本想着除缴了费金，剩下一点儿米，过年还能吃上顿米面饺子，可是刚进门就被拦住了，马三儿从他手里夺过米袋子掂了掂对刘村长说："刘叔！差不多刚刚够！"说完一挥手喊了一声"撤！"

罗有林喊了一声："刘老爷！给咱留点儿过年唉！"话音没落，一大群人轰轰隆隆都走了。

第二天前晌，罗有林一家四口吃老鼠药自杀了的信儿，传遍了龙泉镇城乡。

后晌，又一个爆炸性新闻传遍了昭关县城乡：龙泉村新任村长刘瑞祥上吊自杀了。

龙泉镇的空气被严寒凝固了，悬在湛蓝天空的老阳儿都回来三天了，也没有把它融化开来。山川、城镇、村舍还被皑皑的白雪覆盖着，一副死气沉沉鸡犬不闻的样子。只有到了饭时，家家升起了袅袅的烟雾，才显出了一些有人活动的气息。就连前晌村民们把用苇席卷着的罗家四口人的尸体送往乱葬岗埋葬时所燃放的爆竹声，也没有唤醒沉默的龙泉镇。

后晌，前街响起了刘家出殡的鞭炮声、铿锵的锣鼓声和高亢悦耳的唢呐声，才把龙泉镇给惊醒了。人们纷纷来到街上，怀着不同的心情，目视着从眼前走过的送葬队伍。因为死者为大的缘故，人们都没说别的闲话，只传送着一条相同的话语：刘瑞祥还是个有良心的人。

但凡有孬事儿，必有好事儿相伴，这也叫福祸相随，是人世间之理。这个好事儿没落到别人家，却落在了田家鬼四儿的身上。十几天来他没闲着，就连怡情楼也很少去了，终日里忙着看房、付钱、收房契。时间不长，手里就新增加了大小七八座房产，还大都是门面房。因为房主们的生意都做不下去了，卖吧，没人敢买；关门吧，怕走李、钱二人房产被没收的老路。所以就以低价出手，卖给了田家和马家。因为是年前集市的旺季，没过几天，田老四就把十五间门脸房以很便宜的价位，租给了做生意的当地人。他在怡情楼的旁边又开了一铺田家瓷器店，专卖磁州窑的瓷器，他每天就到店里坐镇，既做瓷器买卖掩人耳目，又兼顾怡情楼的生意，一举两得，忙得不亦乐乎。

这两天，怡情楼里来了一位温柔俊俏新雏的消息，在男人之间经久不息地传递着。究竟是个啥样的小女子哩？他们又没钱去瞧，只能私下里猜来猜去，慢慢地，就成了神麖山东侧四大乡镇男人间闲下来的谈资了。就连怡情楼后台老板田老四，心里头也像猫抓一样。

年前扫房日这一天，因为家家大扫除，人们都有点儿累了，加上天又黑得早，黑咕隆咚的大街上老早就没了人影。又尖又弯的下弦月孤独地悬挂在东方天穹，无精打采地散发着微弱的光亮，繁星们眨着眼睛，就像夏夜的萤火虫。大街上突然出现了一盏晃动着的马灯，有三个人一路摇摇摆摆地向怡情楼走来。

宽大的棉门帘一挑，进来的是身穿貂皮大氅的田四爷，紧跟着的是张宝才和提着马灯的田有顺。从外边看不出怡情楼里有亮光，全被厚实的棉帘子遮掩得严严实实的。进到里边却是另一番风景，红灯高挂，红烛闪亮，人声嘈杂，厅的正中生有一座大铁炉，厅里暖烘烘的就像回到了温暖的春天。在座的是清一色的男人，分别坐在两边的沙发椅上，惬意地品着青花盖碗茶，一边嗑着瓜子，抽着纸烟卷。他们谈着天说着地，一副悠然自得的场景。一瞧田四爷进了门，都问候着："四爷好！四爷好！"因为这些都是本街里的熟人，四爷没开腔，只是点头示意，径直走到最里边一套宽大厚重的沙发跟前，对坐在那里口中叼着一根雪茄烟、鼻梁上架着一副金丝眼镜、气宇不凡的中年男人说道："孔老板好久不见！"说完就握住了对方伸出的大手，不停地晃动着。

这孔老板是谁？是昭关县境最大的煤矿矿主孔宪文，财产在田家之上。为啥没被称为县里的首富呢？因为人家的资产都在北平和上海。他原本就不是昭关人，煤矿只是家族产业的一部分，在民国政府里也是能挂上号的人物，势力大得很。现在日本人刚占领了昭关县，立脚未稳，还没顾上"光照"像他这类的大佬。他也是杨翠娥的老相好，只是没有田老四走得近，这次杨翠娥一召唤，他立马就开着汽车带着保镖早早地来到了龙泉镇。

突然厅里嘈杂的人声停息了，人们的注意力都集中在了从楼上款款走下来的杨翠娥身上。紫红锦缎衣裤，遮盖不住她那高挺的胸脯，窄窄的腰肢，丰满的肥臀，走起来似风摆杨柳。两只丹凤眼顾盼生辉，举手投足魅力十足，惊得在场的男人五迷三道的。她独自走到两个相好的跟前说道："新娘子玲儿可是个令你俩垂涎的甜桃，第一口看谁能尝到嘴里、甜在心里啊？"

扭回身对着楼梯喊了声："玲儿！下来吧！"

话音刚落，楼梯上响起了丁零、丁零有节奏的铃声，和着"哒哒哒"的高跟鞋走路声。不大一会儿，一位身穿红色锦缎旗袍婀娜多姿的少女，用红手绢遮着脸，由一位小女孩搀扶着来到了厅中间，面对着厅内一对大红灯笼站定。从她身上飘出的香气顿时溢满整个大厅。这种香味儿与平常富足家庭里的女人涂抹的香粉气味不同，是来自法兰西的香水味儿，在场的男人们都被女孩那旗袍开衩处露出的白皙凝脂般的大腿和翘臀给吸引住了。当少女把遮在脸前的红绸布拿掉时，大厅里的空气顿时凝固了，只有铁炉子里煤的燃烧发出的噼噼啪啪的声响……

坐在南侧沙发椅上的马光蛋，看着少女南瓜子一样的脸蛋儿，双皮大眼，微微嚅动着的红唇儿，一拍大腿喊了一声："真他娘的不赖！"这一声喊叫打破了大厅里的沉默，顿然响起了一片叫好声。

杨翠娥一看时机已到，把小玲儿拉到红灯笼下，用手指轻轻地触摸了一下少女白嫩的脸庞说道："各位您都上眼啊！这可是天生的，仙女下凡也不过如此吧？今儿我妹妹要出嫁，想找一位如意郎君，看哪位先生有这个艳福！嫁妆嘛，不多，最少一百块大洋！"

杨翠娥的话刚说完，大厅里立刻就鸦雀无声了。

停了有十秒钟，马光蛋抬起手打了个响指说："我出一百五！"

"俺出二百！"一位身穿马褂、头戴护耳皮帽的中年人接着喊道。

马光蛋不满意地瞄了他一眼，心里说道：老黄你个开洋布庄的也来凑热闹？其实他不知道，这是田老四找来当托的。

"我出二百五！"马光蛋又打了一个响指喊道。

这时候田老四也沉不住气了。从少女下楼揭开红布的那一刻起，他就后悔了，这块儿好肉他不愿意放弃，太诱人了，和第一次见时完全变了一个人儿，杨翠娥还真有两下子，十几天的工夫就像变戏法一样，把一个土妞变成了一个风姿绰约、妩媚可爱的美妞。他一开口就喊了一声："我出三百！"

开洋布庄的老黄又紧跟着喊了一声："我出四百！"

这一喊，马光蛋就打了退堂鼓，不再出价了，靠在椅背上叼着烟卷看热闹。

田老四不动声色地扫了一眼身边的孔老板，人家正坐在那里吸他那大雪茄，丝毫也没有出价的意思。那我就尝尝这个鲜桃，自己种的果子自个吃，反正里外都不亏。想到这儿他就站起身来，撸了撸袖子大声喊道："你们都别叫了！我出四百五，她归我喽！"说着就要去拉小玲儿的手。

这个时候孔老板大喝了一声："别动！我出五百，归我了！"

周围一片喊叫声："好！好！这才是大老板！"

孔老板一喊，杨翠娥心里的石头才算落了地。她生怕没人出高价，把货落在了手里，最后便宜了田老四，那样自己的心血白费了不说，到手的银钱等于是扔了，自己还白忙活一场。她那双丹凤眼心满意足地挑了一下田老四，意思是说行了，不要再叫价了！

田老四明白了，装作一副无可奈何舍不得的样子，一下子就躺回到了沙发上。

再看那孔老板，傲视一切地四下里瞟了瞟，心想，我今天既然来了，就必得有所收获。其实他从来就没把田老四看在眼里，不学无术，好吃懒做，土包子一个，怎么能跟自己相比呢？

正在胡思乱想的孔老板，突然接到杨翠娥递到手里的红绸带，一下子就回过神来了。从衣服兜里掏出一沓子纸钱，问道："你是要法币还是要银洋？"

"那当然是银洋啊！"杨翠娥搂着他的胳膊看着他说。

孔老板把法币装回裤兜里，又从上衣兜里掏出两张银票，塞到了老相好的手里。在一阵阵的喊叫声中，牵着到手的准新娘，跟着走在前面捧着大红蜡烛的小女孩儿后面，志得意满、心乱神迷地上了楼……

——│ 十八 │——

　　日本人占领昭关县后，牛海龙按照上级组织的要求，加快了在龙泉镇城乡吸收共产党员的工作。通过近一段时间的考察，经上级党组织批准，自卫队张万山哥俩、谷子贵父子和苗金虎几位先加入了中国共产党组织，又通过他们，在13个村自卫队成员里秘密发展了一批党员，成立了龙泉镇党支部。张志和是一个颇有威望的刚烈汉子，为了对外保持中立姿态，关键时候起到掩护大家的作用，暂时没让他进入党内。

　　随后，牛海龙与张志和、谷子贵协商，以开展地下抗日活动为重，在自卫队内部重新进行了分工。张志和还是自卫队总队长，总揽全局，处理自卫队的日常事务；谷子贵还是文传师，不过又给他挑了几个心眼灵活的人负责情报的搜集；他和张万山负责武装人员的训练和作战。张万山组建了一支以共产党员为主的十几个人的特别行动队，队长是谷满囤，由张万山亲自领导，专门在暗地里执行特别的任务。

　　接受了任务后，谷子贵把宪兵队、特务队住地斜对面田老四新买的两间门面房租到了手，把在田家老店门口的卦摊搬到这里。谷子贵白天给人算卦和相面，夜黑后，就让徒弟李大牛睡在那里，表面上给别人说是看门防小偷，实际上是监视敌伪动向，进行情报的搜集。除了这一个监视点外，又在警备队对面开了一间杂货铺，还把厨师老黑林安排进了警备队里给做饭。在镇自卫团里他们也发展了可靠的眼线，通过这样的布局，在龙泉镇织就了情报搜集的一张网，在共产党的领导下投入秘密而有序的工作。

腊月二十五这天是龙泉镇年前的最后一个大集，往日冷冷清清的街道上，开始有三三两两十里八乡的农人来赶集买年货。在中国人的传统里，最讲究过年，有钱的细米白面，山珍海味；没钱的用玉米面和红薯面掺和在一起，连糖都不用放，扣个木头刻的戳，就是"点心"；擀成皮儿包上点儿菜馅，就是一顿饺子。但今年过年却与以往大不同，因为成安惨案和日本轰炸龙泉镇的阴影还没褪去，紧接着日本人又占领了龙泉镇，谁也不知道自己今后的命运，哪有心劲儿过年？

　　谷子贵也没有过年的心情，他坐在出租屋窗户下的桌子旁，透过玻璃窗，注视着路过的人和对面紧闭着的黑漆大门。对面的大门口虽然没有挂任何标志，但往来的人们都知道里边住着龙泉镇上最危险的人——日本宪兵队和特务队。谷子贵脸前的桌子上有一张厚牛皮纸，上边画着阴阳八卦图和天干地支对照表。在外人看来，就是阴阳先生给人算卦和批八字儿、择日子用的图表，其实不然，这是谷子贵用了十几天工夫精心制作的，上面画的都是住在对面院里的三十几位主要人物的代表符号和活动规律。他们在他这儿都有一个代号，比如"甲子"就是特务队长付有田，"丙寅"就是白大个，等等。再一种就是进出大门的龙泉镇人的代号，用李子、王丑、马寅来做记号，外人一看以为是为李姓、王姓、马姓的人来算过卦或相过面记的，完全不懂其中的奥妙，只有他的徒弟李大牛才明白里边的秘密。谁化装伪装出去了，往哪儿走了，他就叫大牛告诉张万山，让他派人远远地盯着，看他们都想干啥；一旦有大队人马出去了，就用飞鸽传书，通告十三村的自卫队注意其动向，一有情况再用飞鸽传回来。就这样没过多久，宪兵队和特务队的行动规律就被谷子贵摸得一清二楚。

　　这不，今日一早，镇上有名的"三只手"、外号叫鬼难拿的曹子谦，就进了对面的大门，待了足足有一顿饭的工夫，才从里面出来往东大街去了。谷子贵想不透日本人对这个祖宗三代都是做"佛爷"的有啥兴趣？谈了那么长时间，难道与牛海龙从县城得到的敌人近日有大的行动情报有关吗？正想着，突然听到后院扑通一声，好像从房顶上跳下来一个人。他急忙从桌子旁拿出枣木棍，用棍子头一挑棉门帘，曹子谦正好伸手要撩门帘，棍子差点戳到他的脸上，把他吓了一大跳。

　　"你咋从房上跳下来了？你的腿不要了？"

　　曹子谦用手指按在自己的嘴唇上，小三角眼眨了眨示意谷子贵别说话。

谷子贵看他神秘兮兮的样子，没搭腔又坐回到原处，指了指不远处的凳子让他坐下。

"老贵叔，咋？没事儿就不能来看看您老？"曹子谦答非所问地瞄了一眼谷子贵，一屁股坐下，左手从兜里掏出一盒纸烟，右手的拇指一弹，蹦出了两根烟卷，抽出一根递给了谷子贵，刚要用自打火给点上，谷子贵摇了摇手，把烟卷儿夹到了耳朵上。

曹子谦二十八九岁，个儿不高也不矮，身材不胖也不瘦，一身短打扮，既干净又利落，猛地一瞧，像柜台上的先生。当留意到他那两只小三角眼左扫右瞄专盯人家的衣兜，你才明白这个人不地道。他整日在街上溜溜达达寻找目标，本地人看见他一般都绕着走；外来人一旦被他盯上，十有八九跑不掉。他"把点儿"特别准，专门在外来经商买货的人身上下功夫，得手后转身就钻进胡同里，溜得没了人影儿。每次路过卦摊，见面就喊老贵叔。谷子贵和他都在大街上混饭吃，虽然不是同行，但都是道中人，各自都遵守着道上的规矩，平日里各行其是，互不干涉。

"说吧！找我有啥事？"谷子贵看他一改往常的左顾右盼，换上了忧心忡忡的神态。

"老贵叔唉，我遇上了一个难缠的事儿，想找个人讨个主意，您给我算算？"

谷子贵觉得他想说的事儿肯定与特务队有关，心里急着想知道，却装出一副漠不关心的样子，问道："咋？遇上天棒喽？还是被吃红线了？"

曹子谦摇了摇脑袋说："都不是！"说完又往对面瞅了瞅，放低了声音说："有人想让我当线人！"

"那是好事啊！站到高枝上喽那高鞭子还不是哗哗的！"谷子贵用两个手指搓搓比画着。

"唉！这种活儿可不好接，一旦双方膙了皮儿，那可是要被摘瓢儿的啊！不接吧，这个坎又过不去！这不找您老来给指点指点迷津？"

"这是谁的活儿啊？"谷子贵明知故问道。

曹子谦向街对面大门努了努嘴儿。谷子贵瘦削的老脸立马就沉下来了，站起身就往外推他，一边说："这可不是闹着要哩？这事咱家可担待不起！"

182

曹子谦就一边躲一边赶忙说："老贵叔，你看！我就怕他们知道，这才从房后跳过来，别推！咱坐下慢慢说！"

谷子贵久在道上混，不忧这些事，但这件事却不容小觑。一来他怕曹子谦是被派来试探自卫队对日本人的意图的，二来他还想从他嘴里了解对面有啥活动情况。所以说话的口气和火候都得把握好，刚才推曹子谦，就是故意做出样子迷惑他嘞。

谷子贵放下手又坐回了原处，看着满脸惊愕的曹子谦问："咱打开窗户说亮话，你到底想问啥？俗话说，病不晦医，事不瞒神。你想问吉凶前程讨得金点子，咋能瞒我这个鬼谷子神算呢？"

谷子贵的一通敲打解除了曹子谦的顾虑，就把特务队长付有田找他的前因后果说了出来。

原来特务队想在龙泉镇发展眼线，盯梢和探查城里和乡下各村有没有共产党八路军游击队的活动。就由胡汉章和马怀德二人举荐了十几个人，分别到特务队由队长亲自训诫谈话，告诉他们隐蔽和获取情报的方式方法。因为进出特务队宪兵队目标太大，容易暴露，所以让他们一有情报，就到西街找胡记洋货庄胡汉源联系，每月必须到洋货庄汇报情况，并领五块现大洋作为活动费用。今儿是特务队付有田第一次找他训话，安排他负责龙泉镇前后两条街的监视任务。

谷子贵听后吃了一惊，没想到日本人安排得如此快，如此隐秘。这几天总有些不认识的人进到特务队的院子里，一待就是一两个时辰，这下子就对上号了。这可是个大事儿，得认真对付。

谷子贵不动声色地说道："这是好事啊！你这就是吃上皇粮喽！你应该高兴才对呀？咋看你一肚子委屈不乐意嘞？"

"唉！老贵叔啊！我这委屈大了！"

"你有啥委屈的？你一出手就够我全家吃半年哩！我就是个耍嘴皮子的主，可不能跟你比！"谷子贵笑着摆了摆手调侃地说。

"您老说错了。您要人有人，要枪有枪！我这算啥嘞？单打独斗，还净干些下三烂的活儿，为的就是混口饭吃。遇上硬茬不是进祠堂就是被剁手，最轻的也被捶一顿，这还不错，脑袋还在。这要是跟了日本人成了他们的线人，那共产党八路军知道喽能饶了我吗？可要是不听日本人嘞，我这颗脑袋也得搬了家！这左也不是，右也不行，我也不知道该咋办了，今天无论如何您老得给咱指条明路！"说完扑通一声跪在了地上。

谷子贵看火候到了，就把他拉了起来，说道："我看你还是个明白人，咱也不用多说了，我送你十六个字，只要你做到了，定无大殃！"

曹子谦赶快从兜里掏出烟盒来，弹出一支递给了谷子贵，又拿出自打火，啪的一声给点上："您老快说！"

"八面玲珑，将计就计；阳奉阴违，敷衍了事。"

曹子谦脑子转得很快，脸上立马就见了笑容，说："明白了！"

谷子贵指了指后院说："再遇到难处可来找我！"

曹子谦点了点头，撩开棉门帘，抬脚就往后院去了。

老黑林官名叫张树林，是龙泉镇有名的民间厨师，因脸面较黑，镇里年龄大的人都喊他老黑林，小孩子看见都叫他黑林叔，久而久之人们都忘了他的官名。他专为镇里遇有红白事儿的人家下厨，事儿办得大的人家，要流水席八大碗和四凉四热八个菜，他带着家人煎、炸、烹、蒸样样不含糊。工钱嘛，给五块不嫌多，给三块也不嫌少。遇到贫寒的人家，给1块也行，实在没钱给，他也不要，就当给人家帮忙了。长久下来，虽然钱挣得不多，但落下一个好名声。

自从县里把五十多人的警备队驻扎在了龙泉镇的原警察所里，要找一位厨师专门给他们做饭，冯金城就找到他了，一个月管吃另外再给他十块钱。他当时没答应，说要回去跟家人商量商量。先别说挣多挣少，就这名声压得你在人前抬不起头来。回到家就去征求家族里的主心骨张志和的意见，正好自卫队想找个人打入警备队里当线人，张志和就同意了。让他只做两件事儿，一是做好饭取得信任；二是有大事儿及时通知在对面开杂货铺的王德才。

大年三十开完早饭，队长冯金城把他叫到办公室，吩咐他把午饭做得好点儿，熬菜时多多放肉。但下一句让他再准备些随身带的干粮，他就有点儿好奇了，随口问了句："晚饭吃饺子，后晌就准备找人包了，准备干粮干啥？"冯金城说："你就别多问了，叫你咋做就咋做！饺子早点儿包，后晌四点半钟就开饭！"

老黑林回到厨房后前思后想总觉得有些不对劲儿。今早起来就发现大门口站了双岗，狗子们吃饭都安静了不少，没有了平时的嘻嘻哈哈，脸都阴沉着，他以为是过年不让回去的缘故，就没有太上心。现在看来是有大事要发生。这时门帘一挑进来了一个人，要打壶开水，他一抬头看见是第一小队队长范有录，正好他老婆和自己的妻子是一个村的，平时打饭都给他又多又好，两人关系一直很好，经常要要嘴逗逗乐，看能不能从他的嘴里掏出些真话来。

"录的哎！冯队长叫我给恁都准备些干粮，恁说啥干粮既好吃又好带？"

"啥也不好吃！过个年也不让过好，愣让往山里钻！你说吃啥能有味儿？"范有录看了看屋里没别人，就给老黑林发牢骚。

"咋嘞？不准备在这儿过年嘞？"

范有录看自己说漏了嘴，赶快想圆回来，说道："在这儿过，不在这儿过还能上哪儿过去？"

"录的！俺说恁啊？话说一半留一半，咋拿俺当外人哩？俺原本还想让恁明儿到俺家过年嘞！唉！算了吧！咱拿个热脸贴上个冷屁股！"老黑林佯装生了他的气，把水瓶递给他，就往外推。

老黑林几句体贴的话，说得范有录动了情。话说一半留一半，这不是要人家吗？又一想他在警备队做饭也算是内部的人，说了也无碍，就扭回头小声对老黑林说："你知道咱队夜里去干啥？"

"执行任务呗，还能去干啥？"

范有录附到他的耳旁神秘地说道："今黑个全县的日本军和各镇的警备队，要进山去剿老共和老游！"

老黑林装作已知道的样子，说道："哎！就这事啊？冯队长叫我准备干粮不就是为这个事儿吗？俺早知道喽！"说完就往外推他，一边说一边往他的怀里塞了一包烟。

送走了范有录，老黑林不敢耽搁，摘下吊在梁上的荆条篮子，就要去对面的杂货铺找王德才汇报。一出屋门正好看见冯金城从里院出来了，他马上走过去说："队长你看，带大饼卷肉行不行？"

冯金城站住说："行啊！有驴肉最好！吃了有劲！"

"驴肉没有，就有牛肉！"

"牛肉也行！过年后你得每天给我整点儿驴肉吃，要不我老犯困。"冯金城拍了拍脑门儿说。

"好嘞！你没听说吗？要长寿，吃驴肉；要强壮，喝驴汤；吃了驴肝肺，能活一百岁。"老黑林笑着调侃道。

"行嘞！别要贫嘴了，快准备去吧！"冯金城说完刚要转身，又停住了问，"你干啥去呀？"

老黑林心里一惊，想到他要是不让出门，那可糟糕喽，于是静下心回答："去买油纸和纸绳，包大饼用啊！"

"那你给我买二十五瓶昭关老窖回来，明个叫弟兄们喝两口，也算过年喽！"

"好嘞！"老黑林高兴地回道，待冯金城走进队办室后，他才扭身往外走。

牛海龙通过田希微从她二叔那里得到的情报，知道日军年前有一次大的行动，但具体在什么时间还不知道。日军在昭关县的兵力有一个大队一千余人，八个大镇分别驻扎有十到二十人的日军，除去留守的外，光日本军能出动的就有一千人，再加上县里和镇上的特务队和警备队，总共能出动两千多人的队伍。如果再加上周边县，那就了不得了。牛海龙越想心里就越紧张。

原来牛海龙住在田老爷家的客位院，妻子孩子在观台镇老家。在田家住着虽然与田希微接触方便，但时间长了，怕引起田家人的猜忌，暴露了身份。为了方便工作，他让妻子孩子一起搬到了龙泉镇，住在后街离谷子贵家不远的地方。今儿三十儿，早饭后他去土地庙值班，当走到镇南门时发现有了变化，镇墙上执勤的自卫队员明显增加了，往日站双岗的大门口现在增加成了四人，并对进出城门的人加强了检查和询问，对所带的物品和去向都进行了登记。

来到土地庙，看到张万山正指挥谷满仓领着二十几个会员骑马要去各村巡逻，要求每到一个村都要和村自卫队头脑见面，看有没有不正常的情况。

待马队走后，二人就一起进到土地庙里的办公所，开始琢磨今儿镇里的变化。过节加强巡逻检查是镇上统一安排，没啥可疑虑的，但是与田希微的情报一结合，就觉得有问题了，但没有直接的证据来佐证，只好焦灼地等待观望着。坐了有不到一个时辰，就听见院里有人问头儿在不，一听口音是王德才，二人同时站了起来对着院里喊："老才叔！在这儿嘞！"

王德才匆忙走了进来，把手里提着装满线香纸箔的竹篮放到了桌子上，说了句："不好了！要出大事儿！"

张万山异常警觉地拉过来一把椅子说："老才叔！来坐下说。出啥大事了？"

"刚刚哩老黑林到铺子里说，今夜里日本人要突袭山里的八路军和游击队，叫赶快做好准备！"

"去多少人马？"

"总共去多少不知道，光说全县的日本兵和警备队、特务队除留下防务的全都去。"

"他们啥时候出动？"

"不知道，只说后晌四点半开饭。"

"老才叔，还有啥？"

"还说要让他们带一顿干粮。"完后说，"没啥事儿喽我就先回去了，免得他们怀疑。"

牛海龙看他一脸紧张，就安慰他说："先别着急回去，你不是说来烧香的吗？你就慢慢地把香烧完后再回去，千万别慌张！"

"行！"王德才说完掂起篮子就去正殿烧香去了。

二人坐下分析：日本人知道了抗日县政府和游击队的驻地，趁现在八路军往河南打仗去了，想利用中国人过除夕放松警惕的时候，来一个突然袭击，一举消灭驻扎在山里的抗日武装，这样他们才能在昭关站住脚，解除后顾之忧。这也与田希微提供的情报相吻合了。

张万山说："你留下，我跑得快，咱尽快把情报送过去！"

"哎！还是我去，我老家是观台镇哩，遇上盘问我就说是回老家给祖宗上坟哩！再说翻过神麇山不多远就是张家庄的联络点儿，用不了多大工夫就回来嘞！你就在这儿盯着吧！一旦再有新的情报，你就到张家庄村东口找张有顺，说是老刘让来买红高粱米嘞！他问买多少？你就告诉他买 20 斤，然后把情报交给他就成了。"牛海龙一口气交代完，把腰间的手枪拔出来交给了张万山说："带这个玩意儿容易暴露身份，你先给我保存好。"说完就从墙角拿起一张铁锨挑起个篮子，往里塞了些黄表纸，出了大门，怕城门上的人瞧见，就左转下到沟里绕道走了。

┤ 十九 ├

　　大年初一的正晌午，龙泉镇家家户户都正在吃着一年中最重要的一顿饭，这时从镇的西大门进来一支队伍，士兵们军衣散乱，灰头土脸，黑乎乎的一大溜儿，走近一瞧，是警备队回来了。街上的人们惊讶地相互问道："这是咋嘞？大年初一就出动，肯定是有大事发生了，这一看就接过火。"人们看见第二辆马车后边还有四个穿灰棉军装的军人，棉上衣破裂处露出了脏乱的棉絮，布满尘土的脸上已结痂的伤口清晰可见，他们被绑着胳膊，腿还拐着，被车上的绳索拽着，踉踉跄跄地走着。因为手臂不能摆动，身体失去了平衡，就像是断了线的木偶，紧两步慢三步地扭动着。

　　这一帮人马慢腾腾地回到了警备队，老黑林站在大门口，默默地数着进到门里的警员，心里咯噔一下子——少了五个。多了的四位穿灰土布棉衣的人，肯定是被抓住的抗日政府人员和游击队员。心里暗暗地思量，是信儿没传到，还是半路出了岔子？

　　老黑林传信给王德才后，心里一直就惦记着这回事儿，大年夜都没合眼，五更的梆声一敲响就翻身而起。给老爹老娘拜完年后，顾不上吃饺子就来到了警备队。一问队伍还没有回来，就赶快捅火热水，给留守的四位警员煮饺子。吃完饭，四位警员都放心地去睡回笼觉了，老黑林就自个儿坐在伙房的椅子上打盹，一直到了快 10 点了还没有听到动静。10 点钟的时候警员们打开门站岗去了，他就赶忙准备午饭，大鱼、大肉、豆腐、山药、粉条，足足做了 8 大盆。又把大锅里的水热了又热，一直等到晌午了才听到外边喊："回来了！回来了！"他拔腿就往外跑，看看到底是咋个情形。

他跟着人群回到院里，往伙房走的时候就听见冯金城喊道："把他们关到后院牢里去！"

"老黑林，赶快准备饭菜和烟酒！吃完让弟兄们睡觉！"随后冯金城又喊道。

"好嘞！"

这回日本人去西部山里偷袭的情报牛海龙传过去了，这没错！当日本皇军驻昭关县司令部长官松田少佐指挥着两千多人的队伍，把抗日县政府和游击队的驻地包围后，发现两个驻地都空无一人，就明白突袭的消息泄露了，赶快下命令撤军，但已经晚喽！队伍后面传来了枪声，还有人受了伤。枪声并不密集，大都是土枪震耳欲聋的声响，里边还穿插有步枪的尖叫声。他以一个职业军人的敏锐判断，这是一股没有受过专门军事训练、武器又差的游击队。他安下心来，指挥着军队迅速由原路返回，并要求不准打枪。

松田带着队伍由原路撤回到 1 公里外集结待命，他迅速把队伍整顿好，问跟在身后的翻译官："带路的人哪里去了？"

徐田易赶忙跑了过来。

"你的回答？八路游击队地哪里去了？"

"那肯定是得到信儿了，都跑到山里去了呗！"

"你的说他们今夜能回来吗？"

"俺看够呛，要想抓住他们，就得等到天大亮后上山去抓！"

停了不大会儿，松田吩咐道："你的带路，回去地干活！"

话音刚落，有一个人走过来喊道："松田太君请稍等！我有话说！"

松田看不清说话的是谁，但听声音是中国人，就让他快说。

"咱不能就这样撤回去，这不是白忙活一场吗？"

"你的意思是什么？"松田问。

"我觉得让一小部分人往回走，造出些动静来，让他们知道咱退兵了，过到山那边后，等一会儿再悄悄地回来，咱大部队伍原地隐蔽。今儿是大年夜，他们肯定在山里待不住，都要回家过年，等他们回家后，村里的人要起五更放鞭炮，到那时咱再杀回去，重新包围他们，咱们此行的目的不就达到了？"

"冯桑！你的很懂兵法！聪明的大大地！好！好！跟着我好处大大地！"透过微弱的星光，松田看到这个人是冯金城，龙泉镇警备队队长。就用日语给身边的山本宪兵队长交代了几句，不大工夫就听到东边传来零星的枪声、叫喊声和手电光的晃动。

这大年夜谁不愿意待在家里，这黑咕隆咚的山上又冷又饿，北风一吹没地方躲又没地方藏，大人还能凑合，小孩子和老人可受不了，一听说日本军撤走了，就吵吵着要回家过年。抗日县政府人员和游击队队员都劝说先别回去，等到天明后看情况后再回。开始还有人听，不知啥时候有人偷偷地往回走，其他人也都跟着走。政府和游击队刚成立没多久，也是经验不足。他们没有严令禁止村民不准回村，还保护老百姓回到了村里。

大年初一五更，当村里零星鞭炮声响起，日本军迅速包围了两个相隔仅 2 里地的村庄。先占据了横在两个村中间靠东头的小山头，在山顶上架起了小钢炮，支起了十几挺机关枪，封锁住了朝东逃跑的村口通道，随后步兵在迫击炮和机关枪的掩护下从村子四周向村里包抄。

当东山头密集的枪炮声响起时，村民们才醒过神儿来，日本军杀回来了。那些起得早的人就赶忙领着家人，在未散的夜幕掩护下，顺着隐蔽的胡同和小路跑到西山上去了。住在村东的人家，在县武装队和游击队的掩护下马上向西山突围，就没有那么幸运了。

多亏山区天亮得晚，再加上日军和伪警备队对山里的地形不太熟悉，行动慢了点儿，给军民疏散争取了时间，才没有造成县政府和游击队的全军覆没，民众们也大部分跑出去了。但是在后面掩护的队员们，还有一些年龄大的、腿脚慢的村民被堵在了村里和上山的路口，死伤了不少。

这次被袭击造成的损失是惨重的。昭关抗日县政府县长严有民被打成重伤，县政府成员牺牲了六名，游击队员牺牲十一人，伤十八人，被俘获七位战士。两个村庄的村民被炮火炸死和被打死的共有五十二人，在西山各路口被打死的最多，死尸和受伤的人遍布各路口，惨不忍睹，受伤者共有八十多口，被炸毁和烧毁的房屋有一百多间。

当天后晌，抗日县政府和游击队派人化装来到了龙泉镇，找到了土地庙自卫队总部牛海龙他们，把这次日军突袭的前后情况说了一遍，同时商量营救被龙泉镇警备队抓住的四位同志，并要求各支部查出是谁出卖了抗日县政府的驻地给日本人。解救同志、铲除奸细，这两件事都非常紧急，抗日县政府要求行动迅速，尽最大努力降低这次日军突袭的损失。

牛海龙他们商量了有一个时辰，才找到了救人的办法。利用警备队进山突袭回来正在困乏之时，今夜就实施救人计划，给他们来个出其不意。谷子贵负责送工具进去，想办法把今夜的行动计划告诉里边的人。张万山负责救人，救出人后迅速把人送到滏水河边，有游击队员在河边接应，连夜送回根据地。关于铲除奸细的事，也派人加强侦查，一旦目标确定，立马行动。

谷子贵把往里传信和送工具的任务交给了警备队厨师老黑林。老黑林琢磨着把剪子拆开分成两片，卷在剩下的饼里，两头塞上肉片伪装好，放在底层，两包没有剪刀的放在上层。他把做过手脚的卷饼放到盘子里，藏了下来，只等着让给关在牢里的人送吃食时一并送进去。

他找了一小块儿白布条，写上了字，不会写的用图表示，又拿出半盒火柴卷在布条里，揣进自己的衣兜。

四五十个人喝了二三十斤酒，加上劳累，有很多警队队员都喝醉了，到了吃晚饭时也没有醒来。酒量大的爬起来胡乱吃了口饭，就又躺下睡觉去了。

昨夜里冯金城队长得到了松田的夸奖，回来后有点儿兴奋，就喝得有点儿多，吃晚饭时还在呼呼地睡大觉。

开完饭后，老黑林看冯队长没有醒，就去问还躺在床上的队副秦先河："给不给关在牢里的人送饭？不送就熄火了。"

秦队副说："随便送些，饿不死就行！"

"那就把剩下的烙饼送点，中不中？"

"中！"秦先河一挥手不耐烦地说。

老黑林回到厨房拿出盘子，从衣兜里掏出卷在布条里的火柴攥在手心里，就往后院东南角夹道里的牢房去了。牢房以前是警察所临时关押犯人的地方，铁门铁窗，隔壁是值班室，有警员把着夹道口，外人谁也不许靠近。

老黑林来到值班室门口喊道："刘石根！送饭来喽！"

棉门帘一挑，走出来一个身穿黑警服、肩背快枪、手提警棍的警员。摸了摸老黑林的上身和下身，又摸了摸放在盘子上层的两个卷饼，就从腰里掏出一串钥匙，打开牢门上的小铁窗口，然后就站在一旁监督。在往里递时，乘着夜黑，老黑林往接盘子的人手里塞了一个小布团，另一只手在那个人的手背上挠了挠。看他们端着吃去了，才抽出手来在围裙上擦了擦手心里的汗，轻出了一口气，随后跟着那个警员进到了值班室，和他们天南海北地闲扯开了。

不大工夫听见铁门的敲击声，老黑林停止了闲扯，在警员的监视下，又来到小铁窗口，伸进手去，指了指南墙，顺势接过盘子就回前院的厨房去了。

关在牢里的四个人，等了一个后晌也没人来提审他们，感到很奇怪。他们不知道警备队员们今儿又饿又累，过年午饭大吃大喝，冯金城队长喝多了，其他人也都晕晕乎乎。再说大过年的，都想过个好年，谁愿意没事找事？至于提审他们的事，根本就没人提，这下子给了他们四个人逃命的机会。原本松田特别指示冯金城，回来后就审问，问不出来有价值的情报，就把四人填进煤筒子里。松田他们主要是想从抗日县政府人员的嘴里，掏出昭关县隐藏的地下共产党员。

牢里的四个人获取了小布条，并没有急着看，待吃完了饼，看外面没动静了，才让一个人站在门口挡住小窗口，三个人坐在角落里划着洋火看布条上写的字，一瞧都傻了眼，都不明白写的是啥意思。他们都是农人没进过学堂，不认字，有一位队员上过两年私塾勉强认得几个字，但也不明白是啥意思。后来一位年长的队员从中看出了门道儿，说第一个字是"今"字。后边画得是一个弯弯的月亮，再后边就没了字，歪歪扭扭地画了两片剪刀。后边又画了一个大方框，里面还画满了长方形的小块，靠左下角有几层小方块被涂黑了。年龄大的毕竟见的世面多有经验，一琢磨就明白了其中的含义：今夜来救，用剪刀破开南墙左下角的砖。明白了意思，四个人就分了工，一个把门望风，三个人干活。为防止划墙缝闹出声音，用棉衣蒙住干活的地方，三个人轮流用剪刀片划开左下角的砖缝。隔壁就是值班室，一旦被发觉了，那就前功尽弃了。

大年初一，天黑得格外的早，如墨的夜幕把龙泉镇和周围的山川河流包裹得密不透风；细如弯丝的上弦月，也早早地挂在东边的天空，月光羸弱惨淡，还赶不上悬在西边天际的吃嘴星明亮。龙泉镇死寂般的沉静，只有富贵家族街门两旁挂着的摇曳的红灯笼，才显现出一丝儿过年的气息。这是日本人侵占龙泉镇后的第一个大年初一，是一个又恐惧又屈辱的大年初一。所以人们天一黑就上了炕，进入了梦的世界，也只有在梦里他们才能找到些许的安稳和踏实。

张万水趁着夜色的掩护，提前悄悄地来到警备队后墙南侧斜对着的一家房顶上，手里握着匣枪，趴在房檐上，借着大户人家门口挂着的红灯笼发出的光，盯着胡同南北和警备队房顶的动静。一旦有人来，就投一块小石子为号。

刚9时，从南面的胡同口闪出了两位黑衣人，棉披风帽的护嘴系着，护耳布挽在脑后，只留出耳朵和双眼，警惕地扫视着四面八方。他俩贴着墙边来到了警备队的后墙根儿，一纵身就跳进了封闭夹道的短墙后边。夹道之间是南侧房主以前的猪圈，民国后镇里成立了警察所，东南角的房子就改为关押犯人的牢房，为了安全，警察所就不让在这儿喂猪了，并垒了一堵短墙以防有人进去。南墙的墙角，有一大片已被猪的粪便和尿液腐蚀得破败不堪，因为墙厚，从里边看不出来。谷子贵长年从这里路过，了解此情况，所以才想到从这儿下手救人。

两个黑衣人，一个是张万山，另一个是谷满仓。他们一个用尖刀，一个用尖锥，没用多大工夫就挖出一个大洞，露出了里层已活动了的砖墙，把松动的墙砖拿掉后，里边的人一个个地钻出来，张万山站在短墙上把他们一个个拉上来，再轻轻地放下去。随后，万山在前边领道，满仓断后，一行六个人绕过南边的胡同，往西走再往北拐，工夫不大就来到了前街怡情楼东墙的泄水道口。这个泄水口是镇里雨季的排水口，四四方方有两尺阔，东西一共有两处，这次被利用上了，四个人只用了半分钟，就从这里逃出去了。

子时刚过，值班的警员出来方便，打开铁窗口用手电筒往牢里照，发现里边不对劲儿，赶忙打开牢门，用手电光扫了个遍，也没找见被关押的那四个人。最后看见了东南角的墙洞，一下子就没了尿意，赶快跑回值班室把另一位警员叫起来，一起吹响了警笛。

刺耳的警笛声，唤醒了睡梦中的警备队和宪兵队特务队，一时间警笛声四起，再加上5个城楼上的锣声和梆子声，整个龙泉镇都被惊动了。

警备队长冯金城被警笛声惊醒，一骨碌从被窝里爬起来，一听说四个游击队员跑了，就惊出了一身冷汗。立即起身穿衣吩咐手下赶快通知自卫团把好镇墙镇门，让队副组织队伍沿街查找，随后他跑到宪兵队和维持会会长胡汉章的家里报告去了。不到两袋烟的工夫，胡汉章和马怀德都来到了宪兵队，他们经过一番商议，发出了在镇里连夜搜捕的命令。自卫团由马继先负责把好镇墙和镇门，不准放出一个人，再以警备队为主，宪兵队、特务队配合，组成一个长条阵，像篦子梳头一样，从镇南墙开始往北梳，一直梳到北河边，一户也不准漏过，就连猪圈狗窝都不能放过。

这一整不要紧，整个龙泉镇都乱了套。虎狼似的日本兵和特务、警员们，来到镇民家里又掀被子又砸窝，闹得全镇鸡犬不宁。到天亮折腾到了北河沿儿时，发现西边的泄水道有人爬动过的痕迹，一下子就泄了气。

事后他们一琢磨，镇里肯定有内应。他们明察暗访了好长时间，也没有找出个蛛丝马迹来，最后只好不了了之。但对负主要责任的冯队长没有追究是想让他带过再立功。可是他功没立成，却等来了杀身大祸。

老黑林毕竟没有受过专门的训练，虽然谷子贵给他说了好多遍注意事项，但是一遇到大事儿，脑子里免不了有些木木的。自从那天夜里全镇大搜捕开始，到现在心里头还一直慌慌哩！话说得少了，干活儿也心不在焉，经常丢三落四的，全没了以前给警员们逗个乐耍个嘴儿的情趣了。整个警备队这几天也都像是霜后的茄子，蔫不拉叽，没有一点儿鲜活气，所以并没有显出老黑林有啥不正常。这几天警员们排队打饭时都在议论镇里谁是八路的内应，咋着才能把他们找到。这要是追查到自己与这件事儿有关，那可是要掉脑袋的呀！老黑林越想越怕。

冯金城本来想着这一回任务完成后，会受到松田大大的奖赏和提拔，可是被抓住的八路游击队员一跑，这事儿就算是泡了汤。在训话会上他大骂了一通八路内应，发誓一定要抓住他们碎尸万段。松田和胡汉章都催他尽快把这个案子给破喽，不留后患。但他明白自己的队伍在明处，人家在暗地，想抓住他们可不太容易，整天唉声叹气以酒浇愁，以减轻心里的压力。

今儿夜已很深了，他本来已喝得晕晕乎乎的，却踢开厨房门儿，让老黑林给他整两个菜，还要再喝点酒才睡。

老黑林没办法，只好切了一盘酱驴肉，又打开一个橘子罐头，掂了一瓶昭关老窖送到了他屋里。老黑林放好东西就要往外走，冯金城一把就拉住了他，把他按在椅子上，非得让老黑林陪他喝酒拉拉话。

冯金城从老黑林手里接过酒盅，一连喝了三大盅，对一个已喝晕了的人，那可是在火上再浇了一桶油，他那长条脸刹那间就由浅红带了紫，趁着酒劲，就先拉开了话头："别——别看你老黑林是个做饭哩！你说说你吃、吃过啥？"说完身子摇晃着，右手向上一挥，又拍拍自己的胸脯："你看看咱，想吃啥，就吃啥！"一拍腰间挂着的手枪："咱想杀谁，就能杀谁！"

"对着嘞！对着嘞！"老黑林一边附和他，一边给他的空酒杯里倒满酒。看他喝得已不知东南西北了，就多了个心眼，想用话逗出这几天从警员们闲聊中的"将功补过"是啥意思。

他就端起酒杯说道："来，冯队长，你也算咱警备队的大功臣喽！俺来敬恁一杯酒，祝恁步步高升！"

"滚！你说这话老子就不、不愿意听！喝酒！"冯金城接过老黑林手中的酒，哆哆嗦嗦地倒进了口里。然后用迷瞪的醉眼，直愣愣地盯着老黑林说："松、松田老小子，不够意、意思！"说完用手指弹了弹桌面，停了片刻又说道："这、这次出兵，要不是咱老、老冯，给他出了一个主、主意，叫、叫他杀了个回马枪！他们能得胜回、回城吗！"他抬起手一撩，又说道："就连那、那个带路的货郎徐，还奖喽二百块法、法币嘞！他却给、给我来了一个将将、功补过？你说那货有我、我的功劳大吗？"话音落下，他就趴在桌子上呼呼地睡着了。

老黑林听完心里吃了一惊。原来这次进山讨伐，死伤了那么多人的回马枪主意是他出的呀！我说咋情报传过去没起作用嘞？还有一个带队嘞叫货郎徐，要不两眼一抹黑的日本人，咋着就能找到抗日政府的驻地呢？这一下子就全对上口了。想到这里，恨得他就想拿起酒瓶，把冯金城的脑袋给开了瓢。又一想自己不能这么干，等汇报给谷子贵后，看他咋着处理。想到这儿，就走过去把醉得不省人事的冯金城拖到床上，给他盖好被子，拾掇完东西，回厨房睡觉去了。

第二天，他把早饭送到了房间。已醒了酒的冯金城披着棉衣，坐在被窝里问正在摆碗筷的老黑林："夜黑我回来，给你说啥来？"

老黑林故作姿态地说："你说俺没福气，没吃过好饭，没看过好看的娘们。"

冯金城坐在被窝里哈哈大笑着说："等有空我带你去过过瘾，尝尝鲜。"

"咱可不敢！让俺那黄脸老婆知道了，还不把俺给撕巴着吃喽！"老黑林笑着摆摆手撩开棉门帘出去了。

"看吓嘞你，胆小鬼！"

冯金成坐在床上回忆起昨夜晚的场景，猛然间心里一惊，我给日军出的杀回马枪的主意，在内部有好多人都知道，这要是传到了八路游击队的耳朵里……他越想越觉着后怕，赶忙穿衣下床，撩开棉门帘对着外院喊道："老虎的！老虎的！快过来！"

不大会儿就见一位挎匣枪的警员跑了过来，站在冯队长室门前喊了声："报告！"

"进来！"

冯金城说道："老虎的啊！从今儿起，你挑三个自己人，每天从早到晚都要跟着我，不管干啥都要保护好我！知道吗？"

"为啥？"

"不要问为啥！你今夜里就搬到我屋里来和我一起住，就在窗户边支张床，听见了没有？"

"听见了！"

这个老虎的，是警备队第二小队的队长，叫冯石虎，是冯金城的本家兄弟，原来也是警察所的警员，日本人来后成立了警备队，冯金城就让他当了小队长。

冯金城匆匆吃了饭就披挂好，叫上老虎的往镇公所去了。

龙泉镇治安维持会就安在镇公所里。冯金城让老虎的在前院等着，自个儿来到里院胡汉章的办公室。

胡汉章正靠在一张罗圈椅子里，与治安维持会副会长赵天祥商量事儿，看见冯金城撩门帘进来了，就坐直身问："冯队长有事儿吗？"

"有，想给您汇报点儿公事儿！"冯金城不等让座，就在旁边的沙发椅上坐下了。

赵天祥站起身来往外走，被冯队长给拦住了："都是自己人，不用走，一块儿听听。"

冯金城就把自己的疑虑说了出来，请求胡会长的指示，看咋着才能把隐藏在镇里的共党分子给挖出来。

胡汉章从上衣兜里抽出一条白手绢，擦了擦嘴，双肘支在桌子上说："这个事儿啊！我想了好几天了，这不？我俩刚刚哩还在说这件事儿嘞。"他猛地用手拍了一下桌面后又说，"要不这样吧！我把镇上的老马和老田，再把付有田招呼过来，咱们一起商量商量？"

时间不长，几个人陆陆续续地来到了胡会长的办公室。胡汉章就把镇上面临的问题说了一遍，又把县治安维持会的指示传达给了在座的人。

胡汉章刚说完，特务队长付有田就发了言："在座的各位，别的事儿咱不管，就挖出隐藏的共党分子这件事儿，你们只管提供线索，剩下的都由咱特务队来负责，你们千万别插手！把水搅浑喽就分不清哪是鱼哪是乌龟王八了！小野队长和我已安排好了，网已撒出去喽！就等着鱼进到网里来，到收网时再告诉各位谁是共产党八路分子，你们就等着瞧好戏吧！"

本来挺难的一件事儿，听付有田这么一说，在座的心里都充满了信心。

谷子贵听了老黑林提供的冯金城酒后说的话后，特别嘱咐他现在一门心思给警备队做好饭，没有特别的事儿，不要再见面，活动暂停一段时间，不出事儿是第一位的。谷子贵的顾虑是有根据的。这不？还没到正月十五就发现有商贩在镇里活动，有的还沿街不停地叫卖着。他总觉着有些不对劲儿，那个货郎徐是不是就在这里面？他对着后院喊了声："大牛！你过来！"

大牛撩帘子进来，搓着手问："师傅！有事儿？"

"你看看这些商贩谁是新来的，我是说去年从来也没有在咱这儿待过的。"谷子贵指着图表上的名单说。

"俺不用看，俺说你画吧！"李大牛瞪着一双明净的大眼睛，自信满满地说。

"俺从东头往西数，东大门口那个修车的；戏楼前挨着拉洋片的来了个卖糖葫芦哩；怡情楼对门新开了一家洋货店；西大门新来了一个修鞋嘞；还有两个经常在后街转悠的，一个是卖洋烟、洋火、人丹、丽花糖哩，另一个是挑着货郎担卖零星百货针头线脑哩！剩下嘞都是去年的老面孔了。"大牛扳着指头说完，看了看谷子贵在图上画的圈后又说："哎呀！这不是把咱镇里的各个街上全给盯上了吗？"

谷子贵为啥收他为徒弟，就是因为大牛有这个灵气儿，一比画一眨眼就明白你想叫他干啥，看人认字儿过目不忘，多年前的事儿、见过的人儿都能给你回忆起来。别看平时话语不多，但看问题分析个事儿头头是道，自家的满仓和满囤都不如他。

谷子贵猛然拦住了他的话头，问道："那个挑货郎担的叫啥知道不？"

"不知道！"大牛摇了摇头。

"今儿个给你个事儿干，看你咋着能把挑货郎担的姓啥给整过来，你就立了一大功，但是不能让他知道你的用意，明白不？"谷子贵拍着大牛的肩膀说。

"明白了！"

给大牛交代完，让他留在店里盯着，自己往土地庙汇报事儿去了。

谷子贵刚走到镇南大门口，就听到门楼上有人喊："老贵叔！上土地庙去呀！"

他抬头一瞧是刘二狗在向他招手。刘二狗他爹刘瑞祥自杀对他的打击很大，外表有了很明显的变化，话说得少了，说话办事儿也没有以前那么张扬了，见人多了份热情。尤其是见了自卫队的头头们，更是显得亲热，有向自卫队靠拢的意思。他们几个人认为他本质不坏，是个可以利用的人，就把争取刘二狗的事儿交给了谷子贵。

谷子贵看他好像有话说，就沿着墙边的台阶登上了镇楼，跟着刘二狗进了楼里，一瞧里面空无一人，就问他："二狗咋哩？有事儿吗？"

刘二狗用手指着远处马家谷场边看场人住的小屋说："那个小屋里这几天有个人，每天一早就进到里边，从小窗口一直往土地庙那边张望，也不知道冷，一直到天黑才走，不知道他想干啥。"

谷子贵顺着他指的方向看了看，发现那个小屋里确实有人影在晃动。他一看就与前街新来的几个商贩联系到了一起，这可能是特务队放的线人，在远处盯着自卫队。

想到这儿就对刘二狗说："这可能是八路军游击队派来的探子，来刺探情报的！我回去叫人把他抓住，送到警备队，叫他们审审就明白啦！"

谷子贵说完就要往外走，刘二狗又把他拦住说："老贵叔！你先别急着走，我还有句话没有说哩。"

谷子贵停住脚问："二狗，这得谢谢你啊！有话就说吧！"

"老贵叔！刚才团里开了个会，让五个大门口加强对进出人的登记和检查，可疑的人先抓起来，审问没问题后再放人。马团长还特别交代，对进出后街三个门的人要特别注意，一定要记清出入时间，问清楚到哪里去、去干啥。凡是生人必须搜身，一个也不许放过。你看他们是不是对后街的人有点儿不放心？"刘二狗没有直接说对自卫队不放心，而拿后街人来提醒他。

"咳！管他们放心不放心，咱后街的人走得正，行得端，日本人咱还不怕哩，还能怕他们？"谷子贵亲切地拍了拍他的肩膀又说，"二狗啊！你以后遇到不管多大的事儿，多找你老贵叔聊聊，你摆不平的事儿由我来给你摆平，千万不要自己扛着！知道不？"

这话说得刘二狗心里酸酸的，忧郁的眼睛里涌出了晶亮的泪珠。

"好了！咱不多说了，有时间咱再聊！"说完，谷子贵又拍了拍他的肩头，扭身下楼去了。

过了有一顿饭的工夫，刘二狗就听见把大门的自卫队员问："万水哥！恁抓的是谁呀？"

张万水大声地回答："抓的是八路的探子！送他到警备队去！"

刘二狗赶快出门往下瞧，就见张万水领着四位自卫队员，用枪顶着一个被绑着的人，往镇里走去。他心里想，人家自卫队说干就干，一点儿也不含糊。从此这个"八路军的探子"再也没在谷场边看场屋出现过。

正月二十三是家家户户迎灶王爷回家的日子，也是春节的最后一天。从今以后，农人们便结束了冬闲的日子，进入了忙碌的季节。龙泉镇的大街上，走街串巷的多了起来。买农具的、买种子的、修箩的、补筐的等等，操着浓烈的土话，叫着、喊着，打着招呼。

这几天，王德才的杂货铺也跟着热闹了起来。从早起一摘掉门板开始，买镢头的、买镰刀的、买绳子的应接不暇。王德才刚给一位买牛皮绳的找完钱，送人家出去的时候，门帘一撩就看见对面警备队的门口，一个牵着一匹枣红马的人正在往拴马石上系缰绳。他放下门帘子，对趴在窗口往外瞧的一位年轻小伙子说："老二！人来了！"

那个人把马拴好，给把门儿的打了个招呼后就进去了。趴在窗口的那位小伙子站了起来，他不是别人，是张志和的二小子张万水。他从墙根儿拿了一把大铁锤，扛到肩上，又正了正头上破旧的瓜皮帽，走了出去。往西走了没多远，就扭回头顺着南墙根儿来到了警备队的大门口，走到那匹枣红马跟前拍了拍马屁股喊道："这是谁的马？卖不卖？"

那个把门儿的警员呵了声："干啥嘞你？别乱动！"这个警员是年前新来的，不认识张万水。

"咋嘞你？不卖！恁喊啥嘞？"

警员口气缓和下来："不是不让你动，是一动出了事儿俺担待不起。"

"咋嘞？不就是一匹马吗？"

"你知道这是谁的马吗？冯队长家里的，你要是一动把马给惊着喽！队长能饶了我吗？"

"啊！是这个事儿呀？那俺不动了。"说完扛着大锤往东走了没多远，就蹲在路北的墙根儿和熟悉的人晒起了老阳儿，双眼还不住地往警备队的大门口瞧。

一会儿工夫，骑马人就走了出来，解开缰绳，拉着马往西走了。

又等了一袋烟的时间，从警备队的大门里出来了四个推自行车的武装警员，其中走在第二位的正是警备队长冯金城。四个人飞身上了自行车，使劲蹬着车就往西门去了。

张万水不慌不忙地掂着大铁锤，往东门去了。出了东大门，他加快了步伐，不大会儿就来到了田家油坊。放下大铁锤，给站在门口的大本儿打了个招呼，走到房后牵出了一匹大黑马，骑上马就蹬着河水往河北岸去了。

冯金城这一段时间一直很小心谨慎，就连正月十五元宵节都没回家团聚，只派冯石虎往回捎带了一些礼品。一般他都猫在警备队里开开会打打麻将，从不敢自个儿出去，出去时前后也都有冯石虎带着人保护着，搞得张万山他们不好下手。

前几天谷子贵和牛海龙、张万山合计了半晌，才设计了一个调虎离山之计。让牛海龙联系冯金城老家冯村镇的地下党，以莲花山土匪王老怪的名号，把冯金城的儿子控制起来，让他去交赎金，就在半路上把他给干掉，为死难的同胞报仇。

昭关县有八大镇，数了龙泉数冯村。

冯村镇在滏水河以北，鼓山岭东，离龙泉镇有三十里地，也是昭关县最北边的一个镇。该地煤炭储量丰富，大小煤窑密布，也是一个富庶之地。昨夜冯村镇的地下党组织传来了消息，冯金城的儿子已被控制。

今儿一早张万山就带着人出发了，埋伏在往冯村镇的必经之地牤牛沟，就等冯金城一行路过时，尽量不用一枪一弹，就地把他们给解决掉，然后再悄悄地返回。

张万水在镇里盯着冯金城，一旦发现他们已出发，就赶快骑马抄近道去送信儿。张万水一瞧他们骑着自行车，心里就有了谱，骑车必须走大路，小道不好走，所以他们必然要从昭关东门外的滏水桥上绕。他骑马蹚过河，走人烟稀少的小路，肯定比他们要快好多。老阳儿还没到当午嘞，他就骑马赶到了牤牛沟，把信息通报给了张万山，并迅速做好了截杀冯金城的准备。

从昭关到冯村镇的路，必须要过牤牛沟，路从南沟沿下去到沟底，有足足几丈深，穿过一百五十多米宽的沟底，再爬上北沟沿，一展正北，不出十几里地，就是冯村镇。

二月二还没到，冰冻的土地还没有全部融化开，荒凉的田野还是一片土黄。远处的田地里，只有零星的农人在劳作，没有人想到在不远的牤牛沟里，会有震惊昭关县的大事发生。

牤牛沟的路两旁除了几棵枯树以外，就剩下干枯的野草可怜巴巴地伏在黄土地上，根本就掩盖不住七个人。张万山在一进沟口下坡土道上的不远处，把浮土清理开，挖了一条长一尺半、宽一尺深的沟，盖上草，蒙上土，把它伪装了起来。他们骑着车一进沟口下坡道就会被颠翻在地，咋着也会弄得个灰头土脸，腿瘸胳膊折。然后躲在土堰下的人再出来一个一个地收拾他们。

参加这次行动的共有七个人，除了万山和万水外，其他五个人分别是从三个村的地下组织找来的，由张万山指挥。当一切都安置好后，他们都分别拉下系在头上的黑布和棉帽子的护脸，只露出了一双眼睛，藏到了路两边的沟沿下。只有西槐树营村的李黑蛋趴在坡顶的堰头下，观察着南边路上的动静。

等了没有多大的工夫，就听见李黑蛋说："唉！来了。"

不一会儿，南沟沿的下坡道上，一个骑着自行车、身穿黑警服的人，带着一溜黄土烟尘飞了下来。刚喊了一声坡陡，还没来得及刹车，自行车的前轮就掉进了土沟里。一声"哎呀"就翻下了土坡。后边的三个骑车人也稀里哗啦跟着翻了下去。

张万山他们赶快从藏身的土堰下飞跑过去，两个人逮一个，他自个儿直奔冯金城而去。

被颠翻的四个人，第一个是冯石虎，他在前边引路开道，已摔得不省人事，死人般地躺在土坡上。冯金城跟在冯石虎的后面，摔得也不轻。那两个警员跟在最后，虽然刹了车闸，但是下坡的惯性大，也被颠翻，满脸满身都是土，脸也擦破了，躺在地上哎呀哎呀地喊着。冯金城身体靠在斜坡上，布满灰土的脸上往外流着血，一直流到了衣领里。惊魂未定的他吃力地抬起头来，看着跑过来的黑衣人，想从腰里掏出枪来，但手一动就痛得他直咧嘴。最后他无助地躺倒在土坡上，闭上了眼睛。

张万山蹲到了冯金城的跟前，先用带尖的木棍拨了拨他的两条胳膊，看着他因疼痛晃动着的脑袋说："不知好歹的东西，没想到你也有这一天吧？"

说完就把木棍的尖头对准了冯金城的心口，单手一用力，就插进去了一拃多深，鲜血就涌了出来，冯金城立时死了过去。张万山甩了甩手，把他腰里的手枪掏了出来，插进了自己的腰里，又从子弹盒里抽出了子弹夹装到了衣兜里。最后从自己衣服里边掏出了一叠纸，慢慢开它放到了冯金城的身上，又在上面压了一块石头。纸的最上面写着两个大字"布告"，下面写满了字，其实就是一张宣布执行死刑的判决书，最下边落款是：昭关县抗日县政府，上边还盖着鲜红的大印。

做完这一切后，张万山一看冯石虎昏死在坡上还没有苏醒过来，就来到了另外两个警员跟前，用西山里的土话说："恁吊都给哦听好喽！俺吊代表昭关县政府执行了冯金城的死刑，如果恁吊们再去作恶哩！再与共产党八路军为敌哩！俺吊就会去找着恁吊，恁吊就像他吊一个样儿哩！恁吊都听明白了没有哩？"说完用手指了指躺在土坡上冯金城的尸体。

眼睛被土和血糊得啥也看不清楚的两个警员，浑身颤抖着，不住地点头说："是！是！是！"

张万山一挥手，领着六个人，带着冯金城准备赎他儿子的两袋银圆和缴获的四把匣枪以及子弹，顺着牤牛沟就往东去了。

├── 二十一 ──┤

第二天早饭后，张万水哼着小曲儿去田家油坊上工，刚走到东大门，就感觉到气氛有点儿不大对劲儿。大门口站岗的多了好几个，最显眼的是日本宪兵队长小野，带着四个日本兵，手持上了刺刀的三八大盖，站在了大门的两侧，还有几个特务队的人分散在周围。

张万水以为是警备队长刚被干掉，敌人内部加强了戒备的缘故，所以就没当回事儿，迈着大步继续走。刚走进门洞里，就见宪兵队长小野一挥手，四个日本兵把刺刀顶在了他的胸前和后背，又跑过来几个特务用枪指着他，把他围在了正中间。张万水心里一惊，坏了，冲我来的！反抗也没用，他就拿出了死猪不怕开水烫的样子，乖乖地让人家给上了绑。这时候从东门外开来一辆军用卡车，日本兵和特务们把他带上卡车，一溜烟地往西门开走了。

虽然抓张万水的时间很短，但正是人们出工的时候，所以很快就有人到土地庙，把这消息告诉了正在屋里商量事儿的自卫队头头们。事已至此，再瞒着已无益处，张万山就把警备队队长冯金城帮日本军突袭抗日县政府，残杀了几十号战士和村民的经过向张志和说了一遍。

其实，牛海龙在自卫队里发展党员的事儿，张志和早已看出了苗头。牛海龙召集张万山弟兄俩和谷子贵父子开会，他就碰上过两回，他一出现，人家就不吭声儿了。今天既然说开了，张志和也没有埋怨，反倒安慰他们说参与此事儿的有六七个人，只抓走了他一个，看来还没有完全暴露，让张万山好好想一想，看问题出在哪里。

张万山思忖了片刻，一拍桌子说道："第一个摔跟头的是冯石虎，当时以为他昏死过去了，倒在坡上没有动他，是万水和黑蛋儿去下的枪，很可能就是他醒来后装死，认出了万水，告诉了日本人！但万水当时只露着两只眼，他咋就能认出来嘞？"

谷子贵说："这还不简单，冯石虎是老警察所的人，平时可能就认识万水，就算蒙住了脸，但从外形上也能认个差不离呀！"

牛海龙做了检讨，说是自己安排不周全才发生了此事。

谷子贵说："咱也别埋怨了，要我看咱必须吸取这次教训。第一，下次参与行动要好好地化装，一家有俩人的不要一起去。第二，必须组建咱自卫队的常备武装，别再一边下地一边还要值勤巡逻，这样太疲劳还不能正常地训练。"

张志和接着说："这个事儿俺也大概弄明白喽，老贵恁赶快派人到田家油坊告诉大本儿，叫他咬死万水哪儿都没去，一直就在油坊抢锤榨油，以防备再有啥事儿发生！俺亲自到县宪兵队去会会山本老小子，看看到底是个啥情况再说。"

张万山一听就急了，说道："爹！恁不能去！要去俺去！实在不行夜黑俺去把万水给救出来！"

张志和两只虎眼一瞪："恁要把他偷偷地救出来，那不就把咱们给坐实了吗？以前救走那四个八路游击队员的罪名还不安到咱身上？自卫队就成了通共的队伍，日本人立马就会来围剿咱自卫队！到时候要死多少人呐！以后办事儿要多琢磨琢磨，千万别蛮干！"

屋里人一看张志和动了气，都不敢吭声儿了。张志和把腰里别着的手枪拔了出来，交给了张万山，紧了紧腰带就走了出去。

张志和孤身一人骑马来到昭关县城里的日本宪兵队门口，把马拴好就要往门里走。在门口站岗的两个日本兵拦住了他。

张志和说："俺叫张志和！找山本队长！给通报一声儿！"

一个日本兵收起枪进去通报了，另一位站在门口盯着他。

别看张志和识字不多，但是与人交往的道理可懂得不少。今天他要勇闯虎穴，必须拿出勇气来，敢于顶着上，否则就让人家更加怀疑。

山本队长正在审讯室拷问张万水。张万水坐在老虎凳上，疼得满头是汗，咬着呀忍着，就是不承认自己到过现场。另一个日本兵刚要再往脚后跟加砖，就听到"报告！张志和来找！"

山本队长一愣，敢找到宪兵队来，胆子还真不小！又一想到自卫队在周边的影响和上次在龙泉镇被围之事，就明白这个中国人是个难缠的主。他也知道昭关县周边县域里的自卫队势力很大，一招不慎就会影响到全局，就说了一句："让他在院子里等着！"

不大会儿，山本队长带着两个日本兵来到了院子里，瞪着眼问站张志和："你的什么事地干活？"

"俺自卫队为了维持龙泉镇乡下的治安，没白天没黑夜地巡逻检查！恁倒好，把俺的儿子给抓起来嘞！为啥呀？"张志和上来就直奔主题，反问山本队长，以争取主动权。

"你的孩子涉嫌通八路！杀害警备队长冯桑地干活！"

"恁有证据吗？是有人看见了，还是有人当场抓住嘞？"张志和想弄清是谁在后边指证，好随机应变。

"有人亲眼看到他蒙着脸，在现场参与了行动！"

张志和双手一摊，气恼地说："这是谁这么不长眼啊！我儿子一天都没离开龙泉镇，一直在田镇长家的油坊里抡大锤榨油，咋还能跑到外地去杀人哩？这个指认的人，俺能见见不？"

"那不行地干活！"山本队长狠狠地摆了摆手说。

张志和摇了摇头，放低了话音说："山本队长，恁看啊，现在一没证据，二没抓到现行，俺想与证人对质，恁又不让。要不咱们来个中国式的三堂会审咋样儿？就是从恁警队里找三个与指认的人熟悉又与俺儿子高低胖瘦差不离的警员，让他们四个人都穿上一样的衣裳，蒙上脸，让那个人指认。如果嫌一次不准，咱再让他们换上与现场作案人一样的装扮，进行二次指认。如果两次都指认错了，就证明在现场的不是俺儿子！那恁就得给放人！如果两次都指认对了，那恁该咋整就咋整，俺二话不说！如果各有一次，那咱再增加一回，以三回两中为准。"

山本队长对这个提议倒是很感兴趣，扭头对身后的两个日本宪兵吐噜了半天，

206

两个宪兵"哈依"一声，就出去找人准备去了。

张志和虽然听不懂日本话，但是从他们的动作表情来看，知道山本同意了他的提议。他紧张的心情平静了不少，但也不能大意。张志和在院子里不停地走来走去，山本队长坐在回廊下的椅子上盯着他。张志和心想，对待这些杀人不眨眼的家伙可不能示弱，得拿出兔子蹬鹰的勇气来，和他们一搏高低，才有成功的可能。

等了有一顿饭的工夫，一个日本宪兵带进来四五个警备队员。张志和瞄了一眼，心就安稳了下来，若无其事地看着他们被领进了山本队长的那间房。

这一伙人刚进到屋里，一位日本宪兵领着一个头缠白绷带、脖子上挂着白布带吊着胳膊的人，从大门口走了进来。张志和一眼就认出他是龙泉镇警备队的冯石虎。他下意识地搓了搓手，心想在他辨认之前，得吓唬吓唬他，还得找出点事儿，让他的主子对他产生些不信任。如果能做到这两点，这事儿就好办了。

想到这儿张志和走到门口水道眼子那儿，伏下身拿起一块鹅卵石向山本走去，边走边颠了几下鹅卵石。

周围的日本兵都紧张了起来，霎时就亮出了手中的武器。山本队长也抽出了日本军刀，喊道："你的想干什么地干活？"

走到离山本两丈多远的地方，张志和停住了脚步。

"太君，恁都不要害怕，俺没别的意思。我是想问冯石虎两件事儿！"

山本把刀放下："你的快说！"

张志和问冯石虎："恁和冯金城干啥去了？"

"回去救他儿子去了！"冯石虎两只小眼向上一挑说。

"用啥救？"

"用银圆。"

"多少银圆？"

这一问冯石虎哼哼叽叽不吭声儿了。

山本队长也想知道答案，就扭过头问冯石虎："你的说说用多少钱地干活？"

冯石虎一看躲不过去了，就低声回答："两千块银圆。"

张志和显出很惊讶的表情对山本说："他们一个小警察一个月的薪金才十几块钱，哪儿来这么多银圆？还不是把老百姓缴的捐费装到自己的腰包里了吗？"他又对冯石虎说："恁十几年前就和马怀德一起在龙泉镇给俺自卫队找事儿，配合政府军抓走了多少自卫队员！现时恁又诬告俺通八路，恁都有点良心没有？"

张志和的一通话是想让山本队长知道，冯石虎指认万水通八路是因为以前与自卫队有隔阂，在报复自卫队。

"再一个，俺问你冯石虎！人的头硬还是这块儿石头硬？"张志和又步步紧逼。

"那当然石头硬！"

"好！恁来看！"

张志和右脚一跺，马步站好，右手往下一挥，一掌就把左手握住的鹅卵石劈成了两截，两块石头轻轻地一碰又变成了四块。站直身后，问冯石虎："咋样儿？俺要打死冯金城还用费恁大劲儿跑到 30 里外恁老家？在龙泉镇趁他夜黑从窑子楼里出来，在啥地儿都能一掌把他劈死！"说完把四块石头很随意地往回一捏，顺手就扔回了水道眼儿。

张志和的单掌开石这一招，不但在场的日本兵看傻了眼，冯石虎也看得目瞪口呆，因为他光知道张志和功夫厉害，从没有亲眼看见过。今儿一瞧，心里就一惊！他不费吹灰之力，一掌就能把砖头大小的鹅卵石劈成两半，那要是劈到自己的头上或砍到脖后根儿，立马就叫自己见了阎王爷。

张志和瞟了一眼冯石虎，心里就有了底，知道自己的话和表演起了作用。

日本兵正收回武器的工夫，一个日本宪兵领着四个都用黑布蒙着脸的警备队员从屋子里走了出来，往当院里一站，让冯石虎指认。

冯石虎本来就泄了气，现在一看四个人穿得一模一样，只露出了两只眼，就更没了勇气。只好胡乱指认了一个，揭开脸上的黑布，一瞧不是，是他认识的县原警察局的吴警官。

山本队长就让再进去换衣裳。

再次出来的是一身黑衣黑裤、黑布蒙着脸的四个人。

站在队里边的张万水刚走出来就看到爹给他打了一个把劲松下来的手势。这个手势外人不懂，是万水打小跟他爹练武时专用的手势。他按爹的要求把劲松下来，就与其他人外形更接近了。

这次冯石虎真有点儿蒙了，来来回回看了半天，也拿不定主意。

山本队长有点不耐烦了，把脸往下一拉，站起来回头就给了冯石虎一耳光，对着站在院子里的四个人一挥手说："你们地统统回去地干活！"说完就迈开粗壮的短腿回房间里去了。

张志和不知道该咋办才好，只好站在院子里等，他的心跳到了嗓子眼，是死是活也就在这一刻了。

不一会儿出来一个宪兵对张志和说："松田司令下令，人，你可以带走了！"

工夫不大，儿子万水从屋里出来了，两人相视一笑，啥也没有说，相跟着走出了日本宪兵队。

从这以后，冯石虎就再也没敢在龙泉镇露过面。

警备队长冯金城被截杀，对那些为日本人干事的人震动很大。警备队警员们个个惊恐万状，早操也停止了，那些平时在镇里横行无忌、敲诈勒索商户和客商的警员，都猫在警备队内不敢出来了。就连治安维持会长胡汉章和镇长马怀德出来检查工作，也跟上了挎枪的警员进行护卫。

龙泉镇的五个出入口都换成了双岗，出入检查也更加严格了。新上任的警备队队长秦先河忙碌了起来，骑着他那辆擦得锃光瓦亮的富士牌自行车，带着随员在五个门之间穿梭检查。龙泉镇的街上一下子又安静了不少。

这天，谷子贵正在煤炉子上烤着手，眼睛还不住地往外瞧，李大牛走了进来："师父！俺弄清了，那个挑货郎担的人姓田，是鼓山西边何村镇田庄的。"李大牛蹲在炉子前，边说边用铁钩子从煤渣里往外挑没有燃烧尽的煤核。

"是吗？那恁给我说说是咋问出来嘞？"

"俺装作给俺娘买顶针儿嘞，就顺便问他咋称呼恁嘞大叔，他说恁吊就叫俺田大叔就行了。听他的口音带个吊字，那肯定就是何村镇西嘞，那儿只有一个田庄，那他还不是田庄的吗？"李大牛头一扬，带有几分得意地说。

"恁这个孩子也太老实！他说姓田就姓田吗？说话带口头语儿吊字嘞，何村周边山里的多了去了！"谷子贵说。

大牛低下了脑袋，蹲在那儿不吭声儿了。

谷子贵又问道："恁回来时后头有没有人跟着恁？"

"没有啊！俺还回头看了两三次嘞！"

其实，谷子贵刚才一直观察外边的动静，大牛从东边南侧的胡同里拐出来后，没有多大会儿，胡同口就有个人在往这儿张望，他就知道有人在盯着大牛了，应该是挑货郎担儿起疑心了。这时，突然看见有个陌生人正在往这边走来。

"大牛！过来！看是不是这个人？"

大牛放下铁钩子紧走了过来，顺着师傅手指的方向看，说："就是他！"

"那你进去别出来，听俺咋问他！"

大牛回身从后门出去了。

"里边人儿在哩不？"带着西部山里硬邦邦山石味儿的话传了进来。

"有人！请进来吧！"谷子贵大声地喊道。

棉门帘一挑，走进来一个40岁左右、身材壮实、方头大脸的人。谷子贵一瞧就知道此人不但身体矫健，孔武有力，而且还是个久经江湖历练很有心机的人。最引人注意的是，他肥大的鼻孔下人中穴上长着一颗黑痣，平添了几分阴暗和狡猾。

谷子贵心里一紧，难道他就是要找的货郎徐吗？要真是他的话，这可是个硬茬子。他心里想着脸上却带着笑，赶忙站起来指着火炉旁的椅子热情地说道："来来来，请坐下烤烤火。"

来人也不客气，点了点头就坐下了。

"坐在铺子里相面算卦哩还是第一次见哩，看来你的道行还不浅哩！"

谷子贵一听他的口音里虽然没有带"吊"字，却带着"哩"，就笑了笑。

因为昭关县的周边以神麂山和石鼓山为界，分有四大不同的方言和口语习惯，那就是：莫西南，吊西北，东南的鸡巴，攮东北。所以只要一听说话，就大概知道你是哪个地方的人。但来人的话语末尾光带"哩"字，谷子贵就明白他是有意不让人知道他是啥地方的人。

"咋嘞老弟？是找人嘞，还是问吉凶前程嘞？"谷子贵不等他开口就先问。

来人两眼在屋里一扫回答说："俺是来找恁给相相面，占个卦，问问祸福前程。"

谷子贵轻轻地捋了捋胡须，一本正经地说道："惶惶天下，碌碌众人；命由己造，相由心生；贫富贵贱，皆在外形；如有缺陷，断为恶凶；要想躲过，指点迷津。有道是，相面须看上下停，三停平等好相生；若还一处不均等，善恶之间有改更。

若是人中有黑痣，少男多灾女双生。"

谷子贵的一套话直奔来人的缺陷而去，立马就把来人给镇住了。原本只是来寻找问他姓氏的人是干啥的，这一下叫谷子贵给点中了自痛处。多年来他爹娘找过好多相面和算卦的先生，都说他命运多舛，有财难聚，有福难享，他为此也十分苦恼，这下看能不能找到破解的方法。

谷子贵一看敲准了他，就拿出两根烟卷儿递给来人一支，划了根火柴先给他点上，再给自己点着后说道："看你天庭饱满，地阁方圆，是大富大贵之相。"

说着把桌子上的长方镜子推了过去，让来人自己看，然后上下打量着他，唉了一声说："多好的面相哟！叫一颗黑痣给破了，长得太不是地方喽！"

来人站起来给谷子贵做了个长揖，抬起头说："恁老贵人哩！请给咱指点一下，咋着才能哩搬开压在俺身上的这座山哩？"

"搬是搬不走，但是嘞，能破！"谷子贵给了他希望，想到再给他测测字，看能不能套出他的姓氏。

"俺看恁老弟也是个实诚人，我再免费给恁测个字，再瞧瞧恁家里还有啥不疙结地方，再点给恁破解的招数。恁看行不？"说完，谷子贵就把一张黄表纸推到他面前，又把毛笔在墨盒里蘸了蘸，递给了他。

这一下，来人更有些激动了，接过了毛笔，在黄表纸上写下了一个大大的"徐"字。

谷子贵看着他一笔一画地写完，心想可算是找到恁了。于是不动声色地再给他加上了一把火，说："单从字上说——"谷子贵拿起毛笔在双人旁上画了个圈，"恁上辈分两股，到了恁这一辈儿，就只有恁这一个单帮儿喽！"

谷子贵一边放慢了口气，一边观察着他的表情。他用毛笔点了点"徐"字右边的"余"部，又说："恁看把字再拆开，上有一人，下有二和小，就显出恁这一辈儿单传，下一辈儿原本应有两个男丁，就因为恁地面相的不足和阳宅的不佳，所以到现在恁还没有传代之人。"

谷子贵又绕到了他的宅院，是想诱他尽快回去，好在路上截住他，把他干掉。

"俺的家宅有啥缺陷？"来人不解地问。

"恁家宅院坐北朝南，对不？"

"对啊！那有啥不好？"

"家宅不光看南北，关键在于它的周围！你家的大门口开在左而不在中，对不对？"像他这样的小户人家，往往都开偏门。这一句也说对了。

"那有啥哩呀？村里不都那样儿吗？"

"关键是恁地前后邻家的宅院，影响了恁家的风水！"

"咋着影响哩？"来人两眼一瞪，散发出了凶光。

"后邻家宅院的地基比恁家的高了三砖，首先压住了恁家的好风水。前家房顶的跌水口又正冲着恁家的大门口。"

来人一听就愣住了，他从来也没有注意过此事，一下子他就有了想回去一看究竟的欲望。

"恁听说过宅经里有这么一条，叫作'跌水冲门口，不伤大口伤小口'吗？这不更合了恁没有儿子的关节了吗？"

"恁吊说哩对着哩！好像是这么回吊事儿哩！下雨时俺一出门儿，就感觉到水老往头上浇哩！"来人一激动就带出了家乡话，不用说他就是昭关西北，何村镇徐家庄的人，是以挑货郎担为名，到处给日伪军搜集情报的特务，外号为"货郎徐"。

货郎徐从衣兜里摸出一张纸币拍在了桌子上。谷子贵一瞧是一张 20 元的法币，没有多说话，就拿起来装进了口袋里，然后用略显神秘的口气说道："要想破掉影响恁地这些个膈应事儿！第一哩——"

谷子贵停住了口，摸了摸他的胡须，看着货郎徐渴望的眼神，捏着指头比画了几下子，说道："大后个儿是个大吉日，恁悄悄地回去，不要声张，记住喽？一旦人家知道喽就不灵嘞！天交午时，在恁地上房檐上分四层，垒六六三十六块砖，先压住后邻家的风水。再在砖垛上朝南镶一块镜子，把祟气返照回去，先解决了现时的难处。待时机成熟时，把自家上房的地基再抬高三砖，再让前邻家把跌水瓦口堵住。做到了这些后，恁家里才能吉星高照，恁自个儿才能遇福吉祥，时间不长，恁就会生子添福。"

货郎徐听完后，不但心服口服，而且心情也大好。站起身来，又对着谷子贵深深地作了一个揖，就心满意足地出门去了。

为了不引起日本人的警觉和怀疑，除掉特务货郎徐的任务，昭关县抗日政府没有交给龙泉镇自卫队的人，而是派第三游击支队去完成。

谷子贵给货郎徐相完面的第二天前晌，三支队的两位除奸队的战士就来到了昭关县城到何村镇的必经之地，离徐家庄三里路边的一块田地里等候。二人装作在地里劳作的农人，一南一北盯着远处的路上。

从一大早一直等到天全黑下，也没等到货郎徐回来。徐家庄的地下情报人来告知今儿他没有回村，他们二人就到前一个村里的联络点住了一晚。第二天一大早就再去等，一直等了两天，也没有见他露头。

其实谷子贵的情报是准确的。货郎徐就是何村镇徐家庄人，本名叫徐田易，39岁，出生在徐家庄的一个普通农户里。他这一代是单传，从小娇生惯养，有求必应，慢慢养成了一身的坏毛病。小时候偷鸡摸狗，长大后仗着自己长得有气派，就来到昭关县城混，跟着地痞流氓学会了坑蒙拐骗，染上了吃喝嫖赌抽的坏习惯。日本人占了昭关县后，他听说特务队招人，觉着是个好事儿，经朋友介绍就参加了特务队。他本来就在县城里有点名气，这下就更加肆无忌惮了，每日穿着便衣、揣着手枪在城里晃荡，喝酒、泡澡、玩女人，没有一个老板敢跟他要钱。这还不算，还三天两后晌哩到人家店里去，查有没有共产党和八路军的人在里边。店家们遇上他给一点儿可不行。后来怡红院的老鸨子受不了他的讹诈，就买通了特务队长雷天一，正好赶上日本司令要侦察抗日政府的驻地，就把他放了外勤。他老家离西部山区比较近，对那里的地形地貌熟悉，就让他化装成挑货郎担的到山里去侦查，内部人给他起了个代号叫货郎徐。

这老小子脑袋瓜子好使唤，挑着货郎担进到山里，没出五天就把抗日县政府和游击队的驻地调查清楚了。日本军松田司令利用过年人们容易麻痹大意的弱点，除夕夜让他带队，神不知鬼不觉地就把驻地给包围了，虽然扑了个空，但是情报准确无误。回来后，不但给了二百块法币的奖励，还把他提升为小组长。这次又派他的小组到龙泉镇侦察共产党八路军的地下组织。

回家破别人的风水，对他来说是个大事儿，满以为骑上警备队的自行车，前晌回去后晌就能回到龙泉镇，就没有给上级请假。一大早说是到城里去办点事儿，直接回徐家庄去了。

过了徐家庄南边的村，东山后边的老阳儿已露出了脸来。他看见铺满金黄色的土路边有两个人在锄地。当他晃晃悠悠地骑到锄地人的跟前，猛地听到那人喊他："徐田易回来哩？"

他以为遇到本庄的熟人了，就放慢了车速回答一声："回来哩！"

声音刚落，有人搂头就给了他一锄头，他一下子连人带车翻倒在地，当场就晕了过去。

两个除奸队员先把他怀里揣着的手枪掏了出来，把他蜷缩着的身子蹬开，让他脸朝上躺平。过了不大会儿他缓过劲儿来就骂开了："王八蛋！恁吊打俺干啥哩？"闭着眼就从怀里掏枪。

一个健壮的队员上去踩住他要抬起的右手说："恁睁开狗眼看看！"

货郎徐晃了晃头，把脸上的土甩掉，慢慢睁开眼，一瞧是两个不认识的大汉用枪指着自己，一下子就明白了咋回事儿。这时那个壮汉从怀里掏出一大张纸说："这是昭关县抗日县政府给你的判决书，我们是执行者，你理应为你做出的一切负责！"

"那是日本人让做哩！有本事恁就去找日本人呀！"一副癞皮狗的样子。

大个子壮汉给站在旁边的人使了个眼色，就见那个人举起锄头砸向了货郎徐的脑袋，只两下子，白脑浆子就冒了出来。

壮汉用脚蹬了蹬货郎徐的胸口，看他的身体已瘫软，就把那张判决书放到了尸体上，压上了一块土坷垃，说了声"快撤！"两人就直奔路西麦子地，转眼就跳到地堰头下看不见了。

二十二

天刚黑下，昭关县财政局长田善渊下班回到家，进堂屋门见侄女田希微帮着妻子往桌子上放饭菜，问了句："希微！今儿咋有空来城里了？你爷爷他老人家好吗？"边说边把棕色牛皮公文包放到了沙发上。

"二叔！这不是月底了吗？镇上的学校要开学了，爷爷让我到学校教书，我抽开学前的空，来县城买几本书回去读读，咱家的线装书我读得不习惯哩！"田希微忽闪着一双大眼睛回答。

田善渊把大衣挂在墙角的衣架上，又回身坐到沙发上，拿起放在垫子上的新书翻了起来，边翻边说："在镇里教书也不错，出门拐一个弯儿就到学校，这么近的路，不用操心有坏人欺负你了。"

"谢谢二叔！"

"谢啥嘞嘛！你怎么什么书都看啊？《镀金时代》《十日谈》，龚廷贤的《寿世保元》，还有《三国志》。呵！中外名著、医书、史书，挺全嘞！"他一本一本地翻完，又把书摞在一起放回了原处。

"你看外国书我理解，《寿世保元》是医书，你能读懂吗？"

"我好歹上了两年大学哩！能看懂！"

"你怎么突然对医书有了兴趣哩？"

田希微不敢说出买此书的目的，只好搪塞道："二叔，你看现在国家破败、民不聊生，我治不了国家的病，想学着给民众治治身体的疾患，减轻点民众身体的

215

痛苦，也算是尽一份青年人的责任了。"

田希微看见叔叔脸上挂了淡淡的不悦，站起身来走到桌子旁坐下，正了正金边眼镜，叹了一口气招呼道："希微！来一起吃饭吧！"

"等一会儿希明回来一块儿吃吧！"

"不用等了，他在同学家要嘞！不知道几点才回来哩！"

"兵荒马乱嘞可别让他到处乱跑，还是小心点为好！"

希微说着就和二叔二婶一起坐下来吃晚饭。

田家分家后，老二田善渊拿到分到手的钱，本想随着南迁的军队往南去。后一想，人生地不熟的，再加上到处都是散兵游匪，带着金钱美妻路上更不安全，干脆哪儿也不去了，就在昭关待着，反正县城比镇上安全。他们就在偏僻处买了一套高墙高瓦脊的四合院子，又把周金凤、王保山两口子从龙泉镇家里带来，女人做保姆白天负责采买用品、洗衣做饭和杂务，王保山负责保护家院，二人就吃住在门房里，也算是有了一个临时的家。

王保山忠心耿耿地为田家看家护院，40 岁上妻子去世没有再娶，成安县周金凤母女落难来到龙泉镇后，田老爷为了收住他的心，就把母女二人留下，把周金凤与王保山撮合成了夫妻，在用人住的院子里腾了三间房，在田家庄里安了家。田善渊在县城买房从家里搬出来后，田道然不放心，就让王保山两口子搬过来一起住，每月的工钱还从田家领，对他们二人来说也是件好事情。

吃完饭后，田善渊从沙发上拿起公文包走进了侧旁的书房，拿出了各乡镇政府和县局部门报上来的报表，坐在靠背椅上。他盯着报表上的数字就沉默了，就连放在桌子上的钢笔，他也突然间对它有了一种恐惧感和厌恶感。自己原本是个财务工作者，后来成了国民政府的县财政局局长，身上的担子重了，手中的权力也大了，但他一如既往地勤奋工作，从不敢越雷池一步。原本按部就班不问政治的生存轨迹，日本人一来就全变了，悔不该当初答应范文轩县知事的多次邀请，重新接受了这个县财政局局长的任命。虽然衙门还是那个衙门，人还是那些人，干的还是那些事儿，但是服务对象不同了，性质就变了。原来远离政治的他，却在不知不觉中掉进了政治的旋涡，为此，他整日烦恼不堪。

眼前这十几张表格里所填写的数字，反映的是政府运营的整体状况，包含当地军队和警队、执法机构的总体情况。这些东西对民众用处不大，但是对处于战争状态的敌对双方来说，可是求之不得的宝物。因为它是知己知彼战胜对方的法宝，这也是田善渊局长拥有的权力和优势，因为每月的最后一天的晚上，必须由他亲自汇总好数字，第二天一早交给县知事范文轩，而不能让第三人了解汇总的结果。

他明白侄女每月的最后一天，就会来家里的原因。他也想利用敌对双方之间的需求，来得到一种平衡，尽管在两者之间求平衡，就像是杂技演员高空走钢丝一样。

田善渊局长的思绪被进来的侄女田希微打断了。

"二叔！晚上还要工作啊？"田希微把倒满茶水的杯子放到了写字台上，明知故问。

"咋？你也来帮帮忙？"

"我可不会！再说这可是机密，我可不敢！"田希微脸上挂上了粉红色，摆着手羞涩地说。

"希微！你坐下，叔叔想给你说点事儿！"田善渊指着对面的椅子，一本正经地说道。

田希微走过去坐下后，看着烛光下一脸严肃的二叔问："二叔！啥事儿？"

"我问你咱是不是最亲的人？"

"是呀！"

"我问你点事儿？能回答不？"

田希微两只大眼睛忽闪了几下："咋嘞二叔？你这一本正经闹得我有点儿不习惯嘞！你问吧！"

"我先以一位长辈的身份问你，你在共产党了吗？"

田希微一愣，下意识地坐直了身子，抬起左手理了一下头发，微微一笑说道："二叔！这个我不能说，不管是谁问，我都会说'不在'两个字。您就别问了！"

"你这么一回答我就明白了。从小我看着你长大哩！从你的一举一动、一言一行我就看出来你已经不是一位普通的女子。每到月底，你必来我家住几天，为啥？还不是想从我这儿得到一些日本人的内部消息吗？年前你来的那一次，我给你透露了日本人年前可能有大的行动，为的是引起你们的注意，因为我还是一位有良知的中国人，不愿意看到同胞们被残杀。现在嘞！我以一位和你平等者的身份再对你提出请求，请你给你们的上级报告一下，我愿意为你们提供我了解的情报，但是你们得随时保证我和家人的安全，不追究我的过往。你能做到这一点不？"田善渊紧张地端起了茶杯，接连喝了好几口水，软软地坐在沙发椅上，心情沉重地等着希微回话。

田希微听完二叔的陈述，心里一阵暗喜。二叔能主动提出来为共产党八路军提供情报，看来他是一位没有忘记民族和国家利益的人士，他也是不得已才走到为日本人出力的路上。现在他能这样做，一来全家不用担汉奸亲属之罪名；二来可以为我们提供难得的情报。这不也是个好事情吗？再者也完成了老刘交代给自己争取二叔"反戈"的任务了。

田希微看着烛光里端着茶杯等着自己回答的二叔，心里又多了一份沉重，这毕竟是在老虎笼里游走啊！可自己也何尝不是这样呢？既然横竖都一样，那就一起来为人民承担责任吧！想到此，秀丽的脸上就有了笑容。

"二叔，这样最好！原来上级还想让我慢慢地做您的思想工作，让您站到人民这边来，为我们提供情报，为彻底打败日本侵略者做贡献！现在好了，咱不但是亲人，而且还成了战友。不过您可要想好了啊，这可是个要掉脑袋的事儿！您走了这一步，是没有回头路的哟？"二叔是个循规蹈矩、一丝不苟的公职人员，能否承受得住这么大的压力，她心里也没有数，只好再提醒他。

"我想好了！就我现在的处境而论，迟早还不是一样吗？放着阳光大道不走，而去走阴暗的小路，这个事儿我还拎得清！"

"那就好！我买的这本《寿世保元》今天就有了用处。"

"咋讲？"

"这本书有十章，咱县有八大镇，再加上昭关县城城关镇，共占九章，最后一章就用于记录全县的情况。每章里边都有各种药方，药方里的大黄代表日本军人，枸杞子代表伪军，荆芥代表警备队，等等。'一两'代表一百人，'一钱'代表十个人，'分'代表几个人。把各地方的情况记录到各自的章节里，就是出城门检查时也发现不了！"田希微很自信地说。

"你这样做好是好，但还要看你遇上的是谁。遇到一般的军人检查，那他是看不出来的；要是遇上宪兵特务队里的行家，人家仔细一分析研究，就能看出破绽来！这样吧，我给你出个主意，看行不行？不要用笔和纸来传递，那样容易暴露，留下证据。你也不用常来县城，就在家等我，只要有情况，我就以回家看你爷爷的名义回去，亲口告诉你，你再传给你的上家。这些数据都记在我的脑子里，咱何必冒那么大的风险拿来拿去！"田善渊老谋深算地说。

田善渊支起耳朵听了听窗外的动静，往上扶了扶金边眼镜，趴在桌子上小声地说道："昨儿个范文轩知事召集我们四位局长开了个会，传达松田中佐的命令，就是要加快加重征收税和捐。"

田希微拦住话头问道："松田不是少佐吗？咋升成了中佐了？"

"是啊！'剿共'有功呗！会上说华北日军有个开发计划，要实行'统制事业'，他们看中了昭关地下的煤炭和铁矿资源，要把咱昭关县建设成'重要事业场'，为在华的战事服务。为了保卫这个'重要事业场'，他们要以昭关为中心，以神麋山和鼓山为依托，在上边修建防御墙和炮楼据点，在山的东西两侧挖防御沟和据点，形成一片像芭蕉叶一样的防地，把昭关县内的煤矿铁矿围在里边，派重兵守备，在里边实行保甲制。西可拒八路军，往东重修一条宽轨铁路，与平汉线接轨可外运煤炭。你说说，这得需要多少金钱和人力呀？这些全都在咱当地解决！现在日本人的兴中公司已来人接收现有的矿产，不过日军南边的战事正紧，原有驻昭关的部分日本军队已调到黄河边，剩下的已经不多了。新建的新兵营房正在冯村镇那边赶工建设，补充的兵员还没有到位，现在全靠县警备大队和矿警队协防，正是进攻的好时候！一旦他们的'重要事业场'建成，兵员补充后，再打可就费大劲喽！"田善渊滔滔不绝地一口气把会议内容说了出来。

听完二叔的话，田希微心里沉甸甸的，半天没说话，没想到日本人的野心和胃口这么大，手段那么狠，用壕沟和枪炮把县域都围在里边，人们都得在日本军的刺刀和枪弹下生活，那以后昭关县不就成了一个人间地狱吗？现在最重要的事情，还是帮助二叔把桌上的报表统计好，掌握昭关县的军队布置，把情报传出去。

第二天前响，田希微坐着家里来接她的马拉轿车，走到县城的东大门，刚要出门，就被一个守门的警备队员拦住了，要她下车接受检查。警备队员车里车外检查了个遍，没有发现什么，就要检查她携带的东西，她只好把书包交给人家。那位警备队员翻了半天也没有看出个所以然来，盯着她看了半天，只盯得她心里慌慌的，后来心一横，问道：

"认字不？"

"俺要认字还用在这儿站岗？这是啥书？咋这厚嘞？"警备队员翻着蓝皮儿《寿世保元》书页问道。

"这是明朝给皇帝瞧病的御医龚廷贤写的书，书名叫《寿世保元》，你可别给弄脏喽！"田希微伸手夺过书，指着书的封面说。

"咋嘞？不认字还不让翻翻？"警备队员抖了抖肩上的长枪盯着田希微说道。

"看啥嘞？整天给这儿过没见过？恁也不看看这是谁家的车？恁新来的吧？"赶车的老冯呛了他一句。田希微夺过书包上车就走了。

警备队员看着已走出去的马拉轿车后帘上写着一个大大的"田"字，就愣住了，自言自语地说了一句："这是龙泉镇田老爷家的美人儿啊！白想！"

┤ 二十三 ├

　　龙泉镇先圣学堂就在后街的中部，这座古老建筑坐北朝南，三开间的带檐廊大门庄严气派。院子深处有一座面阔五楹、单檐高瓦脊歇山顶式的先圣大殿。冲着大殿门，是一座彩色木质孔子先圣雕像，注视着从大门口走进来的小学子们。殿前阔大的院落里，左右各建有一溜九间厢房，是学生的教室和校长教师的办公用房。这里是几百年前的龙泉社义学，据龙泉村的老人讲，这座古老的院落自古以来就是公学堂，经过历代不断的修缮，才有了现时的模样。

　　今天是新学年开学的第一天，田希微刚走到学堂大门口，就感觉到气氛与以往不同。四位警备队员肩背钢枪站在大门两侧，注视着陆续走过来面露惶恐的学童们。大门两边墙上原来熟悉的八个大字"学在其悟，修在其真"，不知道啥时候更换成了"尊崇孔教，中日亲善"，每个字还被大黑圆圈围在里边，猛一看去，就像是在高高的围墙上挖出了八个大黑洞，原本劝学修身的氛围一扫而光，浓浓的政治奴化意味扑面而来。她原本不想到日本人控制的学堂教书，但搁不住爷爷的唠叨，不就是教学童识字吗？有啥政治关系，教啥不教啥，那还不全在自己吗？现在看来爷爷还是没弄明白民众教育的民族性和阶级性的复杂程度。

　　那次从昭关县城回来见牛海龙时，牛海龙的一席话，才改变了她抵触的念头。牛海龙认为，现在日本人控制下的学校也是一个战场，他们是想利用这个战场来诛杀中国人的爱国之心和泯灭中华民族的历史。咱们也需要有人用笔和教鞭做武器，去占领学校这块文化阵地，去争夺下一代，去保卫中华民族文化不被磨灭。

走进大门，她心里突然有了勇气，她毫不犹豫地走进校长室，向孙国栋校长报到。

孙校长站起身来说："你来得正好，8 点钟要进行开学典礼和祭孔礼仪，县府和镇上的要人都来参加。走！我把你介绍给学生，你负责教六年级，赶快把学生组织好，一敲钟，就带他们到院里排好队，等官方人士一到咱就开始。"

六年级教室在院子西侧靠大门口，对面就是一年级的教室，一个年级一个班。校长向学生介绍完她，就去忙别的去了。学生们一瞧新学年换了一位年轻漂亮的女先生，一下子就兴奋得欢呼起来，有认识的女学生兴奋地跑到她的跟前，亲热地拉着她的手问道："姐！怎么是你？太高兴了！"

她毕竟比她们年长了几岁，又在北平大学深造过，明白当下的时局，知道自己现在该做什么，不该做什么。她压抑住自己青春激扬的情绪，拍了拍拉着她的女学生的手，用标准的国语问大家："谁是班长？"

坐在最后一排身材高挑略显瘦弱的男生站起来说："俺是！"

"你叫什么？"

"张学用！"

"好！等一会儿县府和镇里要来人参加新学年开学典礼大会，钟声一响，就请你把同学们带到院子里，按往常的队列站好，明白吗？"她严肃地说。

学生们一看新老师既严肃又认真的表情，就明白学堂大门口今天有警备队站岗的缘由了，顿时教室里安静了许多。

挂在圣人殿前木架子上的铁钟响起，不同服色的学生们从各自的教室走出来。大概都已明白今年开学典礼与以往不同，就连一年级不谙世事的小学生都规规矩矩，默默地排着队。站在台阶上的学堂庶务胡汉齐指挥着他们，将近二百人的队伍整齐地排在圣人殿前的台阶下，老师们站在自己班级队列的后边，只在队列的中间留出了一条通道。

今天，胡汉齐脱去了往常板正的中山服，改换为一身黑长袍，外罩一件缎子缝就的蓝马褂，往常挂在胸前金灿灿的怀表，依然闪着金光。同学们都不怕校长，反而更怕他，只要他站在台阶上，就没有一位同学敢调皮捣蛋。这全因为他背在身后的肥大手掌里，每时每刻都拿着一把铜戒尺，看到违反校规的学生，不管是谁，逮住就是一顿打。这还不算，放学后不让你走，派同学把家长叫来，当面再训诫。回到家里，十有八九还得再挨上家长几巴掌。正是因为他严格，龙泉圣人学堂才扬名昭关县，从这儿毕业的学生大部分都是优等生，一般都会被县中学录取。

这时，孙校长领一队人走了进来，胡汉齐大喊一声："立正！"学生们齐刷刷站直，谁都不敢回头瞧。

一行人走过后，一个站在最后一排眼尖的五年级男学生，看见那个低矮的日本军官左胳膊上戴着的白袖箍，低声念道："大日本军宣抚官。"刚说完，就被站在身后的老师用指头捅了一下："小心挨打！"

这一行人往台上一站，除那个站在中间全副武装的日本军官以外，其他人学生和老师全都认识。今天他们仪容齐整，全都穿上了丝绸面料的长袍马褂，站在日本军官旁边的是县教育局的督导汪梦雄，常来学校检查，剩下的都是镇上的头面人物，小孩子们都能认出谁是胡会长，谁是马镇长，哪位是警备队长，哪位是特务队长。站在马镇长旁边的二位，学生们就更熟悉了，一位是主管学校的副镇长田道然；另一个就是自卫团团长马继先。

"祭典孔圣人仪式开始！"胡庶务拉长了嗓门喊道。

台阶上的人依此走进了圣人殿，面朝孔圣人的彩色塑像站成了一排。

"上香！"

一位高年级的男学生手捧三炷香递到孙校长面前。校长拿起香走到塑像前，在大红蜡烛摇曳的火苗上点燃，把它插进了桌子上的铜香炉里。

"上供品！"

从侧面走出了一男一女两位高年级学生，手里托着条盘里的四色点心、四色干果送到供桌前，由孙校长虔诚地摆放到供桌上。

"主祭人行三跪九叩大礼！"

孙校长撩起大袍的前襟，往前走了三步跪到垫子上，叩了三个头，又站起来往后挪了三步。同样的动作连续进行了三次，熟练的动作有板有眼。

校庶务出得殿门外，对着台阶下的学子们喊道："各位学子和先生向孔圣人行三拜大礼！"

懂行的人一瞧，今天的祭典仪式有点简单化了，原来宣读祭文、六艺演示等烦琐的祭典礼仪去掉了。

祭典完孔圣人，县教育督导汪梦雄开始讲话。他高高的身材，瘦瘦的脸，鼻梁上架一副黑框眼镜，窄肩微向前探着，给人感觉是一位文弱的老先生，但是讲起话来声音又尖又亮，底气很足："各位先生学子们！今天是你们开学的日子，大日本军驻昭关宣抚官田中太君亲自莅临，并参加祭典孔圣人的仪式，我们感到很荣幸！因为都有一个目的，就是要在全国学界进行春秋二祭活动和执行临时政府的饬令，尊崇孔教，宣扬圣道，完成民族统一之大任！下面就请田中宣抚官训话！"汪督导慷慨激昂地说完，举起瘦长的巴掌拍了起来。

田中宣抚官正了正军帽，往前走了两步，扫视了一遍站列整齐的学生队伍。这个汉语流利的"中国通"，外表凶悍，说话来却很有亲和力："我是大日本军宣抚官田中三郎，今天我站在这里，一是为了参加你们学校祭典孔圣人的礼仪。因为我的家乡日本多久市也有供奉孔老圣人的圣庙，但要比这座大得多，也是庙学一体的，我也曾在那里学习过孔老圣人的《论语》等著作，所以我们日本人也很崇拜他。二是为祈求和平、建设王道乐土而来。我们两国同文同种，一脉相承，所以我们的先生和同学们，都要遵从孔圣人的'礼之用，和为贵'的原则，只有达到了相互信任相互配合，才能实现大东亚的共荣共存之目的……"

开大会时，田希微坐在凳子上，心里沉重得很，正如牛海龙说的那样，学校确实成了一个争夺下一代的战场了。她思考着问题，却没有发现，坐在前面英俊威武的警备队队长秦先河，一直扭头用欣赏的眼神盯着她看。

孙国栋校长最后只说了两句话："老师和同学们，新的学年开始了！从今天起，一切的事都要比以前做得更好！老师留下！散会！"

大会后日本宣抚官和汪督导又给学校的校长和老师们开了一个会，也给在座的镇上的各官员提了要求：必须严格遵守临时政府的指令，在《新民课本》没下来以前，不准再教老的课本，杜绝讲授含有"爱国""抗日""国耻""三民主义""革命"等理论，一律改讲提倡"中日亲善""东亚和平"的理论和四书五经、《千字文》等古旧经典。一旦发现有违者，立即解送宪兵队审查，严重者按共党分子论处；一切后果校长负责。在座的人员均需负起责任来。

会后，田希微回到了教室里。

"同学们！你们都看见了，学校的处境很艰难。如果还想继续办下去，就必须服从当局的安排！"她盯着三十多位同学，表情凝重地说。

十二三岁原本应该无忧无虑的年龄，虽然不知道问题有多么的严重，但从田老师阴云密布的脸上，也能感觉出事情不一般。他们目不转睛地盯着田老师在黑板的两边写下了工工整整的八个字："中日亲善，王道乐土。"谁也没有注意到田中宣抚官一行人就站在门口正往黑板上看。

田中宣抚官和随从人员在门口不住地点着头，脸上带着笑容，随后走出了学堂大门。

田希微把教室的木门关上，屋里暗了不少，她扫视了一遍被阴郁氛围笼罩着的学生们，说："我想同学们都认识这八个字，它的含义你们都了解，从今天起这八个字谁都不要擦掉，这不但是给他们看的，更重要的是对你们的提醒。而且我讲的内容你们只能听，不要做笔记。下面我只想问同学们几个问题，一是谁知道去年 12 月在南京发生了什么事情？"

同学们都举起了手。

"请坐在最后排的张学用来回答！"

"南京被日本军屠城了，奸杀男女老少无数。"瘦弱的张学用站起来，眼睛红红地回答。

"请坐下。"声音低沉，"谁还知道离龙泉镇只有四十多里地的成安县发生了什么事件？"

同学们又齐刷刷地举起了手。

"请坐在中间的田希霞同学回答。"

"日本人在成安县城杀害了四五千人，俺是听逃难来的难民说嘞！"

"去年日军轰炸龙泉镇，被炸死多少人？"田希微继续问道。

"被炸死三十一人，炸伤了五十多个镇民！"田希霞不假思索地说。

"在座的有家人被炸死的吗？"

"有！张学用的爷爷和赵才旺他大爷——"田希霞回头指了指坐在她身后的一位男同学。

"请坐下！你们说说，这是中日亲善吗？这是在建王道乐土吗？"

"不是！"下面一片嘈杂。

"那这八个字意味着什么？谁能用四个字来概括！"

"一派胡言！""瞎说八道！""欲盖弥彰！"……学生们接连不断地说出十几个成语和俗语来。

"你们说得都很对！这些谎言的背后就是赤裸裸的殖民侵略和殖民主义统治！"田老师年轻气盛，愤愤不平地说。

"同学们！老的课本内容不让教了。今天日本宣抚官田中给你们讲了'礼之用，和为贵'这句《论语》里的经典语录，其实后边还有几句他没有说，就是'先王之道，斯为美，小大由之。有所不行，知和而和，不以礼节之，亦不可行也'。意思就是先王治国，以这样为美，大小事情都是这样。有行不通的时候，单纯地为和谐而去和谐，不用'礼'来节制，也是不可行的。田中断章取义，就是打着知'仁'懂'礼'的幌子，让我们老老实实地做他们的顺民和愚民。真是可耻至极！所以我在这里告诉你们，不要被他们的花言巧语所蒙蔽，只要一看到这些字眼，都应该马上想到咱中国人受到的苦难和屈辱。"田希微一边慷慨激昂地说着话，一边用教鞭在黑板上敲打着这八个字，来引起同学们注意。

同学们有听得懂的，也有似懂非懂的，老师说到几个大事件也都刻在了他们的心坎上。

这个秦先河浓眉大眼，身高一米七六，一表人才。爹老子是县警察局局长，日本人来后又兼了警备大队大队长，可谓权倾昭关县。他已经25岁了，高不成低不就，到现在还是单身一人。当他一瞧见田希微就春心荡漾，认为她才是自己最合适的伴侣。琢磨了一个晚上，才想出了从哪儿下手。

夜里秦先河在龙泉镇最好的饭馆鸿丰楼的大雅间定了一桌菜，只等着他的好朋友田家的老四田善信到来，这件事儿的成败，全押在了此人身上。

掌灯时分田老四来到了鸿丰楼，一进雅间秦先河就站起来迎接他：

"田四叔来了！欢迎欢迎！"

田老四一愣说："你喊我四叔？咋不叫四哥改嘴叫四叔嘞？"

秦先河对外喊了一声"上菜！"扭回头拿起酒壶对坐在身旁的田老四说，"四叔你先别问，咱边喝边聊，你慢慢地就知道是咋回事儿了！"

"哎！既然你请我喝酒，咱就得喝个明白不是吗？"田老四是龙泉镇有名的鬼四儿，心里明镜儿似的。别看秦先河长得气派，家里也有钱，其实他就是一个铁公鸡，根毛不拔，认识他已有一年多了，从没有吃过他的饭喝过他的酒。自从怡情楼开张后都是田四儿请他和冯金城，冯金城被打死后，就叫杨翠娥把怡情楼买来的那个闺女小甜枣送给了他，他在龙泉镇租了一个小院子，把小甜枣养在里边。现在单请自己喝酒，田老四就知道他有别的事儿。

秦先河一看拗不过田老四，就把酒壶搁到了桌子上，用手往后抿了抿大背头说："四叔！我想给您田家做女婿，不知道您家愿意不愿意？所以想请您给出个主意，看咋着才能弄成？"

"谁呀？"

"学堂里的田老师呗！"

田老四往后一挪椅子，站起来就要往外走，说道："你饶了我吧！我可不敢！"

"别走啊！有啥敢不敢嘞嘛！她还能吃了你不成？"秦先河上去就把他的衣服袖子给拽住了。

田老四停下脚步说："你不知道，我在家里除了怕我爹，剩下就最怵她了！她那个小嘴儿吧嗒吧嗒贬得我一毛钱也不值。我看你还是算了吧！别看你长得有模有样，有势又有钱嘞！到她那里恐怕啥也不是！趁早你就别打她的主意！"田老四大手一挥坐下说："今晚上算我请客！吃完喝完你就回去搂着小甜枣睡觉去，我可不敢去招人家烦！"

秦先河被田老四一席话说得顿感意外："咋嘞四叔？你不敢说我就找田镇长说去。"秦先河说道。

"我不是不愿意给你说，这个女子你掯制不住！我是怕你到时候吃不了得兜着走！"田老四无奈地摊开双手。

秦先河一看他缓和了口气，接着说："田大叔呀！成不成咱先别说，只要您说了，我就感谢您！以后您再遇到难事儿找我！我为您两肋插刀！您看咋样儿？"

田老四一看话已说到了这份上，也怕以后他给找麻烦，就端起酒杯说："来，咱先喝一杯！我试试看，不行了咱再找辙！"说完一仰脖把酒咽了下去。

秦先河眯着双皮儿大眼笑着说道："这才像个叔叔嘞嘛！"说完刚要端起酒杯来喝，就听见神麋山西北传来了激烈的枪炮声，一直响了很久。秦先河一琢磨大事不好，山那边的昭关县城要出事儿，就赶忙站起身来，从衣帽架上摘下大檐帽戴到头上，说了句："对不起叔，我得先走了！"不等回答，酒菜钱也不付，扭身就出了屋门。留下田老四一个人坐在那里发愣，半天说了一句："癞蛤蟆也想吃天鹅肉！你请我喝酒，还让我自己掏钱，出门儿让你吃枪子儿！"

田老四平时说话不在道儿，这一回却不同，他一语中谶。第二天就听田有顺讲，夜黑里八路军游击队用了一个声东击西的招数攻打县城，县警察局长秦焕巨和维持会长陈旺泉被打死了，日本军在去解救冯村镇中和煤矿日军时，在牤牛沟也中了埋伏，死伤不少。田老四听罢就愣在那里，自己的一句气话，没有在秦先河的身上应验，却说中了他爹。

这之后整整一年，秦先河再也没有说过给田希微提亲这件事。

二十四

又是一个草绿花繁、蝶舞蜂忙的春季。龙泉镇今年的第一场春雨来得格外早，雨后的乡野一改冬季萧瑟颓败的模样，花儿、草儿不管不顾地竞相勃发、争奇斗艳起来。点缀在草丛中皱缩着叶片、挺着长长的细茎、顶着金冠似的花朵格外引人注目，贫寒之家称之为救荒婆婆丁，富裕人家称之为黄金蒲公英；贴在地面上的附地菜，开着豆粒般大小星星点点的蓝色花朵，如梦似幻。沟边的地堰上一簇簇盛开的清明花和山杏花与急火火盛开的山桃花热热闹闹地纠缠在一起……这一切，使野狼沟里春意更浓了。这正是野狼沟一年之中最美的时节！

野狼沟在神麔山的东侧，沙坡岭的西边，一山一岭夹一沟，足足有十里地长，一年四季沟里流水叮咚，鸟鸣不绝。只有雨季到来时，从山岭积攒下来的雨水，和着山沟里原生的泉水，都汇聚到了沟里，又注入滏水河，从古至今绵绵不断。久而久之，沟里就有了肥沃的田地，秀丽的风景，茂盛的树木，繁多的鸟兽。

野狼沟的景色虽美，但在龙泉镇人的眼里，那只是披在狼身上的一件花衣裳。不管白天黑夜，龙泉镇的人都从不敢一个人独自在沟里行走。

野狼沟东侧的沙坡岭，方圆几十里都是起起伏伏的丘陵地带，三十几个村庄都隐居在沟塬和沟内的茂密树林里。近百年老贼儿和游勇武装的骚扰让他们过得很不安生，于是开始舞枪弄棒，久而久之，便形成了来之能战、战之能胜的彪悍民风。村村都有自卫队，有很强的战斗力和凝聚力，所以屡战屡胜，这也是日本人愿意把龙泉乡下交给自卫队管理的原因。

神麑山主峰老怀山下还有一条东西走向的沟，它西高东低，因为沟里的山石颜色发青，所以本地人叫它青石沟。从青石沟里延伸出来一条牛马小道。今天，就在小道与野狼沟的土车道交汇处的路旁，站着三个便装打扮的精壮男人，盯着向南延展的路在张望，插在腰间的匣枪在日光映照下，泛着淡淡的蓝光，旁边的柳树上拴着一匹枣红马。

日头已交午时，一辆马拉着的胶皮轱辘大车，急匆匆地从沟南路过来，车上坐着几位农家打扮的男女。他们无心欣赏路边的风景，警惕的眼神四周搜寻着，还不时地在交谈着什么。

马车到跟前了，车上的男人下来与等在路旁的三个人拥抱，又是捶胸又是大笑，好似久未谋面的老朋友。

等着的三个人，是龙泉镇自卫队的张万山、牛海龙和谷满囤，来的人是张万山的二师兄宗明，现叫柴合明；身旁怀里抱着一个婴儿的妇人是他的师姐宗霞，现在叫李春霞；站在车旁傻傻地笑着的姑娘是王二妮；还有抗日县政府的两名同志，牛海龙正跟他们说话。

张万山从师姐手里抱过孩子，举起来晃动着问："谁的孩子？"

"你说呢？"李春霞丰满的脸庞泛起了红晕，笑着反问道。

"好家伙！一年多不见孩子都这大嘞！哈哈哈……"

戏耍的笑声就像一把沾满了红油的刷子，一下子就把师姐的脸给涂抹得红彤彤的。

这时站在后边的王二妮走了过来，笑着说："万山哥！看你把俺干娘整嘞下不了台！你咋不认识俺了？"

"几年不见长成大姑娘了！跟你干娘学得咋样了？"张万山问。

王二妮指了指站在一旁笑的满囤说："跟满囤哥不敢比，比一般人要强！"

李春霞故作正经地对张万山说："万山啊！从今往后你得改改口，不能叫我师姐，得改叫干娘！"

"咋说？"

"二妮儿和你们都是一个辈儿！我是她干娘，那也是你们俩的干娘喽！"大伙儿哈哈大笑起来，张万山也弄了个大红脸。

牛海龙拍了拍张万山的肩膀说："万山！你们改日再叙旧，过来见见闫县长和孙主任。"

那位姓闫的县长看着周围的环境，对张万山说："这可是个打游击的好场所。进可攻退可守，山高林密沟壑众多，运动起来隐蔽性很好。再加上有你们自卫队的助力，这儿真是个抗日武装发展壮大的风水宝地哩！"

几个人交谈了一会儿，张万山就把他们来的任务了解清楚了。以闫县长为首的昭关抗日县政府知道龙泉镇自卫队实力强大，并且早在民国十五年就与共产党有密切合作，现在主要成员已成了中共党员。又了解到日本军的主力都集中在根据地的交界处和大的煤矿据点，周围地理环境又适合打游击战，所以抗日县政府就准备搬到老槐山下青石沟里长驻。将整个龙泉乡下作为敌后抗日根据地，领导指挥全县的抗日活动，同时在这里开辟一条平原根据地和山区根据地来往的秘密通道。

自从日军攻占了昭关县城，为了阻止日军在昭关建立"重要事业场"，共产党组织八路军游击队在神麋山西边黄土岗打了一次大胜仗，一举消灭了日伪军二百多人，又与日军来来往往进行了数次较量，夺回了昭关县城。日本人紧急调来一个新兵大队和四个团的伪军，一下子增加了四千多人，加上原有的日伪军警人员，总数达到了六千余人。趁八路军主力转战平原兵力不济之际，又一举占据了昭关县城。随后日军开始在神麋山顶和鼓山山上修防御工事，垒石墙和建据点炮楼，在平汉线西挖封锁沟，又在神麋山的西侧挖了一条南北五十多公里的封锁沟。妄想把昭关县城与西部山区的抗日根据地分割开来，并在里边实行保甲制，对人民进行奴化教育，实行"治安肃正战略"，好进一步掠夺昭关的煤炭和矿产资源。

为了加快对煤炭的掠夺，日本人把劫收的昭关三大煤矿合并为"中日合办昭关炭矿株式会社"，总部设在冯村镇。为了方便煤炭的运输，在龙泉镇东滏水河上，改建了一座能通行汽车的石桥，并在桥头不远的水神庙旁修建了军营，里边驻扎了从河南调过来的皇协军一个团。又从河北治安军调过来三个团，分别驻扎在昭关县城、冯村镇"昭关炭矿株式会社"总部和周围的据点炮楼里。一个小小的昭关县，就有六千余人的兵员在把守，俨然成了一个戒备森严的大兵营。

原来挂在龙泉镇公所门口的"龙泉镇治安维持会"的大牌子的旁边，又加上了一块龙泉镇新民分会的大木牌。圣人堂学校也改为龙泉镇新民小学，统治者的野心又向前进了一步。

为了发展壮大队伍，占据有利地形，突破敌人封锁，最大程度破坏日本的"重要事业场"的建设，龙泉镇青石沟成为抗日政府驻地。张万山提出，八路军游击队暂时不要在龙泉镇有大的行动，以免引起日本人的注意。有任务时由自卫队来执行，必要时可由县武装来配合。闫县长同意了这个意见，并指定谷满囤和王二妮为联络员，在自卫队每日巡逻的路上发出联络信号、交流情报。

这样一来龙泉镇自卫队担子更重了，既要保护抗日政府，寻找机会破坏"重要事业场"建设，还要负责龙泉镇民众的安全。

现时的政治形势和敌情变化，对自卫队的影响很大。

敌人在龙泉镇的西山上修工事建据点，将来要驻守日军和皇协军；东边已来了一个七八百人的皇协军队伍，再加上驻扎在南边华立煤矿的日军和矿警队、警备队，已经把龙泉镇自卫队包围在里面了。一旦有战事，对自卫队非常不利。牛海龙他们经过仔细研究，拿出了应对的策略：一是扩大自卫队的地盘，增加回旋的余地。二是加强常备队伍建设。重新组建三个营的武装部队，分别驻在东槐树营、南刘村和龙泉镇，也形成三角之势。三是加强对日伪军的侦察和分化工作，逐渐把镇公所和自卫团控制到自己人的手里。四是加强情报的搜集，以达到知己知彼。

刚商量好对策，谷满囤急急忙忙地从外面跑进来，从怀里掏出一个蜡丸交给张万山。万山把蜡丸打开，展开了一张纸，看完后转手交给了牛海龙，牛海龙看着纸上的字，眉头就紧缩在了一起，没说一句话，就掏出火柴来把纸条烧了。在座的除了张志和都是党内的人，他就把驻镇里特务队长付有田带人到北刘村把刘文堂的爹给抓走、叫刘文堂回来自首的情况讲给了大家。刘文堂化名李元魁，是八路军游击队的政委，不知道咋着就让特务队给打听到了，上级让他们想办法把人给救出来。

他问谁有好办法，在座的八九个人你看我，我看你，半天也没人吭声。他们都明白前几次行动日本人已对自卫队起了疑心，这次如果再去，那就彻底露馅了。

张志和皱着眉头说了一个原则："不管采取啥办法，都不能露出是咱自卫队出的头！"

张万山看着犯难的众人，笑了笑说："俺看先散会吧！都回去安排咱们已商量好的事儿，队伍各就各位先稳住阵脚，防备突发事件！这件事儿由我和老刘来解决好了。"

牛海龙一听万山的话，就知道他心里已经有了谱，只是不愿意让更多的人了解底细，以防万一行动失败受牵连。

众人走后，只留下了谷子贵和南刘村的刘保田。

"老贵叔，付有田是不是山的西面漳河边申家庄的人？"

"是啊！他爹叫付秋生，是村里的一个财主，但不知道他家的位置。"万山一问付有田家住在哪里，老贵就明白他想怎么办。

张万山一拍桌子说："这好办！鼻子下边有嘴，一问就知道，俺嘞意思是咱赶早不赶晚，越晚事儿就越难办，俺今儿夜就动手！老贵叔恁给盯好了特务队，看明儿他们有啥动静，一旦把人放出来，就安排人通知北刘村的人，把刘文堂他爹和家人藏起来，以免再被抓走。保田恁就负责天黑后把他们送到老怀山下的小鬼道口，有人在那儿等，把人交给他们就别管了。另外恁派人到北刘村里暗地里查查，看是谁出卖的消息，这个人咱也不能放过。"

"中！"谷子贵一个字就定下了。

人们走后，张万山拿过来一张黄表纸，因为这样的纸城乡到处都有卖的。用左手拿起毛笔就写了一封信，写好后就揣到了怀里。天一擦黑，他和满囤在武装队的灶上吃了饭，整理好行装就出发了。

二更时分，师徒二人翻山赶到了漳河边的申家庄。

初十的夜，侧着大半个脸的月婆婆挂在东南灰白的夜空，水银似的月光洒满了山岭和大地，村庄和田野都浸染着瘆人的惨白。二人在村东口等到了两个推小车送货的一老一少，指给了到付家的路。他们又重新进行了装扮，趁着月光来到了村南的付家。

付家算不得大财主，住的是两进两跨一水青砖到顶的平房四合院，硬山顶式的门楼朝南，三层青石台阶。满囤脚踩师父张万山的双手，往上一蹿，上到了房顶。张万山助跑两步，一蹬砖墙翻身也上了房。一进大门是长方形的前院，再往里是一左一右两个四合院，右边是付有田的老婆和孩子住，左边是他爹娘和一个刚成家的弟弟住，前院的门房里还点着灯。

张万山一指右边的院子，二人蹑脚来到房檐，两双手一搭，就把满囤轻而易举地放到了院内，张万山身体向前一纵，就轻巧地跳到了院子中间。寂静的夜里，万山脚尖触地的声响，惊动了亮着灯的屋里人。

"谁呀？"一个女人的问话声。

这时从厨房处传来了一声猫叫，妇人怕猫把放在厨房的剩饭给糟蹋了，就把门打开要往外走，脚还没有迈出门槛，万山的一只大手就掐住了她的脖子。满囤一闪身，就窜进了燃着油灯的里间，扑到炕边，捂住了睡在炕头男孩子的嘴。这一惊吓妇人就昏了过去，张万山就把她拖到里间，放到了炕上，把她的双手双脚都用裤带绑了起来，又拽过一条枕巾塞进她嘴里，掐其人中，工夫不大妇人就醒来了。这时满囤也把男孩绑了起来，嘴里塞上东西，用被子盖好。

做完这一切，满囤拿起油灯，屋里屋外看了一遍，没发现问题。万山用同样的手法把满囤送到房顶，又放到另一个院子里。

厢房红色烛光闪烁，窗纸上映出红喜字窗花，里边炕上是两个新婚男女，正沉迷于情欲中，对外面的情况浑然不知。就连张万山从房顶跳下落地的声响，都没引起他们的警觉。

正是动手的好时候。张万山从绑腿里抽出一把薄刃短刀，插进门缝里，随着男女笑声的节奏，一下一下地把门闩移开，又从腰里抽出勃朗宁手枪，轻推门扇，二人闪身走进了屋内，用枪顶住了赤身的男女。

被窝里的男人扭头一瞧，喊了声哎呀，头上就挨了一下，女人吓得浑身哆嗦，直往被子里钻。

"都赶快穿上衣服，谁叫打死谁！"谷满囤低声喝着。

"恁俩不用害怕，俺不会咋着恁，老老实实听话就中！"张万山怕他俩乱喊叫就安慰道。

新婚男女乖乖坐起，迅即穿起衣服来。

二人把他们绑好，嘴里塞上东西，用被子盖好，就直奔上房而去。

刚才青年男子的一声喊，被坐在上房里正在抽烟的老男人听见了，不过他没当回事儿，新婚宴尔痛快之时喊叫几声，也是常有之事。他万万没想到屋门一推，掂着手枪的两个凶神大汉闯了进来，他虽然受到了惊吓，但久经风霜的他并没有慌张，以为是哪个匪杆子来砸窑，就问了一句："哪个山头的？要多少？"

那个年代有钱人家或多或少都会遇到此种事儿，一般讲江湖规矩的匪徒说个数，拿钱走人；遇上人多势众贪财不要命的，那就只好听天由命了。

满囤走到里间看了看没别人，就示意坐到椅子上的张万山开口。

"恁是不是叫付秋生？"

"是。"声音略带些迟疑。

"今来嘞一不要钱，二不要恁全家的命，是来给恁谈一件事儿。成了便罢，谈不拢事儿办不成，改日就要恁全家的命！"张万山握着手枪指着他说。

能无声无息地进到家里，把家人控制住，再不慌不忙地来跟自己谈条件，就知道他们是说话算话的人，于是问道："啥事儿？说吧！"

"我们是西山八路军游击队的，恁老大付有田在龙泉镇抓了我们的人，俺想叫恁写封信给恁儿子把人给放喽，咱互不相干；如果不放，那恁全家就算是活到头了！因为恁全家都是汉奸家属，抗日政府理应铲除，绝不留情！希望恁劝他悬崖勒马，不要再给日本人当走狗！听明白了没有？"

"听明白了！听明白了！"张万山一席话说得有根有据，入情入理，付老财连声回答。

"那就写吧！"

付老财从桌子上拿过来一个蓝皮本，又拿出一根自来水笔，工夫不大就写了一封信交给了张万山。万山看了一遍，写得还行，就把信叠起来，又从上衣里边兜里掏出自己写的信，一起交给了他，说道："马上找人送过去！俺和房上的同志们就在这里等回信，啥时候回来啥时候走！"

付老财心情平静了很多，出了屋门还抬起头向房顶上左右扫了两眼。来到前院，对着门房叫道："黑蛋快起来！骑马给大少爷送点东西去！"

"这么晚了还送啊？龙泉镇的大门都关了，人家给开不？"一个瓮声瓮气的声音从亮着灯的屋里边传了出来。

"一提大少爷的名字就给开喽！别啰唆了，快点！"

哗啦一声屋门打开了，从里面走出来一个壮汉，边走边系着腰带。壮汉抬头一看月影下不光站着老东家，身后还有一位生人手里掂着东西，就要回屋里去拿家伙。

张万山看他不怀好意，就在他扭头的工夫，上去就把他的脖子锁住摁倒地上，用膝盖顶在他的胸口，低声喝道："恁甭动！再动掐死恁！听恁东家的！"

"好汉饶命！好汉饶命！"大汉一听就老老实实地不敢动了。

张万山把他的全身摸了一遍，发现没有武器，就把他放开了。

大汉站起来拍了拍身上的土，从东家手里，接过了叠好的信纸，拉开大门就走了。

张万山看付老财一大把年纪，就没有再为难他，让他回到上房屋里睡觉，不准出声，未经允许不准出来。

二人把门带上，挂好锁，又回到了门房。进到屋里一搜，炕上的枕头底下还真有一把上了膛的匣子枪，拿起来在灯光下一瞧，发现枪把上刻有一个"付"字，就把手枪还压到枕头下了。

"师父！咋不把枪拿走？"

"咱们和他整天在一个镇上来来往往，一旦发现这把手枪在咱们的手里，那咱不就露了馅吗？走！千万不要因小失大。"

他师徒二人连夜赶回了土地庙。天刚亮，还在睡梦中的他，就被牛海龙给叫醒了，说人已给放出来了，他们已安排在一个秘密地方待着，哪儿也不让去！今儿天一黑就转移到根据地去。听完后，张万山又踏踏实实地睡着了。

当新民会胡汉章会长听说把抓住的人给放了后，大发雷霆！好不容易设了个鱼饵要引大鱼来上钩，这下完了。就赶快派人再去抓。可惜晚了一步，人在放回的路上就被接走了，连同其他八路军嫌疑人员家属，一个也不见了，回来就给了付有田一个大处分……

二十五

　　端午节前的老阳儿已失去了春意的温情，变得热烈而又奔放了。那些火力壮的小伙子们，已换上白色对襟大褂，有的干脆把短褂也脱下来甩在肩上，露出肌肉健壮的前胸和脊梁。他们利用麦收前短暂的空闲，来到龙泉镇的前街新民会开办的新民茶馆、新民书屋和新民书场里，不用掏腰包就能品尝到从来也没有闻过的茶香，边喝边欣赏戏台上的说唱表演。台下人喝的是茉莉花茶，台上人说的是评书，唱的是河南坠子和梆子戏。这些原本和大多数人不沾边，只有那些家里有闲钱的人才能享受到的有生活，现在谁都不用花钱，就能来享受一番，咋能不受人欢迎哩？

　　老戏楼挨了日军的一发炮弹，观众席上的房顶被炸塌了。改造时，干脆就把破破烂烂的顶给挑喽，光剩下三堵墙和修缮后歇山顶式的戏楼。用拆下的材料在戏台的对面搭了三间屋，就形成了供人们休闲的新民剧场。几天来，黑天白日都有不少闲下来的人，到这里喝茶听说唱。老戏楼的外边街上，也聚集了许多拉洋片的、捏糖人儿的、变戏法的、敲锣耍猴的，等等。斑驳的墙上张贴了许多彩色的标语，把破损的墙面衬托得甚为喜庆。

　　戏台口两侧悬挂着一副对联，上联为"五教合流东方一道霞光贯通天地"，下联为"万事临头民众三思而行以忍为高"。戏台的左角立有一块黑板，上面写着说唱时间表。前晌，辰巳时，评书《三国演义》；后晌，未申时，河南坠子《忍为高》《十八摸》等；夜场，河南梆子《张生戏莺莺》。

谷满囤进到剧场的时候，台上的一对儿残疾夫妻刚刚唱到河南坠子《忍为高》的结束语，"忍为高，忍为高，忍字头上一把刀，那个不忍惹祸端，咽下就叫忍为高，哎嗨嗨嗨！哎嗨哎嗨呀……"唱完后正在喝水的当口，坐在台下的几十个老少男人就等不及了，吵闹着让快唱下一出。

人们的喊叫笑闹声还没落，胡汉章和日本宪兵队长后边还跟着全副武装的警备队来到剧场，台下男人们的热情像被泼上了一桶滏水河里的凉水，瞬间被浇灭了。

"好！好！不错嘛！你们继续！"胡汉章一瞧把好不容易鼓动起来的盛世景象给影响了，赶快摆摆手让他们继续听唱。他们一伙人一扭头陆陆续续地走了出去。

胡汉章带着人回到了镇公所，召集各部门官员开会。他满脸的不高兴，表情严肃地发话："各位同人，通过巡视发现了很多问题！一是，当下最最紧要的是咱们龙泉镇负责修建神麛山顶上的防御墙和炮楼据点，已经好几个月了进度不大，眼下又到了麦子的收割期，防御工程的修建是否会受到麦收的影响？二是，税捐和粮草又到了征收的时期，南边的战事紧，皇军催得又急，你们看有啥好主意，尽快把夏粮和捐税征收上来。三是，新民会新组建的各股要尽快熟悉工作，为配合皇军治安肃正的作战需要，与马镇长的人马合作，赶快把全镇的新保甲制度建立起来！这是反共防共的重大举措，也是完成其他任务的基础。下面就请马镇长发表意见。"

马怀德自从他的大舅哥县维持会长陈旺泉被八路军打死后，就一直怀恨在心。就让他儿子马继先带着自卫队，积极配合宪兵队特务队站岗放哨，加强对镇民的搜查和检查。他想抓几个共产党和八路军出出气解解恨，但总也抓不着，心里有许多的怨愤。他在下巴颏搓了几下说道："各位同人，要我看呀！咱应该赶早把暗地里的共党分子给抓出来！要不然咱干点儿啥他们都来捣乱！你们看西山顶上的防御墙，咱垒点儿他们给扒倒，咱再垒他们再扒！这不，好几个月了还没有垒成哩！咱费工费力先别说，光皇军一直贬贱咱们无能，咱在座的谁都受不了！"

胡汉章听了后点了点头问："马镇长说得有理儿，你也算是有勇有谋的人了，要你看咱该咋办哩？"

"要我看咱还得像拉车一样，抓共党和日常工作两个轮子一起转。咱得分好工，谁主抓共党分子，谁来抓垒墙，谁来抓征收，谁来抓保甲制度的建立。要做到分工具体，又各负其责。"

胡汉章问坐在身旁的宪兵队长小野太郎："太君您的意思？"

"大大地好的干活！"小野在一旁点着头说。

宪兵队长发了话，别人也就不多说了。胡汉章马上就给在座的下了指示。抓共党由特务队长付有田负责，警备队的侦缉小队配合；垒防御墙和建炮楼据点，由秦队长带着警备队和镇自卫团负责；麦收一过，白天黑夜都派警备队、自卫团到山顶的工地放哨和巡逻，宪兵队派人监督检查。夏粮捐税的征集和保甲制度的建立同时进行，由马镇长和田副镇长负责，龙泉警备队里管户籍的和乡自卫团配合。新民会的民政、警卫、经济、文化宣传等职能股配合工作，定期汇报情况。

没过几天，新民剧场就出了事儿。不知道是谁在剧场外的墙上写了四个大字"小心炸弹"，火热的新民剧场和茶馆立马就冷清了。时间不长，里外墙上花花绿绿的标语被风雨吹洗后，斑驳破损的墙面露了出来，又恢复了受过创伤的遗迹。

—┤ 二十六 ├—

　　五月底，地里的麦子刚收完，夜黑后张万山他们的扒墙队伍还没出发，就发现神麓山顶上燃起了一堆堆的篝火，从老怀山主峰下一直延续到滏口陉，四五里长逶迤起伏的山顶，足足有二十多个闪耀着烈焰的火堆，在如墨的夜空衬托下，就像悬浮在天穹上的二十多盏天灯。光亮处不时闪动着人影，稍远些的余光映衬出了树木的暗影，再往下就是黑洞洞令人望而生畏的山体了。

　　张万山望着山顶的火堆，思索了一会儿，就对围在身旁的扒墙队员说："今儿你们就别上山嘞！金虎，恁安排人值班，其他人没事儿就早点睡觉，等咱把情况弄清喽再行动！"

　　苗金虎把头一甩说："万山哥！恁睡觉，今儿由俺去！"

　　张万山是个办事讲究圆满的人，凡是执行重大任务，都三思而后行。今夜里上山侦察人不能多，因为山顶上有武装人员在看守，一旦被发现，人家就会开枪。

　　"恁别争了！俺比你经验丰富，恁守家，俺和满囤俩人去就中！"张万山不容置疑地下了命令。

　　漆黑一团的山野，挂在龙泉镇南门楼上的马灯，就成了一盏导向灯。一抬头看见它，就有了方位感。张万山在神麓山这一带的山上山下放了几年羊，熟悉它就像是看自己的掌纹，哪有一条沟，哪有一道岭，心里都清清楚楚。

　　张万山从 3 岁跟着爹练功学拳，5 岁时就跟着给田老财主家当羊倌的爷爷放羊。爷孙俩带着一只狗，赶着一群羊，整天整月在山野里边转，久而久之，他小小年纪练就了两个绝活儿。一个是能在山上奔跑如飞，一丈高的山堰一纵就敢跳下。再一个就是别人放羊用嘴喊，用鞭子抽出的声响吓唬羊。他却不同，只用石子儿投，一看羊走出了羊群，就会投出一颗小石子儿准确地击中羊，打羊头是让羊停下，打羊的屁股是让它快走；一时不注意羊跑远了，用手一摸狗的脑袋，狗就会飞奔过去把羊给撵回来。他9岁的一天，他爷爷生病了，就由他自个儿去放羊，当他把羊群赶到龙泉观的后山岭，羊在吃草，他和狗在追逐玩耍时，被龙泉观云清道长发现了。云清道长指着张万山对徒弟们说，这个孩子不一般，看他的身形和机灵劲儿，天生就是一个练武的料。后来张万山就成了龙泉观云清道长的关门徒弟，如鱼得水，云清道长倾其所学，严加教授，用了十几年的工夫教他学了一身本事。雪花太极拳练得精妙绝伦，云、龙、风、虎、象五种架子练得扎扎实实；五种劲别摸得精准无比；苦练喂树功，两条臂掌硬如铁棒铁板；打魔解魔既准又狠；尤其是在山根下黑龙洞里学成的狸猫功，善于高来高往，黑来黑去。两只眼睛一到夜里就晶亮有神，别人看不见的他能看得见，别人听不到的他能听得到。总之，功夫练得出神入化。他也和云清道长一样，夜里不用躺着睡觉，只闭目静坐修炼胎息功便可，白天困倦之时，闭目修炼一顿饭工夫，便神采奕奕，精气神十足。

满囤跟张万山学功夫已有十年了，他脑子灵，悟性好，虽然学艺还不精，但是经常跟着师父夜里执行任务，积累了丰富的行动经验。师父的一举一动，他都明白要干什么，不用说就知道该咋配合，所以张万山一有任务就愿意带着他去。师徒二人合作默契减少了不少麻烦，也提高了执行任务的成功率，不过在关键动手时刻，师父一般不让满囤去做，都由他本人下手。

夜幕里，张万山拿着一根五尺长的白蜡杆在前边探路，满囤远离三五步，亦步亦趋地跟在后边。师父的脚高抬轻迈，他也高提轻放；师父左转，他左转；师父右扭，他就回身。漆黑一团的山坡上，二人就像是怕惊动了猎物的老虎，伏着身向山上爬着。

再往上走，山脊上的路没有来时的陡峭了，他们已经走在了漫缓的岭背上。前边的小路，已被火光映衬为灰白色，就连两边不远处的树冠，也被染上了细碎的暗红色。满囤挺直了腰身，显得机敏和自然了。

离山顶越来越近，人说话的声音也越来越清楚了。

他们在离小路尽头的火堆一百多米的地方停住了脚步观察着。火堆旁就是未完工的大约有一米高的石墙，石墙下满地都是杂乱的石块。张万山一摆手，领着满囤就下到侧旁黑暗的山沟里，沿着山坡绕到了两个山岭的接合处。火光在这里已暗淡失色，这里离石墙只有二十米远。

张万山走到离石墙最近的暗影处，哈下腰，紧蹿几步一纵身，就翻到了半截石墙的另一侧。他趴在石墙的豁口，看到两堆火光影儿里的人没有反应就一招手，满囤也急速地蹿过了石墙。

他俩顺着垒墙人踩出来的路，在暗影的掩护下先往北走去。每个火堆旁都有四个人在值勤，二十多堆火，就有八九十个全副武装的人守在山顶上。张万山二人趴在短石墙上往东瞧，有一条延伸出的短山岭，上面有较平缓的顶坡，约有篮球场大小，站在这里既可俯视昭关县城，又可监视平汉线以西的广大地带。日本人看准了这里的地理优势，在这块不大的台地上，正在修建一座带炮楼的据点。熊熊火焰把垒到第二层已见方形的炮楼映照得清楚明朗。石砌的墙面上，高低错落留有十几个方孔枪眼。日军在这里驻扎军队既能守石墙工事，防御八路军游击队的进攻，又能与漤口陉对面防御工事里的日军形成交叉的火力，支援设在陉口的昭关城。这样就形成了一个立体交叉的火力网，可牢牢地控制住这个军事关隘。直到这时，张万山总算弄清日军在昭关县"重要事业场"的设施布局了。

张万山突然想到，炮楼工事毕竟建在山顶的低处，只要趁着夜色摸到它的跟前，狠狠打击据点和炮楼是不成问题的。他和满囤伏下身，沿着来路往回走，走出没多远来到一段较陡的岭脊，乌黑一片，是一处火光照不到的地方。张万山在前边引路，突然听见身后传来石头滚落的响声，寂静的夜里，声音比白日大好几倍，一下子就惊动了石墙东侧的敌人，他们大声喊叫："扒墙的八路来了！"

山涧的回响在夜空里传递，没有明确的方位感，近处值勤的胆子大的警备队员就爬到石墙上，盲目地向西侧山下打枪。这下把远处的执勤人都给惊动了，整个四里多长的山岭上都响起了密集的枪声。

这时从北边跑过来一位军官模样的人问道："谁先开的枪？"

那个警备队员爬起来打了一个立正，回答道："报告！我先开的枪！"

"过去看看！"

那个警备队员拿起手电筒往下照，光只能射到二十米左右远，根本就看不到什么。

军官看他没发现什么，就下命令说："下来吧！多注意观察，没事儿别乱打枪！"

"是！长官！"

山野又恢复了平静。值勤的人又围到火堆旁，抵御夏初的山风带来的冷意。

张万山二人就靠在石墙的黑影里没有动，大约半个时辰后，他俩站起来，看到两边围在火堆旁的人打起了盹，就翻过了石墙，三纵两蹿就看不见了。

二人刚下到去青石沟的路上，突然听见有"两快一慢"的敲击声，马上就明白是自己人在招呼他们，满囤敲了"两慢一快"以回应。透过夜色，张万山看到一个人向他们走过来，问了声："谁？"

"我！"

一听是师兄宗明的声音，他就迎了上去，把上山侦察的情况说给了他。

"这样吧！我看你们偷袭的人手不足，明儿晚我带县独立营战士配合你们行动。明天戌时咱们就在老槐山下的小鬼道集合，胳膊上系上毛巾，从山的西侧分头上山，你们在南头，我们上北山头。听到枪声同时行动，专打日本人和警备队员，打完咱就撤。"

第二天戌时一到，张万山就领着十几位特别行动队员出发了。在老槐山主峰山根的小鬼道口与县武装独立营的战士会合后，一共四十六人，敌人有二十二堆火，每两人对一堆火，张万山和柴合明负责指挥。

神麕山由三座山体组成，主峰是老槐山，往南一直到漳河边的山体叫方山。往北到昭关所在的滏口陉，这段山体两头高中间低，活脱脱一个硕大的银元宝，当地人给它起了一个富贵的名字"元宝山"。山体与主峰老槐山的接合处，有一条十几丈长、四五尺宽、三丈高的山缝，里边还填满了山体崩塌下来的碎石。远古时，这是山两侧野兽通行的兽道，清嘉庆年间才有人搬到山下的青石沟。这里怪石嶙峋，荆棘丛生，人们给它起了一个吓人的名号"小鬼道"。因为地处偏僻，所以知之者很少。张万山跟随爷爷放羊来过此处，后来跟随师兄爬山练脚力登老槐山顶，经常往来路过这里，所以对这里非常熟悉。

因为昨夜惊动了敌人，今夜就走这条隐藏在山间的小道。

摸黑上山，好不容易来到山的西边，往上一瞧，顿时都傻了眼。山顶石墙的西侧也燃起了一溜火堆，而且烧得很旺，要是走到跟前立马就会被发现。张万山跟柴合明低声耳语了一会儿，就发了话："大伙别丧气！后半夜他们的火不灭咱就原路回去，如果火熄了咱就分头从半山腰绕上去，给他们打个措手不及！打完咱们还原路返回，都在小道口等着，一个人也不能少。"

山的西坡和东侧不同，多是短岭浅沟，山坡较陡，坡上灌木丛生，白天从山顶上往下瞧，一览无余，易守难攻。

一伙人坐在半山腰等着，时辰还没交子时，火势逐渐见小了，也不见有人过来添柴，看来他们也疲倦了。

原来无精打采地坐在山石上的队员们立即就活跃了起来。又等了一顿饭的工夫，燃烧着的火堆逐渐熄灭了，只有暗红色的光亮还在闪烁。张万山拉了一下师兄，柴合明领会了意图，站起身把手一挥，悄没声地领着独立营战士沿着山坡往北去了。张万山招呼自己的人，从南边第一堆火开始，两人一堆火，上去先藏到离石墙最近的黑暗处，就等着人员全部到位后，一发信号就同时行动。

大约过了一个钟头，北边的山坡上有人用火纸在画圈，这是行动的信号。张万山他们来到石墙根儿，扒头一瞧，四个抱着枪的警备队员和自卫团员围在火堆旁打盹，没有日本兵。他就挨着火堆往南找，后来在不远处一个最大的火堆旁发现了两个日本兵和四个警备队员。他自己对付两个日本兵，让其他二位对付警备队员。先对着靠在石墙上的日本兵开了枪，紧接着又对另一个日本兵开了火。四里多长的山顶上，先后响起了枪声和手榴弹的爆炸声。当敌人还没有来得及还击的时候，枪声、爆炸声就骤然停止了。敌人趴在石头后边开始反击，子弹打在石墙上火星乱飞，一直打了好几分钟，也不见对方有反应。有的警备队员爬到了石墙上，往黑洞洞的山下打，但是人早跑没了，再打也没用了。

柴合明带着队伍回到青石沟驻地去了，张万山领队伍回到土地庙时，已是四更天。张万山吩咐队员赶快睡觉，正常出早操，以免引起怀疑。

这次被偷袭，警备队被打死十八个人，受伤二十五人。因为有命令不打自卫团的人，所以自卫团只有几个受了轻伤，这里边也包括领队的副团长马三儿。日

244

本兵上去五个，四死一伤。

这次偷袭是从山的西侧开始的，日本军驻昭关司令部怀疑是西山里的八路军游击队所为，下令调动一切人力物力，加快各个地界的封锁沟、封锁墙、岗楼据点的施工和修复进度，尽快把根据地隔离开来，并采取更加严厉的手段，保护好"重要事业场"的发展和建设。

事后胡汉章召集龙泉镇的各部门开会研究对策。马怀德又提出了一个损招，就是把四里多长的防御墙分成十三段，一个村负责修一段，夜里镇上也不用派兵去看守，叫他们自己看住本村负责的那段。白天上去督促检查，进度慢的就把村长抓起来。共产党八路再来捣乱，就叫村里人去抓，抓不到你就认倒霉，要不就多派村民上山去守着。

张志和坐在后边心里骂道："这个招真够损嘞！还真把自己当成日本人的狗了，逮住谁咬谁，一门心思为日本人卖命。"其实，共产党早就派人盯上马怀德和胡汉章了，一直在暗地里观察着他们的行踪，只是一直没有等到好的时机。

马怀德的损招还真管用。村民们自己垒自己看着，垒不好就全家上来出工。镇上夜里也不用派兵上去站岗了，八路也没再来攻击，因为他们也知道受罪的是老百姓。村民们知道垒墙是为了防八路军、保护日本人利益的，干活也都磨磨蹭蹭，进度很慢。

二十七

今儿是田老太太 92 岁的寿诞日，全家老小都忙着给她祝寿。

现在时局越来越坏，日本人限制又太多，田道然老爷原本今年不想给老娘大办祝寿礼，想把往年的大宴亲朋、请河南梆子戏班来唱戏这两项给免去，只自家人弄几桌酒席庆贺一下就罢了。可是给老娘亲一商量，她嘴一噘就不高兴了：“不行！我 90 多的人了，过一天少一天了，临死了连出戏也听不上，那可不成！亲戚可以不请，戏咋着也得听，我就这点儿喜好，不看整本听两段总还是可以嘛！”田道然拗不过老娘，就答应了。问想听哪一出戏，老太太说：“就听河南豫剧《老征东》‘辕门外三声炮’和《樊梨花征西》那两段。”

田道然一听老娘想听马金凤的戏，脑子就大喽！平常还行，派人提前到河南请，只要你有钱，人家就会来；现在不同了，到处都在打仗，有钱你也请不来。后来田道然一想，龙泉镇里住着新民会请来的河南李家戏班，不如问问人家，就派人把班主叫到了家里来问。他说会唱是会唱，可日本人不让唱杨家将和岳飞等的戏，想听，得到新民会去开条子，如不这样给弄成了反日分子，那就吃不了兜着走了。

田道然虽然和胡汉章都在镇公所同院办公，但因为老娘想听戏去求他，有点儿掉脸面儿。他又给班主商量，说出双倍的钱，不带锣鼓家伙的武场，只用弦和笙等声音小的乐器。田家又是深宅大院，墙高拢音，外边也听不见，唱完恁就走，有了事儿我兜着。

班主一听话都说到这份上了，人家是昭关的首富，又担着镇上的副镇长，在昭关县也是有实力的人物，再驳面儿就说不过去了，于是答应了。田道然心里很高兴，但是又觉着还欠点什么，就又加了一出《报母恩》。

寿诞之日前晌，除田老三以外，全家人都陪着坐在大厅中间沙发椅上的田老太太准备听戏。田老太太怀里搂着她的命根子重重孙儿田贵苗，身边还依偎着美丽典雅的重孙女田希微。她混浊的老眼看着眼前锦绣满堂、儿孙绕膝的一大家子人，皱纹里满含着畅意和满足。

家人围着田老太太坐在餐桌周围，还是男左女右的规矩，男人喝着茶水嗑着瓜子儿；女人们抱着孩子，吃着水果和糖块儿静等着开戏。下人们就靠在墙根儿和窗口，盯着戏班的乐师调弦儿。

工夫不大，坐在墙角的鼓佬就敲响了板鼓，紧跟着豫剧板胡沙甜清脆的丝弦音就拉响了，轻松欢快的河南豫剧曲牌调子，一下子就抓住了厅里流光溢彩的男女们，嘈杂的嗡嗡声消失了，只有优美悦耳的丝竹弦管的奏鸣声在梁间飘绕。随着舒缓的节律，从大厅门口款款地走进来一位身着金甲、外披锦袍，背插四面金黄三角靠背旗，头上戴着金冠、上插两根锦鸡长翎的女将。她凤眼上挑，面如冠玉，英姿飒爽，跟随着乐音的律动节奏，迈着细碎的台步，来到了大厅的最里边，对着银发闪亮、头插红色簪花、神态安详、雍容华贵的田老太太道了个万福，并用清脆悦耳的嗓音，抑扬顿挫地念道：

"田家老奶奶诞辰之日，孙女穆氏桂英前来给您老拜寿！祝您老福如东海长流水，寿比南山不老松！"

话音刚落，曲牌轻快地转换成了激情满满的过门音，高亢饱满的女声响了起来：

> 辕门外三声炮！如同雷震！
> 天波府里走出我保国臣。
> 头戴金冠压双鬓，当年的铁甲我又披在身！
> 帅字旗飘入云，斗大的穆字震乾坤！
> 上呀上写着，浑天侯穆氏桂英。

> 谁料想，我五十三岁又管三军呀！
>
> ……

一阵阵急促的快板，唱段演唱到了高潮，一字一顿、铿锵有力的唱腔灌满厅堂：

> 听我令必有赏，不听令插箭去游营！
>
> 忙吩咐三军老营动！
>
> 穆桂英我五十三岁又出征啊！
>
> ……

屋里的人都听得如痴如醉，没想到这个女子把人家马金凤的唱腔唱韵演绎得如此出神入化。她唱声一落就响起掌声，一片叫好！老寿星兴奋得满脸笑容，田希微被穆桂英英武的身段、激昂的曲调感染得热泪盈眶，心中油然生起了献身报国的激情。

叫好声还没有停下来，过门音又响了，按着老太太的提议，接着是一段《樊梨花征西》里"樊梨花出帐来"的唱段。

这两段戏，一段表现的是古代女英雄为国尽忠；另一段表现的是在个人情感面前以大局为重的故事。田家老太太选这两段戏，满满地寄托着自己的青春情怀，年轻时她也是一位有情有义有担当的女人嘞！她敢于出手、智获商机，一举成就了田氏家业。

时光追溯到道光年间昭关的那次大地震。几百年不遇的天灾，给昭关地界的民众带来了巨大的灾难，房屋倒塌十有七八。在这之前，她和丈夫在乡下只经营着两座白灰窑和几十亩地。这时，她从残垣败壁中看到了商机，果断地劝丈夫先不修整自家的房屋，并把自己的体己钱和金银首饰拿出来，投入扩建白灰窑中。家里的白灰窑从原有的两座扩大到了六座，还在自家地里建起了两座烧砖的窑。灾后重建，不管是穷人还是富户，修房垒墙都得用青砖和白灰，这样的投资本钱低还见效快，一时间生意非常红火。昭关这次大地震，断断续续五年余震不断，他们田家的窑场也跟着红火了十几年。地震过后，他们用挣下的钱买了田地和煤窑，又买了被震塌的水碾十几盘，进行了修整。只用了不到二十年的工夫，田家一下子就成了昭关县的首富，建起了远近闻名的田家庄院。田老太太的贤达智慧成就了田家的飞黄腾达，田家也给了田老太太无比尊贵的地位。年轻的时候，她就非常崇拜古代的女英雄，尤其对杨门女将情有独钟，穆桂英是她的偶像，看河南梆子《老征东》成了她的第一嗜好。所以每年田老太太的寿诞之日，都请戏班来唱几出女英雄的曲目。

接下来演唱的河南坠子《报母恩》，就成了田道然老爷的感恩表现了。

历史上很长一段时间，昭关县隶属于河南彰德府管辖。所以当地的风俗习惯和爱好都与河南地界的民众一样，人人都爱喝豆沫、豆腐脑、胡辣汤，爱吃烙饼、包子、老抻面，个个都会唱几段河南梆子和坠子戏。凡是有婚丧嫁娶的人家，都会请戏班子到场，最不济的也要从街上拉来唱河南坠子的艺人助助兴。大街上凡是唱坠子的都是有点残疾的人，大都失去了劳作能力，或父子，或兄弟，或夫妻等，半卖艺半乞讨，带着乐器，背着铺盖卷儿飘游在村镇的街巷。唱完了，有钱给点儿钱，没有钱给点儿吃的也行。可别小看了这些民间艺人，吹拉弹唱样样精通。锣鼓家什全绑在腿旁的木架上，两脚一动，锣镲梆子鼓齐鸣，别人一心不可二用，他们一心多用，一人就能演唱一出戏。这些艺人字不识几个，都是通过师傅口传亲授，耳提面命，也全靠大脑强记，背下整本儿的《杨家将》《包公案》《响马传》等，一本儿戏一唱就是十天半个月。水平高的艺人还可根据客人的需要，随时随地自编自演，是那个独有的年代生发出来的一个特别的行当。

这男女两位坠子艺人就是一对儿绝配。一出门两人各自背着自己的行李和乐器，瘸女人手里拉着一根竹竿，后边牵着盲眼的丈夫。男人腰里掖着一个装干粮的布口袋，赶上阴天下雨街上没有听众讨不到吃食，或路途远赶不上趟时，这就成了他们的救命袋。遇到灾荒年这个口袋就成了全家人的小粮库，当袋子乞讨满时，就往家里赶，因为家里还有孩子和老人等着干粮解饥呢！

锣鼓一敲，过板一响，二人就唱起了《报母恩》。

可怜天下父母心，我儿只知他儿亲；

不管客官有没有，劝君要做报恩人。

提起父母养育恩如地如天，

为子女费心尽力吃苦在先。

人出生在尘世上各有父母，

老扶幼而幼敬老理所当然。

君看娘生儿犹如死里逃生，

……

　　男艺人唱着唱着就有些哽咽，不如先前唱得顺畅了，灰白的眼睛里往外淌着泪水。当唱到"娘养儿还要历经千苦万难"时就哭出声来了，浑身上下抖动不止。正在敲着鼓打着简板的女人赶忙走过去推她的男人，又赶快给听众们鞠躬，连声说着："老爷太太对不起！老爷太太对不起！"

　　两个坠子艺人不正常的举动，一下子就把厅里的男女老少给惊住了。原本喜气洋洋的气氛一下子给冲散了，正在嗑着瓜子的田家老四不干了，把手里的瓜子一扔，走过去就给了盲人两个耳刮子，嘴里骂骂咧咧地喊道："你个龟孙子！丧门星！想找死不是？"

　　田希微一看四叔向盲人动手，蹭的一下子就窜了过去，把她四叔抬起来还要再打下去的手腕给抓住了，厉声喊道："你咋打人嘞？"

　　"走开！你老奶奶的喜事儿，叫王八蛋给搅和了！还不该打？"田老四儿一下子就把侄女的手给甩开了。

　　田希微急忙上前一步，挡在了盲人的身前，喊道："想打就先打我！你咋不问问咋回事儿就动手打人嘞？你土匪老贼啊你？"

　　田家老大田善地站了起来，呵斥道："希微！咋着给你四叔说话嘞？别没大没小嘞，给我坐下！"田善地不管是在家里还是在外面都是一团和气。

　　田家老二田善渊也坐不住了，他走过去把大哥拉住，说道："大哥！你坐下，闺女做得对！我来问问是咋回事儿？"扭过头就对田老四儿说："四弟！咱家历来都是以'诚信友善、和蔼处事'为立家之本，不能动不动就抬手打人，那不成了

250

豪门恶霸了吗？你看咱爷爷奶奶和咱爹，一辈子都是以慈悲为怀，信奉'积善之家必有余庆，积恶之家必有余殃'的古训，才一步一步地把家业做到了现在这步田地。咱可不能图一时之痛快，逞一时之威风，忘掉了爷爷刻在仪门上的那个大大的'善'字，从而丢掉了祖上的遗风。"田老二一顿不温不火的教训，把田老四说得哑口无言。老寿星见状，伸出两个干瘪的大拇指对着田老二晃了两下。

这时一直坐在桌子后边喝茶没有吭声的田道然老爷，抹了抹沾在唇边的水渍发了话："四儿呀！你二哥说得对！咱家历来以'善'为本，你已经40岁的人了，应该懂得这些道理，以后遇事要三思而后行，千万不要失了体面，让外人耻笑！"

说完对站着的四个人说："都坐下吧！"又对还跪在地上的那个瘸腿女艺人说："你也站起来说话吧！咋着原本唱得好好嘞，就平白无故地哭起来了？"

女艺人刚要在田希微的搀扶下站起来，一听田老爷问哭的缘由，就又跪在了地上，用近似道白的语气说道："老爷在上，民女俺先感谢恁老的饶恕恩德！俺本是靠卖唱为生，理应尽力给恁唱好，以祝老寿星长寿安康。不料俺俩演唱之中触动了心中的伤痛，才招致老爷们的怪罪！这都赖俺的不是，挨打挨骂理所当然，在这里俺向老爷和太太们赔罪了！"说完就趴在地上磕起头来。这女艺人虽然没有上过学堂，但从师傅口传亲授的唱段里却学到不少规矩，说起话来不但抑扬顿挫，而且还有条有理。

田老爷一瞧人家已赔了罪，就想到此为止吧！却见田希微一边往起拉腿已跪麻了的妇女，一边问道："大婶儿，家里遇到啥难处了，咋一唱就哭起来了？说说！看我能给你们帮帮忙不？"

田老四又不耐烦了，说："你个闺女家别没事找事，坐一边儿去！"

田希微不但心善，还是一个吃软不吃硬的女孩子。她柳眉一挑，两个大眼睛一瞪，说道："你打人也叫闲事儿？你再多说话，我就把你的老底儿揭开让全家人瞧瞧！你信不信？"

鬼四儿一听要揭他的老底儿，就知道指的是开怡情楼和杨翠娥的事儿，人立马就蔫了下来，甩了甩两只衣袖，狠狠地剜了她两眼，扭回头坐在了椅子上。

满厅的人看到这一幕，都不由自主地笑了起来，笑得最开心的还是田老太太。田老四的太太汪美霞和小妾王宝珍二人想让侄女把丈夫的丑事儿揭开，好让田老爷干涉一下，但是当着全家上下的面，又感到这样很丢面子，所以笑得很勉强。

田希微一看四叔败下阵去，也就不再穷追下去，就让女艺人说说缘由。女艺人就把家乡黄河边花园口发生的大灾难及造成的后果原原本本地叙说了一遍，尤其是说到他们全家九口人就被大水冲走了七口，全村人无一生还时，声泪俱下，要不是当时他俩正在外地卖艺，也就不会坐在这里给他们唱河南坠子了。

大厅里静静的，坐在前边的田家太太们听着都抹起了眼泪。田希微听着听着，漂亮的脸庞就变了色。这时田老爷子开口问女艺人：“到底是日本人的飞机轰炸开的，还是国民党军队决开的口子？”

“这两种说法都是双方的官话。不管咋说从根儿上是赖日本人！如果没有他们的侵犯，也就不会出这种事儿！”女艺人擦了擦脸上的泪水说。

田老爷子再次好奇地问道：“那你们当地人咋说嘞？”

女艺人寻思了片刻，把话语放慢了说道：“俺一听说家乡遭了难，就脚不停步地往家里赶，回去一瞧水汪汪的一片，哪里还有老人孩子和村庄的影子。后来就随着人群沿着水边往安徽和江苏那边儿找，一直找了有三四个月，也没有找到啥。到哪儿看到的都是死去的人，淹死嘞、病死嘞、饿死嘞、咋死嘞都有，那个惨样儿就没法子说！这一路上就听到了好多的说法儿。总归是，在 6 月 2 号先是赵口大堤被国军围了起来，给大堤下边的贾鲁河两岸几个村庄里的人，每人发了五块钱的逃荒费，把人都给撵走了。挖了有三四天，不知道咋回事儿水没有放下来。6 月 6 号国军又换到了上游的花园口，把那里封锁了起来，给处在水口下的邵桥、史家堤、汪家堤和南崔庄四个村也发了逃荒费，村民事先迁走了。9 号一大早天刚明，人们听到了爆炸声，到了前晌 9 点左右大水就下来了，一下子就把好多村庄给冲光了，奔腾的黄河水就改了道儿，一泄近千里，直接就冲向了东南方流进了淮河。这三省四十多个县的老百姓遭嘞那个罪呀！”女艺人说着说着又哽咽起来。

“唉！这自残自戕的御敌之策啊！”田善地悲愤地冒出一句话。

田老爷两手一拍，恨恨地说道：“这一弄，国军是彻底地回不来了！”

“爹！咋着说嘞？”田善渊小心地问道。

“你们看啊！自古以来都是得中原者得天下，他们把中原老百姓都给得罪了，老百姓还能不恨他们吗？"田老爷低声地对二儿子说。

这时候，眼含泪花的田希微走了过来，拉着爷爷干枯的手说："爷爷！您老看人家已无家可归了，您就发发善心帮帮他们吧！就当给太老奶奶积德增寿嘞！"

田老爷思谋了一下，对站在对面的残疾艺人夫妇说道："你们二人要是不嫌弃的话，就留在龙泉镇。我家南门外的麦场里有三间闲房，忙时看场用，平时没人住，你们要愿意就住在那里。每到夏秋两季打完场，给你们留点粮食，烧的就从咱家的煤窑上弄，不用花钱，就当是给我看场嘞！有人请，你们就去唱；没人请，农忙时就给在场里干活儿的人唱，用不着到处流浪没着没落的！"

田老爷说完，那女人一拽盲人的衣袖，两口子扑通一声跪在了地上，喊道："谢谢老爷的恩德！谢谢老爷的恩德！"

田老爷吩咐王管家："后晌你就领他们去，把他们交代给张志和，让自卫队给照看着！"

这无家可归的人，就像是漂在水上将要溺亡的人，只有爬到了岸上，踩到了坚实的土地，那颗悬着的心才会放下来。这残疾夫妇二人家已被毁，上无片瓦，下无寸土，饱一顿饥一顿地流浪在外，现在要给他们房子住，还给粮吃和煤烧，在那个贫困的社会是很少有人做到的。

这一切也多亏那位美丽善良的富家闺女相帮，才没受到大侮辱，也有了一个落脚的地方，他们打心里头感激。没有啥东西报答，只有肚子里装的唱词了。为了改变刚才不愉快的气氛，二人一商量，提出再唱一出河南豫剧《杨八姐游春》。一来，把田大小姐比作勇敢美丽、不畏强权的杨八姐；二来，把老寿星比作德高望重、富贵不能淫的佘老太君。

有道是"千斤道白，八两唱"。当这个女艺人唱出第一句"快马加鞭往前奔，天波府里出来了游春的人……"那嗓音清脆圆润、明亮纯净，起腔、平腔、送腔、尾腔把握得恰到好处，尤其是唱到要彩礼的精彩处"我要你一两星星，二两月，三两清风四两云，五两火苗，六两气，七两黑烟八两琴音。火烧的龙须要三两六，一搂粗的牛毛要三根……"一直要了有九九八十一种稀奇古怪彩礼，最后又提出了迎亲人必须是天上的玉帝、王母娘娘和诸神仙。以上办到了还不中，最后的条件是"我女儿在家算过命，八十八岁动大婚；泰山不倒女儿不出嫁，黄河不干女儿不成亲"。佘太君用皇帝做不到的办法和强硬的手段赶走了带着御林军来抢亲的奸臣刘文晋，在宰相王延龄和包公的帮助下，打消了宋仁宗贪图杨八姐美色，要把她纳入后宫的念头。女艺人的演唱水准与名角马金凤也分不出上下来。

男艺人也不含糊，手脚一起动，铿铿锵锵的开场锣鼓一点儿也不少，坠子胡也换成了梆子板胡。戏里的宋仁宗、宰相王延龄、奸臣刘文晋等男人的唱腔都由他一人来唱，喜、怒、哀、乐表现得淋漓尽致，跟自家女人配合得也是天衣无缝。

两位艺人的表演得到了田家上下的赞誉，他们的处境得到了田家上下的同情。他们不但没有因为演唱中的失误扣掉出场费，反倒得到了双份的价钱，并且还有了安身之地，也算是因祸得福了吧……

因为后晌有课，田希微大约在下午两点钟走出了家门。刚走到后街十字路口的大槐树下，就听见有人喊："田小姐留步！"

她停下了脚步，发现两位全副武装的警备队员簇拥着一位年轻的警官向自己走来，喊话的人高大英俊，仪表堂堂，却面生得很。她略显迟疑，问道："你喊的是我吗？"

"这里只有您一位小姐，不是您还能是谁？"他脸上堆满了笑，双眼盯着田希微白嫩漂亮的脸蛋，随后又装作久已不见的老熟人突然遇到了，向田希微走近了一步，热辣辣的眼光开始在她的身体上游移。

"您是？"田希微被盯得浑身不自在，脸红红地问道。

"这是我们警备队秦队长！"跟在秦先河后边的一个警备队员抢先开了口。

"多嘴！"他呵斥道。

"敝人免贵姓秦，秦先河。您四叔没有给您提到过我吗？"秦先河收回贪婪的目光说道。

田希微一听他提四叔，再瞧他那不怀好意的神态，打心眼里感到厌恶，就直接回答道："他没有说过啊！"

秦先河还没有来得及再次问话，就见从前街跑过来一位警备队员，一边跑一边喊："秦队长！有情况汇报！"

田希微趁机说："秦队长我还要上课，那我先走了！"

"好！那咱改天再聊！"

秦先河看着款款离去的田大小姐，胸腔里像有个猫在抓挠，心想：这美人在咱这地界还真少有，不管费多大劲，都得把她弄到手，要不然这辈子就白活了！回过头训斥来报告的警员："没看我有事儿吗？等会儿汇报不行吗？"

"报告队长！不行！必须马上汇报！"

"说吧！"

那个警员小心地看了一下周围环境，低声说道："刚接到报告，小野队长和胡会长一行十八个人在老鸦沟中了埋伏，十六个死，两个受伤！"

"那小野队长和胡汉章咋回事儿了？"秦先河急切地问道。

"都被打死了！"

这句话把秦先河惊得差点儿晕倒在地上。他们一行人到华立煤矿开会，事先是保密的，怎么就中了八路军的埋伏呢？这八路的探子可是防不胜防，多亏今天上山检查山顶的工事自己没有跟着去，要不然也得被八路要了命。于是把手一挥，领着人惶惶地回队里去了。

田希微来到学校门口，看见校庶务胡汉齐哭丧着脸，领着一位家人，匆匆忙忙地从学校走了出来往西拐去。进到学校里，就看见几位表情怪怪的老师，围着神情严肃的孙国栋校长说话。她好奇地走过去一问，就知道了谈话的内容。想到刚才大槐树下的警备队员神态紧张的样子，一定也是因为这件事儿了，心里头就暗暗高兴，心想狗汉奸们一个一个迟早都得完蛋。她装出事不关己的样子，夹着书往六年级教室去了。

这届学生即将毕业，这是最后一节写作课了。她把写作课的题目"我家的麦子"写在了黑板上，并画了个圆圈把题目圈在中间，在底下写上"作文五百字，时间一个半小时"。

写完后，她就站在讲台上看着二十多位学生奋笔疾书，还不时地看看腕上的手表。不到一个半小时，学生们就把作文先后交了上来，她随收随批阅。下课后她回到办公室，又用了不到半个小时就批阅完了作文，从中找出了一篇夹在书里，把其他作文放在一起拿上就向教室走去。

最好的作文就是夹在书里的那篇，是常家沟村的一名学生写的。她把其他的作文发给了每一个学生，最后把夹在书里的那篇拿出来朗读："昭关县今年算是风调雨顺，我们家的八亩麦子也收获得不错。原本应该喜悦的爹娘，没想到却犯了愁……"

朗读完作文，田希微问道："你们说说这篇作文写得如何？"

同学们都互相看了看，没有一个学生来回答。

田希微又问道："他的爹娘为什么会犯愁？"

学生们纷纷说道："粮食不够吃了呗！……"

田希微又问："麦子收获得多了，为什么反倒不够吃了？"

"都拿来给日本人缴税和各种捐费了！"一位胆子大的男学生抢先回答。

"对！这篇作文好就好在简明扼要，言之有序，情感真切又自然，毫无矫揉造作之感。从收获了一千多斤麦子，到最后七口人家只剩下了四五斗粮食，爹娘的这个'愁'字表现得很是浓烈，很能打动读者的心！你们也都遇到了相同的事情，都写到了所收的麦子到哪儿去了，也写到了家人的感受，总体讲都写得不错。但是，也有的同学写得词不达意，略显空洞，或者只写了枝蔓，丢掉了主干；有的同学主题含混不清，文意渺茫，语言空泛。我给你们批改的作文你们拿回去细细地体味，是会有收效的！你们毕业后不管是继续学业，还是回家农耕，都要记住一点，那就是，人是有思想的，写文章也一定要有灵魂。"

从坐在教室里的少年学生那专注略带忧郁的眼神里，可以看出他们已经有了判断是非曲直的能力。是啊！惊天炮火给他们带来了恐怖和惊慌，使他们过早地失去了那份宝贵的活泼和纯真，而不合时宜地成熟起来了。

二十八

前半晌，巡逻队顶着热辣辣的老阳儿回来后，张万山看没有啥情况，给他爹说要到前街找谷子贵商量一下自卫队驻扎在东槐树营队伍里发现的事儿，就带着谷满囤出了土地庙的大门。他想看看东墙外有啥变化，就没有从镇里走，而是左转往东，沿墙外的土路，往前街的东大门而去。

一年多来尽是昼伏夜出了，围墙外的景象已生疏了不少。路还是那条路，原本匆忙的人影看不到了，空荡荡的黄土路，被老阳儿晒得热腾腾的直晃双眼。透过路边稀疏的树木，看到已是葱绿茂密的田野里空无一人，时局的险恶，给这原本充满活力的田地，带来了几分恐怖与神秘。人们除非有急活要干，轻易不会到田里去劳作，以防遇到不可预见的危险。只有路旁杨树上无休止的蝉鸣声，才显得有些生气。

看到田野里如此寂寞，张万山的心里便有了几分不忍。自家有四五亩的旱地，加上二弟给田家油坊打工一天挣的一升小米，全家人也就勉勉强强混上个吃喝。但全乡镇的农家都以务农为生，田地不打理，任其荒芜减了产，他们的吃喝从哪里来？看来白天还得增加巡逻的次数，在主要的路口设执勤点，既防止小股日伪汉奸的骚扰，又让务农的人大胆地到田间地头去劳作，还能及时掌握日伪的动向，不是一举多得吗？

他边走边想，不知不觉来到了前街的东大门。抬头一瞧，大门口变化可是不小，门洞里不时有人出入，门两边的墙上写上了斗大的标语："中日亲善建设大东亚共荣圈，中日提携建立大东亚新秩序"，门头上还写着横批"剿灭共匪"四个大字，看来日伪军已把共产党八路军当成了他们的头号对手了。

拐进门洞，就听见了喝声："站住！把良民证掏出来！"

"咋嘞，不认识吗？"满囤大声回道。

张万山一瞧，门洞里站着好几个警备队员和自卫团员，正在检查进出大门的人。不但检查良民证，还得走到亮光处对照你的指纹，男人都得露出肩膀、解开裤带让检查。还有一个女警察，专门检查进出的女人。

"哟！万山哥，你咋有空来这儿转悠嘞？"

一看喊他的是刘二狗，万山的脸上就带了笑容，回答道："刘队长啊！咋检查得这么严啊？"

"没办法！前两天胡会长出事后，上头让严格检查，一个都不能放过，发现有不对的地方，就让先抓起来再说！"他边说边走到了张万山跟前，又瞥了一眼坐在桌子后边喝茶的警备队长秦先河与自卫团长马继先，象征性地上下打量了张万山一番，又悄声说道："这两天抓了十几个共产党嫌疑犯，关在了警备队里，听说要送到煤矿去挖煤。"

张万山从衣兜里掏出良民证交给刘二狗，张开胳膊装作让检查的样子，又悄声地问道："是共党分子吗？"

"不是！"

"有自卫队的人没有？"

"没有！"刘二狗把良民证还给张万山，低声回答。

"有情况了知会一声啊！"

"好嘞！"刘二狗把手一挥放行了。

"马团长好清闲啊！"检查完后，张万山走到秦先河与马继先喝茶的桌子前，礼貌地打招呼。

自从自卫队复队那年与张万山交手后，马继先的心里就有了阴影，只要是看到张万山心里就发怵，生怕他冷不丁用铁钳似的手，卡住自己的咽喉要了命。他也是练过功夫的人，知道自己的两下子比张万山差得远。所以每当遇到张万山，不管心里恨得只想拔出手枪崩了他，但表面上还得客客气气地打招呼："来坐下喝一杯茶，消消热气！"

"谢谢了！俺可没恁地福气，生就受苦的命，咱来前街办点事儿！"说完点了点头，领着满囤就往人影稀疏的街里走，没有搭理盯着他看的秦先河。

来到卦铺，张万山撩开竹帘进到屋里，看见大牛坐在玻璃窗前往外看，问道："大牛，恁师傅嘞？"

"大哥二哥恁咋来嘞？师傅在后院屋里抄书嘞！"

张万山和满囤走进后院屋里，谷子贵用拿毛笔的手指了指椅子说："恁先等一会儿，马上就抄好。"

张万山没坐，站在一旁看摆在桌子上的一本薄薄的小册子，又看见纸上写着七个字"识别共产党指南"。他挨着翻了翻问："这条条款款还不少嘞？"接着念道："一、敌潜伏方法及对之搜索之要点；二、敌根据地设施位置及设备要领；三、敌根据地设施的侦察要领；四、扫荡、搜索时应注意以下事项；五、民匪分离的要领……咳！整得真细，咱没有想到的人家都写进去了！看来人家日本人的情报搜集还真是不白给。"

"可不是嘞！这一点咱们可得跟人家学学，要不然吃亏的可就是咱们了！"谷子贵把毛笔放到砚台上，把抄好的七八张纸又从头浏览了一遍。单就这本小册子反映的内容来说，谷子贵就很是佩服，这打仗讲究的是知己知彼，人家连八路军的干部和战士养成的生活习惯和对指纹的漠视，宿营和战斗有什么特点，日常穿不穿裤头，行军爱携带人丹、清凉油和牙粉等特点都了解到了，可见日本人对共产党八路军的重视程度。

"这是老黑林从警备队范有录那里拿来的，只给了一个时辰的时间来抄，马上就得让大牛送回到老王杂货铺，可不能让人家发现喽！一会儿俺再抄一份，恁一并带走，交给山里一份，咱留下一份。回去叫咱们的骨干力量都学学，改掉一些习惯，以免行动时露出马脚！"谷子贵说完拿起原本儿，到前边让大牛送回去了。

"老贵叔先别抄，今儿进出镇大门检查得很严，带不出去！抄好了先藏到家里，等着机会喽再带出去！还有件急事儿要请恁给拿拿主意嘞！"谷子贵就把抄好的纸张收起来卷成一个卷，拿来卦幡用的粗竹竿，拔掉竹竿头，把纸卷塞进了竹筒里，再把竹竿头紧紧地塞住。

张万山告诉他，前一段扩大队伍，驻在东槐树营村由满仓任营长的自卫队第二营，新扩招进来的九个会员中有一个人非常可疑。别的新人训练起来很费劲，但他却不是，看他的动作和反应，都像是受过训嘞！这还不算，进来没几天就问这问那，专门了解咱们几个头头的情况。驻在南刘村苗金虎的第三营里，也扩进来了一个同样的人，都是前后脚没几天的事儿。后来偷偷地问了推荐他们进来的村自卫队队长，都说是他们村民的亲戚，都不是本村的人。他怀疑这两个人是奸细，因为怕打草惊蛇，就没有再追查下去。

谷子贵琢磨了一会儿说："这不外乎是日本特务队和皇协军两种人。听他们的口音就能大概分辨出来，说话带漳河两边的口音，就是驻扎在滏水河桥头漳河南皇协军牛魔头团派来的密探；如果说的是昭关的土话，那就是昭关县日本宪兵的特务队派来的特务。马怀德自卫团的人咱们都认识，他们不会来。其他的矿警队、路警队和驻在昭关县城的皇协军第一旅与咱们没有交集，也不可能是他们派来的。对门儿的特务队就在咱的监视下，还没有发现不对的情况。那很有可能是驻在桥头牛魔头派来的人。他们与咱有仇恨，现在又有日本人给撑腰，迟早都会对咱下手。咱不能掉以轻心，得仔细琢磨，不但不能让他们成功，还得好好地利用他们，来而无往非礼也嘛！"

"牛魔头这个团离咱最近，老去周边的村里骚扰，他们人多，后边又有日本军护着，光靠咱的力量还真不好下手！实在不行，俺就夜里进去把牛魔头给宰喽！先教训教训他们再说！"张万山恨恨地说。

前几年在漳河边的那一战，牛魔头的匪杆子吃亏不小，张万山知道人家早晚都要来报复。当听说牛魔头的匪杆子投靠了日本人，成了皇协军的队伍，又驻扎在了家门口，心里就咯噔一下子。最怕的是人家偷偷地来报复，那是防不胜防的。他想白天他们一般不敢来，周围都是自卫队的人，就是来了他们也走不了；夜里他领着特别行动队在土地庙值班，家里有老爹和万水，自卫队里多数人也都在家，那也不怕！现在人家来了这么一个狠招儿，把人打进了自卫队内部。嗨！该来的终究要来，那就先下手为强吧！

张万山的主意，谷子贵不同意，你杀一个，人家又再用一个，不起多大的作用。两人又说到这次日伪军在老鸦沟吃了亏，他们迟早会报复，要注意敌人的动向。就在这时，听到前边传来了问话声："满囤！你爹干啥去了？"

谷子贵一听有人找，让万山先坐着，就站起来往外走，进屋一瞧是田家的大掌柜田善地，脸上就挂满了笑容，双手抱拳问道："田老板您好，有何指教？"

田善地也抱拳拱手回道："指教可不敢，我来求您给批个八字儿嘞！不知道现在空闲不？"

"来！来！请坐！"说完拿过一把椅子放到了桌子对面，顺手又拿过一条白毛巾擦了擦，说道："只要是您来，我随时都有空闲！"

二人坐好后，谷子贵主动开了腔："田老板！您给谁批八字？"

"我想让你给小女批批八字，算算婚配，看看二人的属相合不合。"田善地诚恳地说道。

谷子贵一听是给田希微问婚配的事儿，心里就马上有了一种责任感。谷子贵知道田希微是共产党员，也清楚她知道自卫队里有共产党党员，但可能不知道谁是。田希微的这个事儿在党内可是个大事，弄不好就会出问题。谷子贵低下头小心地问道："咱闺女民国六年出生，属巳蛇。那男方属相呢？"

"民国三年，属虎！"

谷子贵心想人家既然来问，就是想成，只是还没有最后拿定主意。于是又问道："对方是谁？您觉得咋样？"

"依我看来人的排面儿还不错，就是他家里出点事儿，弄得我心里没底儿了，我先给他们批批八字，看看属相合不合再说！"这田老板可能是因为闺女已经20多岁了，再加上她学识高，家境好，找一个门当户对又学历相当的很难，现在又逢乱世，看他有几分凑合的意思。

"男方的家庭和阴阳宅院都与此有关，咱都得问清楚，不然不好测算！"谷子贵看他不太愿意说出来是谁，就再次问道。

"就是咱龙泉镇警备队队长秦先河。"田善地一看不说清楚没法了，就把对方的名字说了出来。

谷子贵一听是秦先河，脑袋就像被雷电击中了一般。这件事必须得阻止，千万不能再继续下去。他面上带着微笑继续问道："那咱闺女知道吗？她愿意不？"

"还没有给她说嘞！只是秦队长看上了咱闺女，托她四叔来给我提亲，我心里

261

没底。"田老板顾虑重重地说。

谷子贵一听就安下心来，看着桌子上的阴阳八卦图和罗盘，由浅入深地慢慢解说道："这说起婚配，婚姻的缘分讲究有六合、六冲、三刑之分。何为六合婚，就是子与丑合，也就是属鼠的与属牛的属相适合婚配，乃是上上婚。寅与亥合；辰与酉合；卯与戌合；午与未合；巳与申合。六合婚姻也就是上等的婚配。"

不用多解释，田善地就明白了七八分，知道闺女和秦先河不是上上婚配。

谷子贵接着又说道："所谓六冲，也叫六害，这种婚配越是相冲的人，相害也就越大。六冲是子与未冲；丑与午冲；卯与辰冲；戌与酉冲；亥与申冲；寅与巳冲。寅虎与巳蛇的卦相为'虎蛇相配如刀锉，男女不合无着落；有儿有女也悲惨，纵是夫妻不快活'"。

田善地明白了，闺女与秦队长的婚配在六冲之列，不适合。没等谷子贵往下说，他就发了话："老贵兄你别说了！这首先就是属相不合，那就到此为止，我回去就给人家回话推掉算了！虽然咱闺女大了，咱也不能凑合着，毕竟是孩子的终身大事，那就慢慢地对吧！"

说完用左手拖了一下衣袖，从白绸子的衣服口袋里掏出了一张10元法币要递给谷子贵。谷子贵赶忙站了起来，摆着手连声说道："您老弟太见外了！我这只是动动嘴而已，我要收了您的钱，改天我还咋给您见面嘞！快快收起来！"

田老板心里也明白，就田家与自卫队的关系，要了反倒是有点儿见外了。他就把钱放回衣兜，站起身来拱起双手连声道谢，扭身就要走。

谷子贵赶忙说："田老板留步！我还有话说哩！"

田善地转回身："您说！"

"您知道秦队长可不是一般人，这要是让人家知道了是我说的俩人的婚配不合，达不到目的，人家报复起来俺可受不了！所以请您回去不要说来批八字儿这回事儿，免得人家来给找麻烦，您说是不是这个理儿？"谷子贵不放心地叮嘱他说。

"那是当然！"田老板说完，扭头撩起竹门帘走了出去。

张万山和满囤从院子里走了进来，张万山坐到椅子上就开了口："老贵叔，田老板也来找恁给算卦？他遇到啥事儿了？"

谷子贵就把刚才的事儿说了一遍。张万山一听，心里莫名其妙地泛起了一股子酸酸的味道。他虽然没有和田大小姐深谈过，但从几次的交往中，就知道个性鲜明、人见人爱的她不可能喜欢秦先河这种人。何况秦先河是汉奸警备队长，他爹也是一个被共产党八路军打死的大汉奸。虽然亲事不可能成，但以秦先河的个性来看，这件事可能还没有完，后边的事情恐怕更棘手，他就把自己的想法说了出来。

"咱俩想得差不多！恁回去给牛海龙汇报一下情况，看他有啥意见！咱们多注意秦先河的举动，可别闹出大乱子！"随后又把必须掌握龙泉镇控制权的想法说给了张万山。

说到龙泉镇的控制权，张万山就把想好的计谋，用从师父云清道长教给他的拳理作比，对谷子贵说："老贵叔咱不能再等了，咱得先除掉牛魔头！恁看咱给他们来个连环计行不？雪花太极有种功夫叫打'魔'功，咱先把'魔'给它打进去，这个'魔'就是对付牛魔头连环计的第一环。看它啥时候能发作，一旦发作了，他们就失去了日本人的信任，这也叫'离间计'。到时候咱就再给他们来个'引君入瓮'，出手把他们给解决喽！"

"好！先实施第一计对付牛魔头的部队，下一计等琢磨好了咱再说！"

"那俺俩就先回家了！"张万山给满囤一摆头就要撩竹门帘出去，没想到竹帘子先从外边被人给撩开了。

"恁慌啥嘞？"张万山一看进来的是满头大汗的赵大本儿。

赵大本儿赶快说："大哥恁先别走，有事儿！张大伯会长被昭关日本司令部叫过去问话了！"

张万山一听，就像是被闪电击中了一般，差点没蹦起来。

谷子贵稳了稳神儿，问大本儿："啥事儿？谁来叫嘞？"

"来人是县警备大队的王副队长，骑着马还带着一个护兵。光说是松田司令有话要问，让立即就去！"大本儿一口气把话都说了出来。

谷子贵给满囤说："恁在这儿给大牛一起盯着，有事儿立即到土地庙报告，不要拖延！"说完就和张万山带着赵大本儿，急匆匆地回土地庙自卫队总部找牛海龙商量去了。

一直过了晌午饭，不多大会儿，就听到门口站岗的队员喊，会长回来了！就见张志和与接应他的张万山几个人，骑着马从镇西边的土路上急驰过来，来到跟前下了马，几个小伙子把马牵到马厩去了。几个自卫队的头头们啥话也没问，相跟着回到了屋子里。

"志和老兄！是咋回事儿？"谷子贵沉不住气儿了，没等张志和端起碗来喝口水，就抢先问道。

"咋回事儿？有人汇报说咱自卫队包庇共产党和八路军！松田老小子把俺叫过去让给解释解释！俺一拍胸脯说：那是有人瞎说八道，是想陷害自卫队！谁有证据给拿出来亮亮？不行咱就当面对质！俺一说当面对质，松田老小子没办法了就说道：对质的不行，为什么别的镇都有共产党八路军的活动，就你们龙泉乡下风平浪静呢？俺一瞧他们根本就没抓住真凭实据，为了打消松田对咱们的怀疑，就把自卫队每天在十几个村巡逻的过程说了一遍，最后俺又说：要不俺自卫队停止巡逻，把共产党八路军放进来看看？松田那老小子赶忙说那样不行。后来他一瞧没法再说下去了，只好让俺回来喽！"张志和绘声绘色地把过程说了一遍，才端起桌子上的粗瓷碗喝起水来。

牛海龙一拍桌子，竖起了两个大拇指，笑着说："你地大大地英雄！"

"啥英雄不英雄嘞！叫咱去咱要不敢去，那不就显得咱心中有鬼吗？咱大大方方嘞往那儿一站，就是有证据咱也不承认！他们真要是有确凿的通共证据，就不是叫去问话，直接就采取行动了！"张志和两只虎眼一瞪，摊开粗大的手掌说。

谷子贵习惯性地抹了一下胡须说："这也算是又过了一道险关，以后咱得主动出击，不能受制于人家！今儿和万山还说到了牛魔头他们的皇协军，万山你赶快行动，把'魔'打进去，不但要解决这个魔头，还叫他们有话说不出口来！"

牛海龙惊喜地问道："又有啥高招了？"

张万山说："咱边吃边说，两不耽误！"说完就叫人把大锅菜端了过来，每人拿起一个黄窝窝头，就着菜吃了起来。

张万山吃着饭，把和谷子贵商量好的计策说了出来，大家一听"连环计"设计得不错，都一致同意尽快施行。

二十九

　　夜里刚交子时，在土地庙值夜的张万山看到队员们都进入了梦境，就点着一支蜡烛来到大殿里，从土地爷坐像的后边掀开一个洞口，从里边拿出了早先炸飞机时拿回的日军望远镜、照相机和防风镜，在烛光下把掏出来的东西挨个儿擦了一遍，然后用布包好，装在了身上斜背着的一个布兜里，试着颠了两下，没有发出声响。回到厢房里。向徒弟满囤一摆手，二人就走到大门口，对站夜岗的说："恁俩精神点儿，一会儿俺们就回来。"二人出门往左拐，趁着朦胧的夜色，直奔滏水河石桥而去。

　　日本人扩建的滏水河上的石桥，离龙泉镇只有四里多地，他们没用一顿饭工夫，就来到了水神庙旁的伪军兵营。兵营坐南朝北，建在新扩修马路的南边，站在大门口就能看到桥头的碉堡。石桥是为运送华立煤矿的煤炭而改建，昭关县大小煤矿出产的煤炭，都要集中到冯村火车站，从那里装车外运，一部分运到东北三省，大部分都被送到天津卫装船运回日本国。石桥两头新建的两层碉堡里，昼夜都有伪军把守。原来过石桥是没人管的，现在过新扩建的桥都得检查，做生意和运送东西的还得再缴过桥税费，不听从者，抓起来送到日本人控制的煤矿去做苦工。

　　师徒二人从田间的小土道绕到了伪军兵营西南墙的拐角处，墙里就是伪军们使用的厕所，从这里翻墙进去，不会引起多大的注意。二人站在墙外仔细听了一会儿，发现里边没有人，就往北侧走了三四丈远，错开了厕所。还用老办法，满囤的脚踩到张万山伸出的手掌上，轻轻一送，就把满囤托到了墙上，让他趴在墙上给张万山放风。伪军们仗着人多有武器，墙修得只有一丈高，张万山双手一扒墙头，翻身就进到了围墙内，迈着悄无声息的狸猫步，走向中间的一排营房。因为自卫队里一个瓦匠参与了营房的修建，知道只在这排中间靠里边留有一个套间，其他都是三大间和单间房，这唯一的套间只能由团长牛魔头使用了。

张万山来到中间这排营房的头，时节正是夏季的尾巴，天气还热，门窗大都敞开着，里边传出了粗细高低不同的打呼噜的声音。顺着墙往东边细瞧，就看见一个房门前蹲着一个伪兵，怀里抱着枪，靠在墙上打盹。他扭回身踮着脚尖来到那个套间的后窗口，有鼾声的是里间，那里面睡着的人就是团长牛魔头了。伸进头去往外间看，正中靠墙摆有一张办公桌，窗口下是一对沙发，中间是茶几。张万山从布兜里拿出望远镜、照相机和防风镜，分别轻轻地放在了沙发的靠背上和茶几上，回转身，朝来时的方向踮脚回去了。

回到了西围墙下，纵身翻出了围墙，又伸手把满囤接下来，二人沿着来时的路，急匆匆地回土地庙去了。

这就是张万山连环计的第一环节，先把"魔"打进去，等着内部的伤痛发作后再制订下一步行动的计划。

暑天刚过，老阳儿的脸只要一贴上神麂山峰峦，天就会渐渐地凉爽起来。谷子贵拿着他那把画着阴阳八卦图的纸折扇在屋里不停地踱着步，他觉得两个多月来龙泉镇里的情况有些不对头，宪兵队长小野和胡汉章在老鸦沟被打死到现在快一个月了，日本人没有任何的反应，只是把胡汉章的亲信、新民会副会长赵天祥提拔成了会长；还有田道然以年龄大为由辞去了副镇长，改由他的长子田善地接替他为副镇长兼商会会长。既损了兵又折了将，就这样悄没声儿地算完了吗？这对于凶残成性的日本人是不可想象的。这是日本人的欲擒故纵之计，还是他们还没有找到下刀的地方？不管咋说，这平静的气氛下肯定包藏着日本人的祸心。他越想就越觉得忐忑不安，问坐在窗口的徒弟："大牛！最近发现街面上有啥不对的地方没有啊？"

大牛挠了挠头皮说："没啥不对的啊！自打平汉线西边的封锁沟挖好后，来龙泉镇的人少了，怹看咱街上哪还有人敢来做买卖？就是有人来，也是周围村儿里的来做些小买卖，人们都在凑合着过嘞！"

"那这做买卖的人里头，有啥不对劲儿的人没有？"

"没看出来呀！"大牛看着窗外的大街，皱着眉头说。他支起耳朵听了一会儿，忽然说："师父恁听听，这个卖针线的倒是有点儿意思！"

谷子贵歪着脑袋，听见门外东侧传来了卖针人的叫卖唱声儿："你要还嫌少，再给你加三根。你要还不中，再饶恁五根针。这个大针算在外，阴天下雨补布袋。包得紧，裹得严，恁要丢了可白花钱……"听了一会儿，他扭回头对大牛说："这不就是个卖针线的吗？恁听他唱得多中听啊！"

"叫卖声儿确实是不赖，俺说的是——等会儿他过来喽再给恁说！"大牛哼哼唧唧的不知道该咋表达。

工夫不大，又听见卖针人叫唱着："小小银针明亮亮，好似姜桂芝一杆枪。它金刚打，银子镶，纳鞋底，纳鞋帮，缝缝补补缭衣裳……"他走到宪兵队的大门口还往里瞅了一眼，然后又敲着手里扎着针的木板，继续唱着卖针小调，从窗口慢慢地走过去了。猩红色的霞光映射在那人轮廓鲜明的脸上，给谷子贵的感觉是他哪些地方有点儿不搭调，就扭回头问大牛："恁说这个人哪儿有问题？"

"来咱镇上卖针的人俺都见过，俺就喜欢听他们和女人们讨价还价像唱小曲儿一样。嘴里唱的多给了女人们好多的针，却一直往木板上甩针，其实女人最后拿到手里纸包着的针，没有那么多。但这个卖针的不同，唱的给多少就给多少，一点儿也不少给，老娘们可都愿意买他的针！恁再看他那张胖胖的脸，不但白里透红，还油光闪亮，不像其他卖针的人长得又黑又瘦，也没有终日走街串巷、风吹雨淋的深皱纹。"大牛侃侃而谈。

经大牛这么一说，谷子贵也看出了端倪："给恁一块钱，装作是去买烟哩，看看他住在哪家旅店！"

谷子贵的话音刚落，就听见门外有人喊："谷老贵在吗？"

"谁呀？进来吧！"谷子贵大声地喊道。

门帘一挑走进来两个人，一个是镇上有名的"鬼难拿"曹子谦，另一个是斜对门里的特务队长付有田。谷子贵一瞧他俩一块儿进来，心里就直打鼓。以前曹子谦只要一看见自己，总是老贵叔长老贵叔短，从来也没有喊过谷老贵！这小子一年多不见也不知道干啥去了，这一回来就跟特务队长尿到一个夜壶里了，看来他的变化还真不小嘞！就调侃地说道："你小子这一年干啥去了？咋连个照面也不给打？一年不见，你倒是长辈儿啊？那我该改口叫你曹老弟了！"

曹子谦心里一怔，看到谷子贵挑了理，马上换上了笑脸说："老贵叔对不起！好久不见，心里一激动就秃噜了嘴，您老可别怪罪啊！"

谷子贵满面笑容地对曹子谦说："嗨！我给你要笑哩！可别当真啊！"

"唉！是老侄子不对，走时候也没顾上给您老打声招呼！今儿咱付队长家里有点事儿想求您给卜一卦，不知您肯不肯？"

谷子贵看了看两腮下塌、一脸狡黠的付有田，心想，做他们这行的都是人精，很善于察言观色，稍有不慎就会被人家看出破绽，近来镇上的情况也不大对，所以还是多加小心为好，只好说道："咱家这个行当有个规矩，叫'日落不算卦，算卦死全家'，要不改天再说吧！"

付有田说道："反正咱就在对门儿住，随时随地都能来，子谦那咱就先走吧，别误了待会儿鸿丰楼的饭局！"

"老贵叔，那我们就改天再来？"二人一前一后地走了。

二人走后不大会儿大牛就回来了，说："那人没住店，进胡汉章家了！"

谷子贵一拍脑袋说："咳！坏事儿，能住进胡汉章的家里，肯定不是一般的人。"

第二天早晨，正在下门板的大牛，就瞧见从西街走过来一位全副武装的日本军官，猛一看好像是在哪儿见过。当那人走近了一瞧，大牛立马就愣住了，这不就是那个卖针的中国人吗？惊得他扶着门板半天都没醒过神儿来！当听到街对面传来一声"哈依！"他才从迷怔中惊醒，把门板一块一块地卸下来，又哆哆嗦嗦地回到门口挂门帘子。

这时候谷子贵来到了门口，看大牛挂门帘的动作有些不对劲，就问道："哆里哆嗦恁慌啥嘞？"

大牛回头看见师傅，拉着他就往屋里走，嘴里还说着："恁老可算是来嘞！"

进到了屋里，惊慌失措的大牛说："师傅，恁知道那个卖针的人是谁吗？是宪兵队的日本军官！"

"真嘞？"

"可不是嘞！他刚刚进宪兵队里去了！"

谷子贵虽然久经世事的历练，当听到那个卖针的人是个日本军官时，心里也惊恐不已。一个日本人说着一口流利的昭关土话，装扮成卖针的小商贩，唱着卖针人的小曲儿，看来日本特务搜集情报的手段非同寻常。

"我到土地庙里去一趟，恁就在这儿盯着，如果有人来，能对付嘞恁就对付着给他相相算算，应付不了嘞就请他改天再来！遇上特别紧急的事儿就把门关了，到土地庙去找我。"谷子贵叮嘱他。

谷子贵来到土地庙待了一前晌，给张万山、牛海龙等人通报了街上卖针人是日本军官的事儿，众人也都惊诧不已。他们研究了对付他的办法，又说了些其他事儿，在庙里吃完饭后家也没有回，就回到了前街铺里。他正坐在椅子上抽着烟想事儿，就听见撩门帘子的声音，一瞧走进来的人不是别人，还是特务队长付有田，谷子贵赶快起身招呼他坐到了对面的椅子上，从桌子上拿起烟盒，递给了神情惶惑的他，亲切地说道："付队长请抽烟，今儿咋曹子谦没有一块儿来？"

付有田拿起香烟抽出一支，划着洋火点着后，满脸不高兴地说："人家不会陪我来了！今儿前晌，他已经被新来的宪兵队长石川太君任命为特务队长了！把我给降为副队长喽！"

谷子贵心想这是撞了哪门子邪了，一个做贼的人，也会成了日本人的特务队长？这新来的日本军官出手确实与众不同。一瞧坐在对面满脸愁容的付有田，知道他因为放共产党家属的事儿，挨了处分又被降了职，现时正在苦不堪言，就劝他说："嗨！我当是个啥事儿嘞！不就是个小小的队长吗？像你老弟这样有才能的人，前程大着嘞！还在乎这个？"

付有田一听，心里舒坦了不少，对谷子贵有了亲近感，他往前拉了拉椅子，凑近了说道："我也知道这不是个好差事儿！不是有句老话说嘛，饭好吃，气难咽，这口气堵在我嘞嗓子眼儿里咋着也咽不下去！再一个我老爹身体一直闹病不见好，这不来找您给卜卜卦，看这些个坎咋着才能迈过去么！"

付有田说明来意，谷子贵心里就有了谱，只能从他的命相算起，一步一步地从他身上套出些有用的东西来。谷子贵问起他的生辰八字，等他回答完后，使劲抽了一口烟，看着从口中吐出的蓝色烟雾在眼前袅袅升腾，然后闭上眼睛，掐算几次后，慢慢地把眼睛睁开，一下子盯住付有田，缓缓说道："你的命是天魁星命。有诗云：狂风千里起波涛，一片天机胆气高；汉木雁鸿双翼健，霜雪松柏一枝翘。营求多利多成败，想得厚利转寂寥；要问前程荣达事，生来磨难寿不高。"

谷子贵微微摇着脑袋，眯着眼睛，口里念着诗句，念着念着，就看见付有田的表情起了变化，由原来虔诚的微笑渐渐地变成了失望。这也是先生的手段，先敲再打，让你感到命运的多舛，然后再给你指出一条明路来，好让你心服口服。

谷子贵又说道："此命乃艺业机巧孤独之星。为人有调度，有机谋，在气宇高明之宿。孤又孤不了，俗也俗不了。患难中凶不成凶，成立处福不为福，庸人钦敬，小辈妒嫌。能立纲纪，会审法度。自在处寻出不自在，欢喜处变成了一场怨。兄弟有若无，亲朋不到头，件件亲手，般般自造。出水两难犹如浅水行船，做事辛苦，难望速达；虽然本事高等，但有才无处用。这都是你的命运所致。"

谷子贵的这一套卦词儿，句句说到了付有田的心里头，说得他频频点头，把椅子往前拉了拉，用乞求的口气说："您老哥说我的命里不但磨难多，而且寿命还不长，您看还有没有转机？"

谷子贵看火候不到，不急于收场，就说道："你的心性巧，机谋又深，伤人常招不是怨就是恨，有时好事儿不见好，好处多见凶，久而久之要犯官刑。"

他赶忙问道："那有没有破解之法？"

"这个说难也不难，说易也不易，要想躲祸端，全靠你自己！"

"那我该咋着做才行哩？"

"要想险处不险，凶处不凶，你要多用心，少历事儿。不以善小而不为，不以恶小而为之。要身闲心不闲，财多福便少。清静是根本，方可到年老。你的祸去福气到，父病自然好。"谷子贵用了几句劝勉的话结束了他的卜语，拿起桌上的烟盒抽出两支，递给付有田一支，自己叼进嘴里一支。

付有田瘦削的脸上有了笑意，原来的郁闷情绪也舒散了，他赶快从裤子的兜里掏出五块法币递给谷子贵。谷子贵把手摇了摇说："咱对门待着，抬头不见低头见嘞！钱我不能要！咱就当交了个朋友，以后还请你多多关照嘞！"

"那是当然！那是当然！"

付有田刚要掀帘子往外走，突然若有所思地扭回身，走到桌子边，用神秘的口气对谷子贵说："你知道曹子谦这一年多干啥去了？"

"不知道啊！"

"他一直跟着石川太君，在昭关县城司令部里受训来着！这次一块儿回龙泉镇，就是为了侦破胡汉章和小野队长在老鸦沟被袭击的那件事儿！"付有田警惕地看着窗外，低声对谷子贵说。

谷子贵虽然也有这样的判断，但是从付有田的嘴里得到了证实，心里未免有点儿吃惊，随口问道："找到是谁干的了吗？"

"大概是找到了，昨夜黑赵天祥在鸿丰楼请客，就是因为这件事儿！"

"那还不知道该谁倒霉嘞？"

付有田临走时还没忘嘱咐一声："你知道就行了，可不能给外人说！"

"你放心吧！咱老谷嘴严得很！"谷子贵说完向他摆了摆手。

谷子贵送走了付有田，看着他走进了宪兵队的大门，意识到这一连串都是大事，得赶快告诉牛海龙，把情报送出去，让抗日县政府做好应对准备。

来到土地庙一说此事儿，牛海龙说已经晚了。老鸦沟山根儿一个叫王家峪的村子，今儿天不亮就遭到一百五十多日伪军的突袭，有十五位游击队员和村民被打死了。不过在日伪军回昭关路上一个叫兔子沟的地方，遭到埋伏在青纱帐里的八路军先遣队伏击，日伪军死伤过半，也算是给王家峪死亡的游击队员和村民们报了仇。

这到底是怎么回事？还得从龙泉镇新民会会长胡汉章和日本宪兵队长小野被打死说起。胡汉章和小野一行人到华立煤矿开会，研究矿上劳工不足的问题。这个情报被打入新民会内部的刘文虎得到了，通过王家杂货铺王德才，当天前晌抗日县政府就得到了情报，县独立营立即就埋伏在他们的必经之路老鸦沟。后晌，胡汉章和小野队长一行十几个人开完会回龙泉镇，一进到沟里，就被等在那里的独立营武装给包围了，只用了几分钟，就把他们给解决掉了。这件事大大震惊了昭关县的日军司令部，松田大佐发了怒。为了找到隐藏着的游击队，昭关县日军司令部精心挑选了一个叫石川的日本特务，接替小野来到龙泉镇。这个人是个中国通，穿上民装，说着流利的汉话，就像是一个地地道道的昭关本地人。早在一年前，这个日本特务为了了解当地的民情，适应昭关的环境，就把来往于龙泉镇和昭关之间，在道上混的曹子谦笼络到了身边，每天教他学说昭关土话，给他讲昭关的风土人情和黑道上的规矩。学成后石川开始搜集情报，伪装成卖针的人，走街串巷到处搜集情报。日伪军多次到根据地、占领区清乡和扫荡，都是依据他的情报采取的行动。

松田派他来到龙泉镇接小野的宪兵队长，他就把曹子谦带在身边，曹子谦也成了特务队队长。石川上任后没在宪兵队露面，直接以亲戚的名义住在胡汉章家里，还伪装成卖针的人，每天从镇里到乡下，挨着村庄侦察。多亏自卫队对各村管制得比较严、警惕性高，没让他发现什么。一直侦察到了离龙泉镇有二十里的王家峪，他发现了问题。当他唱着卖针的歌谣，正在王家峪的街上给几个妇女包针的时候，就听到有人喊："老乡！针多少钱一包？"他一听"老乡"两个字，心里就一阵暗喜，这两个字只有共产党八路军、游击队的干部和战士才用，一般老百姓都喊"卖针嘞"，而不会喊老乡。他看了看喊老乡的那个青年人，不动声色地唱着小曲走了过去了，"十根小针一小包，一包只卖七八毛。头号一包有五根，一根只卖十几分。二号三号纳鞋帮，四号五号缝衣裳。从昭关到天津，三十五根是一封。要的多喽少花钱，一封只要两块半。打打算盘算算账，整买要比零买强。"

"那就买一封吧！"那个喊老乡的年轻人说。

"俺嘞针像金刚钻，俺敢保证用五年。要是用了四年半，找到俺家给恁换……"唱着小曲儿收了钱，看着买针的人进了一座四合院子，他在心里暗暗记下了周围的环境，就唱着小曲儿走出了王家峪，当天夜里就把情报汇报到了昭关司令部。第三天松田大佐没有派驻在龙泉镇的军队，直接从驻县城的日本军和皇协军里派出了一百五十多人，后半夜从昭关出发，沿着山的西侧到了王家峪，把那座院子给包围了。这一下子损失惨重，住在院子里的一个班独立营战士和村民几乎全被枪杀。

日伪军夜里从昭关县城出发时，被八路军的情报员发现了，但情报员并不知道他们去干啥，就连夜把情报送到了西山根据地。八路军的先遣队正好在那里扩军，就紧急集合，在青纱帐和黎明前薄薄的夜幕掩护下，在日伪军回来的必经之地兔子沟设下了埋伏。日伪军一进入埋伏地，八路军快枪手榴弹一起上，虽然占了地理优势，但由于武器不好、弹药不足，只打死打伤了半数日伪军。

他们怕驻扎在周围的日伪军来增援，被人家包抄，就利用地里的庄稼做掩护，撤回了根据地。

这一事件提醒了敌占区共产党抗日政府和武装，在工作细节上万万不能大意。他们对近一段工作进行了总结，告诫每个队员以后不再犯类似的错误，并制定了敌后工作的十六项原则：宁纵不横，包装身份；分散隐蔽，集中行动；本地干部，异地执政；内线穿插，外线进攻；反奸除霸，保甲落空；谣言攻击，袭扰敌人；昼伏夜出，游击战争；全民动员，联村户动。

日军的这次偷袭虽然有所收获，但也损失惨重。这也让他们感受到共产党八路军不好对付，不敢小觑，从此更加小心谨慎了。在"重要事业场"的建设上，昭关的日军司令部进一步加大了兵员力量的投入，确保周围封锁沟、封锁墙和据点的修建进度，尽早地与抗日根据地完全隔离开来，以实现他们永久、稳固掠夺中国资源的梦想。

── ┤ 三十 ├ ──

　　驻龙泉镇宪兵队队长石川上任的第一件事儿，就是加快神麇山顶"重要事业场"防御墙的修建。这天前晌，他带着龙泉镇的官员和各武装组织的头头上到山顶巡查，最后来到山顶最北端已修建好的据点里，把驻扎在里边的日军小队长和皇协军排长叫到一起，开起了现场会。他认为防御墙修建太慢，希望想办法在年底前把防御墙建好，这也是松田司令的命令。说来说去把修建慢的原因归结到了人手不足和垒墙用的石头离山顶远、费时费力上。人手不足好办，石头离山顶远却不好解决。近处的石块儿都被用光了，现在用的石头都是下到半山腰往山顶搬，一群人都为此犯了愁。

　　"石川队长！我有个主意！"有个人打破了沉默，人们一看是自卫团副团长马继祖，目光一下子都集中到他身上。

　　"你地说？"

　　"要想按时完成任务，那只有拆梯田的石堰这一条路了！"马三儿摇着光秃秃的大脑袋，自信地说道。站在一旁的副镇长兼村长田善地和镇自卫团长马继先狠狠地瞪他，嫌他多事儿。这山上山下有他们两家很多的地，一拆就会拆到自己头上来。

　　石川透过窗口往沟壑和山坡上一望说："对呀！不远处不就是垒梯田的石头吗？何必舍近求远呢？你地大大地好！就这么办！"说完对着马三儿点了点头。

　　还没等别人开口反对，田善地首先发了话："那咋行？地里都长着庄稼，农

274

人就靠这地打下的粮食缴税和缴捐费嘞！这把石堰一拆，一下雨庄稼还不给冲光喽！谁来缴税捐？让他们吃啥嘞？"

"防共要紧！拆后还可以再垒嘛！"石川虎着脸说。

"那村民要是不让掀哩？"马继先虽然对日本人忠心耿耿，但一想到要损害他家利益，心里很不痛快，就回了一句。

石川拍了拍腰间的王八盒子，壮实的身板一挺，一双鹰眼一瞪，指着站在旁边的警备队长秦先河、特务队长曹子谦和镇自卫团长马继先说道："你们的人马明天通通地上山，谁地不让拆，把他送宪兵队地干活！"又指着赵天祥、马怀德、田善地、张志和说道："你们把村里的男丁分成三批，轮换上山！有不到者，送宪兵队地干活！"张志和也不敢说什么，只恨马三儿的坏主意，但现已没法改变。

众人看着虎视眈眈的日本兵和皇协军，没有一个人敢反对。这时候新民会会长赵天祥说话了："那就按石川太君说的办吧！现在马上下山，召集各村村长开会，明天让他们带着村民上山拆堰垒墙。有不遵命令者，通通带到宪兵队！"

第二天一早，在各村村长的带领下，拆堰的人们就上了山。离山顶最近的一块地是龙泉村赵树成家的山坡地，他两个儿子都给田老爷家打工，今天没上山。警备队长秦先河哨子一吹，喊了声动工！人们就纷纷往山下去找石头。但走了没多远，就被端着枪的日伪军给拦住了，非让他们去掀山坡上梯田的石堰。农人们在这山上修整这么一块儿地非常不容易，把石堰一掀地就毁了，家里几代人的辛苦就算白费。农人没了地，那一家人还不得喝西北风去，所以站在那里相互看着谁都没动。看人们不动弹，宪兵队长石川"唰"的一声把挎在腰上的日本军刀抽了出来，指着离得最近的赵树成那块山坡地，凶狠地喊道："通通地给我拆！"整个山上还是没有人动。

这时石川又拔出手枪，对着人群的头顶就是一枪，枪声一响，人群骚动了，都向两旁躲闪开来。今天田村长找了个理由没有来，龙泉村由马三儿管着。马三儿从站着的人手里抢过来一把镢头，往就近的那块地去了。站在人群里的赵树成喊着："那是俺嘞地，恁不能掀！"喊完就跑过去夺马三儿手里的镢头，马三儿把赵树成的手一甩说："啥恁家的地！都是皇军的地！"一脚就把赵树成踹到了一边，蹲在地上半天没起来。

秦先河与曹子谦也把匣枪抽出来，逼迫农人去掀石堰。这时候赵树成缓过劲来了，踉踉跄跄地又去夺马三儿手里的镢头，这时一个日本兵端着枪走过去，刺刀一下子就扎进了赵树成的胸膛，刺刀一拔，血水就蹿了出来。站在山坡上的人"哎呀"一声，都吓得把脸扭过去了。秦先河手下的警备队员和马三儿带来的人都喊着："还不快去掀石堰！再对抗下去这就是下场！"

站在山坡上的日伪军都端着枪，哗啦哗啦把子弹顶上了膛。人群里站着的各村村长一看出了人命，都督促着村民赶快到山坡地和沟里的梯田去掀石堰。这时谁也不敢再去拦截掀石堰的人了，都开始干活儿，整个山上飘荡着一片叮叮当当铁与石撞击的声响。

马三儿知道自己闯了祸，心虚地站在日本宪兵队队长的身边小声地说着话，不时地用惊慌的眼神向四周望着。一起来的赵姓人家不能眼看着自家的人死了躺在地上没人管，一个年岁大些的找到曹子谦，想把尸体先抬回去。石川队长答应了，他就招呼了四个赵姓的村民，找来木杆子绑了一个担架，把赵树成给抬下山去了。

当把死尸抬到镇南门时，守门的警备队不让进，说是在外边死去的人，是不能抬回镇里的，那样会给镇民们带来厄运。他们只好把死尸抬到了土地庙前的打谷场上，并派人去找赵树成的两个儿子。这时土地庙把门儿的自卫队会员发现了此事，马上报告了正在屋里商量事儿的张志和、牛海龙二人。他俩出来一瞧，招呼值班的人拿来一张苇席，先把尸体给盖住。身边的赵家人把事端的前因后果说了一遍，张志和一听就火了："不让恁拆石堰，就把人给打死，这叫啥理？这件事儿决不能放过他们！"牛海龙怕张志和冲动，就拽了拽他的衣袖让他先回去。然后对站在后边的自卫队员说："铁蛋儿，你们就在这儿给看着，谁也不要乱动！大本儿和他哥来后一定要拦住他们，千万不要让他们上山拼命去！让他们到土地庙，商量好了再说！"

"金堂，赶快去把万山和你老贵叔叫来，就说有大事商量！"那个叫金堂的小伙子拔腿就跑走了。

张万山和谷子贵先后来到了土地庙，他们四个人先研究开了。张志和主张以牙还牙，带人把他们给灭喽！张万山说那样只能解一时之恨，不能解决问题，真要把事儿闹大了，后果会很严重。谷子贵也不同意硬碰硬，应该找到一个两全的计谋，才能行动。

牛海龙说道："老贵叔说得对，咱不能硬拼，要我看先把这件事儿压下来，然后再找机会收拾他们！"

正说着哩，就听见外边乱了套，哭声叫骂声传了进来。张万山来到土地庙外一看，几个女人坐在地上哭得死去活来，铁蛋他们几个抱着万水和大本儿哥俩，不让他们上山报仇去。张万山走过去抓住万水的胳膊喝道："老二怎干啥嘞？不能先冷静冷静？不要往火上浇油，赶紧把他哥俩拉到庙里去！里边正商量这事儿嘞！"

"这人真不是个东西！俺咽不下这口气！"张万水和赵大本儿都在田老爷家的油坊里做工，两人亲如兄弟，一看兄弟的父亲被打死了，就想马上上山去为他报仇。

赵大本儿哥俩都给田家打工，一个在油坊，一个在水碾。哥俩虽然个头都不高，但干的都是抡大锤的重体力活儿，所以身板都很强壮。一看多被日本人用刺刀给挑死了，痛不欲生，失去了理智，要找到山上去拼命。在场的人心里都清楚，这要是到了山上，都活不成。

几个人费了好大的劲儿，才把哥俩拉进了土地庙，张万山叫别人都回到场上给盯着，只把哥俩和万水留下。牛海龙一看哥俩报仇的意愿坚决，又看了看屋里没有外人，就说道："第一，先把老人入了土，再干其他的事儿。第二，报仇先易后难。这个马三儿是个祸害，我们就派人暗地里配合你俩先把他解决掉。日本人由我们慢慢找机会动手，这也不光是你们家的事儿，他们是全民族的仇敌。第三，动手前先把家人安排妥当喽！有亲戚就先到亲戚家藏好，没有亲戚咱就到南刘村隐蔽起来，实在不行了都转到西山根据地去。事后你俩在龙泉镇是待不下去了，连夜就到根据地找八路军去，你俩上哪儿去，千万不要给家里人说。日本人来找咱要人，就说大概跑到河南亲戚家了，我们正在抓哩！具体到根据地找谁，我单独给你俩说，你们看这样安排中不中？"

在座的人都觉着这样安排比较妥善。既让兄弟二人报了仇，又能稳定住大局，日本人找来了也好对付，所以都一致同意牛海龙的意见，赵大本儿哥俩也都说中！到部队上杀日本人也算是为老多报仇，等到把日本人赶出中国，再回龙泉村。

事儿定下来后，在座的就分了工。张志和对付日本人；谷子贵负责处理赵家的后事；张万山配合大本哥俩的行动；牛海龙负责队伍日常训练和警戒，防备日伪军的突袭。总的原则是不要引起日本人的警觉，以免牵连自卫队。

马三儿回到家后，心里七上八落哩慌慌得很，就到堂哥马继先家讨主意。马继先爷俩虽然被称为马坏蛋，但在这件事儿上对马三儿的做法非常地不满，因为他家有几块地的石堰也要被掀，就当面把他骂了个狗血淋头。但毕竟是同门同宗，不能咋着他，只好给他派几个人，黑天白日跟着保护他。并告诫他没事儿就在家里待着，别再到处招摇，给了人家可乘之机。

马三儿的家就在马怀德宅院的南边，相隔有三条胡同，是一座两进平房院落，前院是佣人和两个店铺雇工在住，厨房和茅房都在这里。他们的家人都住在后院，父母带着他的孩子住在七间上房，一个未成家的弟弟住在五间西厢房，他和媳妇俩人住在东厢房。他家的实力虽远不如堂兄马继先，但是也有高大的翘檐抱厦硬山顶式门楼，三层的青石台阶，门里门外青砖墁地。日本人来后马家受到重用，手里攥住了枪把子，全家都跟着耀武扬威，在龙泉镇，马家力压昭关首富田家，成了没人敢惹的强势家族，马三儿就仰仗着家族的势力，在龙泉镇耍横发威。这次为了讨好日本人，出了这个馊主意，虽然受到了石川太君的夸奖，但是却把龙泉镇的人都得罪了，而且还死了人。事后静下心来一想，那夸奖有啥用？赵家人的威胁就在面前，人家手里也有家伙，这不都得自己来挡吗？他觉得好像时刻都有人用枪瞄着自己的脑袋，走在回家的路上，不时地回头看看身后是不是有人在盯着自己。一进自家的大门，就吩咐手下人赶快把大门关好，有人来找先禀报，不认识的人一律不给开门。

给赵家哥俩报仇这件事儿，张万水和满囤都抢着要参加。他们四个人来做这个活儿绰绰有余，但他们也想到了马三儿会有所准备，就决定先稳住气儿，等他先侦察好了找准时机再动手。

镇里到处都是马家的势力范围，为防万一，张万山只好亲自出马。第二天夜幕一降临，他就悄悄地上了马三儿邻家的房顶，伏在房顶观察马三儿家房顶上是否有人在放哨。待了一个小时也没有见到房顶上有人活动，他就飞身跳过两家之间的小过道，来到了马三儿家前院的屋顶上，趴在房檐往下瞧。院里门房灯影处有两个斜挎着匣枪的人，正往地上摆一些玻璃瓶儿和瓦盆之类的东西，地上只留出了当院中间的一个十字通道，以供自家人来往，一看就知道这是防备夜里有人来行刺而采用的警报手段。他又蹑手蹑脚地来到了后院房顶，见马三儿正在指挥着另外两个人做同样的事情。他觉着他们下一步就该上到房顶上摆了，就跳回了邻家的房顶。不一会儿，就看见两个人各掂着一个篮子上到了前后两个院子中间的房顶上，开始摆放酒瓶儿之类的物件。当他们摆完下去后，自己就又跳回到马家后院的房顶上，还趴在房檐儿上往下瞧。这一看，张万山就看出了其中的猫腻——摆上东西的那片房顶，正是马三儿家从前院进到后院的二门的过道，左边是他家的饭厅，右边是他家的账房兼客厅。透过客厅玻璃窗看到马三儿在客厅里，叼着烟卷在来回地踱步，还不时地走到摆着烛台的桌子边翻看着账本儿，一副悠然自得的样子。看来他对自己采取的防护措施心里很有把握嘞！一个多小时后，就看见挨着的另一扇挂着窗帘的玻璃窗后亮起了灯光，墙根摆上了一张铺好被褥的床，看来马三儿没和媳妇住在一起，而住在了账房里。二门门口有两个武装人员靠在门框上抽着烟悄悄地说着话，门房里也有两个武装人员，在烛光下喝茶聊天。

张万山心里犯了嘀咕，看这个阵势还真是不好下手哩！只能从房顶上打主意。他把目光锁定在了夹道里还亮着烛光的窗口，窗口下虽然摆放着花盆不能下脚，但是窗口离院墙很近，如果站在夹道另一侧的房顶上，就能把手榴弹投进玻璃窗内。但一颗手榴弹的威力恐怕还不够，用多了又会引起日本人的怀疑。那就用腌咸菜的黑瓷罐子，里边装满炸药，在外面缠上麻绳，点燃导火索后从窗口扔进去，翻身跳下墙跑走，保准又管用撤退还利落。张万山想好后就从房顶上绕过去，看了一下两房之间夹道的宽度，然后从墙上跳到了外边的胡同里，顺着胡同拐弯抹角地来到了住在镇西南角的赵大本儿家，把自己的想法交代给了在等着他的四个人。

第三天四个人就做好了准备，当天后半夜开始行动。张万山在镇墙的西南角观察着自卫团员的流动哨，听到爆炸声传来，等到他们四个人跑回来，就趁镇墙上执勤的两个自卫团员慌乱之际，引开了他们，五个人先后一起跳出了墙外，然后送走了赵大本儿哥俩。万山和满囤、万水来到土地庙，钻进被窝里睡觉去了。

天还没亮，就听见有人敲庙门。原来是特务队长曹子谦和马继先带人来抓赵家兄弟，搜查了土地庙的每一个角落，也没有找到，就传达了宪兵队长的命令，让自卫队必须把赵家兄弟交出来。张万山也不推辞，斩钉截铁地应下了话。

张志和也多次到镇政府汇报抓捕的情况。这一次说大概跑到河南去了，下一次又说可能跑到临漳当了老贼儿了，多次派人抓捕，都没有抓到。一直到了年底，日本人所谓的昭关"重要事业场"，费尽了心血算是建成了，总共修建了岗楼和据点六十五个，挖了八条封锁沟，总长有四五百里，把昭关县围得像铁筒一般。并准备在滏水河对面的官道边修建发电站和扩建冯村到京汉线的连接线等设施，整个驻昭关的日军处于掠夺中的亢奋状态，慢慢地就没有人来过问马三儿被赵家兄弟炸死这件事儿了。

|—— | 三十一 | ——|

四月二十九日是日本昭和天皇的诞辰日。驻龙泉镇日本宪兵队、新民会和镇公所在新民学校联合举办了庆祝日本"天长节"活动和日本语演讲比赛。镇长马怀德主持大会，新民会会长赵天祥致辞，昭关县日本宣抚官田中三郎讲了话，最后由石川队长主持了新民学校日语演讲比赛。六年级学生赵润德获得了演讲比赛的第一名，田中宣抚官当场就把奖品日式书包和日本糖果颁发给了几位小获奖者。

散会后赵润德拿着奖品高高兴兴地回到了六年级教室，发现班里有几个同学躲在教室的后边私语着什么。刚刚坐下，就听见有位同学说了句"小汉奸"，他知道这是在说自己，就霍的一下站了起来对着刚走上讲台的田老师大声说："田老师，有人说我是小汉奸！你管不管？"

田希微一听就愣住了，想了想说："润德同学你先坐下，等会儿我再回答你提的问题。现在我问同学们，今天是咱们中国谁的纪念日？"

学生们一听面面相觑直摇头，突然有一位女学生举手说："俺知道！"

"那就请你站起来说给同学们听！"田希微心里一阵暗喜，总算有学生记着中华民族神灵的纪念日。

女学生仰着头说道："我听奶奶说今天是天后娘娘的生日，再有六天是南门外土地爷的生日！"

"好！请你坐下。我再问同学们！谁知道民国二十一年的今天在上海发生了什么事件？"田希微又提了一个更难回答的问题，事件发生时在座的学生才五六岁大，对这个事件肯定没有印象。同学们纯净明亮的眼睛里充满了期待，等待着老师来解答。

"九年前的今天，日本驻上海的派遣军总司令白川大将，在上海日本租界虹口公园庆祝日本'天长节'和侵占上海祝捷大会上正在讲话时，一枚定时炸弹被引爆，炸死两人，炸伤七人，白川本人也被炸死。这个事件轰动一时。"

田希微知道这个事件太大，时间和空间离他们又远，与他们的认知能力还是有差距，她又想到了发生在离昭关县三十多公里的一件惨案："同学们！你们谁去过邯郸？"

有一位男学生举起了手："我去过！四年前送爷爷去省城治病，从邯郸上的火车。"

"同学们！邯郸西边有个村子叫百家村，就在农历三年前的今天下午，日本军的两个军官闯进这个村子，欲对一名青年女子施暴，村民听到女人的求救声赶了过来，殊死搏斗中将两个日本军人给打死了。第二天，日军纠集了四百多人把百家村围了起来，对村民进行了疯狂地报复屠杀，全村八百多村民，被屠杀了有一百二十八人。这还不算，日本军又放火烧了整个村庄。全村总共有两千多间房屋，就被他们烧毁了一千八百余间！全村的粮食、棉花和生活用品全部被烧光，大火足足烧了三天三夜，让这个小村庄陷入了一片凄惨和悲鸣之中……"

田希微悲愤地叙述完，学生们原本清纯无邪的眼睛里，充盈着浓烈的愤恨。

她喘了口气，又继续缓缓地问道："同学们！日本人来到咱们的土地上杀人放火，这是什么行为？"

"是侵略！是欺凌！"

田希微指了指墙上的标语说："这就是他们说的'中日亲善''全亚洲协和是一家'的谎言！"

这时，她话锋一转，对坐在前排的赵润德说："赵润德同学，今天确实是个特别的日子，你可以为你获奖而高兴，但你不能强迫别人的情感也和你一样啊！对不对？"赵润德听了田老师的话，不明所以，一脸委屈，低头玩着日本的糖果盒。

田希微今天一激动，在课堂上讲了与新民会要求不相符合的内容。有一点她疏忽了，获得日语比赛第一名的赵润德是龙泉镇新民会会长赵天祥的儿子。赵天祥现在是日本人的大红人，龙泉镇如日中天的人物。就是这么一堂课给她招来了灾祸。

田家以属相不合推掉了秦先河通过田四儿的说亲，这让他心里老大的不痛快。他认为是田家的大人的迷信观念在作怪，肯定不是田希微一个现代女性自己的选择。所以他心有不甘，连续两次来到十字街口的大槐树下等田希微，人家每次都是以有事儿或没时间而拒绝了。今天他又趁着中午放学的时机，到学校门外的路上等田希微回家，要请她到鸿丰楼吃顿饭当面谈谈，看她到底愿意不愿意和自己交往。

今天，他穿了一套黑色西装，系了一条蓝色带花条的领带，脚穿一双乌黑锃亮的皮鞋，浓黑闪亮的大背头打上了发蜡，这样一打扮简直就像是换了个人，他觉得更有把握讨得田小姐的芳心了。

信心满满的秦队长走到学校东侧十字路口的大槐树下，往西一望，发现今天学校门前的气氛有点儿不大对头。原本放学后小孩们欢笑打闹的场景不见了，学生们都默不作声匆匆回家。有两个特务队的人员把着路口，人员只能出不能进。他走了过去问一个特务："李哥！今儿咋回事儿嘞又出外勤？"

那个特务回头一瞧是警备队队长秦先河，就小声地回道："抓反日分子！"

"谁呀？"

"你等会儿就知道了！"

当学生走完后，出来的第一个老师，就是穿着一身西式女服、腋下夹一手包、体态婀娜的田希微。她一头乌黑的披肩发随着步伐向两边飘荡着，一双大眼睛目不斜视地盯着东侧十字路口已见茂密的大槐树，完全没有注意到四面向她围过来的特务们。直到走在她身后的那位老师喊了一声："田老师！"她停下脚步回头一看，发现有几个身穿黑绸衣褂的男人向她围了过来，她刚要抬腿跑，就发现路被两个穿相同衣衫的男人给堵住了。这时候不知道从哪里赶过来一辆马拉轿车，一伙人上来就把她的胳膊拧到身后，推搡着把她给抱上了马车，一伙人跟在车后扬长而去了。这一切也就不到二十秒的工夫，马车和人往西走了一段，又拐向了北边的路就看不见了。

秦先河怔在那里想喊，但又没喊出声儿来，就一拍大腿，"咳"了一声，扭头就走了。

走在田希微身后不远的一个男老师拔腿就跑回了学校，找到孙校长汇报这件事儿。校长叹了一口气说道："这件事儿迟早都会到来的，我提醒过她好几次，她不听！非得给人家争夺下一代不成？"停了片刻，又说道："你们以后讲课可得注意，一定要按新民课本上的内容讲，现在的形势就这样，你们拿笔杆的能扛过拿枪杆的吗？走吧！咱一起到田家庄去一趟，怎么着也得给她家人报个信儿！"说完就向外摆了摆手，两个人一块儿出校门走了。

有句话叫"好事不出门，坏事传千里"，这件事儿没半个钟头，就传遍了龙泉镇的每一个角落。田善地先从孙校长那里得到了闺女被抓的消息，就嘱咐身边的人守住口，千万不能让老爹和田老太太知道这件事儿，就分头派人到镇上的宪兵队、特务队和警备队去打听闺女的下落。自己则脚不停步亲自到宪兵队去找石川队长，不管咋说自己也是个副镇长，怎么也得给点面子不是吗？最起码也得说说是咋回子事儿，也好去打点通融，把闺女要回来。田家离宪兵队不远，只用了不到十分钟就到了。门口有两个便衣特务在站岗，一问石川队长一大早就到县城去了，现在还没有回来。田副镇长就又问道："刚才是不是抓了一个女孩子？"

俩人异口同声地说道："没有啊！"

这下子田善地心里就像被扎了一刀一样，脸色煞白，愣在了那里。敢抓昭关首富和副镇长家的人，那非日本人莫属，所以人家这是躲着不见，那只好回去另想办法了。回到家里，一问到警备队找人的家人，说都不知道这回事儿。他就赶快写了一封信，立即派人快马到县城找二弟田善渊，让他给想想办法，先摸清闺女关哪了，再咋着把她保出来。

谷子贵从铺里回家吃饭，刚走到街上就看见田大掌柜慌里慌张带着人来到了宪兵队门前。他就扭身回到屋里，把大牛叫过来说："你赶快到外边看看发生了啥事儿，别慌，光听别问啊！"

大牛放下手里的东西就出了门。不一会儿就回来了，大声说道："师父不好了！田家的大小姐被抓走了！"

谷子贵一听田希微被人抓走了，心里就咯噔一下，喘着粗气对大牛说："到底是被谁抓起来了？"

"她们家里问了，没在宪兵队！"

"好！你就在这盯着，有人来问就说我回家吃饭去了！"

在去土地庙的路上，谷子贵正好碰上了从田家出来的那位男老师，一问咋回事儿，人家就把知道的情况说给了他。来到土地庙，发现张万山他们也听到了这个坏消息。谷子贵先把来的路上打听到的消息告诉了大家。"眼下最急迫的是找到她被关在哪里，组织人员尽快实施营救！"张万山焦急地说。他们赶快派了几个有经验的会员到街上了解情况。

几个人一边吃饭一边分析。因为谷子贵一直在盯着宪兵队的大门，没有发现那里有啥问题。田家人到警备队去问也说没在他们那里，难道是被昭关县宪兵队给抓去了不成？谷子贵突然又想到了宪兵队长石川是个中国通，他来龙泉镇的目的，就是想找到隐藏着的共产党组织，他会不会怀疑田希微是共产党员，想从她的身上打开缺口。他把自己的想法说了出来，大家一致同意他的分析。要是这样的话，田希微被关在哪里呢？一说到这儿，谷子贵就联想到石川秘密来到龙泉镇的第一天，就偷偷地住在了新民会会长胡汉章的家里，一住就是一两个月。这么一分析大家心里就明白了，如果田希微没有关在宪兵队和警备队，那她一定关在胡汉章的家里。

谷子贵说："万山你组织人做好准备，今夜就动手，千方百计必须不露痕迹地把人给救出来！完后看情况送到根据地去，昭关县她是不能待下去了！我马上就去老王的杂货铺，发信号把刘文虎叫到杂货铺，他对胡家的情况比较了解，等我回来咱们再说。"

他站起身来刚要走，突然想起了什么，对着张志和说："胡汉章家盖房子时，不是恁也在吗？他家的房屋布局恁应该是知道的啊！"

"俺当然知道了！等会儿画个草图，等恁从刘文虎那里了解了胡家的居住情况回来后，咱再谋划下一步的动作。"张志和向谷子贵往外摆手。

这时牛海龙也站起来说："老贵叔咱一块儿走，我到田家去，看田善渊从县里能带回来点啥消息！"

"现在咱和田家接触好不好，别再弄出点儿啥事儿来。"张志和一反往常的直爽性格，顾虑重重地说。

牛海龙笑了笑说："我和田家是亲戚，此时去符合情理，不去倒有点儿反常了！"

其实去田家不光是为了解情况，主要是趁田善渊回来，就现在的处境和他交换一下意见，正好在路上把新的接头暗号给谷子贵交代一下，因为田希微和她二叔这条线一直是与自己单线联系，龙泉镇的其他线都在谷子贵的掌握中，所以，现在把这条线交给他是比较合适的。

田希微被抓的事儿，原因还是出在了她的学生赵润德身上。4月29日那天中午下了学，赵润德满脸委屈回到家里，把书包往椅子上一甩，就坐在沙发椅上发愣。他爹赵天祥一看儿子比赛得了第一名不仅不高兴，还嘟噜着嘴巴满脸的不痛快，就问他怎么了。他这么一问，儿子的眼里就噙满泪珠。赵天祥一看不对劲儿，就又问："咋了？谁欺负你了？"

赵润德耸动着双肩，抽泣着说道："他们都喊我小汉奸！"然后磕磕巴巴地把今天课堂上发生的事情说了一遍。赵天祥一听自己管辖的学校会出这种事儿，明显是针对自己来的嘛！小孩子说说也便罢了，更不能容忍的是当老师的田希微不但不管，还在课堂上给学生们讲破坏中日友善的事件，引发同学们对日本人不满，这可是个大事情。以前就听学校庶务胡汉齐说她在课堂上宣讲过对日本皇军不友好的内容，当时看在她爹是副镇长的份上，没咋着她，只是让孙校长警告了她。现在她变本加厉地整到自己头上来了，不管是为了建设新民社会的需要，还是日本皇军的战略大局，都不能再让她胡来！想到这里，他心中就有了主意，隐藏在龙泉镇的共产党地下组织还没有挖出来，通过宪兵队队长之手，看能不能从这个田大小姐身上找出破绽，一旦成功，不是一举两得吗？

想到这里，赵天祥奸笑着拍了拍儿子的后脑勺说："润德啊，别伤心了！这口气老爹给你出，咱先吃饭行不？"说着就领着儿子向餐桌走去。

当天后晌，他径直走进了宪兵队大门，把学校隐藏着的共党嫌疑分子田希微的事汇报给了石川队长。石川来龙泉镇上任有好几个月了，就只是袭击了共党的小股武装，向松田司令兑现了侦破老鸦沟被袭击的案子，对隐蔽在地下的共产党情报人员却没一点儿线索。从赵天祥汇报的情况来看，这个田希微很可能与他们有关联，这可是一个立功的大好机会。这个中国通没有急着去抓田希微，而是派了两个特务紧盯着她，看她都在和谁联系，想牵出她的同党一网打尽。

但是一连跟踪了七八天，没有发现有人与她接头或交往，每天她就是从家到学校，然后再从学校回到家。从进出她家的人里，也没有发现什么可疑的人。后来石川与赵天祥一商量，就制订了一个快抓快捕秘密审讯的计划，一个细皮嫩肉的富家大小姐，连打再吓，就不信她不交代。俩人商量一致认为把这个秘密审讯地放在胡汉章的家里比较合适，到时候石川先偷偷地住进胡家，对外就说回县里去了，谁找也不见。用上一两天的时间，把田大小姐这个堡垒攻破，其他事情就好说了。

田善渊下班回到家里正吃着饭，大哥派的送信人就到了。他去里屋拆开信一看，大吃一惊！侄女田希微被抓，等于把他推到了一个危险境地，这小闺女要是顶不住把自己给交代出来，那全家还不都得成了日本人的刀下之鬼。这越想越害怕，拿着信纸的双手簌簌地抖动着，心口就像是被放上了一块大冰坨子，唰唰地散着寒气，压得他透不过气来。他掏出一根烟，哆嗦着点着后狠狠地抽了几口，待心情稍平静后就出去问送信的人到底是咋回事儿。当他知道侄女是因为在课堂上讲反日的言论而被抓后，心里才定下神儿，静下心来一想还是先找宪兵队的熟人问问，不管咋着得先把侄女关在哪里给弄清楚，才能进行下一步的动作。他就叫保镖王保山赶快到县宪兵队找一个叫吴喜顺的中国人，问问今天有没有从龙泉镇抓过人。

工夫不大王保山就回来了，说没有。他嘱咐老王看好家，家人哪里也不要去，等到有了确切的消息再说。他让送信的人先回去，自己从局里调了一辆车随后也回龙泉镇去了。

下午两点钟，田善渊回到了家，直接来到了大哥的院子里。一瞧一屋子人都在等自己，就把在县宪兵队问的情况说给了大哥。这时候跑进来一个下人说的一句话，提醒了田家的人。就是刚听学校的老师说，当时警备队队长秦先河在场，而且也穿着便衣。牛海龙说，既然在场认识的人只有他，最起码他是一个知情者，再加上还有求婚不成这事儿，那就找他要人，这有了目标就好说了。田善地就叫人到里院偷偷地把老四叫出来，先让他去找秦先河要人。

牛海龙心里虽然已明镜儿似的，但不能给田家挑破，就把矛头先指向警备队和特务队，让田家找他们要人，先把他们的注意力引开，为自卫队下一步的脱身造势。毕竟田家的老三田善仁是河北民军抗日独立第六团团副，手里也是有一定实力的。想到这里后，就拉了一下田善渊的衣襟，给他使了一个眼色，二人一前一后就来到了另一个房间。牛海龙先把党内对事情的判断说给了他，也把下一步的行动计划和要求提了出来。让田善渊回县城把家属接回来，今夜一旦营救成功，住几天就可回去。如果营救失败，今晚就把他们全家送到根据地去。但是谁去营救田希微，没有告诉他。这下子田善渊心里就有了底儿，给大哥说了一声儿，就坐车回城接妻子和孩子去了。

┤ 三十二 ├

　　石川手下的特务把车拐进了胡家后墙的胡同里，把被堵着嘴、蒙着眼的田希微迅速地从车上抬下来，交给了站在小后门口等着的特务们，又赶着马车从胡同的另一头走了。这一片都是深宅大院，又赶上午饭时间，街上行人很少。

　　特务架着田希微的双臂把她拖进了胡家东跨院的佛堂里，把她往佛像西侧的墙根儿一扔，留下人看着，就去饭厅找石川汇报去了。这时的田希微还没有从惊恐中缓过劲儿来，她透过薄薄的蒙眼黑布，朦胧中看见莲花宝座上的佛像。从坐在马车上行走的距离来判断，自己肯定还在龙泉镇里，而且离前街还不远。自己家那么大的户院，也没有一座专用的佛堂，可见这家的财力雄厚。不知道又过了多长时间，正在胡乱猜想中的她，听见进来了几个人。过来一个人一下子就把蒙眼黑布给拽掉了。她晃了晃遮在眼前的长发，被透过窗棂的强光刺激得眨了几下眼，双眼适应后抬起头，就看见有四男一女站在她的身前，其中那个高大丰腴的女人眉头中间长着一个醒目的黑痦子，明白这就是被称为日本"大洋马"的许莲花了。站在她旁边的那两个男人就是经常到学校检查工作的新民会会长赵天祥和曾主持日语演讲比赛的宪兵队队长石川。田希微明白自己为什么被抓了，慌乱的心平静了下来。

　　石川队长装作不高兴的样子，指着东墙根儿的长板凳说："你们怎么叫人家一个大姑娘坐在地上啊？把绳子解开，让她坐起来呀！"

　　那个特务把那条长板凳搬了过来，把绑在田希微身上的绳子解开，扶她面朝石川队长坐下。

田希微揉了揉因久绑已发麻僵硬了的双腿和胳膊，向后捋了捋凌乱的头发，抬起头等着他们问话。

许莲花假模假式地走过去，拍着田希微身上的灰土，用嗔怪的口气说："叫你们把田小姐请过来，怎么把人家一个千金小姐给绑来了？真不是东西！"又拉起田希微一双白嫩的手说道："来叫大姐看看伤着了没有？你看这事儿给闹嘞！都赖姐不知道，没照顾好妹子啊！唉！你看看你啊，咱家都是共党说的地主老财，他们革命革的就是咱们这样人家的命，你咋能跟着他们跑嘞？看叫你受罪了不是？"许莲花面上带着微笑说。

田希微明白这演的是一出亲情戏，就随口说道："姐啊，我没有跟他们走！我只是讲了两件实际存在的事情嘛！"

"嗨！你没跟共党走，咋会反日嘞？我再问你！胡会长他们到华立煤矿开会这件事儿是不是你告诉他们的？"

"不是我！"

"那是谁？是不是你爷爷回去给你说嘞？"

"我真的不知道啊！从来也没有人给我说过这件事儿！"田希微确实不知道。

许莲花没有了耐心，脸往下一拉，一拍田希微的肩膀，用讥讽的口气说："看来你是想一条道走到黑啊！那当姐的就帮不了你了，待会儿你可别后悔啊！"说完就扭着肥臀，向石川摆摆手表示没办法，出门走了。

赵天祥也紧跟着许莲花往外走，临出门前恶狠狠地说："看来你是不见棺材不落泪！到时候叫你多你娘哭去吧！"

石川示意两个特务搬过来一张桌子和一把椅子，放在田希微的对面。他坐下瞪着一对凶巴巴的鹞眼盯着田希微的眼睛看。突然间他一拍桌子，紧接着就是一声大叫："平时都跟谁联系？"

田希微吓得差一点儿蹦起来，她抬起头，用充满惊悸的声音说道："没跟谁联系啊！"

"是谁指使你在课堂上讲反日的内容？"

"没人指使，是我自己要讲的！"田小姐说。

紧接着石川拿出了一张纸，继续问下去。一边问一边盯着田希微看，想从她的眼神里找出答案。一直把龙泉镇可疑的人物问了个遍，也没有从她的语气和神情里看出端倪来。

石川一瞧这招没有奏效，立马就换了口气，以关心的态度，问她的身世和学业、理想和前程，以及七七事变后回到龙泉镇的生活轨迹。田希微打定了主意，凡是不涉及与党的任务有关的人和事，都有问必答，不打磕绊。她毕竟是见过世面的大学生，现在越来越沉稳，没有了刚开始的慌乱。

石川队长天南海北地扯了老半天，也没有从田希微的嘴里套出有用的情报来。就给两个特务一使眼色，他们拿过来一堆东西甩到了桌子上。这次田希微没有害怕，只是有点儿忐忑。

这时石川队长发了话："这是五种刑具，分别为痒挠、虎凳、插针、拶夹和铜烙。前四种是你们的老祖先发明的，最后一种是我大日本对待女犯的一种特别的刑具。今天如果你能忍受住这五种刑具的考验，明天一早就放你回家去；忍受不住，你就乖乖地交代你的同志，留一条活路回去该教书还教书。如果愿意到我大日本深造，我们给你提供一切方便。如果不配合皇军，那你只有死路一条！"

田希微听后，胸腔里就像是有只猫在抓挠一样，这些个刑具以前虽然没有见过，但是也听说过。但是作为一个有担当的中国人，应该遵守诺言，保全自己的名节、亲人和同志们的安危。想到此后，心情反倒稳了下来，把一切恐惧抛到了脑后。

田希微把头发往后拢了拢，淡淡地对石川队长说："我就是一个教书先生，只说了我该说的话，讲了我该讲的课。你们愿意怎么办就怎么办吧！"

石川队长盯着眼前自己从来也没有见过的中国美人，真要对她施刑，还有点儿不忍下手。听到田希微强硬的回答，心里的温情瞬间消失，凶残的本性立马显露无遗，对一旁的两个特务说道："你们看人家田小姐不吃咱们这一套，那咱就别客气了！咱就从痒挠开始一项一项地挨着来！"

那两个特务上前把田希微抬起来平放到长板凳上，在她上腹部和膝盖上边绑了两道绳索，又把她的双手绑了起来。不一会儿她又感觉到有人在解自己皮鞋的鞋襻。当她的鞋和袜子被拽掉后，她感到丝丝的凉意，自己从没有在生人前暴露过双脚，心里产生了一种强烈的无助感。

田希微躺在长凳上，紧紧地闭着双眼，牙齿紧咬着红润的嘴唇。因为胸腹之间被绳索紧紧地勒着，再加上情绪的紧张，呼吸有点儿吃力。她对"痒挠"这种刑具没有什么概念，认为就是老奶奶用的那种痒痒挠，就感到没有什么可怕的。突然间，两只脚心传上来一缕缕酥痒的感觉，随着一种绵软的绒毛在脚心有规律地划动，酥痒的感觉一波一波地向上传来。这时田希微紧咬着的牙齿松开了，鼻孔呼吸改换成了大口大口的口腔呼吸。随着开始的酥麻感逐渐变成了忍受不了的剧痒，呼吸变得越来越粗重，好像光脚踩在云朵似的乱麻上，里边击出的凌乱电波，一次又一次地把她推送到了电闪雷鸣的天际。那里没有了阳光，没有了温暖，也没有了清澈的蓝天，只是渺渺茫茫的一片惨白，空洞静谧的宇宙里只剩下自己恐怖的尖叫声。突然间脚底绒毛的划动停止了，虽然难忍的痒麻消失了，但是田小姐被绑着的身体还在扭动着。

待田小姐的生理反应稍稍平息，石川就问："你地说不说？"

她容颜失色，两眼噙着泪水，一边大口喘着气，一边摇了摇头。

石川上手就把一块白布塞进了她嘴里，扭身给了特务一个手势。

这一次的痒麻，比上一次来得更强烈和持久。看着这个道貌岸然的日本军人，一想到有多少中国人都倒在了他们的枪炮下，多少无辜冤魂没有安顿之地，自己的遭遇就不算什么了。她全身扭动着，口里"呜呜呜"地哼叫着，上下牙齿狠狠地挫来挫去地咬着口里的布。

接连数次的折磨，田希微就像是一头垂死挣扎的绵羊，面带奸笑的石川队长就像是一个经验丰富的屠夫，手里拿着屠刀，欣赏着被绑在屠宰台上的猎物。扭动中的田希微突然间一阵剧烈的干呕，嘴角渗出了殷红的血。石川示意特务停止了动作，又对两个特务一指放在墙根儿的砖，特务们就明白要换刑具了。二人走过去，每人拿了两块砖放到了长凳下。一个特务走到长凳的中间，双手把田希微的腰一掐，往起一提，另一个特务拿起一块砖塞到了她的腰下。

石川伏下身，问忍着腰部疼痛的田希微："你地想不想说？不说老虎凳地干活！"田希微眨了眨疲惫又痛苦的大眼睛，冷漠地合上了。

石川看到她那副不在乎的神态，心里就更来气。走到长凳的另一头，掐住田希微白皙细嫩的脚脖子使劲一抬，嘴里还叫了声："两块！"

田希微感觉到两条小腿的筋骨好像要被折断了一样。腰下的那块砖快要把她的腰给硌断了，刺骨的疼痛传遍了全身。她大张着嘴，满头满脸淌出的豆粒大的汗珠，和着眼睛里流出的泪，把散乱在长凳上的头发浸湿成了一缕缕黏湿的黑毡条。

石川不慌不忙地掏出了一包烟，坐到了桌子的后边，跷起二郎腿。划着火柴，把烟点着后脸上露出不可捉摸的笑。他一边抽着烟，一边看着躺在长凳上疼得咧着嘴流着泪的田希微，等着她求饶。抽完了两支烟，也没有等来田希微服软。

石川一看这招还不奏效，因为他还有自己淫邪的念想没有实现，再往上加砖，她的腿骨就会折断，怕夜里享受这顿美餐时，倒了胃口。他就吩咐特务们把腰底下的砖拿掉，把田小姐的双手从长凳上解开，然后把她双手合掌从手腕处绑住。从墙根拿过来两块预备好的厚木板，上边还各有一个弧形的豁口，把田小姐的双手掌往里一放，两块木板一合绑紧，十个指头被牢牢地卡住，一动也不能动。

田希微已经被折磨得筋疲力尽了，软趴趴地黏在长凳上。从被木板卡住双手的那时起，她就明白了下一步自己的十个指头上要被扎上钢针，她似乎感觉到自己的生命即将走到尽头。

田希微紧闭着双眼，纷乱的思绪在大脑中游荡。突然她感觉到右手拇指一阵钻心的疼，好像一个冰凉的金属物一下子被扎进了心脏里。疼痛的反射使她的头猛地往起一抬，"砰"的一声，又弹回到了板凳上。嘴里呜的一声闷响，全身不由自主地晃动起来。紧接着左手拇指又被扎进去一根，她又一次同样的反应。

待挣扎中的田小姐嘴里呜噜呜噜的声响稍微缓和下来后，石川问道："你地说不说？"她喘着粗气，慢慢地睁开眼睛，咧了咧沾满血渍的嘴角，又把眼睛合上了。

石川看她没有服输的意思，让两个特务再次抓好木板。他把钢针含在嘴唇里，只露出了针鼻的部分，左手捏住她其他的指头，右手从嘴唇边抽出一根针，照着最长的中指就扎进去。接着第二根、第三根、第四根，已濒临崩溃的田希微一下子就失去了知觉，嘴角的鲜血汩汩地向外淌着，全身一动不动地瘫软在长凳上。

"去！拿碗凉水来！"

不一会儿，一碗凉水就浇在了田小姐的头上和脸上。血水哗啦啦地流到砖地上，砖面上染上了一层殷殷的红。石川示意把田小姐口里的布拿掉。这一揳不要紧，随着沾满血水的破布拿出，一颗白玉似的半截磨牙掉在了地上。

　　可能是血水呛到了嗓子里，田小姐突然间开始剧烈地咳嗽，全身又不停地抖动起来。手指上扎着的六根银针也随着她的手栗栗地颤动着，此时的她就像是一头刚被放掉血即将断气的绵羊。

　　这时的佛堂里已见昏暗。石川看着奄奄一息的田小姐摇了摇头，吩咐特务把蜡烛点上，拿着剩下的四根钢针，走到田小姐举在胸口的木板旁，示意特务们过来抓住木板，继续扎。这时候就听见身后许莲花的声音："还没有招吗？"

　　"没有！这个小女子硬得很！折腾了她一个下午，死活地不招！"石川挠着肥亮的脑门儿说。

　　"这小妮儿弄不好还真是个共产党！要不骨头咋这么硬哩？""大洋马"攒着眉头继续说道，"咱先吃饭，吃饱喝足后再来整她！"她放低了声音又说道："要是还不行，后半夜把她扔到镇东南的煤井里算了，让她的家人爱上哪儿找就上哪儿找去！不过我可给你说啊，这块儿嫩鲜肉你可不能下嘴，只要找出了藏在龙泉镇的地下共产党，给俺老胡报了仇，我来好好嘞犒劳你！""大洋马"一脸骚气地说。

　　"大洋马"又对着站在身后的两个特务说："你们和后门站岗的俩人说好，都给我谨慎点儿，替换着吃饭，吃完后赶快回来，可别出了啥岔子！"

　　石川又强调了一句："听见了吗？"

　　"哈依！明白！"

　　两个特务把在后门站岗的俩人叫过来分工，各有一人去吃饭，剩下的就在佛堂的一前一后守着。

——┤ 三十三 ├——

　　天渐渐地黑了下来。一弯下弦月早早地悬在了东方天际，内弯的阴暗处略显灰白的散射光，把外沿衬托得格外清晰。今晚的月虽然残缺和淡薄，却隐去了月朗时的孤独和傲慢，使无边清冷的宇宙显得不同凡响的热闹和楚楚动人。

　　龙泉镇的富足家庭一般盖的是两进双跨平房院落，第二进院两座房的后山墙都是紧贴着往起垒，中间没有任何的缝隙。胡家硬山顶式的高大瓦房就不一样了，两座高脊瓦房的正中间都留有瓦口跌水的地方，这样两座房之间就有了不到一丈宽的夹道。自从胡家设了佛堂之后，为了开堂时几十个道徒"方便"的需要，在夹道内建了个封闭式的小茅房。有了茅房便有了秽物，这些东西不能从大门往外排，只好从两座上房之间的高院墙上开了一个小门。今天胡家的佛堂成了秘密的临时刑房，他们派了两个特务在这里把守，佛堂里也有两个特务在看守，胡家的大门口还有四个警备队员在站岗，石川觉着这样的防守已经很严密了，而且只在这里秘密审讯一天一夜，也不会有人这么快找到这里来，所以他对在这里拷问很是放心。

　　按一般的规律来讲，救人行动大都在夜深之后人们困倦之时。石川队长怎么也没有想到，有人会趁天刚黑，人们都在吃晚饭的当口，就敢找到这里来救人。

　　在小后门站岗的那个特务，黑暗中看见从西院夹道的小门里走出来一个手里拿着东西的人，以为是胡家的人来东院送东西，就没有防备。那个人走到跟前猛地抽出一把短刀，刀刃直奔特务的咽喉而去，然后那个动如闪电的人把身体一扭，就转到了被割断咽喉的特务的身后，把将要倒下的尸体给扶住了，他从死者的腰里拔出匣枪插进自己的腰带里，慢慢地把尸体放倒在墙边。接着他轻轻地走到后墙根儿，把后墙上的小门门闩抽开，门一打开，就从外边闪进一个人来。二人悄悄地来到房角，先来的那个人扒头往佛堂的门前一瞧，看见一个特务靠在墙上正在抽烟。那个人全身伏在地上，像狸猫一样轻手轻脚地向前爬去，当离特务还有三四步远的时候，就见那个人噌地一下跳起来往前一蹿，上手就把正在抽着烟的特务咽喉给卡住了，两手一用力，那个特务蹬了几下腿就瘫软了下去，又顺手从特务背在身上的枪匣里抽出匣枪，交给了走过来的另一个人。

另一个人拿住枪靠在墙上放风，他摘下门鼻上的挂锁，推开门进到了佛堂里，一眼就看见被绑在长凳上的田希微。他快步走过去刚要取下在她胸部卡着双手的木板，就听见一句微弱的话音："手上扎着针哩。"他一细瞧，心里就一震，六根扎在指头上的钢针在烛光的映照下散发着微弱的银光，心疼得他眼泪差一点儿就掉下来。但一拔针她肯定疼得要喊，那样就会把人给招来。他就轻柔地对她说："你再忍忍，咱出去了再拔！"她忍着疼痛咬着牙哼了一声。他边解绳索边轻声地问道："能不能走？"田希微听声音就知道来救她的是张万山。"走不了，脚筋可能伤了！"微弱的声音里带着哽咽。

夹板上的绳索解开后，张万山把田希微的双手小心地放到了她的胸口，一使劲就把她抱了起来，扭身快步走出了佛堂的大门。站在外边放风的人跟在后头保护着，一起急匆匆地走出了小门口。墙外也有人在放风，三个人放开脚步穿过两条小胡同，一路小跑就奔田老四的怡情楼去了。

田老四的怡情楼就在胡家北边不远处，楼的后墙外就是滔滔的滏水河。按预先设定的行动方案，今天晚上天一黑，张万山六个人穿着买东北军人的军火时留下的旧军装，戴着医用大白口罩，化装成国军的军人。张万山他们沿着河边的陡坡来到了怡情楼的小后门，这个门是楼里的人专门去河里取水和倾倒垃圾所用。张万山从门缝向里瞄了瞄，发现里边走道没有人，从绑腿里抽出一把窄刃短刀插进了门缝里，只拨了三四下门就开了。他们进到了楼里，几分钟就把所有的人给控制住了，把他们绑起来关到了房间内。然后张万山带着满囤和铁蛋去胡家救人，张万水就把"今日歇业"的牌子挂到了门外，几个人黑了灯在里边等着。

等到张万山他们三人把田希微给救回来后，一行人都从怡情楼的后门出去了。到了河边，张万山抱着田希微沿着河边的陡坡向西而去，其他人蹚过漫到肩头的滏水河，走到了对岸。在那边摆了一个迷惑人的现场后，绕到下游，又蹚过滏水河，脱下旧军装扔到河里冲走，换上自己的干衣服，就回土地庙值班去了。

张万山在龙泉观跟着师父练过铁爪功，一百斤的尖锥石，用五个指头就能抓起来在山洞里走一圈，再加上常年练就的喂树功，两臂膀一用力，三四百斤碾谷场的石碌碡就能给抱起来。现在他抱着不足一百斤的田希微，就像是抱着一个孩子，还一边不住地轻声安慰她："你忍着点儿啊！一会儿就到！"左挪右拐急促地向三里地外的龙泉观山崖下的石洞里走去。没用多大工夫就来到了山崖下当地人都叫作龙洞的洞口外。洞口离滏水河的水面只有五尺多，沿河边都是喷涌而出的山泉水，与从上游滔滔而下的河水汇在一起，一起向东流去。

张万山警惕地向西边山根的河边看了看，透过夜幕下微弱的星光，除了水面闪耀着的粼粼光斑，看不到人的影子。他把田希微放到膝上，腾开一只手，伸进木门上的洞里，从里边把铁锁摘掉，快速地用脚踢开了木门。进去后，从里边又把门锁挂上。这是张万山前几年跟随师父和师兄练狸猫功的地方，他一练就是十几年，对洞里的一切都了如指掌，这是亿万年前水流冲刷而成的天然石洞。

他抱着田希微，不用灯光，就爬过一道斜坡，进到了一个石窟里。再往前曲折幽深，令人望而生畏。石窟最左边的拐弯处有一个略为高大的洞口，人弯着腰拐三个弯，就能进到一个有两间房子大小的圆形石窟里。石窟中间有一个光滑的石台，周围还有几个石凳不规则地长在那里，俨然一个巧夺天工的茶台。这里常年都保持在十四五度的恒温状态，龙泉观的道士们到了难耐的暑天和寒冷的冬季，闲暇时都愿意结伴来到这里点上蜡烛，休闲聊天。

张万山腾出一只手把石台上的包打开，拿出一张厚厚的狗皮褥子铺上，然后把田希微小心地平放到上面。又从包里摸出了一盒洋火，点燃了一支蜡烛，让凉飕飕的石窟里有了些许的暖意。

烛光下，田希微眼睛紧紧地闭着，眉间攒出了两道竖沟，满脸汗珠，嘴唇微微地抖动着，嘴角还向外渗着血。张万山拿出一块白粗布先把她脸上的汗擦干，又把嘴角的血轻轻地揩尽。他对田希微说："这里没人，拔针时你想喊就喊。"她微微地点了点头说："你拔吧！我受得了！"张万山用胳肢窝夹住她的胳膊，挡住了她的视线，左手攥住她的手腕，凑到了蜡烛的近处。待了片刻，用极快的速度拔掉了第一根针，她喊疼的声音在洞壁的回响还没有落下，第二根针又被拔出，接着就是第三根。他拿起一个小纸包打开一条缝，往三个指尖的流血处撒了一些药面儿，再用白布条把三个红肿的指头一一包扎好。

顿时一丝凉意传来，只十几秒的工夫，疼痛就减轻了好多。接下来同样的过程，另一只手也被包扎好了。

疲惫不堪的田希微松开了紧咬的嘴唇，长长地出了口气，看着烛光里的张万山，心里生出了几分复杂的情愫，既有对拯救自己的感激，也有了几分模糊的爱意。现在的张万山在她的心里已经不是梦中英姿勃发的勇士了，而成了一个触手可及的无所不能的英雄。因为她在恍惚之时听到了"大洋马"和石川说的话，如果今晚没有张万山他们来营救自己，很可能家里连她的尸体也找不到。想到这里，她不由自主地往他身边贴了贴。在烛光的映射下，张万山看见她的眼睛里滚动着泪花，便伏下身问道："是不是脚和腿痛得难受？你坚持一会儿，我马上准备好了！"站起身来走到西侧的石壁前，从一个凹槽里拿出了一个小瓷瓶和烛台又走回来。

田希微看着这一切，问道："这个洞里怎么什么都有？"

张万山笑了笑说："这是俺嘞第二个家！你要啥就有啥！"其实张万山在后晌商量好计划后，知道日本宪兵队队长为了得到共产党地下组织的情报不会轻饶她，就准备了一些用品，连同老范头的狗皮褥子一起打了个包，偷偷绕道送到了龙洞里。一旦她受刑重不能往根据地送，就先把她藏到这个洞里。

张万山又说："俺早先练功每天都会来这里待两个时辰，一直来了有十几年嘞！有时间了俺再给你好好说，咱先看看你的腰和腿伤得咋样。"说完拿起一根又粗又长的红蜡烛点燃，把田希微的两条裤腿儿往上捋，直到露出已红肿发亮的膝盖。又从下往上捏，发现腿骨没有折，只是脚和膝盖处的关节和筋受了伤。他从小瓷瓶里倒了一些油在手掌里，搓了几下后对田希微说："你忍着点儿，我给你抹点儿药！"说完后用两个手掌分别把她的两个脚后跟轻轻地握住。

瞬间一股凉飕飕的感觉传到了田希微的小腿，抵消了腿脚的疼痛感。田希微用双肘微微支起了身子，看着面对着她闭着双眼跪在那里的张万山，感觉他就像是一位入定后的道徒，既虔诚又静默。他放下她的脚，又往手掌心倒了一些药，用手搓了搓，双手同时握住了她红肿的膝盖。这次的凉意传达到了心口，慢慢地就感觉到了舒畅，她的上身能抬起来了。

张万山对田希微说："你的上身能往上起，说明你的腰椎骨没有问题。现在你躺下，俺来给你治腰伤，你得露出腰来，行不？"

田希微现在对他已经有了百分之百的信任，大大方方地说："你治吧！"说完就闭上了双眼。这是人生中第一个青年男子撩起自己的衣裤，紧张得她血脉偾张，以致受伤处又起了痛感。

张万山轻轻地向上撩她的衣衫，双手有些微微的颤抖，又解开她的皮带，轻轻地往下褪了褪她的裤腰。张万山从来没有见过这么平滑细腻、洁白如玉的肚皮，双眼就盯在了她肚脐的周围，半天没移开。

田希微躺在那里紧张地等待着，却没有了动静，她慢慢地睁开眼睛，看见跪在那里的他，眼睛里流露出欲罢不能的迷恋和赏识，她心里生出一阵阵的羞涩，嗔怪地说道："你发啥愣嘞？"

张万山像被看透了心思，红着脸拿起小瓷瓶往手掌心里倒着药，使劲地搓着双手说："俺嘞手掌糙，弄疼了不怨俺啊！"

"没关系，你快点吧！我又开始疼了！"

"别着急，一会儿就好！"

张万山粗大的手掌从她的腰部顺着脊背向上推，清凉感随之而来，推了一阵子，已没有了疼的感觉。她的全身得到了舒展，精神也为之一振。

她扭动了一下上身，张万山小心地把她的裤腰往上提了提，系好皮带，又把她的上衣整理好。他展开了一件黑布棉大氅盖在她身上，还不忘把大氅的两个衣襟往她的腰部和脚下掖了掖，说道："这是我夜里值班巡逻穿的，你可别嫌弃啊！不盖点东西山洞里睡觉会得病嘞！"突然他又把大氅的下摆撩开说："这样不行！你再忍忍，俺给你包住，要不然受伤部位会受凉！"说完就把一块大白布撕扯成了宽布条，把膝盖和脚的红肿部位细心地给包严实了。

田希微歪着头，看着烛光下俊朗老成的张万山所做的这一切，心里很感动。

他冒着危险来救自己，又那么细心地为自己治伤，这里面不光是组织嘱托的缘故，更多的是他对自己的爱怜。在以往多次交流中，从他的眼神里已流露出来对自己的温情。不知怎的，她觉得自己也有这种感觉，希望和他接近。再有就是他纯朴英俊的外表、正直善良的内心、过人的智慧和临危不乱的勇气，这一切可能就是少女心中特有的英雄情怀了。

张万山做完这一切就问道："你饿了吧？俺给你准备了十几个煮熟的鸡蛋和炒茶面，俺去打点儿水烧热，你就着热水吃下去！可别嫌孬啊？"说完站起身来从一个石龛里拿出一套粗陶具来，把下座部分放到地上，拿着水壶一样的东西出去打了一壶水回来，点着蜡烛加热。这时，等水烧开的他说了话："这是龙泉观师父和师兄们练功闲暇时喝茶烧水用的炉具，烧出的泉水可甜了，你在家里是不会喝到的！"说话间水就烧开了。张万山把水壶拿下来打开盖子晾水，又拿出一个鸡蛋剥开放到了她的嘴边，她的嘴因疼痛没有大张开，咬了两下也没有咬住鸡蛋。他就用一个小木勺把鸡蛋一点一点地弄碎放到了壶里，一直往里边放了两个鸡蛋。然后往冒着热气的水壶里倒入炒茶面，用木勺搅匀。等晾凉点后，就把水壶嘴儿对准了她的嘴唇，让她慢慢吮吸。不一会儿，一壶汤水就被她喝得干干净净，她白皙的脸上热汗津津，红润又回到了她漂亮的脸蛋上。

看她喝完热汤后，他又重新烧水，放进去一个中药丸。沁人心脾的暗香随着水汽在洞窟里飘散着，使人全身立显清爽。

他伺候着她喝完药后说："天已快五更了，你赶快睡觉，俺就先回去。今夜日本人可能已经搜查了镇里，天明后肯定要搜查龙泉镇乡下。如果有人来洞里搜，你可千万不要动，他们一般不会进到这里头来。我给你留一把匣枪，以防万一，切记！不到万不得已不要用。只要挨过了明天，事情就好办了！"

田希微嗔怪地说："你把我自己放在这个黑洞里，我害怕！"她一路惊魂未定，现在在张万山的照料陪伴下，心里总算平静下来，现在却要一个人留在这个令人恐怖的山洞里。

张万山听她这么一说，才感到自己考虑不周全，但今天他又不能不回去，于是说道："今天你家里还不知道被日伪军折腾到了啥地步，俺咋着也得回去看看，也好明儿来给你送个信儿！你说是不是？"张万山这么一说，田希微就躺在那里不吭声了。

张万山又说道："只要挺过了今天，日本人搜查完后，再找一个人来陪你，俺俩一个白天一个夜里陪着你，你看中不中？"

田希微想了半天，带着羞涩讷讷地说了一句令他吃惊的话："万山哥，我心里还是有点儿发怵！你走时能不能抱抱我，给我一点儿勇气？"

一声万山哥把他俩的关系拉近了。张万山吃惊之余又觉得特殊环境会产生特殊的想法，这只是她现在的需要而已，就大方地说道："只要你不嫌弃，叫俺干啥都中！"说完就俯下身紧紧地把她给抱住了。

田希微闭上了双眼，一种从没有体验过的欢愉和快慰在她的体内流淌，这种令人酣畅淋漓的感受，以前只在睡梦里体会过，但也远没有现在来得这么强烈。血流的加快使她浑身发热，受伤部位又有了疼痛感，她睁开眼睛看着他喃喃地说道："万山哥，我就是今夜死了也不、不后悔了！"

这句话不知怎的激起了张万山的欲念和胆量，他在她的脑门儿上狠狠地亲了一口，用满含疼爱的眼神看着田希微说："别说傻话！以后只要你需要，我愿意为你做任何事情。"

张万山慢慢地站起来，又给她掖了掖有点散开的棉大氅说："你就大胆地睡觉，一觉醒来我就回来了！"

田希微无奈地看着走出烛光影里的他，就闭上了眼睛数起数来，以便自己能尽早地进入梦乡，疲惫不堪的她，又梦见了那个既像是银盔银甲的赵子龙，又像是抱着她亲吻的张万山……

蜡烛不知道啥时候熄灭了，黑暗静寂的空洞里，只有她微微的鼾声在回响。

三十四

　　张万山回到土地庙睡了不到一个小时就被叫醒了。来到院里，见爹和牛海龙等都早早地过来了。

　　昨夜饭后，石川发现田希微被人给救走了，还死了两个特务。气急败坏的他回到了宪兵队，命令宪兵队、特务队、警备队马上把田家所有的宅院给包围起来，搜查了整个田家庄院和田家的近亲人家，都没有找到她。折腾到了子时，特务队长曹子谦提到怡情楼也是田家的买卖，石川就领着人马来到了怡情楼，一推楼门发现虚掩着，进到里边喊了几声不见有人答应，就让人点上灯。挨屋一搜，才发现里边人都被绑在屋里嘴被堵着，把人解开一问，才知道是一伙蒙面军人把他们给绑起来的，啥时候走的都不知道。一直搜到了敞开的小后门，一下子就明白了。石川正琢磨着下一步搜捕行动的计划，就见赵天祥一路小跑过来，并递给他一张纸条，上面写着八个字："六爷来此，小心狗头！"这个所谓的"中国通"一瞧，心里就犯了嘀咕，谁是六爷？怎么没听说过！就扭头问赵天祥："什么的干活？"

　　赵天祥伸出了右手，把大拇指和食指一扒，说："这个是八路军游击队，人称'八爷'！"他又把拇指和小指分开，另三个指头往回一缩，手背对着石川说："这个的六，'六爷'就是国民党的河北民军独立第六团，田家老三田善仁是团副，当地人都叫他们'独六'地干活！"

　　经他这么一解说，石川就明白了。他眼珠一转，对赵天祥一挥手："把他们通通地带走！"

回到宪兵队，石川就召集龙泉镇所有的武装头头开会，并分了工。田希微受了伤，不会走很远，很可能就藏在龙泉镇里和周围。宪兵队派人把田家看起来，任何人不准靠近，也不准田家人随便外出。他则亲自带领驻扎在桥头的皇协军清查龙泉镇乡下十几个村；警备队搜查镇内；特务队长曹子谦带领自卫团和龙泉镇自卫队武装搜山；镇公所、新民会工作人员分工配合搜查，按照保甲制度登记的情况，对照名单，清点人数和良民证，凡是对不上的一律抓走送宪兵队。天明后8点钟统一行动。

张万山醒来后，三人开始商量如何应对。他们也分了工：由张万山亲自带队配合特务队搜山；牛海龙负责通知各村做好准备；张志和坐镇土地庙，以防突发事件发生。

特务队长曹子谦早早地来到了南门外的谷场上，待马继先的自卫团和自卫队三个营武装到齐后，命令各路队伍集合好后排成一路纵队，从南到北就像梳头一样，从山下一点点地向山上搜查。他带着张万山和刚提升为镇自卫团副团长的刘二狗，来到今天搜查的重点龙泉观所在的山岭下，从山下拉网式往上搜。当搜到龙泉观时，曹子谦命人把龙泉观的两个山门一堵，就进到了观里。

龙泉观的宗峰道长问张万山："你们是在搜查谁啊？"

"田道然老爷的孙女儿田希微！"张万山大声地说。

"福生无量天尊！"这个姑娘宗峰道长是见过的，她的小侄子还是拜在自己名下的小徒弟，也算是自家人喽，他只好无奈地颂了一声。

张万山和宗峰道长跟在曹子谦的身后，刘二狗带着人挨门进去搜。曹子谦是道上的"佛爷"，是昭关有名的贼，老早就听道上的人说龙泉观有三件宝：铜壶、铜钟、云老道。铜钟太大不太好偷，但那个叫铜漏壶的物件，市面上有很多古董商都要收购它，道上好多高手都来偷，但是没有一次能得手。后来听说被人盗走了，但是他一直不相信，今天趁着搜查想找找看。张万山跟在他的身后看着他的一举一动，就明白了他的用意。铜壶滴漏是他和两个师兄藏的，他就给身旁的大师兄使了一个眼色，意思是要小心这个人。当曹子谦搜查到了太极大殿时，他们心里未免都有些紧张，师兄赶忙给曹子谦介绍龙泉观和道德天尊的由来，以转移他的注意力。曹子谦一边点头应着，一边四下巡视着，最后仰头看见殿顶主梁的支撑木旁多出了一个木箱一样的东西，他的心里就有了谱，大声叫喊着："这里没有！到下一处！"

曹子谦知道以自己一个人的能耐是盗不走那件物品的。他装作没有发现什么的样子，带着人出了龙泉观，顺着道士们挑水的下山道，到悬崖下的黑龙洞里去搜查。

曹子谦带着人一出门，张万山心里就有点儿发虚，毕竟人就藏在洞里边。他赶快叫师兄准备了四种点心和香，让人端着跟在后边就下了山。为了不连累道观，洞里藏着人的事儿他没有说给师兄，怕他们知道后反而露出破绽来。

来到了洞口，师兄让徒弟把洞门打开，在曹子谦和特务们的注视下，把带来的四盘点心摆在了洞口里的祭台上。趁点香的工夫，张万山给曹子谦的部下介绍说："黑龙爷就住在洞里，你们进去肯定要惊动了他老人家，必须先祭奠祭奠，免得出事儿！"

他这两句话把曹子谦和刘二狗们说得心惊胆战，都听说这个洞里住的是条成了精的大黑蟒蛇，后来被玉皇大帝封为掌管行雨的神龙，他们从来也没敢进去过。

等道长行完礼，曹子谦一扭头，身后一个人也看不到了。

"刘二狗过来！你带人进去搜搜！"

"我不敢！"刘二狗惶恐地说。

"张金锁！你进去！"

一连喊了好几声也没有人往前靠。其实曹子谦也不敢进，但不进去搜一搜又怕回去不好给石川交代，就看着张万山讨要主意。张万山心想让他们进去看看也好，省得他们一直惦记着。

"二狗、金锁，你二人跟俺进去搜搜！"说完向他俩一招手。

二人接过曹子谦递过来的手电棒，胆怯地进到洞里，先跟着张万山一起磕三个头，跟着张万山战战兢兢地爬进洞去了。三个人来到了第一个洞窟，刘二狗用手电一照，看到的是十几个黑幽幽的小洞口，大的能供一个人往里爬，小的只能钻进去一条狗。周围到处是凹凸不平的石壁，光束射在石头上反射出的光斑，就像是龙的眼睛在动，两个人越看越瘆得慌。张万山说了句："再往里钻钻！"

"那么多小洞口，进去就出不来了！"刘二狗吓得声音变了调，拿着手电扭头就往回走。那个叫金锁的特务一只手掂着枪，一只手拽着张万山的衣襟，生怕把他丢到后面，被从黑黝黝的洞里窜出来的黑龙给叼住走不了。

出到洞外，三个人都长长地出了一口气，刘二狗给曹队长说道："里边黑咕隆咚啥也没有，尽是些人进不去的小洞口！要不你再进去瞧瞧？"

"没有人就换地方！"曹子谦还想着铜壶滴漏那件事儿，一听说里边没有人，把手一摆就带人继续往山上搜查去了。

牛魔头一个团八百多人的皇协军，大部分都被安排到"重要事业场"封锁沟的各个据点驻守，团部只剩下他最亲信的两个连队。田希微被救走的第二天一大早他就接到了日本司令部的命令，让他们配合石川队长去清乡搜查。早饭后他就把队伍整顿好等着石川的到来，7点钟刚过，门口站岗的士兵喊了声"来了！"牛魔头手下的黄副团长一声令下："立正！"两个连队的皇协军就整整齐齐地站好了队。

石川一进军营看到皇协军站好了队在等自己，顿时就来了精神，一夜的疲惫也消失得无影无踪了。他翻身下马，正了正武装带来到了队伍前，把当天的清乡任务和要求说了一遍。把皇协军分成了两部分，他和牛魔头各带一队，每个队清查六个村，最后到离军营最近的马家营会合，天黑前完成任务。

这些皇协军平时一听去打仗都往后撤，但是一听说去清乡精神头就十足，觉得如果赶好了还能发点儿财、捞点儿好东西。

牛魔头领着一百多皇协军先出了军营，只用了不到一个钟头，就来到了离军营最远的常家沟村。队伍一下到沟底，就看见常家沟常保长和镇长马怀德带着镇里的干事拿着户口册站在村口等。日本人在昭关实行了保甲制后，各村和镇便有了保长，都是由原来的村长和镇长改过来的。小村一个保，设保长一人；人多的村设多个保长，村里设联保所，有正副联保长二人。牛魔头领着人马来到队伍跟前，两只大牛眼一瞪，喊了一声："一排二排从村西边赶，三排就从东头赶！都把人给我赶到村公所去！"

常保长一看来的队伍里有几个日本兵，心里就有点慌张，对马怀德镇长说："您马镇长可得给担待点儿！千万别出啥事儿？"趁牛魔头领着队伍去赶人的工夫，往马怀德的衣兜里塞了一沓纸币。马怀德也心领神会，一仰脑袋，拍拍常保长的肩膀，回了句："那是那是！"

皇协军们端着枪，抢着进到村民家里去搜查。他们把家里人赶出门后，就进到屋里翻箱倒柜地搜东西，专拣炕席下、木柜里、抽屉内可能藏贵重物品的地方搜，只要找到钱和贵重首饰就往兜里揣。直到找不到想要的物件了，门也不给你关，出来就往村公所撵人。两个军人一组进一家，没用多长时间就搜查完了，把人都集中到了指定的地点。马镇长到院子里指挥着干事清点人数，保长对着屋里的人喊道："都快去招呼村民，准备点名！"屋里就只剩下他和牛魔头两个人，常保长赶紧从怀里掏出一卷钞票递给了牛魔头。牛魔头把钞票翻了翻，瞪了保长一眼："我那些军人咋办？"

常保长一看人家嫌少，从衣兜里又掏出了一卷钞票递给了牛魔头。

"看来你还是个明白人，放心吧！我这就没事儿了！"牛魔头把钞票装进衣兜，斜了保长一眼说。

村民们到齐后，镇公所的干事开始一家一家地点名，皇协军就一个一个地查对良民证上的照片和指纹，无误者站到另一边。四五百人的村庄只用了不到一个时辰，就清查完结。

到了吃晌午饭时，来到了第三个清查的村子北刘村。村子里也接到了传令，还让给队伍准备晌午饭。这个村的保长刘文富是胡汉章的亲戚，他在私底下已加入了赵天祥的新民会。他赶快安排人支锅做饭，还找了几家专门给烙饼，忙到晌午清查的队伍到来时，已熬好了两大锅肉菜，烙了二百多张白面大饼。另外给牛魔头和马镇长炒了六个菜，拿来了两瓶酒，陪着他俩一边吃饭一边喝酒闲聊。

军人们吃完饭就开始清查，方法还像那两个村一样。村保长刘文富坐在办公室里陪着牛魔头抽烟喝茶，牛魔头和马怀德也不管什么胡汉章的亲戚不亲戚，老拿眼瞪他，意思是来到你村里清查，你也不给表示表示，刘文富仗着有赵天祥做后台，没把他俩的暗示当回事儿，摆出了一副公事公办的态度。牛魔头一瞧姓刘的不上道儿，就把他手下的王副官叫过来吩咐说："北刘村出过八路军游击队的官儿，这里是重点，你们要好好地查查，千万别放过一个可疑的！"

王副官一听就知道了牛魔头长官的意思，行了礼答应一声："是！长官！"

马怀德也看出来牛团长要整刘文富，反正这里是自卫队管辖的地方，他也想趁着清乡给自卫队点儿难堪瞧瞧，就坐在那里看热闹。

刘文富站起身来给牛魔头添了水，说道："牛团长你放心，有我在北刘村，八路军他们就不敢来，有一个抓一个！"

牛魔头瞥了他一眼，歪着大脑袋，挑起了一只眼问道："你在北刘村当村长也有十年了吧？你当着当着咋就出了个共产党八路军游击队的大官呢？"一句话说得刘文富不吭声了。

一直等到清查完人数，王副官也没有从里边找出可疑的人来。

牛魔头站在台阶上，目光灼人，左手一叉腰，右手就拔出手枪向空中放了一枪，大声喊道："你们里边谁是共产党？给我站出来！"

人们都相互看着，没有一个人敢吭声。人群里沉闷了一会儿，有一个胆子大的中年男人说了话："俺村里都是良民，没有共产党八路军啊？"另一个青年男人跟着说了句："是嘞！"

牛魔头把枪一挥，喊道："八路军游击队的政委就出在了你们村，你敢说没有？"回头对着王副官说道："都给我抓起来带走！"

这时刘文富慌了神儿，赶快过来用恳求的声调说道："牛团长！他俩都是良民不是八路军啊！"

"你说不是就不是吗？是不是到宪兵队说去！"一声令下："开路！"

村里人一看要把人给带走，都围了过来不让带。

牛魔头从他的护兵手里拿过来一把冲锋枪，对着人群的前边就是一梭子，地上立马扬起了一溜儿黄土烟，人们都纷纷地向后撤。趁人们惊慌失措时，王副官带着十几个日本宪兵和皇协军，过去就把那两个人给抓住绑了起来。在其他皇协军的护卫下，急急忙忙地走了。

马怀德上了马，瞪着眼对刘文富说："你看你办的是啥事儿？咋宁挨整砖也不挨半截砖嘞！"

为了把这次清乡搞得彻底和安稳，石川把负责乡下十几个村治安的自卫队武装派去搜查神麋山后，他才亲自带着宪兵队来清乡。他站在牛魔头的营房门口，看着牛魔头领着队伍出了军营，心里总觉着哪里有些不对劲儿，因为急着去清乡，就没有仔细地分析，领着剩下的队伍往石窑村走了。

石窑村在沙坡岭的东边，是个有三百多户的大村庄，专门为龙泉村二十几盘水碾和各村镇农家砍造磨盘、碾盘、碾磁子。因为他们村后的山冈上都是砍造这些物件的花岗岩原石，几百年来村里人大都靠着这些上天赐予的石头生存。采石的时间久了，偌大的山冈就被开采成了一个大大的石窑，村里的民房就用剩下的石头垒砌而成，慢慢地就有了石窑村这个村名。这个大石窑不知道从啥年代起成了村里一个叫王富田的家族产业，他成了村里的首富，村民们大部分都在他家的石窑当石匠，或者租种他家的地为生。近几年世道混乱，商道闭塞，造成昭关县的瓷窑关闭不少，石碾石磨的需求量也逐渐减少，石匠们改行的不少，王家的收入也大不如从前了。上次被秦先河和马继先以垒石墙慢为名，坑了二百五十块银圆后，他就加入了新民会，成了石窑村联保所的联保长。当他接到了日本人今天要来清乡的消息，给日本人准备了一份厚礼。他知道日本宪兵队长石川不在乎几百块的钞票，而需要共产党八路军的情报，他一早就带着石窑村联保所的人员等在了村口。先等来的是龙泉镇新民会会长赵天祥领着的一伙人，待他下了马后，两人亲热地站在村口说着话等石川。

过了一会儿，就看到了骑着东洋大马的石川队长和跟在身后的黄副团长和皇协军队伍。

黄副团长带着队伍挨家挨户地驱赶村民到联保所集合，王富田和赵天祥陪着石川先来到了所里，抽着烟喝着茶的工夫，他就把自己听说的村里有一个叫陈元奎的年轻人，两年前在昭关县城的瓷窑做工时参加了八路军，至今一直没有回过家的事儿说给了石川。

石川一听眼睛里就发出了亮光，与赵天祥对了一下眼交代黄副团长说："先把没有问题的人家清点完后，把陈家人留下，这次不把他们带到龙泉镇里，就关在皇协军的团部，在那里审问他们！"

石窑村联保所的人员和村民们都是熟人熟脸，没用一个时辰就清查完毕，偌大的院子里只剩下了陈元奎的五个家人。

石川把手一挥，陈家大小惊慌失措地喊叫着，被日本宪兵押着、皇协军簇拥着出了石窑村联保所的大门。村民们惊愕地看着他们走出村子，都不知道该咋办才好。

石窑村的五个人被押到桥头的兵营里关起来后，石川带着人马来到了他们清查的第二个村子林家庄。

林家庄村东头有座青砖砌成的四合院，紧靠在村围墙边上，院子的主人叫林富义，今年50岁，从他爷爷那辈儿起，全靠从神麋山西侧的张家庄往山东省贩卖硫黄为生，三代人的辛苦才换来了这座宅院，在林家庄也算是个生活比较富足的庄户。自从日本人占领了昭关县后，害怕民间武装组织配制火药，制作武器来反抗日军，就取缔了林家庄烧硫黄的营生，林富义也就没有了财源，全靠七口人种自家的二十多亩地为生。

石川带着军队是从村东门进来的，皇协军一看村东头就数他家的宅院好，就一窝蜂地往他家跑，一下子就冲进去了八九个人。他家被整得鸡飞狗叫，家里的大小七口人都被赶到了院子里。屋里检查完后，皇协军们又来到院子里翻腾，其中有一个老兵原是"一根把"郭老殿手下的一个小杆子头，他一面看着手下翻找，一面还偷偷地瞄着林家老小脸上的表情。当有一个皇协军人要到放柴火的夹道里翻找时，林家的女主人刚想上前拦阻，被男主人给拽住了。那个老兵头就叫过来两个手下，用枪顶着把林家人给赶到了大门外。他指挥着把夹道的柴火掀开，在最里边发现了两个大瓷罐子，搬出来打开，一罐里边装满了硫黄，另一罐是满满的银圆。只用了几秒钟，满满一罐子的白货被抢得一干二净，八九个军人的衣兜裤兜里都装满了银圆，沉甸甸的直往下坠。家里抢银圆的叫喊声惊动了大门外的林家人，女主人哭喊着就冲到家里，想要抢回自家的银钱。三个军人用枪托几下子就把她打翻在地，另几个皇协军用刺刀抵住想来帮忙的家人，喝道："还想要银钱？你们私藏硫黄，是不是想送给八路军造炸弹打日本皇军？"然后全家人都被枪抵着到村保公所接受审查去了。

林家庄林保长一看自家兄弟被抓住了把柄，闹不好还得把全家的性命都搭上，就赶快找到了新民会会长赵天祥和黄副团长说情，解释说他家以前是贩过硫黄，但自从皇军下令不让贩卖后就收了手，一直是村里的良民。赵天祥和黄副团长收了林保长送的钱，答应到时候给石川太君说说看。

他们所做的一切，都被石川看在眼里，他走过去看了看在地上的瓷罐子，发现里边装的是明令禁止的军用物资。

正在这个时候，一个警备队员飞快地骑着自行车来到清查现场向石川报告说：在龙泉镇清查中，发现了救田希微的人扔在河对面的衣裳和物品，秦队长等着他回去勘查。

石川队长一听找到了重要线索，就把在清乡工作交给了赵会长和黄副团长，临走时指着装满硫黄的瓷罐子说：“这个要带回去！那个男人地也带走！”说完头也不回地走了。

石川骑着马从石桥上过河，来到了龙泉镇的河对面，看了看扔在地上几件湿军服和乱七八糟泥脚印的现场后，彻底明白了是田希微的叔叔“独六”团团副田善仁带人把她给救走了，是从这里上的岸。他望着高耸起伏的神麋山和鼓山山脉，看着山梁上九座威严的岗楼，心想，他们到底藏在哪里呢？

这次清乡，总共抓了十五个人。回到桥头皇协军的军营后，由宪兵队和牛魔头的人一起连夜审讯，没有问题的人，每人交了二百块日票就把人放了，剩下有通共嫌疑或拿不起钱的七个人，审问无结果后，按照石川的命令通通地处死。牛魔头给石川队长出了个主意，说军营后边不远处有很多废弃的煤井，用“下饺子”的办法把他们给填进井里算了。石川一听这个办法不见血就把一群人给解决掉了，就把大拇指一竖，夸奖他很有想象力。其实这个损招是土匪们惯常用的杀人手段。

石川派了一个排的军人，把七个人绑好连接到了一起，大人在前小孩在后，给他们说不审你们了，把你们送到马家营去，让马老财主管你们饭吃。这七个人一听不审问也不挨打了，送到马家营还有人管饭吃，可能是快要被释放了，就听话地跟着往外走。出了门儿就拐到了往南走的小路上，黑茫茫的田野里只有透过乌云的裂缝露出的一抹惨白，才能看到远处隐隐约约的山峦和脚下灰白的小土道。走了有二里多地的时候，被绑着的人们开始有了一种不祥的感觉，磨磨蹭蹭地不愿意向前走了。在前边带队的皇协军刚停下，突然间响起了一声尖利的呼哨，被绑在第一位的林富义被三个皇协军使劲地一推，就掉进了小路旁一口废煤井里，紧接着绑在一起的身后的六个人也被一个一个地带了进去。转眼工夫，一队七个人就消失了，黑暗里传来了一阵阵的哭叫声和不规则的击水声，不一会儿，声音慢慢地融进了寂静的夜色之中，听不见了。

三十五

　　田希微醒了又睡，睡了又醒，在神麤山深处阴暗的洞窟里，焦急地等着万山哥的到来。这个黑森森的地方实在是可怕得很，黑暗的洞窟与山体融合在一起，好像整座神麤山都压在了自己的身上。她想大声地喊叫，又怕把那些传说中可怕的动物招引过来，就屏着气息强忍着，时间一长，感觉到呼吸都越来越困难了。她把嘴张大，深深地吸气，来填补黑暗重压下渐渐弱瘪下去的胸腔，此时身体的疼痛感反倒消失了。正当与黑暗抗衡到了只剩下微弱气息之时，耳边突然传来了敲打石壁的声音，身上的重压感逐渐消退，顿时呼吸就通畅了，浑身上下也放松了。她用双肘支起了上身，急切地叫了声："万山哥！"

　　"俺来了！"回声还没有落，一束刺眼的手电光照在了她的身上。

　　"恁咋坐起来了？"张万山把手电夹在腋下，从衣兜里掏出了一盒洋火，点着了石台边的蜡烛，光亮又回到了洞窟。

　　田希微问："啥时辰了？"

　　"约莫着该到子时了。"

　　"你咋才来？吓死我了！"她看张万山的脸上没有了以往的安详平和，说话也没有了激情，有一种在他身上少见的颓丧。

　　"万山哥，出什么事儿了？"

　　张万山怔了一下说："没事儿！"不愿意多说话的样子。

　　"不对吧？那就是自卫队出啥事儿了？"

"不是！"

他越不想说，她就越着急，放大了声调说："你这个人，今儿说话咋腻腻歪歪的？"

张万山看她着了急，就把刚刚十五位村民被抓走，其中七个人都被填进煤井的事说给了田希微。

田希微听完愣在了那里，眼睛里噙满泪水。

张万山看着田希微，心里又产生了强烈的内疚感，真不该在她那脆弱的心灵上再插一刀。他抬起手轻轻地触碰了一下她的肩膀，惶惶地叫了声："希微！希微！"才把她从呆滞中叫醒。突然，她发出了撕心裂肺的哭喊："都怪我呀！都怪我呀！"她猛地抬起受伤的手，撕拽着自己的头发，晃动着脑袋，哇哇地痛哭起来。

张万山上去抓住了她的手腕，轻声地安慰："希微，这不怪你！先别哭了好吗？"

"怪我啊！怪我啊！"她哭喊着，"不管咋说，我实在咽不下这口气！我得杀几个日本兵为死去的人报仇！"说完就扭身伸手去摸匣枪。

张万山抢先把放在石台上的匣枪抓到手里，怕她一旦想不开做出傻事，说："这都是俺们爷们的事儿，你先养好了伤再说！"

张万山看她的情绪稳定了，从包里掏出了一把银闪闪的袖珍手枪和一个小铁盒子，在她的眼前晃了晃，田希微大大方方地伸出手去接枪。

"恁会用吗？"

"这不就是小号的勃朗宁吗？我在家里练过！"

她的手一伸开，从指尖凝固的血痂下又渗出血珠来。

张万山拿出小瓷瓶，抓过她的手，往出血点上撒白色的药末又把渗出血的三个指头包好，才把袖珍手枪交到了她的手里，又不放心地叮嘱道："这把枪射程只有二三十米，只能防身用。在这个洞里千万不要对着石头打，子弹弹回来可了不得！"

"我知道！"

"你把报仇的任务交给我，你就好好地养伤。这里不是个久留之地，牛海龙说到五六天后你能站起来时，必须把你转移到根据地去。到了山里让赵大本儿娘来照顾你，伤好后就在当地参加抗战工作，短时间内不能再回龙泉镇。"张万山一边准备药，一边把组织的决定告诉了她。

"那咋行？伤好后我还回来！"

"你一回来立马就会被抓住！你家人咋办？我们自卫队咋办？"

"那再也见不到你们了吗？"

"你放心！只要你想见，我随时都可以到山里边看你呀！需要啥东西了，找人捎个信儿，我就给你送去！你看咋样？"

"我咋有种要被抛弃的感觉？"田希微一副非常失落的样子。

"傻妮儿！谁让你那么惹人注意嘞？坐好，俺来给你治伤！"说完就让她把上衣下摆撩了起来，他按了按那些红印痕，问："疼不疼？"

"还疼，不过还能坚持！"

突然一股浓烈的药酒香飘散在洞窟里，田希微扭头一瞧，他正在往一个粗瓷碗里倒酒。

"这是泡了好几年的药酒，活血化瘀，止痛散寒，不过抹到伤处有点儿烫，你要忍一忍啊！"张万山把碗里的药酒点着，用右手极快地在蓝色火苗里抓了一下，双手飞快地搓了两下，就轻轻地按在了她的腰部，一瞬间腰部就像是被按上了一块燃烧着的炭火，火烧火燎地疼，她哎呀喊了出来，但是只十几秒钟，痛就慢慢地减弱了，只留下了暖暖的舒畅感。张万山连续做了三次，田希微腰部的疼痛感就消失了，她试着扭了扭腰，感觉活泛多了。

"你这简直就是一双神手，伸到燃烧的酒里也不怕疼？"她感叹地说。

张万山笑了笑，帮她把衣服整理好，说："这种治疗方法，一般郎中是不敢用或不会用嘞！它不光是药好，手法还得老到，一旦失手，不但烧伤了自己，还会把病人给烫伤喽！来！你试着自己躺下吧！"

这次，她没费多大劲就躺到了狗皮褥子上。张万山把她的裤腿儿轻轻地将上来，露出了受伤的膝盖和脚，用同样的手法进行了治疗。

田希微歪着头，两只大眼饱含深情，盯着蹲在那里认真地给自己疗伤的万山哥。这是一个多么英俊、多么勇敢、多么善解人意的男人啊！和自己家里妻妾环绕、富贵骄奢的男人是那么的不同，这不就是自己梦里常想要找的一生的依靠吗？想到这里，她真心实意、认认真真地说："万山哥！我这一生就交给你嘞，你可别后悔。"

这时心情激动的张万山脸上却没有了笑容，他按捺住自己冲动的情绪，端起瓦盆就往洞口走。刚走了几步就停下来看着田希微说："那你就吃大亏了！"

田希微一本正经地说："我愿意！"

这一句话，张万山听得又是激动，又是惶惑。这是真的吗？这是从那个既高傲又美丽聪慧的大家闺秀嘴里说出的话吗？

张万山又回到洞里，没再往下接话，他觉得这件事可能就是她在无可奈何之时说说而已，不能当真。约莫着天也不早了，就给她准备好食物和热水，匆匆回龙泉镇了。

三十六

清乡后的第二天，石川把龙泉镇的头头脑脑集中到了镇公所，告诉大家搜查田希微的行动停止，随后传达了日本军驻昭关县司令部的命令：从当日起，县区域内大小煤窑所出产的煤炭一律不准自由买卖，只能卖到日本人控制的冯村和其他几个煤站，民间用煤必须都到日本人经营的大煤场去买。运送煤炭必须要有准运证明，不得私自贩运。如有违犯者，轻则罚款没收，重则关押封窑。在座的镇公所的官员家里大都开着煤窑，都知道日本人的用意，就是以低价收购战略物资，把能炼钢铁的优质煤炭运到天津港，送回日本岛和东三省去，再把残次的煤高价出售给中国人来赚钱。在座的人没有一个人敢提出反对意见，都默默地苦着脸坐在座位上，盘算着自家煤窑每年能损失多少钱。

新民会长赵天祥家里没有开煤窑，心里轻松不少，就建议石川队长把监督检查的任务交给他们和警备队来管。因为他心里清楚得很，捐税都有定额，这控制煤炭经营来往运输，里边的油水比征收粮税和捐费大多了。既然有人主动管，石川队长就把这项任务交给了赵天祥。

马怀德坐在那里，心中酸溜溜的。本想着日本人在龙泉镇没有几个人，管不了那么细，如果利用自己手中的权力，自家的煤窑可趁机私下销售一些，减少点儿损失。可这赵天祥和警备队长秦先河一插手，所有开煤窑的就等着挨宰吧！这马怀德以前是算计别人的主，这一下子吃亏的成了自己！他坐在那里，瞪着赵天祥和石川。

副镇长兼商会会长田善地现在自身难保，家门口日夜都有警备队把守，全家人整天都提心吊胆，不敢走出大门一步。自己提出辞去镇上的职务，石川还不让！整天为这些事犯愁，哪有心思琢磨煤窑的事儿。他就低着头坐在那里不吭声。

自卫队的张志和坐在那里也不说话，因为自卫队里都是穷人，没有煤窑，只有下窑的人。他回到土地庙给牛海龙一讲会议内容，牛海龙就坐不住了，赶快写了一张小纸条，派人连夜送到了昭关抗日县政府驻地青石沟。

石川队长开完会回到宪兵队，靠在椅子上闭眼休息，这两天发生的事情就像电影荧幕上一帧一帧的影像在脑子里运动。当过滤到了皇协军整队开拔时的情景，头脑里显示出牛魔头的王副官一身戎装的图像时，心里一惊——他军帽上的一副防风镜和站在他身旁护兵脖子上挂着的一副望远镜不同寻常，那是大日本空军的专用物，怎么到了他们的手里？依稀记得望远镜的皮套上还有三个字"航 × 号"。想到这里他猛地站了起来，对外喊了声："把曹队长给我叫来！"

不一会儿特务队长曹子谦来到眼前，恭敬地问道："石川队长有何吩咐！"

"你地悄悄地到牛魔头的军营看看，他的王副官和护兵是不是有副风镜和皮套上写着'航 × 号'的望远镜，不要让他们发现你的意图！"

曹子谦带着手下骑着自行车，以统计清乡成果的名义去了牛魔头的兵营，在王副官和护兵住的屋子里确实发现了这两件物品，回来就向石川作了汇报。

石川立刻骑上马带着几个宪兵去昭关司令部找松田报告去了。当天下午就派人把王副官叫到了司令部，一问此事，把王副官给问蒙了。他的大脑飞快地思索着，这两样东西肯定来路不正，要说是牛团长给的，那不就把上司给得罪了，何况都是一个杆子的兄弟，自己早想把黄副团长的职位弄到手，不如把这件事儿栽到他的头上。想好后，装作是害怕的样子，吞吞吐吐地把黄副团长给出卖了。

松田一听就发了怒，马上派山本带着宪兵队和县警备大队把驻扎在桥头的皇协军军营给包围起来，抓住黄副团长就给枪毙了。牛魔头不知道是咋回事，等山本带人走后一问王副官才明白了原委，心里就一阵后怕，没想到这些来路不明的东西惹出了这么大的麻烦。

通过这件事儿，牛魔头的皇协军在松田的眼里就成了一伙不可靠的军队，从此下令减少了对他们军事物资的供应。张万山打进去的"魔"有了反应，施行的

"连环计"也终于见了成效。

田希微经过张万山六天的精心治疗，伤情大有好转，手指头不疼了，脚也不肿了，受伤最严重的膝盖也能使上劲了，就是不能自己行走，还需要经过长时间的锻炼才能恢复。

在龙洞里待了几天，她对幽暗恐怖的洞窟已然适应。几天工夫，她的心理和外形就好像增加了十几岁，蓦然间成熟了许多。一双水灵灵的大眼睛里原有的淡然恬静变成了勇士般镇静锐利，眉宇间也增添了几分肃杀之气。只有想到万山哥时眼睛里流露出羞涩的温柔，才显现出纯情少女原有的青春本真。

张万山进来时，拿了一对木制拐杖和一个蓝皮包袱，愧疚地说："准备东西来晚了。"

"一看你拿着的大包袱，我想我该离开这个山洞了！"她用双手轻轻地搓着自己发木的脸庞，伤感地说，"万山哥，我真的不想离开你和龙泉镇，我死也愿意死在这儿，真的！"

张万山默默地坐在了她的身旁，搂住了她的肩膀说："你待在这里俺不放心，解决牛魔头皇协军的时机已经到来了，就等着麦收完就行动。不管咋说你必须得走！"

田希微把头从他的肩膀上抬起来，好奇地问道："咋解决？给我说说！"

张万山就把他们设的"连环计"说给了她。现在第一步"打魔"离间计已经实现，就等着麦子收获后实行第二步"诱鳖入瓮"了。八路军游击队还给支援了一些子弹，这样一举就能把牛魔头这伙残害老百姓的祸害给解决掉！

"万山哥你们真行！你一说我就更不愿意走了，想看着你们把这群王八蛋给消灭了，好出出我胸中的这口恶气！"她的情绪一下子高涨起来。其实张万山也不愿意让她走，就这样守着她、看着她，那是多么的幸福！

"那可不行！你待在这里会影响计策的施行。石壁村已经给你安排好了住处，明儿夜里必须离开龙泉镇！"张万山斩钉截铁地说。

田希微深感不安地说："万山哥！我愿意和你并肩战斗，我这样走了就是个失败者！"

"哪里话嘛！咱们是在两条战线上战斗，为的都是把日本侵略者赶出中国。你只是暂时地退出了一个战场，而投入另一个更适合你战斗的战场。咱俩不光是男和女、贫和富的差别，而是知识和能力的不同！我的能力更适应在敌人眼皮子底下活动，尤其是夜间活动；而你却不同，你的娇气和耿直，能在与强敌斗争中'暗中仗剑决生死'，'白日握手带笑颜'吗？你应该去一个更适合你的地方，完成更艰难的任务！"这一席话说得田希微哑口无言。

田希微含情脉脉地看着张万山，一本正经地说道："万山哥，我还有最后两个要求，你得答应我！要不我死也不走！"

"你说吧！只要俺能做到嘞，一百个要求俺也答应！"他坚决地回道。

田希微坐直了身体，用不容置疑的口气说："第一件，我在胡家受刑昏迷醒来后，听到了'大洋马'和石川的谈话，他们想把我糟蹋折磨死后，夜里偷偷扔到煤井里去，让家人都找不到我。我心里非常恨他俩，想亲手杀了他们！"

"这不光是为你，也是我们计划之内的事情！这个我答应！"张万山不假思索地说。

在说第二个要求时，田希微一本正经的脸上忽然间有了几分神圣感，娓娓说道："万山哥！没有你就没有现在活着的我，是你给了我第二次生命和做女人的尊严，我今天要嫁给你！"

张万山何尝不愿意接纳她，但这时他的心里却有了一种说不出来的复杂情愫，他抑制住内心的冲动说："那可不行！那我不就是个乘人之危、不仁不义的坏人了吗？"

她从不怀疑他对自己的一片真情。从六天来他对待自己适可而止的态度，就能看出来他是个正直无私的人。她知道万山把爱藏在心底，没有向她表白。毕竟自己是个遭敌人残害受了伤的弱者，他此时要得到自己确实也有趁火打劫之嫌。但是这次分开，不知道今生今世还能不能再见面，也可能明天的行动就会阴阳两隔。到那时不但自己爱他嫁给他的机会没有了，就连想补偿他的愿望也不能实现。既然如此，何不在这即将分开的时刻来实现自己的愿望呢？只有这样，才不会悔恨终身。

想到这里，她跪在狗皮褥子上，从褥子下拿出了那把袖珍手枪，哗啦一下子就把子弹顶上了膛，举起来顶到了自己的太阳穴上说："万山哥！我是一个大家庭走出来没出阁的大姑娘，也是个有追求有思想的知识女性，不顾羞臊地提出要嫁给你！但是你不给面子，我觉着很丢脸！走出这个洞我就再也不想见到任何人了！还不如现在就死在你面前，以了却我成为你爱妻的心愿！"说着说着她两只大眼睛里就流出了晶莹的泪珠。

张万山被这一幕感动了，他激动万分地跪在了她的对面，一下子就把田希微搂到了怀里。

过了一会儿，他站起身来拿起一根燃着的蜡烛，走到石壁的凹陷处，点着了里边的两根红蜡烛，渐亮的烛光，把凹陷处的一尊神像映照得清晰可见。他又从一个油纸包里拿出了三根香在蜡烛上点燃，插到了神像前的小香炉里。片刻间，洞窟里悠悠地飘散开浓郁的檀香味道，顿时就有了一种缥缈神秘的气氛。

"神像就是这个洞里的主人苗黑龙神仙，他就是咱俩的见证人和主婚的神灵。"张万山严肃庄重地说。

她神色肃然地望着天然神龛里的黑龙神爷，心跳逐渐地恢复了平稳，气息也舒缓了下来，脸庞上褪去了那抹红晕，恢复到苍白而又不失优雅的恬静。她把视线转移到身旁正在认真点燃蜡烛的心爱的人。他把四根大红的蜡烛点燃后，用滴下来的蜡液粘在了石台的四周。这时红彤彤光影里的她，就像是庙堂上端坐的一位神圣不可侵犯的美丽仙女。她的心潮又一阵阵地泛起，激荡着她的心胸，她的眼睛湿润了。

张万山做完这一切，郑重地跪在她的面前，充满深情地盯着他心中的女神，认真地说："希微！我不能给你一个轰轰烈烈的婚礼，这里也没有锦围和红帐，只有满洞红色的烛光。如果你不嫌弃，我就娶你做我的新娘子！"

田希微含着泪，一边用力地点头，一边向他伸出了双手。他拉着她面朝神像跪下，合起双掌大声地说："黑龙爷在上，我龙泉镇张万山要娶田家女希微做妻，请您老给做证！我一心一意地爱她，绝无二心，如有背叛，天理不容！"

田希微也合着双掌用颤抖的声音说道："我田希微愿意做张万山的妻子，忠贞不贰，永不变心！"

对着神像发完誓言，他俩双双伏下身，磕了三个头。

张万山把她拉到自己的怀里，紧紧地拥抱着她，在她的耳边轻轻地说了句：

"我会永远地疼你爱你！"

"我也会！"

两人的嘴唇粘接到了一起狂吻起来。吻到了极致，田希微瘫软了的躯体就被平放到了褥子上，他俯在她的耳旁说："这里就是咱们俩的新婚洞房，真正的洞房！"

多年的饥渴、强烈的爱慕让张万山成了一只迫不及待的饿狼，等不及她解开衣襟，胡乱地脱着自己身上的衣裤。忘情中的他激烈地舐吻着她那白玉般细腻光滑的肉体，每一寸肌肤他都尽情地亲吻着，舍不得丢下。

躺在狗皮褥子上火一样燃烧着的她，身体不停地扭动着，簌簌地战栗着，不敢睁开眼睛看疯狂中的爱人，尽情地享受着从来也没有体验过的这一切。猛然，一个如火般发烫的肉体伏在了身上，两个燃烧的肉体互相熔化着对方。她感觉不到自己肉体的存在了，意识里完全失去了自己，而化成了一坛浓烈的酒，化成了一炉火红的岩浆，又像是天空飘荡无羁的云朵，如醉如痴，如梦似幻。突然，一种神圣的力量冲开了她那从没有被打开过的闸门，一声"哎呀！"，伴随着撕裂般的感觉，传遍了她的全身。她的双臂死死地搂住他的脖子，咬着牙享受着幸福的疼爱……

一阵激情过后，一切回归静谧。摇曳着的红灿灿的烛光影里，只剩下两人节律不同的喘息声了。

她把脸腮轻柔地贴在他的胸膛，用充满依恋的口吻说："万山哥，要是没有战争，咱们永远在一起不分开，那该多好啊！"

"有没有战争咱说了不算！不过一个小小的日本，就敢入侵咱一个四万万人口的大国，真是难以想象！你在北平上过大学，说说这都是因为啥？"他轻轻地在她滑腻的后背上拍了拍问。

田希微在北平闹学潮时，经常与同学们探讨这个问题，思索片刻说："这个原因很多，不过主要的还是中国的封建统治、政府的腐败懦弱、民众的民主意识不觉醒。还好，有了共产党的领导，咱们总算又看到了希望！"

"要俺看不光是这些！咱们中国就像是长相憨厚的一头吃草的老黄牛，日本就是一条吃肉的狼。牛走万里吃草，狼走千里它也吃肉，这是由各自的本性决定嘞！就像你说的，共产党让咱老百姓看到了希望，我和你想的一样，咱就跟着共产党干！眼下，我看咱首先把咱自己身边的事儿办好吧。"张万山阐述了一套自己对时局的见解后又转换话题回归到眼前。

"咱们身边有啥事儿？"

"从现在起你就不再是田家的千金小姐田希微了，忘掉自己以前的身份，改叫苗宗菊，也就是田家成长起来能耐寒霜的菊花！到了根据地，穿农家衣，吃农家的粗茶淡饭，干革命的工作，这都是组织给你安排好的。对俺来说有了一位好看的老婆，俺的心也有了去处，到时候你可别嫌俺去得多啊？"说完没等她开口，就用嘴把她的嘴唇给堵住了，撩开棉大氅，激动地在她润白如玉的肉体上又亲吻起来。

——┤ 三十七 ├——

又是一年麦收时节。熟透了的满山遍野的金黄麦子，只几天工夫就被农人们锋利的镰刀割得所剩无几，打麦场上不分白天黑夜又热闹起来。镇公所的人也开始忙着督促各村保公所征收夏粮了，而且催得一天比一天紧。他们让各村保公所征收完后，尽快把粮食送到镇公所的粮仓来，一刻也不能耽搁，以免夜长梦多，被八路军游击队给抢走了。

驻扎在桥头兵营里的牛魔头，情绪刚从黄副团长被打死的阴影里恢复过来，眼下给养供应成了他最头疼的大事。之前他们多次派人到县城领给养，军需处都以各种原因给打发了回来。这给养供应一紧张，这伙土匪的匪性又恢复了，他们多次就近到村里去征收，被各村拒绝了。后来皇协军就把子弹上了膛，连唬带吓，从村里抢回来不多点儿粮食，也解决不了几百号人的日常需要。晚饭后牛魔头就让伙房弄了几个菜和两瓶酒，把新提拔为副团长的王副官和留守的两个营长叫来，在屋里喝酒商量解决给养的问题。牛魔头一提他们就来劲儿了，说："咱把着桥头不怕没饭吃，过往的行人和车辆都多收一点儿，就够咱们吃喝了。"王副团长说："收得再多，还不都叫人家税务所给拿走了吗？咋？要不咱再化装偷偷地砸几个窑去？"牛魔头喝了一口酒，放下酒盅把手一拍说："咱现在是正规军队，那一套以后再说，时下咱吃粮发饷都是应该嘞！老百姓就该出这份钱粮供应咱！日本人不给咱，咱不能自己到乡下找村保所给解决吗？"说完往腰间一拍："咱也有枪！咱怕谁？"那两个营长附和着说："是这个理儿！"

几个人一直喝到快半夜了，突然有人进来报告说八路军游击队要到北刘村征粮，北刘村已经准备好了，天明前就帮着运走。

听完汇报，几个喝得晕晕乎乎的人立马精神振奋起来，都说这是个好机会。一来夺回了粮立了功；二来拉回军营就成了自己的军粮了。

这个在南刘村自卫队卧底的人走后没有半个小时，他们在东槐树营自卫队卧底的人也回来报告，说自卫队要帮着八路军游击队到石窑村征粮，在天明前把粮食运走。卧底走后，牛魔头几个人觉得事不宜迟，应尽快动手。后来王副团长出了一个招儿，就在村外等着，待他们把粮食拉出来后再动手，连人带车拉回来！

天不亮他们就兵分两路，分别到两个村外的路口埋伏好了。牛魔头派出了探子到北刘村的村边侦察。

东方天际刚露出一抹光亮，村大门就打开了，从里边走出了一个慢腾腾的牛拉车队，后边还有十几个武装人员押送。出村没走多远，就听见路边传来了喊声："站住！缴枪不杀！"随后就是砰砰两声枪响。赶车的人和护车的人看到有人武装截车，趁着未褪尽的夜色，拔腿都往回跑，边跑边喊："八路来抢粮啦！八路来抢粮啦！"皇协军就照着人跑的方向开枪，跑的人也往回射击，这时候村里传来了三声震天的铳响。人跑光后，皇协军就停止了射击，到了车跟前一瞧，十几辆车上拉的满满都是麦子，足够吃两个月的。他们赶着粮车就往回走。刚走没有多远，就听见石窑村方向也传来了密集的枪声和铳响，牛魔头就知道那边也截到了粮食。他骑在马上喊了声："弟兄们快走，他们已发出了信号，注意警戒！"他在前头带着车队往桥头兵营走，营长在后边领一部分人殿后。他们还没走出两里地，就听见后边有人追过来了，边追边开枪。牛魔头正要指挥人截击时，突然间就听见路两边有许多人在喊："放下粮食！不放下就要开枪了！"

牛魔头以为是八路军游击队来了，就翻身下马命令开火。顿时双方枪声噼里啪啦乱响，队伍乱作一团。随后两边就传来了喊声："抄家伙！"牛魔头一瞧被包围了，还有手榴弹，知道遇上强手了，喊了声"撤退！"就骑上马先跑了。没跑多远，一颗手榴弹在他骑的马前爆炸了，他瞬间被掀翻在地。皇协军一瞧团长跑了，也拔腿就往桥头方向跑，昏暗中躺在地上的牛魔头被脚踩马踏，不一会儿就没了气儿。

北刘村联保长刘文富把给镇公所送粮的车队送出村，还没有回到保公所，就听到村外传来了杂乱的枪声。一想坏了，有人截粮车，赶快叫人点"三眼铳"，给负责乡下治安的自卫队报信。光靠自己村的武装粮食是夺不回来的。震天响的"三眼铳"声刚落下，就听见跑回来的人喊："八路军来抢粮了！"刘文富原本是想趁着早起天凉爽把粮食送过去，不误村民回来吃晌午饭，这早去早归，早完成征粮任务，也好得到赵天祥会长的奖赏。这粮食要是被抢喽，自己咋着向镇上和村民交代？就带着跑回来的送粮人出村追去了。透过东边渐亮的晨光，看见截粮的队伍都扛着枪，有骑着马的军官在前头带领，一瞧就是正规军队。他就叫村民在队伍的后边追着他们的屁股打，想把他们吓跑把粮食给丢下，没想到人家不理睬他们，一边回击一边往前走。正在这个时候，突然间路两边的暗影里跑过来好多人，然后就是枪声和手榴弹的爆炸声。截粮的队伍一看被人家包围了，就边打边退，不一会儿就丢下粮车和死伤的人，跑得不见了人影。

这时天已渐亮，光影下看见围在粮车边的是自卫队驻扎在南刘村的队伍和周围村庄自卫队的队员。地上躺着的都是穿着皇协军军服的军人。这时就听见有人大声喊："有北刘村的人没有？"

刘文富赶忙从后边跑过去说："有！有！"

"咋搞嘞？给皇协军送粮也不知会一声！恁看这误会闹大了！"自卫队驻扎在南刘村营的营长谷满仓大声地呵斥道。

刘文富慌慌张张地说："不是给他们送的粮食，这是征的夏粮，往镇上送嘞！"

"啊？是这回事儿啊！"谷满仓恍然大悟的样子，举起手里掂着的匣枪对着几个受伤的皇协军说："你们干啥不好，敢抢缴给镇公所的公粮！是不是不想活了？你们长官嘞？"

"跑嘞！"

话音刚落就听见前头有人喊："长官在这儿嘞！"

谷满仓带着人走过去，踢了踢躺在地上纹丝不动的牛魔头见没有动静，就用手试了试鼻孔和嘴，感觉已没有了任何的气息，就问受伤的皇协军："你们的长官叫啥？""叫牛团长！"

谷满仓长出了一口气，大声地说道："这就是大名鼎鼎的牛魔头啊！看来贼性不改，死了也活该！"

谷满仓向刘文富一招手问："刘保长你说咋办吧？"用手一指躺在地上的死者和坐在车上受伤的人。

刘文富一看死伤这么多人，心里就一阵阵的惊恐，声音颤抖着说："恁说吧。"

谷满仓满脸严肃地说："那就按老规矩！死者恁村出点慰问金和埋葬费，受伤的给人家出点粮食养伤，不够的由自卫队从会费中补足。皇协军截粮的事儿，恁回去给镇上汇报，我回去给俺总队长汇报，恁没听见石窑村也发了信号吗？那里可能也出事儿了，俺得支援他们去！恁看咋样儿？"

刘文富瞧见本村的村民和粮车都没出事儿，就赶忙说："中！明儿就给恁送过去！"又看见躺在地上的皇协军，问道："他们咋办？"

"叫他们回去叫人来，把死人抬回去！有事儿找日本人说去！"谷满仓指着受伤的皇协军说："你们回去给长官捎个信儿！再来抢粮就把你们的兵营给端喽！不信咱走着瞧！"说完向自卫队员下令道："把他们的枪下喽！撤退！"手里拿着红缨枪的队员跑过去把死伤的人身上的枪和子弹摘了下来，高高兴兴地跟着队伍走了。

当天后晌，昭关县司令部日本军官来调查处理抢粮事件。日本军驻龙泉镇宪兵队队长石川在镇公所召开了调查汇报会，把各方述说的事情发生经过记录了下来。又到桥头的皇协军军营里了解了事情的原委，一并去给松田大佐汇报去了。这次抢粮事件，共造成牛魔头伪军死伤九十余人。自卫队除去打死的两个卧底伪军，受伤的有二十多人外，无其他损失。为了不影响夏粮的征收，第二天日本司令部就下令对桥头皇协军进行改编，全部划归华北治安军第二旅建制。张万山的"打魔"连环计至此圆满收官。

抢粮事件发生后的第五天，驻昭关华北治安军第二旅陆旅长，通过县财政局副局长田善渊（田善渊因为田希微的事已被降为副局长）的引荐，派他的副官给自卫队送来了委任状，委任张志和为治安军第二旅驻龙泉营营长，全权负责维护龙泉镇乡下的治安。

这节外生枝，弄得张志和很恼火，我们本来就是维护当地治安，跟治安军有啥关系？又不给武器弹药又不给给养，还担了个伪军的坏名头。后来谷子贵说："这说不定是治安军给咱下的套！接受了委任便罢，一旦推辞掉，那他们以后逮住机会就会收拾咱们。咱先别急着推辞，让牛海龙请示组织后再说！"

牛海龙请示后得到了组织的许可，认为先接受下来稳住再说，就是不要配合他们的军事行动。

第二天，张志和就到驻在昭关的治安军旅部，提出了接受委任的三个条件：一、自卫队成员都是以种地为生，不是军人，不离开自己的家园去打仗。二、自卫队成员承担着税和捐，治安军不得到龙泉乡下征丁和征粮款。三、治安军不得随便到自卫队的防区骚扰百姓，如果造成不良后果，由他们自己承担责任。这不软不硬的三个条件，陆旅长思考片刻后便答应了下来。收编他们的原意本来就是要收买他们，不要跟治安军对抗，以便各得其所。

三十八

　　龙泉镇沟沟壑壑的地下，埋藏着大量的煤炭，煤头最低只有两三尺高，最高不过五六尺，不适合修建大型的煤矿，只适合进行小规模挖采。久而久之就有了三十多家有实力的家族开起的煤窑，大都集中在沙坡岭东的半坡和酸枣沟的沟沿上，大小煤窑足足排了有十五里地长。出沟就是沙坡岭上的南北官道，交通方便，生意异常红火，昭关县周围十几个县的民间用煤都出自此处。这里到处都是挑货郎担卖针头线脑和胰子毛巾的、开小饭馆和车马店的；许多小生意也是非常红火。尤其是到了准备过冬的煤炭时，煤窑的绞车房和工棚里灯光彻夜不熄，十多里长的沟沿上灯火闪亮，反倒比龙泉镇里热闹许多。这其中规模最大的当数田道然家的田家窑，每天出煤少则一万斤，多则两万多斤。每篓肥炭五十斤，能卖到五六毛钱，就连瘦炭也能卖到四毛五分钱，刨去成本，一天就有一百多块钱的收入。排在第二位的就是马怀德家的马家窑了，他家的窑虽然规模不小，但是煤头低，所以每天出的煤不如田家的多。反倒是紧挨着他家的十几户人家小股凑的刘家窑出的煤又多又肥，收入也比他家的高。排在后边的就是离他们不远的胡家的窑了。其他家的窑都不如他们四家，大都是不好挖、出煤量少、质量次的窑。好多都是十几个小股本凑到一起，小打小闹挣个活泛钱。

　　自从日本人占了昭关县，近年把这里建成了"重要事业场"，在县域内修建了五六十座炮楼和几百里的封锁沟，阻断了与周围县的交通，在里边形成了一个武装森严的格子网，又施行了夜禁和严格的保甲连坐法，整个昭关县成了一个恐怖的囚笼。沙坡岭上的南北官道上终日有日本军装甲车在巡逻，没有了外县来买煤炭来来往往的人和车马，也就失去了往日的热闹，成了一个死气沉沉的荒岭沟。日本人还下了指令，凡是挖出的煤炭，必须卖给日本人开的煤场，民众再到他们那里去买。日本人收的价格是每千斤十块钱，再往外卖，中国人得掏每千斤十四块五毛钱，而且还是瘦煤，日本人每千斤足足赚了有四五块钱。还有，以前都是买家来到煤窑跟前拉煤，不用掏运费。现在可好，谁卖煤还得用车给送到二十多里地外的煤场去。送煤还得办准运证，办准运证得掏税，没准运证运输货物通通没收，闹不好还给你安上一个走私通共的罪名，家里还得拿钱来赎人；过滏水桥和各个关卡还得掏过桥费和各种的捐，这么一算下来，煤的成本就又上升了有三成，再加上人工成本，利润留成就少得可怜了。把窑封了吧，不舍得多年创下的家业；不封窑继续挖煤吧，等于是白给日本人干活，利润大部分都叫他们给挤走了。只有拿到了准运证，才能往来运输，但是办准运证的人不是别人，是龙泉镇新民会会长赵天祥的人，给办还是不给办，得由人家说了算。

别家的煤窑都是自己派车往冯村煤场送，但胡家窑却还有买煤人用车自己来拉煤，明显比别家的窑热闹，很让别家窑眼红。胡汉章虽然死了，但是他的小妾"大洋马"许莲花现在比他活着时还得势，就连新会长赵天祥也得听她的。人家身后站着宪兵队队长石川呢！其他家的窑主只能望洋兴叹了。

这三十多家窑主里最不服气的当数龙泉镇镇长马怀德和副镇长田善地了，都是镇上说话有分量的人，怎么他胡家就比我们强？田家自从闺女田希微从日本人的手里被救走后，在镇上一直不敢多说话，现在更是不敢对人家说三道四，只能在背后嘀咕嘀咕。马家就不同了，自己是镇长，儿子又是龙泉镇自卫团团长，也算是有人有枪，给日本人出过力的人，所以敢在人前发发牢骚，但是他也不敢到宪兵队说理去，只能把火窝在自己的肚子里边。

正窝着火的马怀德，没想到自家的窑内又出事儿了，挨着他们家的刘家窑挖煤时把马家的巷道给打穿了。在窑上管事儿的马家侄子，带人不但用枪把挖煤的人给打伤了，还把人家绞盘上的井绳给剜断了。这还不中，非得让人家再赔一千块大洋不成，不给就把窑给封喽！刘家窑是十几户人家的小股东，不敢跟马家硬扛，就托人说和，看能不能少赔点。但是找人说和也不行！最后中间人给刘家出了个主意，马家是镇上数得着的有钱有势的大户人家，就算你们这次把钱赔给了他们，两家窑紧挨着，以后他们想起来要给你们找事儿，那可是容易得很。再者现在开窑也不怎么挣钱，不如把窑卖给他们算了！这样不但不用出钱，还能得到一些补偿，以后也少了麻烦。刘家股东们虽然心里头有十万分的不愿意，但是都惹不起人家，每股分了几十块钱后，就把煤窑让给了马怀德。

得到了刘家的煤窑，马怀德一举成了镇上最大的窑主，顿时来了精神，也想着大干一场捞他一笔。就想着你龙泉镇新民会的章能开准运证，我龙泉镇镇公所的公章也能开。就找到了在一个院子办公的新民会总务股股长刘文虎。刘文虎在龙泉圣人学堂上过学有文化，赵天祥让他当上了新民会总务股的股长。他是前几年打入新民会里的地下党员，早已得到了组织上的指示，除搜集情报以外，要找机会利用马怀德和赵天祥之间的妒忌情绪挑拨他们，激化他们的矛盾，施行"反间计"，一箭双雕消灭这两个铁杆汉奸。马怀德来要几张空白准运证，他明白了他的用意，说："这个证可是个好东西，但是没有赵会长发话，我可不敢给你！要不你找找他，让他给我说句话？"

"我要能找他，我还给你说这些话干啥？"说完就递给了刘文虎一根烟，给刘文虎点上。

刘文虎从抽屉里拿出了一本空白准运证在他眼前晃了晃说道："这是啥？这就是金钱，但我不能给你！"说完又把空白准运证放回了抽屉里，站起身说："你等一会儿，我上趟茅房，回来咱俩再唠！"说完就躲开了，让马怀德乘机把空白证给拿走了。

有了准运证，不但像胡家一样不用缴税，而且还能把煤卖个好价钱，一千斤煤就能多赚三四块钱。

马怀德拿到了准运证，用镇公所的公章盖在空白证上，就交给了儿子马继先。马继先对准运证管不管用心里也没有底，就让人在官道上拦了一辆准备到胡家窑买煤的车。来买煤的人也没有经验，搁不住马家人软磨硬说，就听信了马家人的说辞：他们家的准运证和胡家的都一样，并拿出了盖着大红印的准运证让他们看马家的煤一车还能便宜两块钱，买煤人就答应了。装好车后，赶着车来到了滏水河上的石桥头要过桥，买煤人来到缴过桥捐和费的屋子里缴费，把准运证一给人家看，办事的人就问："你这是在哪里办的证？"买煤人说："在马家窑。"办证的人又说："把你买煤的完税证拿来瞧瞧？"这时买煤人才明白自己上了当。桥头皇协军拦住他恶狠狠地说："拿个假证欺骗皇军，把人和煤车都扣下来！"买煤人解释道："俺这是掏了钱买来的啊！恁可不能给扣下，回去不好给老板交代！"心里一着急就闯出去赶上煤车要走，这时一个在桥头站岗的日本兵过来就给了买煤人一刺刀。买煤人被刺中了胸膛，不多时就咽了气儿。

买煤人的家人来到桥头一瞧人已没了气儿，又不敢找日本人说理去，煤被卸下后，只好把尸体抱到车上，赶着车回家发丧去了。

事后，事主找到了马家窑，要他们赔偿。马怀德因为此事受到了石川的斥责，正在气头上，就大声地说："谁挑死恁嘞恁就找谁去！"耍赖不想赔偿。事主一看马家要孬，就喊着要到县政府告他去。马怀德不愿意把事情闹大，就咬着牙赔偿了人家二百块钱"准备币"了事。从此就对赵天祥独霸准运证捞钱的事情耿耿于怀。其实他看见的只是表面现象，赵天祥每给胡家或别人额外开出一张准运证，宪兵队长石川都要从得利中分得一半。

没隔几天，又有几家小股煤窑顶不住了。挖出来的煤没有人敢来买，往日本人经营的煤场送，一路上过关通融，运到那里挣不了几个钱，分到每个小股东手里更没有多少。一遇到井下事故，每股还得再往外掏钱。有些小股东就不愿意干了，吵吵着要把煤窑卖掉。

这个消息传到了龙泉镇自卫队那里，牛海龙听到后就动了心思，要是自卫队能接过来两个窑该多好，一来能解决会众里没有地农户的生存问题；二来也可以作为八路军人员来往于平原和山区两个根据地之间的临时居住地；三来还能增加自卫队的会费，给会员减轻一些负担。想好后，就跟大家商量。

张万山说："好是好！可是咱都没有弄过煤窑，不知道该咋着管才好？"

"这个你们放心！我十几年前在外就下过窑，那时候刚参加组织，在煤矿领导工人罢工，一干就四五年，直到被资本家发现后才离开了煤矿！"牛海龙笑着说。

张志和说："俺年轻的时候也下过窑，给窑主箍过窑筒子。咱这儿的煤层浅，有的地方往下打两三丈就见了炭，就是初次打井花钱比较多，一般人家开不起。咱听听谷老贵的意见吧！"

谷子贵思索了一会儿说："这是个好事儿！别人发愁卖不出去煤，卖给日本人又赚钱不多，咱要干就不存在这些个事儿！咱们出个大头，其他十三个村按股投钱，出产的煤炭，咱卖一部分留作经费，剩下的煤直接分给各村每个会员家庭，就当是分的工钱和红利。工人就由各村按需要人数分派，优先照顾没有地的会员，他们挣了工钱，也解决了养家糊口的难题。最关键的是过往的自己人有了一个吃住的地方，也减少了抗日政府的难题。这不是个一举多得的好事儿吗？"

张万山一听心里很是激动，就说："运煤咱不雇外人的车，就从自卫队里有车的人家找。实在愿意干，用人拉的车和人推的车也行，多少挣些运费还能养家糊口。在咱的车上插上咱窑的龙字号旗，路上也没人敢给找麻烦。咱在煤窑边垒个羊圈，在荒沟里养上一群羊，到了年节杀几只羊，咱的队伍还能吃上肉饺子。但是这挖煤是个危险的行当，得有一个得力的人手去经管才行啊！"

牛海龙一拍桌子说："你放过羊，对这事儿倒是上心，想得不赖！这些个事交给我，你们就把自卫队的事务处理好就行了！今晚我给上边商量商量咱再说，行不？"

当天夜里，开煤窑的事情就确定了下来，抗日县政府出大头在背后，自卫队作为大股东，其他十三个村自卫队作为小股东，以"龙字窑"的名称对外经营。

第二天前晌，牛海龙和张万山就一起到沙坡岭东的酸枣沟选煤窑去了。挑来挑去，选中了来往于两个根据地的小路边紧挨着的两座小煤窑。他们计划把两家窑的巷道打通，再在隐秘处开凿出一个通风斜井，在井口盖一座能供人住的简易房。没有情况时可在房间内活动，有了情况直接下井里躲避，三个井口又相通，都能出入，既安全又隐蔽。那两家窑主一瞧是自卫队要买，就报了个超低价，只用了一千多块钱，就把两座窑买下来了。自卫队还许诺凡是原窑的股东来拉煤，低于以前的价格，或以顶账的名义，慢慢地再给钱或用粮食顶也行。这样一来，皆大欢喜。

煤窑买下有半个多月，张万山接到组织上的通知，半夜有二十多人的八路军要通过这里到西山根据地去，让自卫队做好警戒，掩护过境。晚饭后特别行动队的队员都早早地先休息了，二更锣声一响，三人一组，就陆陆续续悄悄赶往预定地点执行警戒去了。张万山带着一个小组来到了最难走的老槐山下的小鬼道下，分散后隐蔽在树丛里，警惕地注视着周围的环境。

　　月亮就像是被咬掉一块儿的烧饼，悬在老槐山顶的大槐树上，山川田野上下变得一片惨白。今夜适宜行路，但不是一个执行任务的好时机，因为人在很远处就能早早地被发现。

　　张万山带人静静地等着要路过的队伍，等了大约一个钟头，刚要站起来伸伸酸麻的腿，从小鬼道上传来有人踩动山石的声响，他立马就警觉了起来。过往的队伍理应从山下来，怎么反倒是有人从山上下来了。再一想这条山路白天人一般都不会走，夜里更不可能有人走了。他赶快给在不远处的队员发了个信号，以引起他们的注意。他顺着刚才的声音往上瞧，看见有两个人，一前一后相跟着趔趔趄趄地往山下走，下到山根后，从地上捡起了一块小石头扔了过来。这一下子他就放心了，这是自己人发出的信号。他刚发出了回应的信号，忽然听到山上又隐隐约约传来了山石的碰撞声，一听就是来人没在山石杂乱的小道上走过。他一挥手，叫过来跟着他的三个人，做了个手势，告诉他们两人抓一个。那两个人刚走到了较平坦的路上，气儿还没有喘匀，就被藏在暗影里的四个人给按倒在地上，从身上搜出了两把手枪。这时候前面走的两个人又跑了回来，拽住地上两个人的头发往起一拉，月光下一瞧，在封锁沟的西边就见过他们，怎么一直跟到了这里？张万山把前面两人拉到了一边，问："你俩是干啥来的？"

　　"过来接人到根据地去，他们路不熟，我俩来带路的！"二人心有余悸地说，又问道："这俩人咋办？"

　　张万山说："你俩先接人去，这俩人由我们来处理！"

　　二人握着张万山的手，接连说："谢谢了！谢谢了！"

　　这两个被抓的是昭关县特务队的人，常在封锁沟与根据地的交界处侦察八路军的情况。今天在交界处正好遇上了根据地派来接人的向导，他们风尘仆仆的样子，一下子就引起了这两个特务的注意。天快黑时，两个向导在封锁沟西侧的树林里就发现了这一胖一瘦的两个人不寻常，还以为是附近村庄的人在等人，就没有引起足够的重视。天黑后就从不远处的一个小山冈上爬过了那段没有水的浅沟。过沟后还警惕地留意着身后有没有人在跟踪，一直到了神麇山下也没有发现跟在身后的两个特务。

等过路的自己人走后，张万山就给两个特务说："把你们送回昭关去，不老实就打死你们！"然后把他们的嘴堵上，推着他们就上了山。翻过了神麓山，往昭关县城的方向走了二里多路，来到了村里人挖瓷土留下的一个废井旁。张万山做了一个手势，两个队员从后边把两个特务的脖子给掐住了，队员们都是练过鹰爪功和铁砂掌的人，不一会儿两个人都软绵绵地躺倒在地上。张万山上去挨着摸了摸脉搏，确定已死，一脚就把死尸蹬到了废土井里，另一个队员上去把另一个死尸也蹬进了井里。

四个人趁着苍白的月色，又翻过神麓山，回到了土地庙。

刚征收完枪炮捐和飞机捐，镇新民会和镇公所又召集镇上有关部门和各村保长，召开了征收秋季粮款会。散会后新民会会长赵天祥带着手下干事刘文虎和四个警备队员，又到酸枣沟检查，找找近来开煤炭准运证的收入下降之原因。

他们骑在马上从沟的南头往北巡视了一遍，看到沟里沟上虽然冷清，但是三十多座煤窑都在出煤。

赵天祥下马走进税收办公室，税管员和驻所的警务人员一看会长来视察工作，赶快站了起来，又上烟又递水，给赵天祥介绍起整个煤窑的税收情况。以前没有施行煤炭专卖时，只是每月缴定额的税款和捐费，有了摊派另行再征收，这里并没有设这个机构。现在实行了煤炭专卖和准运制度，不但税费增加，附加费也增加了不少，为了方便征收，才在这里就近建了一个派出机构。

赵天祥和所里的人闲聊了一会儿，一看和以往没有啥变化，就走出门来，到了设在大门口的开准运证的屋子。刚坐下，就有一个满脸横肉的人来开准运证。开证的人就叫他先去缴税费，还在他的脚上踩了踩，意思是上司在。那人一回头看见坐在椅子上的赵天祥和站在后边的刘文虎，摇了摇头就走了。赵天祥看出有些不太正常，就问开票的人："刚才走的人是谁？"开票人说："他是马家窑的人。"赵又问："咋以前没见过他？"开票人回答："他不是咱镇上嘞，是他们家雇的人。"赵天祥说："一看就不是个善茬！是不是他没报税你就给他开过准运证？"开票人连忙摆手说："会长！没有没有！"赵一看他紧张的样子就知道是咋回事儿了，不动声色地说："没有就好！这是皇军的大事儿，可不能马马虎虎！来！把票本给我瞧瞧！"开票人战战兢兢地把正在使用的和用完的准运证票本递给了赵会长，会长看都没看，就递给了站在身后的刘文虎说："你核对看有错的没有，把没有税号和重号的记下来，到开税票的那里对对去！"

刘文虎正一张一张核对着的时候，突然就进来一伙人，领头的是窑上主事儿的马家外甥，一进门就喊谁不给开证。

赵天祥大声说道："我不让开！"

马家外甥一看旁边站起来一个人，就对着他喊道："你为啥不让开？"说着就解开了衣扣，露出了腰带上别着的匣枪。

赵天祥一看他要横，就对着门外喊："来人！给我抓起来！"说着就伸手把后腰上的手枪抽了出来。

马家外甥欺负人欺负惯了，就不知道天高地厚了，瞪着眼咬着牙说："你敢动枪？"说完也把匣枪抽了出来。

刘文虎看时机来了，知道这个傻蛋不认识赵天祥，就往上加了一把火，对马家外甥说："你个王八蛋！知道他是谁吗？"

"我管他是谁？谁挡道我就毙了谁！"马家外甥把手中的枪往上一挥，双目圆瞪。

赵天祥一看警备队员没进来，就知道被人给堵在了院子里。一听他骂自己，心里就沉不住气儿了，照着马家外甥就给了一枪。那小子也是练过功的人，反应快，一闪身就躲开了。回手一枪就把赵天祥给打中了，扑通一声，赵就躺倒在地上。外边的人一听到枪声，感觉到了事态的严重性，就对着挡他们的人开了枪，有两个警备队员冲进屋里对着马家外甥开了枪，顿时屋内血肉横飞。

这一下子事儿就闹得有点儿大了，门里死了两个，门外被警备队员打死两个。刘文虎满身满脸都是血迹，赶快骑上马跑回去报信儿去了。剩下的四个警备队员和税警们拿着武器在大门口和房顶警戒着，以防有人再来找事儿。

刘文虎骑着赵天祥的东洋大红马跑回了龙泉镇，刚走到东大门，就看见自卫团中队长田虎在执勤。他把田虎叫到马前，喘着粗气说："赶快告诉马镇长和马团长，他们家在煤窑主事的外甥共有三个人被打死了！"说完就一拍马屁股跑了。

刘文虎又骑着马来到了宪兵队，把赵天祥被马家人打死的经过添油加醋地说了一遍。宪兵队长石川一听就火了，通知特务队长曹子谦集合队伍到酸枣沟马家煤窑去抓人封窑，他自己和秦先河带着日本宪兵队和警备队亲自到镇自卫团去抓马家父子。马继先和马怀德正在自卫团团部召集人马，要去煤窑抓人。因为他们并不知道是谁把自家三个人给打死的，所以气焰嚣张地挥舞着手枪，呼喊着去报仇。这一幕正好被来抓人的石川看见了，掏出王八盒子砰砰两枪，马家爷俩还没有弄明白咋回事，就一起躺倒在了地上。马怀德胖大的身躯蠕动了几下就断了气儿。日本兵进去就把院子里的自卫团团丁们给包围了。石川走过去捡起马光蛋掉在地上的手枪，用脚踩着他的手骂道："八格牙路！你们想造反地干活！"扭头喊了声："刘二狗！"

"在！"刘二狗战战兢兢地从屋里跑了出来。

"你地，现在是团长！先把枪集中起来，重新整顿队伍，鉴别完后再把枪发给他们！"又回头喊："秦队长！"

秦先河赶快答应一声，扒开人群，从大门外走了进来。

"你地负责好镇内的治安！不许再出差错！"石川下完命令，把手一挥，带着日本宪兵到酸枣沟警税所去了。

日本人一走，刘二狗赶快派人把马怀德的尸体搬进了屋，又派人抬上马光蛋到慈仁堂找陈有贤医生治伤，把自卫团的人集中起来发了几把枪，把剩下的枪集中起来锁到了团部，开始了声色俱厉的训话。当天夜里刘二狗就偷偷地跑到谷子贵家，问下一步的计策。谷老贵高兴地说："从现在起，进出镇门和办事就方便多了，自卫队和自卫团就可慢慢走到一起，下一步你的任务就是一个'稳'字，先稳一段，我再安排你新的任务。"

自卫队的"反间计"除掉了龙泉镇两个大恶人，马继先侥幸捡了一条命，不过自卫团长是当不成了，老爹也死了，以前的嚣张气势也大大地衰落了下去。

┤ 三十九 ├

　　自从去年入夏以后，老天就没有下过一场雨，秋季收成减产有一半以上。中秋前后凑凑合合算是把麦种耩到了地里，入冬前长出的麦苗稀稀拉拉就没有多少。入冬后，农人们满心盼着老天爷下一场大雪，把这些好不容易长出来的麦苗给保下来，没想到一直等到了来年的清明节，也没见老天爷给掉下一滴雨来。一直盼到了谷雨后，却盼来了稀疏的筷子高的麦苗下许多蹦蹦跳跳的蝗螂。有经验的老人就知道今夏麦季的收成有十之一二就算是谢天谢地了。看着那些一天天长大的蝗螂小精灵，由一寸长的通红色，眼瞅着褪去了红壳，在土里翻滚蠕动着，很快颜色由红色变成了黄褐色。当颈部有了绿，薄薄透明的翼翅就长了出来。

　　在灾害频仍、战乱不断的年代生活了五十多年的张志和，也知道这场特大的旱灾是躲不过去了。今儿晌看着年轻的武装队员练功时萎靡不振的体态，就感到了问题的严重性。如果叫队员们再往外拿会费和粮食来，显然是不中嘞！这队员们长期吃不饱，队伍没有了战斗力，龙泉乡下的农人们就失去了保护，日伪军一旦起了杀心，这后果可就严重了。这件事儿愁得他在土地庙里里外外走了好几趟，看了看伙房给武装队员做的菜粥和不多的黑窝窝头，就摇了摇头回家去了。

　　张志和一家正在吃饭，谷子贵背着双手，嘴里叼着一根纸烟，走进了张家门。看着蹲在地上和堂屋里吃饭的张家父子说："哟！今儿人挺齐全啊！"

　　张万山赶忙站起来说："老贵叔来嘞！"扭头对着厨房喊道："娘！给老贵叔盛碗饭！"

"别盛！俺吃过了！"谷子贵赶快阻挡。说完就来到围着一张小方桌吃饭的三个小孩子跟前说："学明！来叫爷爷看看你吃嘞是啥饭？"

张万山的儿子学明站起来举起碗说："爷爷，你来尝尝！"

谷子贵摆了摆手往碗里瞧了瞧说："行，吃嘞不孬！玉米面洋槐花苦累拌蒜泥儿，如果再有点儿小磨香油就更好吃了！"说完把背在身后手里拿着的一串黑乎乎的东西伸到了孩子们的面前说："你看这是啥？"

"羊肉串呗！"小学明不假思索地说。

"来，你尝尝！"谷子贵把肉串递给了孩子。

"是肉串！"学明接过肉串尝了一口说。

"好吃不好吃？"谷子贵问。

"好吃！"学明一说好吃，坐在旁边的另外两个小孩都过来要吃，一人一口，不大会儿就把肉串吃光了。

谷子贵摸了一下小孩子的头，就往上房走。张万山跟在后边，也来到了爹住的堂屋。

张志和用手背抹了一下嘴唇说："老贵！来就来吧买啥肉串！吃了没？"

"在家吃了，没事儿过来看看。你咋不在土地庙吃？"谷子贵坐到对面的椅子上不解地问。

张志和叹了口气说："库里快没有粮了，孩子们都年轻，每天还要练功站岗，每顿只能喝一碗菜粥，吃两个小杂面窝窝头，都不够吃，我咋能给孩子们抢饭吃嘞？我和万山都回家吃！"

谷子贵看了看张万山碗里的饭，发现颜色和他爹碗里的不一样，就问："你吃嘞啥？"

"槐花苦累啊！"万山回答。

"你们家吃的是两样饭？"

"对啊！俺家一直都这个样，孩子和爹吃的一样，剩下的俺们都吃的一个样。这还多亏万水在田家油坊挣回来点粮食和豆饼子，要不然连这饭都吃不上！"他觉着有点愧对弟弟，自己一心扑在了自卫队的事务上，不能给家里挣回些粮食来补家用。

谷子贵唉了一声说:"这两天满囤也在家里吃饭,一问才知道会里缺了粮!这不,过来给恁都商量商量看该咋办才好。长此下去恐怕队员的心就散了,没饭吃了还不各奔东西找食儿去?"

张志和说:"俺正为这事儿发愁嘞!咱自卫队本就是穷苦人的,自己都吃不饱饭,哪儿还有钱和粮来缴会费?要是不参加自卫队,那捐税又重得很,他们更活不起了。但是都不缴会费,咱们几百号武装人员咋生存?俺算了算,要使这六百多号人都不挨饿,每人一天最少得六两粮食,一天就得二百多斤,一年就得有六七万斤粮食才中啊!俺琢磨了好几天也没有琢磨出个所以然来。依你们看咱该咋办?"

谷子贵笑了笑说:"这个账我也算过,要是在平常年月还好说,凑凑合合就行。去年就是个饥荒年,收成少先不说,光是缴税捐就压得农人们抬不起头来!今年更邪乎,麦收又没了指望,现在种地的连饭都吃不上,全靠着粗糠麸皮和野菜过日子。我今儿来就是说这件事儿嘞!咱先商量个办法,然后再给海龙商量!"

"老贵叔!要我看实在是不中了,咱把存着的金条先拿出来买点粮食救救急。"张万山把碗放到桌子上说。

谷子贵说:"把那金条卖掉换成粮食,确实是当务之急!你们知道今儿前晌日本商行的米价涨了多少?足足涨了有三成!今年又是个大灾年,粮价肯定要大涨!咱不如趁还没有大涨的时机,多换些粮食存起来以备急用!要不然钱越来越往下贬,粮食越买越少。钱花了咱慢慢地再想办法,咱的自卫队散了伙,再往起拢那就难了!"

"那你说咱找谁去兑换粮食嘞?"张志和问。

谷子贵说:"现时老日的粮食专卖,从他们那里买太贵,要我看咱偷偷地找田道然家!咱给他家还有点儿交情,以借粮的名义,从他们家里兑换,是不会拒绝嘞!"

张志和一拍桌子说:"就这样办!不管咋说也不能叫日本人和汉奸们知道喽,兑换出来存到哪里咱得好好琢磨。"

"这个我已经盘算好了,现在刘二狗当了自卫团团长,他听咱嘞,往外运都不成问题,夜里出了镇就是咱们的天下。第一,咱不换麦子。只换小米、黑豆、玉米和高粱，再换些油和花生饼、豆饼，价钱低，换回来的东西多。这些粗糙的粮食在他们家都是喂牲口的，但在咱的嘴里，那可是救命的东西嘞！第二，兑换出来后，咱就分散到三个营部或找牢靠的地方藏起来，千万别让老日的给抢走了。三一个，趁现在春天有野菜和树叶，减少训练次数，抽出空来让年轻人到山上和沟里多挖些野菜和树叶，搭配着吃。你们猜猜我刚才给孩子们吃的是啥肉串？是我来的路上看见几个孩子在路边烤蝗虫吃，闻着香得很，我就给他们要了一串。这家伙现在地里有得是，咱不能也逮些烤着吃吗？那可比高粱面和粗糠好吃多了！咱就来一个细水长流，保准队伍不会解散！你们看咋样儿？"谷子贵滔滔不绝地把自己的想法说了出来。

张万山听完说道："这个法子行！事情宜早不宜迟。爹！你赶紧给牛海龙商量，老贵叔找田家问问，看能不能尽早办成。俺给队员们交代交代，逮些蝗虫烤烤试试！咱分头行动，以免夜长梦多失去了好时机！"

谷子贵刚站起身来要告辞，突然间就听见龙泉镇北边传来了刺耳的声响，屋里屋外的大人和小孩子都被这巨大的声响震得站了起来，不知道发生了啥事情。声响片刻后渐渐弱了下来，当快要消逝时，又突然升高。一高一低连续好几次。谷子贵看着面面相觑的张家人说："看来老日的要开始大干一场了！"

这时的张万山也明白是咋回事儿了，说："这是不是河北边日本人的发电站发出的声音？"

"对嘞！发电站一建好，煤矿有了电，老日的在咱昭关所谓的'重要事业场'，才算是真正嘞建好了！下一步就该从地下狠狠地往外挖煤嘞！"谷子贵无可奈何地说。

这时张志和反倒是松了一口气说："俺还以为他们要向咱下手嘞！吓俺一跳！咱先经管好吃饭的事儿再说吧！"

"我现在就去找田老爷，给他商量兑换粮食这件事儿，有眉目了我知会你一声儿！"谷子贵说完后，站起身来就走了。

兑换粮食对双方来说都是好事儿。自卫队解决了吃饭问题，田家也解决了只能低价卖给日本人的问题。这些粗粮，田家原来大部分都是卖到外地去或留下给牲口吃。现在封锁很严，粮食又专卖，正发愁卖不到一个好价钱，现在自卫队谷老贵一说，哪有不兑换之理？粮食大部分都在油坊仓库，趁现在没有派来新民会会长和新镇长之机，夜里偷偷运输也方便，田家当时就痛痛快快地答应了。

自卫队和田家兑换完粮食后的第五天，龙泉镇就有了新镇长和新的新民会会长。新民会会长就是大名鼎鼎的"大洋马"许莲花。镇上的人都议论纷纷说：胡家把这个职位给包圆了，转来转去又回到了他们家。许莲花和日本宪兵队队长石川的关系不清不白，而这几年自胡汉章死后她也没闲着，在龙泉镇各个角落里安了许多眼线，拢聚势力，一心想报胡汉章被截杀之仇，这个权重位显的职务自然就落到了她的头上。

新上任的镇长是昭关县派来的，叫高德全。自从他来到龙泉镇后，吃住都在宪兵队里，有事儿就通过特务队的人传话，从不在街面上露脸，反正是神秘得很。自卫队里的人只有张志和在迎接会上见过他一面，谷子贵他们叫张志和描述了一遍，大略知道了此人有40岁，不高也不矮，不胖也不瘦。红脸膛上长着一对儿往外鼓的斗鸡眼，尖尖的鼻头下是薄薄的嘴唇。用张志和的话说，从面相上看，这是个很精明的主。因此，自卫队和抗日政府的人都提高了警觉。

他一上台，正是征收夏粮的时节，眼下又赶上了前所未有的特殊困境。从黄河南一直到整个华北大部分地区，经受了严重的干旱，后又发生了更加严重的蝗灾。战乱和复加的灾害，一下子把民众们逼到了生不如死的绝境之中。

龙泉镇南门外的打谷场上，零零落落整理场地的人不及往年的三分之一。自卫队队长张志和、张万山站在场头看着武装队在训练，营长苗金虎站在一旁纠正着动作。这时就听见身后有人喊："志和哥，天这热还练个啥劲？"

张志和一回头见是本村人张德虎，说道："不练咋办？割下了麦子谁给恁看着？"

"还割麦子？今年叫薅麦子还差不多！薅回来三捆两捆嘞根本就不用人看！"张德虎说。

这时，天空中传来一阵低沉的嗡嗡声响，和着土腥气，越来越重。他们不约而同抬头一看，只见东南方向几十里宽的一片黑压压的云层，向龙泉镇这边急速地飘过来，又像是铺天盖地的沙尘暴席卷而来。张万山从没见过这个阵势，喊了声："爹！快看沙尘暴！"

张志和抬头一瞧，马上冲着场上训练的队伍喊："蝗虫老爷来了！快往回跑！"话音还没落，蝗虫就像瓢泼大雨，噼里啪啦打在了他们身上，一会儿就爬满了全身。整个山川大地都失去了原色，就像是到了世界末日。

原本天不怕地不怕的张万山，也被这突如其来的情景给吓住了，他本能地舞动着双臂，用上了从云清道长那里学来的招数，阻挡着蝗虫扑向自己。虽然他每一掌都能打掉十几个甚至几十个，但蝗虫实在是太多了，瞬间身上就被这些鬼东西给沾满了，就像披上了厚厚的软甲一样，裹挟得人喘不过气儿来。他把双膀使劲儿一晃，粘在衣服上的蝗虫像是泥巴，噼里啪啦往下掉。但这一层刚掉下去，马上又粘上一层，没完没了。他喊了一声："爹！往回跑吧！"一边喊一边朝着土地庙的方向连蹦带跳地跑去。脚踩在地上就像是踩在泥坑里一样，扑哧扑哧的。耳边就像是千万头老牛吃草时的咀嚼声，又像是蚕吃桑叶时的沙沙声，还有人们恐怖的惊叫声。慌乱中走到了一堆干谷草旁，突然间就想起了老贵叔给孩子们吃的烤蝗虫。他从衣兜里掏出了一盒洋火，拨拉开谷草点着。腾起的烟火让身上和火堆周围的蝗虫纷纷逃离，顿时周边清亮了许多。飞来飞去的蝗虫不住地往火堆里掉，响起了吱吱啦啦、噼噼啪啪的声音，空气中散发出一阵阵焦煳的肉香味儿。这时的张万山才从惊骇中清醒过来，对着谷场大声喊道："快往这儿来！"

惊慌失措的人们透过密密麻麻的飞蝗，看到了燃烧的火堆，都不顾一切地往这儿跑。张万山把谷草点着扔向周围，以扩大着火的面积。周围的人们终于找到了一个能躲避灾难的安全岛。不一会儿，火堆周围站满了人。

掂着镢头的张德虎看着满天遍野的飞蝗和周围的人群，跪到地上不顾一切地哭了起来，嘴里还念叨着："蝗虫老爷唉！恁一来可就要了俺嘞命唉！恁今后叫俺都咋过嘞唉！"

蹲在地上的苗金虎对着张德虎喊了一声："别哭了！光哭有啥用？"说着从火堆边捡起了一只烧焦的蝗虫，一边嚼着一边说道："它吊吃咱嘞！咱吊也吃龟孙它！"他这么一说，围在火堆边的人都到火堆边捡烤焦的蝗虫吃，不一会儿就吃得满嘴流油。

不知不觉中四周飞蝗稀落了，天也渐渐地有了亮光，他们抬眼看见黑压压乌云一般的飞蝗，扫过龙泉镇，随后就分为两片，一片顺着山势一路向北飘去，另一片拐进了山口向西北飞去了。收回视线，人们又都被眼前的景象给惊呆了，原本熟悉的山川田野一下子都变得陌生了。树木只剩下光秃秃的树干和枝条，山坡上、野地里原来枯黄的草也不见了踪影，只剩下了干裂的地表和枯根；近处的田地里原来快要莠穗的谷苗，黄绿色卷曲的叶片不见了，只剩下了半截谷秆，歪歪斜斜地倒在地里；谷场上临时搭建的苇席棚和挂着的草帽也被飞蝗咬得破败不堪。整个田野原有的生命迹象都不复存在了，变成了一个死气沉沉的荒漠、一个劫后余生的恐怖世界。

---| 四十 |---

这场来势迅猛的特大蝗灾，使原本灾情严重处在饥荒中的龙泉镇民众雪上加霜。不管你是富户还是穷苦之家，在这场灾害面前，都没能幸免。损失最大的当是那些地多田广的地主老财，几百亩甚至上千亩的庄稼倏忽间竟然颗粒不存。但是他们仓里有粮，库里有钱，生存不会受到大的影响。飞蝗灾害下最不堪的就是那些贫穷之人，他们没有土地或只有很少的一两亩的贫瘠旱地，虽然受不了多大损失，但他们家中本来就没有余粮以填肚腹，全靠山坡上、田地间、渠沟旁和荒草地里的野菜、水草、树叶，再掺杂一点儿粗糠麸皮和豆渣、豆饼过日月。而这无情无义的飞蝗，把他们保命的最后一点儿吃食都给夺走了，他们又一次被推进了一个欲哭无泪、欲喊无应的绝望境地。于是他们只好拿起木棍，在上边绑上一片鞋底或拿上一切应对之物，全家出动来到地里，疯狂地追打留在田地和荒坡上的蝗虫，捉回去或烤或干炒，再配上沟壑溪水里抢采回来的一些叶子和水草来充当果腹之粮。而田野里剩下的植物都是有限的，在庞大的灾民面前更显得微不足道。

这一次灾后的悲惨景象，令张万山望而生畏，他听到西山根据地也遭受了旱灾和蝗灾，只是因为高山的阻挡，没有昭关丘陵地界的严重。看到在多重灾难里挣扎的乡邻，就想到了住在缺水少粮山区的妻子田希微和幼子怎么生活？每当从田家庄门前的街上路过时，他就想到了田家粮仓里堆积如山的粮食，就有了找田家借些钱粮送到西山里去的想法，但是每次都被他那强烈的自尊心给阻挡住了。

现在看着一拨又一拨饥民，心里就越来越感到沉重，觉着自己那点儿自尊，在连生命都没有保障的饥民面前显得一文不值。琢磨了两天，他终于下了决心，要找田家借些钱粮送过去。他想应该去昭关找田希微的二叔借，因为她被救走的内情他多多少少知道一些，另外他还有其他事情去找他。于是第二天，他就坐着田家往昭关田家粮油店送油的牛车去了田希微的二叔家。

赶车的人不是外人，就是自己的兄弟张万水。现在的万水不只是田家油坊的雇工伙计，还接替田希微，担负了和田善渊财政局副局长地下联络的任务。因为他经常来往于昭关县城和龙泉镇之间，传递情报非常方便。

进了昭关县城，万水赶着车去粮油店送油，张万山径直就去田善渊在城南的家里了。开门的不是别人，是熟人王保山，两人寒暄了几句后，张万山问："田二爷在不在？"

"今个儿是礼拜天，二爷在上房看书哩！"王保山朝上房喊了一声："二爷！有人找！"

张万山脚还没有踩到上房的台阶，田善渊就从屋里走了出来，一瞧是张万山，脸上就带了笑，赶忙说："我当是谁嘞？原来是你呀！快进来！"边说边把张万山让进书房，回身把屋门关上，问："你没来过我家，咋着找到嘞？"

张万山说："俺坐万水送油的车来嘞！一说恁家的位置和门口的特点，不用问就找到了！"

"咋？今来找我有事儿？"他的弟弟是联络人，也大概能猜出他也是共产党内的人，但按照规定不能相互问身份。

张万山毕竟是找到人的家里来求借，可是又都不能明说，脸上就带了不好意思的迟疑神态。

田善渊虽然和他交往不多，但经常听家里人说张家老大怎么怎么好，能耐有多么的大，不但救了小侄孙，还把老爷子从鬼门关给拽了回来。他们组建的龙泉镇自卫队，在昭关早已是家喻户晓，就连日本人都对他们投鼠忌器，三思而行，心里早就对他有了好感。现在看他犹豫不决的神情，知道他肯定是遇到了难处，就问道："咋？凭着咱两家的交情，你还有啥不好张口嘞！有事儿尽管说，只要是我能办到的肯定答应你！"

张万山抹了抹下巴说："田二叔，你看现在乡下遭了旱灾和蝗灾，到处都是饥民，前一段自卫队因缺粮，刚与你田家兑换了几万斤的粗粮。我一个亲戚家也遇到了难处，来找俺借钱买粮，但是自卫队兑出的粮食是公粮，俺不能借。想来想去找到了你这里，看能不能借给点儿现钱，让他们救救急！"说完就瞪大眼睛看着田善渊的反应。

　　田善渊也是久在官场上混的人，与三教九流都打过交道，察言观色也很老到。张万山这种刚正不阿的人，找到自己这里来为别人借钱，他一琢磨就知道和自己的侄女田希微有关了。她被救走后，不管是藏到了哪里，现时到处都是灾荒的情况下，在家里养尊处优的她日子肯定是过不下去了。看着张万山犹犹豫豫的样子，就猜到自己的侄女肯定就是被他给救走嘞，只是出于各种原因而不能把实情告诉自己罢了。他就面带笑容顺口问道："是不是我家希微遇到了难处，叫你来借钱买粮食？"

　　这是原则问题，不能给任何人透露她的处境，以免出意外。他就赶快说："不是！是俺的亲戚家里遇到了难处，俺又没钱，才找到了恁这里。"

　　田善渊也就不好再追问下去了，问道："你想借多少？"

　　张万山回答："二百块钱！"

　　田善渊心里就算开了。如果借现大洋二百块够用，但是不好带。如果是临时政府的"联银券"也买不了多少米，根据地又不能用。最好是给法币和银圆，法币日占区不能用，但是根据地可以限制使用；银圆是硬通货，到哪里都能使用。想到这里说："这样吧！给你大洋一百块，再给你法币五百块，不够用了咱再说！"

　　张万山一看不仅答应了要求，还多借给了这么多，激动地站了起来说道："那太好了！等俺有钱了一定还给你！"

　　田善渊看着他那副激动的样子，笑着说："不用还！"

　　"不！一定还！"张万山回说。

　　田善渊心里想，要是为侄女借，还用还吗？要是为组织借，那就更不用还了！所以他要做个顺水人情，坚持说："这个钱不用还，你实在要还，那等到你发了财再还也不迟。"说完就走到墙角一个铁柜子前，从里边拿出四卷银圆和一沓纸币交给了张万山。

田善渊看着张万山把钱装到了带来的褡裢里就说："这样你可出不了城门，到门口就被搜走了！"

"没事儿！待会儿万水来接俺，就藏到车厢的暗盒里。"张万山把钱装好后，又看着田善渊惴惴不安地说："田二叔！还有人叫俺给您带来了几句话，不知道该说不该说？"

"既然是捎来的话，那肯定要说了！大胆嘞说无妨！"田善渊知道通过他带话的肯定不是一般人。

张万山刚借了人家的钱，再谈让田家把部分地献出来给佃户种，心里总觉得不够意思，但是这又是田希微交代的事情。自己也认为这样做从长远来说是有道理嘞，毕竟她在根据地待了也有两年多了，对中国的命运，思想上已经有了更深的认识。想到这里，他鼓足了勇气，就从和田希微商量好说的话谈起。

"田二叔！以张家和田家的关系，俺也就不客气了。捎话的人叫俺给你说，现在世界反法西斯形势非常好，日本人已开始走下坡路了。共产党八路军领导的根据地在发展壮大，兵力越来越强，咱昭关县周围广大农村也都成了八路军的敌后根据地。现在根据地都在搞减租减息，降低人民的负担，全力抗灾度荒，巩固根据地的建设。所以她让俺捎信给您，通过您动员全家，能不能出手救救在天灾人祸的双重重压下，在死亡边缘挣扎下的穷苦人。"张万山费了好大劲，才把田希微交代他的话说了出来。

田善渊听着听着脸上就带了肃然之相，心里就有了一种沉甸甸的感觉，问道："咋着救？"

"她说现在是个野兽横行的年代，已失去了天道和人道，只剩下枪炮和强权了。田家担着昭关的首富名头，实在是危险得很！现在日本人盯着家里的财富；赶走了日本人，国民党回来也会盯着家里的财富。现在旱灾蝗灾横行，地里颗粒无收，农人还得再缴各种的赋税和杂捐，不如把家里一部分土地赠给佃农们种。他们有了地种，度过了荒年，田家也免去了好多的麻烦，还获得了急公好义的名声，也是个一举两得的事儿嘛！"张万山又进一步把田希微交代的意思解释了一遍。

田善渊一听就知道他传的是侄女田希微的话，沉思了片刻说道："事儿是这样说，我也知道她说得对，但我们家是分过家的，家产都由我大哥掌管，你们得给我一些时间让我来劝说劝说，成否两说！"抬起手腕看了看手表说，"时间还早，万水还没有到，咱弄俩菜喝两杯？"

"不用了！俺去找他吧！"

"那咱一起去，我给他还有几句话说嘞！"

二人一出大门，就看见张万水赶着车来到了大门口，田善渊给万水招了招手，两人就走回了大门里。张万山走过去，把身上的钱藏到了马车的暗盒里。

哥俩回到了龙泉镇，到了谷子贵挂着卦幡的门口，把车停在了路旁，走进了屋内。张万水先把田善渊传给的日本军粮库空虚，近几天要到游击区和根据地去抢粮食的情报转述给了谷子贵，就赶着马车走了。张万山也把给田二叔说的事儿说了一遍，谷子贵说："田家要能让出来几百亩地，那倒是个好事儿。不过穷困户家的种子都填了肚子，就是有了地没种子还是种不上庄稼。"说完，就把自己列出来的今秋能种的庄稼单子给了张万山。张万山一看都是些蝗虫不吃和日本人不收的种类，如豆子、扁豆、南瓜、红薯、山药和迷糊蛋等。看完后，张万山说："咱自卫队两三千户要都缺这些种子，那可不是一个小数目，要俺看咱能解决一半就不错了。今儿夜里我就带两个人到西山根据地去找田希微，让她给联系购买一批种子，回来后看状况咱再说！"

当天夜里张万山带了两名自卫队员直奔石壁村，把钱和粮食交给了田希微，供她娘俩和大本儿娘他们几个人买粮度荒用。田希微只收了一百银圆，把五百法币交还给张万山，让他兑换成粮种分给龙泉乡的乡亲们。张万山按照田希微的意思进行了兑换，当地抗日政府又筹措了一部分，第五天就派人一起送到了封锁沟旁的刘家庄，交给了自卫队。没过十天，得到田家赠予土地的农户们和原来就有土地的自卫队家庭全家人出动，肩担手提把水弄到地里，把领到的种子种上，期望着秋季能有个好收成。

俗话说：七下八上，锅盆漂荡；上蒸下煮，种地受苦。说的是每年 7 月下旬到 8 月上旬的二十多天暑季是农人最辛苦的时候。一年的雨水大都集中在这个季节里降临，雨过天晴烈日当空，雨水一被蒸发，农人们就得忍受着蒸熬之苦。今年却不同，从前年秋冬季始，一直到了今年的 8 月上旬，老天爷连一片雪花和一滴雨水也没给扔下来。原来沟里有溪水，农人们隔三岔五担水来浇浇已长出的嫩芽。

后来沟里的溪水渐渐地细小了，还没等到雨季的来临就干涸了。农人们眼瞅着叶片由绿变黄，再由黄变得枯萎，伏在干焦龟裂的地皮上。

人们盼来盼去没把天雨给盼下来，却把谁也惹不起的蝗虫老爷又给盼来了。又是一场铺天盖地的"沙尘风暴"，把本就在死亡线上挣扎的人们又推进了火坑。这一次人们没有了惊慌失措，都在自家的地里燃起了干柴，驱赶着密不透风的飞蝗。但在天灾面前人类的反抗是微不足道的，飞蝗过后又是一片光秃秃的赤裸和枯竭的土地。今秋又没有了收成，挨饿是躲不过去的了。

今年雨季不来则已，一来就是泼天浇地，雨大得有点儿邪乎！9月中旬才迎来一场大雨，一下就是七天七夜，填满了沟渠，灌满了家院。好歹龙泉镇的乡下都处在丘陵地带，没给仅剩下的那点儿可怜的农作物造成大的伤害。雨过天晴，沟里和山坡上的田地被冲得七零八落、坑坑洼洼。这场救命的雨虽然来得有点儿迟，但总归给干裂的土地带来了滋润，给明年的麦季带来了些许的期望。

大雨过后没三天，龙泉镇外突然涌来了大批的难民，西门外又成了一个更大的人市。这次卖的不光是小孩子，有两成竟然是成年的妇女。一问才知道平汉线东的平原又一次遭了水灾，不过这次不是天灾，而是人祸。罪魁祸首就是日本人，他们怕所占据的县城和公路被水淹没和冲毁，就把滏水河、漳河和卫河炸开了几个大口子，把洪水泄到低洼地带。低处三千多个村庄一下子就被淹没了，好几百万人都被水围困，只好住在搭起的窝棚上、房顶上。离路近的人们冒着被枪杀的危险，越过了平汉线，推倒了封锁墙，来到了龙泉镇逃难。不过这次逃难来的人群没有以前那么幸运，都被堵到了龙泉镇的五个大门之外，一律不准进到镇内。一时间镇外的道路旁、镇南的谷场和西门外去往龙泉观的路上，都被逃难的人给占据了。

逃难来的人群里，在第二天便有人得了一种急病，胸腹绞痛，欲吐不得欲泻不能，躺在地上翻来滚去地就死去了。紧接着又有人上吐下泻、发热恶寒，手足冰凉而死。只两三天工夫，路边就有了许多病死的人，尸体在毒辣的日光炙烤下发出了阵阵恶臭，飘散在龙泉镇的空气中，引起人们一阵阵的恶心。日本宪兵和警备队的人都打了预防针剂，每天戴着白口罩，紧闭着镇大门，站在墙头上严防死守，不让一个难民进入警戒区内。整个龙泉镇陷入恐惧之中，都怕被这种怪病传染上。自卫队的人大都在镇外，离难民最近，最危险。心急火燎的自卫队头目们坐在土地庙商量，得赶快找出一个好办法来，要不然后果不堪设想。

张万山跟随师父学武功，懂些医术，牛海龙就问他："万山！你看看这是啥病，能不能治？"

张万山说："这种怪病从来没有见过，不知道该从哪里下手啊！要不我去找云清道长问问，看他老人家能不能治？"

张志和一拍桌子说："快去快回！别再耽搁喽！"

张万山来到龙泉观山崖下，河边和路上有很多难民围在一起，人群里不时传出呻吟声。他看了看被围在里边的都是龙泉观的道士，有生火熬药的，还有熬粥的，师父也在里面。他扒开人群来到了师父云清道长的桌子前，看见他正在给一个疼痛难忍的中年男人把脉，然后在他的上下腹部按了按，又看了看舌苔，吩咐站在身后的道士："先给他灌热盐汤，等他把腹内的东西都吐光了，让他口服一碗理中汤，两个时辰后给他喝些米粥，中间千万不要进食任何汤水和食物，以后每日三顿米粥调养即可。"病者的家人把病者扶到人群外，接了道士递过来的热盐汤，给病人服下。片刻工夫，病人就开始大口吐着又酸又臭的秽物。当连续吐过几次再也吐不出来任何东西时，家人让他漱完口后又接过道士递过来的汤药，给病人灌下。这时病人扭曲的面部就平缓了，也不再喊疼了。家人们看着已见好转的病人，扑通一声就跪在石板上说："谢谢老神仙！谢谢老神仙！"道士还了一声："慈悲太乙救苦大天尊！"

张万山看着师父不一会儿就救治了好几位病人，就问云清道长："师父！这是啥病？咋来得这么凶险？镇东和镇南死了不少难民哩！"

白发白须、面沉如水的云清道长一边给病人检查，一边说："这是水灾后的常见病，叫霍乱，分为两种：一是干霍乱；二是湿霍乱。都是因为人们饮食起居在高温污秽之地，入口食物肮脏腐败，胃里又有淤积之气，再加上外来邪气入侵所致。升降不利，昏愦烦闷，胸腹绞痛，欲吐不得，欲泻不能，脉沉有力，舌苔干黄者为干霍乱；心腹突然疼痛，又吐又泻，发热恶寒，头痛目眩，手足冰凉无知觉者为湿霍乱。来我这里的病人大都是干霍乱，到你宗峰师兄那里的都是湿霍乱……"云清道长边说边指着眼前的两拨病人。

张万山说："师父！土地庙前和镇东门外还有不少人也得了这种病，已经死去了不少人，您老看该咋办才好？"

云清道长停下来说："让他们赶快过来诊治，要不然死的人会更多，恐酿成大的瘟疫。我再给你们开几服药，用大锅熬煮后让他们都服用，来预防传染，但还须饮食配合。观里已没有更多的药和粮食了，你们自己想办法吧！"说完后就拿出黄表纸，写了两张药方递给张万山。

自卫队的人等了有一个多时辰，就见张万山拿着两张黄表纸急匆匆地进了屋，大家都围过来问："咋样？"张万山坐到凳子上待气喘匀了说："这种急病叫霍乱！要不赶快想法子治，染病的人就会大批地死亡。"

"那啥药能治？俺好去镇上找他们，叫镇上拿出些钱来买药治病，要不然都得完蛋！"张志和站起身来，心急火燎地对儿子说。

"这不？师父给开了两个方子，有治病的，也有预防的。大批地买来药，用大锅熬，让病人和难民们都来喝！如有咱治不了的，到龙泉观山下的河边找他们去治！"张万山把药方递给他爹说道。

张志和一瞧药方说："有些药咱山上就有，赶快派人去挖，没有嘞我去找镇上要，恁看行不？"

"师父说光靠药还不行，还得配合吃食调和才中！要不然治了也白治，治了病却救不了命！"张万山又说道。

谷子贵叹了口气说："这倒是个难事儿嘞！药可以上山挖和买，粮食家家户户都没有，上哪儿弄去？"

牛海龙扫了一眼坐在桌子周围的人说："你们说咱镇上真的是没有粮食吗？不是！只是咱们穷苦人家没有，地主老财们家里有的是粮食！咱以自卫队的名义，向他们借点儿或动员他们贡献出来点儿救救难民。要不然龙泉镇因死人多起了瘟疫，他们谁也跑不了！要我看咱分头行动，万山就和他师父一起治病救人！志和叔和老贵叔找镇上和商会协商，看能不能组织一个救灾会，征集粮食和钱，在土地庙和龙泉观集中搞两个舍粥点和治病舍药点，以帮助难民和咱镇民们渡过这个难关！夜黑后我再到青石沟去一趟，看看闫县长他们还有啥办法能给支援一下。"

牛海龙这么一说，张志和他们三个人又看到了希望，赶忙点头说道："中！中！中！"

牛海龙和张万山来到了大门外，看把熬粥、熬药的锅支在哪里比较合适。张万山看着谷场上和路两旁用树枝、干芦苇和破席搭起来的大小不一、破烂不堪的三角窝棚感慨地说："海龙哥！恁看看这些难民没得罪天没得罪地，更没得罪官府老爷，现在外族残害，强权宰割，他们都到了死亡的边缘了，却没人来管，天理难容！"

牛海龙拍了拍张万山坚硬的臂膀说："你说咱们在干啥？咱干的不就是把人们从苦难中解救出来的事情吗？"

这时，一位50多岁穿着破旧衣衫的男人站在远处挥手，张万山给他摆了摆手让他到近前来说话。过来后才知道他就是李老根儿的亲家宋福生，他们全家逃水灾来到龙泉镇投靠亲家了。因不让进镇里，来了一天了也没见到李老根儿。自卫队文传师谷子贵原来派人找他做过线人，就来到土地庙找谷子贵。万山听牛海龙和老贵叔说过这个人，知道"户全占"匪杆子的情报都是他提供的，就是没有见过面。张万山赶快把他往土地庙里让，又对外边站岗的说了声："他进出时通报一声放行就是了。"

来到屋里坐下后张万山问道："现在在哪儿住？吃饭了没有？"

宋福生指了指远处谷场边的一个三角窝棚说："那里离亲家近，就住在那里了！凑合着吃了一点儿自带的干粮。"

张万山又问："恁家人有得病的没有？"

"现在还没有。"

张万山对牛海龙说："海龙哥，老宋不是外人，是咱放在临漳官道上的线人。现在进不了镇，看能不能让他们到龙字窑上住几天？"

"行啊！正好这几天没人来往，实在不行在旁边再搭个棚子住也行，咱窑上好歹还有煤烧，天冷了也冻不着。如果有力气还可以下窑挖煤贴补生活！"牛海龙一口就答应了。

宋福生一听心里感动不已，就起身要给牛海龙跪下答谢，牛海龙一把抓住他的手臂说："老哥！咱都是自己人，可不兴这个！"

张志和与谷子贵先来到了镇公所，镇长和新民会会长都不在，别人也做不了主，就赶快叫刘文虎去找。工夫不大，刘文虎自己急忙忙地回来了，脸上带着愤怒的表情说："找到了！都在宪兵队打麻将嘞！"

"他们咋说？"张志和急切地问道。

"高镇长和许会长说今年的税捐和粮食都还没有征缴齐全嘞！哪儿还有钱粮来给他们吃？让你们自己想办法！"刘文虎气呼呼地说。

谷子贵一听就急了，大声地说："啥时候了还说这话！难民虽然都不是本地人，但如果病死的人多起来，造成了瘟疫，那可了不得嘞！"

张志和说："俺去找找田镇长，看以他们商会的名义能不能管管？"

"对啊！走！咱一块儿去！"刘文虎就带着他俩找田善地去了。

来到了商会会所，正好田会长在给几位行业会首讲怎样完成征收税捐的事。张志和给他们说了镇外疾病流行的现状和可能会造成的后果。在座的人听了后都吃了一惊，好几天没敢出镇了，没想到情况这么严重。田会长说："钱粮都可以解决，但是就怕日本人和新民会镇公所的那些人不干！钱粮和税捐一直收不齐，去救难民咱们倒是有钱粮了，这么一弄恐怕日本人要给商家们加税捐，到那时可就坐了蜡喽！"

谷子贵说："这个好办！咱们以自卫队和龙泉观的名义在私底下偷偷地捐。在镇外有粮仓的出粮食，没有的就捐钱。除买药外，咱把钱再兑换成粮食，设两个舍粥舍药点。先捐够十天半个月的用度，以后看情况再说！"

大家一听也只能这样了。田会长怕捐出的钱引来组织者贪污挪用的嫌疑，要求找两个大家信得过的人监督。他们推选了田家水碾账房田先生和慈仁堂的陈有贤医师监管，这样一来大家都放心了。当场会首们就捐了五千五百元的"准备币"和一千三百斤小米。田善地拿来算盘，噼里啪啦打了半天，大约按一千五百难民算，一天两顿粥，得三百七十多斤米，再加上买药治病，算下来还不够。就给谷子贵说："还差不少！我们回去私下里再找商户们捐捐，估计能捐个差不离，最后实在不够了都由我来包圆。你们老兄俩就组织自卫队的人来支撑场面，我们就不出头了！"

张志和满口应承下来说："只要在座的都信任俺自卫队，俺们一定能把事儿办好！"

这钱粮一解决，剩下的就是组建各色队伍了。张万山配合龙泉观的道士们抓紧买药治病，减少难民死亡的人数。牛海龙组织人在两个地方支锅熬药、熬粥，一天两次舍粥，一次舍药。张志和负责管理自卫队的日常训练巡逻，维持乡下的整个秩序。再就是组织二十个人的清理死尸的队伍，由自卫队龙泉营营长苗金虎负责指挥，每人一天一升小米。只用了四五天工夫，就把散落在龙泉镇周围各处的尸体都给清理干净了。又在地上和路的两旁撒上了白灰面儿，空气里散发的臭味才渐渐消失掉。这样一来，难民们在龙泉观道士们的治疗下和一天两次热粥的滋养下，都慢慢地恢复了元气，暂时没有再出现病死或饿死的人。又过了几天，镇里的人陆陆续续走出了十来天没有走出的镇门，结伴去到地里和山坡上寻找过冬的吃食儿去了。

四十一

　　自卫队的人把募捐的粮食和钱消耗完后，就把熬粥的炉火熄掉了，把借来的几口大铁锅还给了王家杂货店，就动员难民们回家乡去。好说歹说总算劝走了一大部分，剩下的人说啥都不愿意回去，原因是平原遭水灾后，地里啥都没有了，没吃的东西没烧的柴火，回去也是等死。但是镇公所和新民会不干，难民在这里住着不走，要影响秋粮的征收。镇公所和新民会就在难民们来往的路上张贴了布告，限他们三日内离开龙泉镇。这些难民们一看地方政府要动真格的，知道再不走不是被抓起来当劳工，就是被填到井里去，于是三天期限没到就都走光了。

　　谷子贵又回到了前街的店里。这十几天都是大牛在支撑着店面，师傅一回来可把他高兴坏了，就想着和媳妇金凤带着孩子，到龙字窑看看老丈人。他把自己的想法给师傅一提，谷子贵说："现在不行！他们在那里很好，等过几天再去也不迟。镇上布告说的难民们三天必须离开此地，言外之意三天后肯定要有啥事情发生。"谷子贵敏锐地觉察到镇公所和新民会最近要有行动。

　　果不其然，三天后刘文虎就传来消息，除把守五个城门的人员以外，宪兵队、特务队、警备队和自卫团全体武装人员，第二天早8点到南门里集合，从南到北搜查，凡是欠税和捐费的家庭当天必须一次性缴清，没缴够者以物相抵。谷子贵一听就知道是因为这次捐粮款救济难民引起了他们的反应。龙泉镇内今年遭了两大灾害，粮食几乎绝收，税捐和粮食的征收还差得多，这自卫队为灾民一捐款，就让一千多难民吃了半个月，看来镇民们家里的粮食有得是。不管咋说，得马上通知乡亲们有粮食的赶紧藏起来，以免受到大的损失。

第二天后晌，就看见前街的路两旁被桌椅柜凳和窗户门扇等物品给摆满了，前街成了一个熙熙攘攘的家居用品大市场。这些物品都是从没有缴齐税捐的家庭搬来的，他们大部分都是有地有房的中等户，家里有地，人口还多，房产也不少，所以镇公所给他们核算的税捐也多，赶上连续两三季没了收成，种地就不合算了，这种地一年的收入还不够缴各种税捐，更别提全家的吃喝了。这些户索性趁夜黑越过封锁沟和墙，逃往根据地或他处投亲靠友去了。镇公所的人带着武装人员到门口一瞧，大门紧锁，一问才知道家里好久都没有人了。日本宪兵和特务们上去就把门锁给砸了，进去挑出能卖钱的家具和物品，让警备队员和团丁抬到前街。穷人家既没地又没粮，跑也没处跑，警备队搜来搜去没有人能吃的粮食，就拣屋里还值点钱的物品搬走顶税捐了事儿。

前街路两旁的家具物品一直摆了两三天，买者寥寥无几，镇公所的人就把价钱往下降，终于有些贪图便宜的人被超低的价格吸引，买走自己看中的东西。那些没人要的物品就摆在路边，日夜都有警备队员看着，没有人敢来搬走一件。卖东西的钱也补不够税捐的欠缺。再一个跑走人家的地没人种，明年的税捐还是没有人缴，日本人下的征收指标还是完不成。新民会、镇公所的头头脑脑们就动了心思，想到了田镇长家的做法，决定把地送给租地的佃户们，谁种地谁缴税捐费，租粮不用缴了。那些穷人家都没粮吃，哪里还有麦种往地里撒？镇上的官员们等了两天也没有人来领地种，派人一打听才知道了原委。他们想出了一个办法，先把麦种借给想种地的人，来年麦收连税捐和麦种一并收缴上来。

龙泉镇里收税捐费难的问题算是解决了，但乡下还有十几个村庄的税捐费还欠着，这个新上任的新民会会长许莲花不懂种地，但是她有胆量和坏主意，出了两个招数。第一招就是让各村把没人种的地租给没地的人种，麦种由村里解决。第二招叫擒贼先擒王。以开会的名义把各村的保长叫来，扣在宪兵队不让回去，让他们写条子让欠粮款的户主来缴钱粮。缴不够的数目由保长代缴，如果不缴，就把他们的家眷也弄到宪兵队里来。

日本军在南方和南洋的战事吃紧，急需物资补充。今年昭关遭受灾害，粮食征收困难重重，司令部催得又急，石川宪兵队队长就采纳了许莲花出的主意，第二天就把乡下十几个村的保长骗到宪兵队关了起来。石川先把马家营村保长马宝泉叫到审讯室，两眼一瞪，问："你们村什么时候把粮款缴齐喽？"马保长一看旁边拿着刑具的宪兵，胆战心惊地说："尽快！尽快！"话音刚落，背上就挨了一鞭子。

"不行地干活！今天必须缴齐！"石川把桌子一拍，恶狠狠地喊道。

"太君！要缴俺得回去找人啊！在这儿咋缴啊？"马保长忍着疼急忙回道。

"不能回去！就在宪兵队给村里写信，让他们送过来地干活！不送！你地死啦死啦地干活！"

马保长心想，这差事儿真不是人干嘞！石川又大喊一声："你地想好了没有？"

"想好了！想好了！"马保长惊慌失措地回道。

"想好了把他领走写信去！"石川把手一挥，对日本宪兵说。

这十几个保长里有两个脑子很是活泛，一个是南刘村的保长刘保田，另一个就是石窑村的保长王富田。刘保田是自卫队的人，对镇上的内情了解得比较清楚；王富田是个大地主和窑主，对许莲花的脾气摸得比较准。他俩不约而同地想到了一个既能少缴粮款，又能对付日本人强行征税捐的办法，因为他们以往一直都是用此法子对付的，就是每到征收税捐的关键时候，都派人到胡家送上一笔钱，屡送屡见效。所以给村里写信只写了"按以往的规矩办！"第三天，他俩就和其他几个村的保长一起回家去了。

唯独北刘村的联保长刘文富仗着自己是新民会会员，与许莲花走得比较近，本家兄弟刘文虎又在新民会当股长。再一个，他们村子大，跑走的有地户又多，没有人肯出钱给补这个大窟窿，一时间缴不够粮款一直拖着。每天一问他啥时候缴足，他就要找许会长。许莲花一看他脑子不开窍，就躲在家里不来见他。石川派特务队把他年轻漂亮的老婆给抓了过来，让她劝他缴粮款。那么大的一个亏空，他自己家一时也垫不出来，老婆在宪兵队关着，他心里也发怵，就写信又让家人送过来一笔款交给了宪兵队。石川看实在榨不出钱粮来补足欠征的差额，看他老婆长得丰满白净，就在夜里把他老婆给强奸了。

第二天一大早，镇东沙坡岭上刚露出一抹曦光，日本宪兵就把他们两口子给放了出来。刘文富还挺纳闷，只过了一夜石川就把自己给放了，剩下的钱粮难道就不要了吗？在往回走的路上问妻子话，她不吭声，只是一直在抹眼泪，他一琢磨就知道不好，肯定是老婆出了啥问题。他脑子嗡的一声就麻木了，愣在那里半天也没有动，眼睛里淌出了热泪。他妻子看着自己的男人受到巨大的打击傻在那里，无可奈何地把衣服撩开，让男人看身上被打的痕迹，哭着说："你看！我不干他就打我，还用枪顶着我，说不从就把咱俩都杀掉！你要是不干那个破保长，咋有这种事儿嘞？"刘文富两眼冒着火，一左一右地狂扇自己的脸，恨恨地说道："我不都是为了这个家吗？这是不想让我活了呀！"

女人的心里感到一阵阵针扎般的刺痛，思来想去，觉着自己没法再活下去了。转头看见路边地里有一口石砌的水井，井台闪着亮光，她毫不迟疑地跑过去，就投到井里去了。

刘文富一见妻子往地里跑，就惊醒了过来，喊着："你干啥去？快回来！"话音一落，就见鲜艳的一团锦簇，眨眼间就在眼前消失了。这时他才明白妻子投了井。他大喊一声："俺嘞娘啊！"就疯狂地飞跑过去，对着水井喊了几声，没有回声，只听见井里传出哗啦哗啦的击水声。悔恨中的他，连对人世间眷恋的最后一瞥也没留下，肥胖的身躯往前一纵，也跳到井里去了……

天气渐渐地凉了下来，虽然还不到冬季，但农人们的心早已进入了严寒的冬天。他们焦躁不安地看着满是枯黄的山川沟壑，都在为如何度过这个充满死亡气息的季节而愁眉锁眼。他们不约而同地结伴到沟壑里、山坡上、溪水边的田地里，搜寻着一切吃食。在已被翻过好多遍的红薯地、山药地里再次翻挖着，看能不能再翻出一块儿能进嘴的根茎；在地堰下和地边搜寻着，看能否找到一颗丢在地上的豆粒。自卫队张家父子俩找来各村自卫队的队长商量，怎么才能在严寒的冬天不被饿死和冻死，如果下手晚了可就来不及了。张志和也给他们交了个底儿：总队上次已把全部积蓄拿出来兑换成了粮食，柜上再也没有钱以供调用了。前一次拿回来的捐款都用在了赈灾救人上，也没有剩下任何钱粮来。

在座的你看我，我看你，没人回答。张万山看着大家，摇了摇头说道："不管咋说，咱各营存放的粮食就是咱自卫队度荒的宝贝，一定要藏好！从现在起咱们要减少巡逻的次数，以减少粮食的消耗量。我有个主意怎都思谋思谋看中不中？"在座的人一听有办法，眼睛里就放出了亮光。

张万山看了看大家说："在座的有懂医道的，都知道药食同源这个道理。现在人们都在抢挖野菜野果，还没有人注意到满山遍野的药材里也有能吃的东西，有的药材虽然不能吃，但是也能卖钱换回来粮食，这可是一举多得的好事儿啊！"

　　南刘村的刘保田既是村保长又是自卫队的分队长，胆子大脑子灵，就说道："万山你说咋干就咋干，俺村嘞俺说了算！"

　　张万山说："各村回去派几个人来，俺教他们辨认哪种药材能吃，哪种药材能卖钱。咱这神麑山上的树林里药材多得是，尤其是松树的根下长着一种药材叫茯苓，就是最好的吃食。除去能吃的药材外，你们自己能卖的就自己找渠道解决，找不到渠道就由咱王家杂货铺负责往外推销，卖的钱归各村。这样保准能省下一些粮食来，到了最不济的时候，最起码也能让龙泉镇自卫队每个队员每天都能吃上一顿饭，而不被饿死！"

　　张万山一说完，在座的都说这个法子保险。牛海龙说："万山！抓紧把人培训好，赶快挖药材。"

　　张万山"行"字还没有说出口，就听见门外有人大声地喊："万山哥！雪英嫂子和丽花嫂子出事儿了！"跟着话音，就看见铁蛋大喘着气跑了进来。张万山腾地一下子就站了起来，急忙问："铁蛋！咋回事儿？"

　　"刚刚刘树海家的小黑妮儿跑回来，说雪英嫂子和丽花嫂子在狐狸沟不知道吃了啥东西，肚子疼得在地上直打滚！叫恁快去瞧瞧哩！"

　　张万山听后从西厢房桌子上拿起药包就跑出了大门外，远远地看见满囤带着几个年轻人已经跑出了有一里地，他就紧紧地追了过去。

　　来到了狐狸沟的半坡，就看见一群人都围在那里，人群里传出满囤"丽花、丽花"的喊叫声。他拨拉开人群一看，万水的媳妇和满囤的媳妇脸色煞白，双唇发紫，嘴角还有吐出来的白沫。他翻开丽花的眼皮，看见瞳孔已经散大，又摸雪英的脉搏，和丽花一样，一点儿动静也没有了，瞳孔也散大了，二人已经死去了。他一眼就看见了地上吃得还剩下半截像是剥了皮的红薯一样的东西，又看见一旁几棵已枯黄的草株，地上还散乱着剥下的暗红色的皮儿。他拿起吃剩下的半拉块状根，掰开后舔了一下，有一种又甜又带苦味和辣味麻酥酥的感觉，一下子就明白了，这就是药材里毒性最大的，农人都叫它"青叶子，红棍子，吃了以后睡匣子"的断肠草。

跪在地上的满囤眼含泪水，急切地问道："师父！咋样儿？恁快救救她啊！"

"已经不中嘞！她俩吃了山萝卜，就是断肠草！没救了！"张万山眼里噙着泪低声地说。他的话音一落，就听见满囤大声地哭喊起来："丽花啊！恁咋吃这个啊？"

张万山站起来对铁蛋说："快去搬两块铺板来，把人抬到土地庙前，再给恁大爷说说情况准备后事，叫他快派人去把万水叫过来！"

万水媳妇雪英和满囤媳妇丽花二人，看到别家的男女老少都到地里和山沟里去挖野菜和野果，婆婆在家里看孩子，她俩就结伴去镇南的山坡和沟里采挖野菜去了。出了门几个邻居孩子也要跟着去，七八个人就一起扛着镢头拿着铲子来到了离镇有两三里地的狐狸沟。这条沟里到处都是一丛一片的葛针棵子，有的葛针棵子上还挂着红嘟嘟的小酸枣。孩子们拿着小铲子在山坡上挖来挖去，或者摘酸枣吃，篮子里或多或少也都有了些收获。她俩也摘了一些酸枣装到衣兜里，准备带回去给孩子们吃。当她俩来到山坡向阳处，发现了好几簇叶片边缘已见枯萎但还有些青绿的野菜。她们摘下一片叶子放进嘴里嚼了嚼，感觉没啥苦味，反倒有一点甜，以为找到了好东西，就想连根一起拔走，因为地皮干硬，拔不动。丽花拿起镢头刨了几下，就刨出了一个像红薯一样的东西，看着非常喜人。她俩使劲地刨，不一会儿每人就刨出了八九块儿。刨完后放进篮子又用拽掉的茎叶盖到了上面，每人从中拿出一块，剥掉暗红色的皮儿，看见里边是和剥了皮的红薯差不多的粉色的内瓤，她俩就试着吃了起来。虽然有点儿微苦，还带着辣和甜，但她们饿得太久了，几口下去就吃掉一大半。吃着吃着嘴里就麻麻的，肚子也开始有了痛感。过了一会儿，头开始晕乎乎的，肚腹内翻江倒海，好像肠子绞成了一团。二人疼得倒在地上翻滚着，喊叫声把孩子们都引了过来，孩子们惊恐地围在一起，不知道该如何才好。还有点儿清醒的雪英喊了一声："快去叫人！"孩子中年龄最大的黑妮儿撒开腿就跑回去报信去了。

张谷两家把死去的媳妇埋葬后整整一个月了，也没有从丧失亲人的痛苦中缓过劲儿来。谷子贵从来也没有想到自家人会被野菜给毒死，虽然他见过很多死亡事件的发生，但是突然降临到自己家里，心里也免不了惶惶不安。刮了一夜西北风，也把寒流给带过来了，虽然屋里生着煤火炉，但寒风透过窗檩和门缝吹进房内，小小的煤炉也没有了丝毫的暖意。躺在被窝里的他思前想后，直到三更时分才睡去。天大亮时，风小了许多，老婆喊孙子的起床声才把他从睡梦中吵醒。他看着刚失去亲娘还赖在被子里不肯起来的小孙子，心里就有了许多伤感，万一自己老去，这弱小的人儿，在这个充满杀戮、饥饿和死亡的世界上将如何生存。想到这儿他就有了一种责任感，赶忙起身穿衣下炕，草草地洗了一把脸，把满仓媳妇端过来的一碗稀粥喝下，穿上一件破旧的棉大氅，戴上一顶护耳棉帽，急急忙忙地往前街去了。

本应冷落的街上，却有三三两两自卫团的团丁在寒风中穿梭忙碌着，一个个神情紧张。他没有多想就来到了卦铺，看见门板已摘下。他撩开门帘进到屋里，看到大牛在生火，煤炉旁站着一个人被烟呛得直咳嗽。刘二狗一瞧见谷老贵进来了，就说："老贵叔！可算是把你给等来了！"

"咋！二狗有事儿？"他愣了一下问，说着就走到桌子后边坐下，从衣袋里掏出了烟卷和火柴。

刘二狗跟过来说："昨夜戏楼里冻死了二十多个人，我想问问您该咋着处理才好？"

谷子贵刚把火柴划着，就被二狗的话给惊住了，他顾不得点烟，把火柴头扔掉问："咋冻死这么多？"

"戏楼里有白天卖烤红薯和打烧饼的炉子，前半夜有点儿热气儿，可能是到了后半夜炉子凉了，又刮起了大风，天气骤冷，二十多个围在那里无家可归的人都被冻死了！上一次病死的人不都是你们自卫队找人处理的吗？所以我过来问问您。"刘二狗惶恐不安地说。

谷子贵稳定住了自己的情绪，重新点着烟卷，使劲地抽了一口，说道："二狗，这事儿你得先找镇公所去，他们不管喽咱再想办法！"

"我找高镇长他不在镇公所，许会长我不敢去找，这不才找到您了？"刘二狗忐忑不安地说。

谷子贵心想刘二狗还是有良知的，就点拨道："二狗，先别着急！你不敢去找，就派人去找嘛！就在镇公所等着，实在不行了，就派你的人到戏楼看着，总会有人开口说话嘞！现在天气冷，等一两天也行！实在不行了，你再来找我。"

刘二狗也没其他办法，只好听老贵叔的了。

待刘二狗走后，谷子贵就寻思开了。这么冷的天，肚子里没食儿，穿得再厚也不顶事儿。想到这儿就问大牛："恁爹娘现在咋样儿？"

大牛眼圈红红地说："哭了几天，现在光顾着活人每天吃啥嘞！暂时不哭了！"

"现在咱也别光顾着自家的事儿，放松了对那个高镇长的监视，他是不是好几天没有走出宪兵队了？"

大牛说："可不是嘞？这几天一直就没有见他从里头出来过！"

"多操操心，看他到底是哪路神仙。咱们做不到知己知彼，心里老是慌慌嘞！"师徒二人拉着家常，炉子上水壶里的水就烧开了，大牛给师父倒了一杯水说："师父喝点水暖暖身子吧！"谷子贵看了看大牛说："肚里没食儿，喝点水也顶饥！"

"咋！没吃饭？"大牛问。

谷子贵说："吃了。不就是一碗稀汤吗？吃不吃一个样！"

大牛看着师傅清瘦的脸和越来越大的双眼，就知道为给姐姐办丧事儿，家里的粮食可能是不多了，心里也有了一份怅然。想给师傅买点儿吃的，兜里又没有钱；想接济一下他吧，自家也没有粮食。灾荒年连个相面和算卦的也没有，死了人也没有来找看日子的，都是草草埋葬了事。这时门帘被人撩开了，一瞧是刘二狗回来了。

刘二狗进门就直奔谷子贵而去："老贵叔！等不到镇长和会长，田老爷说让我来处理，钱粮由商会出，还是每人一天一升小米再加一块钱，找八个人，给十天时间，再到镇的周遭瞧瞧，看哪里还有冻死的人一块处理掉！"

"那你就找人往外弄吧！别再耽搁了，小孩子们看了害怕！"谷子贵说。

"我给手下的人说了，人家说给多少钱都不去！我看还得您给找人来干！"刘二狗有点为难地说。

谷子贵心想，他们不愿意去干，那是因为他们家里有饭吃，有钱花。他刚想叫大牛去叫他爹李老根儿，大牛就先发话了："师傅！要不俺找人去吧！"

一个钟头后，大牛和他爹李老根儿带着几个50多岁满脸苦相又黑又瘦的人，拉着三辆木轮车来到了戏楼。围在门口看的人，一见有人来运死尸，都急忙给让开了路。进到了露天的院子里，就看见南墙边一溜三个烤炉旁，围靠着十多个衣衫褴褛死去的人，他们就像是睡着了一样，一动不动地挤在那里。抬脸往戏台上一瞧，戏台北侧的墙根还有一排死去的人，挨在一起靠在墙上，就像是在等着开戏的观众。大牛一看此场景就想起了死去的姐姐，顿时就流下了泪水。李老根儿带着人来到了戏楼院子中间，从衣兜里掏出了一卷黄表纸，放在地上，哆哆嗦嗦地从另一个衣兜里掏出来一盒洋火，想划着把纸点燃，划了三根火柴都没把黄表纸给点着。大牛走过去，跪在地上，把火柴放到黄表纸下，一下就点着了。这伙人都随着李老根儿依次跪下，李老根儿眼里含着泪，嘴里不住地念叨着："死去的乡亲唉！恁活着没钱花，没饭吃，这不给恁都送钱来了！到了阴间恁好使唤，过鬼门关、奈何桥都给点儿，可别乱花啊！俺几个要把恁都给送走，找个地儿去把恁给安放好，地儿好不好恁都可别埋怨俺们，俺就是尽份心！"凄凄惨惨的李老根儿念叨完后磕了四个头，哆嗦着站起身来拍了拍膝盖上的土，领着人就去抬死尸。刚把五个死尸抬到木轮车上，就听见大门口有人喊："李老根儿！这回不准再往废瓷土坑里埋了！再往那儿埋出了事你得担着啊！"李老根儿往门口一瞧，是胡汉章家的管家胡善文在喊。

"那往哪儿埋？"李老根儿问。

"那我可管不着！你爱往哪儿埋就往哪儿埋，反正是不准再往瓷土坑埋了！"头戴羊毛护耳皮帽、身着新棉袍、外罩着羔羊皮坎肩的胡善文喊完扭头就走了。

这下把李老根儿一伙人弄了个骑虎难下，不知道该咋办才好。还是大牛胆子大，说："恁在这里等等，俺去找镇上看他们咋说，没说法咱也就不用管了！"

大牛走后，人群里就有人说话了："这当官哩！有好处的事儿都往前跑！遇到没利的事儿，见不到他们一个人！"

"别说了，让人告发了你，小心把你给抓走！"人群里发出了一声警告。

等了有半个钟头，大牛回来了，说："田镇长让埋到狐狸沟那口废煤筒子里！"

"那能埋多少？听说镇外还有不少嘞！"不知道是谁说了一句。

"唉！这老天可是作了孽了，一场寒风就夺走这么多人的命，那到了三九天人都不得活了！"李老根儿说完，对着站在一边的抬尸人一挥手，又去往第二辆木轮车上抬。

一行人一直忙到天黑，才一个一个地把尸体放到煤井下。第二天又把井旁的冻土刨开，填进去一层土，又在井口烧了纸，才算把镇内死去的二十六个无家可归的人给埋掉了。几天里，在镇外又清理了五十多具因冻和饿而死去的人的尸体，直到废煤井口堆起了坟堆儿。

几天后，大牛把领到的十块钱和十升小米送到了师傅家。谷子贵看着懂事的徒弟推辞说："我咋能吃你挣回来的这份粮，快拿回去吧！"大牛扑通一声跪在地上，说："师傅！您要是嫌弃这粮食恶脏，俺就拿回去；你要是不嫌弃，就把钱和粮留下来，就当徒弟给您的一份孝心！"

满囤在一旁说："爹！你就留下吧！等咱有了粮食再接济接济他们，那还不是一个样儿吗？"说完后就把小舅子大牛给拽了起来。

"唉，大牛啊！你叫我说你啥好嘞？你看看你那一大家子人，这是能救他们的命哩！那你就把粮留下，把钱拿回去吧！"谷子贵无奈地摇了摇头，撩开帘子就进屋里去了。

---| 四十二 |---

新来龙泉镇的高镇长，不知道出于啥原因，一直不公开露脸，就住在特务队院里。都说他有来头，就是不知道是啥来头。石川为了填补日军粮仓里的缺额，在龙泉镇前街开了一间大烟馆，由日军司令部提供烟土和料面儿，为的是引来镇里镇外的瘾君子消费，他们不但收钱，还可以用粮食来抵款。高镇长也开了一间，不过烟土是由县城的日本洋行给提供的，逢五逢十昭关县城有两个特务来给送货，他本人就在烟馆收货付款，交给手下记账入库，店里管事儿的全是他们自己的人。今天是阴历十一月十五，他戴上棉帽，围上兔毛围巾遮住半拉脸，戴着一副墨镜，到大烟店去收货。出了宪兵队大门，他习惯性地左右一望，看见一个熟悉的身影正往东大门口走去，他盯着那个人，大脑飞快地过滤了一遍，想起那是以前一起共过事儿的人，他应该在冯村镇，不该到龙泉镇来。他回头就从门里叫过来一个站岗的特务，指着那个人说："给我悄悄地盯着他！看着他往哪里去，回来告诉我！"

到了天黑，那个派去跟踪的特务一直都没有露面，等到第二天还没有回来，他知道估计被人家发现了，很可能被干掉回不来了。他把此情况汇报给了石川，又派出了几拨特务去找，终究也没有查出结果来。现在各村都紧闭大门，不让外人进去讨饭，特务们根本就进不到村里去。

没隔几日，刘二狗又来找谷子贵了，说镇外又发现了许多冻死的饥民，这些人大都是东部平原闹水灾那次没有走的难民，大部分都住在酸枣沟与封锁沟之间的一条荒沟里，白天出来到处讨饭，夜里回去。谷子贵听完，用眼神征求大牛的意见，大牛爽快地说："要不我还去吧！刘团长，这次再往哪儿埋？"刘二狗说："田镇长说在远处找个废井筒子，不要再往镇的近处埋了！"

这一次就没有以前那么顺利了。清理的第四天李老根儿就有了疯癫的病症，整天不与其他人搭腔，给自己嘟嘟囔囔地说话。大牛赶忙买些黄表纸，再买些银圆冥票，在动手前先烧烧纸，祷告一番。当他爹看着那些被狗撕扯过的支离破碎的尸体时，病症更加严重了，整天边抬边念叨，一刻也不停。叫他回去他不走，第二天不让他来他偏来！直到他看见一具尸体大腿上被割去了两大块肉后，就彻底地疯掉了。他用一双粗糙干枯的手使劲地扇自己的脸，薅自己灰白的乱发。大牛和其他人挽着失去理智的李老根儿往回送的时候，刚走到镇东刘文富夫妻跳井的地边时，李老根儿突然挣脱了出来，疯狂地往地里的水井旁跑，就像是一匹受惊脱了缰绳的疯马。他大声吼叫着跑到了井口边，没有丝毫的犹豫和顾盼，一头就扎进了井里。当大牛他们追过去时，水面上只剩下一圈圈的涟漪。大牛赶快扒着石砌的井壁下到水里，抓住他爹的双脚往起拽，用上边垂下来的绳子拴住爹的双腿，上边的人一起用力，才把李老根儿拽上来。只见李老根儿眼睛瞪得圆圆的，嘴巴张得大大的，一点儿反应都没有了。

经历了爹的两次自杀，又经历了姐姐死去的悲痛折磨，大牛心里头空空的，嘴唇簌簌地抖动着，却没有一滴泪水掉下来，麻木得成了一个活死人。他默默地和同伴们一起，把爹抬到木轮车上，拉到了土地庙前，盖上了一领苇席……

李老根儿虽然是一个普普通通的草民，但他的死却在龙泉镇引起了不小的轰动。人们都纷纷猜想他是中了邪，也有的说是被死去人的鬼魂给叫走了。其他一起清理死尸的人害了怕，都躲在家里不敢出来了。

草草埋葬了李老根儿后的第三天，在田镇长的催促下，刘二狗又找到了谷子贵。亲属接二连三地死，谷子贵的心也灰了，悲伤地说："你看这几个人吓得都不干了，不行你就再找别人干吧！"这时沉默不语的大牛说话了："俺再找人干！咱不能看着那些个死去的人躺在路边等着喂狗啊！"

谷子贵突然抬起了头说："大牛！恁还年轻，这事还得上了岁数的人干才行！"谷子贵知道大牛在想啥，他爹活着有靠头，这失去了靠山，就只能靠他自已支撑那个破败不堪的家了。这十天半月也没有人来相面和算卦，没有了收入，拿啥来养全家人嘞，就是火坑他也得往下跳！

"师傅没事儿！我到龙泉观去烧烧香，求张符压压，不会有事儿嘞！"大牛站起身来说。

一进腊月，死亡的气息越来越浓重，压得龙泉城乡民众喘不过气来，人们私底下传递着更加令人不安的消息。一个是野狼沟里不知道从哪里来了几匹凶残的野狼，把在野狼沟干活的兄弟二人给咬死了；还有一个15岁的姑娘在沟口里的不远处拾柴火，被出来喝水的野狼给吃掉了。还有榆树皮和能吃的树皮被剥光吃尽了，有人到镇南的瓷土坑里挖瓷土，回家配些干菜吃"瓷土苦累"，吃得人拉不下来，已有人被活活地憋死了。传得是有鼻子有眼，不得不使人相信。

在这危难时期，牛海龙根据抗日县政府的指示精神，把龙泉镇自卫队里的地下党员召集到土地庙开了一个会，把昭关的抗日形势作了介绍，又把救助龙泉镇灾民平安度荒的要求作了指示。要做的第一件事就是把到处吃人肉吃红眼的野狗和野狼都打死，并增加在野外武装巡逻的次数。张志和带领三个武装营负责此事儿，保证民众都能安心地到地里劳作，也保证了抗日游击队和八路军来往的安全。再一个，还可以利用打野狼野狗的机会，再打一些活物来增加食物的来源。第二件事是由牛海龙带着谷子贵和张万山，一起到龙泉观协商由龙泉观出头，募捐粮食开设粥厂，以解数千饥民的生存问题。第三件事是由谷满囤带领特别行动队，配合昭关县抗日武装对通往各煤矿的输电线路和运煤通道进行破坏，以阻止日本人对昭关的经济掠夺，给日本人的"重要事业场"以更大程度的打击。

前晌牛海龙他们三人来到前街，在王家杂货铺里拿了两斤糕点，相跟着来到了龙泉观。被宗峰道长引进了方丈室后，问候了已出辟谷关正在休养的云清老道长，并把来意说了出来。宗峰道长说："师父也正在为此事发愁！怕前次刚募捐过，再次募捐间隔时间太短，日军从中作梗！但是一听你们的所见所闻，看来此事不能再耽搁了！但不知师父身体能否担此重任？"

坐在太师椅上的老道长一捋银须，双目炯炯地看着坐在周围的人说："大道无垠，渡人救人乃我道家的本分，此时不出头还待何时？我已到垂暮之年，啥也不怕了，但凡有事，都由我来担承！我身体已无大碍，你们也不必多虑！"云清道长站起身来整理了一下衣襟，拿起八仙桌上的拂尘就要往外走，张万山赶快摘下挂在墙上的棉道袍给师父穿上。牛海龙、谷子贵和老道长的徒弟一行七人出了道观往镇里走去。龙泉镇西门外路两旁的讨饭人和人市上头插草标的人，都虔诚地看着这位银发老人，就好像看见了能救人于危难的神仙。因为他们忘不掉这位老人在他们最痛苦最无助的时候，把他们从病魔手中拉了回来，还主持了舍救命粥、救命药的善举。

云清老道长一行人进了镇门直奔龙泉镇商会。商会大厅空无一人，从里边走出了一位值班的人，一瞧是龙泉观老道长亲临，赶忙上前抱拳施礼：“老神仙慈悲！您老有何贵干？”

云清老道长双手作揖回道：“慈悲！我想见田会长！”

值班的人不敢怠慢，把来人让到椅子上坐下后，转身就走出了商会大门。

不一会儿，商会会长田善地急急忙忙地赶来，给云清道长和宗峰道长行礼赔罪，又赶快吩咐值班人上茶，并把火炉给烧得旺旺的。

老道长把他拦住说：“你先别忙，今天我觍着老脸来求你，是想让你出面把镇上各行业的会长和各家族的族长找来，我要给龙泉镇挣扎在死亡线上的饥饿的民众求捐助，帮助他们渡过难关！”田善地知道，这些人都是龙泉镇里有身份的头面人物，要请，非自己派人去不可！自卫队先请老道长出头，由自己出面把这些人请过来，当面锣对面鼓拉开场子就这么敲，谁不出这份血，就当场给他难看。毕竟现在是非常时期，就得用非常的手段才能奏效。

龙泉镇这些大人物很少与云清老道长见面，他们一走进商会大厅，看见像仙人一样的云清道长手执拂尘坐在正当中，身后还站着四个徒弟，旁边坐着自卫队的军师谷老贵和参谋长牛海龙，心里就吃了一惊。因为田会长派人通知他们时，光说有要事相商，没说啥事儿，以免有些人一听捐粮捐款就干脆不来了。他们家族几代人或多或少都接受过龙泉观的恩惠，所以对100多岁的云清老道长都恭敬有加。今儿一看是老神仙把自己请来嘞，都规规矩矩地坐下，等着问话。

田会长看人来得差不多了，就先开了口：“各位，今儿我受龙泉观老神仙的嘱托，把你们请过来，要协商一件关乎龙泉全镇人安危的大事情，请你们多多地配合！”然后示意老道长讲话。

云清老道长把拂尘一挥，神情严肃地开了口："各位居士，老衲贸然把你们请来，是想要居士们发发善心，出手救救龙泉镇在饥寒之中哀号的民众！"他的话音刚落，龙泉镇乡绅们就发出了低低的议论声。当声音静下来后，老道长继续说道："龙泉镇内外，因灾难造成的现状，我想你们都已知晓。饥民鹄面鸠形如同鬼魅，饿殍塞路，死尸抛野，狗狼啃食，更有甚者灾民割肉相食，如此悲惨，见之无不动容，这实乃我族类之莫大的悲哀！你们也知道，大灾之后必有大疫！大瘟疫带来的后果，我想在座的心里都是有数的。我道家历来秉承老祖教诲，普济众生，救人之危难，济人之贫困。现我龙泉民众在饥寒交迫之中生死挣扎，我道观想救民众于水火，实在是心有余而力不足，今特意来恭请各位居士们再出手相助！老衲这里就施礼相求了！"云清老道长站起身来要给在座的行礼，田会长赶忙走过去拦住了，急切地说："您老这不是在打我们的脸吗？救死扶困乃我等分内之事，其实救灾民也是在救我们自己！皮之不存，毛将焉附嘛！"在座的有人附和着说："对嘞！对嘞！"不过大部分人都坐在那里没吭声，厅内有点儿冷场。

谷子贵看到在座的人大都没表态，觉着光靠老道长的说教还不成，必须来点儿狠的。他与牛海龙用眼神交流后，就站起来说："各位乡亲！前次救助难民，在座的有不少人出手相助，救下了不少难民，也没使龙泉镇受瘟疫之害。但现在状况更加严重，如果任其发展下去，到了来年开春之时，瘟疫横行，到那时不管是穷人和富人，小孩和老人，都不会幸免。我自卫队虽然没粮没钱，但是主持着龙泉乡下的治安，有理由来为饥民解难。如果在座的都不愿意捐粮救急，那我自卫队只好把饥民们放进龙泉镇，让他们进来吃大户了！再一个，经过我自卫队讨论决定，从今日起到明年开春的一百天之内，龙泉镇的粮食通通不准运出龙泉地界，只准在地界内来往，以救饥民！"谷子贵的几句话，就像热油锅里掉进了几滴水，人群中立马就起了反应。

马继先虽然不当自卫团长了，但他还是旅馆业的会长，他一听就不干了，先站起身来说："那可不行！地是我家的地，粮是我家的粮，我想往哪里运就往哪里运，你们自卫队管不着！"

谷子贵早就想到会有人反对，双眉一皱，两眼一瞪，接着马继先的话说："自洪荒开天，有人类之始到炎黄立国，我华夏土地皆为公有。到了周朝时才施行了

'井田制'，后到秦商鞅时才'为田开阡陌'。它不过在你家人的手里才有几十年，如果再过几十年地还是你家的吗？"谷子贵停顿了一下，继续说："我们算卦相面经常给人讲，富贵无千代，贫穷出暂时；花开又结籽，叶长又生枝。就是说富贵时不要骄奢淫逸，贫穷时不要焦虑丧气。种善得善果，种恶得恶果。"谷子贵话一说完，在座的众人都不吭声了。

正在冷场时，一个道士慌慌张张地走了进来，对宗峰道长附耳说了几句话。道士走后，张万山就听见宗峰道长小声地给师傅说："刚才有七八个蒙着面的人，趁咱们不在，拿着手枪，扛着一个竹梯，到龙泉观把太极殿大梁上的一个包给抢走了！"

云清老道长听完没有理会，颂了一声"福生无量天尊"，微微地摇了摇头，又甩了一下手中的拂尘，缓缓地说道："各位居士！你们拿出钱粮来救助将要饿死之人，也是顺应了天道人心，乃善行也。我记得田道然老爷找我给他刚出世的儿子取名时，我给他解读了老子祖师的一句话，叫'上善若水'，水有七'善'。居，善地，水居于卑下的地方，有道德的人要为人谦下，这就是田家大少爷田善地名字的来历。心，善渊，就是水渊深而清明，有道德的人应虚静沉默，这就是他家二少爷田善渊名字的来历……我希望各位都要成为一个上善之人。你们以善举救人于水火，乃大善也！"

云清老道长话音刚落，门外一个苍老的声音传进了大厅："好！好！老神仙说嘞对！"田道然老爷拄着他那根黄铜把的文明棍，一摇一摆地走进来，径直到云清老道长身旁的椅子上坐了下来，说道："我在门外听了有大半天了，老神仙的善举我大力支持！我记得您老给我说过的两句话，一直记挂在我的心里，那就是，财多必害己，多藏必厚亡。金玉满堂，莫之能守。这样吧！您需要多少，先算我一个！"

田道然几句话就把现场的气氛给撺掇活了。

云清老道长接着说："此次多重灾害，时间长，灾害重，历年少见，恐怕后果难以预料。我看救济舍粥，从腊月起，一直得到明年开春地里长出青苗才行。大约一百天时间，一日两粥，日需三四百斤粮，分两个粥厂。还得再行用药防瘟疫，不然难以奏效。"

"那就需要三四万斤粮食了？这可不是个小数字！那咱就先按您说的来，行不？"田老爷说。

"行！行！"老道长不住地点头，停了一下又说道："现在各路人马都在虎视眈眈地盯着粮食，为保捐出粮食的安稳，而不被他人贪拿和拼抢——"话没说完，他从手中的拂尘把里抽出了一把明晃晃的宝剑，啪的一声甩了出去，剑头扎进了厅当中的砖铺地面上，剑刃闪着粼粼寒光，这就是传说中的雪花宝剑。云清老道长一捋银髯，站起身来大声说道："我这把剑自从师父传给了我，还从没有见过血，这次我就住在土地庙，看着捐给灾民的救命钱粮！有贪钱粮者和抢钱粮者，我就用此剑除之！"在场的人无不为之动容。

云清老道长气贯长虹的举动，就连与他交往了七十多年的田道然老爷也从来没有见过，他扭头对谷子贵说："谷老贵！赶快回去垒火借锅，到各煤窑上拉炭，一个窑先拉一车，不够的咱两家窑全补上，明天两个粥厂全开！"

第二天前晌，云清道长写了一个以黑豆杂粮为主，配以茯苓、贯仲、甘草、芡实、薏苡仁共八种原料的救荒粥方子，让两个粥厂都按此方配料熬粥。前晌，每个饥民领一根木制筹码，每人一碗粥，领完粥时交回。后晌再领，舀上粥后再交回。这样就杜绝了粥厂疯抢，保证人人都能喝上两碗粥。

五天内，趁着暗夜，镇里有粮的富户们偷偷地把捐助的钱粮陆陆续续送到了土地庙，登记入账，存放到了厢房里。云清老道长当天就叫徒弟宗峰道长把衣被和日用杂物搬到了土地庙，和徒弟张万山住在一起。每天一早手执拂尘，端坐在正殿土地爷老两口的神像前，似睡非睡，双眼微合，监督着钱和粮食的取用，一丝一毫也不放松。走进土地庙的人们，看着大殿内高高在上笑容可掬、慈目善眉的土地爷两口子脚下，盘腿坐着银发银髯一派仙家风度的云清老道长，站在院里不由自主地先作上一揖，以表尊敬，然后再去干其他事情。

每日后晌，云清老道长开堂行医，重病的人由老神仙接诊开药方，张万山在一旁为病症较轻的人号脉救治。拥到土地庙前看病的人络绎不绝，大都是因饥饿而引起的病症，这些病症待胃肠里有了食物，通过几天的调理，病情大都能稳定下来。最难治的是因吃了瓷土造成的腹胀疼痛、手足浮肿和大便不下的人。吃得少的，给他一块儿巴豆捣成的饼填在脐中，用艾条灸几壮，大便就能慢慢地排下；那些吃得多，后来又喝了水的人，就没有那么幸运了，腹胀如鼓，肚疼如裂，实在是无药可治。云清老道长还是在民国十年遇见过同样的病症，那时他就摸索出了施救的手法，就是用巴豆饼填脐，用艾灸，服少许豆油，再在肛门里抹上豆油，让家人一点一点地往外抠。当吃进肠胃里的瓷土排空后，只能喝少量的米粥，才能慢慢地恢复胃肠功能。现时饥民家里没有粮吃，更没有豆油用，老道长叫张万山到镇里买来几斤豆油，给每个吃瓷土拉不出的人一两豆油，回去按要求做。能排下来的就能得活，排不下来的那就只能被活活憋死了。

在死亡阴云笼罩下的龙泉镇，迎来了又一个新年。自从日本人占了昭关县，因为都怕引起不必要的麻烦，每年的除夕到十五很少有人家燃放鞭炮。更有那些胆子小的人家，家门口连红对子也不敢贴，怕引起日本人说自己是共党的嫌疑。有钱人在家里包饺子剁肉馅，都得小心地轻轻地切，唯恐日本人和镇公所新民会的人来骚扰和抢劫。

田家今年也与往年大不同，已经大年三十了，大门却紧紧闭着，门框也不见火红的春联和高挂的大红灯笼，也看不见有人来回走动拜访。

张万山也是从万水的口中，才知道了90多岁的田家老太太于腊月二十九那天仙逝了，这才是田家今年过年反常的原因。田家之所以不报丧，一是第二天是大年除夕，不愿意再惊动亲戚和街坊邻居，给别人带来丧气。二是老人家90多岁，无病而终，是喜丧。最主要的是，现时正是日本人占据的龙泉镇大灾之年最紧要最混乱的年关口，到处是饥民，怕大办丧事引起意想不到的麻烦和混乱，而是想破五后秘密埋葬。张万山一家人思谋了好半天，总觉得不管从哪方面来说，都应该到田家去吊吊孝，尽尽礼数。毕竟自卫队有的是人，就是秘密埋葬也需要不少的人手。牛海龙也认为还是要到家里去走一番为好，要不以后见面没法说话了。再一个，田家的大小姐田希微已经成了张家的媳妇，现在虽然保密不能说，但怎么着也得以自卫队的名义去吊吊孝，将来挑明了也不输礼。三个人商量好后，带着纸箔、冥币一起去给田老太太吊孝去了。

正月初五夜深人静时，田家一行几十个人，悄悄地抬着棺材出了东大门。大门外自卫队一百多人全副武装等在那里，棺木不落地，轮替抬着走向三里外的田家坟地。一路上没有哭声，也没有鞭炮声，悄没声儿地来到了坟地，把棺材放进打开的田老太爷的砖箍墓中，又把墓门封好，堆起了坟堆。供品都没有摆，烧完纸马后，孝子孝女孝媳们哭了几声，就黯然地回去了。一直到了大灾过后，人们伤痛的心情平缓下来时，才知道田家老太太年前就西去了。这一下子又成了闲下来的话题，人们说到动情处，免不了有人唏嘘不已。说田家仁义，田老太太有福气，咱要是能活到 70 岁也就烧高香了，看人家田老太太一活就是 98，福寿全占了。

四十三

清冷凄惨的元宵节后第二天，从镇东门进来一位骑着高头大马的年轻治安军军官。走近了一瞧，有十八九岁，是个歪脖，军帽歪戴着，帽带紧紧地勒着肥腻的下巴，以免军帽被颠得掉下来，后边还跟着一个同样骑着马的护兵。年轻军官勒住马，歪着脑袋问一溜儿蹲在北墙根晒老阳儿的讨要老人："嘿！马继先在哪住？"一个瘦弱的老者仰了仰头，用下巴努了努前边路南的黑漆大门。二人骑马走过去，到了门口翻身下马，把马拴好。青年军官整理了一下衣帽，接过护兵从马背上解下来的一个包，就去敲紧闭着的黑漆厚木大门。

自从马光蛋他爹被日本人打死，自己又被撸掉自卫团团长，伤好后也就心灰意冷宅在家里闭门不出了。后来听家人说西门外有卖女人的，他花了一百多块钱买回来四个有模有样十几岁的小姑娘，让她们换上干净的衣裳伺候自己。昭关和周边的旱、水、蝗灾，死人无数，也没有打动他，没捐出一块钱和一斤米来。

马怀德死后，整个九门相照的四进大院里，就由他一个人说了算。他娘、姨娘和他自己的一妻两妾都住在最里边的两个四合院里，他自己和刚买来的几个姑娘就住在第二进院子里。外人一律不准进到第二进院里去，所有男性账房、伙计、护院和厨子等都生活在前院。他俨然成了一个妻妾成群、使唤丫头环绕，说一不二的土皇帝。

今天他正躺在逍遥椅上，享受着一边一个女孩子给他按摩松骨，听见春叶在门口喊："老爷！大门口有一位治安军军官来拜访！"春叶已不是几年前青涩懵懂的小女孩了，变成了一位丰满动人的大姑娘，只是脸上忧郁的神态丝毫没有改变。

听了春叶的喊话，他心里就翻腾起来，我这落魄之人咋还有治安军军官来访？就坐起身来回答："让他到客厅等我！"

他绕过仪门，来到了二门过道里的客厅，一看这位军官眼生得很，就问道："您是？"那个青年军官急忙站起身来行了一个军礼回答："马先生！冒昧来访，请见谅！我是漳河南郭殿成的儿子，是治安军户团长的副官，叫郭耀祖。"

马光蛋脑子转了半天也没有想起来谁叫郭殿成，后来他想到户团长是土匪出身，在他的手下当副官，肯定是和河南的匪杆子有关喽！突然，心里一惊，他是不是"一根把"郭老殿的儿子，不是被张万山打死了吗？他立马惊讶地说："啊！你是郭总把子的公子？你不是……"

青年军官点点头说："对！我就是郭总把子的儿子，那次我大难不死活了过来，一直和我姨娘在老家生活，只是落下了残疾。"说完用手指了指自己的脖子。

这下马继先彻底明白了，带着笑亲切地说道："好！好！你现在驻扎在啥地方？"

"就驻扎在东边桥头治安军军营！"

"好！咱们又成了邻居，那就常来常往啊！"停顿了一下又问道，"你找我有事儿吗？"

"没啥事儿！就是听说您和我爹以前有交情，这不刚上任就过来拜访拜访老叔！"说完感到不妥，又问了一句，"我喊您老叔，您不反对吧？"

"哎！不管是和你爹的交情还是我的年龄，你都应该喊我老叔！说吧！想叫老叔干啥？"

郭副官想，看来户团长的分析没有错，马家和张家之间的积怨也是很深哩！就问道："现在张万山情况如何？"

马光蛋就把自卫队和张万山家里的情况作了详细的介绍，最后说道："现在他们势力大得很，恐怕你很难得手！"

郭副官说："咱俩都不是外人，他们的势力大不就是有人有枪吗？现在机会来了，日本人叫治安军抽出一批人来送到总部受训，受训完后就被派到南洋去作战！我和户团长说好了，就把自卫队的武装送过去，让他们离开龙泉镇，然后再找机会下手！您说这是不是个好机会？"

"好是好，就是不知道人家服从不？"

"不服从指挥，那就找机会和日本人一块把他们给解决掉！老叔您可要给我盯紧喽！有啥动静给老侄子知会一声！"年轻的郭副官不懂世事的复杂，就像是一头刚离开母亲、独自闯荡的小老虎，脑子里只有雄心勃勃的自己。

马光蛋老奸巨猾地笑了笑说："行！有需要老叔的地儿，你说句话就行嘞！到计划实现时，我给你摆酒宴庆功！"

"还是老叔痛快！那我就不打扰了，改日咱再见！"郭副官站起身来告辞。

马光蛋看着他走出大门，光溜溜的肥大脑袋摇了摇，又回他的温柔窝里去了。

郭副官出了马家的大门，刚要踩镫上马，看见西边不远处有一座精致的楼房，就溜达过去了，来到小楼前歪着脑袋往上瞧，大门口的红匾上写着三个金色大字"怡情楼"。这时门帘一挑，从里边走出来一个妖冶丰满的女人，向他招了招手，用银铃似的甜美声音说道："军爷！快进来喝杯热茶啊！在外边站着怪冷嘞！"最后的那个冷字尾音高高地挑起，就像是戏台上美丽动人的花旦在念道白，把郭副官那颗不安分的心给抓住了，便毫不迟疑地跟着那个女人进去了。进到楼里，女人把他让到了一张沙发椅上坐下，女人冲着站在楼梯口的小姑娘一摆手，说道："快把几个新来的姐姐叫下来，让军爷瞧瞧！"郭副官刚把女人递过来的烟卷点上，五个十六七岁打扮入时的女孩走下楼来，羞涩地站到了他面前。郭副官挨个打量了一番说："这些都是刚买来的吧？手上的黑渍还没有洗干净，浑身透着一股子干菜味嘞，就拿来蒙人？"那个女人笑了笑，拍了拍他的肩头说："这可是一个男人也没有碰过的青苹果，吃得虽然酸溜溜的，但可是终生难忘的味道！"郭副官眯着眼看着这五个女孩子说："那我打包要！不过你得给我存着，来一次一个！咋样？"正在这个时候，杨翠娥从楼上下来，看了一眼一身戎装的郭副官，对着那个女人说："就按军爷说的办！人家还缺咱仨瓜俩枣吗？"郭副官一看这个才是说了算的人，他站起身来，拉住一位高挑大眼的姑娘说："今儿就先是你了！"带着一脸淫笑拉着她的手就上楼去了。

半个钟头不到，郭副官带着满足的笑容来到了杨翠娥的跟前，从衣服兜里掏出了两张纸币递给了她，并在她丰满的胸乳上抓了一把说："还是你这个得劲儿！"临出门时说了声："那四个给我留着，谁也不许动啊！"

杨翠娥目送他出了门，回过身来问接待的女人："他是啥来路？口气挺大啊！"

那个女人摇了摇头，没有吭声儿。

郭歪脖儿进东大门时，骑马路过谷子贵的卦铺，被坐在窗口的他看到了，把大牛叫过来说："你去瞧瞧这两个治安军干啥来了，咋从来没见过他们？"

大牛揣着双手，装作若无其事的样子，顺着北墙跟着去了。看见他进了马家大门，就蹲在北墙根儿和晒老阳儿的人闲聊开了，一直等到歪脖军官从马家出来，又走进了怡情楼。他看见那个护兵掏出烟来抽，就在路边买了一包烟走了过去，借完火后就问："你们户团长手下又来新军官了？"那个护兵看大牛不像是个在地里劳作的农人，对军营里还很熟悉，心里就有了几分的好感，抽了一口烟说："户团长新来的副官。"

"那吴副官给调走了啊？"大牛装作吃惊地问。

护兵一看这个人与自己年龄不差上下，就没有多想，说道："老吴副官没调走，又新来了一位郭姓副官，都是户团长身边的人。"大牛没敢再问下去，抽出两根烟递给护兵一根，自己叼上一根，一块儿点着后就离开了。路过王家杂货铺，进到店里，坐在窗口盯着路上的行人。

大牛看着两个治安军军人骑马出了东大门，回到卦铺，就把了解到的情况汇报给了谷子贵。爱琢磨的谷子贵一听，立马就联想到被张万山打死的河南有名的匪头郭老殿，这个姓郭的歪脖副官，是不是当年没被打死？估算他的年龄也差不多。他越想越觉得有点蹊跷，就对大牛说："你在这盯着，我到土地庙去一趟，这个郭歪脖副官再来，一定要告诉我一声！"

郭歪脖副官走后的第五天，龙泉镇自卫队就接到了治安军的通知，让派二百人到旅部受训。牛海龙跟闫县长商量后，就先把人派过去了，随后赶快通过内线了解情况，摸准敌人的真实意图后再另作决断。半个月后内线传来情报，这次参加训练的人，训练结束后要被派到南洋去作战。自卫队几个人研究了一整天，认为通过这件事儿，第一可看出日本军兵员不足，已到了穷途末路之时；第二就是看来日伪军想利用这件事来削弱自卫队的实力。他们决定用两个招数化解这个难题。第一招是示之以弱，利而诱之，托县财政局副局长田善渊买通日本司令部的人，让他们知道自卫队的人都是守家种地的农人，不善打仗，也不愿意离开家乡，从上面说服他们；第二招是让抗日游击队配合，用"围魏救赵"的计策，攻打龙泉镇西山上的炮楼据点，同时佯攻龙泉镇和土地庙一下就撤退，让自卫队武装撵一段路，在路上扔几支破枪和沾有鸡血的衣服，自卫队拿回去送到日本司令部，叫他们知道，八路军游击队在龙泉镇周围势力大，还离不开自卫队。这两招做到了，估计这件事儿就会办成。

按照预订的计划，昭关抗日县政府夜里派独立营的战士上了神麖山，在夜幕的掩盖下摸到了建在山岭上炮楼据点的不远处，十几个游击队员同时向墙里投手榴弹，炸响后赶快撤了回来，伏在远处的机枪、长枪一起向炮楼射击。炮楼里的日伪军不知道外面发生了啥事情，不敢出来，只从射击孔里向外打枪。手榴弹的爆炸声、枪声惊动了整个昭关县城。日伪军增援还没到山上时，游击队就撤走了。就在此时，山下的土地庙方向也传来了紧一阵、慢一阵的枪声，半个多小时后渐渐停歇。第二天，张志和领着两个人，扛着捡回来的几支旧枪和染着鸡血的衣衫，来到了昭关县日军司令部，交给了日本人。松田派人验证了一番，不但夸奖了他们作战勇敢，还奖励了几支新枪，让张志和一起带了回来。

不出所料，日本人本来就没想叫一伙身穿破衣烂衫、没经过正规训练的农人去南洋作战，被游击队这么一折腾，为了昭关"重要事业场"的安稳，一百多自卫队人训练完后就回到了龙泉镇。

自卫队大部分是由18岁到45岁的人员组成，还有不少青少年，两年前从这些青少年里挑选了一些聪明伶俐、武功不错的组成了一个地下儿童团，利用他们年纪小不引人注意的特点，暗地里在各路口和重要地方放哨和搜集情报。

龙泉村的地下儿童团由二十多个17岁以下的少年组成。张万山13岁的大儿子张学明就是儿童团团员，每天跟着团长李二牛活动，团长直接听张万山指挥。这些孩子白天活动在各要道口或街口，监视来往的行人，每天夜里还要到张家院里再进行特别的训练。他们每人手里都有三件武器，流星锤、匕首和弹弓，这些也都是孩子们玩的东西，平常往腰里一缠一塞，外人不太注意。一旦遇上事儿，远处用弹弓打，近处要流星锤，贴身搏斗用匕首，别小看这些小孩们，就是和大人单打独斗，他们也能对付得了。他们最近被告知，近日多注意一个歪着脖子的治安军人和同伴的活动，发现后要及时报告。

前晌，李二牛领着张学明和谷满仓的儿子谷田地在后街十字路口值守，谷田地在大槐树下逗蚂蚁玩耍，二牛和学明骑在大槐树上往街上瞭望。到半前晌时，人影稀落的街北头走过来两位穿着黑夹粗布大衫的人，腰里系着蓝布腰带，头戴黑色的瓜皮帽，像是商铺里的两个伙计。他俩腰部鼓鼓的，一看就知道棉大衫里掖着东西。

两个人来到谷田地的跟前，叫了声："小朋友！给你打听个人？"说着从裤兜里掏出几块糖果来，蹲下来要送给谷田地。谷田地抬起头问："打听谁？"那个手拿糖果的瘦人说："俺是从昭关来嘞！要找自卫队的张志和，有人叫俺给他捎来点东西，他家住在啥地方？"谷田地说："大白天他家里都没人，都在土地庙里嘞！"那人就把糖果递给他说："你能不能领着俺去一趟？"张万山前两天就给他们说了，有人问家住在哪儿，可以告诉他，也可以领到土地庙去。谷田地没接糖果，指了指往南去的路说："恁往前走，走过两条胡同，第三个胡同往西，门前有棵大椿树的就是他家。"那两个人相互使了个眼色，一前一后就往南去了。

二人走远后，李二牛和张学明从树上跳下来，二牛说："田地你在这看着，学明赶快到土地庙告诉恁爹一声，俺跟着他俩去看他们想干啥。"

二牛紧走几步，就看见那两个人正在向蹲在路边修镢头的刘五成问路。他抄近道飞跑着来到张家门前，扒上邻家的院墙上了房顶观瞧。不一会儿那二人就来到了张志和家门前，并没有上前敲门，而是若无其事地左右看了看，围着院墙转了一圈，就顺着胡同走了。二牛一直跟着他俩来到了前街，见二人走进了怡情楼，就蹲在路北墙根儿讨要的人中间等他们出来。到了中午，楼门口的棉帘一挑，从里边走出来四个人，除踩点的二人外，还有郭歪脖和那个护兵。四个人都穿着便衣，也没有骑马，相跟着往东大门去了。二牛远远地看着他们出了镇东门后，就来到卦铺把情况汇报给了谷子贵，又到土地庙把事情经过说给了张万山。

张万山带着特别行动队，天一黑就在家里家外布置好了，一等就是五天，也没啥动静。到了第六天，当三更的梆锣声响起来人快犯困时，谷满囤正趴在邻家的屋顶上，观察着大门口的情况，突然蹿过来好几个手里掂着东西的黑衣人。他们没上房顶，也没有砸门，而是集中在门口和窗口，往里边塞东西和泼洒液体，紧接着就点燃了引火之物。满囤一看不好要放火，就大声地喊道："他们要放火了！快打！"转眼间黑衣人就把引火之物扔进了窗户里。满囤抬手一枪就撂倒一个，其他人也一起开火。张万山赶快喊道："都别开枪！千万别伤了自己人！"他们七八个人从墙上跳下来，把房前屋后的胡同出口给堵住了。火光把胡同照得很亮，匪人一看房顶上都是人，趴在地上不敢动了。张万山对他们喊道："把枪都扔过来，举起手走过来！"张万山一边让人去救火，一边带人把走过来的匪徒一个一个地绑了起来。一清点，发现里边没有郭歪脖，但满囤新婚夜来砸窑的那位治安军李连长就在里边。那个鹰鼻鸹眼的李连长一看又落到了他们哥俩的手里，赶忙跪下求饶："这可不赖俺，是郭副官派俺来的啊！要是知道这是恁家，打死我也不敢来呀！"

"那个郭副官在哪里？"

"在怡情楼等着哩！"

张万山给万水使了个眼色，万水就带着几个人抓郭歪脖去了。又给满囤说："看好这些人，谁跑就打死谁！"说完就领着人救火去了。

爆炸声和枪声把龙泉镇的人都惊动了。牛海龙和张志和领着自卫队的人，和刘二狗的自卫团一起把住了镇墙，任何人都不得出入。警备队和特务队的人也来到了张志和家，一看火被扑灭了，也没有多问就撤回去复命去了。

只用了一顿饭的工夫，张万水就带着人把郭歪脖给绑到土地庙去了。

到了土地庙前的谷场上，张万山让人点上一堆大火，在外围布上埋伏，防备桥头的治安军来抢人。火堆一点燃，引来不少散住在周边的饥民围观。

张万山问郭歪脖："今儿是谁派你来嘞？"

郭歪脖说："没有人派我来，我就是来杀你们全家，报杀我爹娘的仇来嘞！"

"好！既然是报私仇来嘞，咱就按江湖上的规矩来！"说完，就对着周围的人大声说道："这个人是河南匪杆子'一根把'郭老殿的儿子……"他把杀郭老殿的前因后果说了一遍，又把满囤新婚之夜那个李连长领着匪徒要砸窑抢亲之事说了一遍，最后问："俺说的事儿对不对？"两个人低着头没吭声。

"今儿这事与自卫队无关，只是咱们自己之间的事儿！既然按江湖上的规矩办，咱就来个一对一的比武较量恁都说咋样？"那五个被绑着的人一听就急了，赶忙跪下说："我们不敢！我们不敢！"郭歪脖知道自己今天是躲不过去了。张万山又说："恁五位里头有受伤嘞！叫恁比武也算是欺负恁。那就他俩来！先解决咱两家之间的恩怨，你是郭老殿的儿子，俺叫俺的儿子对恁。"话音刚落，从人群里走出了一位十几岁的少年。张万山拉过来说："这就是俺嘞儿子，13岁对恁18岁，咋样？"郭歪脖一瞧，心里又恢复了生的希望，就点了点头。

郭歪脖甩了甩刚松绑后麻木的双臂，把衣袖挽了挽，露出了结实的小臂，只见他双足站稳，深吸一口气，双拳一翻，来了一招猿猴献桃，使出撩阴脚，双拳直奔学明的前胸和面门而去。学明急忙转身躲开。郭歪脖右臂顺势就来了一个横扫，想来个破脑斩喉，一招致命。多亏学明跟他爹练了几年雪花太极拳反应快，再加上他比郭歪脖矮，他就势伏身，紧跟着来了一招反身霹雳虎尾腿，一脚就砸到了郭歪脖的肩膀上，只见他晃了两下子，差一点被砸倒。这一来二去交手之间，郭歪脖觉着这小子不好对付，就喊了声："停！"双拳一抱说："这徒手空拳打来打去很难见输赢，不如用刀枪来得利落！各位老少爷们恁说咋样？"

张万山对儿子的功夫还是有信心的，而且儿子从两岁起就跟着爷爷学流星锤，一斤重的流星锤抡、投、穿练得出神入化，现在郭歪脖想换兵刃比试，那就成全他吧！他给儿子递了个眼色后问郭："你想用啥兵器？"

"我用红缨枪！"

"好吧！"他从身后的一位会员手里拿过来一杆红缨枪，扔给了他。郭把枪一挺，说了声"接招儿"，枪尖左右一晃，来了一个拨云奔月，直接去扎小学明的胸口。小学明身形如螺旋，嗖的一下闪到一边，身体转动时，就把系在腰间的流星锤的绳子解开，右手一抡锤绳，右脚一抖锤头，就像是浪子踢球，锤头似流星直奔郭歪脖的后脑而去，想给他来个脑后掀盔。郭歪脖见状赶快用枪尖一拨，锤头正好撞在了枪尖上，就听见当啷一声，火星乱溅。郭歪脖把枪往回一收，想来个美人穿针，枪尖又直奔小学明的脑门而去。小学明一转把锤绳一抡，来了个流星赶月，一锤就砸到了郭歪脖胸前的青龙穴；又一回转身抬起脚，来了一招霸王脱靴，一锤砸到了他后背的白虎穴上。只见郭歪脖扑通一声跪在地上，手拄红缨枪，吐出了一大口鲜血，趴到地上不动了。不到两分钟，二人就见了胜负，周围看热闹的人群里立即发出了一片叫好声。

张万山叫人把郭歪脖拖到被绑着的匪徒旁，对着那个李连长说："起来吧！该你了！"那个李连长摇了摇头没动地方。张万山说："今儿就是俺想放走你，人家还不干哩！"说完用手指了指站在一旁怒目而视的谷满囤。"人家新婚之夜本是大喜的日子，叫你把喜脉给冲了，去年人媳妇没了。当时放你走时说过，再来龙泉镇找事儿，有来无回！"然后扔给他一把明晃晃的单刀说："咱们不赊不欠，只凭能耐，谁输谁死，谁赢谁走！"满囤走过去把他的绑绳解开，把手里提着的宝剑递给了师傅张万山，对李说："我不用家伙，就来个空手夺刀，你看咋样儿？"那个李连长想这或许还是个脱身的好机会，就站起来用脚尖钩起了地上的单刀，拿在手中说："那我就不客气了。"

李连长抢了个刀花，然后来了个跨虎式，盯着满囤的下盘，防着他近身来夺刀。满囤趁他不注意，用右脚突然踢起了地上的碎土，直飞李连长的面门。正当李连长双眼一闭的工夫，满囤蹿了过去，抬脚就把他手中的单刀踢飞了，在人们的一片惊叫声中，又上去一脚踢中了他的脑袋。李连长喊都没喊出一声，就趴在地上不动了。

满囤走过去，把那五个匪徒身上的绳子解开说："把他俩抬回去交给户团长，告诉他胆敢再来闹事儿，就抄你们的老窝去！"

张万山看着被人抬走的郭歪脖和李连长，想起了谷子贵给人算卦和相面时常说的三句话。第一句是生不由己，说的是出生在富有或贫穷人家，都不由自己做主。第二句就是生不逢时，出生在和平盛世还是战乱年代也由不得自己。第三句就是路由己选，生在何家、生在何时不由你，但你所走之路由你自己来选择。这二位，一个生在有钱有势的匪首之家，另一个生在贫穷之家，生逢乱世，但他们没有好好选择自己的命运之路，成了靠窃取民族和民众利益为生的贼人，那他们的下场就不会有二。

┤ 四十四 ├

　　民国三十三年入夏，灾后余生的民众才缓过点气儿来，龙泉镇前街上也有了人气，进进出出做买卖的人渐渐地多了起来。这时，龙泉镇最神秘的人物高德全镇长正坐在自己大烟馆的窗口，等着送货人来交烟土。他叼着纸烟卷，端着茶杯，抖着二郎腿，惬意地靠在椅背上，警惕地盯着过往的行人。他突然发现人群里有一个身穿白布衫、肩搭白布褡裢、头戴一顶新草帽的中年人，后边还相跟着一位穿着打扮差不多的年轻人。他想到自己没当镇长之前，作为抗日干部带着一个游击战士执行任务的情景。那个走在前边的中年男人让他想起了以前一起工作过的叫刘全有的人。他扭身把大烟馆的主管叫过来附在他的耳边说："你装扮成一个上地干活的人，远远地跟着那两个戴草帽的人，看他们要到啥地方去，回来告诉我！"这个主管原来就是特务队的人，干跟踪可是他的老本行。一个多时辰后他回来了，说那两个人进到野狼沟，又拐进了青石沟。高镇长一拍他的肩，夸了一句："干得好！"戴上墨色眼镜，用礼帽压住半拉脸，叼着纸烟就往特务队去了。

　　特务队队长曹子谦一听高镇长的描述，就知道青石沟有问题，那个沟里住着二十几户人家，是两镇交界处，一般人是不会去那里的。他马上派了一位经验丰富的老特务，化装成一个卖菜的人，挑着两筐时令蔬菜，去青石沟侦察了。因为青石沟都是旱地不种菜，经常有人来村里卖菜或用菜换一些特产回去。

　　卖菜的特务刚拐进青石沟的沟口，藏在沟口石头后边的两个十五六岁的男孩子蹿出来，喊道："卖菜嘞！有黄瓜没有？"沙哑的嗓音："有！有！"一个男孩子问："多钱一斤？"特务说："两毛一斤！"俩小孩儿走到跟前说："恁咋这贵嘞？谁能吃得起！来叫俺瞧瞧嫩不嫩！"说着就一前一后地在菜筐里翻找开了，最后从筐里拿出了两根黄瓜说："多少钱？"卖菜人没搭腔，伸出了右手的食指。男孩子说："没有钱吃不起！"就又把两根黄瓜放回到筐里去了。特务凭经验就知道，这俩小孩儿是在借故检查筐里有没有藏武器。俩小孩儿回去敲了两下石头，这是给沟里人报信儿，有生人来了要注意；要是敲三下石头，就是发出警报，有危险的人进来了，都躲起来！这些小伎俩瞒不过老奸巨猾的特务，他断定沟里头肯定有问题。

青石沟，二十几户人家都住在沟两边的半坡上，沟底和坡地上还有小石路联通各家。各家的后墙外就是山坡，山坡上有密不透风的灌木丛和遍布山野的核桃树、柿子树和花椒树，再往上就是那一条一条石砌的梯田了。山里人全靠树上的果实，配些地里收成不多的粗粮来度日月。家里的日常用度，也全靠这些收获或与外村来的买卖人物物交换，或送到龙泉镇卖些钱来解决，生活过得既紧巴又清苦。

一进村，卖菜人沙哑的嗓音就响起来："谁要韭菜、黄瓜、嫩蒜薹？不鲜不要钱嘞！"女人们听见叫卖声，拿着鸡蛋、核桃或花椒之类来换新鲜的蔬菜。当女人们换好菜陆续走了以后，从山沟的右侧走下来一个男人，提着一个荆条篮子，花了有四块五毛钱，整整装满了一大篮子蔬菜，一看就是一个既有钱人口又多的大家庭。这个特务心里暗暗地高兴，这一家肯定有问题。他一边整理剩菜，一边叫卖，还不住地盯着买菜人，一直看着他走进了一个石砌的小四合院里。他又喊了几声，一看没有人出来买菜了，就挑起菜筐晃晃悠悠地往回走。走到了沟口，对蹲在石头后边聊天的两个小孩子说："来！给恁两根剩下的黄瓜吃！我担回去还嫌沉嘞！"说完，从筐里拿出两根黄瓜扔了过去，小孩子也没有多想，就接住吃了起来。

近一段时间，驻在青石沟的昭关抗日县政府为了配合战略反攻，组织各镇地下抗日武装，进行了数十次对昭关日军设施和人员的打击破坏活动，收到了很好的效果。这天在青石沟驻地进行最佳杀敌英雄、最佳爆破手等的评选大会，选出的人要到根据地参加英模表彰大会。为了安全，路远的人天不亮就赶到了青石沟，刘全有因为有点儿事情耽搁了，到吃早饭时才走到了龙泉镇，正好被以前和他在一起搞地下工作、现在已经叛变的化名为高德全的陈金保给发现了，就被特务追到了青石沟。随后特务队派卖菜的来踩点，看出了问题。

今天的评选大会就在那个石砌四合小院的后院召开，前院是院子的主人家也是抗日县政府的联络站。从外面看是两家人，实际上是一家的前后两个院子，后院是石砌的窑洞，紧靠后山，是一个经过改造后的四通八达便于疏散的农家庄院，一旦有事儿，便可通过这里撤退到山上的树林里去。今天的会开了一天，开完后人们趁着夜色都回原地去了，抗日县政府的几个人都回后院的窑洞里睡觉去了。今天抗日县政府独立营去执行其他任务没在青石沟。

第二天，天刚麻麻亮，正在睡梦中的柴合明被一声枪响惊醒，紧接着前院传来密集的枪声和手榴弹的爆炸声，他和妻子李春霞赶快起身，他让她把文件带上，抱起孩子赶快往后山跑去。他又来到了闫县长的窑洞，帮着把重要的文件和其他重要物品拿上，和住在后院的其他人一起往后山上跑。院子的主人，联络站的站长老曹看到县政府的人员保护着文件和物品都已安全转移，从窑洞里拿出一杆土枪，出了后院的门，对包围前院的特务进行射击。他住在前院的两个儿子，也用土枪一起向房顶上的特务射击，整整打了有二十分钟，枪声和手榴弹的爆炸声才停了下来。冲进院里的曹子谦的特务队和秦先河的警备队，一看屋里没有一个八路军游击队员，更没有白天发现的刘全有他们二人，全是女人和小孩子在哭叫，只发现了墙外被打死的老曹。天亮后，日本特务和警备队对全村进行了搜捕，并把曹家的两个儿子带到沟里的一块空地上，找来两架铁齿耙，把他俩绑到上面，靠到树上就用皮鞭抽，问他俩村里的八路游击队和刘全有在哪儿。一直打了有一个钟头，兄弟二人死活不承认村里有抗日人员，实际上他们爷三个就是抗日政府的工作人员。曹子谦就把那个卖菜的特务叫过来，让他从人群里找那两个放哨的小男孩儿。那个特务找来找去也没找到。曹子谦也在人群里寻摸，发现后边有一位中年男人很是眼熟，但一时又想不起来在哪儿见过，对他一摆手说："你过来！叫啥？"

这个男人正是回来探查情况的柴合明，他因为不放心，偷偷地从山上下来看看。他走到前边说："我叫柴合明！"

走过去两个特务把他身上搜查了一遍，就搜出了一张良民证。曹子谦又问："我咋看着你面熟，好像在哪里见过你？"

柴合明镇定地说："我不认识你。"

曹子谦一看实在是问不出啥来，就想放长线钓大鱼。他把自己的想法和警备队长秦先河一说，二人一摆手，扔下绑在铁齿耙上的兄弟二人，带着七八十个特务和警备队员撤走了。

昭关抗日县政府被偷袭，这是县政府秘密进驻几年来的第一次，肯定是内部出了问题。闫县长一面在内部清查，一面让谷子贵在龙泉镇里查找，看是谁告的密。谷子贵偷偷地把在青石沟口见过卖菜人的其中一个小孩子领到了卦铺，黑夜由大牛陪着住在里屋，天一亮就坐在窗口盯着特务队的大门口，看谁是那个卖菜的人。第四天早上镇东门打开，人们乱糟糟地进城时，有一个穿着白粗布衣衫的中年男人，头戴草帽，肩上背着一个大布褡裢，上面插满了各种各样大小不一的梳子，从特务队的大门里闪了出来。拐到东街上不远，就传来了一阵卖梳子的叫卖声："走一走，看一看，瞧一瞧，站一站，卖梳子的老王性本善啊！骗人的买卖咱不干啊！我嘞梳子不用挑，把把都是一样好啊！檀木、枣木、牛筋梳，最贵不过两块五！买上一把送父母，养育之恩补一补！买上一把送知己，夜里梳头想起你……"坐在窗口的小男孩儿一听卖梳子的人沙哑的声调，唰的一下就站了起来，趴到窗玻璃上使劲地往东瞧，说："就是他！"站在门口竹帘里往外瞧的大牛说："那个人虽然戴着草帽，看身影就是特务老周头，看来那天到青石沟卖菜的就是他嘞！"谷子贵给大牛说："你远远嘞盯着他，看他往哪儿去。"大牛从里院拿出来一个荆条篮子和一把镢头，装作去刨地了。

不到一个钟头，大牛就回来了，说："特务老周哪儿都没去，就在桥头不远的路边摆了一个摊子，好像是在观察过往行人。"谷子贵点了点头又对小男孩儿说："你嘞事儿办完嘞，走！和我一起到土地庙，今晚就送你回青石沟，在没有抓住卖菜人之前，在村里千万不要露面！知道不？"小男孩儿点了点头，就跟着谷子贵往镇南门去了。

第二天傍黑，抗日武装独立营派人在特务老周回龙泉镇的路上，把他抓住带到野狼沟的一块儿苇子地里，天黑后就把他弄到了青石沟。连夜一审问，就问出了是高镇长发现了老熟人刘全有，派人跟踪到了青石沟，才有了日伪军的偷袭。再一问高德全是谁，他交代说原名叫陈金保。这下闫县长就全明白了，原来找了一年多的叛徒陈金保，就是龙泉镇神秘的新镇长高德全。当天后半夜，他们把特务老周绑到神麋山西边的一个枯井旁处死，扔到了井里。

特务老周一失踪，高镇长就慌了神儿，整日躲在宪兵队里不敢出去，就是镇公所有事儿也得来宪兵队找他汇报。这给锄奸的抗日游击队带来了困难，就把探查陈金保行踪的任务交给了谷子贵。经过一个月的探察和了解，终于摸清了陈金保的行动规律。原来他是逢五逢十来送大烟土，现在是改为逢十才来送一次，每次还是化好装后，才到自己的大烟店里去接货付款。除此以外，从不敢在镇上露脸。

摸准了他的行踪，就找到了除掉他的突破口，西山游击队派来的锄奸队做好了准备。八月三十日下午两点钟，四个锄奸队员就在元宝山炮楼下的路边树林里埋伏好了，就等着那两个给陈金保送烟土的人路过。等了不到一个小时，那两个送货人骑着自行车说说笑笑地过来了。因为是山路，路面不平，他们怕把绑在车上的箱子给颠坏，所以骑得很慢。当他们骑行到了路边的树林旁，突然从林子里蹿出来四个人，用枪抵住了他们的脑袋。他俩赶忙下车，还没来得及从腰里拔出枪来，枪就被人给下掉了。一位大汉厉声说道："叫喊就打死你们！老老实实地配合，就会放你们走！"说完两个人抓一个，把他俩的嘴堵上，带进了树林里。先把二人的外衣脱掉，把他们绑到了树上。两位八路穿上他们的白绸衣裤，戴上了他们的遮阳帽和墨镜，挎上了他们的匣枪。留下两个战友看着他们，换好装束的两个八路就骑上自行车走了。

二人骑车来到了龙泉镇西门，放慢了车速，把手中的证件一亮，门口站岗的警备队和自卫团丁对他们经常来送东西已习以为常，就没有好好地辨认，挥挥手让他们进去了。

坐在窗前等着送货人的陈金保看见已过了交接时间送货人还没到，寻思着是不是遇到啥事儿了。当他看见送货人骑着自行车来到了大烟店门口，人却换了时，心里就一怔。这时蹿进来四个身穿破衣、手拿木棍的讨饭人，他刚想喊，就被一个送货人用枪顶住了脑门儿，另一个送货人和那些讨饭人就把店里的其他五个人都给控制住了。那个管店的老特务刚要掏枪，就被一棍子打到脑袋上，一声也没有吭就躺倒在地上，其他人都被塞住嘴绑起来，推进屋子里锁起来了。拿枪的大汉说："陈金保！抗日政府派我们来宣判你死刑，立即执行！"另一位游击队员从腰里拔出一把明晃晃的匕首，一刀就扎进了陈金保的胸膛，他只喊了声"哎呀！"鲜血就染红了衣衫。他们把死尸放到了地上，有人在屋里放了一把火，六个人一起从后门蹚水过河，钻进青纱帐里跑得无影无踪了。在树林里看着那两个送货人的锄奸队员一看龙泉镇升起了烟，知道任务已完成，绑绳都没有给解开，丢下两个送货人，也跑得没影了。

又一个镇长被杀，驻昭关的日军司令松田发了怒，命令龙泉镇宪兵队队长石川必须用最快的时间找到八路游击队，把他们给消灭掉。

自从打死马怀德后，石川在龙泉镇就不大公开活动，既怕八路军游击队来刺杀他，又怕马家的人对自己下手。又赶上了天灾，到处是饿死病死的人，虽然打了防疫针，但还是怕被传染上疾病，整日就在宪兵队里待着和高镇长打麻将。有时偷偷地上许莲花家住上几夜，日子过得有滋有味，不愿意再管那么多事。就是高镇长发现刘全有去了青石沟，他也没当回事儿，只是责成特务队长曹子谦带人去清剿，直到这时他才慌了神儿，赶紧再派人化装侦察，要求摸准他们活动的准确地点和规律，好一网打尽。

曹子谦和秦先河先后派出了好几拨人员去侦察，都没有收获，青石沟平静得很，看不出有啥不正常的地方。其实抗日县政府根本就没有离开过那块儿，只不过是把驻地往山上转移了一里多地，住在了青石沟人二百多年前刚搬来时居住过的已废弃的石窑洞里。与现在的青石沟只隔了一条岭而已，人员往来也不从野狼沟走了，而换成了走狐爷沟，也全在夜间进行，就是需要白天行动的，一律化装后单人或两人活动，不允许有大批的人员同时行动，以免引起敌人的注意。就这样小心谨慎，还是出了问题。

腊月二十五后晌，曹子谦带着两个特务，骑着自行车去昭关县城办年货，当走到龙泉观底下的石券洞时，他突然想起了上次在青石沟看到的那个人就是龙泉观的一个道士。有一年除夕夜他来龙泉观烧第一炷福气香时，就是那个道士给开的门，还站在供桌旁帮自己点香。当时他身穿蓝色的道袍，头戴蓝色的道巾，一开门就送给自己一句"福生无量天尊"恭敬的祝福声，令人久久难以忘怀。现在又到了年关，又来到龙泉观底下，触景生情，他想，那个人是否就是他们要找的青石沟抗日人员呢？想到这里就和跟在身旁的两个特务说："不去县城了，有大事儿要办！"说完扭转自行车，飞快地回到了特务队。

回来向石川一汇报，石川认为这里边肯定有联系，要不一个出了家的道人怎么会跑到青石沟去，还成了青石沟的住户。曹子谦马上和秦先河带上队伍，又把青石沟给包围了。但搜遍了青石沟也没发现那个人，问村民们都说不认识，二人只好带领队伍回到了龙泉镇。回来商量认为这个线索不能断，得从龙泉观查起。一来看能不能从观里找到突破口；二来也顺便把没弄到手的铜壶滴漏给找出来。

这一次石川要亲自出马，没用半个钟头，石川带着宪兵队和特务队、警备队就把龙泉观围了个水泄不通。

石川让手下把道观里的道士都集中到了太极殿前的空场地上，白发白须的云清老道长也不例外。老道长手执拂尘，坐在椅子上，看着在道观里到处搜查的日本兵和警备队、特务们，心里就有了一种不祥的预感，低声给站在身旁的大徒弟宗峰道长说："今儿不管出啥事儿、问啥话，你们都说不清楚，千万不要动手，一切由我来顶着！"宗峰道长点了点头，又担心藏在龙洞深处的铜壶滴漏被发现，他看师父神态安详地坐在那里，紧张的心也就慢慢放松了。

没用半个小时，搜查的各队都陆续报告，没有发现该找的人和东西。石川不想就此放过，对宗峰道长说："道长，请领着人去搜一搜你们山根的龙洞吧！"说完对着曹子谦一挥手。曹子谦虽然来时就做好了准备，但仍然心有余悸，除带上十几个特务，还叫上了警备队长秦先河和警备队员一起下去搜。秦先河只好硬着头皮跟着下到了山崖下的洞口。

二十多个人一起进了洞口，看见宗峰道长趴在地上给黑龙爷牌位磕头，嘴里还念念有词："黑龙爷您可别怪罪啊！不是我让他们来冒犯您的啊！"他一祷告，黑暗的山洞更加显得神秘莫测了，站在一旁的特务们心里又增加了几分恐惧感。在曹子谦的督促下，他们依次爬上了一个光滑的斜坡，进到了第一个洞窟，几支手电打在石壁上只见几块白斑。曹子谦让拿手电的领上两个人，三个人一个小洞，同时往里进。特务们一看只能爬着往里钻时，心里就更害怕了，都站在那里等着。曹子谦哗啦一声就把子弹顶上了膛，喊道："快进！抓到人找到东西有奖！"特务们只好硬着头皮往里钻。刚钻进去有几分钟，就听见最左边的洞里传出了喊声："队长，里边有情况！"

曹子谦跟着进到洞里，一看这个洞窟有两间房子大，里边还有天然的石桌石凳，并在石壁的凹槽里发现了香炉、蜡烛和神像，石壁根儿还有一排大小不一的圆锥形石头。他用手电照了照一个特务说："你去把那个道长叫进来，让他解释这里是不是藏人的地方！剩下的人再往里搜！"特务们看到这里有人待过，胆子就大了些，拿着手电筒就往里搜，搜了好半天啥也没找到。

宗峰道长知道那个藏人的石窟被他们找到了，不过那里已经派人清理过，没有留下可疑的物品，就放心地跟着进去了。

曹子谦看见道长走进洞来，就问道："这里都藏过谁？老实交代！"

道长先道了声："无量天尊！这里不是藏人的地方，是我们师徒练功的地方！"

曹子谦说："这黑咕隆咚的山洞又潮又湿，能练啥功？"

"修炼天地之气，调和阴阳，以达到长寿之目的！"道长没有给他们说练狸猫功和夜视眼，只拿练气功来搪塞他们。

"那些石锥是干啥哩？"

"你们往起拿拿就知道是干啥哩！"

曹子谦过去找了一个最高的石锥，捏住石锥尖往起拿，一拿就滑脱了，拿了好几次，石锥纹丝不动。有几个好奇的特务不服劲，也走过去往起拿，都没有人能拿动。这时宗峰道长走过去，一手一个，毫不费力地拿起两个石锥来，在原地转了几圈后，又放了回去。宗峰道长对着特务们说："久练这个功，上手抓谁，谁就会骨断筋折！"

曹子谦吃惊不小，这老道咋说也快60岁了，双手的力气还那么大，要是被他抓住，肯定是非伤即残。他拍了拍腰里的手枪说："你再有劲儿，能赶上我这把枪厉害？你一抓就残，我一搂就能叫你死！"

"无量天尊！你说这话我不跟你抬杠！我这是用来强身健体，追求长寿之道，你是用它来杀人嘞！这不是一回事儿！"道长说完就扭头往外走了。

曹子谦带人回到了道观，对着石川把两手一摊，石川就知道什么也没找到，他把搜查出来的道观名册交给了曹子谦说："你地来点名，从八年前在册的人数点，看谁不在！"

云清老道长一听要点名，就明白日本人要找的是谁，心里也就有主意了。

当曹子谦点到山居乾道宗明，本名柴合明时，云清老道长就把话给拦住了，说："你们是不是要找宗明道徒？"

曹子谦说："对，就是找他！现在他在哪里？"

"你们别在观里费神费力了！七年前他因犯道规，早就被清出了道门！"云清老道长将了将银白的长髯说。

曹子谦问："他现在参加了游击队，你们不知道？"

"不知道！"老道长回答，又反问道，"啥叫游击队？我就知道夜游神！"说着把手里的拂尘甩了一下，从右手换到了左手。

曹子谦上下打量了微闭着双眼的云清老道长一番，鼻子里哼了一声说："我看你是揣着明白装糊涂！他在龙泉镇周边活动了好几年，你们难道没有见过面？"

云清老道长说："你不是道门中人，不明白其中的规矩！我道门中人，日听钟鼓鸣，夜伴香炉眠，以清静修道为念，不问世间烦恼之事。被清出道门之人，就不是我道中的人，就像是井水不与河水相犯一般，他做何事，与我等均无相干！"

"看来你人老嘴不软，来人，把他给我绑起来！"曹子谦没有问出柴合明的情况，觉得在石川面前丢了脸，有点气急败坏。

特务和警备队员们没有一个敢过来绑人。石川走过来拍了拍曹子谦的肩膀，让他靠后，由自己来问："柴是你道观中人，现在投奔八路与皇军为敌，你地师傅脱不了干系！我有个主意，咱做个交易，你看怎么样？"

"啥交易？"云清老道长还是双眼微闭，问道。

石川低声说："你把铜壶滴漏交出来，你徒弟这件事咱就一笔勾销，我们不再踏进你道观大门半步！"

云清老道长终于明白了他们的真实意图。他平缓了心情，带着惋惜的神态说："要是这样最好啊！但是那件东西七年前就被人盗走了，我想与你做交易，可惜做不成哩！"

话音刚落，就听石川大喊："八格牙路！"抬起巴掌向云清道长扇过来。云清道长猛地把手中的拂尘一抬，正好挡住他挥过来的巴掌。随着"哎呀！"一声惨叫，石川疼得抓着自己的手腕直跺脚。站在石川身后的一个日本兵看见队长受了伤，端起枪就朝云清老道长开了一枪，子弹从云清道长的胸部穿过，又打在了站在他身后宗峰道长的右臂上。徒弟们一瞧师父和道长都被打伤了，就散开来摆开架式要反击。手捂着伤口的云清道长赶忙抬起右手，制止被激怒的徒弟们。石川左右看了看，啥话也没有说，把手一挥，都撤走了。

宗峰道长一边指挥着大家赶快把老道长抬到方丈室为师父止血，一边给自己的伤口上药，并拿过治内伤的药丸化开给老道长灌下，一直忙到掌灯时分。云清老道长知道自己受伤不轻，趁着还能说话，只留下宗峰道长在身边，给他交代后事。老道长让他抠开墙上的一块砖，从里边掏出来一个油纸包，打开是一本《雪花太极拳谱》。他喘着粗气给大徒弟说："我死后，你师弟定要去为我报仇，你劝他们这万万不可。看现在的局势，这个道观你们是待不下去了，把观内的存钱分给道徒们，让他们回老家或投亲靠友暂避一时，或许能等到世事的转变。到时候能回则回，不能回就在家安身立命吧！"他停了一会儿，待喘匀气后又说："你自己愿意回老家则回，如果不愿意，就先到西山石壁村找师弟师妹他们，这未来一准是共产党的天下。你可将雪花太极流传于世，用来强身健体，造福百姓，也不枉费咱师徒在世一场。观里的那件宝贝，就让它在洞里边藏着，能不让它见天就不让它见，总归还是在龙泉观内，也算是咱对先祖的一份告慰。"宗峰道长看着师父烛光下苍白的面容，眼里含着泪水点头应允，又抓着师父的手晃了晃说："师父你没事儿，等你好了咱一起走！"云清老道长用力握了握徒弟的手说："人终有一死，这是自然之理，不要为我难过。我的寿限多则三天，少则二日，你要早做准备。不要发丧，不可超度，夜间暗地里埋葬，以免生是非。人啊！哭喊着来到世上，无声无息地逝去，这也符合天然之道！"说着，他满是皱纹的脸上露出了一丝微笑。宗峰道长跪在地上说："师傅！您说的我都记下了！我一定回来陪着您，我死后就葬在您的脚下！"正在此时，门帘一挑，张万山闪身走进方丈室，看见受伤的师父和哭泣的大师兄恨恨地说："日本人敢对一位老人下手！俺现在就去把石川的头砍下来！"扭头就要往外走，云清老道长费力地喊了一声："回来！"

张万山赶快跪在地上说："师父！您有话说？"

云清老道长有气无力地说："你啊！你想一想，你去把石川杀掉了，你的师兄和道观里的人咋办？先不要轻举妄动，一切听你师兄的！"

这一夜，张万山没有离开师父的房间，一直在床边陪伺着。

第二天前晌，田道然老爷听说老神仙被打伤了，就坐着马拉轿车来到了龙泉观。他看着躺在床上气息奄奄但神志尚清的老神仙，与往日侃侃而谈精神矍铄的道长判若两人，浑浊的眼睛里涌出了泪水。老神仙慢慢地睁开昏暗的双眼，这两位相交相识七十余年的白发老者，相视中，彼此的脸上都露出了一丝苦笑！田道然老爷感慨地说道："您看您呀！到老了却受此大难！您要真仙逝喽，我有疑难还找谁问嘞？唉！我都快奔八十的人了，也没几天活头了，您到那头等着我，到那时候咱俩就再也不分开了！"田老爷无所顾忌地说些伤感的话，忍不住又问老神仙："您老总得给我留下一句话，也好让我的心安稳些，要不然我对这世事的走向心里可是没有底呀！"

云清老道长使出全身力气，嚅动着双唇喃喃地说了十四个字："滔滔滢水东逝去，熊熊紫气由西来！"

这十四个字田老爷一时没有弄明白，看见老神仙痛苦地闭上了双眼，就没好再问下去。他看了看身旁的张万山，好像想起了什么，就对宗峰道长说："你在这儿看着老神仙，我和万山到外边说句话。"

张万山跟着田老爷来到了太极殿前空场的矮墙边，田老爷没等他说话就先开了口："我问你两件事儿，你得好好地回答我，不准隐瞒！"张万山看着神情严肃的田老爷说："您老问吧！"

"第一个，刚才你师父说的那十四个字是啥意思？你给我解答解答。"

张万山指着向东流淌似一条银白飘带的滢水河说："前七个字说的不就是脚下东流的滢水河吗？紫气是指王者之气，西来的王者之气，肯定就是从中华的龙脉神山昆仑山上升起的熊熊紫气喽！师父的意思是说有圣人要从西方神山上下来，解救受苦受难的中华民族，看来苦日月就要熬到头了！"

田老爷点着头说："明白了。不过这位圣人是谁？用啥招数来解救咱们？"

张万山笑了笑说："您老往咱昭关周边瞧瞧，现在日本人已日薄西山，就像是一头垂死挣扎的困兽。人家八路军七七事变时只有三万多人马，就控制了太行山区和吕梁山区，在敌后占据了有利地形。只两三年工夫，到了民国二十九年时，人马就增加到了几十万，控制了华北广大的乡村。现在日本人都被人家围着打，用不了多久，日本人就会滚出中国！到那时咱们的厄难不就消去了吗？"

"话是那样说，我还不知道能不能等到那一天！"田老爷惆怅地说。

张万山说："您身体硬朗，活到俺师父这个岁数那是没说嘞！好事还在等着您哩！您可不能太悲观啊！"

田老爷一听心里很是受用，又问道："第二个，我孙女希微现在在哪里？"

张万山就怕他问这句话，没想到他还真给提出来了，就说道："这个事儿俺不知道，俺想她肯定没走多远！"

田老爷俩眼一瞪，佯装生气地说道："你小子又给我打哈哈！咱们镇上就数你知道得最清楚！要不我改天找你爹问问去！"

张万山赶紧说："您不知道比知道好，俺只能给您说，您坐在家里等好吧！"

田老爷从张万山的口里得到了让他心安的信息，也就满足了。

┤ 四十五 ├

腊月二十八夜，105 岁的云清老道长因伤情过重，不治而亡……

龙泉镇除夕的后晌，天空阴霾密布，寒气逼人，没有丁点儿节日喜庆的气氛，一直到了傍黑儿，才响起了零零星星的鞭炮声，告诉镇民们民国三十四年的除夕夜已经来临。谷子贵坐在黑暗的屋里，透过窗口，紧紧地盯着斜对面黑乎乎的大门。按以往的经验来判断，今天这个远离家乡的日本军人，应该前去他的相好许莲花家赴迎新年酒宴，只要他离开宪兵队，除掉他就很有把握。这时，谷子贵发现有个人手提一盏马灯，闪进了宪兵队的大门。等了有一袋烟的工夫，那盏马灯又在门口出现了，并跟出来一个身材矮壮、穿长袍马褂、戴高顶绒帽的人，一起摇摇摆摆地向西而去。谷子贵早已对石川队长的身形样貌了然于胸，今夜他虽然换了装束，但一摇一摆走路的姿态并没有改变。看到他们往西街走远后，谷子贵对坐在一旁的大牛说："你在这儿等着咱们的人从后墙翻过来，我回家去通知万山他们，做好今夜动手的准备。"

夜半，等在胡家后门路口对付石川的是抗日县政府派来的柴合明两口子和两位独立营战士。他们都是黑衣黑裤，一身利落的短打扮，腰插匣枪，手拿短刀，计划不发一枪一弹就把石川给干掉。柴合明的妻子李春霞是云清老道长的养女和徒弟，这次为了给老道长报仇，一再恳求要来。另一路是张万山和带领的满囤、万水三个人，准备在杀石川的人马得手撤走后，趁大年夜敌人放松了警惕，对宪兵队的日本兵进行袭击。

柴合明他们一直等到子夜稀稀拉拉迎新年的鞭炮声响过后，才发现从胡家的小后门里走出了一个手提马灯的人，后边还跟着一个男人，肩上搭着一个喝得醉醺醺的矮壮人。等后面两人走下台阶，前面提马灯的人回身把小门给关上了。他们趔趔趄趄地来到了街角的拐弯处，藏在暗处的柴合明和李春霞突然蹿了出来，伸出右掌照着两个搀扶人的脑后根就砍下去了，还没有看清楚咋回事，三个人和马灯都摔到了地上。柴合明上去就把跪倒在地上那个喝醉的人给抓住了，并下了他的枪。一位游击队员拿出绳子套在了他的脖子上，把绳子的另一头熟练地甩到了路口的槐树树杈上，两个人使劲往下一拉，被套住脖子的矮壮人就离开了地面，高顶帽子也滚落到了地上，他踢蹬了几下子，就不见了动静。两位游击队员把绳子系到树干上，从躺在地上的两个人身上搜出了两把匣枪，往腰里一插，就一起奔镇西墙而去。

翻出镇墙后，柴合明从怀里拔出手枪，朝着龙泉镇上空射出了三发子弹。藏在日本宪兵队后院黑暗处的张万山三人听到枪响，立刻就把几颗手榴弹从窗口投进了日本兵住的两个屋子里。顿时屋内就传出了爆炸声和哭叫声，没被炸死的日本兵拿起枪往外跑，伏在屋顶的二人向他们射击。住在前院的特务们棉衣都没来得及穿，手提匣枪就要往后院闯。藏在墙角的张万山拉开一颗手榴弹弦就投到前后院之间的门口，特务当即就被炸倒几个，其余的人慌乱地四下躲藏，张万山乘机回身翻墙就出去了。房顶上的两个人也跳下去，顺着胡同往南跑掉了。

这次龙泉镇日本宪兵队被袭击，队长石川被吊死，死伤共有十四人，是日本兵驻龙泉镇以来遭受的最大损失。驻昭关县日本司令松田马上猜到这次偷袭是昭关抗日县政府所为，但就是找不到他们。松田只好把剩下的驻龙泉镇的宪兵都撤回县城，让特务队长曹子谦和警备队长秦先河配合许莲花会长管理龙泉镇的事务，并继续侦察抗日县政府和独立营的动向。

又到了一个阳春三月花艳、柳新、春意盎然的日子，这天前晌，前街卦铺里谷子贵靠在椅背上微闭双目，从后院里飘过来李大牛模仿女声的河南梆子唱声："樊梨花出帐来我这笑呵呵！恁都看小妹妹把脸耷拉着，她用那白眼珠还来瞪我……"谷子贵被他的唱腔吸引住了，看来今儿这小子的心情不错，这是收他做徒弟以来第一次听到他唱戏文。突然听见一个小男孩一边喊着多一边走进来。谷子贵睁开眼一瞧，是大牛4岁的儿子来柱，只要看见他，后边跟着的一准儿是他瘸腿的奶奶。谷子贵刚把小来柱抱起来，门帘一挑，一前一后进来两个女人。先进来的瘸腿女人喘着粗气说："这小子腿脚真快！紧撵快赶也追不上他！"后面的青年女人是大牛的媳妇宋金凤，她可不是从前那个又瘦又黄的小凤了，已变成了一个落落大方温柔端庄的少妇。谷子贵一看亲家来了，就给她要开嘴了："你追不上你飞呀！翅膀一呼扇就是几十里，看他还往哪里跑？"闺女不在了，只要一见到谷家人，她的心里免不了有点儿伤感，好在闺女还留下了一个孩子，过年过节满囤还和以前一样到家里送东送西，从没有间断过。再加上谷老贵又是大牛的师傅，这七八年来全靠亲家挡在前头给遮风挡雨，才有了李家人的兴旺和平安。一听亲家给自己开玩笑，她答道："老嫂子我要是能飞会跳，早就也和你一样当先生哩！"在后院的大牛听见娘和孩子说话的声音，来到前屋就虎着脸说道："恁都不在家里待着，出来胡乱跑啥嘞？"瘸腿老娘说道："谁愿意到处跑？前天你给了一张五百块的'孔子逛天坛'联银券，还能买一升米，今儿到粮铺一问，人家说只能买一斤米。恁看这只隔了两天，就少了六两米，这一斤米够做啥吗？看能不能再给凑点儿？"大牛一听气就不打一处来，埋怨说："给恁时就说赶快去买粮食，不买就贬值了，那怨谁？"瘸腿老娘没啥可说的了，站在那里只唉声叹气。谷子贵一瞧娘俩僵到那儿了，就从桌子上的一张黄表纸下边抽出了一张纸币，打圆场说道："恁都别生气了，再给恁一张一千元的大票，赶快买米去，迟了又涨价了！"大牛娘站在原地没动弹，她知道现在卦铺里生意不好，两三天还不见一个上门求卦的人。谷子贵看她不好意思拿，就笑着说："这是昨个儿刚收的钱，你不要白不要，到了明儿，恐怕这一千块就成五百块了，别到时你再后悔啊！"大牛也在一旁催促他媳妇说："快拿去买米吧！还愣着做啥哩？"小凤走过去，接过上边印着万里长城的千元纸币，用带着临漳口音的昭关土话说："要不刚刚嘞在街上听人家都说啥'孔子逛天坛，五百当一元；千元一出现，老日的就完蛋'，原来这就是新出嘞千元大票啊！看来老日的快完蛋了！"谷子贵把小来柱放下来说："恁出了门儿可不敢乱说话，小心有人告发喽，叫恁吃不了得兜着走！听到了没有？"一老一少两个女人不住地点着头，就拉着孩子买米去了。

她们走后，谷子贵告诫大牛说："现在还是非常时期，不要轻看了日伪军的手段和能量，越是快看到希望的时候，越要小心谨慎从事，千万不要叫敌人看出咱的深浅来。"

这时门帘一挑又走进两个人来。二人身材修长，都穿藏蓝长袍，戴着墨镜，头戴黑礼帽。谷子贵看来人身份不一般，赶忙站起来迎接，问道："二位老板是来求卦还是相面？"大牛把凳子擦了一遍，让二位坐。那位年龄大的人坐下后只瞧着谷子贵笑，就是不回话。谷子贵一瞧这阵势，口气马上就变了，就问："二位不是为问卦而来，那有何公干？"那人还是没有回答，把墨镜往下一摘，笑着说："咋？老贵兄！几年不见不认识我了？"谷老贵大吃一惊，说："老三！咋是你啊？啥时候回来嘞？"这个老三不是别人，就是田道然的三公子，原昭关县警备团团长田善仁，七七事变后随国军后撤到山里去了，成了河北民军独立第六团团副。他俩人上下差不了几岁，也算是熟人，今天他化装来找自己肯定有事，于是递给了他俩每人一根烟卷，点着后三人抽了起来。

田善仁民国二十六年随溃退的国民党军队后撤到了西部山区，参加了河北民军独立第六团，老百姓都喊他们"独六"。在山区时，当地苦旱，粮食收成少，满足不了后撤军队和国民政府人员的需求，他们经常强征强收欺压老百姓，后来又与抗日的八路军闹摩擦，最后被当地民众和八路军游击队赶到了漳河南的山区里一待就是七八年，从没露过头。现在田善仁突然回到昭关县，是因为现在日本人已走到了末路，他们趁机下山拉拢招募人员，以此来壮大自己的力量，为未来控制昭关县而做准备。他找到谷子贵就是想利用以前县警备团与自卫队的老关系，来收编龙泉镇自卫队武装。他们潜回昭关已有好几天，不但收买了刘二狗的镇自卫团，还和县里其他敌伪人士接上了头，从中也了解了自卫队几年来的变化，知道自卫队的武装实力不容小觑，是一支可以依靠的武装力量。

田善仁眼里含着笑，两只眼睛在屋里扫来扫去，一根烟抽了快一半了，就是不开口。谷子贵想到他们是在观察自己，所以也不着急，就随口问："三老板，你俩胆子也够大的嘞！青天白日在街上走，不怕有人认出来？"

田善仁使劲抽了一口烟，把烟灰弹到了地上，毫不在意地说道："龙泉镇的日本宪兵撤走了，剩下的都是咱们自己人，有啥怕的嘛！"

谷子贵听出他话里有话，知道他可能与其他人联系好了，装作害怕的样子说：

"可不敢那样说，特务队、警备队和自卫团厉害得很嘞！叫他们给抓住了，可饶不了你们！"

田善仁看谷子贵胆小怕事的样子，心想，在日本军的管辖下，连大名鼎鼎的自卫队文传师也变成了一个惊弓之鸟，就满怀信心地说："这次我来找你，是想通过你把自卫队纳入国军队伍序列中来，将来日本人走后，还是咱国军的天下，也好让你们升官发财，光宗耀祖！"

田善仁说明了来意，谷子贵显出更加害怕的样子，神秘地看了看窗外，摆着手说："可不能这么干！要是让对面的知道了，日本军还不把龙泉镇给灭掉！"

田善仁说："你不用怕！警备队有我以前的老部下秦先河，小时候我就认识他；刘二狗是我家的心腹，不在话下；特务队长曹子谦更没问题了，日本人没来时，我救过他的命。他们都是我的人，你还怕啥嘞？"

谷子贵明白这几个人他都已经收买好了。这是件大事情，得先稳住他们，跟牛海龙他们商量好后再说也不迟。想到这儿就说："自卫队好几千人，不是由我一个人说了算！要不你等两天，等我跟张志和他们商量好后，再给你答复？我再问问你，国军能给我们自卫队啥待遇？我也好给人家张家父子解释！"

田善仁说："只要愿意投靠国军，可给你们少校军衔，自卫队武装就是独立第六团属下的一个营，每月还可以发给一些津贴，作为活动经费。"

谷子贵大大方方地说："那行！后天听我的信儿！"

事情已谈妥，田善仁他们就告辞了。

当天夜里，谷子贵他们一致认为，先答应下来把他们稳住，以后再见机行事。牛海龙请示上级后，同意了自卫队的意见，让随时注意国民党"独六"的动态，及时报告，必要时与其他抗日武装同时采取措施，不能让他们在抗战胜利之时不劳而获。

一个月后的晚上，田老爷正在正房堂屋里喝茶，老三明日就要走，心里总觉着有几句话要嘱咐他，就对站在身旁的使女淑英说："去把你大爷和三爷、四爷给我叫过来。"田老爷看着在自己身边伺候了七年的贴身使女周淑英摇动着细腰，婀娜地走出了他的视线，心里突然有了微微的怜悯。她从15岁起就在身边伺候，到现在七年多了。她脾气随和，性格温柔，叫干啥就干啥从不拒绝。他知道她是在报答他在危难中收留她们母女的恩情，从她默默接受自己的要求后脸上的郁闷表情，就知道她内心万分的不愿意，只是不敢拒绝罢了。几年来，家里上下也都知道这不明不白的关系，但没人敢公开说三道四。现在姑娘已经二十一二岁了，再这么下去不但毁了她的名声，自己的老脸也快挂不住了。

老三田善仁先来到堂屋，他刚坐下老大田善地和老四田善信也来了，淑英给三位老爷斟上茶后，就走进里屋躲开了。

田老爷先开了口："老三你回来的时间也不短了，咱爷几个也没顾得上好好地说会儿话。你明儿要走，我有几句话要嘱咐你！你走时最好把你的家眷也带走，万一你们国军回不来，你把她们留在家里，我们恐怕顾不了。"

田善仁拽了拽衣领，很自信地说："爹，你咋对我们那么没有信心！我们国军在南方的军队多得是，那是时机没到，时机一到委员长就立马杀回来了！"

田老爷看到三儿子已不像七年前那么稳健和理智，离开这么多年，不知道他那煞有介事的自鸣得意从何而来，叹了口气说："几年不见，你对形势的判断能力实在是令我担心！不是我小看你们，就你们那一团人马，别说对付八路军了，就是咱镇上的自卫队，恐怕你们也对付不了！你以为日本人一走，你们就成老大了？要我看未必！"

"爹！就那些土包子，饭都吃不饱，还敢跟国军对抗？您老别开玩笑了！不过现在他们已经成了我们的人，是我河北民军第六独立团第四营了！"田善仁踌躇满志地说。

田家老大坐在那里听不下去了，说道："他们成你们的人了？人家在龙泉镇和日本人斗智斗勇七八年，一直护卫着龙泉乡才没被日本人毁坏掉！人家跟皇协军都敢公开叫板，你回来这么一动嘴，人家就听你们的？我不信！"

老三一看大哥不相信自己，就说了实话："人家都收下我们的委任状了，暗地里已经是我独立六团的属下了！"

田道然把话头拦住说道："我把你哥仁叫过来是要给你们提个醒，你们了解的情况太少，我也没几年的活头了。以后你们在咱龙泉镇一旦遇到大的难处，走投无路之时，就去求助张万山爷俩，他们可能会给你们指一条生路，而不至于让你们丢了性命！"

田老爷一席话把哥仨说得一头雾水，老大就问道："爹，你说的我咋听不明白？"

　　田老爷用指头点着大儿子，指责他说："你呀！在龙泉镇摸爬滚打了快六十年了，也算是个场面上的人物，连这点内情都看不出来？我问你，你家希微是被谁救走嘞？现在在哪里？"

　　田老大摇了摇头说："不知道！不是被三弟派来的人给救走嘞？"

　　"你看看你，这都弄不明白，你咋当爹的嘛！"田老爷停顿了一下，又问老三："你说是被谁救走嘞？"

　　老三一脸茫然地说："我回来还没来得及问这回事儿！我也不知道谁救走嘞啊？"

　　田老爷脸上带着怒气说："家里出了这么大的一桩子事儿，你哥俩到现在都还稀里糊涂，以后我咋能放得下心来！不过我今天提醒你俩，日本人已不是七七事变时的日本人了；八路军也不是刚到太行山时的八路军了；自卫队也不是以前被国军镇压下的自卫队了。这日本人一被打败，中国是不是你们国民党的天下，现在更是说不清哩！"

　　老爹的一席话，说得田善地低下了头。老三却不以为然，半信半疑地说："爹你说得是不是有点太玄乎了？国军还有几百万军队，中国咋能被共产党给统治了，我不相信。"

　　田老爷摇了摇头说："你们相信也好，不相信也罢！我只想让你们记住，以后在龙泉镇有了难，请你们放下身段，去找张家父子吧！"

　　老大抬起头说："找人家，能给咱帮忙吗？"

　　"我让你找，你就理直气壮地去找！不过不能让其他人知道！"田老爷语重心长地又说："老神仙经常说'日中则移，水满则溢'，让我把钱财看得淡一些。你们也趁早做好准备，以防不测。"田老爷又扭回头对老四说："你趁早把怡情楼里的那些烂人都撵走，干一点儿正经八本的买卖，别让人家在你身后指着脊梁骨骂你！没事儿了都回去吧！"

　　儿子们都走后，田老爷靠在椅子背上眯着眼睛思量了良久后，眼也不睁开就喊："淑英，把你三婶子叫来！"

淑英明白让去叫的是内宅总管张桂兰，就迈着轻盈的脚步往前院去了。田老爷目送身穿薄薄绲边蓝布衣衫、体态丰满的淑英走出了灯影，深深地叹了口气。他实在是舍不得这一朵娇嫩的鲜花从自己的眼前消失。她就像是能使人兴奋的日本料面，久而久之，想戒，却戒不了；想舍，又舍不得。嗨！当断就断，不断必受其害。田老爷劝解自己。

"大爷！您找我有事儿？"内宅总管本家侄媳妇张桂兰站到了厅当间儿，身旁还站着使女周淑英。

田老爷回过神儿来，把着椅子扶手坐直，看着她俩说："淑英她娘身子不好需要照顾，从明儿起淑英就到城里去伺候她娘，你把老太太的使女桂香给我派过来顶替她。淑英走时想带啥就让她带走啥，不要亏待她！正好明儿有车往城里送油，给油坊知会一声，让她搭车走吧！"

张桂兰扭头用复杂的眼神儿看了看亭亭玉立的淑英，回过头来答应道："行！就按您老吩咐的办！"她见田老爷一摆手，就出去了。

周淑英没想到田老爷突然答应了娘的请求，泪水汩汩地直往外流，不知道该咋说才好。田老爷看着灯影里的她问："你咋还哭上了？是高兴走啊，还是不愿意走？"

周淑英毕竟是上过学的女子，也明事理。自己没日没夜地伺候田老爷六七年，谁让自己当年为了感谢人家出钱埋葬父亲，跪在地上哭喊着给人家当牛做马都愿意嘞。不过这几年从田家上下看自己的眼神儿里，就知道自己身份的卑微。今儿田老爷让自己回到母亲的身旁，这份人情是不是到此就算是还清了？一听到田老爷问话，她赶快收回胡思乱想，擦了一把眼泪，用轻柔的声调说："老爷！两者都有！"

田老爷虽然知道她是在搪塞自己，但也莫名其妙地生出几分感动，流下几滴老泪来，哽咽着说："以后需要啥让人带个信儿来，你没事儿了常来看看我，我也就心满意足了。"说完掏出手绢来擦了擦眼袋上的泪痕。

周淑英看到老爷为了自己而伤感，心里很感动，扭回身把屋门关上，并下了门闩。走到田老爷身边扶起他的胳膊说："天已经晚了，上炕去我给您再做一次返老还童长寿功，好好嘞让您放松放松！"

田老爷在她的搀扶下走进了卧室，又一次去享受盎然的青春暖风带给他的浓浓欢愉去了。

第二天，张万水赶着送油的牛车早早来到田家庄的大门前，他望着已阴沉下来的天空，催促站在大门口值班的田家护院："老黄！谁要坐车上县城？得赶紧！这天说下就下，叫里头快一点儿！"护院老黄说："我也不知道是谁去县城！话已经传进去了，怎再耐心等一会儿！"张万水把雨布蒙在四个大油瓮上，用绳子四下勒好，又把油布雨伞拿出来放到车上，腾开了车辕，好让搭车人坐。老黄说了声："万水，人来了！"他回头一瞧，是田老爷的使女淑英，手里拎着一大一小两个布包袱从红漆大门里走了出来。万水从淑英手里接过那个大包袱问："谁要到县里去？"淑英眼圈红红、脸色凄凄地说："我。"万水把包袱放到了蒙着油瓮的防水雨布上，用绳子扎好后问："咋不干了？"淑英用哀伤的口吻说："万水哥！我娘有病，要我去伺候。"她没有把离去的实情说给他听。

七年前她爹死时，她和娘住在南门外的土地庙里，张家父子忙前忙后地操持她爹的后事，从那时起她就和张家父子三人熟悉了。后来进到田家当使女，每次进城去看娘，都是搭张万水往城里送油的车，在路上免不了聊些家长里短的闲话。她内心一直很敬重张家父子的为人，见面就万水哥长万水哥短的。今天走出了田家的大门，内心深处的压抑感得到了宽释，终于能够自由地呼吸了，也能自谋出路了。这时的她感受到了真正的自我，敢于仰起头看看身边的一切，领略不一样的龙泉镇的山水和人情。

张万水虽然平时爱和熟悉的女人开开玩笑耍耍嘴，但是一见到周淑英却总是张不开耍笑的口，可能是因为她阴郁的气质，也可能她是城里有文化女孩子的温文尔雅。所以只要面对她，他就是一副正经稳当的样子。今儿一听她说娘有了病，就急忙说道："那咱就赶快走，你看这天阴得很，走得慢了恐怕要遭雨淋。"说着把自己的坐垫放到了车辕的另一边，看着她坐到车辕上，便解开缰绳，一拍牛屁股，就往前街而去，眼梢还偷偷地瞄着不住地回头看的周淑英，心里就明白她这一去恐怕再也不会回到龙泉镇来了。

黄牛迈着稳健的步伐走出了龙泉镇大门向西而去，周淑英长长地吐出了一口气，抬头看了看阴沉的天和低垂的乌云。

张万水说："要不咱明儿再走？"

周淑英听后，用坚决的口气说："不能回去！今儿必须得走！"

"咋？恁娘病得厉害，不走不行？"万水看着她急赤白脸的样子问。

"万水哥，你别问了，下刀子也得走！你帮我把包袱盖好，里边都是我随身换洗的衣服，可别淋了雨。咱俩就合打一把伞吧！"

"行！只要你不怕淋雨，我就更不怕嘞！"万水使劲照黄牛屁股拍了一巴掌。

他们刚走过龙泉观下的风月关券洞不远，就起了西北风，张万水笑着说："屁是屎头，风是雨头，看来挨淋是躲不过去了！"又走了二十几丈远，豆子大的雨点儿就扑哒扑哒地掉了下来。张万水赶快停下车，掀开雨布把车上的两个大布包遮盖好，把油布雨伞撑开，递给了抱着一个小布包的周淑英，自己从屁股底下抽出了一块小雨布，披在了头上。雨越下越大，风也越吹越急，一把雨伞一片小雨布根本就抵挡不住风雨的侵袭，不一会儿两个人全身上下都被雨水给打湿了。张万水喊："咱回龙泉观下的券洞里躲躲雨吧？等雨停了咱再走！"周淑英一瞧也没有别的办法，只好大声说："那就快掉头往回走吧。"

张万水拉着牛缰绳拐回头，回到了龙泉观下的石券洞里，把牛车停下，拉上车刹。这时再看二人身上的衣衫，都被雨水淋得紧紧地贴在了躯体上。女人丰腴的肉体、男人健壮的胸肌都清晰可见。周淑英红着脸窘迫地赶快往起拽贴在两只丰乳上的湿衣衫，刚要再往起拽紧贴在下身的裤子，松开的上衣又粘回到了身体上。张万水看着惊慌失措、手忙脚乱的周淑英，不由得笑出了声。周淑英抬头看见张万水正在笑自己，一张白脸腾地一下子就红了，说："你看我干啥哩？"张万水的衣服也湿了，他先把上衣脱下来，把衣衫的水拧干，使劲儿地抖了抖，挂到车帮上晾。他挂好后一回头，就见淑英浑身颤抖着站在身后，瞪着一双雌鹿般温柔的大眼盯着自己看，眼神里满是爱恋和激动。他那光滑白腻的皮肤和健美的胸肌线条，挑动着自己青春勃发的情怀，这与那枯萎衰老的肉体是那么的不同。突然间，周淑英张开双臂紧紧地搂住了万水的腰，嘴里发出了喃喃的细语声："万水哥，我好喜欢你！"

张万水虽然是个成过家并有了两个孩子的男人，但从来也没有遇到过如此秀美又如此大胆地向自己表白的女性，一时间他不知道怎么办才好。毕竟他已有两年没有碰过女人，这突如其来的投怀送抱，把他埋藏在心底的欲念一下子点燃了。

他张开强健的臂膀，把周淑英柔软丰腴的身体紧紧地抱住，在她鲜红的唇上狂吻起来。周淑英如醉如痴地享受着张万水狂风暴雨般的亲吻，口中发出了阵阵的呻吟声和粗重的喘息声。张万水把她抱到了车辕上，就像是一头喘着粗气正在埋头犁地的犍牛，用力熟练地劳作着。车的晃动把套在车辕上的黄牛给惊动了，它仰起一对又粗又长的牛角，连声发出了哞哞的叫声。低沉浑厚的牛叫声与女人的情欲声混合在一起，在这个名叫风月关的长长的石券洞里来回飘荡着，久久不肯停息……直到洞外风雨停歇，风月关石券洞内才恢复了静默。这时二人都瘫软在了车辕上，只有黄牛打出的响鼻声在石壁之间传递。

———— | 四十六 | ————

又是一个逢五的日子，张万水要按时给昭关县田家粮油店送油。今儿搭油牛车到县城去的不是别人，是自己的亲娘，她要去城里看怀孕已快三个月但没有过门儿的儿媳妇周淑英，顺便也和亲家商量孩子的事儿。

这件事儿来得有点儿突然，张万水怎么也没想到就那么一次就弄准了。孩子快两个月时才知道淑英有了身孕，就问多该咋办。老爹指着他的脑门儿说："你看你办的这叫啥事儿！你能不能找一个与田家没有关系的女子？咋弄来弄去又和田家扯上了联系？"张志和本意是不同意这门亲事，但是人家女孩子已经怀上了张家的孩子，张家就理应担承。今儿叫老伴到县城看看人家。现在正当乱世，家里的房子被烧毁后还没来得及翻修，给亲家说说能不能就在县城租三间房，把两家人叫过去吃顿饭就算是把婚事办了。以后能回龙泉镇就回来住，不愿意回来就在那儿安个家，前边媳妇留下的两个孩子由他老两口儿先管着，等他们长大了再说。张志和内心其实不愿意叫他们回来住，免得叫镇里人看见了说三道四。

万水他们走到镇的西大门，就觉得今儿街上的气氛有点儿不对头。一路上街上的行人少不说，平时在街上巡逻的警备队员们，今儿一个也不见了。镇西门就剩下了自卫团的团丁无精打采地站在门口，对进出大门的人和车不闻不问，任其自由出入。他停住车问靠在门洞墙上抽烟的团丁："哎，老田！今儿门口咋这么清静，警备队的人干啥去了？"老田抬头看了看张万水说："日本人早给他们停了供饷，饿得没劲儿站岗了，都在队部里睡觉哩！"张万水没再问下去，一抖缰绳赶

405

着车就往县城去了。

来到昭关县城东大门，这里的日本兵和警备队都上了双倍的岗哨，对进出城门的人和物检查得比往常都严格，一副如临大敌的紧张状态。因为他经常来县城送油，执勤的军人大都认识他和他的牛车，所以没怎么检查就放他进去了。

他先赶着车来到县财政局副局长田善渊家，把娘领到里边和淑英娘俩见了面，让她们聊事情，自己赶着车到田家粮油店送油去了。一直快到晌午才回到了田局长家，一瞧田局长还没有回来，他就一直在家里等，看他有没有情报要传送回龙泉镇。午时过了好长时间，王保山在院子里喊他，说田局长回来了，让他到书房里去。他快步来到书房，看见田局长满脸抑制不住的兴奋，在屋里不停地踱着步，看见自己进来，上前就握住他的手使劲地摇晃着，嘴里不住地说着："胜利了！胜利了！"万水听得莫名其妙，就问他："谁胜利了？"

田善渊稳定了一下情绪，拍了拍张万水的手说："刚才听到广播了，日本投降了！我们胜利了！"张万水一听日本投降了，高兴得上去就把田善渊给抱了起来，二人不住声地哈哈大笑起来。站在外边的人知道日本人投降了，也又说又笑，可算是盼到这一天了！

田局长对王保山说："再整几个菜，咱们一起喝点儿酒庆贺庆贺！"不过现在日本人都对老百姓保着密，不让中国人知道他们已经投降这件事儿。他们手里都还有武器，田局长嘱咐大家出去说话办事儿还要和以前一个样，以免招惹是非！

张万水说："田二叔，这可是个天大的好事儿！我得赶快回去把情况汇报给牛海龙，让他们早早地做好准备，以防不测！"说完扭头就要走，田善渊喊住他，回到书桌旁，从一本书里翻出了一张纸，把它卷成了一个小卷儿，交给了张万水，附在耳边小声说："这是驻昭关日伪军最近的兵力分布图，出城门时要小心！"张万水把小纸卷儿攥在手里，点了点头就出去了。他和娘来到大门口，把纸卷儿塞进鞭子杆的空心把里，和送他们的周淑英等人摆了摆手，就走了。

张万水回到龙泉镇，到前街找到谷子贵，二人又相跟着到了南门外的土地庙，把日本投降的事儿说给了大家。几个人都很高兴，一合计，觉得应该先把龙泉镇的警备队和特务队给解决掉，把许莲花、曹子谦和秦先河都控制起来，再把刘二狗的自卫团也解散了，抢占主动权，把龙泉镇给控制住。商量好后，牛海龙就和张万水一起来到抗日县政府的驻地，把日伪军最近的兵力分布情报图交给了他们，并汇报了自卫队下一步的行动计划。

第二天黎明，龙泉镇都还沉浸在静寂中，张万山领着自卫队武装就动手了。驻龙泉镇的警备队和特务队还在睡梦中，就被从房顶上跳下来的自卫队武装缴了械，警备队长秦先河也被抓了起来。又把投靠国民党独立六团的刘二狗自卫团就地进行了解散。与此同时，张万山带人来到曹子谦的家里，把他从被窝里给拎了出来，绑起来带走了；满囤领着人到胡汉章家抓新民会会长许莲花，才知道人家两天前就带着金银细软，坐着马拉轿车跑了。去申家庄抓付有田的人回来说，他也找不见了。打从这天起，龙泉镇各路武装就被自卫队全部接管了，自卫队总部就设在镇公所，队员们都拿起武器站岗放哨，严查进出镇门的人和车辆，当天全镇民众都知道了抗战胜利的消息！

日本人宣布投降的第二天，八路军派代表到昭关县城接洽驻昭关县日本军投降事宜。日本军驻昭关县司令部司令松田大佐傲慢地把八路军代表拒之门外，声明只向国民党独立第六团投降。八路军太行区武装部队和抗日县政府独立营怕事态有变，于8月18日一大早就把昭关县城给包围起来，并发出了最后通牒，命令他们立即投降。日本司令部仗着驻昭关的日军还有实力，外围又有国民党的独立第六团做外援，并没有把八路军的最后通牒当回事儿，顽固地坚守不予投降。八路军派出地方武装监视国民党民军独立第六团，阻止他们前来增援。当天前晌9时许就向昭关县城发起了进攻，激烈的战斗进行了一白天，驻昭关县城的日伪军无力再抵抗，就丢下物资弃城逃窜了，八路军彻底解放了昭关县城。待八路军游击队腾开手后，对策应日本军的国民党河北民军独立第六团展开进攻，并一举把他们全部消灭掉了。自卫队按照上级指示去包围驻扎在桥头的户全占伪军时，发现军营已空无一人，这支汉奸武装半夜就向河南安阳逃窜了。

张万山带着配合八路军清剿"独六"的队伍从神麇山西侧回来后，因为连日的劳累，吃完晚饭就早早地在自卫团部睡下了。睡梦中，他迷迷糊糊中听见有人拨动门闩的声响，刚清醒过来，就被一只冰凉的手枪顶住了太阳穴，一个男声低声说："别动！动就打死你！"听声音就知道是趁乱逃走的"独六"团团副田善仁，没想到他还敢夜闯自卫团团部来找自己。张万山平静地说："是田三叔吧？找我啥事儿？"田善仁恶狠狠地说："啥事儿？我问你，你媳妇当年被郭老殿匪杆子绑架后，我带兵去帮你打老贼儿！这回你们自卫队收了我们的委任状，理应帮着我们独立六团对付八路才对！你们可好，反过来帮着八路来打我们。你们自卫队一点信用也不讲，让我没有了容身之地，今天咱就来算算这笔账！"黑暗中趁着他说话的工夫，张万山把右手移到了胸口，用沉稳的口气对田善仁说："田三叔！你让我扭过来身子，咱面对面说话行不？"田善仁刚说了两个字"不行！"，张万山的身子一翻，头一扭，就把顶着头的那把手枪压在了脑袋下，同时右手使劲掐住了田善仁的手腕，随着"啊"的一声惨叫，田善仁握枪的手就松开了。张万山翻身下床，把蹲在地上的田善仁的双手扭到身后，随即腾出另一只手就把他的嘴给捂住了。这时听到前院有人跑过来急急地问："万山哥！出啥事儿嘞？"张万山镇定下来说道："没啥事儿！是我做梦嘞！回去站你嘞岗吧！"

待站岗的人员走后，张万山把捂着嘴的手拿开，摸着黑把田善仁按到椅子上坐下说："田三叔！不是我说你，你自己想想，你说的是啥话？我媳妇被老贼儿绑架，那还不是因为救你家的孙子才把郭老殿匪杆子给得罪了吗？你出兵相救，为私你应该那样做；为公那也是你分内之事。再一个，你说我们自卫队没有信用，那你想想，你好几年没露面，一露面送来一张委任纸，就想让我们帮着你们，那可能吗？我们跟着八路军抗日游击队出生入死跟日本人干了有七年多了，你一来就让我们掉转枪口打八路军，那咋成？当年你们但凡对老百姓有那么丁点儿的怜悯之心，你们也不会有今天的下场。今儿我看在惩侄女田希微的面子上饶了你这一回，劝你赶快远走高飞，不要再回龙泉镇来惹是生非了！你再不走就把你全家都给害了！"说着就拿起手枪，拆下子弹后把手枪递给了田善仁，拉开门扇把田善仁放出去，看着他翻上了院墙，就到前院查岗去了。

八路军地方部队虽然解放了昭关县城，神麇山和鼓山岭西都已回到人民的怀抱，日本军的昭关"重要事业场"也不复存在了，但是日本军还没有完全缴械，他们有两股武装，一股集中在冯村煤矿边的日本新兵营，另一股集中在龙泉镇南边二十里地远的华立煤矿，都在等着日本军驻华北司令部的命令。胜利后的昭关民众、抗日政府和地方抗日武装都沉浸在胜利的喜悦中，虽然也派了武装人员对日本军的两个驻地进行了监控，但是他们低估了驻昭关日本军对抗日政府和武装的仇视程度。胜利后的抗日武装人员活动有点儿半公开化，让日本人派出的特务侦察到了昭关抗日县政府和独立营的驻地。

1945 年 9 月 1 日，抗日县政府和武装部队刚吃完早饭，战士们正在山坳的空阔处活动和休闲。他们尽情地娱乐，畅快地欢笑，完全没有了半个月前的压抑感和行动处事的小心谨慎。

就在这时，突然间从北侧山坡上的扇形区发出了狂风暴雨般的机枪扫射声，刚才还笑闹中的战士，顿时就有十几个倒在了地上。日本兵三面夹击疯狂地扫射，山坳里的战士们完全乱了阵脚，刚跑到南边的沟里，迎面的树林里又突然传来了两架重机枪的扫射声，两侧高处的树丛里跟着也发出了密集的枪声。这时，沟底也响起了手榴弹的爆炸声。这时抗日战士们才意识到被日军给包围了。他们手中有武器的赶快占据有利地势，利用山涧石头做掩护向敌人还击；没武器的只好趴在山石后边隐蔽，等待着山下的抗日武装上来支援。日本兵在要撤走时对困扰了他们七年多的昭关县抗日武装进行了最后的疯狂报复，但又怕增援的抗日游击队赶到，所以打了不到半个小时就撤退了。他们爬上汽车，由装甲车开路向北驶去，又转向平汉线东侧的滏阳县方向去了，那是他们投降后的一个重要据点。

抗日战士们无可奈何地望着远去的车队扬起的滚滚黄尘，悔恨一时的疏忽大意。他们回到驻地看到十七具牺牲战士的尸体和三十多位受伤的战友，都流下了懊悔的眼泪。远处的鼓山岭下，日本军在昭关最后的一个驻地冯村镇还有日军驻守，他们想，不能让他们顺利地撤走，必须让他们付出代价，为死去的战友报仇雪恨。

正当他们要向日本兵动手时，驻在冯村新兵营最后剩下的日军，在朦胧夜色的掩护下向邯郸方向逃窜了。得到消息的抗日武装部队奋力追击，终究没追上，让小日本给跑掉了。

四十七

　　早饭后，田大掌柜田善地躺在书房的靠背椅上，思索着共产党接管了龙泉镇后自己该作何打算。最近街上各种各样的"传说"在商户和地主老财之间散播着，概括起来有两条：新的镇政府要实行新的减租减息政策，减少农民和小商户负担过重的问题，加强商品流通，发展工商业。这一条商户和地主们大都赞成。再一条就是很快要清算日占时期的汉奸恶霸了，那些在日伪政府任过职的人终日惶惶不安，其中就包括田善地本人。这几天心情郁闷的他，没心思到商铺去处理事情，有事都让管事儿的来家里商量。正在愁苦思索中的他，突然听到大门口有人喊："田大老爷！大小姐回来了！"大小姐失踪都四五年了，前段时间还没有音信，怎么能说回来就回来了？他靠在椅子上没有动，扭头透过玻璃窗往外瞧，就见一位身穿灰军衣的年轻女干部怀里抱着一个小孩子，后边还跟着一位全副武装的八路军军官，军官手里还拉着一个三四岁大小的男孩子一起走了进来。田大掌柜一眼就认出了那位女干部是失踪有四年多的闺女田希微。跟在后边的军官虽然面熟，但一时没想起来是谁。他腾地一下子就站了起来，两只眼睛直直地盯着他们，嘴唇抖动着不知道该说啥才好。田希微一眼就看见了站在书房里眼含泪水的爹，快步走进去喊了一声"爹！"，眼里的泪水就流了下来。然后她对着怀里的孩子说："山妮，快叫姥爷！"田善地听见孩子细声细气地喊了声"姥爷！"，就伸出手把孩子接过去了。田希微又把站在身后的小男孩拉过来，小男孩没等教，就喊出了"姥爷好！"田善地拉过小男孩说："过来叫姥爷瞧瞧，长这么大了啊！你叫啥？"

小男孩回答说：“我叫张学智！”田老爷摸了摸他的小脑袋，把手里抱着的小女孩交给田希微，转身走到书桌前，拉开抽屉，从里边拿出一沓纸币，把钱分成两沓，分别塞给了两个孩子。给完孩子见面钱，田善地面对着站在后面的八路军军官问闺女：“这位是？”田希微笑了笑说：“爹！你不认识他了？”那位八路军军官把戴在头上的灰布军帽一摘说：“田大叔，我是张万山！”田善地愣怔了一下子，就认出了他：“嗨！我说我家老爷子老说有啥事儿就去找张家人，原来是这么一回子事儿。看来我确实是个榆木疙瘩脑子，不开窍儿，活该受了几年的惊吓！”

这时，闻讯赶过来的田家男女把书房挤了个满满当当。田希微的娘听说闺女回来了，颠着一双小脚跌跌撞撞哭叫着来到了客厅，上去搂住闺女抽泣着说道：“我嘞好闺女哎！你可回来了哎！可想死娘了哎！”田希微一边流着眼泪一边劝解着娘，满屋子的田家男女，有哭的有笑的有搂的有抱的，热闹得很，足足闹腾了有半个时辰。田希微看时候差不多了，就对屋子里的家人说：“爹！娘！叔叔婶子！弟弟妹妹们！四年多来我叫你们都操心了，也给你们带来了危险，让你们受到了惊吓，我对不住你们，在这儿我谢谢你们了！”田家男女们都不住声地说：“都是自家人还谢啥嘞，不用谢！”田希微大声说：“我回来就不走了，咱有时间了再聊，我得去看看爷爷奶奶去！”家人们一听还有的是时间见面，就纷纷回自家院里去了。

田善地带着闺女、女婿，到里院跟老爹见面。一进上房客厅，就见老爹和老娘都心平气和地坐在太师椅上，看来心里早有准备，就等着他们请安。田希微先向两位老人问了安好，让两个孩子叫了太姥爷、太姥姥。这时原本平静的田道然老爷突然嗔怒地对张万山说：“我就知道你小子不安好心，想尽法子把我宝贝孙女儿给抢走了！我问了你好几次，你都给我打哈哈！咋样？你有种别露头啊？”张万山尴尬地笑了笑说：“那不是非常时期采取的非常手段嘛！要不然现在咋着能给你们带来这么大的惊喜哩！等有时间了叫希微给你们说道说道事情的经过，你们就知道我是在救她，不是要抢她！”田希微在一旁搭话说：“爷爷说你抢了就是抢了！你还敢犟嘴？”张万山笑了笑说：“是！是！是！”

田老太爷嘴角往上一挑说：“你们现在住在哪里？”

张万山说：“暂时就住在我家里。”

"你家被烧后不是还没有翻修吗？那怎么能住人嘞？"田老太爷思索了片刻，对田善地说："不行就把前街豆腐坊那座院子过到他们名下，再给点儿钱整修整修，让他们就住在那里。共产党的官能当就当，不能当了靠着磨豆腐也能有口饭吃。"

张万山急忙阻止说："不用搬，等闲下来后我把房子重新整修一下就行！"毕竟他们已是共产党八路军的干部了，私下接收别人家的财产，是要违犯纪律的。

田希微一看丈夫拒绝接收房产，就明白了他的意思，赶快说："爷爷，我们就在他家里凑合着住，咋着也比我在山里住的房子好。"其实她是愿意搬到前街来住的，张家的那座石头垒的小院子，十几个大人小孩子乱糟糟地挤住在一起，很不方便。再一个田家的房产也有自己的一份，接收一座四合院也说得过去。但又一想到自己夫妻二人都是共产党的干部，对这笔房产还是慎重从事。

田老太爷不愿意看到孙女受委屈。现在把房产送给孙女，好歹也是给了自家人，总比分给外人强。田老太爷想到这里就把老脸沉了下来说："咋？你俩刚当了几天共产党的干部，就看不起自家人了？不就是一座破院子吗？再说你们张家十几口人挤在一起，我这儿房子住不完，要不希微你就带着孩子还回家里来吃住，我看谁敢说三道四？"

田希微一瞧爷爷急了，就看了看张万山说："要不咱就先搬过来住？不行你就问问牛海龙是啥意见。"

张万山一听妻子说得有道理，就答应说："那我回去就给领导说一说，得到准信儿后咱再搬！"

这时田老爷子心里才放松下来，看着身穿八路军军服的张万山问："你咋穿上军装了，当了一个啥官？"

张万山解释说："日本人跑走后，共产党接管了昭关县，咱自卫队里年纪大的和家里是独子的一律回家，弟兄多的留下一个在家，俺家的万水和谷家的满囤都留了下来。其他的人都被编进龙泉营，一律穿上了统一的军服，就驻扎在桥头兵营里。我是营长，谷满仓是副营长。剩下各村原来的自卫队武装都改成了武装民兵队，从现在起就没有自卫队这个组织了！"

田家父子一听心里又收紧了。他这等于参了军，说不定啥时候就会开拔去打

412

仗，那不就剩下孙女自己一边带着两个孩子，一边干工作，那日子会更艰难。田善地说："你看看你，当兵迟早要去打仗，你一走她们娘儿仨谁来管？希微还要工作，要我说，尽早搬过来住，叫希微她娘帮着带带孩子做做饭那不更好？"田善地这几天心里正发着怵，害怕八路军找他算当日伪副镇长的账，正好女儿女婿都成了共产党的干部，跟他们走得近些，也是给自己家打上了一把保护伞。

田老爷子这时也高兴了，干枯的手一拍八仙桌，大声地说道："你俩老早就参加了共产党，你二叔也是党员，为抗日出过力，现在也参加了革命工作，成了共产党政府的局长，咱家也算是革命家庭了！"田老爷子转身又对田善地说："老大，派人到县里去叫老二，让他回来一趟，今儿中午咱就弄几桌庆贺庆贺！"

正在高高兴兴说着话的一家人，听见田三嫂在门口喊："希微！有人找你！"

田希微出去工夫不大就回来了，张万山问："咋嘞？啥事儿？"

"后晌镇里要开支前会，看来又要打大仗了！"田希微小声地给丈夫说。

妻子一说开支前会，张万山就知道是咋回事儿，因为他们已经接到命令，国民党军要沿平汉线往北方开，前来争夺地盘，让部队做好准备，要在邯郸南漳河北边滏水河的冲积沙地带，把他们阻挡住和消灭掉。

这次平汉战役共产党的三个军区共派出了六万部队，又动员了十万民兵参加战斗和做后勤工作，最后赢得了这场战争。张万山和谷满仓带领着龙泉营也参加了这次战役。

平汉战役胜利后，太行六地委机关进驻龙泉镇。在这里召开了安阳、林县、涉县、偏城等十二个县的县长、书记联席会议，确立了在广大农村开展减租减息、铲除汉奸的运动。随后昭关县新政府根据上级的指示，在南门外土地庙前的打谷场上召开了汉奸恶霸曹子谦等人的公审大会。

前晌一大早，南门外就传来久违了的三眼铳响，随后又响起威风的锣鼓声和激越的马号声。当龙泉镇的民众来到大会现场，发现在土地庙前朝南搭起了一个带席棚的临时审判台。台上摆着几张桌椅板凳，台口上方横挂一副白条布横幅，上书十个黑体大字："昭关县龙泉镇公审大会。"用木板和苇席拼成的背景墙正中，贴着共产党领袖毛主席的画像。会场正南面的空场地已被民兵营长谷满囤和副营长张万水带领的荷枪实弹的龙泉镇民兵给封锁起来了。警戒线外早已站满了围观的民众。现在的土地庙已经成了关押人犯的场所，周围已被全副武装的部队战士警戒，民众不得靠近。

龙泉镇各村的村民排队陆陆续续进入会场。大本儿的娘也在队伍内，抗战胜利后，她跟着田希微回到了龙泉村，她的两个儿子现在都在太行山区八路军的部队里。田希微和王二妮正在指挥村民入场，按先来后到的顺序排列。工夫不大，会场内就满满当当地站了有两三千人。各级领导在镇政府干部的引导下，坐到了前排的中间位置，坐在两边的是镇长张志和、书记谷子贵和副镇长刘文虎等，他们都是民众熟悉的人。各村的村长和村书记都坐在第二排，身后就站着本村村民。让民众不解的是田道然也坐在了前排县府领导的身边，成了比镇长还要大的官。站在人群里的张德虎说："这田老财主不管是谁当权，都离不开他，真是左右逢源！"李合盛又回到了龙泉镇，从现政府手里接回被日本人没收的产业，重新当上了六合旅馆的老板，他在一旁搭腔："人家老大日占时是副镇长；老二田善渊原来是八路军的情报员，现在是共产党；孙女儿老早就是共产党，孙女婿又是八路军干部；老三是国民党！恁看看人家全家啥派都有，谁掌权人家都不会倒。"有个站在一旁的中年村民说："说到底还是人家心地善、人缘好，民国三十二年闹饥荒，人家一下子就把几百亩地送给了租地的佃户，又带头拿出粮食开粥厂救人，现在人家坐在那里也是理所当然嘞！"这些说得没错，但村民们其实还有情况不了解，田道然之所以能和县领导坐在一起，那是他以开明乡绅的身份被选为昭关县参议会的参议员。

震撼人心的锣鼓突然停歇了，会场里立马安静下来。主席台走上来几个身穿制服的人，坐到桌子的后边。一位身穿八路军制服的中年干部走到台口大声地喊道："昭关县龙泉镇公审大会现在开始！下面由县救国会主任牛海龙报告大会的意义！"这时站到台口的牛海龙主任手拿着一张纸，大声地读了起来："同志们！我们昭关县迎来了一个新的时代，民众获得了新生，得到了解放。为了巩固我们的胜利成果，全县人民团结起来，铲除一切汉奸卖国贼，清算他们的罪行，为牺牲的抗日烈士和死难的同胞报仇……农会会员们！青救会员们！妇救会员们！你们翻身做主人，一致行动起来，勤奋劳动，以实际行动，来反对内战，保卫我们的解放区！今天的公审大会就是我们昭关县人民翻身运动的开始，你们有苦诉苦，有冤诉冤，只有把苦水倒尽了，才能站起来当家做主人！下面把四个汉奸恶霸分子带上来！"话音刚落，就见八位全副武装的公安战士押着四个五花大绑的人，陆续从后台走出来。青年救国会会长李大牛走到台口举起手臂扯开嗓子喊起了口号："打倒汉奸卖国贼曹子谦！"这时台下三千多名民众都跟着喊了起来。"打倒日本鬼子的走狗秦先河！""共产党万岁！"一声声震耳欲聋的呼喊声，响彻神麑山下的山川和田野，激荡着惨遭日本鬼子蹂躏和灾难侵害的古老的冀南大地。

这时，从台下东侧走过来十几个低着头的人。走在第一位的是龙泉镇原副镇长、商会会长田善地，跟在后边的是各村的伪村保长，他们老老实实地低着头对着民众站成一排。民众们都踮起脚，观瞧被绑着的四个横行霸道的人和陪绑的日占时期龙泉镇的红人们，都感叹着世事的无常。

身穿军服的司法科长柴合明大声地宣读四个人的罪状："现已查明人犯曹子谦，在充当日本特务队长期间，助敌为虐，搜捕杀害抗日战士，残害民众……实属罪大恶极，经研究决定判处死刑，立即执行！并没收其全部财产！把人犯押下去！"上来四个公安战士，架起倒在地上的曹子谦就拖下去了。

"现已查明人犯秦先河，在充当伪警备队副队长和队长期间，为日本军充当走狗，带领警备队多次到根据地扫荡和到乡下清乡，袭击抗日政府驻地……经研究决定判处死刑，立即执行！并没收其全部财产！"又上来四位公安战士把他架了下去。

第三个被宣判为死刑立即执行的人犯，就是石窑村出卖抗日家属的王富田，因为他的告密，抗日战士陈元奎一家大小五口人都被日伪军给杀害了。

宣判的第四位，是被龙泉镇人称为马光蛋的恶霸马继先，他充当日本汉奸，残害百姓，强奸侮辱妇女，无恶不作。因为暂时没有发现他手里有命案，所以判了十五年的监禁，并没收部分财产。

宣判完毕，随即就听见东南方向传来了三声枪响，三个日本汉奸被处决了。这枪声，预示着一个新时代的来临和苦难旧时代的消亡。山还是那座屹立不倒的神麑山，河还是那条滔滔不绝的滏水河，地还是那片生机勃勃的龙泉大地，人也还是那些土生土长的龙泉人，只是换了一个新的时代。新的时代赋予了龙泉人新的思想、新的观念和新的情怀，他们不再遭受被奴役、被盘剥、被侵害的痛苦，他们要做有尊严的人、能挺起腰杆扬眉吐气的人、能主宰自己命运的人。

宣判大会后的第二天一大早，田善地红着一双眼到上房给老爹请安，他并没像往常那样垂手站在卧室门口问声"您老安好？"而是直接走进老爹的卧室里，扑通一声就跪在了地上，眼角噙着泪，哽咽地说："爹！请您老原谅我这个不孝的儿子，我想带上老婆孩子们到外地躲一躲去！"几天来儿子终日惶惶不安的神态，田道然早已看在眼里。就在审判会的前两天，田老太爷派人把田希微叫到家里，问："政府对你爹准备咋着处理？"田希微说："没听说要具体咋着，就是让在伪政府任过职的主要人员在审判会上陪绑，以教育民众！"他觉得政府这样的安排也还能接受，但是那天听见那枪毙人的枪响，心里也是咯噔了一下，好像那枪就打在了自己的心上。今天当儿子跪在自己面前说出要走的话，他眼里瞬时就噙满了泪水，躺在被窝里没有动弹，只是低声说道："只要你想好喽你尽管走，家里的事儿你就放心，有老四和你闺女在我身边就行了！"田道然一句话，说得田善地哭出了声。待了一会儿心情平复后，他又说："爹！不是我想躲走，您老看人家许莲花、付有田跑了！这没跑掉的被枪毙了！我如果不躲出去，接下去可就轮到我了啊！"田道然说："事情没有你想的那样严重，不过我了解你的脾性，如果都安排好了，那就去做吧！"

第二天一早，田善地就让儿子一家以给孩子瞧病的名义，先偷偷地转道去了安阳。第三天他以购买瓷釉料石的名义，到镇上开了一张通行证，就带上金条和银票，领着家眷坐着马拉轿车，另外还带着两辆双轴辘马车，往河南安阳西水冶镇去了。他全家人这一往南去，从此失去了音信。

第四天后晌，龙泉镇召开联席会议，讨论组织生产、搞活流通支援前线和扩大龙泉镇学校等事宜。主抓宣传教育的副镇长兼妇救会主任田希微提议要把高年级六个班转移到荒废已久的龙泉观上课，并将那里作为分校，以解决镇内校舍不足的状况。大家正在议论此事时，田道然参议员拄着文明棍走进了会议室。主持会议的谷子贵书记赶忙站起身来迎了过去，笑着说道："田参议员来了，正好征求一下您老的意见，咱们把龙泉观改作学校你看行不行？"

"行啊！社会发展教育为本嘛！啥事也没有办好教育重要！"

田希微把爷爷扶到椅子上坐下，问道："您咋来了？正在开会哩！"田道然扫视了一遍坐在会议室的镇领导，都是熟悉的人，就带着开玩笑的口吻说："咋！我不能来？我好歹还是县里的参议员，有权利监督你们的所作所为！"说完就笑了起来。镇长张志和也笑着说道："您老想啥时候来就啥时候来！"扭头对副镇长兼办公室主任刘文虎说，"你在里院给田参议员腾一间办公室，让老先生也有个办公参政的地方。"坐在一旁的镇商会会长王德才说："我看就让田参议员到商会去办公，那里还有空房哩！商会有事儿还可就近请教请教哩！"王德才现在成了新的商会会长，主管没收汉奸的商铺和水碾等产业的工作。田道然摆了摆手说："我就是说句淡话，一年就到县里开几次会，和同人一起到各镇上走走瞧瞧，没啥正经的事儿。我今儿来是有点事儿来找谷书记。"说着站起身来就往外走，谷子贵跟着就出去了。

二人来到了办公室，田道然啥话也没说，就从衣兜里掏出一大串钥匙，放到了办公桌上，叹了口气说："谷老贵！咱都不是外人，我可是有啥说啥！说嘞错喽你多批评。"

谷子贵一瞧桌子上的一大串黄铜钥匙，就低下声来问："您老这是要干啥？"田道然说："老贵！你看我家老大到河南一去四五天没有回来，不知道他遇到啥事儿了。我想来讨你个主意，看该咋办好？"谷老贵一听就明白田善地是让公判会给吓坏了，肯定是躲到啥地方不敢回来了，怕再受到审判！谷子贵又问："那你拿这些钥匙是干啥嘞？"田道然说："你看老大家里没人了，老二住在县城，老三全家也不在，身边就剩下了一个不争气的老四，那么大的田家庄院，我住着怪冷清嘞！我想搬到田家祠堂里去住，老四搬到客位院里住，腾出田家大院。我想把田家大院交给镇上，让地委的同志们住。你看他们那么大的干部都挤在一起办公，还分散在多处。我那么大的庄院闲着也是闲着，你看咋样？"谷子贵听他说完，心里就明白了。他是因为老大田善地跑了，老三不知去向，怕追究孙女田希微和老二田善渊的责任，就让出田家大院来，以减少对他们家的影响和处罚。这件事儿说大不大，说小也不小，毕竟上级也没有下命令对田善地进行管制，现在他还是个团结争取的对象，虽然他当过日本统治下的龙泉镇的副镇长，为日本人做过事，但是也为革命队伍和民众办过不少好事；他家老三的事更是一时半会儿说不清，所以他自己心里也没有底，就站起身来说："您等一会儿，我把张镇长找来商量商量看该咋处理才好。"一开门看见镇武委会主任苗金虎，就让他把张镇长叫过来。

片刻工夫张志和就来了，谷子贵在办公室外把事情学说了一遍。张志和一听心里咯噔一下："这老爷子真要把田家大院那么多房子交给镇上？这可是他引以为傲的家业啊！能这样做老爷子是下了多大的决心啊！"张志和心里暗暗佩服田道然的英明。他又想到现在政府正需要办公的地方，这样一来正好解决了这个问题，也是个好事，就对谷子贵说："这是个好事儿，前两天地委的领导让我说再从镇上给腾几间房子办公用，这下问题一下子解决了。但真要把那么多的房子接过来，心里还真有些过意不去，咱得好好感谢人家。我这就去给地委领导请示。"

有一顿饭的工夫，张志和就带着地委的人过来了。地委的人一见田道然就握住他干枯的双手感谢道："田参议员真是个开明人士，一下子就给我们解决了一个大难题，让我们的工作人员都有了办公的地方！我代表地委领导感谢您对我们工作的支持！"田道然迟疑了一下，嘴角不自然地抖动着，笑着回道："不谢！不谢！"一边说着一边把一大串黄铜钥匙交给了地委的人，当他交钥匙的一瞬间，枯黄的手在微微发抖。

因为现在正凝聚全国之力，团结一切可以团结的力量打败蒋家王朝解放全中国，田家又是一个非同一般的家庭，所以对于田善地的失踪和他家老三的去向，地委领导再没有追究。

阳春三月初十，蓝天、白云、阳光一样也不少。

湛蓝湛蓝的天空，在一朵朵俏皮的白云衬托下，显得那么的深邃和旷远。和煦的春阳照射在龙泉观脚下的滏水河面，折射出人世间最美好的七彩之光，给龙泉大地带来了温暖和温馨。

今天是龙泉镇解放后，新成立的高级小学开学日。龙泉观内外彩旗飘扬，五色标语贴满古老的道观石墙，给老旧的道观带来了不同凡响的新气象。

太极殿前的小广场成了今日开学典礼的会场。老师和学生近二百人，整整齐齐地站在广场中央，民众簇拥在队伍的周围。会场摆设简单而又庄重，前面放了一张课桌做讲台，讲台上方就是开学典礼的横幅标语。

管教育的副镇长田希微和镇干部王二妮负责接待六地委和县镇领导。田希微今天穿一身蓝色列宁服，显得格外的精神。民兵营长谷满囤带着龙泉民兵，在龙泉观内外维持秩序。整个现场显得紧张热闹而秩序井然。

上午 9 点整，老校长孙国栋把广场上的铜钟敲响，一下、两下……洪亮悠远的钟声，徘徊在元宝山和龙泉乡镇空域。踏着钟声，田希微陪同地委和县镇领导来到队伍前，站成一排，田希微宣布开学典礼开始。她首先把参加会议的领导一一作了介绍，并对前来参加开学典礼的领导表示了欢迎。

第一个发言的是孙校长，他言简意赅，介绍了办高级小学的意义和经过，又对学生和老师提出了要求。随后昭关县文教局王局长代表地县政府讲话："同学们！今天是龙泉镇高级小学的成立和开学日，我代表地县领导表示祝贺！你们学校是我县成立的第一个高级小学，有很强的现实意义和深远的历史意义！是我们解放区教育界的一件大喜事儿……"

王局长讲完，田希微作最后总结，并对学生提出新的要求："现在是解放战争的关键时期，镇政府要求高年级学生：第一要努力学习做个好学员；第二要当好扫盲的小教员；第三要争当支前的好儿童团员；第四要当好社会的小治安员……"

开学典礼结束后，田希微送走了前来开会的领导和群众，站在太极殿前的小广场上，听见广场上的铜钟再次敲响……看着学生们踏着洪亮的钟声，秩序井然地走进教室，由三进大殿改建而成的教室里，传来了琅琅的读书声。

此时的田希微悠然间好像身处于新旧两个世界。几年前在太极殿里，云清道长为被日本军残害的民众做超度道场："东瀛倭鬼、炮火连城；奸淫掳掠、枪杀民众……巍峨昆仑，万山之宗。龙脉之地，天帝之宫。黎民百姓，翘首祈盼。西望昆仑，其光熊熊。"可惜云清大师已作古，不然他看到如今受苦受难的黎民百姓盼来了救苦救难的"昆仑大神"，一定会感到欣慰。共产党人带领民众浴血奋战，把日本人赶出了中国，现在又转战南北，去解放全中国的劳苦大众，建立一个新中国。这时她又想到丈夫张万山随大军南征，不知何时才能凯旋……

又一阵接连不断、清脆悦耳的读书声打断了她的思绪，这充满了新时代活力激动人心的美妙音符，正奏响着万紫千红的胜利序曲。

图书在版编目（ＣＩＰ）数据

龙泉镇 / 梅俨，良田著 . -- 北京：中国文史出版社，2022.12

ISBN 978-7-5205-3941-8

Ⅰ . ①龙… Ⅱ . ①梅… ②良… Ⅲ . ①长篇小说—中国—当代 Ⅳ . ① I247.5

中国版本图书馆 CIP 数据核字（2022）第 211346 号

责任编辑：李晓薇　　　装帧设计：杨飞羊

出版发行：中国文史出版社

社　　　址：北京市海淀区西八里庄路 69 号　邮编：100142

电　　　话：010-81136606　81136602　81136603（发行部）

传　　　真：010-81136655

印　　　装：北京温林源印刷有限公司

经　　　销：全国新华书店

开　　　本：787mm×1092mm　1/16

印　　　张：26.5

字　　　数：460 千字

版　　　次：2023 年 6 月北京第 1 版

印　　　次：2023 年 6 月第 1 次印刷

定　　　价：78.00 元